多崎 礼

Ray Tasaki

✷

レーエンデ国物語

月と太陽

The Chronicles of Leende

講談社

The Moon and the Sun

目次

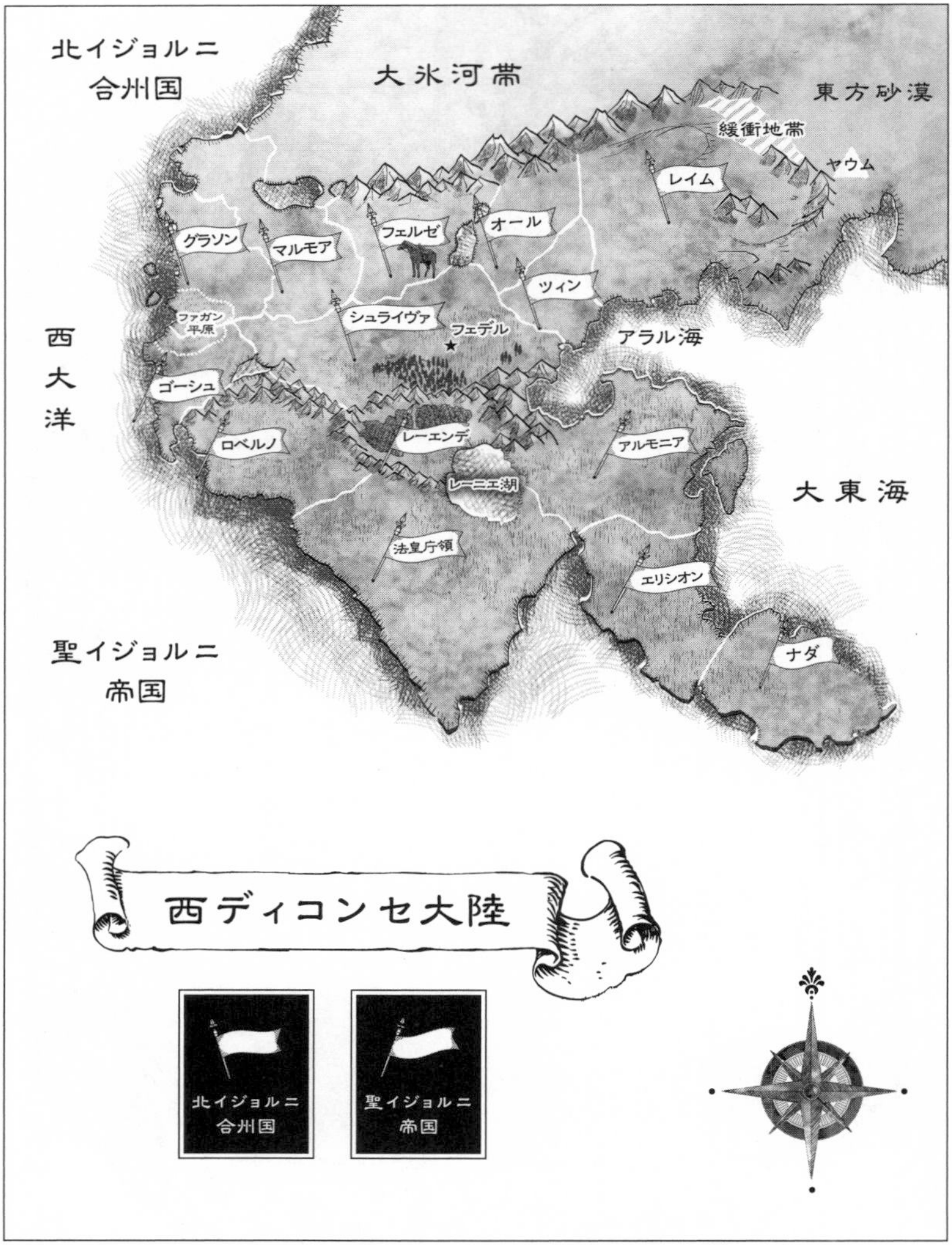
北イジョルニ
合州国
大氷河帯
東方砂漠
緩衝地帯
ヤウム
レイム
グラソン
マルモア
フェルゼ
オール
ツィン
ファガン
平原
シュライヴァ
フェデル
アラル海
西
大
洋
ゴーシュ
ロベルノ
レーエンデ
アルモニア
レーニエ湖
大東海
法皇庁領
エリシオン
ナダ
聖イジョルニ
帝国
西ディコンセ大陸
北イジョルニ
合州国
聖イジョルニ
帝国

レーエンデ

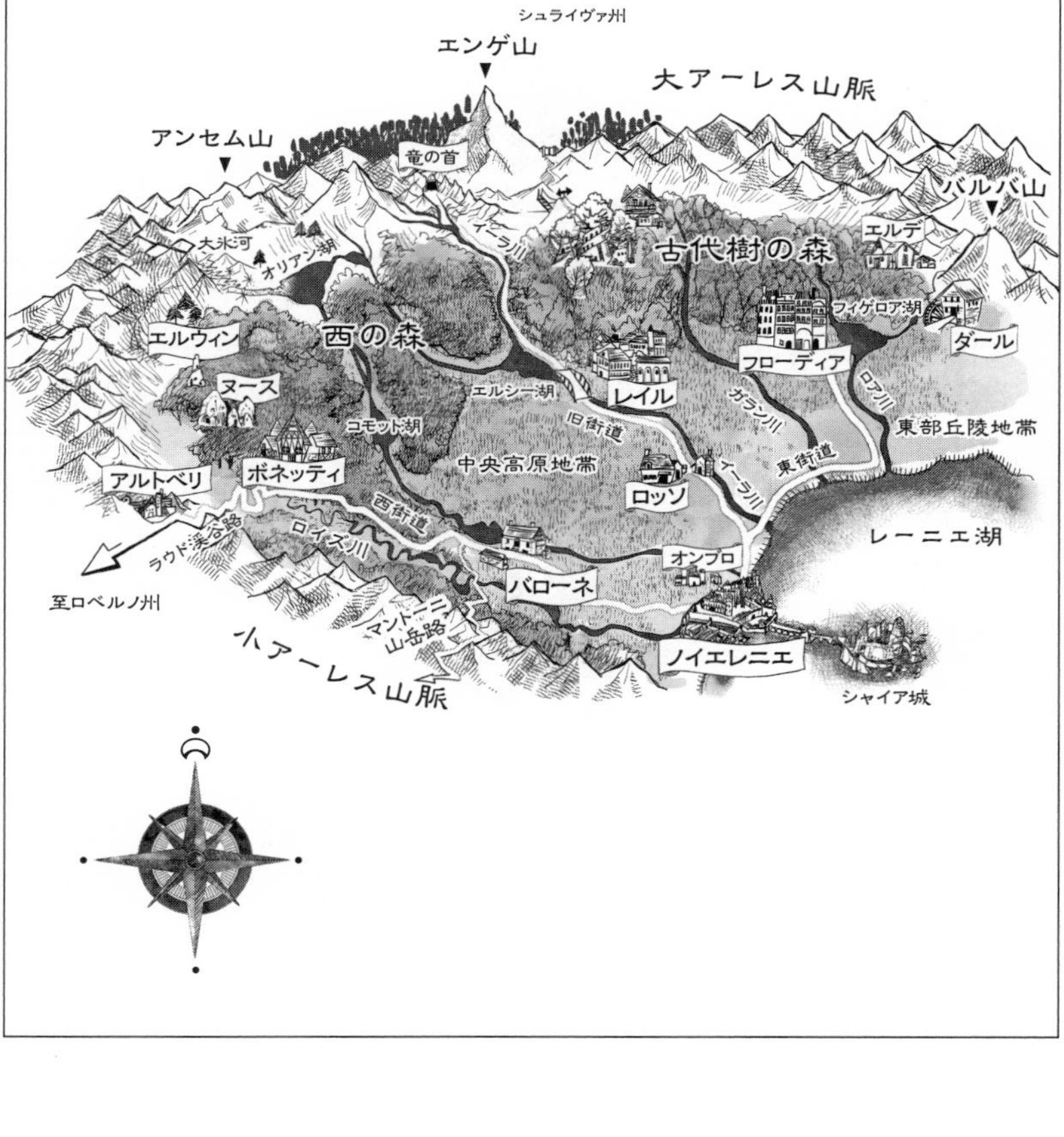
シュライヴァ州
エンゲ山
大アーレス山脈
アンセム山
竜の首
バルバ山
大氷河
オリアン湖
イーラ川
古代樹の森
エルデ
フィゲロア湖
エルウィン
西の森
ダール
フローディア
ヌース
エルシー湖
レイル
ガラン川
ロア川
旧街道
コモット湖
東部丘陵地帯
中央高原地帯
東街道
ボネッティ
アルトベリ
ロッソ
イーラ川
レーニエ湖
西街道
ラウド渓谷路
ロイズ川
オンブロ
至ロベルノ州
バローネ
マントーニ山岳路
ノイエレニエ
小アーレス山脈
シャイア城

登場人物

ルチアーノ・ダンブロシオ・
ヴァレッティ

ヴァレッティ家の第二子。

テッサ・ダール

ダール村の少女。怪力の天恵を持つ。

エドアルド・ダンブロシオ・
ヴァレッティ

ルチアーノの兄。聖都で法皇に仕える。

レーエンデ国物語　月と太陽

装幀　鈴木久美
装画　よー清水
人物画　孳《じ》々《じ》
地図画　芦刈将

序章

《北イジョルニ合州国》
北方七州共同体。聖イジョルニ暦五七五年、ユリア・シュライヴァの主導により聖イジョルニ帝国から独立を宣言した。

革命の話をしよう。
歴史のうねりの中に生まれ、信念のために戦った者達の
夢を描き、未来を信じて死んでいった者達の
革命の話をしよう。

血と暴力に満ちた戦乱の世を終わらせ、西ディコンセ大陸に聖イジョルニ帝国を築いたライヒ・イジョルニ。彼は建国の始祖であると同時に優れた予言者でもあった。

イジョルニが書き残した予言書には、聖イジョルニ暦三二一年にレーニエ戦役が勃発《ぼっぱつ》することも、四〇一年に東方砂漠からグァイ族が襲来することも記されている。五四二年、七代続けて天満月に生まれし乙女、月に愛されし聖女ユリアがレーニエ湖の孤島で神の御子を産むことも、彼は正確に言い当てている。

しかしながら、神の御子誕生以後の予言を彼は一切残していない。レーエンデ各地に銀の呪《のろ》いを振りまいてきた幻の海がレーニエ湖にのみ出現するようになることも、それにより銀呪病《ぎんしゅびょう》患者が激減し銀呪病が過去のものとして忘れ去られていくことも、不可侵《ふかしん》の掟《おきて》を破って帝国軍がレーエンデに侵攻することも、彼は予言していない。

ライヒ・イジョルニが有した未来視の力。それは時代の分水嶺《ぶんすいれい》において未来を選択する力だった。イジョルニの予言書に記された未来とは「かくあれかし」と彼が選択した未来だったのだ。望む未来を選び取る、神にも等しい奇跡の力。それをもってしても存在しない未来は選べない。御子誕生以後の予言が残されていないのは、イジョルニが望んだ未来が存在しなかったからなのだ。

聖イジョルニ暦五四二年四月十四日、時の法皇《ほうおう》アルゴ三世は大軍を率いてレーエンデに攻め込んだ。圧倒的な戦力でシャイア城を攻め落とし、ノイエレニエを占領した。同年五月には「レーエンデを法皇庁領に併合する。ノイエレニエを新たな聖都とし、国政の中心をこの地に移す。レーエンデの民には聖イジョルニ帝国の法令遵守《じゅんしゅ》、倫理規範を義務づける」との声明を発した。

これはすなわちレーエンデから自治権を剝奪《はくだつ》するということだった。レーエンデの民に納税と兵役の義務を課し、クラリエ教への帰依を強要するということだった。

レーエンデの先住民族であるティコ族とウル族は猛反発した。「帝国建国以前から自分達はレーエンデで生きてきた。外地から来た余所者《よそもの》に命令されるいわれはない」と反論した。

「よかろう」と法皇は答えた。

「ならば死ね」と軍勢を差し向けた。

いくつものティコ族の村が焼き払われた。村民は女子供の区別なく鏖殺《おうさつ》された。帝国軍の暴虐を目の当たりにしてもティコ族は降伏しなかった。じきレーエンデ傭兵団《ようへい》が戻ってくる、故郷の危機に駆けつけてくる。それを信じて必死の抵抗を続けた。

だがその頃、レーエンデ傭兵団は雇い主であるアルゴ三世の命を受け、東方砂漠に送り込まれていた。彼らは勇敢に戦ったが、武器や食糧の補給はなく援軍もやってこなかった。どんな不利な状況でも臆《おく》することなく命の限りに戦い続ける、騎士の魂を持つと謳《うた》われたレーエンデ傭兵団は、その気高さゆえに全滅した。

傭兵団壊滅の一報が伝わるとティコ族の村長達は苦渋の決断を下した。一族を存続させるため憤《ふん》怒《ぬ》と屈辱の煮え湯を飲み、帝国支配を受け入れた。

一方、ウル族は頑として帝国への帰属を拒絶し続けた。法皇はウル族の殲滅《せんめつ》を命じたが、ウル族が住む古代樹の森は外地の者にとって迷宮に等しく、はかばかしい成果は上げられなかった。

業を煮やした法皇は軍指揮官を呼び出し、厳命した。

「古代樹の森を檻《おり》として反逆者を閉じ込めよ。檻から出てきたウル族は見つけ次第に斬《き》り捨《す》てよ」

帝国軍は古代樹の森を囲む街道を敷設し、ウル族の封じ込めを計った。監視の目は近隣のティコ族の村にも向けられた。ウル族が匿《かくま》われているという噂《うわさ》を聞けばすぐに駆けつけ、火を放った。発見されたウル族は問答無用で殺された。ウル族を助けた者、匿った者も同様の処罰を受けた。

アルゴ三世のレーエンデ侵攻、帝国軍による武力支配。それを公然と非難した者達がいた。帝国の北方《ほっぽう》に位置するシュライヴァ、マルモア、レイム、ツィン、オール、フェルゼ、グラソンの七州だ。これら北方七州は英雄ヘクトル・シュライヴァの元に集結し、レーエンデの解放に向かった。後に『北方七州の乱』と呼ばれることになるこの戦いは、聖イジョルニ暦五五三年、ヘクトル・シュライヴァの病没により終結する。

この一件は揺るがざる大国に大いなる禍根を残した。レーエンデを巡る諸問題はたびたび紛争の火種となり、北方七州と南方六州のさらなる対立を招いた。そして聖イジョルニ暦五七五年、北方七州は『北イジョルニ合州国』として帝国からの独立を宣言する。

当然のことながら法皇はそれを認めなかった。北方七州の要《かなめ》であるシュライヴァを逆賊と称し、その首長であるユリア・シュライヴァを抹殺すべしと帝国軍を向かわせた。これにより聖イジョルニ帝国は南北に分裂、終わりの見えない戦争へと突入していくこととなる。


かくして時は流れた。

自由だったレーエンデを知る者達は年老いて死んでいった。

自由だったレーエンデを知らない者達が生まれ育っていった。


革命の話をしよう。


二番目の物語の始まりは、聖イジョルニ暦六五六年十月八日。

レーエンデ東部、フィゲロア湖畔の屋敷で一人の男子が誕生した。東教区の司祭長マウリシオ・ヴァレッティと、始祖ライヒ・イジョルニの血を引くダンブロシオ家の末娘クラリッサの第二子。初代法皇帝エドアルドの実弟で、後に『残虐王』と呼ばれることになる男性。

彼の名はルーチェ――

ルチアーノ・ダンブロシオ・ヴァレッティという。

第一章　ルーチェ

《五大名家》
始祖ライヒ・イジョルニの血を継ぐ一族。フェルミ、ダンブロシオ、リウッツィ、コシモ、ペスタロッチの五家を指す。

最初に聞こえたのは子供の泣き声だった。それから悲鳴、重いものが落ちる音。

ルチアーノは目を覚ました。

今のは誰の声？　あの物音は何？

彼は暗闇《くらやみ》に目をこらした。寝汗で湿った寝間着が冷たい。どくん、どくんと心臓が脈打つ。他には何も聞こえない。

夢だ。きっとそうだ。悪い夢を見て目を覚ましただけなんだ。

そう自身に言い聞かせ、再び目を閉じようとした。

「いや、やめて――ッ！」

静寂を引き裂く絶叫が聞こえた。彼の母、クラリッサの声だった。

ルチアーノは震え上がった。夢じゃない。何かとても恐ろしいことが起こっている。そう思っても動けなかった。彼はまだ七歳、しかも何の不自由もなく育てられた良家の子息だ。いつだって呼べば誰かが来てくれた。一人で様子を見に行くなんて、考えるだけで身体《からだ》が震えた。

ルチアーノは頭から毛布を被《かぶ》り、固く目をつぶった。

階下には家令長のアントニオがいる。女中頭のイルマも庭師のエミリオも、すばしっこいルーチェだっている。何かあれば誰かが知らせにくるはずだ。僕を助けにくるはずだ。

はたして廊下を歩く足音が聞こえた。長靴の響きが寝室の前で止まった。ノックもなく扉が開かれる。廊下から差し込む薄明かりに浮かびあがる人影。闇に沈み、顔は見えない。体形からして若い男のようだが、黒ずくめの服装に見覚えはない。

男は寝台に歩み寄ると、ルチアーノを毛布の下から引きずり出した。

「靴を履け」

くぐもった声、男は覆面で顔を隠していた。見えているのは目元だけ。肌は褐色で瞳《ひとみ》の色も暗い。

ルチアーノは覆面男を凝視した。こんな男、僕は知らない。お前は誰だと言いかけて、彼はひどく咳《せ》き込《こ》んだ。床板の隙間《すきま》から黒い煙が上がってくる。窓の外が妙に明るい。ちらちらと紅《あか》い炎が踊っている。火事だ。屋敷が燃えているのだ。

「ひぃ……ッ」

ルチアーノは男にしがみついた。それを邪険に振り払い、覆面男は同じ台詞《せりふ》を繰り返した。

「早く靴を履け。死にたいのか」

横柄な口調だった。無礼な男だと思ったが、怖くて言い返せなかった。

言われるがままにルチアーノは靴を履いた。

「ついてこい」

男に続いて寝室を出た。廊下には煙が充満していた。ちくちくと目が痛む。煙を吸い込んでしまい、咳《せき》が止まらなくなった。男は舌打ちをして、ルチアーノの右手首を摑《つか》んだ。

「姿勢を低くして歩け。目も口も閉じていろ」

覆面男に従うのは怖かったし悔《くや》しくもあった。でも彼の助けがなければ逃げられない。ルチアーノは目を閉じた。手を引かれ、階段を下る。燃えさかる炎の音が間近に聞こえる。瞼《まぶた》の裏が赤一色に染まる。強烈な熱が肌を炙《あぶ》る。空気が熱い。息が苦しい。駄目だ、もう駄目だ！

耐えきれず泣き叫ぼうとした時だった。男がルチアーノを抱き上げ、窓の外へと投げ飛ばした。

ルチアーノは斜面を転がり、フィゲロア湖へと落っこちた。時は七月、ようやく夏らしくなってきたものの、大アーレス山脈の雪解け水を湛《たた》えた湖水は痺《しび》れるほど冷たい。だが今はその冷たさが心地よかった。彼は湖から這《は》い出《で》ると、水をすくって口をすすぎ、火照《ほて》った顔を水で冷やした。

「湖を渡って逃げろ」

ルチアーノは顔を上げた。炎上する屋敷を背に黒装束の男が立っている。覆面のせいで顔も表情もわからないが、その眼光は抜き身のナイフのように鋭利で冷たい。

「舟を使え。湖を渡ったら東に向かえ。ティコ族の村があるはずだ」

「舟を出すの？　こんな夜更けに？」

舟遊びは大好きだ。舟を漕《こ》ぐのも得意だ。でもそれは昼間に限ってのこと。夜の湖に漕ぎ出したいと思ったことは一度もない。

「僕一人で行くの？」おずおずとルチアーノは尋《たず》ねた。「一緒に来てくれないの？」

「お前の両親を殺したのは俺だ。屋敷に火をつけたのも俺だ」

恐ろしい言葉とともに低い嘲笑《ちょうしょう》が響く。

「それでも一緒に来てほしいか？」

大きな音を立てて屋根が崩落した。天高く吹き上がる紅蓮《ぐれん》の炎《ほのお》。

それを映し、覆面男の目が赤く光る。

「今夜のことは誰にも言うな。身分も名前も記憶も捨てろ。次に会うことがあったら、その時はお前も殺す」

行け――と命じる。

ルチアーノはよろよろと立ち上がった。舫《もや》い綱を解き、小舟に飛び乗る。オールを握り、必死に漕いだ。燃える屋敷が湖面に映っている。黒煙が夜を燻《いぶ》し、火柱が天空を焦《こ》がしている。生まれ育った家が、両親と過ごした日々が業火に包まれ焼け落ちていく。

「お父さん、お母さん……お父さん、お母さん……」

ルチアーノは咽《むせ》び泣いた。

「助けてアントニオ、どこにいるのイルマ、傍にいてよルーチェ。怖い……怖いよ」

オールを放し、両手で顔を覆《おお》った。じきフローディアの警邏隊《けいらたい》がやってくる。司祭長が殺害されたとあれば神騎隊だって出動する。夜が明ければ誰かが僕を見つけてくれる。きっと助けに来てくれる。それまでここにいよう。ここで待っていよう。

『次に会うことがあったら、その時はお前も殺す』

覆面男の声が耳に蘇《よみがえ》った。ルチアーノは身震いし、オールを握り直した。

湖面が月光を照り返す。舳先《へさき》に当たって白波が砕《くだ》ける。漕いでも漕いでも対岸の森は近づいてこなかった。やがて手の皮が擦《す》り剝《む》けた。腕は重く、背中も腰も折れそうに痛んだ。

東の空が白く輝き始める頃、ようやく岸にたどり着いた。湖畔の浜に小舟を乗り捨て、ルチアーノは森の中へ逃げ込んだ。心身ともに疲れ切っていた。出来ることなら座り込んでしまいたかった。今頃、警邏隊が屋敷を調べているだろう。小舟がなくなっていることに気づいたら、ここまで捜しにくるかもしれない。もし見つかったらフローディアに連れ戻される。僕が戻ったことを知ったら、あの男はきっと僕を殺しにくる。

「いやだ。死にたくない、死にたくない」

死の恐怖に突き動かされ、鬱蒼《うっそう》とした森の奥へと足を進める。

「兄さん……助けて……エドアルド兄さん」

十歳違いのエドアルドはルチアーノの自慢の兄だった。聖都ノイエレニエの神学校に通いながら法皇ユーリ五世のお側役《そばやく》も務めている。賢くて優しくて月の化身のように美しいエドアルド。兄さんに会いたい。でもノイエレニエは遠い。馬もお金もなしにたどり着けるはずがない。それにあの覆面男、身分も名前も記憶も捨てろと言った。兄さんを頼ってノイエレニエに向かえば、きっとあいつは僕を見つける。父さんや母さんだけでなく、兄さんまで殺されてしまう。

駄目だ、それだけは駄目だ。

行くあてもなくルチアーノは森をさまよった。木々は次第に数を増やし、頭上を覆う枝葉も濃くなっていく。生い繁《しげ》る羊歯《しだ》の葉、どこまでも続く薄暗い森。道も人家も見あたらない。人が踏み入った気配すらない。

ホーゥホーゥと響くウロフクロウの鳴き声。

ルチアーノは足を止めた。

ここはどこだろう？　もしかして古代樹の森に入り込んでしまったんだろうか？

庭師のエミリオが言っていた。古代樹の森には野蛮で残忍なウル族が住んでいると。奴等《やつら》は肌も髪も異様に白い。黒髪の人間を捕まえては頭の皮を剝《は》いで森の神に捧《ささ》げる。だから坊ちゃん、絶対に古代樹の森には踏み入っちゃなんねぇよ？

北は駄目だ。そうだ、東だ。東に行けばティコ族の村がある。ティコ族は貧しいけれど朴訥《ぼくとつ》として親切だ。彼らなら僕を匿ってくれる。食事や寝床を用意してくれる。

疲れ切った身体を叱咤《しった》して、ルチアーノは東へと向かった。正しい方向に歩きさえすれば、すぐに出られる。そう思っていたのだが、歩いても歩いても森が途切れる気配はなかった。

次第に彼は焦り始めた。どうしよう。このままでは陽が暮れてしまう。

喉《のど》の渇きも空腹も忘れ、気力を振り絞って歩き続けた。しかし無情にも太陽は西の稜線《りょうせん》に没してしまった。木々の合間に星が瞬《またた》く。紫紺の空に銀の月が姿を現す。皓々《こうこう》と輝く月は真円に近い。それを見て気づいた。今日は十五日、今夜は満月だ。

彼がまだ四歳か五歳ぐらいの頃、美しい満月に誘われて、屋敷を抜け出したことがあった。湖畔に飛《と》び交《か》う泡虫を夢中で追いかけていると、家令長のアントニオが飛び出してきて彼を屋敷へと引きずり戻した。

「以前から申し上げておりますでしょう！　満月の夜に外に出てはいけないと！」

満月の夜、レーエンデには幻の海が現れる。それに飲まれた者は治療法も特効薬もない死病、銀呪病に冒される。だから満月の夜には決して外に出てはならないのだと口うるさく繰り返すアントニオに、ルチアーノは言い返した。

「ノイエレニエに神の御子がいる限り、銀呪を恐れる必要はないんでしょ？」

「いいえ、その見解は誤りです。満月の夜、レーニエ湖には幻の海が現れます。銀の霧が渦を巻き、人を喰《く》う巨大な幻魚が泳ぎ回ります。ルチアーノ様は始祖ライヒ・イジョルニの血を引く尊いお方。その身に滅多《めった》なことがあっては、このアントニオ、お館《やかた》様にお詫《わ》びのしようもございません」

だがルチアーノは知っていた。悪魔の吐息として恐れられてきた銀の霧。それは神の御子の誕生以降、レーニエ湖にしか出現しなくなっていた。銀呪病をもたらす幻の海も人を喰う幻魚も、今はレーニエ湖にしか現れない。なのにアントニオはいまだ満月の夜を恐れている。そんな家令長のことを、ルチアーノは心の中で「頭の古い臆病者《おくびょうもの》」と馬鹿にしてきた。

ごめん、アントニオ。僕が間違っていた。

ルチアーノは心の底から後悔した。今の自分は帰るべき家も隠れる場所もなく、銀呪よけの鉄鈴《てつれい》さえ持たない。もし今夜、幻の海が現れたら？　人喰《ひとく》い幻魚が現れたら？　銀呪病を患って苦しみ抜いて死ぬのと、生きながらにして幻魚に喰い殺されるのとでは、どちらがましな死に方だろう。

朦朧《もうろう》としながら彼は進んだ。木の葉が月光を遮《さえぎ》る。枝葉が頭上を覆い尽《つ》くす。いつの間にか光虫も見かけなくなった。歩けば歩くほど闇は濃くなっていく。ついには足下さえ見えなくなった。進むことも戻ることも出来なくなって、ルチアーノは立ちすくんだ。疲労がどっと押し寄せてくる。眠くて怠《だる》くて立っていられない。彼は木の根元に座り込んだ。もう歩けない。僕はここで死ぬんだ。そう思うと怖くて、目頭が熱くなってくる。

「神様、お助けください。どうか僕をお救いください」

彼の父はクラリエ教の司祭長だった。厳格な父は事あるごとに繰り返した。

『神は見ておられる。神の御子は見守っておられる。神の奇跡は実在する。神の御名に願いを捧げよ。もっとも信心深い者にこそ、神のご加護は与えられん』

ルチアーノは目を閉じ、必死に祈った。

「お願いです。お願いします。神様、僕を助けてください」

ホーゥホーゥとウロフクロウが答える。

彼はそっと目を開いた。

目の前に小さな泡が浮いていた。虹色の薄い皮膜を持つ球体——泡虫だった。それは左右にゆらゆらと揺れた後、森の奥へと動き出す。光虫とは違い、自ら光を発しているわけではない。しかしながら闇に没することもない。

それは数歩先にある木の前で弾けて消えた。

ルチアーノは目をこらした。

泡虫が消えたあたり、淡く青白い光が見える。暗闇の中にひとつ、ふたつ、みっつ、逆三角形に並んでいる。

あれは何だ？

のろのろと立ち上がった。前方に手を伸ばし、摺《す》り足で進んだ。

青白い光を放っていたのは小石だった。三個の小さな月光石が大木の幹に埋め込まれている。淡く光る逆三角形の下、木の幹には洞《うろ》があった。入り口は狭いが、中はそれなりの広さがある。

ルチアーノは洞に身体をねじ込んだ。手足を伸ばせるほど広くはないが、膝《ひざ》を抱《かか》えて座るには充分だ。堆積《たいせき》した落ち葉はふんわりとしてやわらかい。洞の壁に背を預けると睡魔がのしかかってきた。その重みに耐えきれず、ルチアーノはすとんと眠りに落ちた。

浅い眠りの中で夢を見た。天使に背負われ、空を飛んでいる夢だった。

前に一度、母親におぶさるルーチェが羨《うらや》ましくて「僕もおんぶして」とイルマにせがんだことがある。「恐れ多いことです」と言いながら彼女はルチアーノを背負ってくれた。彼を背に乗せたまま子守歌を歌ってくれた。

懐《なつ》かしくて涙が出た。夢うつつのまま泣いていると、天使の声が聞こえてきた。

「傷が痛む？」

「もう少しだけ我慢して。ダール村はすぐそこだから」

「心配いらないよ。もうすぐだから。もう大丈夫だからね」

優しい声だった。天使の背中は温かく、足取りは力強かった。強《こわ》ばっていた身体が解《ほど》けていく。凍《こお》るような恐怖が薄れていく。安堵《あんど》と温《ぬく》もりが身体の隅々《すみずみ》へと広がっていく。

ああ、これは奇跡だ。神様が僕を哀《あわ》れんで、天使を遣わしてくださったんだ。

夢の中で彼は微笑《ほほえ》んだ。

大丈夫……もう大丈夫。

神様が見ていてくれる。僕には天使がついている。


物音を聞いた気がして、ルチアーノは目を覚ました。

煤《すす》けた茅葺《かやぶ》き屋根が見えた。剝き出しの梁《はり》と土壁、土の床を覆う敷き藁《わら》。家具はない。明かりもない。まるで馬小屋だ。乾いた藁の臭《にお》いがする。何かが焦げたような臭いもする。

すぐには頭が働かず、ぼんやりと彼は考えた。

ここはどこだ？　なんで僕はこんなところで寝ているんだ？

右手にある扉の隙間から光が漏れてくる。ぼそぼそと話し声が聞こえてくる。

「で、様子はどうだ？」

低い声。たぶん年配の男だ。それに答えたのは若い女の声だった。

「ちょっと熱があるけど大丈夫そう。疲れてたみたいで今はよく眠ってる」

「どこから来たのだろうな」

「髪は黒いけど色白だし、ウル族の子なんじゃない？」

「お前、あの子をどこで見つけた？　古代樹の森か？　あの森には入るなと前にも言わなかったか？」

「それは……その……」

「なぜそう思う？」

「……言いました」

「なのに入ったのか？」

「だってイェリクが大事な話があるって、夜明け前に逢《あ》い引《び》きの木まで来てくれって言うから」

「またあいつらか」大きなため息。「それでイェリクは来たのか？」

「わかんない。逢い引きの木であの子を見つけて、早く村に運ばなきゃって、それしか考えてなかったから。でもさっきイェリクが来て『お前のせいで大損した』って文句言われた。あいつ、あたしがどのくらい待ってるか、仲間と賭《か》けをしてたんだよ」

「あの悪ガキどもが」唸《うな》るような男の声。パシンと手を叩《たた》く音。「連中には俺からも注意しておく。だからお前もあいつらの言うことをいちいち真に受けるんじゃない」

「わかってる、けど――」

「テッサ、お前は十四歳、来月ようやく十五歳。まだまだ子供だ。焦ることはない。いつか必ず、お前に相応《ふさわ》しい男が現れる」

「べ、別に焦ってなんかないもん。ただ、あたしは――」

「はぁい、お粥《かゆ》が出来たわよ」

新たな声が割って入った。これもまた若い女の声だ。

「少年はまだ寝てるかしら？」

「うん、ちょっと見てくる」

足音が近づいてくる。トントンと扉をノックする音。

「おーい、大丈夫？」

木の扉をそっと開いてティコ族の少女が顔を出した。焦《こ》げ茶《ちゃ》の髪に小麦色の肌、くりくりとした鳶色《とびいろ》の瞳。お世辞にも美人とは言えないけれど、愛嬌《あいきょう》のある顔立ちをしている。

「あ、起きた？　気分はどう？」

彼女はルチアーノの前髪をかきあげた。額に額をくっつける。ルチアーノは思わず息を止めた。顔が近い。近すぎる。いまにも鼻先が触れそうだ。

「よし、熱は下がったね」

顔が離れる。鳶色の双眸《そうぼう》が彼の目を覗《のぞ》き込《こ》む。

「あたしはテッサ。ここはダール村のあたしん家《ち》。あんたは森で行き倒れてたんだ。すごく弱ってて熱もあったから、ほっとけなくて勝手に連れてきちゃった」

目が覚めてよかったと言い、屈託なく笑う。それだけで周囲が明るくなった気がした。冷えた身体が温まるような気がした。うつつの中で聞いた声。僕を励《はげ》ましてくれた天使。あれはこの人だ。この人が僕を助けてくれたんだ。

「起きられる？」

テッサの手を借り、ルチアーノは立ち上がった。彼女に手を引かれて部屋を出る。

粗末《そまつ》な造りの家だった。右手には暖炉《だんろ》、左手には土間がある。戸口の近くには竈《かまど》が据えられ、煙突が家の外へと伸びている。中央にはテーブルがあり、光虫を集めた虫灯《むしあか》りが置かれている。

「おう、起きたか」

椅子《いす》に腰かけていた年配の男が振り返った。

「俺はテルセロ。ダール村の村長だ」

額に刻まれた深い皺《しわ》、太い眉《まゆ》の下にある奥深い目。いかにも頑固そうな顔をした大男は隣の椅子を引き、ルチアーノを座らせた。

「気分はどう？」別のティコ族の娘が話しかけてくる。「顔色はだいぶよくなったわね」

つややかな黒髪、なめらかな黄褐色の肌、形のよい鼻とほっそりとした顎《あご》。長い睫《まつげ》に縁取られた琥珀《こはく》色の瞳は宝石のように煌《きら》めいている。ルチアーノは息を呑んだ。なんて綺麗《きれい》な人だろう。冴《さ》え冴《ざ》えと輝く冬の月のような兄さんとは真逆の、素朴で温かな春の太陽のような人。

「美人でしょ？」

ルチアーノの肩に手を置いて、テッサは自慢げに笑う。

「彼女はアレーテ。あたしの姉さん」

「それで貴方《あなた》のお名前は？」

木の匙《さじ》で鍋《なべ》をかき回しながらアレーテが尋ねる。

「どこから来たの？　こんなところまで一人で来たの？」

「僕は――」

答えかけ、続く言葉を飲み込んだ。覆面男の言葉が耳の奥に蘇る。

身分も名前も記憶も捨てろ。次に会うことがあったら、その時はお前も殺す。

「わからない」

「え？」

「何も思い出せない」

「まさか、忘れ病《やまい》？」

テッサの顔から血の気が引いた。彼女はくるりと背を向けて、急ぎ足で扉に向かう。

「待て、テッサ！」

今にも駆け出さんとする娘をテルセロが呼び止めた。

「こんな夜更けにどこに行く」

「お医者様を呼んでくる」

「リュートの家まで半日はかかる。夜道は危険だ。せめて夜が明けてからにしろ」

「そんなに待ってらんないよ！　忘れ病って頭を打った時になるんでしょ？　強く頭打った人って、大丈夫そうに見えても、突然様子がおかしくなって、し、死んじゃったりするんでしょ？」

「彼なら大丈夫よ」涙目の妹をアレーテが宥《なだ》める。「頭に傷はなかったわ。ぼんやりしているのは、きっとお腹《なか》が減っているせいよ」

そう言って、粥の入った皿と木の匙をルチアーノの前に置く。彼の目を覗き込み、木漏れ日のような笑みを浮かべる。

「ゆっくりでいいからたくさん食べてね。おかわりもあるからね」

曖昧《あいまい》に頷《うなず》いて、ルチアーノは木の匙を手に取った。湯気を上げている茶色い粥。麦だろうか、それとも芋だろうか。もったりとして粘《ねば》り気《け》のある粥を、おそるおそる口へと運ぶ。

卵の香りがした。とろりとして、少し甘い。

急に空腹を感じた。ルチアーノは夢中で粥をかきこんだ。

「そういえばお前達、もう聞いたか？」

椅子に座り直し、テルセロが姉妹に向かって問いかける。

「東教区の司祭長マウリシオ・ヴァレッティの屋敷が火事になったそうだ。跡形もなく焼け落ちて、司祭長や奥方クラリッサ様だけでなく、使用人達も全員亡くなったとか」

ルチアーノは咳き込みそうになった。顎を引き、息を止める。全身に力をこめて身体の震えを止めようとする。

「まあ……」アレーテは眉宇《びう》をひそめた。「それはお気の毒に」

「アレーテは人がよすぎるよ」

テッサはフンと鼻を鳴らした。乱暴に椅子に腰かけ、テーブルに頬杖《ほおづえ》をつく。

「あたしは同情なんかしない。教会の連中はあたし達を奴隷か何かだと思ってる。あたし達から巻き上げた金で自分達ばっかいい暮らしをしてる。きっと罰《ばち》が当たったんだよ」

それは違う！　ルチアーノは心の中で言い返した。

新たな畑を開墾し、一定以上の収穫を得た者に、法皇庁は土地の占有権を与えている。たとえティコ族であっても、戦地で武功を収めた者には名誉勲章を授与している。法皇庁は街道を敷設し、立派な街も造った。各村に教会を築き、鉄製の鐘を設置した。土着の迷信を廃し、クラリエ教に基づく倫理規範を広めたのは、クラリエ教の最高機関である法皇庁の功績だ。

「そんなことを言うもんじゃない」

唸るような声でテルセロが窘《たしな》める。

「焼け跡からは子供の遺体も見つかったそうだ」

ルチアーノは匙をぎゅっと握った。子供の遺体――屋敷にいた子供は自分とルーチェだけだ。照れ屋で内気なルーチェ、唯一の遊び相手だったルーチェ。荒れ狂う炎、焼け落ちる屋敷、あの業火の中で彼は焼け死んだのだ。

「子供が死んだの？」

尋ねるテッサの声は重く沈んでいた。

「誰？　いくつだったの？」

「司祭長のご子息らしい。七歳ぐらいだったと思う」

「まだ小さいね」テッサは俯《うつむ》いた。「可哀想《かわいそう》に」

「まったくだ」

やりきれないというように頭を振って、テルセロはルチアーノに目を向けた。

「君はいくつだ？」

ギクリとした。粥が喉に引っかかり、慌てて水を飲んだ。そんな彼の様子をテルセロは注意深く見守っている。ルチアーノは確信した。彼は僕を疑っている。火事の話をしたのも、死んだ子供の話を切り出したのも、僕の反応を見るためだ。

緊張で口が渇いた。もう一口、水を飲んだ。

息が苦しい。

「君はどこから来た？」テルセロが重ねて尋ねてくる。「司祭長のお屋敷の火事に何か関係しているのか？」

「覚えてない」

「君はイジョルニ人だろう？　その手足の火傷《やけど》はどこで負った？」

答えられず、ルチアーノは俯いた。

ティコ族の姉妹が親身になってくれるのは僕の正体を知らないからだ。特にテッサはクラリエ教の人間を嫌っている。僕が司祭長の息子だとわかったら、彼女は僕を突き放すだろう。「助けるんじゃなかった」と言って、森に放り出すだろう。

「……っく」

しゃっくりとともに粥の中に涙が落ちた。泣きたくない。泣けば疑われる。そう思っても止まらない。後から後からとめどなく涙が頬をつたい落ちていく。

「もうやめて！」アレーテがテルセロの背中を叩いた。「彼は子供なのよ！　こんなに傷だらけで、まだ熱だってあるのよ！」

「そうだよ！　飯喰ってる子供をいじめるんじゃないよ！」

勇ましく袖《そで》をまくり上げ、テッサはテルセロを睨《にら》みつける。

そんな二人を交互に見て、テルセロは奥深い目を瞬かせた。

「別に、俺は、いじめているわけでは――」

「いいのよ、無理して思い出さなくても」

皆まで聞かず、アレーテはルチアーノの頭を抱きかかえた。

「ここは安全よ。何が来たってあたし達が守ってあげる。だからもう泣かないで」

髪を撫《な》でる嫋《たお》やかな手、頬に当たるやわらかな感触。こんな風に抱擁《ほうよう》されたことはなかった。両親は僕の世話をすべてイルマに任せていた。イルマは優しかったけれど、僕を抱きしめてはくれなかった。本当は寂《さび》しかった。お母さんに抱きしめてほしかった。こんなことになるなら、もっと素直に甘えておけばよかった。今になって気づくなんて、僕は大馬鹿《おおばか》者だ。今さら後悔しても、もう手遅れだ。

まんまるツチイモ

のっぽのヒゴネ
甘いスグリは隠し味

変な歌が聞こえた。威勢はいいが、調子っぱずれな歌声だ。

トントン、トトトン……とテーブルを叩き、テッサは陽気に歌い続ける。

お鍋にドンと投げ入れて
喧嘩《けんか》はしないよ、お腹が減った
さぁさ、食べよう、美味《おい》しいスープ
一口すれば、あらあら不思議
王様、椅子から落っこちた！

変な歌。わけがわからない。ルチアーノはつい笑ってしまった。

「よしよし、笑ったね」

テッサはしたり顔で右目を閉じた。

「泣くのも悪くないけどさ、飯は笑いながら食べたほうが旨《うま》いよ」

「もうテッサってば」アレーテが泣き笑いの表情で目元を拭《ぬぐ》う。「どうしてそんなに音痴なの？」

「ウーゴに似たんだな」

テルセロは腕を組み、懐かしそうに呟《つぶや》いた。

「あいつの歌はひどかった。合州軍の兵士が塹壕《ざんごう》から飛び出して、ひっくり返って悶絶《もんぜつ》するほどひどかった」

「あたしはそこまで音痴じゃない！」

テッサは誇らしげに胸を反らした。それがまたおかしくて、ルチアーノは笑った。

ひとしきり笑うと名案が閃《ひらめ》いた。

「僕はルーチェ」

そう言って、彼はテッサを見上げた。

「ヴァレッティ司祭長のお屋敷で女中として働いていたイルマ・ロペスの息子です」

「思い出したの？」

「うん」彼はコクリと頷いた。「夜中に目を覚ましたら、あたり一面火の海で、旦那様《だんな》や坊ちゃんをお守りしなきゃいけなかったのに、怖くて一人で逃げました。ごめんなさい。どうか罰しないでください。警邏隊に引き渡さないでください」

「そんなことするもんですか！」

思った通り、アレーテは少しも疑わなかった。

「可哀想に、怖かったよね。お母さんのこと、辛《つら》かったね」

「そういうことなら逃げて正解だったかもしれんな」

渋《しぶ》い声でテルセロも言う。

「使用人の子供だけが難を逃れたとなれば、あらぬ疑いをかける者も出てくる。警邏隊に見つかれば、厳しい取り調べを受けることになるだろう」

「犯人を捏造《ねつぞう》して点数を稼ぐって？　連中のやりそうなこった！」

腹立たしげに吐き捨てて、テッサは立ち上がった。テーブルを回り、ルチアーノの側へとやってくる。くしゃくしゃと彼の頭髪をかき回し、にっこりと笑う。

「安心しな、ルーチェ。あんたを警邏に売り渡したりしない。帰る場所がないならここにいればいい。遠慮することない。ウチの子になって、ずっとここで暮らせばいい」

「……いいの？」

もう帰る場所はない。行くあてなんてどこにもない。

「僕、本当に、ここにいていいの？」

「もちろんよ！」

アレーテは再び彼を抱き寄せ、その背中を撫でさすった。

「今日から貴方はウチの子よ！　あたしとテッサの弟よ！」

彼女の胸に頬を押し当て、ルチアーノは目を閉じた。

瞼の裏に真っ赤な火炎が蘇る。あの炎の中でルチアーノは死んだ。司祭長マウリシオ・ヴァレッティの次男ルチアーノ・ダンブロシオ・ヴァレッティは死んだのだ。

生き残ったのはルーチェだけ。

今日から僕は女中頭イルマの息子、ルーチェ・ロペスだ。


本来の名前と身分を捨てたルーチェは、この名に相応しい人間になろうと決意した。

働き者だったルーチェ。母親の仕事をよく手伝っていたルーチェ。アレーテとテッサの弟になるなら、僕も一生懸命働こう。

傷が癒《い》え、体力が回復し、再び動けるようになると、ルーチェは二人の姉に言った。

「僕も働きたい。僕に出来る仕事はない？」

「無理しなくていいのよ」アレーテは彼の頭を撫でた。「ルーチェはまだ子供なんだし、怖い目に遭ったばかりなんだから」

「でも僕、働きたいんだ。僕も役に立ちたいんだ」

「なら、あたしと一緒においで」

テッサは戸口脇《わき》に置かれていた大きな斧《おの》を手に取った。

「あんたに相応しい仕事が見つかるまで、あたしの仕事を手伝ってよ」

「うん！」

元気よく答え、ルーチェはテッサとともに家を出た。

外に出ると何かを焦がしたような臭いが一段と強くなった。我慢出来ないほどではないが、喉の奥がいがらっぽくなる。ひとつふたつ咳《せき》をすると、先を行くテッサが振り返った。

「大丈夫？」

テッサは気にならないのだろうか。ルーチェは上目遣いに彼女を見る。

「この臭いは何？」

「臭い？」テッサはくんくんと鼻を鳴らした。「別に何も臭わないけど？」

こんなに臭いのに？　と言いかけて、ルーチェは続きを飲み込んだ。ダール村で生まれ育った人にとって、この臭いは日常の一部。風や空気と同じく、あって当たり前のものなんだ。

だったら僕もそれに倣《なら》おう。

「ごめん、気のせいだったみたい」

ルーチェは笑ってごまかした。

二人は路地を抜け、大通りに出た。おはよう、調子はどう、いい天気だね。朝の挨拶《あいさつ》が聞こえてくる。これから仕事に向かうのだろう。のんびりと歩く人、足早に通り過ぎる人、足を止めて談笑している人もいる。

畑へと向かう人々に紛《まぎ》れ、南に向かって歩いていくと、前方に広場が見えてきた。中央には鐘楼をいただく教会堂がある。教会堂の裏手には飯屋《めしや》が並んでいる。そこから屈強な男達がぞろぞろと出てきた。赤銅色の肌は煤と泥で汚れている。蓬髪《ほうはつ》も爪《つめ》も真っ黒だ。黒光りするツルハシを担ぎ、ルーチェ達とは反対の方角、北に向かって歩いていく。

ルーチェはそっとテッサの袖を引いた。

「あの人達、どこに行くの？　何をしてる人達なの？」

「彼らは炭坑夫。これからダール炭鉱に石炭を掘りにいくんだよ」

テッサは器用に片目をつむってみせる。

「ダールの石炭は質がよくて高値で売れる。他で仕事をするより儲《もう》かるから、ダール村には力自慢の男達が大勢集まってくるんだ」

「けどティコ族は司祭長の許可なしに、勝手に土地を離れることは出来ない……はずだよね」

男達がダール村に集まれば他の村々が人手不足に陥《おちい》る。東教区の司祭長だった父は税率の低い石炭よりも税率の高い穀物の生産性を上げようとしていた。このような偏りを看過するとは思えない。

「もしかして、彼らは流民なの？」

流民とは法皇庁が定めた法を破り、勝手に土地を離れた者のことをいう。警邏兵や役人に見つかれば厳しい罰を受けることになる。

「流民を匿ったりして大丈夫なの？」

「そういうことは言いっこなし」

テッサは人差し指を唇《くちびる》に当てた。

「ルーチェだって流民みたいなもんなんだから」

言われてみればその通りだ。新顔のルーチェを見咎《みとが》める者がいないのは、労働力確保のために流民の存在が黙認されているからなのだ。

「けどクラリエ教会は？　司祭は何も言わないの？」

「フリオ司祭はあたし達の味方だからね」

クスクスといたずらっぽくテッサは笑う。

「ダール村の教会堂はふたつの顔を持ってるんだ。昼は講堂、夜は酒場。フリオ司祭もそれと同じ。昼はクラリエ教の伝道者、夜は酒場の店主になる」

司祭なのに、酒場の店主？

あまりに突飛すぎて想像力が追いつかない。ルーチェが知っている聖職者達は堅物ばかりだった。礼拝中に余所見《よそみ》でもしようものならシロヤナギの鞭《むち》で手の甲を打たれた。

「どんな人なの？　会ってみたいなぁ！」

「そのうち飲みに連れてってあげるよ」

二人はダール村を出た。畑に向かう一行と別れ、西の丘の斜面を登る。

晴れた空、朝の日差しが眩《まぶ》しい。間近に見える白い山頂はレーエンデの最東端にあるバルバ山だ。その裾野《すその》に広がる深い森、谷間にひしめくようにして木造家屋が並んでいる。藁葺《わらぶ》き屋根から突き出した煙突、もくもくと上がる白煙、どの家屋もテッサ達の家と同じく、質素でこぢんまりとしている。

やがてダール村の北側、山の斜面に摺《す》り鉢状の大穴が見えてきた。ダール炭鉱だ。その手前には真っ黒な小山があり、黒い煙が立ちのぼっている。それを見て、合点《がてん》がいった。あれは炭鉱廃棄物の山だ。ダール村に漂う悪臭は炭鉱廃棄物が燻《くすぶ》る臭いだったのだ。

「あ、おはようキリル！　おはようイザーク！」

テッサが大きく手を振った。

見れば二人の男が坂道を下ってくる。一人は黒髪に日焼けした褐色の肌、立派な体格をしたティコ族の若者だ。大振りなナイフを腰に差し、大きな布袋を背負っている。もう一人は輝くような金髪と雪のように白い肌を持つ見目麗しい青年。こちらは長弓と矢筒を背負っている。

「あんた達、また古代樹の森に行ったの？」

自分のことは棚に上げ、テッサはこれ見よがしに肩をすくめた。

「いい加減にしないと怒られるよ？　そのうち村から追い出されるよ？」

「追い出されたところで、たいして困らねぇけどな」

ティコ族の青年は余裕たっぷりに笑い、テッサのことを指さした。

「それよかお前、またイェリク達に騙《だま》されたんだって？」

「う、うるさいッ！」

彼の顎にテッサの鉄拳《てっけん》が炸裂《さくれつ》した。青年はひっくり返り、手足を伸ばして昏倒《こんとう》する。

過激な挨拶にルーチェは驚き、目を剝いた。

彼、大丈夫だろうか？　動かないけれど、気絶してるの？

「一応、紹介しとくね」

しかしテッサは慌てる様子もなく、倒した男を指し示す。

「こいつはキリル。ダール村で一緒に育った幼馴染《おさななじ》み。で、あっちの美形がイザーク。彼は正真正銘、生粋《きっすい》のウル族だよ」

「はじめまして」

ウル族の青年は左手を掲げた。その掌《てのひら》には直交する二本の傷跡がある。

「私はイザーク。五年前、古代樹林の集落を出てダール村に来ました」

柔和な声に優しい眼差《まなざ》し。庭師のエミリオはウル族のことを「残忍な野蛮人」と言っていたけれど、とてもそんな風には見えない。

「僕はルーチェ・ロペスといいます。今はテッサの家に住まわせて貰《もら》っています」

そこで声を抑え、続ける。

「大丈夫なんですか？　ウル族が古代樹の森を出ても？」

「もちろん大丈夫じゃないです。普段は『色が白いのはノイエ族の血を引いているからだ』と嘘《うそ》をつきます。けど今回は嘘を言う前にテッサにバラされちゃいましたから」

「ルーチェはあたしの弟だ。嘘なんて必要ない」

自信満々にテッサが請け合う。追随してルーチェも頷く。

「約束します。誰にも言いません」

「ではルーチェ、どうか仲よくしてくださいね」

「こちらこそ、よろしく」

「うう……痛ってぇ……」

呻《うめ》き声とともにティコ族の青年が上体を起こした。顔をしかめ、顎をさする。

「ったく、ちっとは手加減しろっての」

「手加減したよ。あたしが本気で殴ったら、あんたの顎、今頃ふたつに割れてるよ」

「そうですよ。テッサが本気で殴ったら、顎だけでなく頭蓋骨《ずがいこつ》まで粉々になってますよ」

「そりゃ、まぁ、そうだけどよ」

イザークの手を借りて青年は立ち上がった。服についた土埃《つちぼこり》を払うと、改めてルーチェに向き直る。

「お前がルーチェだな。身体はもういいのか？　傷は痛まないか？」

「はい、もう大丈夫です」

「そりゃよかった」

彼は白い歯を見せて笑い、拳《こぶし》で自分の胸を叩いた。

「俺はキリル。テッサとは生まれた時からのつき合いだ。身内っつうか、兄妹《きょうだい》みたいなもんだ」

そうだよな？　と言い、テッサの肩に手を回す。

「テッサの弟なら俺の弟も同然だ。困ったことがあれば何でも言え。遠慮は無用だ」

「はい、ありがとうございます」

「いい返事だ」

キリルはルーチェの頭をわしわしと撫でた。

「じゃあな、少年！　頑張って働けよ！」

ヒラヒラと手を振って二人の青年は坂を下っていく。

颯爽《さっそう》として気持ちがいい、まるで初夏の薫風のような人達だ。

「格好いいね」

呟いて、ルーチェはテッサを見上げた。

「テッサはキリルのことが好きなの？」

ぶふっ、とテッサが噴き出した。

「やめてよ！　キリルみたいなゴツい男、あたしの趣味じゃない！」

それに——と言い、小さな声で耳打ちする。

「キリルはアレーテにゾッコンなんだよ」

「そうなの？」

「うん。もうずっと前からね」

遠ざかる彼らの背を見つめ、テッサは少し寂しそうに微笑む。

「キリルは子供の頃に家族を亡くしてね。あたしんちで一緒に暮らしてきたんだ。でも五、六年前だったかな。このままじゃアレーテに男として見て貰えないって思ったらしくて、『俺は自立する』って出ていっちゃったんだ。畑仕事を手伝ったり炭鉱に入ったりしてたけど、どれも性に合わなかったみたいで、今は森ン中に狩猟小屋を造って、そこでイザークと暮らしてる」

小さく息を吐き、彼女は青年達に背を向けた。斧を担ぎ、再び坂道を登り始める。

「ダール村の男達はみんな炭鉱で働いてる。毎朝ツルハシを担いで坑道に入る。でもキリルとイザークは森で木の実やキノコを集めたり、トチウサギやカワガモを狩ったりして村に持ち帰る。貴重な食材を持ってきてくれるから誰も文句は言わないけど、たぶんみんな思ってる。あの二人は変わり者だって」

「でもテッサとは仲いいんでしょ？」

「あたしも変わり者だからね。変わり者同士、ウマが合うんだよ」

ルーチェは首を傾《かし》げた。あの二人が変わり者と呼ばれるのは理解出来る。けれどテッサが変わり者と呼ばれるのは納得がいかない。どうしてなのか尋ねてみたかったが、なんとなく訊《き》いてはいけないような気がした。

「さて、着いた。ここがあたしの職場だよ」

テッサが肩から斧を下ろした。鬱蒼とした森の手前、屋根と支柱しかない粗末な小屋がある。屋根の下には幾本もの丸太が寝かせてある。

「ダール村の人達はそれぞれが役目を果たし、助け合い、補い合って暮らしてる。男達が炭鉱で働いている間、女達は畑に出て黒麦やツチイモを作る。年長の子供達は山羊《やぎ》の群れを丘に連れて行く。飯屋の女将《おかみ》さんは出稼ぎ炭坑夫のために食事を提供する。アレーテの仕事は親達が働いている間、子供達の面倒を見ること。あたしの仕事は森から適当な木を切ってきて、割って薪《まき》にして村の各戸に届けること」

テッサは小屋に向かい、身長の倍はありそうな丸太を軽々と運び出してきた。幹に斧を振り下ろし、適当な長さの輪切りにしていく。それを大きな切り株に載せ、斧で一気に叩き割る。スコン、スコン、スコン。あっという間に一抱《ひとかか》えの薪が出来上がった。

「あんたもやってみる？」

テッサが斧を差し出した。黒光りする木の柄《え》、分厚い斧頭《ふとう》。でも十四歳の少女に扱えるくらいだ。コツさえ摑めば何とかなるだろう。

ルーチェは斧を受け取った。

「う……」

予想以上に重かった。片手じゃ持てない。ルーチェは両手で柄を握った。よろよろと持ち上げて、振り下ろしてみたものの、狙《ねら》いは大きく外れた。丸太を叩き割るどころか、あやうく自分の爪《つま》先《さき》を割るところだった。

「気をつけて」

「わかってる」

ルーチェは力任せに斧を振り上げた。今度は勢いをつけすぎた。斧の重さに引っぱられ、ひっくり返って尻餅《しりもち》をつく。

「大丈夫？」

「……うん」

彼は立ち上がった。ズボンの尻で掌の汗を拭い、再び斧の柄を握る。慎重に斧を振りかぶる。ぶるぶると腕が震え、なかなか狙いが定まらない。

「えいッ！」

思い切って振り下ろした。斧が切り株にめり込む。押しても引いてもびくともしない。

テッサが横から手を伸ばし、斧の柄を摑んだ。ひょいと引き抜き、「はい」と言って差し出す。

ルーチェはまじまじと彼女を見つめた。

「ティコ族って、みんなそんなに力持ちなの？」

「そりゃ炭鉱の村だもん。力自慢は多いよ。けど、あたしみたいなのはあんまいないね」

テッサは手の甲で鼻の頭を擦《こす》った。

「あたしの怪力は生まれつき。おかげで腕相撲《うでずもう》じゃ負けなしだ。少なくともダール村にはあたしに勝てる奴《やつ》はいないよ」

ということは、僕が特別に非力というわけじゃないんだな。

「いいなぁ。僕もそんな力がほしい」

「まぁね。あたしが男だったらそれでもよかったんだけどさ。力の加減が出来ないから縫い物とか刺繍《ししゅう》とかまるで駄目だし、ツチイモ洗えば握《にぎ》り潰《つぶ》しちゃうし、洗濯すれば服も毛布もびりびりに破いちゃう。そんなんじゃ嫁に行かれないぞって、いつもみんなにからかわれるんだ」

「いいじゃない、家事なんて出来なくたって。細かい仕事が得意な人はいっぱいいるけど、テッサみたいな力を持ってる人は他にはいないよ」

「あんたは子供だから、まだわかんないんだよ」

テッサはぷくっと頬を膨《ふく》らませる。

「女は結婚して子供を産んで、初めて一人前って言われるんだ。誰からも求婚されず、結婚出来ずに歳《とし》を取った女は『行き遅れ』って馬鹿にされるんだ」

「そんなの気にすることないよ！」

ルーチェは負けじと語気を強める。

「テッサは特別な力を持ってる。その気になれば民兵として武功を立てることだって、名誉市民になることだって出来る。そっちのほうがずっとすごいことなのに、どうしてお嫁さんなんかになりたいの？」

「どうしてって――」テッサは鼻白んだ。「そりゃあアレーテのこともあるし、あたしだけが結婚して幸せになるつもりはないけど、あたしだって女の子だもん。大好きな人と誓いのキスをして、村のみんなに祝福されたい。あたしを心から愛してくれる人と結ばれて、世界一幸せな花嫁になりたい。そう思うことの、なにがいけないの？」

いけなくはないが間違っている。天賦の才能を活《い》かさないなんて神に対する冒瀆《ぼうとく》だ。彼女が有する非凡な力、もし僕にそれがあったら、みすみす両親を殺されはしなかった。アントニオやイルマやルーチェだって救えたかもしれない。

「笑えばいいよ」ぼそりとテッサが呟いた。ふて腐れたようにそっぽを向く。「我慢しなくていい。笑っていいよ」

「なんで？」

むっとしてルーチェは尋ねた。憤りこそすれ、笑う理由など何もない。

「おかしくもないのに、なんで笑わなきゃいけないのさ」

「だって、あたしがお嫁さんになりたいって言うと、みんな笑うんだもん。お前みたいな変わり者に懸想《けそう》する奴はいないよって、そんな夢、見るだけ無駄だよって、みんな笑うんだもん」

「僕は笑わない」

「ホントに？」

「笑わない。だって全然おかしくないし」

ルーチェは丸太を切り株に置くと、再び斧を握った。

「テッサは可愛《かわい》いよ。家事全般が苦手でも充分に魅力的だよ」

「んん？」

「テッサを笑う連中なんて、僕が、こうしてやる！」

勢いよく斧を振り下ろす。今まで掠《かす》りもしなかった斧の刃が丸太をまっぷたつに叩き割る。

「すごい！」興奮してテッサは手を叩いた。「ルーチェかっこいい！」

先程までの不機嫌はどこへやら、すっかり機嫌をよくしている。そんな彼女を見て、少しだけ溜飲《りゅういん》が下がった。ルーチェは薪割りを続けた。幾度となく空振りを繰り返したが、五回に一回は当てられるようになった。一心不乱に斧を振っている間に時は過ぎ、気づけば太陽は西の地平へと傾きかけている。

ダール村の方向から鐘の音が聞こえてきた。ゆっくりと五回。仕事終わりの合図だ。

ルーチェは手を止めた。空が赤く染まっている。雲が真っ赤に燃えている。炎上する屋敷のことを思い出し、彼はぶるっと身体を震わせた。

「寒い？」テッサが尋ねる。

「ううん」ルーチェは首を横に振った。「大丈夫、ありがとう」

「よく頑張ったね」

彼の肩に手を置いて、テッサはにっこりと笑った。

「薪もいっぱい作ったし、そろそろ戻ろっか？」


山盛りの薪を村の各戸に配ってから、二人は我が家に戻った。

「ただいま」の声を聞き、アレーテは手元の紙から目を上げる。

「あらやだ、もうこんな時間？」

すぐに支度《したく》するわねと、木炭筆を置いて立ち上がる。

何を書いていたのだろう。興味を引かれ、ルーチェはテーブルに目を向けた。形も大きさもばらばらな紙に、虫が這ったような筆致で帝国文字が綴《つづ》られている。

「これはなに？」

「綴りの練習よ。それは村の子供達が書いたの」

竈に火を焚《た》きつけながらアレーテは答える。

「預かっている間にね、子供達に読み書きを教えてるの」

「……なんで？」

イジョルニ人でも文字を読んだり書いたり出来る人間は少ない。イルマもルーチェも文字を知らなかった。それでも不自由はしていなかった。

「ダール村で暮らすのに読み書きって必要？」

「それ、よく言われるのよね。『農夫や炭坑夫になるのに読み書きなんて必要ないだろ』って。けど読み書きが出来れば、遠くにいる人に自分の考えを伝えることが出来るし、はるか昔に生きた人の考えを知ることだって出来る。それってすごくない？　なんかワクワクしない？」

どうだろう。そんなこと考えたこともなかった。

「それに人って言葉でものを考えるから、知っている言葉が増えれば、それだけ考え方も豊かになるの。考え方が豊かになれば視野が広がって、それまで見過ごしてきたことにも気づけるようになる。何が正しくて何が間違っているのか、自分の頭で考えることが出来るようになる。あたしが子供達に読み書きを教えるのは、知識が人を作り、見識が世界を変えるって信じているから。教育の力はどんな武器よりも強いって信じているからなの」

「ああ……うん、そうだね」

ルーチェは感じ入った。同時に自分が恥ずかしくなった。アレーテを侮っていたわけではない。けれどどこんなにも深い答えが返ってくるとは思っていなかった。

彼はテーブル上の紙を手に取った。

「これ、間違ってる綴りを直せばいいの？　僕、やっておこうか？」

「ルーチェ、字が読めるの？」

「うん。読み書きより計算のほうが得意だけど」

「あら、そうなの？　いいこと聞いちゃった！」

アレーテは前掛けで両手を拭いつつ、パタパタと部屋を横切った。かと思うと、暖炉の上から紙の束《たば》を取って戻ってくる。

「テルセロに頼まれて炭鉱の出納簿をつけてるんだけど、何度やっても数字が合わないの。ちょっと見てくれる？」

「いいよ」

ルーチェは紙の束を受け取った。椅子に腰かけ、帳簿にざっと目を通す。一見正しいようにも見えるが、二重に計算している箇所がある。

「ここ間違ってる。二重に税金を取られてる」

「ええっ、どこどこ？」

彼が指摘した箇所をアレーテは注視する。確認の計算をした後、勢いよく妹を振り返る。

「テッサ！」

「んぐ」つまみ喰いしたツチイモをテッサは慌てて飲み込んだ。「……なに？」

「テルセロを呼んできて！」

「はぁい」

もう一欠片《かけら》、蒸《ふ》かした芋を口の中に放り込んで、彼女は家を出ていった。

「すごいわ、ルーチェ」

アレーテは感嘆し、彼の頭を撫で回した。

「なんて賢いの。貴方の才能、ぜひ活かすべきよ！」

たいしたことはしていない。そこまで褒められるとこそばゆい。でも遠慮したら勿体《もったい》ない。ルーチェは大人しく撫で回されることにした。

やがてテッサがテルセロを連れて戻ってきた。

「二重に税を取られてるんだ。ここと……それと、ここも」

ルーチェの指摘にテルセロはうむむ、と唸った。

「これはまいった。まったく気づかなかった」

「きちんと文句を言ったほうがいいよ。たぶんこれ、わざとだよ。二重に徴収したお金を自分の懐《ふところ》に入れているんだよ」

「そうだな。明日の朝一番で急ぎ税理官のところに行ってくる」

紙束を小脇《こわき》に抱え、テルセロは立ち上がった。

「ルーチェ、もしよければ今後も君の頭脳を貸してくれないか。俺の代わりに鉱山の出納係をやってくれないか」

「僕でよければ喜んで」

「よろしく頼む」

テルセロは少年に右手を差し出した。ルーチェは彼の手を握り返した。急ぎ足で出ていくテルセロを見送って、テッサはルーチェの背中を叩いた。

「やるじゃん、ルーチェ！　さすがはあたしの弟だ！」

「それを言うなら『あたし達の弟』でしょ？」

アレーテは両手を広げ、二人をまとめて抱きしめた。

「テッサもルーチェも、あたしの自慢の家族だわ！」

自慢の家族。その言葉をルーチェは反芻《はんすう》する。湧《わ》き上がってくる喜びをゆっくりと噛《か》みしめる。

これは奇跡、神の恩寵《おんちょう》だ。僕を哀れんだ神様が、もう一度生き直すようにと新しい家族を与えてくれたんだ。

ならばもう忘れてしまおう。両親のことも、恐ろしい夜のことも、忘れてしまおう。

あの覆面男が何者かはわからない。誰の命令で屋敷を襲ったのかもわからない。でもその理由は察しがつく。神学校に入ってすぐ、兄さんは法皇ユーリ五世の側仕《そばづか》えに抜擢《ばってき》された。名誉なことだと両親は喜んだ。母は始祖の血を引くダンブロシオ家の人間だ。エドアルドが法皇のお気に入りになれば、次期法皇の座につくことだって夢ではない。とはいえ彼女は末娘、上には四人の兄がいる。由緒正しき血統を継ぐ四人の男を差し置いて、末娘の長男が法皇の座につくなどあり得ない。なのに両親は夢を見た。息子を使って法皇に取り入ろうとした。身の程を知らない野心を抱いたがゆえに彼らは死んだ。権力闘争に巻き込まれ、屋敷もろとも焼き殺されたのだ。

権力を求めて殺し合うのが始祖の血統の性《さが》ならば、ダンブロシオの家名など要らない。ルチアーノとして生きた日々のことは忘れて、これからはルーチェ・ロペスとして生きていく。神様が与えてくれた新しい家族とともに、このダール村で生きていく。

ああ、でも神様。ひとつだけ、兄さんの記憶を心に留《とど》めておくことだけは許してください。

神学校へ入学するため、エドアルドがノイエレニエに向かったのは三年前のこと。当時ルチアーノは五歳、エドアルドは十五歳だった。大好きな兄と離れるのが嫌でルチアーノは泣きじゃくった。そんな彼を見て、兄も涙ぐんでいた。

もう一度、兄さんに会いたい。僕が生きていることを知らせたい。あと数年もすれば背も伸びる。毎日鍛《きた》え続ければ胸板も厚くなる。キリルみたいに男らしい青年になったら、あの覆面男も僕がルチアーノだとは気づかないだろう。

待っていて、エドアルド兄さん。いつか必ず会いに行くよ。

ダール村での暮らしは驚くほど単純だった。毎日が同じことの繰り返しだった。朝早くに起き出して、テッサとともに薪割りをする。仕事から戻るとアレーテが笑顔で出迎えてくれる。三人で食卓を囲み、他愛《たわい》のない話をして笑う。月に数回、帳簿の整理をして、テルセロに届ける。充実した一日の終わり、藁の寝床に身を横たえ、薄い毛布にくるまって眠る。

ご馳走《ちそう》もお菓子も華やかな舞踏会もない。しかし安穏とした暮らしは急ぐ必要もなく、背伸びを強《し》いられることもない。ありのままの自分でいられる幸福。木漏れ日のような温もり。これこそが自分の求めていたものだとルーチェは思った。新しい人生を与えてくれた創造神に感謝し、朝晩の祈りを欠かさなかった。

激動の夏は瞬《また》く間に過ぎ去り、豊穣《ほうじょう》の秋がやってきた。

十月末の三日間、ダール村は収穫祭で盛り上がる。一年の無事と大地の恵みに感謝して、揚げ菓子や果物などが振る舞われる。賑《にぎ》やかな音楽に合わせ、着飾った若者達が輪になって踊る。蜂蜜《はちみつ》酒が酌《く》み交《か》わされ、あちこちで腕相撲勝負が繰り広げられる。祭りの最後を飾るカボチャの早割り競争ではテッサが十五個のカボチャを叩き割って優勝し、村人達から喝采《かっさい》を浴びた。

十一月に入ると気温がぐんと下がった。十二月には初雪が降り、十三月には小屋の屋根に雪が積もった。テッサとアレーテ、遊びに来たキリルとイザークとともに、ルーチェは新しい年を迎えた。厳冬が過ぎ、三月になると暖かな西風が吹き始めた。雪もすっかり溶けた四月末、無病息災を祈願する春告祭《しゅんこくさい》が行われた。

男達は顔に白粉《おしろい》を塗り、唇に紅を引き、女物の服を着て村中をねり歩く。どう見ても女には見えないキリルと、どう見ても女にしか見えないイザークが、沿道の女達に投げキスを振りまく。ルーチェも化粧をして、藁で作ったかつらを被った。テッサとアレーテにキスを投げると、二人は大はしゃぎで手を振って、ルーチェにキスを投げ返してくれた。

こうして一年が過ぎ、二年が過ぎた。三年目を迎える頃にはもう、彼はすっかりダール村のルーチェになっていた。ここに来る前の記憶は薄れ、もはや両親の顔さえもはっきりとは思い出せなくなっていた。ゆっくりと流れる時間、昨日と変わらない今日が来て、今日と変わらない明日が来る。それでいいと思っていた。平和な毎日がこれからもずっと続いていくのだと信じていた。

変化はいきなり訪れた。

それはルーチェがダール村に来てから五度目の秋、聖イジョルニ暦六六八年十一月のことだった。

木枯《こが》らしが吹き荒れる寒い夜、彼はふと目を覚ました。目を擦りながら身体を起こす。アレーテとテッサの寝床は空だった。扉の隙間から光が漏れている。隣の部屋からぼそぼそと二人の話し声が聞こえてくる。

こんな夜更けに何を話しているんだろう。

ルーチェは足音を忍ばせ、そっと扉に近づいた。

「戦争に行って、戦い方を覚えて、それが何になるの？」

アレーテの声が聞こえた。梁に吊るしたランプの下、テッサとアレーテが額をつき合わせるようにして座っている。

「あたし達の敵は法皇でも法皇庁でもない。安寧《あんねい》を求めて隷属を受け入れてしまう脆弱《ぜいじゃく》な心こそが真の敵なの。今のレーエンデに必要なのは剣を振るう蛮勇じゃない。市井《しせい》の人達の自立心よ。自由を求める信念こそが、レーエンデに真の自由をもたらすのよ」

「うん、わかってる。教育は大切だって、あたしも思ってる。でもあたしは読み書きよりも身体を動かすほうが得意だし、民兵になって外地に行ったほうが、みんなの役に立てると思う」

それを聞いて思い出した。

今年の七月、炭鉱で大規模な落盤事故が発生した。二十五人が命を落とし、三本の坑道が使えなくなった。作業は大幅に遅れ、結果として人頭税を年内に納められなくなった。税金の不足分は別のもので補塡《ほてん》しなければならない。とはいえ、ダール村には石炭の他に特産物がない。差し出せるのは人間だけだ。

レーエンデの民には納税と兵役の義務が課せられている。ダール村も毎年十名を四年間の兵役に送り出している。次に誰が行くかは村人総出の話し合いで決定する。押しつけ合うような事態はここ十数年起こっていないという。だが追加召集がかかるとなれば話は別だ。追加で何人が駆り出されるのか。誰が行くことになるのか。村人達は恐々としていた。

その追加召集に志願すると、テッサは言っているのだ。

「あたしは反対よ。貴方も聞いたことあるでしょ。外地で戦争を経験した者は村の生活に馴染めなくなるって」

「あたしなら大丈夫だよ。ダール村のことも、アレーテやルーチェのことも大好きだもん」

「そういうことじゃないのよ。どんなに家族を愛していても変わってしまうものなの。外地から帰ってきた直後は『戦なんか二度とゴメンだ』って言っていても、しばらくするとまた軍務に志願するの。あたし達の父さんがそうだった。身重の母さんと、お腹の中にいたテッサと、まだ四歳のあたしを残して、父さんは外地に戻って、ファガン平原で死んだの」

アレーテは憂《うれ》いの息を吐く。

「テッサは特別だもの。絶対無事に戻ってくるって信じてる。あたしが恐れているのはその後のこと。戦争に行ったことで、貴方が貴方でなくなってしまうことが怖いの」

「正直言うと、あたしも怖い」

テッサは視線を床に落とした。

「けど前にルーチェに言われたんだ。あたしの怪力があれば民兵として武功を収めることも、名誉市民になることも出来るって。武功にも名誉市民にも興味はないけど、あたし、知りたいんだ。この馬鹿《ば か》力《ぢから》を持って生まれたことに意味はあるのか。怪力以外に取り柄のないあたしにいったい何が出来るのか」

吹き荒れる嵐《あらし》。強風に家が揺れる。梁がギイギイと軋《きし》んでいる。

アレーテは俯いたまま何も言わない。

「あたしは父さんの顔を知らない。どういう人だったかも知らない。それが寂しくって、子供の頃はさんざん駄々をこねたよね。『あたしも父さんと遊びたい』って泣いて喚《わめ》いて、母さんやアレーテを困らせたよね。ダール村の子供達にああいう思いをさせたくないんだ。もう誰も、あたしと同じ目に遭わせたくない」

だから——と言い、顔を上げてテッサは続ける。

「あたしは民兵になる」

「もう本当に、一度言い出したら聞かないんだから」

アレーテは妹の頬を両手で包んだ。

「言っておくけど納得はしてないわよ。大切な妹を戦場に送り出すなんて絶対にイヤ。でも貴方の人生は貴方のもの。真剣に考えた結果、テッサがそれを望むなら、あたしはもう何も言わない」

テッサの額に自分の額をコツンと当てる。

「忘れないで。たとえ離れていても、あたし達の心は繋《つな》がっている。どこにいたってテッサはあたしの妹、唯一無二の自慢の妹よ」

「うん……」涙声でテッサはささやく。「ごめんアレーテ、本当にごめん」

「もう、なんで謝るかなぁ」

アレーテはテッサを抱きしめた。むずがる子供をあやすように優しく背中を撫でさする。

「貴方が選んだ道なら、それがどんなものでもあたしは全力で応援するわ」

「ありがと、アレーテ」

姉の肩に頭を乗せ、テッサは嗚咽《おえつ》した。

ルーチェは扉から離れ、寝床に戻った。横になり、頭から毛布を被る。声が漏れないよう、きつく毛布の端《はし》を嚙む。

なぜなんだ、テッサ。なぜ今になってそんなことを言うんだ。ダール村での生活は不自由なところもあるけれど、楽しいことだっていっぱいあるじゃないか。村人達は大らかで優しいし、フリオ司祭は村人の味方だし、あまりに辺境すぎて警邏隊も神騎隊も巡察に来ない。ここにいれば争うことも戦うことも、誰かを殺す必要もない。慎《つつ》ましくも穏《おだ》やかにダール村で暮らす。僕やアレーテと一緒に平穏な日々を送る。それだけじゃ駄目なのか？　それだけじゃ、貴方の心は満たされないのか？

聖イジョルニ暦六六八年十二月一日、テルセロは村人達を教会堂に集めた。兵役につくことが出来るのはダール村の村民だけ。ゆえに流民はここにはいない。それでもルーチェは無理を言い、口出ししないことを条件に、教会堂に入れて貰った。

「ようやく話がまとまった」

眉間《みけん》に深い皺を寄せ、テルセロは切り出した。

「追加の民兵を出せば、人頭税の支払いを一年先延ばしにしてくれるそうだ」

マウリシオ・ヴァレッティの後任として東教区の司祭長になったのは、始祖の血を継ぐコシモ家の次男グラウコだった。彼は東教区の村々に重税を課した。ダール村も「炭鉱の生産量を上げろ」だの「人員を減らせ」だの無理難題を押しつけられ、この四年でテルセロはすっかり老け込んでしまった。

「追加で三人。来年六月一日から四年間、民兵として軍務に服する者を募《つの》りたい」

「あたしが行く！」勢いよくテッサが手を上げた。

「駄目だ」テルセロは渋い声で却下した。「お前を行かせるぐらいなら、俺が行ったほうがまだましだ」

「耄碌《もうろく》ジジイがよく言うよ」

「調子に乗るなよ、小娘が」

テルセロは袖を捲《まく》って太い二の腕を晒《さら》した。

「俺の異名は『ダールのヒグロクマ』だ。その豪腕は頭骨を砕き、背骨をへし折る。悪名高きアルトベリ城の城門兵でさえ震えて逃げ出すと言わしめた男だ。少しばかり年老いたからとて、舐《な》めて貰っては困る」

「テルセロが『ダールのヒグロクマ』なら、あたしは『ダールのヤギ娘』だよ。力も強いし俊敏だし、持久力だって兼ね備えてる。その気になればシャイア城の城壁だって登れるよ。法皇の寝顔に落書きだって出来ちゃうよ」

アルトベリ城とシャイア城。似て非なるこのふたつの城はともに『不可侵城』と呼ばれている。レーエンデと外地ロベルノ州との境に位置するアルトベリ城は要害の地に立つ堅牢《けんろう》強固な城砦《じょうさい》だ。針一本さえも見逃すことのない冷酷無比な関所であり、レーエンデの民はそこから先に行くことが出来ない。関所破りを試みて、命を落とした者は数知れない。支配と恐怖の象徴、それがアルトベリ城だ。

もう一方のシャイア城はクラリエ教の聖地だ。神の御子生誕の地であり、歴代法皇の居城でもある。レーニエ湖の孤島に建てられたこの城は切り立った絶壁とそそり立つ城壁によって守られている。神聖な城内に立ち入ることが出来るのは神に選ばれし者達だけ。不浄な民が近づけば聖なる光に目を灼《や》かれると言われている。信仰と畏怖《いふ》の対象。それがシャイア城だ。

レーエンデの民はアルトベリ城を厭悪《えんお》し、シャイア城を畏懼《いく》している。話題にすることはおろか、その名を口にすることさえ厭《いと》う。冗談の種にするなどもってのほかだ。しかしテルセロにもテッサにも悪びれた様子はない。両者とも一歩も引かず、睨み合いを続けている。

「口先だけならどうとでも言える」

「でも力較《ちからくら》べならごまかしは利かないよ」

「ならば腕相撲で決めよう」

テルセロは二の腕を叩いた。

テッサは歯を剥いて嗤《わら》った。

「ああ、望むところだ！」

こんな状況だというのに、村人達は期待と興奮に目を輝かせた。ダール村の人々は腕相撲が大好きだ。理由をつけては勝負をしたがる。しかもテッサとテルセロ、怪力娘と歴戦の強者《つわもの》の対決だ。白熱しないわけがない。

「では私が審判を務めよう」

フリオ司祭も心なしか興奮気味だ。

テーブルを挟んでテッサとテルセロは向かい合った。左手でテーブルの縁を摑み、右肘《みぎひじ》をテーブルに置き、右手と右手をがっちり組み合わせる。

「用意！」

二人の手に自身の手を添え、司祭は号令した。

「始めッ！」

ググッと押したのはテルセロだった。盛り上がった筋肉に太い血管が浮き上がる。一気に彼が押し勝つかと思いきや、テッサは耐えた。拳ひとつ分を残し彼女の右手は止まった。ギシギシとテーブルが軋む。ぶるぶると腕が震える。二人とも顔が真っ赤だ。額には玉のような汗が浮かんでいる。

「頑張って、テッサ！」アレーテが拳を振り上げた。「テッサ、頑張れ！　負けちゃ駄目！」

それを皮切りに、堰《せき》を切ったように声援が飛び交う。

「行け、テルセロ！　そのまま押し切れ！」

「手首だ、手首を使え！」

「テッサ、巻き返せ、テッサ！」

声援を受け、テッサは吠《ほ》えた。汗の粒がこめかみをつたい、顎の先から滴《したた》り落ちる。

筋肉の咆吼《ほうこう》が聞こえる。血潮の熱が伝わってくる。

じわり……

テッサの右手がテルセロの手を押し返す。組み合った二人の手が元の位置に戻り、今度はテルセロ側へと傾いた。

「おあああああああああああ……ッ！」

テッサが右腕に体重を乗せる。テルセロも必死に堪《こら》えるが、徐々に押し込まれていく。

そして——

「そこまで！」

フリオ司祭がさっと右手を上げた。

「この勝負、テッサの勝ち！」

うわああっ！　と歓声が上がった。

「決まりだね」テッサは勝ち誇って胸を反《そ》らした。「追加召集にはあたしが行く」

「お前はわかっていない」

怠そうに右腕を振り、テルセロは唸った。

「民兵になるということは、戦争に行くということだ。戦争に行くということは、人を殺すということだ。一度でも人を殺したら、人間としてとても大切なものが傷つき壊れてしまうんだ」

ルーチェはテルセロを見つめた。

かつては彼も民兵として戦場に身を置いたことがあるという。テッサの父ウーゴとともに外地に行き、二人とも一度は無事に戻ってきた。その後、ウーゴは再び戦場に赴き、テルセロはダール村に残った。ウーゴはファガン平原で戦死し、テルセロはダール村の村長になった。テルセロの言葉はただの説教ではない。自身の経験から出た言葉なのだ。

「戦場では強さこそが正義だ。お前はまだ若い。よくも悪くも戦場の掟に順応するだろう。だが一度馴染んでしまったら、もう元の自分には戻れない。無事に帰郷を果たしても、平和な暮らしを疎《うと》ましく感じるようになる。心の安寧を失い、愛する者を傷つけ、やがては人生を失うことになる」

重い言葉だった。それを聞いた村人達も暗澹《あんたん》として眉をひそめる。

未来ある若者を行かせるのは気が引けるねぇ。

去年も四人、戻らなかったしなぁ。

「それでもあたしは行く」

凛《りん》とした声でテッサは言う。

「誰かが行かなきゃならないなら、あたしが行く」

「なら俺も行く」キリルが手を挙げた。「テッサだけにいい格好させらんねぇや」

「じゃあ、私も」とイザークが志願する。「弓の腕には自信があります」

「なんでお前がここにいる？」

太い眉毛をつり上げ、テルセロはウル族の青年を睨んだ。

「これはダール村の村民集会だ。お前にはそもそも参加資格がない」

「わかってます。けどダール村の皆さんは危険を顧みず、私を受け入れてくれました。その恩返しをさせてください」

「気持ちはありがたいが、お前の正体がばれたら俺達も罰を受ける。そんな危険は冒せない」

「平気ですって」

とぼけた口調で答え、イザークはふふっと笑った。

「ほとんどの人は本物のウル族を見たことがありません。ノイエ族の血を引いているってことにして、フリオ司祭に出生証明書を捏造《ねつぞう》して貰えば大丈夫。バレやしませんよ」

「そうだ、テルセロ。止めても無駄だ。誰がなんと言おうと俺達は行く」

親友の肩に手を置き、今度はキリルが宣言する。

「炭坑夫は稼ぎ頭、ダール村の財産だ。兵役に出したりしたら勿体ねぇ。その点、俺は森ン中で遊び回ってる半端者《はんぱ》だ。いなくなったって惜しかねぇ」

「いいえ、誰もいなくなったりしません」

イザークは右腕をテッサの肩に、左腕をキリルの肩に回した。

「私達は戻ってきます。一人じゃ無理でも三人なら乗り切れる。そう思いませんか？」

ううむ……と唸って、テルセロは腕を組んだ。厳《いか》つい顔、険《けわ》しい表情、眉間の皺をますます深くして考え込む。

「あたしからもお願いします」

アレーテが立ち上がった。

「テッサ、キリル、イザークのことは、あたしもよく知っています。この三人は不可能を可能にする。絶対に無事に戻ってくる。それはあたしが保証します」

そこで彼女は順番に三人の顔を見つめた。

「約束して。必ず生きて帰ってくるって」

「任せとけ！」キリルは勇ましく胸を叩いた。

「約束しまぁす」間延びした声でイザークが答える。

「もちろん戻ってくるよ！」

テッサは真夏の太陽のように笑った。

「大好物のミンスパイに懸けて誓うよ。あたし達、誰一人欠けることなく絶対に戻ってくる！」

「嘘ついたら承知しないからね」

三人に向かって拳を突き出してから、アレーテはテルセロに向き直った。

「良くも悪くも人は変わっていくものよ。変化することを恐れていては成長は望めない。彼らの人生は彼らのもの。どんな道を選ぶか、どのように生きるか、彼ら自身が決めるべきだわ」

「……まったく」

テルセロは強《こわ》い髪の毛をガシガシとひっかき回した。大きく息をついてから、両手で両膝《りょうひざ》を叩く。

「わかった。お前達に頼もう」

そのまま上体を前屈させ、深々と頭を下げる。

「ダール村の代表として礼を言う。テッサ、キリル、イザーク。名乗り出てくれてありがとう。お前達が無事戻ってくることを、心から祈っている」

「ごめんね、辛い役目を押しつけて」

「無事に帰ってくるんだぞ」

村人達が三人を取り囲む。かわるがわるに抱きしめる。申し訳なさそうに頭を下げる者、肩を落としてうなだれる者、涙を浮かべる者もいる。

「ああもう、そういうのナシ！　辛気《しんき》くさいのは苦手だよ！」

テッサは椅子に飛び乗った。テーブルに片足をかけ、弾《はじ》けるような笑顔を見せる。

「どうせなら飲んで歌ってぱーっと騒ごう！　セラシ、バイオリンを弾《ひ》いてよ！　フリオ司祭、蜂《はち》蜜酒《みつ》をちょうだい！」

「おお、それは名案！」

フリオ司祭も笑顔で手を打った。

「皆の衆、今宵《こよい》の酒代は神様持ちだ。飲んで歌って大いに騒ぎ、テッサ達の勇気を讃《たた》えようではないか！」

楽しげなバイオリンの音が聞こえてくる。空樽太鼓《からだる》が拍子《ひょうし》を刻む。フリオ司祭が蜂蜜酒を運んでくる。飯屋の女将さん達が入れ替わり立ち替わり、店の料理を持ってくる。鳥肉の串焼《くしや》き、焦《こ》げ目《め》のついた焼き魚、たっぷりとバターを塗った蒸かしツチイモ、焼きたての黒麦パン、蜜入りチーズの揚げ菓子などが所狭しとテーブルに並んだ。

テッサ達は大いに飲み、大いに食べた。人々は浮かれて歌い、酒杯を振って踊り出す。あちらこちらのテーブルで腕相撲勝負が始まる。力自慢の炭坑夫がテッサに勝負を挑み、次々なぎ倒されていく。

ルーチェは教会堂の片隅《かたすみ》に座っていた。そこからテッサのことを見つめていた。

結局、僕には何の相談もしてくれなかった。テッサの目に僕の姿は映っていないんだ。僕の気持ちなんて、テッサにとってはどうでもいいことなんだ。

そう思うと悲しくて、目頭が熱くなってくる。

ねぇ、テッサ。僕、すごい発見をしたんだよ。需要と供給が釣り合うように適正な石炭産出量を割り出したんだ。売りに出す石炭の量を調整すれば不当に買い叩かれたり、値崩れを起こしたりすることもなくなる。余剰分を貯めておくことも出来る。これならいざという時も安心だって、テルセロも褒めてくれたよ。だからテッサ、僕を見て、僕の話を聞いて、「ルーチェは賢いな」って頭を撫でてよ。外地になんか行かないで、これまで通り三人で、ダール村で暮らそうよ。

「他にいない？」

教会堂の天井にテッサの陽気な声が響く。

「今夜は誰の挑戦でも受けちゃうよ！」

咄嗟《とっさ》にルーチェは手を挙げた。

「僕も挑戦する」

「おいおい、やめとけって」キリルは心配そうに眉根を寄せた。「お前の細腕じゃ、組んだだけで骨が折れちまう」

「うん、そうだね。右手は僕の仕事道具。骨折したら薪割りが出来なくなるし、帳簿だってつけられない。そうなったら困るから、腕相撲じゃない方法で挑戦させてよ」

ダメかな？　と言い、あざとく小首を傾げてみせる。

テッサは疑わしげに目を細めた。

「足し算対決とかじゃないよね？」

「純粋な力較べだよ」

ルーチェはテッサの前に置かれた椅子を指さした。

「その椅子に座ってよ。立つことが出来たらテッサの勝ち。阻止することが出来たら僕の勝ちだ」

「それだけ？」

「それだけ」ルーチェは真顔で首肯した。「テッサが勝ったら僕は何でも言うことを聞く。でももし僕が勝ったら、ひとつだけ僕の願いを聞いてほしい」

「ん、わかった」

テッサは歯を見せて笑った。

「その挑戦、受けて立つ！」

彼女は椅子に腰掛けた。ルーチェはテッサの前に立ち、彼女の額の真ん中に人差し指を押し当てた。

「さあ、立ってみて！」

「よぉし！」

気合いを入れ、テッサは立ち上がろうとした。足を踏ん張り、腰を上げようとする。が、どうしても立てない。

「ええ、なんで？」

テッサは驚愕《きょうがく》の表情でルーチェを見上げた。

「あんた、いつの間にそんなに力持ちになったの？」

「僕が力持ちになったわけじゃない」

にこりと笑って、ルーチェは種明かしをした。

「座っている時、こうして額を押さえられると、どんな力自慢でも立てなくなるんだよ」

「それってズルくないか？」ぼそりとキリルが呟いた。

確かに狡《ずる》いとルーチェも思う。これは力較べじゃない。ペテンもしくはイカサマだ。反故《ほご》にされても文句は言えない。なのに――

「いや、参った！」

テッサは破顔し、両脚を前に投げ出した。

「あたしの負け。ルーチェ、あんたの勝ちだ！」

「僕のお願い、聞いてくれる？」

「ああ、聞くよ。テッサ姉さんに二言はない。なんでも言いな！」

じゃあ、ここにいて。どこにも行かないで。民兵なんかにならないで。

そう言うつもりだった。言おうとして口を開いた。なのに言葉が出なかった。テッサを困らせたくなかった。彼女に嫌われたくなかった。子供じみた我《わ》が儘《まま》を言う奴だと思われたくなかった。

怖《お》じ気《け》づいた。

欲が出た。

ルーチェは左胸に右手を当て、貴族風のお辞儀をした。

「ではテッサ、どうか僕と結婚してください」

教会堂がどよめいた。

「言うじゃねぇか、坊主《ぼうず》」

「格好いいぞ、ルーチェ！」

人々が嬌声《きょうせい》を上げる。ここぞとばかりに囃《はや》し立《た》てる。

だがルーチェは笑わなかった。テッサの前に跪《ひざまず》き、そこから彼女を見上げた。

「返事を聞かせてくれる？」

「それは、その、とっても嬉《うれ》しいよ」

けど……と言い、テッサは目を伏せる。

「あたしはティコ族だから、あんたとは結婚出来ない。法皇庁が許可してくれないよ」

「許可なんて必要ない」

ルーチェはテッサの手を取った。

「誰がなんて言おうと僕は好きな人には好きだって言う。たとえ牢屋《ろうや》に繋がれても、はるか遠くに引き離されても、僕の気持ちは変わらない。法皇も法皇庁も、たとえ神様だって僕の心を支配することは出来ない」

彼女の手の甲に口づけをして、ルーチェは繰り返した。

「僕はテッサが好きだ。どうか僕のお嫁さんになってください」

テッサは目を見開いた。瞬きもせず、喰い入るように彼を見つめた。

もう誰も笑わなかった。皆、息を呑んで彼女の返事を待っている。

「わかった」

テッサは笑った。困っているような、どこか寂しげな微笑みだった。

「約束する。あんたが十八歳になって、それでも心が変わってなかったら、あたしはあんたのお嫁さんになる」

テッサは両手でルーチェの頰を包み、彼の額に誓いのキスをした。

ルーチェは目を閉じた。嬉しくて、でも切なくて、鼻の奥がツンと痛んだ。


ティコ族の社会では十八歳までは子供とされる。ルーチェはようやく十二歳。約束の日までまだ六年もある。そんなに待てない。早く大人になりたい。一人前の男になってテッサと一緒に外地に行きたい。毎晩寝床に入るたび、ルーチェはこっそり神に祈った。どうか奇跡を起こしてください、僕を大人にしてください——と。

しかしどんなに祈っても奇跡は起こらなかった。このままではテッサは行ってしまう。僕を残して外地へ行ってしまう。行かないでほしい。どこにも行かないでほしい。そう思っても言い出せなかった。レーエンデの民は自由を求める。それが理解出来ないなんて、あんたはやっぱりイジョルニ人だねと、言われるのが怖かった。

今日は言おう。明日こそは言おう。そう思っているうちに年が明けてしまった。

丘を覆っていた雪が溶け、新芽が大地を緑に彩《いろど》る。

ついに五月がやってきた。

結局、何も言い出せないまま、テッサ達が外地に向かう日が来てしまった。

「南の丘まで見送りに行きましょう」

アレーテに誘われ、ルーチェは鬱々とした気分で外に出た。

春風に白い花片《はなびら》が舞っている。『五月の雪』と呼ばれる白雪草が丘の斜面を埋め尽くしている。

先を行く三人はそれぞれに荷物を抱えている。テッサの表情に気負いはない。イザークも晴れ晴れとした顔をしている。だがキリルだけは様子が違った。いつも饒舌《じょうぜつ》な彼が、今朝はむっつり黙り込んでいる。その心中を察し、ルーチェはひそかに期待した。

やっぱりやめようって言ってくれないかな？

今まで通り、みんなで仲よく暮らそうって言ってくれないかな？

ルーチェの心の声が届いたのか、キリルは突然立ち止まった。思い詰めた表情でアレーテを振り返る。

「な……なぁ、アレーテ」

「なぁに？」

「俺は死なない。アレーテを一人残して消えたりしない。アレーテを悲しませるようなことは絶対にしない」

ごくりと唾《つば》を呑み、意を決したように続ける。

「だから、俺と結婚してくれ」

「嫌よ」

電光石火の返答に、ルーチェは目を瞬《しばた》いた。テッサは眉を寄せ、イザークも息を呑む。当のキリルは顔色を失い、口を半開きにしたまま立ち尽くしている。

「ごめんなさいね」

春の陽気を一瞬にして凍りつかせたアレーテは、一人麗《うら》らかに微笑んだ。

「キリルのことは好きよ。生まれた時から知ってるし、弟みたいに思ってる。けどあまりに近すぎて、恋人や伴侶《はんりょ》にしたいとは思えないの」

「そ、そ……そうか」

キリルは拳でゴシゴシと鼻を擦った。唇の端をひくひくさせながら、それでもなんとか笑ってみせる。

「そういうことなら仕方ねぇ。いきなり変なこと言って、わ、悪かったな」

くるりと背を向け、早足で坂を登り始める。

そのキリルに追いついて、イザークはささやいた。

「だから言ったんですよ。今日は間が悪いって。『任期が明けたら故郷に戻って結婚する』と口にした者は生きて故郷に戻れないって言われるほど縁起が悪いことなんだって――」

「やめなイザーク」渋い顔でテッサが遮る。「あたし達はティコ族だ。そんな迷信、信じない」

世間に流布するウル族の噂、そのほとんどは嘘だった。ウル族は粗野でも野蛮でもない。もちろん頭の皮も剝がない。しかし保守的で迷信深いというのは本当だった。

「元気出しなよ、キリル」

明るい声でテッサが呼びかける。

「時代が変われば状況も変わる。諦《あきら》めるにはまだ早いよ」

「気休めはよしてくれ」

キリルは眉尻を下げ、恨めしそうにテッサを見る。

「だいたいテッサが強すぎるからアレーテの理想が高くなるんだ」

「それはあるかも」真顔でアレーテが同意する。

「うわぁ」キリルは耳を塞《ふさ》いだ。「ほら見ろ。やっぱテッサのせいだ！」

「いやいや、それは違うでしょ。さすがにそれは違うでしょ」

やいやい言い争いながらテッサ達は斜面を登っていく。

彼らはこれから戦地に赴く。これが今生の別れになるかもしれない。なのになぜそんなに陽気でいられるのか。ルーチェには理解出来ない。

そうこうしているうちに、丘の頂点にたどり着いてしまった。

「ルーチェ」テッサが彼を振り返る。「あたしの留守中、アレーテのことよろしくね」

ルーチェは彼女を見上げた。止めるなら今しかないと思った。

なのに口から飛び出したのは、それとは正反対の言葉だった。

「心配しないで。テッサの留守は僕が守るよ」

「うん、頼りにしてる」

テッサは優しくルーチェを抱擁した。

「それじゃ、行ってくる」

別れを告げ、三人は歩き出した。

テッサの背中が遠ざかっていく。不安と悲しみが押し寄せてくる。テッサは強い。誰よりも強い。でも戦場では何が起こるかわからない。怪我《けが》をするかもしれない。命を落とすかもしれない。二度と会えないかもしれない。彼女のいない人生を想像するだけで、目頭が熱くなってくる。

くすん……

洟をすする音がした。

ルーチェは咄嗟に鼻を押さえた。違う。泣いているのは僕じゃない。まさかと思い、隣に立つアレーテを見た。琥珀色の瞳が潤《うる》んでいる。鼻の頭が赤い。涙を堪えているせいだ。

「アレーテ、泣いてるの？」

「う、ううん」

彼女はせわしなく瞬きをした。

「泣いてない。泣いてないわ」

嘘だ。

「本当はアレーテも不安なんでしょ？　テッサは帰ってこないかもしれないって、もう会えないかもしれないって思ってるんでしょ？」

「違う……違うのよ」

ゴシゴシと目を擦ってから、アレーテはルーチェを見た。

「テッサは戻ってくるわよ。だって約束したでしょう？　ルーチェが十八歳になったら、ルーチェのお嫁さんになるって」

「けど、あの時のテッサ、困ってるみたいだった。喜んでるようには見えなかった」

「あれは戸惑っていたのよ。いきなり求婚されて、どんな顔したらいいのかわからなくなっちゃったのね。生まれ持った力のせいで男の子達にいつもからかわれてきたから、テッサは愛されることにとても臆病なの。この先、ルーチェは運命の人と出会うかもしれない。自分ではなく他の誰かを選ぶかもしれない。そうなった時、傷つきたくないから話半分に受け取っておこう。たぶん、そんな風に考えてしまったんだわ」

「僕は心変わりなんかしない」

初めてテッサに会った時、直感したのだ。この人は僕の守護天使、燦然《さんぜん》と輝く真夏の太陽だと。絶望の淵《ふち》に落ちていく僕を、テッサは引っ張り上げてくれた。もう一度、陽の当たる場所へと導いてくれた。あの時の感動は少しも薄れていない。

「テッサは命の恩人だ。僕の運命の人だ」

「そうね。あたしもそう思う」

アレーテはルーチェの頭を優しく撫でた。

「テッサは口先だけの約束なんてしない。必ず貴方のところに戻ってくる。だからルーチェ、テッサを信じてあげて」

彼女の長い睫が震えた。閉じた瞼の下、堪えきれなくなった涙が頬を伝って流れ落ちる。

ルーチェは戸惑った。戻ってくると信じているなら、なんでアレーテは泣いているんだろう。何がそんなに悲しいんだろう。アレーテは優しくて賢い人だ。その嫋やかな外見からは想像も出来ないほど強くて勇敢な人だ。彼女は妹の旅立ちを嘆いたりしない。たとえこれが今生の別れになったとしても、彼女は決して泣いたりしない。

「アレーテ、もしかして、本当はキリルのことが好きなの？」

彼女は肯定しなかった。否定もしなかった。

それこそが答えだった。

「どうして？　泣くほどキリルのことが好きなら、なんで求婚を断ったりしたの？」

アレーテは目を伏せた。訊かないでというように頭を横に振る。

「黙ってないで教えてよ」ルーチェは彼女の腕を摑んだ。「僕達は家族でしょ？　なんで僕だけ除《の》け者にするのさ！」

はっとしたようにアレーテは目を開いた。濡《ぬ》れた瞳でルーチェを見つめる。

「そうよね。家族なのに、除け者は駄目よね」

呟いて、観念したように微笑む。

「座りましょうか」

彼女は草の上に腰を下ろした。長い話になるということだろう。了解の意を込め、ルーチェもアレーテの隣に座った。

穏やかな昼下がり。五月の雪が咲く丘を春の風が渡っていく。さわさわと花が揺れ、白い花弁が舞い上がる。羽音を立てて蜜蜂《みつばち》が飛び交い、ひらひらと白い蝶《ちょう》が舞っている。

「実を言うとね、結婚を申し込まれたのは初めてじゃないの。キリルで四人目なの」

驚くべき告白をして、アレーテは白く煙った五月の空を見上げた。

「最初は十年前、アレリオっていう炭坑夫だった。『俺となら結婚しても引っ越す必要はないし、テッサとも一緒に暮らせるぜ』って言われて、断る理由もなかったから、申し出を受けることにしたの。翌日、アレリオは結婚申請書を出しにフローディアに行って、そのまま戻ってこなかった」

「どこに行ったの？」

「わからない。消えちゃったの。フローディアの監督官に尋ねてみたけど、結婚申請書は提出されてなかったわ」

前掛けのほつれを指先で弄《いじ》り、アレーテは自嘲《じちょう》の笑みを浮かべる。

「途中で気が変わったんだろうって言われたわ。そうかもしれないって、あたしも思った。それ以外の可能性を考えるのが怖かったのよ。だからアレリオはあたしが嫌いになったんだって、顔を合わせるのが気まずいから戻ってこなかったんだって、そう思いこもうとした」

でも真実は違った。

「その一年後、ミゲルに求婚されたわ。働き者の炭坑夫だったんだけど、ちょっと乱暴なところがあってね。『考えさせてください』って答えを待って貰ってたの。そしたら半月後、ノイエレニエに石炭を運ぶ途中、酔っ払いと喧嘩になって、倒れた拍子に頭を打ってミゲルは死んだわ」

「喧嘩の相手は？　捕まったの？」

アレーテは力なく、いいえと答える。

「警邏兵に言われたわ。あれは酔っ払い同士の喧嘩だって、よくあることだって、相手を捕まえるどころか捜してもくれなかったわ」

笑おうとして失敗し、彼女は目元を拭った。

「三回目はルーチェがうちにくる三ヵ月ぐらい前、辺境の村々を巡って小間物を売るエミディオって商人に求婚されたの。器用で物知りで前々から面白い人だなって思ってたし、『自分と所帯を持ってくれるなら、もう旅商人はやめる。ダール村に定住する』って言ってくれた。アレリオやミゲルのことを打ち明けても『そんなの偶然だよ』って、『私は簡単には死なないよ』って笑い飛ばしてくれた。だからあたし、これが最後って決めて、彼の求婚を受けることにしたの」

わかっていたくせに、ひどい女よね——と小声で呟く。

「ダール村への移住許可を貰いにフローディアに行く途中、強盗に襲われてエミディオは死んだわ。犯人は、今も見つかっていない」

ルーチェは下唇を噛んだ。

一回だけなら運がなかったと諦めることも出来ただろう。二回目までは不幸な偶然で片づけることも出来ただろう。しかし三回も同じことが起きたとなれば、それはもう偶然ではない。誰かの意図を疑わざるを得なくなる。

「誰がアレーテの結婚を邪魔してるの？　心当たりはある？」

「確証はないけど、たぶん東教区の税理官アレッシオ・バルトロの仕業だと思う」

知っている名前だった。バルトロは四十歳前後の小太りの男で、よく手土産を持ってヴァレッティの家に遊びに来ていた。司祭長のご機嫌を取るためにエドアルドの聡明《そうめい》さを賞賛し、ルチアーノの賢さを褒めあげるような卑屈で狭量な男だった。

「前にも話したと思うけど、ルーチェが来てくれるまで、あたしが炭鉱の出納簿を預かっていたのね。アレリオに求婚される少し前、税率の交渉をするために税理官を訪ねたことがあったの。話し合いが終わって、執務室を出ようとした時、いきなりバルトロが抱きついてきて『いくらほしい、言い値で買ってやるぞ』って言われたの。押し倒されそうになって、あたし怖くて、必死で彼の急所を蹴《け》り上げて、彼が悶絶している間に急いで逃げたの」

ルーチェは絶句した。バルトロは妻子ある身だ。なのにアレーテを手込めにしようとするなんて、彼女を娼婦《しょうふ》のように扱うなんて許せない！

「あの恥知らず！　薄らハゲのくせにアレーテになんてことしやがる！」

思わず叫んでしまってから、しまったと口を押さえた。ルーチェ・ロペスは使用人の子だ。税理官の顔や名前を知っているのはおかしい。しかしアレーテは記憶を辿《たど》ることに集中していて、ルーチェの失言には気づいていないようだった。

「アレリオやミゲル、エミディオが死んだのは、あたしがバルトロを怒らせたから。あたしがそれを自覚していなかったから、三人の人生は断たれてしまったの」

「違うよ。悪いのはバルトロだ。アレーテじゃない！」

「だとしても相手は東教区の税理官だもの。あたしにはどうしようもないわ。だから決めたの。もう誰かを好きになるのはやめようって。誰かに求婚されても絶対に断ろうって」

達観したように微笑むアレーテを見て、ルーチェは胸が潰《つぶ》れる思いがした。

なんて不条理で理不尽な話なんだろう。イジョルニ人はレーエンデの民を軽んじている。それは理解しているつもりだった。けれど、僕はちっともわかっていなかった。

「ごめんね、ルーチェ」

沈黙を誤解したらしい。アレーテは申し訳なさそうに口角を下げた。

「隠していたわけじゃないの。ただ、どうしても言いにくくって」

「僕がイジョルニ人だから？」

「それもあるけど——」

「ああ、そうか」

自身に言い聞かせるように、ルーチェは呟く。

「僕が子供だったからだ」

テッサとアレーテは互いを励まし、支え合って生きてきた。なのに僕は自分のことしか考えていなかった。彼女達が置かれている状況も知らず、レーエンデの民がなぜ自由を求めるのか、その理由を問おうともしなかった。僕は頭でっかちの子供だ。世間知らずな甘ったれだ。こんな僕がテッサに求婚するなんておこがましいにもほどがある。大人になるためには僕自身を変えなきゃ駄目だ。テッサを振り向かせたいなら、もっと強くならなきゃ駄目だ。

「ありがとう、アレーテ。話してくれて、ありがとう」

表情を改め、ルーチェは尋ねる。

「そのこと、キリルは知ってるの？」

「話したことはないわ。でも古いつき合いだし、けっこう噂にもなったから、まったく知らないってことはないでしょうね」

「なのにアレーテに求婚したんだ？　さすがキリル、度胸あるね」

「ええ、そうね」

アレーテは微笑んだ。触れようとするだけで溶けてしまう氷雪花のような、春先に降る淡雪のような、儚《はかな》くて透き通った微笑みだった。

「本当はすごく嬉しかった。ずっと彼の奥さんになりたいって思っていたから。けど本当のことなんて言えないわ。そんなことしたら今度はキリルが殺されてしまうもの。もし彼まで失うようなことになったら、あたし……あたしは……」

彼女は口を押さえた。堪《こら》えきれない嗚咽が漏れる。閉じた瞼の下から涙が溢《あふ》れてくる。

こんなアレーテを見るのは初めてだった。思えば彼女はいつも笑っていた。笑顔でみんなを励ましてきた。アレーテにだって辛く悲しい夜があったはずなのに、泣き叫びたい時だってあったはずなのに、彼女は「大丈夫よ」と言い続けてくれた。僕らのために「なんとかなるわ」と笑い続けてくれたのだ。

「泣かないで、アレーテ」

ルーチェはそっと彼女の肩を抱き寄せた。

「好きな人とともに生きたいと願うことが間違いであるはずがない。僕はイジョルニ人だけどテッサのことが大好きだ。この気持ちは誰にも止められない。誰にも否定なんかさせない。テッサも言ってたよね。時代が変われば状況も変わるって。僕もそう思う。時代が僕らの生き方を否定するなら、この時代を変えればいい。世界が僕らの自由を妨げるなら、この世界を変えればいい。その第一歩として僕は僕自身を変える。身体も心もうんと鍛えて、アレーテやテッサを支えられるようになる。誰にも負けない立派な男になって、テッサの心を摑んでみせる」

だから——と言って、彼はアレーテの手を握った。

「アレーテも諦めないで」

「でも、あたし、キリルにひどいことを言ったわ。彼、傷ついてるわ。きっと怒ってるわ。許してなんかくれないわ」

「そんなことないよ。キリルは負けず嫌いで自信家で、諦めの悪い男だもん。一度断られたくらいで引き下がったりしないよ」

「もう、ルーチェったら」

アレーテは俯いた。花片のような唇がわずかに綻《ほころ》ぶ。

「そうよね。キリルが戻ってきたら謝ってみるわね。それで、もし彼が許してくれたら、今度はあたしからお願いしてみる」

「『お嫁さんにしてください』って？」

「ううん、そうじゃなくて」

目の縁に涙を溜《た》めたまま、アレーテは莞爾《かんじ》として微笑んだ。

「『この世界を変えるために、あたしと一緒に戦って』って言うのよ」

ルーチェは胸を突かれた。

アレーテは言っていた。知識が人を作り、見識が世界を変えるのだと。だから子供達に読み書きを教えているのだと。彼女は世界を変えるために戦っていたのだ。僕がそれに気づく前から、ずっと戦い続けてきたのだ。

「これからは僕も戦う」

宣言して、ルーチェは立ち上がった。

神様は僕とテッサを引き合わせてくれた。新しい家族と人生を与えてくれた。神様は見ておられる。アレーテの努力が実を結ばないわけがない。テッサの献身が報《むく》われないはずがない。

「この世界を変えよう。僕達の手で変えよう」

僕は信じる。神の奇跡を信じている。

第二章　斬り込み中隊

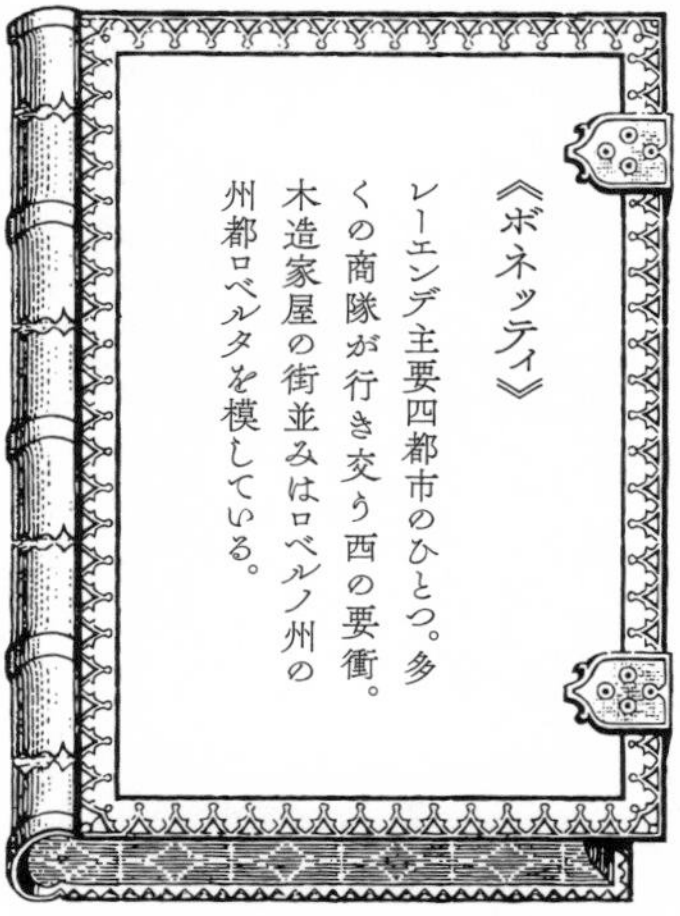
《ボネッティ》
レーエンデ主要四都市のひとつ。多くの商隊が行き交う西の要衝。
木造家屋の街並みはロベルノ州の州都ロベルタを模している。

フローディアは東教区最大の都市だ。北側にはフィゲロア湖があり、西側は古代樹の森と接している。東部のほぼ中心にあり、聖都ノイエレニエとも街道で繋がっている。ダール村からは馬車で丸一日、徒歩では二日あまりの距離だ。とはいえ、かかる食費や宿泊費のことを考えると、気軽に遊びに行かれる場所ではない。

テッサがフローディアに来たのはこれが二度目だ。しかし前回来た時とは異なり、街は静まりかえっていた。店舗は閉じられ、行き交《か》う人々の姿もない。唯一の例外は中央広場で、そこには大勢のティコ族がいた。男もいれば女もいる。若者もいれば白髪交じりの年配者もいる。言葉を交わす者は少なく、誰の顔にも不安の色が濃い。彼らはテッサと同じ、東教区の村から召集された民兵だった。六月一日は民兵の召集日。これから四年間、兵役に就くティコ族がフローディアに集まってくる。

正午過ぎ、広場に面した庁舎のバルコニーに東教区の司祭長グラウコ・コシモが現れた。肥満した身体を飾る豪奢《ごうしゃ》な法衣《ほうえ》、金糸銀糸の縫い取りが春の日差しにきらきら光る。彼は広場の民兵達を睥睨《へいげい》し、おもむろに口を開いた。

「レーエンデの民よ。汝《なんじ》らは幸いである。聖イジョルニ帝国の平和のために戦う機会を授かり、聖イジョルニ帝国の正義のために命を捧《ささ》げる名誉を授かった。汝らは幸いである」

芝居がかったコシモの口吻《こうふん》に、テッサは小さく鼻を鳴らした。

なに言ってんだ、この馬鹿は。誰が好きこのんで帝国のために戦ったりするかっての。

「この悪夢は聖イジョルニ暦五七五年、毒婦ユリア・シュライヴァが、レイム、ツィン、オール、フェルゼ、マルモア、グラソンの六州を抱き込み、北イジョルニ合州国の建国を宣言したことに端を発する。反逆者どもはロベルノ州へと侵攻し、破壊の限りを尽くした。金品や食料を強奪し、罪なき帝国市民を殺戮《さつりく》した。目にあまる蛮行に法皇アルゴ三世はお怒りになった。反逆者どもを討ち滅ぼし、世界に平和と安寧を取り戻さんと帝国軍を率いて出撃した！」

興が乗ってきたらしい。コシモは身振り手振りを交え、ますます声を張り上げる。

「開戦当初、いまいましくも反乱軍が優勢であった。反逆者どもは州都ロベルタを陥落させ、ラウド渓谷の手前まで迫った。偉大なるアルゴ三世は創造神とその御子に祈った。『神よ、我らに正義の行いをまっとうさせたまえ！』と。慈悲深き神はアルゴ三世に恩寵を与えた。創造神のご加護を得て、帝国軍は奇跡的な勝利を重ねた。ついに反乱軍を退け、奪われた領地を奪い返した！」

テッサは下を向いてあくびを噛《か》み殺《ころ》した。

ああ、お腹減ったな。早く終わらないかな。

「今この時も同志は戦い続けている。獅子《しし》奮迅の活躍で反逆者どもに血と涙を流させている。これは正義の戦いだ。創造神の威光を守るための、クラリエ教の威信を守るための聖戦だ。レーエンデの民よ、感謝せよ。戦場で武功を収めた者には名誉市民の称号が与えられる。聖戦で命を落とした者の魂は、貴賤《きせん》を問わず天国へと迎え入れられる。しかしながらレーエンデの民よ、神は見ておられる。命令に従わぬ者、臆病風に吹かれし者、戦いを放棄せし者は、神の怒りに触れるであろう。その魂は地獄に落ち、業火に灼かれ、永劫《えいごう》の苦しみを得ることになるだろう！」

コシモの演説は延々と続いた。創造神と法皇と帝国を讃えよ。反逆者である合州軍を許すな。命の限りに戦え。逃げようなどと思うな。幾度となく同じ文言が繰り返される。最後にひとしきり現法皇ユーリ五世を褒めそやし、コシモの独演会は終了した。

「注目！」

教会堂の方角から声が聞こえた。神騎隊の制服を着た兵士が台の上に立っている。彼は居丈高《いたけだか》に胸を反らし、甲高《かんだか》い声で叫んだ。

「貴様達はこれからボネッティへと向かう！　そこで一ヵ月間の軍事訓練を受け、その後、外地に派兵される！　逃亡を図った者は縛り首だ！　逃げて友軍に殺されるくらいなら敵兵と戦って死ね！」

テッサは顔をしかめた。自分達は素人だ。剣を握ったことさえない。たった一ヵ月間の軍事訓練で武器の扱いが身につくとは思えない。とりあえず最低限のことだけ教えて、そこから先は実戦で学べということだろうか。だとしたらひどい話だ。こっちは命がかかってるんだぞ。

言いたいことも尋ねたいことも山ほどあった。しかし質問は許されなかった。神騎隊に追い立てられ、民兵達はフローディアを出た。西の都市ボネッティを目指し、街道を南下する。汗ばむような陽気の中、テッサ達は黙々と歩いた。馬上から神騎隊が目を光らせている。足を止めれば鞭と怒号が降ってくる。これでは休憩を取ることはもちろん、立ち止まって水を飲むことさえ出来ない。

日暮れ前になってようやく「行軍停止」の号令がかかった。たどり着いたのは街道沿いの小村だった。神騎隊は接収した家屋を使ったが、民兵達は広場で寝るしかない。支給されたのは硬い黒麦パンひとつだけ。敷布も毛布も与えられなかった。

普段から森の中で暮らし、野宿にも慣れているキリルとイザークは動じなかった。早々に支給の黒麦パンを平らげ、水を飲みに行ってしまった。テッサは一人、出遅れた。ぽつねんと敷石《しきいし》に座り、無言で黒麦パンを齧《かじ》る。硬くて酸っぱい。ひどい味だ。

それでも食べられるだけましだ。そう思うと罪悪感で喉が詰まった。先程手洗いに行った時、偶然見かけてしまったのだ。「パンが食べたい」と大泣きする子供と、「黙れ、神騎隊に聞かれたらどうする！」と怒鳴《どな》って、その子を叩く父親の姿を。

東教区の村々は貧困に苦しんでいる。その手の話はテッサも耳にしていた。でも同情はしなかった。あたし達だってお腹いっぱい食べられる日はまれだ。朝から晩まで働いて、ようやく暮らしている。どこも同じだ、大変なんだと、呑気《のんき》に考えていた。彼女にとって世界の中心はダール村で、知っているのはせいぜいフローディアまでだった。そこから先は未知の世界。この小村に来たのも初めてで、村の名前さえわからない。でもこの村が極貧に喘《あえ》いでいることはすぐにわかった。家屋の土壁はひび割れ、茅葺《かやぶ》きの屋根は真っ黒に腐っている。住人達は痩《や》せ細《ほそ》り、衣服も薄汚れている。その顔は疲れ切っていて、目にも生気が感じられない。

これがレーエンデの現実なんだ。炭鉱の収入があるだけダール村は恵まれていたんだ。

暗鬱《あんうつ》とした気持ちで黒麦パンを齧っていると、目の端で何かが動いた。

数歩離れたところに男の子が立っている。痩せ細った手足、垢《あか》じみて黒ずんだ肌、頬は痩《こ》けて大きな目ばかりが目立っている。よほど腹が減っているのだろう。喰い入るように黒麦パンを見つめている。

「一緒に食べる？」

テッサは齧りかけのパンを差し出した。

子供はそろりそろりと近づいてきた。かと思うとさっと手を伸ばし、黒麦パンをひったくり、脱《だっ》兎《と》のごとく走り出す。

「あ、待って」半分置いていってって——と言う暇もなかった。

空《す》きっ腹《ぱら》を抱え、テッサは敷石の上に横になった。目を閉じると、頭の中にルーチェの声が聞こえてきた。

「テッサはお人好《ひとよ》しすぎるんだよ。前から言ってるでしょ。優しくしてもつけ込まれるだけだって。差し出す以上に奪われるだけだって」

だけどあの子、すごくお腹空いてそうだったんだもん。

「腹ぺこなのはテッサも同じでしょ。なのに分け与えようとして、結果全部取られちゃうんだから、ほんと不器用すぎるよ」

そんなの、言われなくたってわかってるよ。

「そんな風に不器用で優しいところ、僕は大好きだけどね」

テッサは目を開いた。ガバッと起き上がり、両手で自分の頰を叩く。

もう、あたしってば何を考えてるんだ。ルーチェはまだ子供なんだから、結婚してほしいだなんて戯《ざ》れ言《ごと》、真に受けちゃ駄目だ。

ああ、でも嬉しかったな。あたしの前に跪いて、手の甲にキスをして、僕のお嫁さんになってくださいって言ってくれた。あの時のルーチェ、すごく真剣な顔をしてた。子供と思えないほど大人びて見えた。ドキドキするほど格好よかった。

「会いたいよ、ルーチェ」

テッサは膝《ひざ》を抱え、膝頭に額を押しつけた。

「帰りたい。うちに帰りたい」

ダール村を出てまだ二日目なのに、すでに村が恋しくてたまらなかった。

行軍と野宿を繰り返し、一行は歩き続けた。

西街道に入ると道幅はさらに広くなった。路面は敷石で舗装されている。十ロコス毎に休憩所や給水所が置かれている。西街道は外地と聖都ノイエレニエを結ぶ主要道路だ。百年ほど前の法皇が遷都を宣言した後、真っ先に整備されたのがこの西街道だという。

いけ好かない、と心の中でテッサは毒づく。イジョルニ人ってのは飢えたレーエンデの民を見ても何もしないくせに、外地から贅沢品を運ばせるためになら湯水のように金を使うんだな。

過酷な旅の終着点、西教区最大の都市ボネッティに到着したのはフローディアを出て十日目のことだった。

ボネッティは交易の要衝、レーエンデと外地を繋ぐラウド渓谷路の玄関口に位置している。外地に向かう商隊はこの街で山越えの準備を整える。外地からも多くの商人達がやってくる。レーエンデで外地にもっとも近い場所、それがボネッティだ。

活気溢れる大通りを民兵達は一列になって進んだ。道の両側には洗練された商店が並び、外地風の衣服や色鮮やかな果物、美味しそうなパンやお菓子が売られている。呼び込みの声、人々の喧《けん》噪《そう》、どこからともなくいい匂《にお》いが漂ってくる。

人の多さと賑やかさにテッサは圧倒された。何もかもが眩しくて、道行く人さえ垢抜けて見えた。もっとゆっくり眺《なが》めたい。あちらの店もこちらの店も見てみたい。そう思っても立ち止まることは許されなかった。民兵達は家畜のように追い立てられ、郊外にある練兵場へと押し込まれた。

翌日から特訓が始まった。剣や盾の扱いを習い、戦場での作戦行動を叩き込まれる。

訓練期間は一ヵ月。そう聞いていたのだが、テッサとキリルとイザークの三人はわずか十日ほどで施設長に呼び出された。

「貴様らの派兵先が決定した。帝国軍第二師団第二大隊第九中隊だ」

口髭《くちひげ》を生やした施設長は、その唇《は》に酷薄な笑みを浮かべた。

「第九中隊は『斬り込み中隊』の異名で知られている。蛮勇を誇る荒くれ者の集団だ。奇襲行動を得意とし、常に最前線に身を置いている。輝かしい戦果を残してはいるが、そのぶん損耗率が激しく隊員のおよそ半分が戦死する。とはいえ服務期間をまっとうするレーエンデ民兵も半数だからな。臆するまでもないと貴様らは思うだろう。しかしそれは軽率というものだ。斬り込み中隊に入隊した民兵で生き延びた者は数名しかいない。生存確率は限りなくゼロに近い」

つまり、まず間違いなく死ぬということだ。

「だが貴様らは他の民兵と違って活きがいい。必ずや無事帰還するものと信じている」

以上だ、と告げて、施設長は三人を退出させた。

星空の下、テッサは宿舎に向かって歩き出した。突然の辞令、事実上の死刑宣告。何か言わなければと思いこそすれ、言うべき言葉が見つからない。いつも冷静で動じないイザークもさすがに顔色を失っている。いつも軽口ばかり叩いているキリルでさえ、沈黙したまま歩いている。

兵士として外地に赴く以上、人殺しは避けては通れない。いつかは合州国の兵士と戦わなきゃいけない。流血は怖いし、暴力は嫌いだけれど、自分が生き延びるためには敵兵を倒さなきゃいけない。だから必死に訓練した。自主練習だって欠かさなかった。そのくせ心のどこかで思っていた。素人同然の民兵が最前線に送られるはずがない。塹壕を掘ったり宿舎を建てたり、後方支援的なことをするだけだと。

「すまねぇ。俺のせいだ」

突然キリルが口を開いた。

「これは報復だ。俺がジョウド教官に楯突《たてつ》いたせいだ」

「いいえ、私のせいです」

暗い声で今度はイザークが言う。

「実は先日、シャバナ教官に呼び出されて、性的奉仕を要求されたんです」

「なんだって？」キリルが目を剝いた。頬がみるみるうちに赤くなる。「てかお前！　なんですぐに言わねぇんだよ！　畜生、あのドスケベ野郎、ぶん殴ってやる！」

「必要ありません」

走り出そうとするキリルをイザークが引き留める。

「すでにぶん殴りましたから。ぶちのめして締め上げて『次に同じことをしたら殺しますよ』って脅しておきましたから」

「やるじゃねぇか」

「ええ、まあ」

イザークはため息を吐《つ》き、がっくりと肩を落とした。

「そのせいで最前線送りになってしまいましたけどね」

「そこはお互い様ってやつだな」

キリルは肩をすくめた。それからテッサに目を向け、申し訳なさそうに眉尻を下げる。

「すまねぇ、テッサ。お前はなんも悪いことしてねぇのに巻き添え喰らわしちまってよ」

「や、やだなぁ！　謝ったりしないでよ！」

テッサは慌てて両手を振った。

「おかげで三人一緒の部隊に行かれるんだもん。むしろ感謝してるよ！」

二人の肩を叩き、にっこりと笑ってみせる。とはいえ、ごまかせたとは思えなかった。足の震えは宿舎に着いても止まらなかった。


聖イジョルニ暦六六九年六月二十日。テッサ、キリル、イザークを含めた二十人あまりの民兵はボネッティを出て、ラウド渓谷路へと向かった。

レーエンデは大小のアーレス山脈とレーニエ湖によって外の世界から隔絶《かくぜつ》されている。現存する唯一の道がラウド渓谷を行く山路だ。岩山を削って通された一本道で右側は切り立った崖《がけ》、左には目も眩《くら》むような谷底が続く。

岩塩を得るために日常的にバルバ山の絶壁を登り、高所には慣れているテッサでさえ、ラウド渓谷の深さには背筋が凍った。落ちたら間違いなく命はない。骨までぺしゃんこに潰れて死骸《しがい》すら残らないだろう。

休みなく歩き続けること丸一日、行く手にアルトベリの宿場村が見えてきた。数少ない宿場は帝国兵が占拠するため、民兵達はまたもや野宿を強いられることになった。重い装備や備品を抱えての登攀《とうはん》に民兵達は疲弊しきっていた。もはや文句を言う元気もない。テッサは路面に横になった。目を閉じると同時に、気を失うように眠りに落ちた。

翌朝八時、渓谷に轟音《ごうおん》が鳴り響いた。アルトベリ城の跳ね橋が下ろされる音だった。

一行は宿場村を出て、アルトベリの関所に向かった。

レーエンデと外地との境界に立つアルトベリ城。ここを通過するには法皇庁が発行した通行証が必要だ。かつては幾人もの商人がそれを求めた。しかしレーエンデの民に通行証が交付されることはついぞなかった。アルトベリの関所を通らずに小アーレスを越えようとした者は、見つかり次第殺された。身分を偽った者や偽の通行証を用いて関所を抜けようとした者、荷に隠れて関所を抜けようとした者も同様の運命をたどった。ゆえにレーエンデの民はいう。アルトベリ城は牢屋の鍵《かぎ》だと。あの城はレーエンデの民をレーエンデに閉じ込めておくための錠前なのだと。

谷間に屹立《きつりつ》する岩柱の上、わずかな土地に建てられた白亜の城。悪名高きアルトベリ城は南北にある二本の橋で大地と繋がっていた。岩板の屋根を持つ主館、背の高い円塔、それらを取り囲む城壁上部には歩廊があり、数多《あまた》の警備兵が警戒に当たっている。

城へと続く跳ね橋の前には鉄製の門があった。その両側に深紅の制服を着た城門兵が立っている。彼らが手にする長槍《ながやり》の研ぎ澄まされた穂先を見て、テッサはぶるっと身震いした。あの槍が殺すのは敵兵じゃない。レーエンデの民だ。彼らの任務はレーエンデから逃げだそうとするレーエンデの民を殺すことなんだ。テルセロの嘘つき。あいつらに素手で立ち向かうなんて無理もいいとこ。どんな豪腕の持ち主が来たって、アルトベリ城の城門兵が震えて逃げ出すなんてあり得ないよ。

目立たないように背を丸め、テッサは城門兵の前を通り抜けた。城へと渡る跳ね橋にさしかかる。正面に堅牢な城塞《じょうさい》門が聳《そび》えている。その上部胸壁から黒い袋のようなものが吊《つ》るされている。

なんだ、あれ？

テッサはそれを凝視した。真っ黒な襤褸《ぼろ》布から棒状のものが突き出している。

「う……」

わかった瞬間、思わず口を押さえた。それは腐敗した骸《むくろ》、突き出ているのは半《なか》ば白骨化した腕だった。遺骸《いがい》から黒い粘液が滴《したた》っている。吐き気《はけ》をもよおす腐臭が漂ってくる。関所破りを企てた者なのだろう。見せしめにああして吊《つ》られているのだろう。直視に絶えず、テッサは目を閉じた。息を止め、落とし格子をくぐりぬける。

その先は隧道《ずいどう》になっていた。禁制品の持ち出しはないか、中に人が潜んでいないか、ここで荷を検《あらた》めるのだ。低い天井には丸い孔《あな》が開いている。石壁には細い狭間《さま》が切られている。それらがどんな役目を果たすのかテッサは知らない。知らないけれど鳥肌が立った。あの床の染《し》みは何だろう。血だろうか。汚物だろうか。何人のレーエンデの民がここで殺されたのだろう。

この隧道は処刑場だ。隧道の両端にある落とし格子が閉じられたら逃げることも隠れることも出来ない。追い詰められて殺される。遺骸を城壁に吊るされる。なのに関所抜けを図る者は後を絶たないという。こんなに恐ろしい場所に自ら飛び込むなんて正気じゃない。そこまでしてレーエンデを脱出しようとする人達の気持ちが理解出来ない。

澱《よど》んだ空気。饐《す》えた臭い。胸がむかつく。吐き気がする。早く外に出たい。隧道を抜けたい。気は急《せ》くが、列はのろのろとしか進まない。

一時間かけてようやく外に出た。南の城塞門を抜け石橋を渡る。ここから先は外地だ。ついにレーエンデを出てしまった。もう引き返せない。足下が揺らぐような心細さを覚え、テッサは下唇を嚙んだ。泣くな。これはあたし自身が選んだ道だ。後悔はしない。絶対に死なない。何が何でも生き延びてアレーテとルーチェの元に戻ってみせる。

一行は九十九折《つづらお》りの山路を進んだ。吹きさらしの休息所で一夜を明かし、日の出とともに歩き出した。いくつもの尾根を越え、岩だらけの悪路を下っていく。やがて眼下に深緑の丘陵地帯が見えてきた。白く霞《かす》んだ地平に灰色の街並みが張りついている。聖イジョルニ帝国領ロベルノ州の州都ロベルタだ。

ロベルノ州とその北西にあるゴーシュ州は、北イジョルニ合州国であるシュライヴァ州とグラソン州に隣接している。聖イジョルニ帝国と北イジョルニ合州国との境界線、それは九十余年という長期にわたる戦の最前線でもあった。現在の激戦区は大アーレス山脈の外輪に位置するバルナバス峠だ。ここを通る街道はシュライヴァ州の州都フェデルに通じている。シュライヴァ州は合州国の要だ。州都フェデルを落とせば聖イジョルニ帝国の勝利は確定したも同然だ。ゆえに帝国軍はバルナバス峠の砦《とりで》を攻略せんと猛攻を繰り返していた。

これに次ぐのがファガン平原だ。広く平坦《へいたん》な草原は大規模戦闘に適しており、歴史に名を残す激戦が幾度となく展開されてきた。かつてテルセロ達はここで戦い、アレーテとテッサの父ウーゴはここで命を落とした。

テッサ達が配属になった帝国軍第二師団第二大隊第九中隊は、そのファガン平原に駐屯していた。他の民兵達と別れ、テッサ達はファガン平原に向かった。到着したのは七月十七日。季節はすっかり夏めいて、海岸線の方角からは湿った風が吹いてくる。少し歩いただけでじっとりと肌が汗ばんでくる。レーエンデ育ちの三人には馴染みのない蒸《む》し暑《あつ》さだった。

上半身裸の男達が木陰《こかげ》で昼寝をしている。物干し竿《ざお》には洗濯物がはためいている。最前線とは思えないのどかさだ。想像とは違う光景に違和感を覚えながらもテッサ達は先を急いだ。気は進まないが、まずは第九中隊のギヨム・シモン中隊長に赴任の挨拶をしなければならない。荒くれ者の集団、斬り込み中隊の指揮官。いったいどんな人物だろう。熊《くま》のような大男だろうか。それとも鷹《たか》の目を持つ切れ者だろうか。

「失礼します」

声をかけてから、テッサは天幕に入った。

中央に強面《こわもて》の大男が立っている。短く刈り上げた髪、頬に残る大きな傷跡、炯々《けいけい》と光る目に睨まれて、テッサはぴしりと背筋を伸ばした。

「新兵三名、ただいま到着しました！」

「到着を歓迎する」

腹の底に響く低い声。

「中隊長はすぐに来る。もう少し待ってくれ」

テッサは拍子《ひょうし》抜《ぬ》けした。

すぐに来るってことは、この人、中隊長じゃないの？

「俺は副長のアラン・ランソン。ゴーシュ州の港町カレン出身の三十五歳だ。妻の名前はアネット、娘の名前はローゼとマリー。好物はトゲミサゴの唐揚げだ」

テッサ達は顔を見合わせた。

今のは笑うところなのだろうか？　はたして笑ってもいいのだろうか？

「それにしても若い新兵だな」

ランソン副長は奥深い目でキリルを睨んだ。

「お前、いくつだ？」

「自分は二十一です」

「その隣は？」

「二十二歳です」涼しげな声でイザークが答える。

「あたしは十九歳です！」問われる前にテッサは答えた。「もう立派な大人です！」

「本物の大人ってのは自分から『立派な大人です』とは言わねぇもんだ」

四角い顎を撫で、副長は太い眉の間に皺を刻んだ。

「お前らみたいな小童《こわっぱ》が前線に送られてくるたぁ、イヤな時代になったモンだ」

「お言葉ですが、こう見えても自分達は――」

「おやおや、お早いご到着だな」

キリルの反論を飄々《ひょうひょう》とした声が遮った。一人の男が天幕に入ってくる。年齢は三十歳前後、陽に焼けた肌に青い瞳、赤銅色に輝く髪は寝起きの子供のようにくしゃくしゃに縺《もつ》れている。

「初日からそんなに気張らなくてもいいいんだぞ？」

「新兵の到着が早いんじゃなくて、あんたが遅いんですよ」

辛辣《しんらつ》な声で副長が指摘する。

「初《しょ》っ端《ぱな》から寝坊するとか、新兵に示しがつかんでしょうが」

「ああ、まったくだ」

男は真顔で首肯した。テッサ達の前に立つと胸に手を当て、帝国式の敬礼をする。

「ようこそ斬り込み中隊へ。俺はギヨム・シモン、第九中隊の中隊長だ」

敬礼を返すのも忘れ、テッサはぽかんと口を開いた。

熊のような大男どころかシモンの身長はキリルよりも低かった。鷹の目どころか子犬のように人《ひと》懐《なつ》っこい目をしていた。しかも三人を見て、にこにこ笑っている。

「ぼさっとするな新兵！　中隊長に挨拶しないか！」

ランソンの声にテッサは我に返った。慌てて敬礼をし、大声で名乗りを上げる。

「ダール村のテッサです！」

「ダール村のキリルです！」

「ダール村のイザークです」

三人の声が重なった。やれやれというようにランソンが肩をすくめる。しかしシモンは咎《とが》め立てもせず、興味深そうに三人を眺めた。

「またずいぶん若いのが回されてきたなぁ」

「若くても腕には自信があります！」勢いよくキリルが返した。「剣の扱いは無論のこと、度胸も気合いも誰にも負けません！」

「うん、その負けん気、嫌いじゃないぞ」

シモンはキリルの胸を軽く小突いた。

「だが人生は命あっての物種だ。死に急ぐなよ。その若さで死んじまったら勿体ないぞ」

「んん……は、はい？」

命知らずの猛者《もさ》集団、それを率いる中隊長とは思えない言葉にキリルは目を白黒させる。

「それは、どういった意味でしょうか？」

「そのままの意味だよ」

シモンは笑いながら手を振った。

「ランソン。後は任せた。新兵にみんなを紹介してやってくれ。俺は朝のお祈りをしてくる」

「もう昼前ですけどね」

「アルモニアの人間は昼前に朝のお祈りをするんだよ」

「嘘おっしゃい」

「むう」シモンはむくれた。「新兵の手前、そこは話を合わせろよ？」

「はいはい」

面倒くさそうに答えてから、ランソンは三人に向き直った。

「ダール村の若者よ、こういういい加減な大人になっちゃいかんぞ？」

「そうそう、よく覚えとけ。こいつは悪い手本だぞ？」

したり顔で自分を指さすシモンを見て、副長は盛大なため息を吐いた。

「中隊長、それ自分で言っちゃあ駄目なやつです」

二人のやりとりがおかしくて、テッサはつい笑ってしまった。

荒くれ者の集団、生存確率は限りなくゼロに近い斬り込み中隊。その触れ込みに怯《おび》えていた。法皇に忠誠を誓う帝国軍人なんてろくでなしに決まってると思っていた。けれど、シモン中隊長もランソン副長も悪い人には見えない。あたし達、案外アタリを引いたのかもしれない。


自らを『悪い手本』と呼ぶだけあって、ギヨム・シモンには帝国軍兵士らしからぬ奔放さがあった。しかし、ただの『いい加減な大人』でもなかった。彼の真価を知る機会はすぐに来た。合州軍の大軍がファガン平原に向かって進軍してきたのだ。

いよいよ出陣かと緊張するテッサ達に、シモンは呑気な口調で告げた。

「今回の戦は正攻法、平原での真っ向勝負だ。主役はフレデリコ・フォリーニ師団長が御自ら率いる第二師団第一大隊だから、おそらく俺達の出番はない」

第一大隊には壮麗な長槍部隊がある。鉄砲《てっぽう》部隊や無敵の騎馬隊も控《ひか》えている。地の利も数的優位も帝国軍にある。シモンの言う通り、斬り込み中隊の出番はなさそうだった。

「とはいえ戦は水物だ。何が起こるかわからない。準備だけはしっかりしておけよ」

中隊長の声に第九中隊の猛者達は拳を上げて応《こた》えた。

聖イジョルニ暦六六九年八月七日。合州軍と帝国軍はファガン平原で対峙《たいじ》した。

北側に布陣する合州軍、その主力は槍斧《そうふ》部隊だ。槍斧は合州国独自の武器で槍の穂先と斧の刃を併せ持っている。柄が短く重量もあるが、槍よりも殺傷力は高い。ズラリと並んだ槍斧兵の背後にはマスケット銃を携えた銃士隊が並んでいる。合州軍の騎兵が掲げる軍旗は深緑、銀色の七つ星が同心円を描いている。あの七つ星は北方七州、すなわち北イジョルニ合州国を表しているという。

迎え撃つ帝国軍は南側に布陣していた。長槍部隊を前衛に置き、後方には長弓部隊、騎兵隊を双翼に配置している。軍の中心には重装備に身を固めた騎士団がいる。フォリーニ師団長直下の親衛騎士団だ。その頭上にはためくは深紅の大旗、金の飾り文字で『Came from the sea,《海より来たりて》 Return to the sea.《海に帰す》』と記されている。これは始祖ライヒ・イジョルニが西ディコンセ大陸統一の際に掲げた旗、聖イジョルニ帝国の国旗だ。

午前十時、勇ましい軍太鼓の響きとともに合州軍は進軍を開始した。同時に帝国軍も前進する。夏草に覆われたファガン平原の中央で両軍は激突した。マスケット銃が火を噴《ふ》き、長弓部隊が矢を放つ。槍斧と長槍がぶつかり合う。突き崩された合州軍の先鋒《せんぽう》に帝国軍の騎兵隊が突撃した。騎馬が槍斧部隊を蹴散《けち》らし、盾で囲われた陣形を粉砕する。

帝国軍の優勢は明らかだった。合州軍は打つ手なく、ジリジリと後退していく。勝敗が決するのも時間の問題と思われた。

状況が変わったのは正午過ぎだった。海からの風に乗って暗雲が流れてきた。雷鳴が轟《とどろ》き、雷光が空を引き裂く。入り乱れて戦う両軍に大粒の雨が降りそそぐ。数分とかからずにファガン平原は沼地と化した。ぬかるみに足をとられ騎兵隊の動きが鈍《にぶ》る。それを待っていたかのように合州軍の後方部隊が動いた。二手に分かれた歩兵部隊が帝国軍第一大隊の側面を突く。身動きの取れなくなった騎兵隊に槍斧兵が襲いかかる。鉤《かぎ》状の斧刃《ふじん》で騎兵を馬から引きずり下ろし、鋭い穂先でその喉を突く。

雨が降り始めてから一時間もしないうちに形成は逆転した。頼みの騎兵隊が総崩れになり、帝国軍は防戦一方、合州軍の猛攻に一気に劣勢に立たされた。

驟雨《しゅうう》の中、切れ切れに鳴り響いていた軍鼓のリズムが変わった。

「伝令！　伝令！」

纏《まとい》を背負った伝令兵の騎馬が泥を蹴散らし、テッサの前を駆け抜けていく。

「第一大隊が後退する！　装甲荷車を前に出せ！　一から八の中隊は陣の守りを固めよ！　第九中隊はフォリーニ師団長を援護せよ！　繰り返す……」

シモンが舌打ちした。彼の真後ろにいたテッサには「面倒くせぇなぁ」と呟く声まで聞こえてしまった。しかし振り返った時にはもう彼の表情は一変していた。眼光は鋭く、口元はきりりと引き締まっている。それは幾多の戦場を生き延びてきた戦士、歴戦の勇者の顔だった。

「聞こえたか、お前達！」

中隊長の呼びかけに、部下達が「おう！」と答える。

「長弓班は右の高台から援護しろ。無駄矢は射るな。きっちり狙え。俺に当てても許してやるがフォリーニ師団長には当てるなよ？　笑い事じゃすまされんぞ？」

「わかってます」長弓班の班長ラムダが答える。「任せてください」

「弩《いしゆみ》班は中段で待機だ。俺達が師団長を攫《さら》ってくるから、未練がましく追ってくる合州国の連中を狙《ねら》い撃《う》ちにしろ」

「承知！」

「歩兵班は俺と一緒に来い。真綿みたいに優しく包んで師団長を陣地までお連れするんだ。蹴ったり引っ張ったりするなよ。もちろん汚い言葉を使うのも駄目だ」

「了解」副長のランソンが応じる。「生まれたての赤ん坊みたいに優しく扱います」

「それと、キリル」

「はい！」いきなり名指しされ、キリルはピンと背筋を伸ばした。

「お前はランソンにつけ。先走るなよ」

「わ、わかりました！」

「それからテッサ、お前は俺につけ。遅れるなよ」

「了解です！」

「では諸君、仕事の時間だ！」

シモンは剣を叩いた。柄に結んだ魔除《まよ》けの鈴がリン！　と鳴る。

「たったひとつの大事な命、油断して泥ン中に落っことすなよ！」

ギヨム・シモンを先頭に第九中隊は丘を駆け下りた。遅れまいとテッサも走った。雨粒が頬を打つ。生温《なまぬる》い風が首筋を撫でる。血と汗と踏《ふ》み躙《にじ》られた夏草の匂いがする。腰に下げた剣がガシャガシャと鳴る。借り物の兜《かぶと》が頭の上で飛び跳ねる。

降り注ぐ矢、馬の嘶《いなな》き、飛び交う怒号と悲鳴、泥塗《どろまみ》れの合州兵が襲いかかってくる。テッサは剣を抜いた。敵兵の刃をはじき、槍斧の一撃をかわす。足下は血と泥でぬかるんでいる。あちこちに人が倒れている。血走った目、断末魔《だんまつま》の叫び、飛矢が肩をかすめ、血塗《ちまみ》れの剣が肩を裂く。振り下ろされる槍斧の唸り。まともに喰らえば命はない。

間近に死を感じた。恐ろしかった。怖くて怖くて泣きそうになった。こみ上げてくる吐き気を堪え、テッサはシモンの背中を追いかけた。

敵兵の肩越しに赤い房飾りのついた兜が見えた。フレデリコ・フォリーニ師団長だ。馬上の彼を取り囲んでいるのは合州軍の歩兵達だ。師団長を守るべき親衛騎士団の姿はない。

「捕縛せよ！」

号令とともに敵兵がフォリーニに襲いかかった。師団長が馬から引きずり下ろされる。罵声《ばせい》と歓声、助けを求めるフォリーニの声が切れ切れに聞こえてくる。

「ったく、世話の焼ける師団長だ」

シモンは歯を剝いて笑った。剣を振り上げ、前方を指し示す。

「俺に続け！　師団長を奪い返すぞ！」

雄叫《おたけ》びを上げ、第九中隊は混迷の渦中に飛び込んだ。シモンを先頭に襲いくる敵を蹴散らしていく。速い。そして強い。まるで野分、餓狼《がろう》の群れだ。防壁を突破し、邪魔者を斬り倒す。シモンがフォリーニに手を伸ばす。彼の襟首を摑まえ、敵の手中から師団長を奪い返す。

「撤収！」

中隊長の一喝に、第九中隊は向きを変え、いっせいに後退を始めた。副長のランソンはフォリーニ師団長を肩に担ぎ、自陣に向かって走り出す。自軍から援護の飛矢が降りそそぐ。シモンが神速の剣技で血路を開く。だが敵も必死だ。師団長を奪い返そうと猛攻を仕掛けてくる。

テッサは応戦した。無我夢中で剣を振り回した。敵も味方も泥に塗れ、顔もよくわからない。間違って同胞を攻撃してしまったらどうしよう。そう思うとどうしても肩や腕が強ばってしまう。

「テッサ！」

剣戟《けんげき》の合間にキリルの声が聞こえた。

「遅れてるぞ、テッサ！」

見ればフォリーニ師団長を囲んだ一団から数歩の距離が開いている。テッサは必死に追いつこうとした。だが執拗《しつよう》に追いすがる合州兵の攻撃に応じているうち、第九中隊は一歩、また一歩と離れていく。テッサは敵兵の剣をかいくぐった。走り出そうとして、泥塗れの遺体に蹴躓《けつまず》いた。転んだ拍子に手から剣がすっぽ抜ける。

「何やってんだ、馬鹿！」

キリルが駆け寄ってきた。テッサの腕を摑んで助け起こす。

「ボケッとすんな！　早く立て！」

「ありがと――」言いながら顔を上げ、テッサは叫んだ。「キリル、後ろッ！」

キリルは咄嗟に首をすくめた。斧刃が彼の頭をかすめ、はじかれた鉄兜が空に飛んだ。

倒れるキリルをテッサは夢中で抱き止めた。血の気の失《う》せた顔、閉じられた目、キリルの額から頰へ、頰から顎へ、幾筋もの鮮血が流れ落ちていく。

「ああ……あああ……」

言葉にならない声が溢れた。

あたし達、死ぬの？　ここで死ぬの？

恐怖が襲ってくる。目の前が真っ暗になる。泣き叫ぶ寸前、テッサは奥歯を食いしばった。

駄目だ。諦めるな。あたし達はダール村に帰るんだ。三人一緒にダール村に戻って、アレーテのミンスパイを食べるんだ！

座り込んだテッサにとどめを刺そうと合州兵が槍斧を振りかぶる。その足下に誰かが落とした槍斧が転がっている。テッサは前転し、落ちていた槍斧の柄を摑んだ。勢いをつけて振り上げる。斧の刃がかち合い、ガツンと火花が散る。渾身《こんしん》の一撃を弾かれ、敵兵がたたらを踏む。

「死んでたまるかッ！」

テッサは立ち上がった。

曇天《どんてん》に瞬く雷光、大地を揺るがす雷鳴。そうだ。怖いと思うから怖いんだ。これは収穫祭で、こいつらはカボチャだ。ぶん殴れ、叩き割れ、カボチャの早割りならあたしは誰にも負けない！

テッサは槍斧を旋回させた。雷鳴に乗って身を翻《ひるがえ》し、稲光に合わせてカボチャを叩き割る。殴っても叩いてもカボチャは減らない。次から次へと転がってくる。笑いさざめく星明かり。ゆらゆら揺れる虫灯り。女達の嬌声が聞こえる。酔っ払いの歓声が聞こえる。祭りの熱気に汗が飛び散る。テッサ、テッサと喝采が響く。いいぞ、その調子だ、頑張れテッサ！

勢いづいて彼女は斧を振り回した。カボチャを追いかけ叩き割るたび、得も言われぬ高揚感《こうようかん》に包まれる。ああ、最高にいい気分。見てよ。ほら、すごいでしょ。今年の優勝もあたしが貰った！

「やめろ、テッサ」

キリルの声がした。

「もういい……深追いするな」

弱々しい彼の声に、テッサは我に返った。

祭りの光景はかき消えた。垂れ込めた雨雲、降りしきる雨、目の前にあるのは泥の海、鮮血と泥《でい》濘《ねい》に塗《まみ》れた戦場が横たわっている。

「テッサ」

キリルが彼女の頰を叩いた。

「大丈夫か？　正気に戻ったか？」

意味がわからない。

テッサは彼を見上げた。

「キリル、あんた、頭が割れてる」

「かすっただけだ。頭の骨までは割れちゃいねぇよ」

「そう。なら、よかった」

血に汚れたキリルの顔を拭おうとして、テッサは気づいた。

両手が真っ赤だった。

なんだろう、これ？

テッサは周囲を見回した。

「――!?」

合州兵が折り重なって倒れている。割れた頭蓋骨、こぼれ出た脳漿《のうしょう》、切断された手足、切り裂かれた腹から臓物が溢れている。地獄だった。まさに地獄だった。目を覆いたくなるほどおぞましい光景だった。

「なに、これ」

怖気《おぞけ》立ち、テッサはキリルに問いかけた。

「ねぇ、これ……あたしがやったの？」

「そうだ」

「あたし、この人達を殺したの？」

「お前は悪くない。お前は俺を守ってくれたんだ」

キリルはテッサを抱きしめた。

「フォリーニ師団長は本陣に逃げ込んだ。合州軍の奴らも引き上げていった。テッサ、お前のおかげだ。お前が――」

「あたしが殺した！」

甲高い声でテッサは叫んだ。

「この人達、みんな、みんな、あたしが殺した‼」

血に染まった両手を服に擦《なす》りつける。だが軍服はたっぷりと返り血を吸って、拭っても拭っても両手の赤は濃くなるばかりだ。

「キリル！　テッサ！」

曇天に声が響いた。イザークの声だ。驟雨の中、白い人影がやってくる。走っては立ち止まり、周囲を見回している。

「どこですか、キリル！　テッサ、返事をしてください！」

「ここだ！」

キリルが答えた。左右に大きく両手を振る。

「イザーク！　ここだ！　テッサも一緒だ！」

その姿が目に入ったらしい。泥を跳ね上げイザークが走ってくる。白い顔に安堵が滲《にじ》む。

「無事でよかった。本当によかった！」

「どうだ？　二人とも生きてるか？」

イザークを追いかけてシモンがこちらに走ってくる。

「手も足も全部揃《そろ》ってるな。運のいい奴らだ」

シモンは愉快そうに笑い、キリルの肩を軽く叩いた。

「偉いぞ新兵、よく踏ん張った」

「はい！」緊張の面持ちでキリルは直立不動の姿勢を取る。「ありがとうございます！」

「立って大丈夫か？　頭から血が出てるぞ？」

「俺、石頭ですから。これぐらい、どうってことありません！」

「いや、頭の傷は怖い。本陣に戻ってランソンに診て貰え。イザーク、キリルに手を貸してやれ」

「了解です」

イザークはキリルの腕を自分の肩に回した。友の肩を借りてキリルはよろよろと歩き出す。

二人の背にテッサは手を伸ばした。「あたしも連れて行って」と言おうとした。しかし口から漏れたのは低い呻き声だけだった。

「テッサ、怪我はないか？」

シモンの問いかけに、彼女は無言で首肯した。

「よし、じゃあ、俺を見ろ」

テッサはのろのろと顔を上げた。夕陽《ゆうひ》のように赤い髪、子犬のようにつぶらな瞳。シモンは右手を振り上げて、ぱしん！　とテッサの頬を叩いた。

「この馬鹿者が！　俺から離れるなと言っただろう！」

「ごめんなさい」叩かれた左頰を押さえ、テッサは俯いた。「あたし、必死で、こんなことするつもりじゃなくて……あたし……あたしは……」

「愉《たの》しかったか？」

冷ややかなシモンの声に、彼女は激しく首を横に振った。

「怖かったか？」

今度は少し優しい声。テッサは目を閉じ、頷いた。

「ならいい」

シモンは彼女の肩に手を置いた。

「俺達は兵隊だ。戦うのが仕事だ。だが長く戦場に身を置いていると心が麻痺《まひ》してくる。まるで息をするように人が殺せるようになる。血と暴力に酔い、人殺しを楽しむようになったら、そいつはもう人じゃない。鬼だ。鬼になれば、もう人には戻れない」

だから——と言い、真摯《しんし》な声で呼びかける。

「テッサ、迷い続けろ。疑い続けろ。これは正しいことなのか、何のために戦っているのか、自分の頭で考え続けろ」

「……はい」

ぶるぶると身体が震えた。あたしは敵兵の頭をカボチャのように叩き割った。それを楽しいと感じていた。血と暴力に酔っていた。あたしは鬼になりかけていたんだ。

「すみませんでした」

「謝ることはない」

血と汗に塗れたテッサの髪をシモンはくしゃくしゃとかき回した。

「今日はお前に助けられた。お前の活躍がなかったら、どれほどの損害を出していたかわからない。お前のおかげで俺は部下を失わずにすんだよ」

突然の褒め言葉に頭がついていかない。

テッサは中隊長を見た。縺れた髪、血と泥に汚れた顔、その中で青い双眸《そうぼう》が清々《すがすが》しく輝いている。

「よくやった、テッサ。仲間を守ってくれてありがとう」

シモンは笑った。真夏の空のような、晴れやかな笑顔だった。

その瞬間、胸の奥で何かが崩れた。堰を切ったように涙が溢れてくる。

「ちゅ……た、ちょう……あた……あたし……」

感情が押し寄せ、慟哭《どうこく》がこみ上げてくる。泣き出したテッサをシモンは優しく抱き寄せた。

「涙が出るうちは大丈夫だ。遠慮はいらん。思いっきり泣け」

テッサは中隊長にしがみついた。わああと声を上げて泣いた。泣きじゃくりながら心に誓った。


この人についていこう。

ずっと、この人についていこう。


この戦いに勝者はなかった。帝国軍はファガン平原を独占するに至らず、合州軍はフォリーニ師団長を捕虜に出来なかった。両軍とも多くの犠牲を出しただけ。意味のない不毛な戦いだった。

「そういうもんさ」とシモンは言った。「ノイエレニエのお偉いさんにとっちゃ、俺達みたいな木《こ》っ端《ぱ》兵士は使い捨ての駒《こま》なんだ」

唯一の朗報は第九中隊に損害が出なかったことだ。しかしテッサを助けに戻ったキリルの行動は命令違反に当たる。「何らかの罰則を与えなければ示しがつきません」とランソンは主張したが、

「ま、いいじゃないか」というシモンの一言ですべては不問となった。

「やるじゃないか、テッサ」

「小娘とか言って悪かったよ」

斬り込み中隊の面々は口々に謝罪した。テッサを軽《かろ》んじていた者達もこぞって彼女を褒《ほ》め称《たた》えた。第二師団を率いるフレデリコ・フォリーニ師団長からも直々にお褒めの言葉をいただいた。

テッサは心底驚いた。乙女にあるまじき怪力をずっと恥ずかしく思ってきたのだ。「分不相応な馬鹿力」とからかわれ、肩身の狭い思いをしてきたのだ。なのに戦場では誰もが彼女を褒め称えた。片手で槍斧をぶん回すテッサに喝采を送った。嬉しかった。楽しかった。同時にとても恐ろしかった。戦場では敵兵を殺せば殺すほど褒められる。それに喜びを感じてしまう自分が怖くなった。

テルセロは言った。民兵になるということは戦争に行くということだと。戦争に行くということは人を殺すということだと。一度でも人を殺したら、人間としてとても大切なものが傷つき壊れてしまうのだと。あの言葉の意味が今になってようやくわかった。

「あたし、最近おかしいんだ」

不安に襲われるたび、テッサはキリルとイザークに泣きついた。宿舎の彼らの部屋を訪ね、涙ながらに訴えた。

「血を見ても怖いって思わなくなっちゃった。戦いの後でもご飯が美味しいって思えるようになっちゃった。このまま戦に慣れていったら、いつかあたし、あたしじゃなくなっちゃう。あたしがあたしでなくなったら、あたし、ルーチェに嫌われちゃう」

「ああ、もう、うっとうしいな！」

寝転がっていたキリルが身体を起こした。寝台の縁に腰掛け、目を眇《すが》めてテッサを見る。

「お前、ルーチェに嫌われたくないなら、中隊長に懸想してんじゃねぇよ」

テッサはうろたえた。泣くのも愚痴《ぐち》るのも忘れて後じさった。

「な、なんで？　なんで知ってるの？」

「んなの、ツラ見てりゃ、イヤでもわかるわ」

盛大な舌打ちをして、キリルは顔をしかめる。

「お前さ、ルーチェが十八歳になって、それでも心変わりしていなかったら、あいつの嫁さんになるって言ったよな？　あれ、嘘だったのか？」

「う、嘘じゃないもん。ルーチェと中隊長とでは、好きの種類が違うだけだもん」

「言い訳すんな」厳しい声でキリルが言う。「適当なこと言ってんじゃねぇぞ、この浮気もんが」

「その言い方はひどいよ。あたしは惚《ほ》れっぽいけど、浮気者じゃないよ」

きゅっと肩を縮め、テッサは小声で反論する。

「あたしはルーチェが好き。それはルーチェがあたしを好いてくれるから。怪力しか取り柄のないあたしをそのまま受け入れて、好きになってくれたから。だからあたし、変わりたくないんだ。ルーチェに嫌われたくないから、ルーチェが好いてくれるあたしでいたいんだ」

くすんと洟をすすり、続ける。

「あたしは中隊長が好き。それは『よくやった』って褒めて貰えるのが嬉しいから。だから頑張れる。もっと彼の役に立ちたいって思う。けど、中隊長にあたしを好きになってほしいとは思わない。ただ彼の傍にいられるだけでいい。一緒に戦えるだけでいいんだ」

「わけわかんねぇ」

キリルは大仰にため息を吐いた。

「好きってのは一択だ。種類や違いがあってたまるか」

「私にはわかるような気がします」

そう言ったのはイザークだった。彼は丸椅子に腰掛け、壁に背を預けた。

「私だけを見てほしい、私だけを愛してほしい。そういう好きもあれば、私のことを見てくれなくてもかまわない、好いた相手が別の相手と結ばれてもかまわない、その幸福を見守っていられるだけで満足だって、思える好きもありますからね」

「なに言ってんだ、お前ら」

キリルは奇妙な生き物でも見るような目つきでテッサとイザークを交互に見る。

「好いた相手と両思いになれないなんて辛いだけだろ？　惚れた女が別の男と結ばれるのを見守るなんて地獄でしかないだろ？」

「それ、キリルが言うとものすごく説得力ありますね」

「う、うるせぇ！」

キリルは右手で胸を押さえた。

「迂闊《うかつ》に触るな。俺の傷心はまだ癒えてねぇんだぞ」

「てかキリルは単純すぎるよ。もっと言葉の裏を読みなよ」

アレーテの決断に横槍《よこやり》を入れるのは気が引ける。けれど、このままではさすがにキリルが気の毒だ。

「アレーテは厄介な奴に目をつけられてたんだ。彼女に求婚した人が行方不明になったり、嫌な死に方をしたのは、全部そいつのせいなんだ。だからアレーテは断ったんだよ。あんたに死んでほしくないから、アレーテはあんたを突き放したんだよ」

「ああ、やっぱ気にしてたのかぁ！」

キリルは両手で頭を抱えた。

「だから俺は死なないって言ったのに！　アレーテを一人残して消えたりしないって言ったのに！　フラれるのも辛いけど、信じて貰えねぇのはもっと辛い！」

「だったら証明してみせればいいんですよ」

飄々とした声音でイザークが言う。

「ボネッティの施設長が言ってましたよね。斬り込み中隊に入隊した民兵で生き延びた者は数名のみだって。生存確率は限りなくゼロに近いって。それを覆《くつがえ》してみせたら、キリルは死なないっていう証明になりませんか？」

「それだ！」

手を打ってキリルは立ち上がった。

「俺達三人、誰一人欠けることなくダールに戻ったら、アレーテだって納得する。俺は死なねぇんだって信じてくれる。そしたら俺はもう一度、アレーテに結婚を申し込む。畜生、名案すぎるぜ！」

「ですよね」

イザークが笑顔で応じる。しかしテッサは釈然としない。あたしが悩み相談をしていたはずなのに、いつの間にキリルの話になったんだ？　でも、まあいっか。落ち込んでいるキリルを見ているのは辛かったし、元気を取り戻してくれたなら、それに越したことはない。

「あんた、今さら何言ってんのよ」

お返しとばかりに、テッサはフンと鼻で笑った。

「三人とも生き残る。三人揃ってダール村に戻る。そんなの当たり前でしょうが！」

「だよな！」キリルは喜々として二人の肩を叩いた。「やっぱ持つべきものは友達だな！」

テッサは苦笑した。まったく調子のいいやつだ。

けど、ちょっとだけ安心した。この先、何があってもキリルは一途《いちず》にアレーテを愛し続けるだろう。アレーテがいる限り、キリルは変わらないだろう。あたしも同じだ。あたしの心はルーチェやアレーテと繋がっている。たとえ戦争に慣れてしまっても、死や流血に動じなくなってしまっても、二人がいてくれる限り、あたしが鬼になることはない。


斬り込み中隊の隊員として、テッサ達は数々の戦を乗り越えた。闇夜《やみよ》に紛れた奇襲『漆黒の刃《やいば》作戦』、嵐を利用した奇策『雷の一撃作戦』、いずれも見事な成功を収めた。人命を奪うことへの嫌悪感が薄れることはなかったが、シモンのため、仲間達のために戦うことは誇らしくもあった。時に絶体絶命の危機に陥り、多くの仲間を失いながら、テッサとキリルとイザークは戦い続けた。混戦を、迎撃戦を、陽動作戦を生き延びた。

命懸けの毎日を積み重ねていくうちに一年が過ぎた。

聖イジョルニ暦六七〇年の八月、束《つか》の間《ま》の休暇から戻ったギヨム・シモンは第二師団のフレデリコ・フォリーニ師団長に呼び出された。シモンが戻るのを待つ間、斬り込み中隊の面々は天幕の前で焚《た》き火《び》を囲み、ひそひそとささやき合った。

「いったいなんの話だろうな？」

「特別休暇をくれるとか？」

「報奨金を出してくれるとか？」

「期待しないほうがいいぞ」苦々しい声でランソンが遮る。「俺の経験から言って、こういう時はろくでもない命令が降ってくるもんだ」

彼の予言は的中した。

渋い顔で戻ってきたシモンは、開口一番、いまいましげに吐き捨てた。

「お前達、荷物をまとめろ。バルナバスを落としに行くぞ」

バルナバス砦は自然の高低差を利用した要害だ。シュライヴァ州の州都フェデルへと続く街道に立《た》ち塞《ふさ》がる山城《やまじろ》だ。そそり立つ絶壁と九十九折りの隘路《あいろ》に帝国軍の攻撃はことごとく撥《は》ね返され、幾百幾千という兵士が命を落としてきた。

「バルナバスって、あのバルナバス砦ですかい？」

命知らずの斬り込み中隊もさすがに驚きを隠せなかった。

「まさか俺達だけで、ですか？」

「いくらなんでも無謀がすぎるぜ」

「俺もそう言ったんだがな。お偉方は自信満々だったよ。帝国軍には創造神のご加護がある。必ずや奇跡は起こる。この作戦は絶対に成功するってさ」

はッと息を吐き出して、シモンは唇を歪《ゆが》めて嗤った。

「神様のご加護で戦に勝てるなら俺はとっくに廃業してるよ」

寒気を感じ、テッサは二の腕を擦《さす》った。シモンは敬虔《けいけん》なクラリエ教徒だ。その彼が創造神に悪態《あくたい》をつくなんて、これは今までにない、とてつもなく危険な作戦なんだ。

「先日ロベルタの駐屯所に一人の爺《じい》さんがやってきた。孫が病気になって、まとまった金が必要だとかで、土地の者しか知らない情報を買ってほしいと言ってきたそうだ」

シモンは焚き火の側に腰を下ろした。小枝を使い、地面に地図を描いていく。

「その秘密ってのが、バルナバス砦を通らずに峠を越える道のことだったんだよ」

「んなもの、あったら苦労しませんぜ」

「だよな。けど爺さんはバルナバス周辺の森に住む猟師で、誰よりもあの界隈《かいわい》に詳しいと言われている人物だったんだ。だから話を聞いたお偉方も信用に値すると判断したんだろう」

　小枝の先で地図を叩き、シモンは続ける。

「ここがバルナバス砦。この西にあるヤルタ峡谷を遡《さかのぼ》ると峠の北に出られるらしい。バルナバス砦の南面は断崖絶壁《だんがいぜっぺき》、東西も岩山に囲まれているが、北面にはなだらかな岩場が続いている。もし敵に気づかれることなく砦の北側に回り込むことが出来たら、俺達だけでバルナバス砦を落とすことも不可能じゃない」

「爺さんの話が本当なら、ですけどね」

「たとえ本当だったとしても、そういうこったら合州国の奴らだって当然警戒してるでしょう」

「崖の上から狙い撃ちにされたら逃げ場がねぇっす」

「俺達に全滅しろと言わんばかりの作戦ですなぁ」

「まったくだ」部下達の苦言にシモンは苦笑いで答える。「だが例によって例のごとく、俺達に拒否権はない」

　小枝を焚き火に投げ込んで、中隊長はため息を吐いた。

「すまないな。いつも貧乏クジを引かせて」

「まったくです」間髪を容《い》れずランソンが答える。「いい加減にしてほしいです」

「命がいくつあっても足りねぇな」

「中隊長、クジ運悪すぎです」

「ホントつき合いきれねぇっす」

「おいおい、お前達」シモンは心外そうに眉をひそめた。「ここで俺を責めちゃ駄目だろ？　そんなことありません、俺達どこまでも中隊長についていきますって言わなきゃ駄目だろ？」

「あたしはついていきますッ！」

テッサは勢いよく立ち上がった。拳を胸に当てて敬礼する。

「あたしは中隊長に、どこまでもどこまでも、どこまでもついていきますッ！」

「テッサは真面目《まじめ》すぎる」

ニヤニヤと笑いながらランソンが言った。

「当たり前すぎてちっとも面白くない」

「面白くないけど勘弁してやってくれ。なにせテッサは中隊長が大好きだからよ」

ブラスが手荒くテッサの頭を撫で回す。ブラスはテッサと同じレーエンデの民兵だ。レーエンデ東部にあるイルファ村の出身でテッサと同い年の娘がいるという。そのせいか、彼はいまだにテッサを小娘扱いする。先輩風を吹かせてテッサをからかう。悪気がないのはわかっているが、正直少し鬱陶《うっとう》しい。

「人のこと言えんの？」

ブラスの手を振り払い、テッサは眦《まなじり》をつり上げた。

「あんただって中隊長のこと大好きでしょ！　てか中隊長のこと嫌いな奴なんて、ここには一人もいないでしょ！」

「そりゃあ感激だ。ちょっと泣けてきた」

シモンは殊勝《しゅしょう》な面持ちで目元を拭った。が、堪えきれなくなったらしい。膝を叩いて大笑する。

「よし、お前達、今夜は飲もう！　明日は二日酔いで地獄を見て、明後日《あさって》には本物の地獄バルナバス砦に向かうぞ！」

中隊は酒を酌み交わした。テッサも豪快に酒杯を呷《あお》った。

帝国軍の猛攻を退けてきた堅牢強固なバルナバス砦。手練《てだ》れ揃《ぞろ》いの斬り込み中隊でもさすがに無傷ではいられないだろう。誰かが命を落とすことになるだろう。それを思うと恐ろしくもある。けれど飲んでは騒ぐ仲間達を見ていると、恐怖も不安も吹き飛んで、勇気と自信が湧《わ》いてくる。

あたし達は斬り込み中隊。あたし達に出来ないことなど何もない。

待っていろよ、バルナバス。あんたが掲げた不落の看板、あたしが叩き割ってやる。


二十日後、第九中隊はロベルノ州の州都ロベルタに到着した。帝国軍司令本部で作戦を確認し、駐屯所で装備を調え、抜け道があるというヤルタ峡谷へと出発した。

ヤルタ峡谷から流れ出る川沿いには未開の森が広がっている。近年バルナバス砦の合州軍は守りに徹している。侵攻してくる気配はない。とはいえ、ここはもう敵の圏内だ。テッサ達三人を含む五十名のバルナバス強襲部隊は慎重に森の中を進んだ。

四日後、ようやく森の終わりが見えてきた。ホウキグサが群生する野原の先、灰褐色の渓谷が北へと続いている。シモンは先を急がなかった。森の中で休息を取り、水と乾燥肉だけの夕食をすませた。そして完全に陽が落ちるのを待ってから、再び前進を開始した。

このあたりでは光虫も見かけない。天空に横たわる星の河と、白い半月だけが頼りだ。さわさわと揺れるホウキグサの穂をかき分け、渓谷の入り口にさしかかった時だった。右の崖に小さな光が見えた。崖の上に小屋がある。合州軍の監視小屋だ。

ホウキグサの穂陰に身を隠し、シモンは小屋の様子をうかがった。目立たぬように赤い髪を泥で固め、顔には灰を塗りつけている。いい男が台無しだと、テッサはひそかにため息を吐く。

「人影は見えない。こちらに気づいた様子もないな」

「油断してるんでしょうか」

「そう願おう」

シモンは右手を振り、前進を指示した。

季節は初秋、川の水は少ない。川辺に転がる大岩の陰を縫うようにして進んだ。

ヤルタ渓谷は青い闇に沈んでいた。さらさらと流れる川音が聞こえる。そろそろ監視小屋の真下だ。弓や銃で狙い撃たれたらひとたまりもない。息を殺してテッサは進んだ。

ついに監視小屋の下を通り抜けた。小屋の中に動きはない。どうやら気づかれずにすんだらしい。

行けるかもしれない。このまま砦の北側に回り込めるかもしれない。

淡い期待がテッサの脳裏をかすめた。

「中隊長」

押し殺した声が聞こえた。先頭を行くランソンの声だ。

「この先は崖です。行き止まりです」

まさかと口の中で呟いて、テッサは前方を凝視した。月と星に照らされて、てらてらと光る岩肌が見える。ひび割れた岩から水がしみ出し、細い滝となって流れ落ちている。そそり立つ崖の高さはおよそ三十ロコス。登れない高さではないが、清水に洗われた岩肌は滑《なめ》らかで手がかりは皆無に等しい。

「迂回路《うかいろ》を探せ」

シモンの命令を受け、強襲部隊は散開した。テッサは冷たい川を横切り、対岸の崖をくまなく見て回る。切り立った岩壁、縦に走った亀裂《きれつ》、道らしきものはどこにもない。

「あっ」背後で小さな声がした。

「どうしたの？」

声を潜めて尋ねると、キリルは崖の上部を指さした。

「道って、あれのことじゃないか？」

テッサは目をこらした。崖の縁から垂れ下がった蔓《つる》が風に吹かれて揺れている。

「道なんて――」どこにもないじゃないと言いかけて気づいた。

あれは蔓じゃない。千切れた縄梯子《なわばしご》だ！

テッサとキリルは中隊長の元に戻った。二人の報告を受け、自身の目でそれを確かめた後、シモンは難しい顔で腕を組んだ。

「爺さんの話はちょいと古すぎたようだな」

どうりで監視が甘いはずだと呟く。がりがりと髪を引っかき回し、大きく息を吐いてから、彼は苦々しく宣言した。

「仕方がない。引き上げるぞ」

「しかし中隊長、今から引き返しても森に逃げ込む前に夜が明けますぜ？」

「わかってる。だがここで夜明けを迎えるわけにはいかない。敵だって馬鹿じゃない。夜が明けたらホウキグサが踏み荒らされていることに気づくだろう。こんなどん詰まりで敵兵と鉢合わせしてみろ。全滅は必至だ。だったら監視小屋に長弓やマスケット銃の名手がいないことを祈りながら、森まで走ったほうがいい」

「あの、中隊長」

テッサは遠慮がちに手を挙げた。

「あっちの崖に亀裂がありました。あれを手がかりにしたら、あたし、この崖を登れると思うんです。それで上からロープを下ろしたら、みんなも登れると思うんです」

シモンは眉根を寄せた。駄目だと言われる前に、テッサは急いで言葉を継ぐ。

「あたし、アレスヤギみたいに崖を登るから、ダール村ではヤギ娘って呼ばれてたんです。崖登りには自信があります。必ず登ってみせます。お願いです。やらせてください」

「お前がヤギ娘?」

シモンは疑わしげに目を眇めた。本人に訊いても無駄だと思ったのだろう。同郷のキリルに目を向ける。

「テッサの話は本当か?」

「本当です」生真面目《きまじめ》な顔でキリルは答える。「テッサのあだ名はダール村のヤギ娘、薪割りの鬼、カボチャの早割り女王、他にもまだまだあります」

「何をやらせてもテッサは別格だったんです」彼の台詞をイザークが引き継いだ。「私からもお願いします。テッサにやらせてあげてください」

シモンは腕を組んで思案した。だが歴戦の勇士は決断に時間をかけなかった。

「お前達、マントを脱げ」

部下達に命じ、自らもマントの留め金を外す。

「重ね合わせて端を結ぶんだ。テッサを受け止めるには心許《こころもと》ないが、何もないよりかはましだ」

仲間達がマントに細工を施している間にテッサは上着を脱ぎ、靴を脱いだ。愛用の槍斧をキリルに預け、一番長いロープを身体に巻きつける。手足の筋肉をほぐしながら崖を見上げ、辿るべき道筋に当たりをつける。

「無理はするなよ。駄目だと思ったらすぐに降りてこい」

「わかりました」

テッサは亀裂に指先を引っかけ、身体を持ち上げた。足の指でわずかな凹凸を摑む。濡れた岩は苔《こけ》むしていて滑《すべ》りやすい。下では仲間達が繋ぎ合わせたマントを広げてくれているが、岩が転がる川辺に落ちたら大怪我は避けられない。

余計なことを考えるな。

テッサは指先に全神経を集中した。登るにつれ、岩壁の亀裂は狭くなり、やがて指先すら入らなくなった。崖の端までまだ十ロコスはある。新たな手がかりを探し、テッサは周囲を見回した。右斜め上に細い亀裂がある。右手を伸ばしてみるが、届かない。足の指で体重を支え、濡れた岩盤に右手を這わせる。もう少し、あと少し、もうちょっとで指先が届く。

ずるりと右足が滑った。慌てて踏ん張ろうとして左足も滑った。

落ちる！　と思った瞬間、テッサは左腕に力を込めた。指先だけで身体を押し上げる。びりっと爪が剝がれた。激痛を無視し、右腕を、右手を、指先を限界まで伸ばした。

人差し指が亀裂を捕らえた。

あぶなかった……。

テッサは息を吐いた。どっと冷や汗が噴き出してくる。

だが危機的状況は続いていた。体重を支えているのは右の人差し指と中指だけ。両足は宙に浮いている。岩肌はつるつる滑り、足がかりになりそうな出っ張りも窪《くぼ》みもない。両手で亀裂を摑みたくても左手に力が入らない。肘《ひじ》から先が燃えるように熱い。痛みがズキンズキンと脈打っている。爪が剝がれただけならいいが、最悪の場合、骨が折れているかもしれない。

テッサは顔を上げた。数ロコス先に縄梯子の切れ端が揺れている。そのわずかな距離が、はてしなく遠い。何か手はないか。考えている間にも疲労は蓄積されていく。指先が痺れ、感覚がなくなってくる。ぶるぶると右腕の筋肉が震え出す。

「もういい、テッサ、降りてこい！」シモンの声が聞こえた。

「テッサ！　無理すんな！」ブラスの声が聞こえた。

「テッサ、そこまでです！」

「いいから手を離せ！　俺達が受け止める！」

イザークとキリルが叫んでいる。

テッサは下唇を嚙んだ。ここまでかと諦めかけた時だった。

ごうっという音がして突風が吹き抜けた。崖の上からバラバラと石礫《いしつぶて》や木の葉が降ってくる。

テッサは顔を伏せ、必死に壁面に張りついた。

ぽすん……

頭のてっぺんに何かが当たった。

おそるおそる見上げると、目の前に縄梯子の切れ端が揺れていた。梯子の一部がどこかに引っかかっていたのだろう。それが突風で外れ、緩《ゆる》んで落ちてきたのだ。

なんという幸運、まさに奇跡だった。これぞ創造神のご加護に違いない。

テッサは左手を伸ばした。が、痛くて指が曲がらない。仕方がないので左手首に縄梯子を巻きつけた。何度か引っ張り、強度を確認した後、今度は右手で梯子を摑んだ。身体を引き上げ、右足を梯子に引っかける。あとは簡単だった。一歩ずつ縄梯子を登り、崖の上へとたどり着く。

「やった……」

仰向《あおむ》けに横たわり、目を閉じて喘いだ。指先が痛い。関節が痛い。体中の筋肉が悲鳴を上げている。でも休んではいられない。テッサは起き上がった。太い木の幹にロープを結び、もう一端を崖《がけ》下《した》へ投げ落とす。二、三回、波打った後、ロープはピンと緊張した。ぎしりぎしりとロープを軋ませ、誰かが崖を登ってくる。

「よくやった、テッサ！」

真っ先に現れたのはシモンだった。彼はテッサに駆け寄ると、両手で彼女の頰を挟み、彼女の額にキスをした。

目の前に火花が散った。頭の中が真っ白になった。足から力が抜け、腰が砕ける。テッサはその場にへたり込んだ。

「大丈夫か？」

シモンが彼女の前に膝をつく。テッサの顔を覗き込む。テッサはコクコクと頷いた。近い、中隊長の顔が近い。恥ずかしい、けど目が逸《そ》らせない。

「よくやった」

繰り返して、シモンは彼女の髪をくしゃくしゃとかき回した。

「あとは俺達がやる。お前は休んでいろ」

彼は立ち上がった。次々と登ってくる隊員達に手を貸して、崖の上へと引っ張り上げていく。

テッサは陶然としてシモンを見つめた。ランソンに手当てをして貰っている間も、シモンだけを見つめていた。

　夜半を過ぎて、ようやく全員が崖を登り終えた。

「さて、これからが本番だ」

　暗い山中、木陰に座した部下達を見回し、低い声でシモンは言った。

「闇に紛れ、先発隊が城壁を乗り越え、城塞門を開く。その後、本隊が城内に突入する。狙うのはただ一人、バルナバス砦の指揮官カール・シュライヴァだ。大将を押さえてしまえば木っ端兵士は手出しが出来ない。そうなれば俺達の勝ちだ」

　シモンは立ち上がった。剣の柄に結んだ鈴がチリンと鳴る。

「テッサは命を張って道を切り開いてくれた。今度は俺達が根性見せる番だ。お前達、気合いを入れろ！　今夜中にバルナバス砦を落とすぞ！」

　おう！　と応えて一同が立ち上がる。声こそ小さいが気合いは十二分に漲《みなぎ》っている。

「テッサ、お前はここに残れ。その左手では槍斧は握れない。足手まといになりたくなければ大人しくここで待っていろ」

　テッサは悄然《しょうぜん》と頷いた。仲間はずれにされるのは嫌だったが、お荷物になるのはもっと嫌だった。

「それとイザーク、お前はテッサについていてやれ」

「私がですか？」

「お前は目がいい。足も速い」

　シモンは北東の方角を指さした。

「砦を占拠したら合図の狼煙《のろし》を上げる。正午までに狼煙が上がらなかったらテッサを連れて引き返せ。砦に向かって北上してくる第二師団と合流し、作戦の失敗を報告しろ」

「そういうことなら、了解しました」

「頼んだぞ」

「それじゃ、また後でな」

夜風のように枝葉を揺らし、強襲部隊が去っていく。暗い森の中、テッサとイザークだけが残される。

「お疲れ様でした」

イザークが水筒を差し出した。

「左手、指の骨が折れてるって聞きましたけど、痛みますか？」

「ん……少しね」

テッサは水筒を受け取り、中の水を一口飲んだ。

「でも固定して貰ったからもう平気だよ」

「じゃあ、どうして？」

「どうしてって？」

「あたしも行きますって駄々こねると思ったのに、大人しく引き下がったでしょう？」

「それは、だって、みんなの足手まといになりたくないし——」

「おやおや、殊勝ですねぇ」

イザークは身を乗り出すと、テッサの目を覗き込んだ。

「さてはテッサ、中隊長にキスされましたね？」

ぎゃあ！　と悲鳴を上げ、テッサは飛び退《との》いた。

「ななな、なんで？　なんで、そんなことまでわかんのよ？」

「だってテッサ、中隊長を見つめながら赤くなったり、ニヤニヤ笑ったり、かと思ったら真顔になって頷いたりしてるんですもん」

そんなことしていただろうか。まったく自覚がない。

「キスっていってもおでこにだもん。恋人同士がするようなキスじゃないもん」

「だとしても、好きでもない相手にキスはしませんよ」

クスッと笑って、イザークは空を見上げた。折り重なる枝、黒い葉陰、合間に藍色《あいいろ》の夜空が見える。宝石のように瞬く星々。星明かりに照らし出されたイザークの横顔は泥塗れでも美しい。なのに、なぜだろう。今はとても悲しそうに見える。

「イザーク？」

おずおずとテッサは呼びかける。

「あんたも中隊長のことが好きなの？」

「まさか！」

イザークは一笑に付した。

「中隊長のことは尊敬してますけど、テッサが言うような好きとは違いますよ」

「でも――」

「それに私には他に好きな人がいますから」

「え、そうなの？　誰？　あたしの知ってる人？」

「秘密です」

唇に指を当て、イザークはひっそりと笑った。

ああ、まただとテッサは思った。優しくて人当たりがよくて言葉遣いも丁寧だけれど、イザークの心には壁がある。どんなに親しくなっても本当の彼には近づけない。イザークは自分のことを話さない。ウル族の禁忌を犯してまで、どうして古代樹の森を出てきたのか。なぜダール村に来たのか。いまだに話して貰えない。

「少し寝ておいたほうがいいですね」

イザークは弓を手に取った。

「僕が見張りをします。先に休んでください」

「ん、わかった」

テッサは落ち葉の上に身を横たえた。

「じゃ、甘えさせて貰うね」

きっと眠れないだろう。そう思いながら目を閉じた。

緊張の連続で思いの外、疲れていたらしい。いつの間にか彼女はぐっすりと眠り込んでいた。


目を覚ました時、あたりはすでに明るかった。枝葉の合間から差し込む光の角度からして、朝というより昼に近い。

「しまったああ！」

テッサは飛び起きた。慌てて周囲を見回す。

「イザーク？　どこにいるの？」

「ここです」

声が降ってきた。はるか上方の枝の上、イザークが立っている。そこから北東の空を眺めている。

「狼煙は見えた？」

「いいえ、まだです」

テッサは肩を落とした。悪名高いバルナバス砦、簡単に落とせるとは思っていない。けれど——

「時間かかりすぎじゃない？」

「ええ、嫌な感じですね」

イザークが木から下りてくる。両手の木屑《きくず》を払い、淡々とした声で告げる。

「さっきまで砦のある方角から人の声や剣戟の音が響いてきていたんです。けど、ちょっと前からそれも聞こえなくなりました」

「それって……」

言いかけて、テッサは続きを呑み込んだ。音が聞こえなくなったのは決着がついたからだ。なのに合図の狼煙は上がらない。

「どうしよう」

目の前が暗くなった。中隊長、キリル、みんなはどうなったのだろう。あたし、何を浮かれていたんだろう。なんで一緒に行かなかったんだろう！

「イザーク、あたし達も——」

「行っても無駄です」

冷静な声でイザークは答えた。

「正午まで待って、狼煙が上がらなかったら引き返しましょう。明日には第二師団が砦に到着します。その前に作戦失敗を報告しなければ第二師団にも被害が出ます」

「でも……」

「でもじゃない！」

イザークは木の幹を殴った。その拳が震えているのを見てテッサは悟った。冷静に見えるけれど本当は彼も不安なのだ。みんなのことが心配で、今すぐ駆けつけたい思いでいっぱいなのだ。

「わかってください。これは中隊長の命令なんです」

テッサはぐっと顎を引いた。イザークの言う通りだ。自分達が感情のままに動いてしまったら、さらに多くの被害が出る。それはわかっているのだが、心が乱れてじっとしていられない。テッサは添え木が当てられた指を不格好に組み合わせた。クラリエ教は大嫌いだ。法皇庁が崇《あが》める神なんて信じたことはない。でも今は何かに縋《すが》らずにはいられない。

ぎゅっと目を閉じ、テッサは祈った。

神様、どうか中隊のみんなを助けてください。彼らを守ってください。もう一度、どうか奇跡を起こしてください。

「テッサ、祈る必要はありません」

「わかってるけど、今は祈るぐらいしか――」

「違います。そうじゃなくて」

イザークは北東の空を指さした。

「狼煙が見えます」

テッサは木陰から飛び出した。崖の縁に立って空を見上げた。晴れ渡った紺碧《こんぺき》の空に薄緑色の煙がたなびいている。それは作戦の成功を告げる、バルナバス強襲部隊からの合図だった。

テッサとイザークはバルナバス砦に向かった。狼煙を目指し、一直線に進んだのがいけなかった。幾度となく岩山に突き当たり、そのたびに迂回を余儀なくされた。藪《やぶ》をかき分け、崖を登り、ようやく街道に出た時にはもう太陽は西に傾き始めていた。

二人は街道を南下した。数分も行かないうちに灰色の城壁が見えてきた。十ロコスはありそうな城壁、バルナバス砦だ。城塞門は鉄で補強された落とし格子で塞がれている。

「おーい！　遅かったなぁ！」

城壁の上で一人の兵士が手を振った。

「キリル！」

その名を呼んで、イザークが手を振り返した。

「無事でしたか！」

「ったり前だろ！　この俺がそう簡単にくたばるかよ！」

威勢よく答え、キリルは胸を叩いた。

「待ってろ！　今、開けてやる！」

彼の姿が消えて数十秒後、鎖が巻き上げられる音が響いた。落とし格子が引き上げられていく。杭《くい》のように尖《とが》った格子の下をくぐり抜け、テッサとイザークはバルナバス砦に入った。

蔦《つた》に覆われた石壁は古めかしく、正門は重厚な鉄門扉で守られている。前庭には壊れた荷馬車や板戸が積み上げられている。地面には折れた矢が散乱し、石畳には血溜まりが残っている。しかし負傷者や遺骸は見当たらない。

「こっちだ、こっち！」

城門脇の木戸を開いてキリルが現れた。頭に包帯を巻いているが重傷ではないらしい。元気よく階段を下ってくる。

「その頭――」心配そうにイザークが尋ねる。「怪我したんですか？」

「これか？　まぁたいしたことねぇって」

俺は石頭だからなと言い、キリルはポンと額を叩いた。

「それよか聞いてくれよ！　俺の大活躍を！」

バルナバス砦は天然の要害、帝国軍がこの崖を越えることはない。その思い込みが油断を招いた。北の城壁に立つ見張りの数は少なかった。見張り番の兵士を射殺し、接近するのは容易だった。キリルを含めた数人が城壁を登り、門番を倒して落とし格子を引き上げた。合州軍が敵襲に気づいた時にはもう、中隊は城内の奥深くまで侵入していた。

「その後は、まぁ、ちょっと手こずったけどよ。中隊長の言った通り、敵将の首根っこを押さえたら、連中あっけなく降伏したよ」

「じゃ、みんな無事なの？」

テッサの問いにキリルは口ごもった。

「いや、モンディとアレスタ、それにジードがやられた。他にも何人か深手を負った」

でも――と言い、彼は手荒くテッサの背を叩いた。

「安心しろ！　中隊長は無事だ！」

そう言われても手放しには喜べない。昨夜まで一緒にいた者が突然いなくなる。その喪失感に慣れることはない。死者が出るのは戦いの常とわかっていても、いまだ割り切ることが出来ない。

「合州軍の兵士はどこにいるんです？」

主館の正門に続く石段を登りながらイザークが尋ねた。

「けっこうな数がいたはずですけど」

「ああ、捕虜にするには多すぎた。あれだけの数を閉じ込めておく場所もないしな」

「まさか、殺したの？」

「降伏したんだぜ？　殺すわけないだろ。大将以外は武装解除して解放したさ」

それもシモンの指示だという。

「敵の大将は『寛大な処置に感謝する』って礼を言ってた。けど中隊長はいつも通りヘラヘラ笑って『処刑するのも遺体を片づけるのも面倒臭いだけですよ』って答えてた」

「フォリーニ師団長が聞いたら頭から湯気を出して怒りそうな台詞ですね」

第二師団のフレデリコ・フォリーニ師団長は合州軍を反逆者と呼ぶ。『逆賊は容赦なく鏖殺せよ』が口癖《くちぐせ》の典型的な帝国軍人だ。

「ちょっと見物ですよねぇ。中隊長、どうやって切り抜けるんでしょうねぇ」

「あの人なら大丈夫さ。いつも通り、のらりくらりとはぐらかすに決まってらぁ」

だよな？　とキリルがテッサを振り返る。しかし彼女は聞いていなかった。城の正門、重厚な鉄門扉の上に刻まれた模様に気を取られていたのだ。

「どうした？」

「あれ、見て」

テッサは正門の上を指さした。門扉を取り囲む石組みに蔦の文様が彫られている。

「あの模様、文字に見えない？」

「あれ、文字なんですか？」イザークは文様を見上げた。「なんて書いてあるんです？」

ティコ族とウル族は文字を持たない。ダール村の村人も大半が文字を解さない。でもアレーテは子供の頃から学問が好きで、フリオ司祭から帝国文字を習った。そんな姉の影響を受け、テッサも簡単な文章ならば読めるようになっていた。

「ねぇキリル。バルナバス砦っていつ出来たんだっけ？」

「合州国との戦争が始まった時だから、ええと、百年ぐらい前か？」

「このお城、誰が造ったか知ってる？」

「知らねぇよ。当時のシュライヴァ州の首長じゃねぇの」

テッサは再び文様を見上げた。風雨に晒され、所々欠けてはいるけれど、間違いない。これは文字だ。でも、なぜだろう。敵であるシュライヴァの人間が、合州国の要塞《ようさい》に、なぜこの文章を刻んだのだろう。

「なんて書いてあるんだ？」じれたようにキリルが問う。「勿体ぶらずに教えろよ」

答えようとしてテッサは口を噤《つぐ》んだ。ゆるゆると首を横に振り、てへへ……と笑う。

「気のせいだったみたい。文字みたいって思ったけど、よく見たら意味わかんないわ」

「なんだよ、それ」

「ごめんごめん」

テッサは二人の腕に腕を絡めた。ぐいぐいと引っ張り、主館へと歩き出す。

「行こう！　あたし、お腹減っちゃった！」

わざとらしかったかなと思ったが、キリルもイザークもそれ以上は尋ねようとしなかった。今夜は旨いものが食べられるぞ、屋根の下で眠れるぞと、嬉しそうに話している。

そんな二人を見て、テッサは安堵の息を吐いた。

正門の上、門をくぐる兵士達を鼓舞するように刻まれていた言葉――

それは古くからダール村に伝わる言葉だった。それがなぜ敵の城に刻まれているのだろう。わけがわからない。考えれば考えるほどモヤモヤしてくる。何か大きな思い違いをしている気がして、テッサは落ち着かなかった。

奇襲は成功した。バルナバス砦は陥落し、指揮官は捕虜になり、合州国兵士は着の身着のままの姿で追放された。

しかし問題はこれからだった。

バルナバス砦は三方を崖に守られている。残る一方、北側の守りは甘い。高さ十ロコスの城壁では合州国の大軍は止められない。落とし格子を破られたら、あっという間に城内まで攻め込まれてしまう。砦を死守するために取るべき手段はただひとつ。合州国が態勢を立て直す前に攻め込むのだ。一気に大軍勢を送り込み、シュライヴァの州都フェデルを落とすのだ。

北イジョルニ合州国は北方七州の首長の合議によって政《まつりごと》を行っている。よってフェデルが落ちたとしても、合州国がすぐに倒れるわけではない。だがシュライヴァは合州国の要だ。州都フェデルが陥落すれば合州軍は動揺する。七州の足並みにも狂いが生じる。同盟を裏切り、帝国に寝返る州が現れないとも限らない。

合州国の首長達がバルナバス砦陥落の報告を受け、奪還部隊を整えるまでに最低でも五日はかかる。すなわちこの五日間が勝負だった。バルナバス強襲部隊がロベルタの駐屯所を出発するのと同時に、第一と第二師団が北に向かって進軍を開始している。奇襲攻撃の翌日には第一師団がバルナバス砦に到着する——予定だった。

だが到着の日時を過ぎても帝国軍は来なかった。二日経《た》ち、三日が経ってもロベルタへと続く街道には人馬の影さえ見えなかった。

「何をグズグズしてるんだ！」

いつも飄々として滅多に声を荒らげることのないシモンが苛立《いらだ》っていた。城壁の上を歩き回り、立ち止まっては南の地平を眺める。

「なぜだ！　なぜ来ない！　第一、第二師団はいったい何してやがるんだ！」

四日目の昼過ぎになって、ようやくフレデリコ・フォリーニ師団長が到着した。彼が率いてきたのは第二師団の第一部隊だけ。総勢百人にも満たない心許ない援軍だった。

「これはどういうことですか！」

礼儀も節度もかなぐり捨て、シモンは師団長に喰ってかかった。

到着早々怒鳴られて、フォリーニ師団長はあからさまに機嫌を損《そこ》ねた。

「大砲の重量に耐えきれず、ゼーレ川の橋が落ちたのだ」

師団長は不愉快そうに口髭を捻《ひね》った。

「全軍を挙げて修復しているが、仮の橋が完成するには、あと五日はかかるだろう」

帝国軍の軍人は二種類に分けられる。一方は騎士団や傭兵団出身の叩き上げの兵士、前線で命を張って戦ってきた者達だ。もう一方は新聖都で兵法を学んだ執行官、前線に立つ兵士達を机上の駒としか考えていない者達だ。ギヨム・シモンは前者であり、フレデリコ・フォリーニは後者だった。

「そんなに待てるかッ！」

シモンは声を荒らげた。

「合州軍は態勢を立て直し、明日にでも砦を取り返しにくる！　たったこれだけの援軍で砦が守れるとでも思ってるのか！」

「現状の兵でバルナバス砦を死守する。これは決定事項だ」

「何が決定事項だ！　この砦を落とすのに俺の部下が三人も死んでるんだぞ！　あいつらの命を無駄にしろってのか！」

「帝国兵士の命は帝国のもの、ひいては法皇ユーリ五世のものだ。法皇の命に従って死んだのであれば、その者達も本望であろう」

「――――ッ！」

シモンの赤毛が逆立《さかだ》った。副長のランソンが止める間もなかった。彼はフォリーニの襟首を摑み、その頰を力一杯ぶん殴った。

「勘違いするな！　俺達が戦に命を懸けるのはそれが仕事だからだ！　生まれた瞬間から最後の息を引き取るまで、俺達の人生は俺達のものだ。命も矜持《きょうじ》も魂も、すべて俺達自身のものだ！」

「こ、この痴《し》れ者《もの》が」

殴られた頰を押さえ、フォリーニ師団長は後じさる。

「このことはロベルタに戻り次第、軍本部に報告する。貴様、ただではすまさんぞ。覚えておけ」

捨て台詞を残し、フォリーニ師団長は逃げるように城内へと駆け込んでいった。

「中隊長！」

テッサはシモンに駆け寄った。

「あんなことして大丈夫なんですか？」

「大丈夫じゃないさ」

彼らしくない鬱々とした声でシモンは答えた。

「だが、まずは明日の心配をしなきゃな」

「合州軍が戻ってくる？」

「そうだ」

シモンは北の空を睨み、狼《おおかみ》のように歯を剝いた。

「引き際を見誤れば、俺達は全滅する」


帝国軍の本体が到着するまでバルナバス砦を死守する。そう宣言し、フレデリコ・フォリーニ師団長は引き連れてきた第一部隊を北の城壁に配置した。早々に逃げ出すわけにもいかず、第九中隊も武器を携えて持ち場についた。城壁の上に長弓兵と弩兵が並ぶ。油壺《あぶらつぼ》や投石も用意された。格子門の内側には装甲荷車が置かれ、車輪は杭で固定された。

テッサは右手で槍斧を握った。左手の人差し指と中指は骨が折れている。いつものように槍斧を振ることは出来ない。でもこんな危機的状況下で、一人休んでいるなんてまっぴらだった。

バルナバス砦を奪取してから五日目、正午過ぎのことだった。

城壁の上にいた兵士が叫んだ。

「き、来ました！　合州軍が来ます！」

「数は？」

「え、ええと……正確にはわかりません。五百、いや、もっといるかも」

「ざっと見える限り千人以上います。攻城櫓《やぐら》が二基見えます。破城槌《はじょうつい》もあります」

うろたえる兵士に代わり、イザークが答えた。

「まずいですね。投石機も持ってきてます」

「ったく」額に手を当て、シモンは天を仰いだ。「神様ってのは本当にツレないぜ。こっちは毎朝毎晩欠かさず祈りを捧げてるのに、賜るのは強烈な試練ばっかりだ」

「発射用意！」

フォリーニ師団長の命に従い、弓兵がいっせいに矢をつがえる。

「打て！」

驟雨のように矢が降り注ぐ。しかし合州軍の前面に並んだ巨大な盾に阻《はば》まれ、目立った効果はあげられない。

「もっと引きつけてからだ」第九中隊のラムダが叫ぶ。「射程に入ったら盾の奥に放り込め！」

空気を引き裂き、人の頭ほどもある石が飛来する。投石が城壁を打ち壊す。兵士が藁人形のように弾き飛ばされる。主館の壁が崩壊し、瓦礫《がれき》が帝国兵を押し潰す。弓兵が反撃を試みるが、数に差がありすぎた。合州軍はじわじわと前進し、ついに城門前へと到達した。

腹の底を揺るがす破砕音。破城槌の攻撃に門扉が砕ける。落とし格子が歪み、装甲荷車が傾く。城壁から油壺が投げ落とされ、破城槌を守る大盾が燃え上がる。それでも合州軍は怯《ひる》まない。炎上する盾の下、破城槌が突撃を繰り返す。

装甲荷車を固定していた杭が折れた。ミシミシと格子が軋む。もう限界だった。あと二、三回で落とし格子が破られる。

「第九中隊！　撤退しろ！」

城の正門前に立ち、シモンは叫んだ。

「撤退だ！　全責任は俺が負う！　撤退しろ！」

「貴様あァ！」

フォリーニ師団長が怒声を上げた。憤怒の形相でシモンの胸ぐらを摑む。

「私の命令を無視するつもりかあッ！」

「やかましい！」

一喝し、シモンは師団長の手を振り払った。

「そんなに死にたきゃ、あんたは残れ！　俺は俺の隊を連れて逃げる！」

投石の波状攻撃。塔が崩れ、前庭にも瓦礫《がれき》が降ってくる。破城槌の突撃に落とし格子が断末魔の悲鳴を上げる。混乱の中、シモンの声が鳴り響く。

「逃げろ！　自分の命を守れ！　従わないヤツは第九中隊から追い出すぞ！」

斬り込み中隊にとってシモンの命令は絶対だ。師団長の命令よりも優先すべきものだった。中隊の隊員達は持ち場を離れ、主館の南側へと退却を始めた。イザークが崩れた城壁を下ってくる。ブラスに背中をどやされて、キリルも南へと走り出す。

「テッサ！　急げ！」

シモンの声が聞こえた。

テッサは中庭に立ったまま、正門前に立つ彼を振り仰いだ。

「あたしはまだ戦えます！」

「この馬鹿者が！」

シモンは中庭に飛び降りた。テッサの手から槍斧を奪い取る。

「もっと自分を大事にしろ！　その左手に無理をさせたら二度と槍斧が握れなくなるぞ！」

「だって……だって……」泣きそうになるのを堪え、彼女は必死に言い返す。「あたし達が逃げたら中隊長が罰せられます！　中隊長が牢屋に入れられてしまいます！」

「この馬鹿者が」

優しい声音でシモンは同じ台詞を繰り返した。

「ダール村のテッサ、お前の戦場はここじゃないだろう？」

テッサは困惑した。

それってどういう意味？　あたしの戦場はここだ。中隊長のいる場所があたしの戦うべき場所だ。

「ついてこい！」

シモンに腕を引かれ、テッサは走った。主館の廊下を駆け抜け、南側の庭園に出る。

南門の先には九十九折りの急坂が続いている。胸壁から崖の下までは四十ロコスの落差がある。これでは攻城櫓は使えない。投石も届かない。バルナバス砦が要害堅固と呼ばれる所以《ゆえん》だ。

「崖を下れ！」

北門が破られるまで、もう一時の猶予《ゆうよ》もない。坂道を下っていては城壁から狙い撃ちにされる。

「ロープを使え！」

中隊長の命令に隊員達が即座に反応する。城壁の胸壁から幾本ものロープが投げ落とされる。隊員達はそれを巧《たく》みに使い、素早く崖を降りていく。

「テッサ、俺の背に摑まれ」

両手に布を巻きつけながらシモンが言う。

「その左手じゃ縄下りは無理だ」

一瞬テッサは躊躇《ちゅうちょ》した。中隊長を危険に晒したくない。足手まといになりたくない。かまわず置いていってください。そう言おうとした。しかしテッサが残ると言えば、シモンもこの場に留まるだろう。「部下の命を守るのは中隊長の役目だ」と言って、決して譲らないだろう。

「すみません！　お願いします！」

テッサはシモンの背におぶさり、彼の首に両手を回した。左手首を右手でしっかり摑み、両脚を彼の腰に回した。

「しっかりつかまってろ！」

シモンは一気に崖を下った。振り落とされないよう、テッサはシモンにしがみついた。あと少し、もう少し、崖下まで数ロコスのところまで来た時、頭上から怒号が響いた。

合州軍だ。北門が破られたのだ。

合州兵がロープを断つ。落ちる……と思ったのも束の間、シモンはテッサを背負ったまま壁を蹴り、崖下の岩場に着地した。テッサは彼の背から飛び降りた。切られたロープが降ってくる。ギリギリだった。本当にギリギリだった。数秒遅れていたら二人とも地面に叩きつけられていた。

「走れ！」

シモンが叫んだ。その声に銃声が重なる。ヤミオオカミに追われるトチウサギのようにテッサは走った。矢が降ってくる。鉛玉が耳をかすめる。同胞が倒れる。だが足を止めるわけにはいかない。立ち止まれば死ぬ。振り返っても死ぬ。テッサは前だけを見て、必死に走った。

バルナバス奇襲作戦は失敗に終わった。生き延びたのはわずか三十余名。そのうち第九中隊の隊員は二十三名、バルナバス攻略に参加した隊員のおよそ半分が死んだことになる。

しかしギヨム・シモンと第九中隊はバルナバス砦を攻略したのだ。五日間だけとはいえ、バルナバス砦を占拠したのだ。その功績は讃えられてしかるべきだった。だが彼らに与えられたのは報償ではなく懲罰だった。

辛くも生き残ったフレデリコ・フォリーニ師団長は公然とシモンを非難した。「ギヨム・シモンは敵に背を向け逃げ出した。敵前逃亡罪には厳罰処分が妥当だ。ただちに斬首《ざんしゅ》刑に処すべきだ」と声高に主張した。

不幸中の幸い、賛同者は多くなかった。敵前逃亡は許しがたいが、これまでの第九中隊の働きを考慮すべきだという意見が大半を占めた。侃侃諤々《かんかんがくがく》の話し合いの末、シモンは大幅に減刑され、八ヵ月間の禁固刑ということに落ち着いた。

シモンだけでなく第九中隊にも罰が科せられた。彼らは武具を取り上げられ、兵舎の世話係に回された。他の兵士達の武器を研いだり、鎧《よろい》を磨《みが》いたり、鞘《さや》や長衣《ながぎぬ》を繕《つくろ》ったりする仕事は、斬り込み中隊と呼ばれた彼らにとって屈辱以外の何ものでもなかった。

隊員同士たまに顔を合わせては理不尽な裁きに不平を漏らす。でもテッサは平気だった。兵舎の掃除、便所の汲《く》み取《と》り、下肥《しもごえ》の運搬、人が嫌がる仕事を押しつけられても何の苦労も感じなかった。

心配の種はひとつだけ。カルラ城砦に幽閉されたシモン中隊長のことだけだった。

何度も面会を申し入れ、その都度、邪険に追い返された。「味方を見殺しにした臆病者」と面罵《めんば》され、「そんなに隊長さんのナニが恋しいのか？」と下卑《げび》た嘲笑を浴びてもテッサは諦めなかった。暇を見つけてはカルラ城砦に出入りする商人や使用人に会いに行った。「ギヨム・シモンの様子を教えてください」と頭を下げた。しかし誰も取り合ってくれなかった。「城砦内のことは話せない」とけんもほろろに突き放された。

「中隊長は城砦の円塔に幽閉されているらしい」

そう教えてくれたのは、第九中隊の先輩民兵ブラスだった。

「賄い女の一人が教えてくれたんだ。身分のあるお方は円塔に軟禁されるんだって。帝国軍の中隊長なら、そこらの小悪党と一緒に地下牢《ろう》に放り込まれたりしないはずだってな」

「よく聞き出せたね。あたしが尋ねても何も話して貰えなかったのに！」

感心しきりのテッサに、ブラスはにやりと笑ってみせた。

「そりゃお前、大人には大人のやり方があるのさ」

賄い女は兵士達に食事を用意する。中には兵士達に春をひさぎ、小銭を稼ぐ者もいる。そんな賄い女と情を通じ、秘密を聞き出したのだという。

テッサは頬を赤らめた。子供扱いされるのは業腹だが認めざるを得ない。そんな方法、とても思いつかなかった。たとえ思いついたとしても、テッサはまだ男を知らない。中隊長のためとはいえ、実行するのは難しかったに違いない。

「本当なら中隊長に直接お伝えしたかったんだが、俺はもう服務期間が終わるんでな。テッサ、お前から伝えてくれ。お世話になりました、ありがとうございましたとブラスが言っていたってな」

「わかった」

「頼んだぜ」

ブラスは彼女の頭をくしゃくしゃとかき回した。

「民兵だって生き残れる。俺がその証拠だ。お前達も踏ん張れよ。無事に戻ったら、イルファ村を尋ねてくれ。俺もアニタを連れてダール村に遊びに行くから」

「うん！」

笑顔で頷くテッサに「また会おう」と告げて、ブラスは故郷に戻っていった。

その三ヵ月後、聖イジョルニ暦六七〇年の最後の夜。過ぎゆく一年をねぎらい、やってくる新年を祝い、いたるところで飲めや歌えの大騒ぎが繰り広げられる中、テッサはカルラ城砦の城壁を登った。灰白岩の石壁は凹凸にも富んでいる。ダールのヤギ娘にとっては与《くみ》しやすい相手だった。

思った通り、見張りの姿はなかった。誰に見咎められることもなくテッサはカルラ城砦に入った。足音を忍ばせて廊下を抜け、円塔へと向かう。

一階の部屋は空だった。矢狭間《やざま》から差し込む月明かりを頼りに螺旋《らせん》階段を上った。二階、三階も無人だった。ここにはいないのかもしれない。どこかに移送されてしまったのかもしれない。そんな不安を押し殺し、さらに階段を上っていくと最上階の鉄扉に突き当たった。

鉄格子が塡《は》まった小さな窓から明かりが漏れている。

テッサは息を殺し、そっと中を覗き込んだ。

牢の中央に男が立っている。扉に背を向け、明かり取りの窓を見上げている。薄汚れたシャツに古びたズボン、くしゃくしゃに縺れた髪は蠟燭《ろうそく》の薄明かりの中でもそれとわかる鮮やかな夕焼け色だった。

会うのは四ヵ月ぶりだった。懐かしくて愛《いと》しくて、涙が溢れそうになった。

「シモン中隊長？」

彼はびくりと身体を震わせた。やおら振り返り、幽霊でも見たように瞠目《どうもく》する。

「……テッサ？」

「そうです。中隊長、お久しぶりです」

「この馬鹿者が！」シモンは素早く扉へと駆け寄った。「どうやってここに……じゃない。なんでこんなところにいるんだ！」

「中隊長に一目お会いしたくて、壁を乗り越えてきました」

「監獄の壁を登ったってのか？　無茶苦茶だな、ヤギ娘」

「ありがとうございます」

「褒めてない。今のは厭《いや》みだ」

「厭みでもいいです。中隊長の声が聞けて嬉しいです」

テッサは格子を摑んだ。少しでも彼に近づきたくて鉄の扉に身体を押しつける。

「中隊長、少し痩《や》せましたね。ちゃんとご飯食べてますか？　お腹空いてませんか？」

「いいから帰れ」

しかつめらしい顔をして、シモンはしっしっと手を振った。

「獄卒に見つかったら、お前までぶち込まれるぞ」

今夜は今年最後の夜、衛兵も獄卒も祝い酒をたらふく飲んで酔っ払っている。もう誰も戻ってこない。そう思ったけれど、テッサは逆《さか》らわなかった。

「お元気そうでよかった。安心しました。もっと話がしたいけど、もう帰ります。あとこれ食べてください」

テッサは背負い袋からリンゴを取り出した。真っ赤に熟れた大きな果実を格子の間から差し入れようとして、見事につっかえた。

「あう」

眉尻を下げるテッサを見て、シモンはぷっと吹き出した。

「少し大きすぎたみたいだな」

「だって、一番大きいのを食べて貰いたかったから」

テッサは腰帯からナイフを抜き、リンゴをふたつに割った。半分にした果実を格子の間から差し入れる。シモンはその一方を手に取り、もう一方をテッサに押し返した。

「お前も食べろ」

「あたしは大丈夫です。夕ご飯、食べてきましたから」

「そうじゃない」

シャクッ……とリンゴを齧ってから、シモンは続けた。

「お前と一緒に食べたいんだよ」

テッサは返答に詰まった。大枚叩《はた》いて買ったリンゴだ。まるごとシモンに食べてほしい。でもひとつの果実をシモンと分け合って食べるという甘美な誘惑には勝てなかった。

「いただきます」

テッサはリンゴを齧った。蜜の香りが口いっぱいに広がる。甘酸っぱくて瑞々《みずみず》しい。シャクシャクとした歯応《はごた》えもたまらない。テッサは黙って食べ続けた。シモンも何も言わなかった。冷たい牢《ろう》獄《ごく》にリンゴを齧る音だけが響く。

「なあ、テッサ」

シモンがおもむろに口を開いた。

「お前は何のために戦ってる？」

「叛乱《はんらん》軍を打倒し、神聖なる帝国をひとつに統一するため、です」

「建前はいい。本心を話せ」シモンは片目を閉じ、唇に人差し指を当てた。「ここには俺しかいない。俺は誰にも言わない」

確かにそうだ。こんな話、余所《よそ》では出来ない。

テッサは姿勢を正し、シモンに向き直った。

「あたし、本当はダール村を離れたくなかったんです。でも炭鉱で事故が起きて、人頭税を待って貰う代わりに追加徴兵が必要になって、誰かが行かなきゃならないならあたしが行こうと思って、それで民兵に志願したんです。だからあたし、帝国がいう正義とか大義名分とか、そういうの、よくわかんないんです。正直どうでもいいよって思います。あたしが戦う理由はひとつだけ。死にたくないからです。生きてダール村に戻りたいからです」

でも——と言い、テッサは芯《しん》だけになったリンゴを指先でこねくり回した。

「今は違います。あたし、中隊長のお役に立てることが嬉しいんです。第九中隊の仲間でいられることが誇らしいんです。だから今は、中隊長や仲間達のために戦っています」

「そうか」

シモンは腕組みをした。目を伏せて何やら考え込んだ。

かと思うと、腕を解き、またもや唐突に問いかけた。

「お前は帝国文字が読めるんだったよな？」

「はい、少しだけですけど」

「じゃあ、気づいたか？　バルナバス砦の正門に文章が刻まれていたことに？」

驚きに心臓が飛び跳ねた。あの一文、中隊長も気づいていたんだ！

「『レーエンデに自由を』って書いてありました」

「そう、それだ」

シモンはパチンと指を鳴らした。

「あれがどうにも気になってな。バルナバスの指揮官カール・シュライヴァに尋ねてみたんだ。あの一文は何なんだと。誰がどういう意図で書いたものなんだと」

テッサはゴクリと唾を飲む。

「それで、彼はなんて?」

「奴はこう言った。バルナバス峠に砦を築かせたのはヘクトル・シュライヴァだ。あの一文を刻んだのはその娘のユリアだ。ヘクトルとユリアが試みて、果たせなかった悲願。それがレーエンデの解放だ。自分達が帝国と戦う理由は北イジョルニ合州国の独立を認めさせるためだけではない。帝国支配を終わらせ、レーエンデに自由を取り戻すためでもあるのだ——と」

「あ——」

目の前に火花が散った。

あるべきものがあるべき場所へ、パチリとはまった感覚があった。

「中隊長! あたしの故郷のダール村には、ちょっと名の通った先達がいるんです。ロマーノ・ダールっていう、ヘクトル・シュライヴァと一緒に東方砂漠で戦った人なんです。法皇庁はヘクトルのこと『帝国に刃向かった反逆者』と呼んでいて、それを信じてしまっているレーエンデの民も多いんですけど、ダール村の人達は『ヘクトル・シュライヴァは真の英雄だ』って信じているんです。ヘクトルはレーエンデを銀の呪いから解放するために交易路を造ろうとした。その思いに共感したからこそロマーノは彼に協力した。そんな先達のことを村人達は誇りに思っていて、だからダール村では親から子へ、ロマーノが残した『ある言葉』が語り継がれているんです」

一息に捲《まく》し立《た》て、テッサはシモンの目をまっすぐに見た。

「その言葉が『レーエンデに自由を』です」

「なるほど」

シモンは目を細め、嬉しそうに微笑んだ。

「やっぱりな」

「これって大発見ですよ！」

興奮が収まらない。テッサは鉄格子を摑み、力任せに扉を揺らした。

「シュライヴァはレーエンデの解放を望んでいる。合州国は帝国支配を終わらせ、レーエンデに自由を取り戻すために戦っている。そういうことですよね？」

「おいおい、テッサ」

大仰な仕草《しぐさ》でシモンは肩をすくめた。

「俺達が何者で、誰と戦っているか忘れたのか？」

テッサの喉がグゥと鳴った。斬り込み中隊は帝国軍第二師団第二大隊第九中隊。合州軍の南下、およびレーエンデへの侵攻を阻止しているのは帝国軍、すなわちテッサ達なのだ。

「カール・シュライヴァは敵軍の大将だ。俺達を攪乱《かくらん》するために嘘をついた可能性もある。ダール村に伝わる伝承と整合性があることは認めるが、敵将の言葉をまるごと信じるのは危険だ」

「……そうですね」

テッサはがっくりと肩を落とした。

レーエンデの民は帝国軍の民兵として合州軍と戦ってきたのだ。それなのに今になって「レーエンデを救ってほしい」だなんて、あまりにも虫がよすぎる。

「そうショゲるな」

格子の間から腕を伸ばし、シモンはテッサの髪をくしゃくしゃとかき回した。

「アルモニアには『真の英雄は墓の下にいても敬愛される』って格言がある。ダール村の人達に今でも英雄と呼ばれているなら、ヘクトル・シュライヴァは真の英雄だったんだ。彼が帝国に反旗を翻したのは帝国に支配されたレーエンデを解放するため。そこに嘘はないと思うぞ」

それに——と言い、シモンはわずかに語気を強める。

「前々から思ってたんだ。レーエンデの民を奴隷のように扱うことは、レーエンデの自由を尊重した始祖ライヒ・イジョルニの遺志に反する。このような愚行を創造神がお許しになるはずがない。帝国のレーエンデ支配は続かない。続いていいはずがない——ってな」

テッサはシモンを見上げ、こくんと頷いた。

シモンも真顔で首肯した。ここからが本題だというように。

「合州国の目的がレーエンデの解放であったとしても、レーエンデにその気がなければ意味はない。レーエンデの民が帝国支配を否定し、自由を求めて立ち上がらなければ、レーエンデの悪夢は終わらない」

そこで彼はテッサを指さした。

「だから、お前がレーエンデの英雄になれ」

「あたしが、レーエンデの英雄？」

話の飛躍についていけず、テッサはパチパチと目を瞬いた。

「冗談ですよね？」

「そう思うか？」

即座に問い返され、彼女は鼻白んだ。

「でも、あたしは――」

英雄になんかなりたくない。あたしの望みは、英雄になることなんかじゃない。

「なんだ？　言ってみろ」

シモンに促《うなが》され、テッサは俯いた。顔を伏せたまま、ささやくように答える。

「あたし、中隊長の部下でいたいんです。これからもずっと……出来ることなら永遠に、中隊長の傍で戦っていたいんです！」

テッサはぎゅっと目を閉じた。心臓が口から飛び出しそうだった。言うんじゃなかったという後悔と、ついに言ってやったぞという高揚感が押し寄せては引いていく。

「テッサ」吐息混じりにシモンが呟く。「お前は勘違いをしてる」

テッサは顔を跳ね上げた。

「勘違い……ですか？」

「そうだ」

シモンはゆったりと腕を組む。

「ひとつ、兵士に永遠などない。お前も俺もいつかは死ぬ。ふたつ、お前の死に場所は俺の隣じゃない。お前が戦うべき場所はレーエンデにある」

「でもあたし、ダール村では笑いものだったんです。飯炊《めした》きもろくに出来ない不器用者、変わり者の怪力娘って、ずっとからかわれてきたんです。ちょっとぐらい槍斧の扱いが上手《うま》くなったからって、誰も褒めてはくれません」

「生真面目だなぁ、お前は」

シモンは自嘲めいた笑みを浮かべた。

「俺の故郷はアルモニアの漁村で、村の男達はみんな漁師になる。でも俺は子供の頃から捻《ひね》くれていて、いつも常識とは真逆のことばかりしていた。人とは違う生き方がしたくて、十八になるのも待たずに村を飛び出し、食いっぱぐれて帝国軍に入り、気づいた時には斬り込み中隊の中隊長になっていた。それでも後悔はしていないよ。平凡で退屈な人生よりも、戦場を渡り歩く刺激的な人生のほうが俺の性には合っている」

夏空のように青い目。そこにあるのは自信と誇り、垣間見《かいまみ》えるわずかな諦観《ていかん》。

「俺は戦いの中にしか自分の価値を見出《みいだ》せない。こういう人間は戦場に生き、戦場で死ぬ運命にある。テッサ、お前は俺と同種の人間だ。しかしテッサ、お前は俺とは違う特別な人間だ。お前は夜明けの太陽のように闇を光に変えていく。不可能を可能に変え、絶望を希望に変える。それはお前の天賦の才だ。お前にあって俺にない、神が与えた英雄の資質だ」

彼は手を伸ばし、テッサの肩に右手を置いた。

「テッサ、常識なんかに捕らわれるな。自分の価値を見誤るな。俺の背中を追うのではなく、お前自身が先頭に立て。同志を集め、新兵を鍛え、死力を尽くして帝国と戦え。俺のためでなく、第九中隊のためでもなく、レーエンデのためにその力を使え」

テッサは困惑した。レーエンデに自由を取り戻したい。ずっとそう思ってきた。でも自分が英雄になるなんて、想像したこともなかった。

「あたしに、出来るでしょうか？」

「もちろんだ」

彼女の肩に置いた手に、シモンはぐっと力を込めた。

「お前が心から願えば出来ないことなど何もない。だからテッサ、よく考えろ。人の命はひとつだけ、人生は一度きりだ。帝国軍の民兵として野垂れ死ぬまで戦うか、レーエンデの英雄として戦い抜いて死ぬか。選べるのは一方だけだ」

真摯な口吻だった。真心と信頼が痛いほど伝わってきた。

テッサはぎゅっと拳を握った。

大義とか正義とか、難しいことはわからない。でもこれだけは理解出来る。飢えた子供、貧困に喘ぐ村人達、彼らを苦しめているのは帝国だ。帝国こそが敵なのだ。帝国による支配を終わらせ、レーエンデに自由を取り戻す。そのためにたったひとつの命を懸ける。これほど有意義で、意味のある力の使い方があるだろうか。

結論はすでに出ている。

なのに心の片隅で十四歳の自分が叫ぶ。

あたしだって女の子だもん。あたしを心から愛してくれる人と結ばれて、世界一幸せな花嫁になりたい。そう思うことの、なにがいけないの？

帝国に戦いを挑めば人並みの幸福は手に入らない。ルーチェやアレーテと心穏やかに暮らすことも、ルーチェと交わした大切な約束を守ることも出来なくなる。

「時間をください」

かすれた声でテッサは答えた。

「よく考えてみます」

バルナバス砦攻略戦以降、一度も戦場に出ることなくテッサは新年を迎えた。長い冬が過ぎ、外地で迎える二回目の春が来た。そして迎えた聖イジョルニ暦六七一年の四月、ギヨム・シモンは第九中隊に復帰した。

「心配かけたな。無事に戻ってきたぜ」

古参の隊員達は諸手《もろて》を上げて中隊長との再会を喜んだ。部下達と軽口を叩き合い、酒杯を酌み交わすシモンを見て、テッサもまた安堵した。

カルラ城砦でのことは誰にも話していなかった。キリルやイザークにもだ。二人はダール村の人間だ。自由を取り戻すために戦いたいと言えば、一も二もなく協力を申し出てくれるだろう。だが帝国に反旗を翻すということは逆賊になるということだ。キリルやイザークだけでなく、ダール村の人々をも危険に晒すことになる。生半可な覚悟で口にしていい話ではなかった。

シモンの復帰とともに戦いに明け暮れる日々が戻ってきた。欠員が補充され、十人あまりの新兵が加わった。その中にはテッサを軽んじる荒くれ者もいたが、先陣を切って戦う彼女の姿を見てからは誰も何も言わなくなった。

レーエンデの民兵、しかも二十二の乙女が身《み》の丈《たけ》ほどもある槍斧を軽々と振り回し、次々と敵兵の頭をかち割っていく。その姿は友軍に力を与えた。彼女がいるだけで士気は上がり、剣を握ったばかりの新兵さえも恐れ知らずの勇者のごとく壮烈に戦った。

そんなテッサを合州軍の兵士達は『槍斧の蛮姫』と呼んで恐怖した。自在に槍斧を操り、合州国の兵士を屠《ほふ》り、血塗れになって突き進む娘の姿に戦慄《せんりつ》した。はるか彼方《かなた》の敵陣にテッサの姿を見つけただけで、怖じ気づく合州兵も少なくなかった。

帝国軍は勝利を重ねた。ファガン平原を支配下に収め、合州国のグラソン州へと攻め込んだ。勢いに乗った帝国軍はグラソンの隣州であるマルモア州、さらにはフェルゼ州までをも手中に収めよ

う と 進軍を続けた。

聖イジョル二暦六七一年八月一日、一年と四ヵ月ぶりに、第九中隊はロベルノ州へと戻ってきた。再出撃の準備が整うまでの間、隊員達には束の間の休暇が与えられた。

斬り込み中隊の面々は喜々として夜の街へと出かけていく。「一緒に来いよ」と誘われたが、テッサは適当な理由を並べて断った。酒と食事を楽しんだ後、彼らは女を買いに行く。男にはそれが必要なのだとわかっているし、止めるつもりもない。けれど純情可憐《かれん》な乙女心が憤慨《ふんがい》して叫ぶのだ。

そういうことは愛する人とだけするものです！

夕食の後、テッサは槍斧を持って練兵場へと向かった。日に一回は槍斧を振らないと一日が終わった気がしない。それに身体を動かしている間は難しいことを考えなくてすむ。

「今度はお前が英雄になれ」とシモンは言った。「俺のためでなく、第九中隊のためでもなく、レーエンデのために戦え」と。

悩む必要なんてない。そうすべきなのはわかっている。なのにいまだ決心がつかないのは、ダール村での穏やかな暮らしを、アレーテやルーチェと過ごす優しい日々を諦めたくないからだ。世界一幸福な花嫁になりたいという夢を殺すことが出来ないからだ。

煮え切らない自分に腹が立つ。雑念を振り落とすため、勢いよく槍斧を振る。

あれこれ考えたってしょうがない。どうせ服務期間が終わるまでは何も出来ないんだ。ならば今は任務に集中しよう。中隊長の傍で戦える幸せを噛みしめよう。その後のことを考えるのはレーエンデに戻ってからでいい。ダール村に戻ってルーチェとアレーテに相談してみよう。あの二人は賢いし、あたし以上にあたしのことを理解している。きっと納得のいく答えを見つけてくれる。

割り切ってしまうと心が軽くなった。

暈《かさ》を被った半月の下、黙々と槍斧を振り続け、小一時間ほどが経過した。

「よう、やってるな」

練兵場にキリルがやってきた。イザークも一緒だ。二人とも平服に着替えてはいるが、手に訓練用の剣を携えている。

「いいとこに来た」

テッサは破顔し、槍斧を肩に担いだ。

「相手がほしかったんだ。手合わせしてくれない？」

「いいぜ。俺も一暴《ひとあば》れしたいって思ってたとこだ」

「二人とも元気ですねぇ」

イザークは呆《あき》れ顔《がお》で肩をすくめた。

「じゃ、私は見学ってことで」

「なに言ってんの。あんたも参加すんのよ」

「勘弁してください。私は弓兵です。テッサの相手が務まるわけないでしょう」

「あんた一人だけならね」

槍斧をかまえ、テッサは不敵に微笑んだ。

「二人がかりで来な。でなきゃ、あたしの訓練にならない」

「言いやがったな」

ニヤリと笑い、キリルは模擬刀を抜いた。

「お前の連勝記録、今日こそ終わりにしてやる！」

「お、やる気だね？　じゃあ明日の朝飯、賭けよっか？」

「よし、乗った！」

キリルとイザーク、二人を相手にテッサは槍斧を振り回した。思い切り身体を動かすのは楽しかった。悩みも気鬱《きうつ》も吹き飛んで、自然と笑みがこぼれた。テッサは生き生きと躍動した。低い姿勢で間を詰めてくるキリルを槍斧の石突きで弾き飛ばす。すかさず身を翻し、背後から近づくイザークの喉元《のどもと》に槍の穂先を突きつける。

「わあ、降参！　降参です！」

イザークが剣を投げ出し、両手を上げる。

「やった！」テッサは槍斧を頭上に突き上げた。「明日の朝飯、あたしが貰った！」

「畜生！　もう一回だ、もう一回！」

キリルが模擬刀を拾い上げる。その背後、宿舎の方角から一人の男がこちらに向かって歩いてくるのが見えた。歳は三十代半ば、頭に白い布を巻いている。白い長衣に幅広の飾り帯、腰帯には短剣を吊るしている。兵士の服装ではない。農民にも漁師にも見えない。一風変わった商人か、もしくは旅の曲芸師といった風体だ。

「ここは練兵場だよ。民間人は立ち入り禁止だよ」

「承知しております。お邪魔してすみません」

男は両手を合わせ、丁寧に頭を下げた。

「私は鉄製小物を売り歩く行商人で、名をイシドロと申します」

落ち着いた声だった。態度も物腰もやわらかい。

なのに何かが引っかかった。

「鉄製小物の行商人が何の用？」

「貴方がダール村のテッサさんですか？」

「そうだけど……」

テッサは目を眇めて彼を睨んだ。

「どうしてあたしの名前を知ってるの？」

「ルーチェ君に頼まれて貴方を捜していました」

「ルーチェに？」

鼓動が跳ねた。嫌な予感がした。

「何かあったの？　ねぇ、ルーチェに何があったの！」

「お話しします。すべてお話しします。ですからどうか、落ち着いて聞いてください」

行商人は息を吐き、意を決したように口を開いた。

「東教区の神騎隊がダール村を強襲しました。労働力として連れ去られた一部の炭坑夫を除き、村人は全員殺されました。女性も子供も老人さえも、一人残らず、一切の容赦なく、無慈悲に鏖殺されたんです」

第三章　もう神なんて信じない

《鐘》

毎日の仕事始めに三回、仕事終わりに五回打ち鳴らされる。七回は緊急召集、非常時には連打される。

陽が暮れる。今日もまた陽が暮れる。

真っ赤に燃える空をルーチェは西の丘から眺めていた。

夕焼けは嫌いだ。屋敷を飲み込む紅蓮の炎を思い出す。

教会堂の鐘が鳴っている。黄昏《たそがれ》に哀愁を帯びた音色が響く。ルーチェは頭を横に振った。薪を背負《しょ》って立《た》ち上がる。

テッサが外地に行ってから、彼は真剣に考えるようになった。どうすればこの世界は変わるのか。そのために自分に何が出来るのか。「急《せ》いては駄目よ」とアレーテは言う。「固い大地にいきなり種を蒔《ま》いたって、麦は芽を出さないでしょう？　人の心もそれと同じ。まずは土を耕して、それから種を蒔くの。水をやり、雑草を抜き、大切に育てることで初めて収穫が得られるのよ」

その通りだと思ったし、そんなに待っていられないとも思った。テッサが戻ってくるまでに、目に見える成果がほしい。

ルーチェは帳簿を見直した。少しでも多くの金が村人達の懐に入るよう、石炭の産出量を調整した。ダール村の石炭は質がいい。多少値が張っても、ほしがる者は大勢いる。

狙い通り、少しずつ売値が上がり始めた。石炭収益は二年後には一割増し、三年後には二割増しになった。そのうちの一部を共同基金に当てることも決定した。これがうまくいけば、たとえ落盤事故が起きて収入が激減しても対応出来るようになる。

暮らしに余裕が出来れば、心にも余裕が生まれる。心に余裕が出来れば、自由と権利を求めて戦う気概が生まれる。少しずつ世界は変わり始めている。その手応えを感じ、ルーチェは胸を躍らせた。

テッサが戻るまであと一年。豊かになったダール村を見て、彼女はなんて言うだろう。

しかし、そう上手くはいかなかった。

聖イジョルニ暦六七二年七月。テルセロの元に東教区の司祭長グラウコ・コシモからの通達文が届いた。それを受け、集会が開かれた。議題に深く関《かか》わることなので、ダール村の村人だけでなく炭坑夫の代表者も同席した。

「コシモがとんでもない要求を突きつけてきた」

教会堂に集まった一同を見回し、テルセロは苦々しく唇を歪めた。

「ダール村の村民にのみ課してきた人頭税を、これからは村で生活するすべての人間に課すよう、税制を変更すると言ってきた」

「嘘だろ！」

思わずルーチェは立ち上がった。

「無茶苦茶だ！　横暴すぎる！」

激昂《げきこう》する彼を、村人や流民達はきょとんとした顔で見つめている。税制の変更によっていったい何が変わるのか、彼らは理解していないのだ。

無知すぎる。自分達のことなのに無責任すぎる！

怒鳴りつけたい気持ちを堪《こら》え、ルーチェは周囲を見回した。

「ダール村の炭坑夫はそのほとんどが流民だ。彼らは稼ぎを故郷の家に仕送りしてる。故郷の村では彼らの分まで人頭税を払ってる。もしダール村でも人頭税を払ったら、炭鉱で働く流民達は二倍の税を支払うことになる。こんなの、どう考えたっておかしいよ」

「じゃあ、どうしろってンだよ？」

炭坑夫の一人が口を開いた。

「俺達に出ていけってか？　大人しく故郷に帰れってか？」

「ただでさえカツカツなのに、さらに毟《むし》り取《と》ろうってのかよ」

「舐めんじゃねぇぞ、クソ野郎！」

「まあ待て」

いきり立つ人々をテルセロが窘《たしな》めた。

「司祭長には神騎隊がついている。反抗しても俺達に勝ち目はない」

「だからって黙ってたんじゃ、ますます舐められちまうぜ！」

「神騎隊に石炭が掘れるンか？　出来るモンならやってみろってンだ！」

「あの、ちょっといい？」

怒鳴《どな》り散《ち》らす大男達の間で、ルーチェはそっと右手を上げた。

「いっそのこと採掘を一旦《いったん》停止してみたらどうかな？」

「なに言ってんだ、お前？」

炭坑夫達は一様に呆れ顔を作った。

「石炭掘らないで、どうやって暮らしてくんだよ？」

「掘らないとは言ってないよ。要求が通るまで一時休止するだけ。現在ダール村の石炭産出量はレーエンデの総産出量の約半分を占めている。ダール村からの石炭供給が止まれば、ノイエレニエの製鉄所は操業を縮小せざるを得なくなる。法皇庁はレーエンデで作った鉄製品を売ることで小麦などの必需品を買いつけているから、ノイエレニエで鉄製品が作れなくなったら法皇は小麦のパンを食べられなくなる。その原因を作った東教区の司祭長グラウコ・コシモは責任を問われる。職を追われるだけですめばいいけど、下手をしたら国外追放もあり得るんじゃないかな」

「そんな上手くいくかぁ？」

「ユーリ五世は短気で偏屈だって話だぜ？」

「下手すりゃこっちにも火の粉が飛んでくるんじゃねぇのか？」

村人達は困惑していた。司祭長の横暴は許しがたいが、法皇に逆らうのは恐ろしい。怒りと不安の間で揺れ動く心が見えるようだった。

これは好機かもしれないとルーチェは思った。この困難を乗り越えられたら人々の意識は変わるかもしれない。レーエンデの民としての自尊心を取り戻すきっかけになるかもしれない。

「法皇は手出し出来ないよ。だってダール村は特別だから」

集まった人々を見回して、ルーチェはにこりと笑ってみせる。

「炭坑夫は危険な仕事だ。さっきフェルドが言った通り、神騎隊にだって務まらない。熟練の炭坑夫に怪我をさせたら石炭の生産量は低下する。石炭の生産量が低下して一番困るのは法皇だ。だから司祭長も神騎隊も、法皇だってダール村には手を出せない」

「おお、なるほど」

「そうだな。うん、確かにそうだ！」

炭坑夫達は得心したように頷き合う。

熱を帯びた口調でルーチェはさらに呼びかける。

「税の二重搾取は違法だ。正当性は僕らにある。人頭税は今まで通り、村民にのみ課すよう要求しよう。この要求が通るまでダール炭鉱は操業を停止する。一欠片《ひとかけら》の石炭も出荷しない。僕らは家畜でも奴隷でもない物言う人間なんだってこと、グラウコ・コシモにわからせてやろう！」

「悪くない」テルセロがルーチェの意見を後押しした。「いずれにしろ、これ以上悪い状況にはならん。やってみる価値はある」

「賛成だ！」

「ガツンと言ってやろうぜ！」

満場一致の拍手、威勢のいい声が飛び交う。

住人達の声を受け止め、テルセロは宣言した。

「では決まりだな」

「明朝フローディアに向かう。コシモと話をつけてくる」

歓声が上がった。人々は肩を叩き合い、勇ましく拳を振り回す。

ルーチェは胸が熱くなった。支配者の言いなりだったレーエンデの民がそれに対して疑問を持った。恐怖に抗《あらが》い、権利を求めて立ち上がった。これは歴史的瞬間だ。世界を変える第一歩だ。

「ルーチェ」

テルセロが彼の肩に手を置いた。

「嘆願書を作りたい。手伝ってくれるか？」

「もちろん！」

満面の笑みとともにルーチェは答えた。

頼られることが嬉しかった。自分自身が誇らしかった。

ああ、テッサ。この光景を君に見せたい。この感動を君と分かち合いたい。僕が彼らを決断させた。僕の言葉が彼らを動かしたんだ。君が戻ってくる頃には世界はもっと変わっている。きっと君を驚かせてみせるよ。


翌朝早く、テルセロは嘆願書を携え、フローディアへと出発した。

ルーチェは薪作りに汗を流した。時折手を止めて南の丘陵を眺めた。ダール村からフローディアまでは馬車でも丸一日かかる。話し合いに費やす時間を考えれば、テルセロが戻ってくるのは、どんなに早くても三日後になる。

その三日はあっという間に過ぎ去った。司祭長は忙しい。なかなか面会の順番が回ってこないのかもしれない。四日が過ぎ、五日が過ぎた。テルセロはまだ戻らない。

ルーチェは不安になってきた。

「テルセロ、遅いよね？」

教会堂に薪を届けるついでに、彼はフリオ司祭に問いかけた。

「もう五日も経つのに連絡もないなんて、何かあったのかな？」

「まぁ、苦戦しているのであろうよ」

楽天家の司祭はこともなげに笑った。

「司祭長グラウコ・コシモは始祖イジョルニに連なるコシモ家のご子息だが、次男坊だからして、自身が軽んじられているように感じておられるのだ。そのため功名に逸《はや》りがちで、レーエンデの民に対する締めつけも厳しい。ダール村が石炭の産出量に制限を設けたことにも、いい顔をしておられなかったしな」

「なにそれ？」ルーチェは眉根を寄せた。「産出量を調整するようになって収入は増え続けてる。東教区に納める税金も増え続けてる。それの何が不満だっていうんだよ」

「そこは、まあ、いろいろ難しい事情があるのだよ」

コホンと咳払いをして、フリオ司祭は声を潜める。

「ルーチェ、賢い君ならば理解してくれると思うのだが、コシモ司祭長はティコ族に権限を与えたくないのだよ。レーエンデの民ごときに意見されたくないのだよ」

「レーエンデの民ごときって、失礼な！」

「まぁまぁ、そう怒るでない」

司祭は大らかに手を振った。

「言っておくが、私がそう思っているわけではないぞ。私はダール村の味方だからな」

「だったら司祭、コシモに言ってよ。無理難題を押しつけるのはやめろって」

「おお、ルーチェ。私を買いかぶるでない。そんな大それたことを言える身分であったなら、こんな辺境の村に赴任させられるわけがなかろう」

フリオ司祭の立場はルーチェも理解している。一介の地方司祭が東教区の司祭長に、ましてや始祖の血を引く人間に進言など出来るはずもない。

「もう頼りないなぁ！」

それでも腹立たしくて、つい苦言が漏れてしまう。

「こんなことなら僕も一緒にフローディアに行けばよかった！」

「ルーチェは心配性であるな」

フリオ司祭は肉づきのいい手でルーチェの頭をわしわしと撫でた。

「テルセロは頭の切れる男だ。彼に任せておけばよい。万事上手くいく——」

言葉が途切れた。どうしたのかと見上げれば、司祭は天井に目を向けている。燭台《しょくだい》がカタカタと震えている。ドロドロドロと地響きが聞こえてくる。

「何の音?」

問いかけるルーチェの声に、甲高い悲鳴が重なった。

「何事ぞ!」

フリオ司祭が扉へと走る。彼の後を追いかけて、ルーチェも教会堂から飛び出した。

目の前を騎馬集団が駆け抜けていく。白銀の鎧に身を包んだ騎士、胸に輝く五芒星、東教区の神騎隊だ。彼らは馬を疾駆させ、槍や大剣を振り回した。村人達を追い回し、次々と刃《やいば》にかけていく。

「おい、やめろ! やめんか、この痴れ者ども!」

フリオ司祭は階段を駆け下り、神騎隊の前に立ち塞がった。

「馬鹿な真似《まね》はよせ! これはいったいどういうこと——」

その喉を槍の穂先が貫《つらぬ》いた。

騎士が槍を引き抜くと、噴水のように血が噴き出した。

ふくよかな身体が後ろに倒れる。見開かれた青い瞳、血に塗れた分厚い唇、先程まで余裕たっぷりに笑っていたのに、万事上手くいくと言っていたのに、倒れたフリオ司祭の身体にはもう命の灯火は残っていなかった。

「これは天命である!」

司祭を殺した騎士が胴間声を張り上げた。血塗られた槍で空を突く。

「神に唾棄《だき》する愚者どもを、残らず地獄に叩き落とせ！」

神騎隊が散開する。荒々しい馬の嘶き、大地を削る馬蹄《ばてい》の響き、何事かと出てきた老人が突き殺される。飯屋から飛び出した女将さんが斬り捨てられる。断続的な悲鳴、助けを求める声、泣き叫ぶ子供達、平和で長閑《のどか》なダール村は瞬く間に地獄と化した。

ルーチェはその場に凍りついていた。惨劇を目の当たりにして頭が真っ白になっていた。フリオ司祭に駆け寄ることも、教会堂に逃げ込むことも忘れていた。立ち尽くすルーチェに騎馬が迫る。夕陽を受けて赤銅色に輝く鎧。血と脂に塗れた刃。ルーチェの首を撥《は》ねようと勢いよく剣が振り下ろされる。

死んだと思った。

その瞬間、目前に人が滑り込んできた。頭に布を巻いた商人風の男だ。彼は神騎兵の一撃を短刀で弾くと、背後のルーチェに向かって叫んだ。

「逃げろ！　死にたいのか！」

ルーチェは我に返った。頭から血の気が引く。冷や汗が噴き出してくる。目眩《めまい》を堪え、彼は走った。足に力が入らない。膝が震えて転びそうになる。すぐ傍を騎馬が駆け抜けていく。白刃《はくじん》が頭をかすめる。歯の根が合わない。恐ろしくて息も出来ない。

止まるな、走れ！

ルーチェは自分を叱咤《しった》した。テッサと約束しただろ。アレーテは僕が守るって。この時間、アレーテは集会所にいるはずだ。集会所は神騎隊がやってきた方向、村の出入り口近くにある。

「ああ、神様！」

ルーチェは叫んだ。走りながら心の中で祈った。

神様、アレーテを守ってください。彼女を助けてください。これからは喜捨をかかさず、毎朝毎晩お祈りもします。だからお願いです。神様、アレーテを守ってください！　彼女を守ってくださ
い！

襲いくる白刃をかわし、死に物狂いでルーチェは走った。

騎士達の嘲笑が響く。騎馬が村を蹂躙《じゅうりん》する。あちこちで悲鳴があがる。道具屋の主人が倒れている。ぱっくり開いた背中の傷から白い背骨がのぞいている。畑から戻った女達が喉を裂かれて死んでいる。散乱したツチイモが血に塗れている。西の丘に夕陽が沈んでいく。空は真っ赤に燃えている。ダール村が血色に染まる。悲鳴が聞こえる。恐怖の声が、嘆願の声が、断末魔の絶叫が響く。

何度も転倒し、傷だらけになりながら、ルーチェは集会所にたどり着いた。

小屋の扉は開け放たれていた。中に入ると異臭が鼻をついた。血と糞尿《ふんにょう》の臭いだった。荒らされた室内、壊された椅子とテーブル、折り重なるようにして子供達が倒れている。小さな身体は執拗に切り刻まれていた。血の海に投げ出された細い手足はすでに冷たくなっている。

「う……ううう……」

嗚咽が漏れた。ここにいたのはまだ五歳にも満たない幼子《おさなご》ばかりだった。生まれたばかりの赤ん坊もいた。何の罪もない幼子を斬り殺すなんて、人間のすることじゃない。奴らは鬼だ。人の皮を被った悪魔だ！

荒い息を吐き、ルーチェは必死にアレーテを捜した。

壁には血飛沫《ちしぶき》が飛んでいる。部屋の片隅では若い女が死んだ赤ん坊を抱えたまま息絶えている。

逃げようとしたのだろう。窓辺にも裏口にも女が倒れていた。恐怖に引きつった顔、苦痛に歪んだ顔、息をしている者はいない。死んでいる。みんな死んでいる。

アレーテはどこだ？　逃げたのか？　行き違いになったのか？

ルーチェは気づいた。床に血痕が残っている。引きずったような血の跡が倉庫のほうへと続いている。彼は折れたテーブルの脚を拾った。それを両手で握りしめ、倉庫の扉に近づいた。

息を殺し、そっと扉を押し開く。

窓から差し込む毒々しい赤光。真っ赤に染まった木の床にアレーテが倒れている。捲《まく》れ上がったスカートから剝き出しの脚が伸びている。鎧を脱ぎ捨てた神騎兵がアレーテを組み敷いている。痛みに呻《うめ》くアレーテの声に、獣のような男の息づかいが重なる。

全身の血が沸騰した。ルーチェは棒を振り上げ、男の背中を殴打した。

「クソ野郎ッ！　離れろ！　アレーテから離れろッ！」

神騎兵の肩や頭を無我夢中で殴った。必死だった。恐怖も理性も吹き飛んでいた。

「この餓鬼！」男が棒を摑んだ。「何しやがる！」

神騎兵が棒を捻ると、それはあっけなくルーチェの手を離れた。しまったと思った時にはもう男は立ち上がっていた。鬼のような形相で棒を振りかぶる。ルーチェは咄嗟に両腕を交差し、頭をかばった。

重い衝撃。次いで、燃えるような痛みが襲ってきた。

左腕を抱え、ルーチェは床を転げ回った。激痛が脈を打つ。痛みに目の前が暗くなる。

「邪魔しやがって、クソ餓鬼が！」

男はルーチェを蹴り飛ばした。腹を蹴り、背中を蹴り、頭を踏み躙《にじ》った。限界を超える激痛に意識が灼ける。逃げることも抵抗することも出来ない。

テッサ、助けて、テッサ。

朦朧としながらルーチェは喘いだ。

お願い、助けて。テッサ、テッサ！

突然、攻撃が止まった。

ルーチェは身じろぎした。痛みを堪え、薄く瞼を開く。ぼやけた視界の中、神騎兵がくずおれるのが見えた。夕陽を浴びて、一人の女が立っている。髪を振り乱し、肩で息をしている。汗と血に塗れた顔、ギラギラと光る獣じみた瞳、彼女は震える両手で包丁の柄を握りしめ、声を震わせ絶叫した。

「ルーチェに触るなあああぁッ！」

アレーテは神騎兵の上に馬乗りになると、彼に包丁を突き立てた。

がふッと男が血を吐いた。呻きながら床を這う。指先が虚《むな》しく空をかく。

「ルーチェに触るな！　蹴るな！　蹴るな！　触るなあああぁッ！」

アレーテは包丁を抜き、再び神騎兵の背を刺した。抜いては刺し、引き抜いてはまた突き刺す。

鮮血が飛沫《しぶ》き、肉片が飛び散る。血溜まりに伏した男は白目を剝き、もう微動だにしなかった。

「やめて、アレーテ！」

ルーチェの悲鳴にアレーテは動きを止めた。包丁を握ったまま、のろのろと彼に目を向ける。

乱れた髪、返り血に染まった顔、恐ろしい鬼の形相——

「ル……チェ」

喘ぐように息をして、かすれた声で問いかける。

「だ、いじょ……ぶ？」

ルーチェが頷くと、彼女は目を閉じた。糸が切れたように床に倒れる。

「アレーテ！」

ルーチェは彼女に駆け寄った。名を呼びながら、その頬を叩く。

「アレーテ、起きてアレーテ。早く逃げないと連中にみつかっちゃう！」

彼女を抱き起こそうとして、ぬるりと手が滑った。血塗れの服、真っ赤な前掛け、鳩尾《みぞおち》のあたりから、じくじくと血が浸《し》み出ている。

「ああ、駄目だ……駄目だ、アレーテ！」

ルーチェは彼女の鳩尾を押さえた。

「死んじゃ駄目だ。お願い……死なないで！」

指の間から血が溢れてくる。さらに力を込めるとアレーテの頭がぐらりと揺れた。血みどろの顔、生気の失せた目、半開きの唇から舌がこぼれている。

背筋が凍った。

呼吸が止まった。

違う。これはアレーテじゃない。

この身体には魂がない。アレーテを、アレーテたらしめていた魂がない。

「嫌だ！　こんなの嫌だ！」

ルーチェは喚いた。アレーテの身体を揺さぶった。恐怖が心臓を押し潰す。激しい怒りがこみ上げてくる。嘘だ。認めない。こんな現実、認めない。絶対に絶対に認めない！

「起きて、アレーテ！　目を開けて！」

「諦めろ。もう死んでる」

誰かがルーチェの腕を摑んだ。

「立て、逃げるぞ」

「嫌だ！」

その手を振り払い、ルーチェはアレーテに縋《すが》りついた。

「僕はここにいる！　どこにも行かない！　僕はアレーテの傍にいる！」

ガツンという衝撃。

頭を殴られたのだと気づく間もなく、ルーチェは意識を失った。

ウロフクロウが鳴いている。

湿った土と落ち葉の匂い、夜露に濡れた新緑の匂いがする。

目覚めたくない。何も考えたくない。このままずっと眠っていたい。

狂おしい欲求に抗い、ルーチェは瞼を開いた。

生い繁った枝葉、その向こうに星空が広がっている。目の前を淡い光が横切った。光虫だ。薄黄色の瞬きを目で追いながら上体を起こすと、脇腹《わきばら》がズキンと痛んだ。

手足に数え切れないほどの傷がある。左腕には添え木が当てられ、包帯で固定されている。熱を帯びた疼《うず》きとともに記憶が蘇ってきた。血の臭い、凄惨《せいさん》な光景、酸鼻を極めた殺戮の嵐。血塗れのアレーテ、魂の抜けた空っぽの骸。

あれは夢じゃない。現実だ。すべて現実に起こったことなのだ。

ルーチェは地面に右手をつき、ふらつきながらも立ち上がった。

「どこに行く？」

男の声がした。苔むした岩に一人の男が腰かけている。頭に巻いた布、黒髪に浅黒い肌、商人風の服を着ているが、腰帯には短刀を差している。焦げ茶の目に宿る鋭利な眼光は、あきらかに商人のそれではない。

「ダール村に戻るつもりならやめておけ。まだ神騎隊がウロウロしている」

「それでも、戻らなきゃ」

震える足に力を込める。痛みを堪え、一歩、一歩、前へと進む。

「僕のせいなんだ。僕だけが、逃げるわけにはいかないんだ」

「義理を通すために殺されに行くのか？　とんでもないお人好しだな」

嘆息し、男は立ち上がった。

「行くだけ無駄だ。村人達は全員殺された。もう誰も残っちゃいない。流民達は連れて行かれた。死ぬまで炭鉱で働かされる。もはや埋葬されたも同然だ」

男はルーチェの前に立ち塞がり、指先で彼の喉元を叩いた。

「生き残ったのはお前だけだ。逃げたところで文句を言う奴はいない」

「嘘だ！」

ルーチェはよろめき、後じさった。

「みんなが死んだなんて嘘だ。嘘に決まってる！」

「残念ながら本当だ」

薄闇《うすやみ》の中、男はうっそりと笑った。

「この世は弱肉強食。強い者が富み栄え、弱い者は蹂躙《じゅうりん》される。戦う術《すべ》を持たない者にとって、夢や希望は禁断の果実だ。摑もうとすればその身を滅ぼすことになる。なのにお前達は司祭長に逆らった。大人しい家畜のままでいればいいものを、禁断の果実がほしいと主人に牙《きば》を剝いたんだ」

「僕らは人として当然の権利を求めただけだ。人間として生きたいと願っただけだ！」

義憤に身体を震わせ、ルーチェは叫んだ。

「悪いことはしていない！　罰せられるようなことはしていない！　こんな風に蹂躙されるいわれはない！　こんな横暴が許されていいはずがない！」

怒りのあまり目眩がした。目の奥が燃えるように熱かった。暴力に対する怒りが、無力な自分への絶望が、滂沱《ぼうだ》の涙となって流れ落ちていく。

「なぜだ。なぜアレーテが殺されなきゃならないんだ。彼女は僕らの心の支えだったのに、強くて賢くて、誰よりも優しい人だったのに、あんなにも残酷な……無残《むざん》な殺され方をするなんて……絶対にあってはいけなかったのに。神騎隊の連中はどうして……何の罪もない人間にどうして、あんな恐ろしいことが出来るんだ」

「人間だと思ってないからだよ」

冷笑とともに嘲弄《ちょうろう》の声が降ってきた。

「格好つけるな。かつてはお前もそうだっただろ？　レーエンデの民が何人殺されようと、子供達が飢えて死のうと、お前は嘆きも悲しみもしなかった。そうだろう、ル、ル、ルチアーノ？」


ルチアーノ・ダンブロシオ・ヴァレッティ。

捨て去ったはずの過去。この八年間、ずっと隠し通してきた正体。

それを、どうして、この男が知っている？

「お前……何者だ」

怖気《おぞけ》立つような恐怖を覚え、ルーチェは男を凝視した。

「いったい何者なんだ」

「まだわからないのか？　いい加減、思い出してくれよ。お前に会うのも、お前の命を助けたのも、今回が初めてじゃないんだぜ？」

侮蔑《ぶべつ》と憐憫《れんびん》が入り混じった声。嘲笑に歪んだ唇。抜き身のナイフを思わせる鋭い眼差し。

天を燻《いぶ》す黒煙、炎上する屋敷。それを背に、冷ややかに笑っていた覆面の男。

鋭利な刃物のような眼《め》が、目前に立つ男のそれと重なった。

「あ……ああ……」

咄嗟に言葉が出なかった。

ルーチェは後じさった。木の根に足を取られ、落ち葉の上に尻餅をつく。

「お前は、あの時の覆面男！」

「ご名答」

男は胸に手を当てた。

「俺の名はイシドロ。ダンブロシオ家のために働く影の一人だ。エドアルド様の命令を受け、この八年間、陰に日向《ひなた》にお前のことを見守ってきた」

エドアルド様――エドアルド・ダンブロシオ・ヴァレッティ。知性に富んだ自慢の兄。その瞳は薄暮の紫、その髪は滑らかな金糸、白皙《はくせき》の美貌《びぼう》は天空に浮かぶ孤高の月。最後に見たのは十一年前。それでもはっきりと覚えている。兄を乗せた馬車を泣きながら追いかけた。「行かないで」と叫んでも、馬車は無情に遠ざかっていった。

切なくて懐かしい記憶。色褪《いろあ》せた絵画のような思い出。それが炎に炙られて、黒く黒く焦げついていく。

「兄さんなのか」

呆然《ぼうぜん》とルーチェは呟いた。

「僕らの両親を殺害するよう命じたのは、エドアルド兄さんなのか」

「その通り」イシドロはこともなげに首肯する。「屋敷にいる全員を鏖殺せよ、ただし弟だけは死なせるな、とのご命令だった」

「あり得ない」

ルーチェはゆるゆると頭を振った。

「兄さんは父さんを尊敬していた。母さんのことを愛していた。使用人達にも優しかった。エドアルド兄さんが彼らを殺し、屋敷に火をつけるよう命じるなんて、あり得ない」

「あり得ない――ねぇ」

小馬鹿《こばか》にするようにイシドロは鼻を鳴らした。

「お前達の母親はダンブロシオ家の末娘だ。始祖の血を引いているとはいえ、所詮《しょせん》は他家に嫁《とつ》いだ傍系だ。エドアルド様がどんなに優秀でも、ダンブロシオ本家のご子息達を差し置いて、次期法皇候補に名が挙がるはずがない。なのにいまやエドアルド様は次期法皇候補の筆頭だ。その理由が、お前にわかるか？」

「法皇ユーリ五世に寵愛《ちょうあい》されたから」

イシドロは目を眇めた。

「お前、寵愛されるって意味わかってるか？」

「わかってるさ。とても気に入られてるってことだろ」

十五歳の時、エドアルドは社交界のお披露目を兼ね、法皇が主催する狩猟大会に参加した。その時の彼の活躍がユーリ五世の目に留まった。後日ヴァレッティ家に法皇からの命令書が届いた。そこにはエドアルド・ダンブロシオ・ヴァレッティを法皇の側仕えに任命すると記されていた。

「兄さんは頭がよくて、気働きの出来る人だから、法皇に重用されたんだ」

「その話、誰から聞いた？　父親か？　母親からか？」

父からだ。でもルーチェは黙っていた。

「お前、今年でいくつになる？」

「……十六」

「なら知っておくべきだな」

意味ありげに嗤って、イシドロは岩に腰を下ろした。

「ユーリ五世は今年で五十七歳。美しい正妃もいるし、可愛らしい愛妾《あいしょう》達も揃っている。にもかかわらず、まだ一人の跡取りも誕生していない。なぜだと思う？」

ルーチェが答えずにいると、イシドロはつまらなそうに肩をすくめた。

「ユーリ五世は男色家だ。女には興味がない。彼が夜伽《よとぎ》を申しつけるのは見目麗しい青年だけだ。側仕えなんてのは建前さ。法皇は狩猟大会でエドアルド様を見初《みそ》め、男妾《だんしょう》になれと言ったんだ」

一匹の光虫がイシドロの頭巾《ずきん》に止まった。小さな虫は拍動を刻むかのように淡い明滅を繰り返す。

「エドアルド様は法皇の思惑を察していた。だから『自分をノイエレニエに行かせないでくれ』と両親に懇願《こんがん》した。だがお前の両親は保身のため、権力のため、実の息子を法皇の閨《ねや》に送り込んだ。まさに鬼畜の所業だな。そりゃあ殺したくもなるさ」

それを聞いて思い出した。別れの日の前夜、エドアルドはルチアーノを抱きしめ「行きたくない」とささやいた。ルチアーノの肩に額を押しつけ、歯を喰いしばって嗚咽した。

兄が味わった辛酸と屈辱。それを思うと身体が震えた。真夏の夜は重く澱んで汗ばむほど蒸し暑いのに、寒気が背筋を凍らせる。

「両親の死を知ったエドアルド様は、法皇に涙ながらに訴えた。『これは陰謀です。フェルミ家の手の者が私の両親を暗殺したに相違ありません』とね。法皇は今も昔もエドアルド様を溺愛《できあい》している。エドアルド様の言うことはなんでも信じる。哀れなトマス・フェルミは裁判さえ受けられずに絞首刑になった。フェルミ一族は要職を解かれ、聖都から追放された。お前の兄上は恐ろしく賢いよ。両親への復讐《ふくしゅう》を果たすと同時に、最大の敵を政権争いから排除してみせたんだから」

「違う。エドアルド兄さんは、そんな人じゃない」

声を震わせ、ルーチェは反撃を試みる。

「兄さんは繊細で心の温かな人だった。美しくて優しくて、誰からも愛されていた。そんな恐ろしいこと、出来る人じゃない」

「ああ、確かにな。ノイエレニエに来て間もない頃はいつも泣いていた。線が細くて神経質で、これでは一年も保《も》たないだろうと思ったよ。心が壊れて廃人になるか、そうなる前に自死するか、どちらかだろうと思っていた」

当時を思い出すように、イシドロはわずかに目を細めた。

「俺がエドアルド様に仕えるようになったのは、彼を監視するよう言われたからだ。エドアルド様が乱心したら、法皇の目に触れる前に速やかに始末するよう、ダンブロシオ家の当主に命じられていたからだ」

彼の頭巾に止まっていた光虫が音もなく飛び立った。二人の周囲を飛んでから、暗い森の奥へと消えていく。

「予想は外れたよ」

イシドロは薄く笑った。

「死んだほうがましだと思うような辱めを受けても、あの人は死ななかった。心が擦り潰されそうな残酷な行為を強要されても、あの人は正気を手放さなかった。屈辱的な日々を耐え忍び、生き延びるごとに凄みを増して、よりいっそう美しくなった」

けれど――と言い、そこで彼は口を閉じた。渋い顔をして目を逸らす。

話しすぎたと思ったのかもしれない。

「とにかく、だ」

咳払いをして、イシドロは再びルーチェに目を向けた。

「お前が知っている優しい兄はもういない。あの人の良心は溶け落ちて、真っ黒に腐っちまった。今のエドアルド様は怪物だ。身の毛がよだつほど美しい化け物だ」

「なら、どうして、お前は兄さんに従っている」

イシドロの右腕には古布が巻かれている。布には血が滲んでいる。彼がいかに手練《てだ》れでも、あの混乱の中、気を失ったルーチェを抱えてダール村から脱出するのは容易ではなかったはずだ。

「化け物に忠誠を誓っても、命懸けで任務を遂行しても、いずれはお前も捨てられる。さんざん利用されたあげく、虫けらのように殺される。それがわかっていながら、なぜお前は兄さんの命令に従う？」

「別段、あの人に忠誠を誓っているわけじゃない」

口元に拳を当て、イシドロはくつくつと笑った。

「ただ俺は知りたいんだ。あの美しい怪物が聖イジョルニ帝国の頂点に登りつめた時、そこに何を見るのか。どんな顔をして、どんな言葉を吐くのか。泣くのか、笑うのか、歓喜するのか、発狂するのか。本物の神になるのか。それとも真の悪魔になるのか。あの人が行きつく先を、俺は見届けたいんだよ」

ああ、この男は正気じゃない。

絶望とともにルーチェは痛感した。彼は月に魅入られた。月の化身であるエドアルドに人生を狂わされた。この男にとって、エドアルドの命令は絶対なのだ。

ならば、それを利用しない手はない。

「お前は僕を助けた。一度ならず二度までも僕のことを助けてくれた」

ルーチェは上目遣いにイシドロを見た。

「ずっと僕を見守っていてくれたのか？」

「俺はそこまで暇じゃない。時折、小間物売りのふりをして様子を見に行っていただけだ。ダール村は余所者を警戒しないからな。実に都合がよかったよ」

「でも僕を守るよう、兄さんから命じられているんだろう？」

「守れとは言われてない。死なせるなと言われたんだ」

「同じことじゃないか」

「いいや、違うね」

イシドロはフンと鼻を鳴らした。

「一人じゃ何も出来ない世間知らずの坊ちゃんが、いきなり外の世界に放り出されたんだ。まともに生きられるわけがない。物乞《ものご》いになるか、男娼《だんしょう》に身を落とすか、好事家《こうずか》に囲われて玩具《おもちゃ》にされるか、ゆっくり見物してやろうと思っていたんだが、お前は存外、幸福そうに暮らしていた」

だが——と言って、立ち上がる。

「仲よし家族ごっこは終わりだ。今後、お前をどうするかはエドアルド様が決める。一緒にノイエレニエまで来て貰うぞ」

「嫌だ」

イシドロの目を睨み返し、ルーチェは立ち上がった。

「僕はテッサに会いに行く。彼女にダール村のことを知らせに行く」

「んなこと出来るわけないだろう。あの女は外地にいるんだぞ？　通行証もないくせに、どうやってアルトベリの関所を越えるつもりだ？」

「そうだね。通行証なしに関所を通ろうとすれば僕は処刑される。どうせ殺されるならダンブロシオ家の政敵にこの身を売ってみようか？　僕が連中の人質になったら、ダンブロシオ家だけでなく、兄さんも困るんじゃないかな？」

イシドロは答えなかった。腕組みをしてルーチェを睨みつけている。冷え冷えとした殺気、剃刀《かみそり》のような眼光、幼《おさな》いルチアーノなら震え上がったことだろう。

しかし十六歳になったルーチェは怯まなかった。

「僕を死なせたくないなら、僕をテッサのところに連れて行け」

「それ、脅してるつもりか？」

用心深く、イシドロは問いかける。

「お前、自分の立場がわかっていないようだな？」

「ううん、よくわかってるよ。悔しいけど僕には何の力もない。僕一人じゃダール村の仇《かたき》を討つどころか、生き残ることだって難しい。だから使えるものはなんでも使う。ダンブロシオ家も、ダンブロシオ家の影も、僕自身の命も、とことん利用してやる」

ルーチェは拳を胸に当てた。

「僕は行く。どんな手を使ってでも、必ずテッサの元にたどり着いてみせる」

「ったく……ヴァレッティの血は呪われていやがる」

イシドロは布の下に指を差し込み、ガリガリと頭皮をかいた。

「それだけの覚悟があるなら連れて行ってやってもいい。が、お前を外地に連れ出すには準備が必要だ。相応の時間がかかるぞ？」

「どのくらい？」

「少なくとも半年」

「そんなに待てない」

「だったら、お前は待っていろ」

人差し指でルーチェを指さし、イシドロはニヤリと嗤《わら》った。

「俺がテッサを連れてきてやる」

イシドロはロア川の畔《ほとり》に一頭の馬と小さな荷馬車を隠していた。その馬車に乗って、二人は西へと向かった。目指したのはロッソ村、レーエンデ高原地帯の中央に位置するティコ族の村だ。

「ロッソ村には仲間がいる」とイシドロは言った。「ダンブロシオの影を引退した者達が農場を営んでいるんだ。俺がテッサを連れて戻るまで、お前はロッソの農場に隠れていろ。くれぐれも目立つ真似はしてくれるなよ。もしダール村の生き残りであることがバレたら、俺達二人だけでなく、お前を匿う俺の仲間も命を狙われることになる」

「……わかってる」

無愛想《ぶあいそう》に答え、ルーチェはむっつりと黙り込んだ。

一夜明けても惨劇の記憶は薄れなかった。ともすると怒りが爆発しそうになる。悲しみで胸が張り裂けそうになる。だが自暴自棄になるには疲れすぎていた。気力も体力も底をつき、もう涙も出なかった。

馬車は林の中の獣道を進んだ。

日暮れ近くになって、ようやく街道に出た。遠くに灰色の町並みが見える。湖面が赤く輝いている。八年前、夜通し小舟を漕いで渡ったフィゲロア湖だ。

フローディアに近づくにつれ、道を行く人の数が増えてきた。小麦を運ぶ商隊、道具や小間物を売り歩く行商人、近郊の畑で取れた野菜を満載にした荷馬車がのんびりと道を進んでいく。

荷馬車が分岐点にさしかかった。右の道はフローディアに至り、左の道はノイエレニエへと続く。そこでルーチェは奇妙なものを見つけた。道端《みちばた》に石柱が二本立っている。その間に一本の横木が渡され、腐りかけた遺骸が吊るされている。絞首刑となった咎人《とがにん》だ。大罪を犯した者は晒される。見せしめのために死後もこうして辱めを受けるのだ。

風に吹かれて遺体が揺れる。ギシリギシリと荒縄が軋む。遺骸は損傷が激しく、もはや人相すら定かではない。

それでもルーチェにはわかった。

あれはテルセロだ。

「馬車を止めて」

「動いてくれるなよ、ルチアーノ」正面に目を向けたままイシドロが牽制《けんせい》する。「あれに触れたら次はお前が吊るされる。テッサに会うことも出来なくなる。それでもいいのか？」

ルーチェはギリギリと奥歯を喰いしばった。駆け寄りたい衝動を意志の力で抑え込む。

東教区の司祭長グラウコ・コシモはダール村の炭鉱を欲していた。炭鉱の採掘権をダール村から取り上げる口実を探していた。そこで彼は強引な税制変更をして、ダール村が不服の申し立てをするよう仕向けたのだ。反逆者としてテルセロを処刑し、村人達を鏖殺し、ダール鉱山を手に入れる。それがグラウコ・コシモの筋書きだったのだ。

熟練の炭坑夫は貴重な存在だ。彼らに何かあれば多大な損失が出る。ダール村の収益に頼っている東教区の司祭長が、そんな危険を冒すはずがない。そう思っていた。それが間違いだった。グラウコ・コシモはルーチェが思っていたよりも、ずっと即物的で短絡的だった。ダール炭鉱を手に入れるために、コシモはダール村の人々を殺した。その結果がどうなるか、深く考えもしないで。

ルーチェは俯き、膝の上で両手を固く握りしめた。

僕のせいだ。僕の浅慮がこの悲劇を招いた。僕が村人達を煽《あお》らなければ、テルセロが絞首刑になることはなかった。ダール村が襲われることもなく、アレーテが殺されることもなかった。

自責の念がこみ上げてくる。枯れ果てたはずの涙が再び堰を切って溢れてくる。

荷馬車は粛々《しゅくしゅく》と進んだ。生温い風に乗って腐敗臭が漂ってくる。

「臭ッせぇなぁ」

男の声が耳に飛び込んできた。

はっとしてルーチェは顔を上げた。

荷馬車を引く若い農夫の一団がこちらに向かってやってくる。

「ったく、勘弁してほしいよ」

「司祭長に逆らうなんて、なに考えているんだか」

「これでますます締めつけが厳しくなるなぁ」

「ほんと、いい迷惑だぜ」

若者の一人がテルセロに唾を吐いた。他の者達は声を上げて笑った。不敬な若者達を窘める者も咎《とが》める者もいなかった。関わることを恐れ、人々は目を逸らし、足早に通り過ぎていく。

ルーチェは立ち上がりかけた。

「座ってろ」

その頭をイシドロが押さえる。振り払おうとしたが彼の手はルーチェの頭を摑んで放さない。

ルーチェは膝に額を押しつけた。怒りで頭が破裂しそうだった。許せない。許さない。こんなことがまかり通っていいはずがない。この怒り、この恨み、僕は忘れない。絶対に忘れない。

程なくして、ようやくイシドロが手を離した。

ルーチェはのろのろと上体を起こした。

悔《くや》し涙に歪んだ地平、熟れて潰れた陽が沈む。大地は赤く燃えている。雲は血色に染まっている。

東教区の司祭長だった父マウリシオ・ヴァレッティは言った。

『神は見ておられる。神の御子は見守っておられる。神の奇跡は実在する。神の御名に願いを捧げよ。もっとも信心深い者にこそ、神のご加護は与えられん』

嘘だ。

大嘘だ。

神はアレーテを守ってくれなかった。テルセロを、フリオ司祭を、ダール村の人達を見殺しにした。血を吐くほどに祈っても、奇跡を起こしてくれなかった。

もう僕は祈らない。神なんて信じない。信じられるのは力だけ。すべてを凌駕《りょうが》する圧倒的な力だけだ。僕はそれを手に入れる。絶対的な強者になって、私欲に塗れた為政者を断罪する。同じレーエンデの民のくせに「いい迷惑だ」と言った奴ら、テルセロに唾を吐いた奴らに相応の報いを受けさせてやる。見て見ぬふりをした連中の胸に、次に粛清されるのは自分だと、これは他人事《ひとごと》ではないのだと、深く刻みつけてやる。

今に見ていろ。

こんな世界、僕が叩き壊してやる。

第四章　落陽

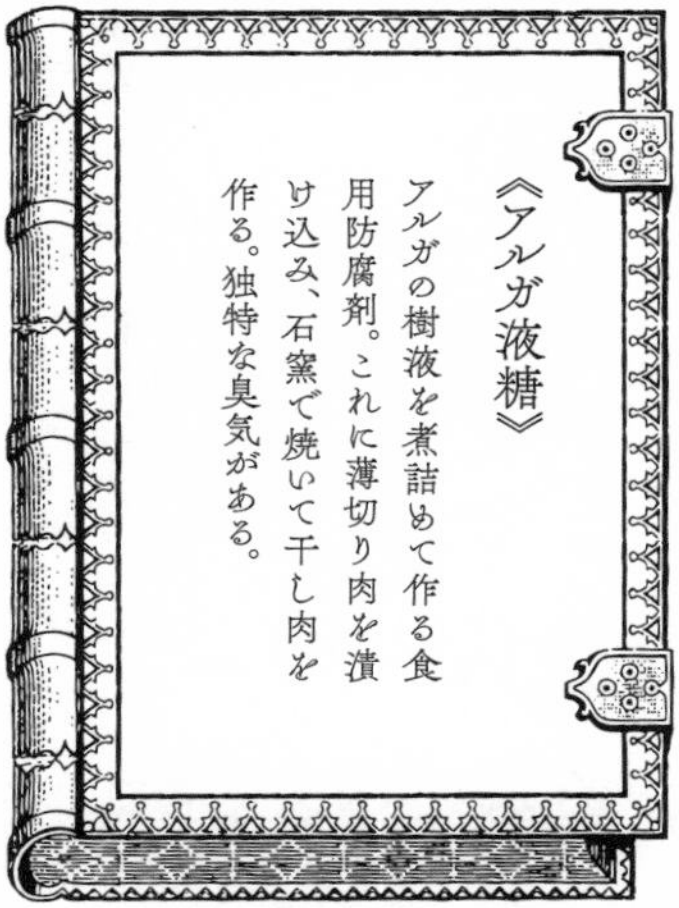
《アルガ液糖》
アルガの樹液を煮詰めて作る食用防腐剤。これに薄切り肉を漬け込み、石窯で焼いて干し肉を作る。独特な臭気がある。

法皇領の北部、小アーレスの裾野に広がる森はまるで迷宮のようだった。マントーニ山岳路とは名ばかりで、道らしきものはどこにもなかった。アレスヤギでも転げ落ちそうな岩場、目も眩《くら》むような丸太橋、三十ロコスはありそうな断崖絶壁。先を急ぐテッサ達の前に次々と障害が立ち塞がった。

この数日間、まともに休んでいなかった。疲労は蓄積し、もはや口を開く余力もない。疲れているのはテッサだけではない。キリルとイザークの顔にも過労の影が濃い。見つかれば捕まる。絞首刑になってアルトベリ城の城塞門に吊るされる。その恐怖と焦りが余計に体力を奪っていく。

これでよかったのだろうか？

急斜面を登りながらテッサはひそかに自問する。

あたし達の決断は、本当に正しかったのだろうか？

最初は悪い冗談だと思った。

「ダール村が神騎隊に襲われた？」

イシドロの言葉に、テッサは困惑の笑みを浮かべた。

「あんた、なに言ってんの？」

神騎隊はクラリエ教会の兵隊だ。法皇の権威を笠《かさ》に着て傍若無人《ぼうじゃくぶじん》に振る舞ういけ好かない連中だ。彼らに家族を殺され、帰る場所をなくし、ダール村に流れてきた者も少なくない。だがダール村には警邏兵も神騎隊もやってこない。争い事とは無縁の土地だ。襲撃される理由はない。ましてや村人達が鏖殺《おうさつ》されるなんて、どう考えてもあり得ない。

「ざけンじゃねぇぞ、てめぇ！」

キリルがイシドロの胸ぐらを摑んだ。

「クソ面白くねぇ冗談聞かせやがって、ぶっ飛ばされてぇのか⁉」

「こんなこと冗談で言えますかっての！」

商人は半泣きの顔でキリルの手を振りほどこうともがいた。

「本当です！　この目で見たんです！　東教区の神騎隊が大挙して押し寄せてきて、手当たり次第、ダール村の住民達を斬り殺して回ったんです！」

「何かの間違いですよ。だって理屈が通りません」

譫言《うわごと》のようにイザークが呻く。

「貴重な収入源である炭鉱を潰すようなこと、東教区の司祭長が命じるはずがありません」

「コシモは欲の皮が突っ張ったゲス野郎です。私腹を肥やすためなら何だってしてします。まともな理屈が通用するなんて思わないほうがいい」

「アレーテは……アレーテはどうした？」

キリルは手荒くイシドロを前後に揺さぶる。

「生きてるんだろ？　逃げたんだよな？　無事でいるんだよな⁉」

「わかりません。神騎隊がなだれ込んできた時、私は村に到着したばかりで、慌てて厩舎に隠れて、そこから様子をうかがっていたんです」

申し訳なさそうに彼は眉尻を下げた。

「目の前で大勢が斬り殺されました。生き残った人達も剣や槍で脅されて、教会堂へと追い立てられていきました。助けたいとは思ったけれど、怖くて手が出せませんでした」

すみません――と言って、頭を下げる。

「隙《すき》を見て厩舎を飛び出して、途中で怪我をした少年を助けて、森の中へ逃げ込みました。私がここに来たのは彼に頼まれたからです。『ダール村のことをテッサに知らせてほしい』と、ルーチェ君に頼まれたからです」

「ルーチェ、怪我をしたの？」

キリルを押しのけ、テッサはイシドロに詰め寄った。

「あの子は生きてるの？　今、どこにいるの？」

「ルーチェ君は生きてます。左腕を骨折していましたが、他には大きな怪我もなく――」

「テッサ、耳を貸すな！」

憎々しげに言い放ち、キリルはイシドロに指を突きつける。

「こいつは合州国の間者だ！　お前を戦線から離脱させるために嘘をついていやがるんだ！」

テッサはイシドロを見つめた。キリルの言う通りだと思った。イシドロは嘘をついている。何の根拠もない。ただの直感でしかない。でも間違いない。彼は行商人なんかじゃない。

「だとしても、ルーチェの名を出されたら無視出来ないよ」

テッサはキリルとイザークの顔を交互に見た。

「あたしはダール村に戻る。ルーチェに会って、この目で真実を確かめてくる」

「俺も行く！」

即座にキリルが応じた。彼の隣ではイザークが眉間に皺を寄せている。

「私も気持ちは同じです。けど決断する前に、もう一度よく考えてください。どんな理由があろうとも、勝手に中隊を離れたら、私達は脱走兵として追われることになります」

一息分の間を置いて、彼はテッサに目を向けた。

「いいんですか？　もう二度と中隊長に会えなくなっても？」

テッサは返答に詰まった。民兵の服務期間は四年だ。まだ半年以上残っている。今、ダール村に向かったら、もう中隊には戻れない。

「いっそ中隊長に相談してみようぜ」

名案だと言わんばかりに早口でキリルが言う。

「中隊長ならわかってくれる。俺達が抜けても上手いことごまかしてくれる」

「それは駄目」テッサは頭を振った。「あたし、目立つもん。いなくなったら絶対に気づかれる。中隊から脱走兵を出しただけでも責任問題なのに、脱走に助力したってバレたら、中隊長、また軍法会議にかけられちゃう。今度こそ禁固刑だけじゃすまなくなっちゃう」

「ならテッサは残れ。俺とイザークは目立たない。いなくなったところで誰も気にしない」

「それも駄目。あんた達だけを脱走兵にはさせられない」

テッサはキリルの目を見て、静かに続けた。

「戻るなら三人一緒だよ。あたし達、誰一人欠けることなく絶対に戻ってくるって、ミンスパイに懸けて誓ったじゃない」

「ミンスパイは二度と食べられません」淡々とした声でイザークが言う。「脱走兵に安住の地はないんです。絞首刑になるか、地の果てまで逃げるか。そのどちらかしかなくなるんです」

「ちょっといいですか？」

遠慮がちにイシドロが口を挟んだ。

「ダール村に戻るって、簡単におっしゃいますけど、服務期間を満たしていない民兵がレーエンデに戻ろうとしたら、アルトベリの関所で詰問されますよ。関所の連中はレーエンデの民の出入りに厳しいですからね。嘘や言い訳は通用しないと思ったほうがいいです」

怪しげな商人はわざとらしく眉を寄せる。

「それで皆さん。どうやってレーエンデに戻るつもりなんですか？」

テッサは唇を引き結んだ。

そうだった。ダール村に戻るには、あの恐ろしい隧道を突破しなければならないのだ。槍斧にものを言わせても、落とし格子を下ろされてしまったら手も足も出ない。やがては捕まり殺される。城塞門に吊るされていた腐乱死体を思い出し、テッサはギリリと歯ぎしりした。

「無策ってことですね」

黙り込んだ三人を見て、イシドロは肩をそびやかした。まるで駆け引きを楽しんでいるようだった。気に入らなかった。けれど無視するわけにもいかなかった。

「ってことは、あんたには何か策があるんだね？」

「その通り！」

よくぞ聞いてくれましたと、行商人は手を打った。

「法皇領のマントーニに山越えのルートがあるんです。一部の人間しか知らない秘密の抜け道です。関所もないし、役人に見つかる心配もない。禁制の武器だって持ち込めます」

「わかった。それで行く。正確な場所を教えて」

「ですが、これがかなりの悪路でして、道筋を説明するのが難しいんです。私でよければご案内します。お代を請求したりはいたしませんから、どうかご安心ください」

無料で道案内をする？　それを自分から言う？

ますます怪しい。

「何が望みなの？」

「――え？」

「目的が金じゃないなら、あたし達に何をさせたいの？」

イシドロは目を瞬いた。テッサが真顔なのを見て、沈痛な顔で頭《こうべ》を垂れる。

「私はあの惨劇を止められませんでした。ダール村の人々を助けることが出来ませんでした。その罪滅ぼしになるならと、こうして貴方を捜し出しました。ダール村の生き残りである貴方達の力になりたい。私に出来ることがあるなら協力したい。それが私の正直な気持ちです」

殊勝な物言いだった。なのにどこか嘘臭い。何か裏があるような気がしてならない。

しかし迷っている暇はない。

「じゃあ、お願い。あたし達をレーエンデまで案内して」

「承知しました」

イシドロは首肯した。その目の中にかすかな愉悦を見た気がして、テッサは口の中が苦くなった。

あたしは今、毒の果実を齧った。いつかこの毒に苦しめられることになるだろう。

マントーニ山岳路に入って五日目。テッサ達は鬱蒼とした森林を抜け、整地された道に出た。ラウド渓谷路と聖都ノイエレニエを繋ぐ西街道だった。

ここで快哉《かいさい》を叫べばイシドロを増長させる。だからテッサは何も言わなかった。声には出さずに噛みしめた。戻ってきた。あたし、レーエンデに戻ってきたんだ。

街道沿いの町バローネで、イシドロは預けていた馬車を受け取った。

正体を隠すため、ここから先は旅の商隊を装うことになった。西の森には山賊が頻出する。金のある商隊は用心棒を雇って武装する。キリルの剣とイザークの長弓は合法だが、テッサの槍斧は禁制品だ。所持しているだけでも罰せられる。そこでテッサは槍斧を襤褸布《ぼろぬの》で包み、荷台の床板の裏側に隠した。

準備が整い、いざ出発しようという時になって問題が生じた。

「まずはダール村に行く。イシドロの言ってることが本当なのか嘘なのか、確かめるのが先決だ」

強弁を張るキリルに、テッサは負けじと言い返した。

「まずはルーチェの無事を確かめてからだよ。ダール村に何かあったとしても、ルーチェに訊けばわかるんだし」

「話を聞くだけじゃ納得出来ねぇ。自分の目で確かめるまで俺は信じねぇからな」

「じゃあ、ルーチェを迎えに行って、それからダールに行く。それならいいでしょ?」

「馬鹿か、てめぇは。ダール村が襲われたって話が本当だとしたら、ルーチェは命からがら逃げてきたってことになる。そんな場所にルーチェを連れてくつもりかよ?」

「それは――」

「それにアレーテにもしものことがあったら、俺は神騎隊をぶっ潰す。連中を一人残らず血祭りに上げる。それをルーチェに見せたいか？　それでもルーチェを連れて行きたいか？」

「まぁまぁ喧嘩はやめましょうよ」

勝負ありと見て、イシドロが横から口を挟んだ。

「ルーチェ君のことなら心配ありません。神騎隊の連中に見つからないよう、私の仕事仲間が匿《かくま》っていますから」

「決まりだな」キリルは荷馬車に乗り、荷台に腰を下ろした。「ダール村が先だ」

「行きましょう、テッサ」イザークが彼女の肩に手を置いた。「正直言って、私もまだ信じられないんです。ダール村で何があったのか、この目で確かめたいんです」

「わかったよ」

渋々テッサは頷いた。

「二対一じゃ仕方がない。先にダール村に行こう」

テッサ達を乗せ、荷馬車はバローネを出発した。脱走兵の手配書が回っている可能性があるので街道は通れない。馬車は町村を避け、街道を逸れ、人気のない脇道を進んだ。

「有能な行商人は独自の抜け道を持っている。これ常識です」

そう自負するだけあって、イシドロは土地の者しか知らない農道や、森の中の獣道など、あらゆる道に精通していた。草が生い茂った高原も岩が転がる山道も見事な手綱捌《たづなさば》きで乗り越えた。

バローネを発《た》って六日後、北部の主要都市レイルを抜けた。そこから古代樹の森に沿った細道を辿り、ダール村を目指した。

中隊を離れて二十三日目、行く手にバルバ山が見えてきた。

森の中に馬車とイシドロを残し、テッサ達は徒歩でダール村へと向かった。逸る気持ちを抑え、西の丘に登る。生い繁る夏草に身を隠し、眼下の村を観察する。並んだ民家の茅葺き屋根、中央には教会堂、その先には擂り鉢状の炭鉱が見える。坑道には人の姿がある。石炭を積み出すトロッコも動いている。以前と何ら変わらない。飽きるほど見慣れた光景だ。

しかし、小さな違和感が肌をざわつかせる。

そろそろ夕刻だというのに煙突から煙があがらない。いつもなら畑帰りの女達が立ち話をしたり、子供達が走り回ったりしているのに、通りにも広場にも人の姿が見当たらない。

「テッサ、あれを見ろ」

キリルが村の中央を指さした。そこにあるのは教会堂、村で唯一の石造りの建物だ。その外壁が煤《すす》けている。鎧戸《よろいど》や扉は焼け落ちて、虚《うつ》ろな口を開いている。

「行こう」キリルが立ち上がった。「何があったのか確かめよう」

「待ってください」

イザークがキリルの上着の裾《すそ》を摑んだ。

「今、行ったら神騎隊に見つかります。せめて暗くなるまで待ちましょう」

「神騎隊なんざ、俺が全員斬り殺してやる」

「気持ちはわかりますが、極力、戦闘は避けるべきです」

「正論だね」とテッサも同意する。

教会堂の周囲は広場になっている。隠れる場所はない。キリルは剣を、イザークは長弓を携えているが、テッサはナイフしか持っていない。万全を考えるなら槍斧を取りに戻ったほうがいい。夜になるのを待って出直したほうがいい。

「けど、ごめん、イザーク。あたしも今のうちに見に行くべきだと思う。今は月も細い。夜になれば真っ暗になる。教会堂の中がどうなっているか、暗くちゃ確かめられない。無人の村で明かりを点《とも》せば、昼間に教会堂をウロつくよりも、さらに連中の目を引くことになる」

「確かに」

イザークは小さく肩をすくめた。

「わかりました。行きましょう」

三人は丘の斜面を滑り降りた。村を囲む柵《さく》を抜け、家屋の陰を縫うように進む。無人の室内は荒らされていた。家具は破壊され、金目のものは持ち去られている。村の共有財産であるアレスヤギも、放し飼いのカケドリも見当たらない。

幸か不幸か、誰とも行き会うことなく中央広場までやってきた。

間近で見ると教会堂は惨憺《さんたん》たる姿をしていた。壁には煤《すす》がこびりついている。窓枠は焼け落ち、壊れた鎧戸がぶら下がっている。イシドロの言葉を信じるならばダール村が襲撃されたのは先月の六日。二ヵ月近くも前だ。なのにまだ油の臭いが漂っている。

周囲を見回し、誰もいないことを確かめてから、テッサは路地裏を飛び出した。広場を横切り、教会堂の壁に張りつく。油の臭いがよりいっそう濃くなった。焼けた木の臭いに、吐き気をもよおす異臭が重なる。何度嗅いでも決して慣れることのない悪臭。野晒《のざら》しの遺体が発する腐敗臭だ。

覚悟を決め、テッサは教会堂に入った。

窓から西陽が差し込んでいる。赤光が堂内を照らしている。石壁は真っ黒に焦げ、祭壇は跡形もなく焼け落ちている。燭台もなくランプもない。あるのは骨だけだ。床一面を覆い尽くした、おびただしい数の死骨だけだ。

節くれた背骨、突き出した肋骨《ろっこつ》、焼《や》け焦《こ》げた腰骨、乾いた肉片がこびりついた大腿骨《だいたいこつ》。男のものらしき太い骨がある。女のものらしき華奢《きゃしゃ》な骨もある。子供らしき小さな頭蓋骨が転がっている。ダール村に何人の人間が暮らしていたのか、正確な数字をテッサは知らない。それでもわかった。わかってしまった。

イシドロは真実を語っていたのだ。一部の炭坑夫を除き、村の住民達は全員殺された。女性も子供も老人も、無慈悲に鏖殺されたのだ。

テッサは言葉を失い、呆然と立ち尽くした。

何も考えられなかった。泣き叫ぶことも、怒り狂うことも出来なかった。ダール村の仲間達、懐かしい顔が脳裏を過《よ》ぎる。飲んで騒いだ笑い声。楽しかったあの日々。すべて失われてしまった。もう戻らない。みんないなくなってしまった。あたし達の故郷はなくなってしまったのだ。

「殺してやる」

ギリギリと奥歯を軋ませ、キリルは剣の柄を摑んだ。

「神騎隊の奴ら、皆殺しにしてやる!」

「駄目です」イザークが彼の手を抑えた。「私達だけでは無理です」

「うるせぇ! 放せ!」

「落ち着いてキリル。よく考えて。ここで暴れても無駄死にするだけです」

「かもうもんか! 仇を討たせろ! アレーテの……皆の仇を討たせろッ!」

言い争う二人の横でテッサはナイフを握った。

今すぐ時を止めなきゃ。これ以上、彼らのいない世界を見てはいけない。こんな歴史を刻んではいけない。絶望に心が押し潰されてしまう前に、あたしの時間も止めるんだ。

「気持ちはわかります。でも死んじゃ駄目です」

イザークの声がテッサの耳を突き抜けた。

「思い出してください、アレーテの言葉を。帝国の支配下にあっても誇りだけは失っちゃいけないって、自由を取り戻すためにはレーエンデの民の団結が不可欠なんだって、いつも言ってたじゃないですか。それを覚えているのは私達だけです。彼女の言葉を語り継げるのは、もう私達しかいないんです。貴方が自暴自棄になって命を落とせば、アレーテの蒔いた種は芽を出さないまま埋もれてしまう。それでもいいんですか？　それでもかまわないって、アレーテに言えますか！」

ナイフを握る手から力が抜けた。激情が山津波のように押し寄せてくる。喪失、自責、罪悪感、感情の鉤爪が突き刺さり、心がズタズタに引き裂かれる。

溢れる涙を拭いもせず、テッサは天井を見上げた。

ごめん、アレーテ。

今、あたし、逃げようとしてた。

屋根に穴が開いている。そこから夕陽が差し込んでくる。光の中、煤と埃《ほこり》が舞っている。金色に輝く塵芥《じんかい》が、生命のように煌《きら》めいている。

『レーエンデに自由を！』

灰が謳っていた。

『レーエンデに自由を！』

埃が躍っていた。

『レーエンデに自由を！』

それはアレーテの声であり、テルセロの声であり、フリオ司祭の声だった。

彼らを近くに感じた。その温もりや吐息さえ感じられるようだった。

テッサは拳で涙を拭った。

約束する。もう迷わない。立ち止まらない。みんなの遺志を背負ってあたしは戦う。レーエンデのために、自由を取り戻すために戦う。

彼女はキリルに近づくと、その鳩尾に当て身を喰らわせた。キリルは身体をふたつに折り、声もなく倒れた。彼を肩の上へと担ぎ上げ、テッサはイザークを振り返った。

「撤収するよ」

イザークは無言で頷いた。素早く戸口に歩み寄り、外の様子をうかがう。

陽は西に傾き、空は赤く燃えている。家屋の影が広場に長く伸びている。イザークは教会堂を飛び出し、広場を横切った。飯屋の軒先に身を隠し、周囲を確認してから手招きする。

テッサは短く息を吐き、教会堂を飛び出した。

西の丘を駆け上がり、森の中へと逃げ込んだ。神騎兵と出くわすことはついになかった。ダール村にはもう何の価値もない。抵抗する者もいなければ、金目の物も残っていない。監視も警戒も必要ない。そういうことなのだろう。

やがて陽は落ち、あたりは闇に包まれた。光虫が飛び交う中、テッサは歩き続けた。森の奥、黄色い明かりが見えた。川辺に粗末な荷馬車が止まっている。荷台には虫灯りが置かれている。藪《やぶ》の陰には馬もいる。

「やあ、おかえりなさい」

イシドロが荷台から飛び降りた。

「ひどい有様《ありさま》だったでしょう。心からお悔《く》やみ申し上げます」

両手を合わせて一礼する。慇懃《いんぎん》な態度が疲弊した心を逆撫《さかな》でする。言い返したい気持ちを抑え、テッサはキリルを地面に下ろした。

「うう……畜生……」

地に伏してキリルは呻いた。血を吐くような慟哭《どうこく》が、蒸し暑い夏の夜気を震わせる。

「アレーテ、アレーテ、これは夢だと言ってくれ。誰か嘘だと言ってくれ」

「アレーテってテッサのお姉さんですよね。とても見目麗しい女性でしたよね」

腕組みをしてイシドロが言う。

「だとしたら、生きているかもしれません」

「いい加減なこと言うんじゃない!」テッサはイシドロに詰め寄った。「あんた、ぶっ飛ばされたいのかい!」

「ひゃあ!」素《す》っ頓狂《とんきょう》な声を上げ、イシドロは飛び退いた。「そんな怒らないでくださいよ! ちょっと思いついただけなんですから!」

「どういう意味だ?」

キリルがふらりと立ち上がる。

「アレーテは生きているのか?」

「あくまでも可能性の話ですけどね」

牽制するようにテッサを見て、イシドロはわざとらしく咳払いをした。

「神騎隊にダール村を襲わせたのは東教区の司祭長グラウコ・コシモです。コシモは女好きで有名ですから、アレーテほどの美女ならば、彼の屋敷に連れて行かれたとしても不思議はありません」

「それはない」怒りを込めてテッサは断言する。「アレーテは誇り高いティコ族の女だ。コシモの慰み者になんかならない」

「でも可能性はあるんじゃないか？」

自問するようにキリルは呟く。煤けた頬に涙の跡が光っている。彼の縋るような眼差しを受け止め、テッサはゆるゆると頭を横に振った。

「あんたも知ってるでしょ。刃物を突きつけられたって、アレーテはコシモの言いなりになんかならない。服従するくらいなら死を選ぶ。そういう人だよ」

「でも……でもよ……」

「信じたい気持ちはわかる。けど憶測に振り回されちゃ駄目だ」

キリルの目を見つめ、一言一言、含めるように言い聞かせる。

「ルーチェに会いに行こう。アレーテがどうなったか、ルーチェなら知ってるはずだよ」

途端、キリルの顔から表情が消えた。

「なんでルーチェは生きてるんだ？　なぜあいつは殺されなかった？　イジョルニ人だからか？　コシモと同じイジョルニ人だからか？」

「人種は関係ない。ルーチェは運がよかった。それだけだよ」

「そんなの信じられっかよ！」

テッサを突き飛ばし、キリルは叫んだ。

「ルーチェだけが助かるなんて出来すぎてるだろ！　あいつはコシモの手先だったんだ！　あいつが手引きをしたんだ！」

「ルーチェはあたしの弟だ。ルーチェを疑うってことはあたしやアレーテを疑うのと同じだ」

「偉そうなこと言うな！　元はといえば、お前が悪いんじゃないか！　お前が民兵に志願しなけりや、俺はアレーテの傍にいられたんだ！　俺が傍にいれば、こんなことにはならなかったんだ！」

「そうだね。あんたの言う通りだ」

テッサは目を伏せた。

「あんたはあたしを殴っていい。気がすむまで殴っていい。その代わり、気がすんだら力を貸して。あたしと一緒に帝国と戦って」

ひゅっ……とキリルの喉が鳴った。頬から血の気が引いていく。目から光が消えていく。失意と絶望の暗闇が、彼の顔面を覆っていく。

「お前にはわかんねぇよ」

かすれた声でキリルは言った。テッサに背を向け、ザブザブと小川を横切っていく。

「待って！」

追いかけようとしたテッサの肩を、イザークが摑んで引き戻した。

「貴方が行っても彼は意固地になるだけです。キリルのことは私に任せてください」

「でも――」

「ルーチェのことを頼みます」

言い残してイザークは走り出した。川を渡り、夜の森へと分け入っていく。生温い夜気、重く淀《よど》んだ闇、二人の気配が遠ざかる。

「ずいぶん冷静なんですね」

イシドロの声に、テッサはのろのろと顔を上げた。

「テッサはどうして泣かないんですか？　悲しくないんですか？　二人姉妹はこじれるって言うけれど、優しくて女らしいアレーテのこと、本当は妬《ねた》ましく思っていたんじゃないですか？」

「黙れ」

テッサはナイフの柄を握った。

「それ以上、何か言ったら、お前の舌を切り落とす」

「おお、怖い！」イシドロはわざとらしく口を押さえた。「そんなに怒るってことは、図星でしたかね？」

わかりやすい挑発だった。乗せられてたまるかと思った。

「あいにくだけど、あたしはあんたの思い通りには動かないよ」

「何のことです？」

「あんた、あたし達にグラウコ・コシモを暗殺させるつもりなんだろ？」

「とんでもない！　言いがかりですよ！」

「しらばっくれても無駄だよ。あたしは馬鹿だけどね、そこまであからさまに挑発されたら、いい加減、気づくよ」

憤りを腹の底に押し込め、テッサはナイフの柄から手を離した。

「コシモはダール村の炭鉱をほしがっていた。けど下手に手を出して生産量が減りでもしたら、自分が法皇庁に大目玉を喰らう。だからコシモは嫌がらせをするのがせいぜいで、直接暴力に訴えることはしなかった。あのゲス野郎にも、それぐらいの分別はあったんだよ。コシモがこんな馬鹿なことをしでかしたのは、誰かに入れ知恵されたからだ。炭坑夫さえ生かしておけば生産量は変わらない、ダール村の村人達を鏖殺して炭鉱の利権を手に入れろ、石炭の出荷制限を廃止して生産量を上げれば法皇の覚えがめでたくなるぞって、誰かにそそのかされたんだ」

「まあ、なくはない話ですけどねぇ」

イシドロは剽《ひょう》げた仕草で両手を広げた。

「私はしがない行商人。東教区の司祭長に入れ知恵するなんて出来っこないし、コシモをそそのかしたところで、私には何の得も――」

「あんたがただの行商人ならね」

鋭い声でテッサは遮る。

「今の法皇はもう若くない。次の法皇の座に誰が座るか。争っているのがコシモ家とダンブロシオ家だ。グラウコ・コシモは今回のことで法皇の怒りを買った。それだけでもコシモ家にとってはかなりの痛手だ。ましてやグラウコ・コシモがレーエンデの民に暗殺されたとなれば、コシモ家の面《メン》子《ツ》は丸潰れになる。それがあんたの狙いだ。あんたは行商人じゃない。ダンブロシオ家を利するために働く、ダンブロシオ家の密偵だ」

「この私が、ダンブロシオ家の密偵！」

素っ頓狂な声を上げ、イシドロは目を剝いた。その唇がひくひくと震えている。怒っている？怯えている？　いいや、違う。笑っているのだ。

テッサの視線に気づき、イシドロは口元を隠した。が、もう遅い。

「まいったな」

イシドロは喉の奥でくつくつと笑った。

「まさかダール村の田舎《いなか》娘に見破られるとは思わなかった」

「ってことは、認めるんだね？」

「いかにも、俺はダンブロシオ家の手の者だ」

イシドロは背筋を伸ばした。これまでとは目つきが違う。引き締まった頰、酷薄に笑う口元、顔の造形に変化はないのに、受ける印象がまるで違う。

「だからなの？」

テッサは彼を凝視した。

「だからあんたはルーチェを助けたの？」

「どういう意味だ？」

「とぼけんな！」テッサは右手で空を薙《な》いだ。「ルーチェは先代の司祭長マウリシオ・ヴァレッティの館から逃げてきた。マウリシオの妻クラリッサはダンブロシオ家の血を引いていた。あんたはダンブロシオ家の手下で、ダール村の惨劇からルーチェを救った。これが偶然であるはずがない！」

薄々は気づいていた。使用人の子供にしてはルーチェの手は綺麗すぎた。使用人の子供とは思えないほど高い教養を身につけていた。

「答えてよ！　ルーチェはダンブロシオ家の人間なの？　ダンブロシオ家の命令で、あんたはルーチェを助けたの？」

イシドロは顎に手を当てた。どう答えるべきか思案しているようだった。

「なるほど、筋は通っている。が、残念ながらハズレだ。俺がルーチェを助けたのは利用出来ると思ったからだ。あの少年を人質にすれば、あんたは俺の頼みを聞かざるを得なくなる――」

最後まで聞かず、テッサはナイフを抜いた。素早く間合いを詰め、ナイフの刃をイシドロの喉に押し当てる。

「ルーチェはどこ？」

「俺には手を出さないほうがいい。ルーチェは俺の仲間が預かっている。もし俺からの連絡が途絶えたら嬲《なぶ》り殺《ごろ》しにする手筈《てはず》になっている」

「この卑怯《ひきょう》者ッ！」

「人聞き悪ぃな。俺が段取りをつけてやったから、お前達はレーエンデに戻ってこられたんだ。おかげでアレーテの仇討《あだう》ちが出来るんだ。むしろ感謝してほしいくらいだ」

「ダンブロシオ家のイヌが、アレーテの名を口にするな！」

「ったく、物わかりの悪ぃ女だな」

イシドロは身を引いた。テッサから目を離すことなく荷馬車まで後退する。

「好むと好まざるとにかかわらず、お前は俺の言う通りに動くしかない。ルーチェを無傷で返してほしいなら、俺の命令に従うしかないんだよ」

テッサは歯ぎしりした。イシドロを殺すことなど造作もない。だが彼を殺してしまったらルーチェの居場所は永遠にわからなくなる。頭がよくて努力家で、とても頼りになる自慢の弟。その身体に流れる血がどんな色でもかまわない。ルーチェの無事を確かめなきゃ、彼の安全を確保しなきゃ、あの世でアレーテに合わせる顔がない。

「グラウコ・コシモは自宅謹慎中だ。奴の屋敷はフィゲロア湖の東側にある。船着き場に小舟を用意しておく。奴を始末したら、それに乗って湖の西側、先代司祭長の屋敷跡まで来い。お前達を外地に逃がす手段を整えておいてやる」

イシドロは荷台の下から槍斧を取り出した。襤褸布を解き、テッサの足下に投げて寄越す。

「テッサ、もっと割り切って考えろ。これは取り引きだ。コシモを首尾よく始末してくれたらルーチェの将来は保証する。あの子は賢いし度胸もある。俺に預けてくれたら、いい教育を受けさせてやる。支配される側ではなく、支配する側に立てるようにしてやる」

「それはあたしが決めることじゃない。ましてやあんたが決めることでもない」

テッサはナイフを鞘《さや》に収めた。

「ルーチェの人生を決めるのはルーチェだ。そうでなくっちゃいけないんだ」

「真面目だねぇ」

イシドロは鼻を鳴らした。馬鹿にされているのはわかったが、もう反論はしなかった。テッサは槍斧を拾った。柄に紐《ひも》をくくりつけ、肩掛けにして斜めに背負う。

「これ貰ってくよ」

荷台にあった虫灯りを手に取ると、答えを待たずに歩き出す。

「決行は明日の夜だ。遅れるなよ!」

イシドロの声が聞こえても、もう振り返らなかった。

テッサは一人、森の中を進んだ。あたりは暗く、虫灯りだけでは数歩先すら見通せない。とはいえ、このあたりには土地勘がある。キリルとイザークが向かいそうな場所にも心当たりがある。

程なくして目的の場所に到着した。黒い岩肌を滴り落ちる水滴、透明な水を湛えた泉、周囲には光虫が飛び交っている。岩場に寄りかかるようにして粗末な小屋が建っている。キリル達が使っていた狩猟小屋だ。

「キリル? イザーク?」

板戸を開き、虫灯りで室内を照らす。中は無人だったが、床にはまだ湿り気のある足跡が残っていた。オイルランプがなくなっている。毛布や携帯食料、予備の矢も消えている。彼らはここに来たのだ。ここで準備を整えて、コシモの屋敷に向かったのだ。

二人は森に詳しい。イザークは夜目がきく。今から追いかけても追いつけない。

テッサは槍斧を抱え、小屋の床に身を横たえた。

兵士にとって疲労と空腹は大敵だ。まだ頑張れると思っていても、身体は突然動かなくなる。その恐ろしさは嫌というほど身に染みている。あの二人も同じことを考えるはずだ。キリルが先を急いでも、きっとイザークが止めてくれる。イザークは用心深くて冷静だ。コシモの屋敷に正面から突っ込むような無謀な真似はさせないはずだ。

眠れないだろうと思ったのに、瞼を閉じると睡魔が襲ってきた。

夢も見ずにテッサは眠った。現実以上の悪夢など見るはずもなかった。


翌朝、夜明けとともに起き出して、西に向かって歩き出した。自分の位置を見失わないよう太陽を確認しながら進んだ。しばらくして気づいた。泥土に残る足跡、折れたばかりの小枝、人が通った痕跡《こんせき》が至るところに残っている。これは二人からの伝言だ。運命をともにする覚悟があるのなら、追いかけてこいという意味だ。

「舐めンじゃないよ」

毒づいてテッサは足を速めた。木の実を食べ、湧き水で喉を潤《うるお》し、休むことなく歩き続けた。

フィゲロア湖にたどり着いた時、太陽は西へと傾いていた。コシモの屋敷は湖の東側にあるとイシドロは言った。湖の北側には古代樹の森が広がっている。テッサは湖畔を南へと進んだ。

水際を一時間ほど歩いただろうか。赤煉瓦《あかれんが》の屋根が見えてきた。灰白石で出来た壁、黄緑色に塗られた鎧戸、場違いなほど豪奢な屋敷だ。

その鉄柵の手前で足を止め、テッサは周囲の気配を探った。

「キリル？　イザーク？」

応えはない。

西風に歌う木々のざわめき、巣に戻っていくヤバネカラスの鳴き声。太陽は西の稜線に沈みつつある。二人を捜すか、それとも一人で乗り込むか。判断に迷い、テッサは屋敷に目を向けた。薄暮の空に黒煙がたなびいている。煮炊《にた》きの煙だろうと思いかけ、すぐに違うと気づいた。煙の出所は煙突じゃない。一階の窓だ。誰かが屋敷に火をつけたのだ。

テッサは木陰を飛び出した。鉄柵に斧刃を引っかけ、柄を摑んでよじ登る。庭に降りると、植え込みの根元に番犬が倒れているのが見えた。喉に矢が刺さっている。黒い矢羽根を確かめるまでもない。イザークの仕業だ。二人はすでに屋敷の中にいる。

テッサは庭を横切った。鎧戸の開いた窓を見つけ、中に入った。書斎らしき部屋を抜けて廊下に出る。敷き詰められた絨毯《じゅうたん》にはいくつもの死体が転がっていた。ほとんどは神騎隊の兵士だったが、お仕着せを着た老齢の男やメイド服を着た若い娘の遺体もあった。二人とも喉を裂かれて絶命している。

「何やってんだ、あの馬鹿ども！」

テッサはギリリと歯嚙《はが》みした。一気に階段を駆け上がる。二階の廊下に踏み出そうとした瞬間、兵士が倒れ込んできた。その首には深々と黒羽根の矢が突き刺さっている。

「イザーク！　あたしだよ！　テッサだよ！」

廊下の角から槍斧を突き出す。三秒数えてから顔を出す。廊下の突き当たり、扉の前にイザークが立っている。彼は弓に矢をつがえ、鋭い声で叫んだ。

「早くこっちへ！　新手が来ます！」

テッサは槍斧を担ぎ、イザークに駆け寄った。

「キリルは？」

「中にいます」

答える声に絶叫が重なった。凄《すさ》まじい罵声と悲鳴が部屋の中から聞こえてくる。

テッサは扉の取っ手を握った。

「入らないほうがいいですよ」

陰気な声でイザークが言った。

「貴方は見ないほうがいい」

「わかってる。でも目を逸らすわけにはいかない」

テッサは扉を押し開いた。

装飾が施された天井、金の模様で飾られた壁、贅《ぜい》を尽くした寝室だった。たっぷりと布を使った天蓋《てんがい》の下、巨大な寝台が置かれている。暖炉の上には太い蠟燭が並び、揺らめく炎が室内を照らしている。毛足の長い絨毯は血に染まっている。血溜まりに男がうずくまっている。丸々とした肥満体、東教区の司祭長グラウコ・コシモだ。

「アレーテはどこにいる！」

コシモに剣を突きつけ、キリルは叫んだ。

「言え！　彼女をどこに隠した！」

「そんな女、私は知らない。本当に知らないんだ！」

コシモは懇願するように両腕を前に差し出した。左右とも手首から先がない。赤く濡れた断面から鮮血が噴き出している。痛みと恐怖に歪んだ顔は脂汗に塗れている。

「私が悪かった！　金ならいくらでも払う！　なんでも言うことを聞くゥ」

涙と涎《よだれ》を撒《ま》き散《ち》らし、コシモは裏返った声で喚《わめ》いた。

「だから頼む、もうやめてくれェ！　殺さないでくれえぇェ！」

「黙れ！」

キリルが剣を振った。横なぎの一撃がコシモの両目を切り裂く。

言葉にならない声を発し、司祭長は絨毯の上を転がり回る。

「この外道！」その背中をキリルが蹴《け》る。幾度となく蹴りつけ、血塗れの顔を踏み躙る。「思い知れ！　ダール村の恨みを、みんなの痛みを、思い知れ！」

「やめて、キリル！」

止めるつもりはなかった。なのに、気づけば叫んでいた。

「拷問したって無駄だよ。こいつは本当に知らないんだ。あれは嘘だったんだよ。あたし達を思い通りに動かすために、イシドロがついた嘘だったんだ」

「それがどうした？」

かすれた声でキリルは答えた。返り血に染まった顔には愉悦の笑みが張りついている。

「こいつは俺からアレーテを奪った。この世界からアレーテを奪った。その罪を償わせてやる。いっそ殺してくれと泣き喚くまで切り刻んでやる！」

キリルの剣がコシモの耳朶《じだ》を撥《は》ね飛《と》ばした。鞭打《むちう》つように背を斬り裂く。蹴飛ばして仰向けにし、胸と脇腹の肉を抉《えぐ》る。

「簡単には殺さねぇ。四肢を断ち、全身の骨を砕いてやる。腹を裂いて臓腑《ぞうふ》を引き出し、腐った心臓をその口に突っ込んでやる！」

「もういい！」

テッサはキリルにしがみついた。

「もうやめよう。こいつにとどめを刺して、それで終わりにしよう」

「まだだ。まだ足りねぇ。お前も見たろ、あの骨の山を。全部こいつのせいだ。全部こいつがやったんだ。このクソ野郎、百ぺん殺してもまだ足りねぇ！」

「わかる……わかるよ。あたしだって同じ気持ちだ。けどこれは違うよ。人殺しを楽しむってことは人の心を失うってことだよ。そうやって鬼になった者は、もう人間には戻れないんだよ」

「かまうもんか！」

キリルはテッサを振り払おうとした。テッサはますます強く彼にしがみついた。ここで手を離したらキリルは鬼になってしまう。這《は》い上《あ》がることの出来ない地獄へと落ちていってしまう。

「キリル、あたしはあんたを失いたくない！　あんたに鬼になってほしくない！」

「放しやがれ！　こいつに自分のしたことを後悔させてやるんだ！　そのためなら俺は鬼になっても、悪魔になってもかまやしねぇ！」

「あんたはかまわなくても、あたしは嫌だ！　アレーテがいなくなって、あんたまでいなくなっちゃったら、あたしは誰を頼ればいいの？　この先、誰に背中を預ければいいんだよ！」

テッサはキリルの胸に額を押しつけた。

「あんたにあたしが必要なくても、あたしにはあんたが必要なんだ。あたしには、あんたの助けがいるんだよ」

悲痛なテッサの言葉を受け、キリルは嘔吐《えず》くような咳をした。

「……クソ」

呻くように吐き捨てる。

「放してくれ。こいつにとどめを刺す」

テッサはゆっくりと手を解き、一歩、二歩と後じさった。

コシモは血の海に沈んでいた。白目を剝き、ひくひくと痙攣《けいれん》を繰り返している。すでに意識はないらしく、救命嘆願の声もない。

キリルは剣を逆手《さかて》に持ち替え、コシモの心臓を刺し貫いた。最後にゴボリと血を吐いて、コシモは動かなくなった。その鳩尾を踏みつけ、キリルは剣を引き抜いた。暖炉に駆け寄り、並んだ蠟燭を斬り倒す。蠟燭の火が絨毯に落ちた。ぶすぶすと燻った後、ぼっと炎が燃え上がる。

「逃げるぞ！」

その声を合図にイザークが部屋に飛び込んでくる。キリルは素早く鎧戸を開くと、そこから庭へと飛び降りた。イザークは弓を背負い、すぐさまキリルの後を追う。テッサは槍斧を窓の下に落としてから、二人に倣って窓枠を蹴った。

庭の土は軟らかかった。槍斧を拾い上げ、テッサは二人に呼びかけた。

「こっちだよ！　ついてきて！」

太陽はすでに没している。夜空は薄雲に覆われ、月も星も見えない。炎上する館の炎を移し、湖面は赤銅色に揺れている。

湖岸には船着き場があった。小さな手漕ぎ舟が一艘《そう》、暗い湖面に浮かんでいる。

「乗って！」

二人を急かして舟に乗る。テッサは舟底に槍斧を置き、オールを握った。

「いたぞ！」

「あそこだ！　逃がすな！」

炎上する館から数人の神騎兵が飛び出してくる。闇を切り裂いて火矢が飛んでくる。かまわずテッサは漕ぎ進めた。程なく射程の外に出た。追っ手の舟は現れなかった。おそらくイシドロの仲間が何かしらの手を打ったのだろう。

すべてあいつの目論《もくろ》み通りってことか。

そう思うと悔しくて、腸《はらわた》が煮えくりかえる。怒りに任せ、テッサは舟を漕ぎ続けた。

小舟は滑らかに湖面を進んだ。オールが水を切る音がする。それ以外に音はない。夜風に揺れる木々のざわめきも湖上までは届かない。キリルは舳先《へさき》に座って前方を睨んでいる。イザークは屋敷の方角に目を向けている。誰も口を開かなかった。重苦しい沈黙だった。

小一時間ほどすると行く手に小さな明かりが見えた。焼け落ちた屋敷の残骸《ざんがい》を背に、黒服を着たイシドロが立っている。右手にオイルランプを持ち、頭上に高く掲げている。

舟底を岩が擦った。三人は舟を捨て、岸に上がった。

「首尾は？」

「コシモなら死んだよ」無愛想にテッサは答えた。

「それは上々」イシドロは歯を見せて笑った。「替えの服が用意してあります。身体を洗ってから着替えてください。先のことは心配しないで。神騎隊にも帝国兵にも見つからないよう、外地に逃がしてあげますから」

「その前にルーチェに会わせて」

「わかってます」

ニヤニヤ笑い、イシドロは芝居がかったお辞儀をした。

「それでは皆様、急ぎお召し替えを。準備が整い次第、ルーチェが待つ農場へご案内いたします」

イシドロを先頭にテッサ達は夜通し馬を走らせた。

テッサは中央高原に土地勘がない。ここがどこなのか、どこに向かっているのかもわからない。ましてや街道を通らず荒野を行くとなればイシドロだけが頼りだ。彼に主導権を握られるのは面白くないが、黙ってついていくしかなかった。

逃避行を開始して三日目。陽暮れ近くになって、ようやく人家が見えてきた。ぼろぼろの茅葺き屋根、穴の開いた土壁、修繕する者もいないのだろう。すっかり荒れ果ててしまっている。それでも無人ではないらしく、煙突からは細々と白い煙が上っている。

集落の手前、丘の斜面には黒麦の畑があった。秋には黒くなる麦の穂も、今はまだ青々としている。夕焼け色に染まった麦畑の中、農夫達が働いている。そこに黒髪の少年を見つけ、テッサは馬を飛び降りた。麦畑に駆け込み、黒麦の葉をかき分ける。

「ルーチェ！」

黒い頭が跳ね上がった。周囲をぐるりと見回して、少年は彼女を見つけた。

ルーチェは手籠《てかご》を投げ出した。顔をくしゃくしゃにして走ってくる。

テッサは腕を広げた。胸に飛び込んでくるルーチェを両手でしっかと抱きしめる。

「ああ、ルーチェ！　よかった！　無事でよかった！」

「テッサ、会いたかった。すごくすごく会いたかった！」

「骨折したって聞いたけど、腕は大丈夫？」

「うん、もう平気だよ。でも——」

ルーチェは俯いた。その目からぼろぼろと涙がこぼれる。

「ごめん、テッサ。僕、約束を守れなかった。テッサの留守は僕が守るって言ったのに、僕はアレーテを守れなかった」

「謝ることなんてない。あんたは何も悪くない」

テッサはもう一度、ルーチェをぎゅっと抱きしめた。

「あたしこそごめんね。一番必要な時に傍にいてあげられなくて、助けてあげられなくて、本当にごめん」

「違うんだ、テッサ。僕のせいなんだ。司祭長も神騎隊も、法皇だってダール村には手を出せないって、あんなこと僕が言ったりしなければ、テルセロが絞首刑になることも、フリオ司祭が死ぬことも、アレーテが殺されることもなかったんだ」

「あんたのせいじゃない。悪いのは神騎隊だ。命令したグラウコ・コシモだ。あんたは悪くない。悪いことは何もしてない」

何かを言いかけ、ルーチェは口を閉ざした。その視線はテッサではなく、彼女の背後に向けられている。テッサは振り返った。畑の中にキリルが立っている。隣にはイザークの姿もある。

「教えてくれ、ルーチェ」

押し殺した声でキリルは尋ねた。

「アレーテはどこへ行った？　彼女は本当に死んだのか？」

答えずにルーチェは俯いた。黒い睫《まつげ》が震えている。握りしめた拳が血の気を失っている。それだけでテッサには伝わった。ルーチェは見てしまったのだ。アレーテが殺される場面を、彼は目の当たりにしてしまったのだ。

「無理しないで」テッサは彼を抱き寄せた。「辛いなら思い出さなくていいんだよ」

ルーチェは首を横に振った。テッサから離れ、キリルと向かい合う。

「アレーテは胸を刺されてた。僕が駆けつけた時にはもう息をしていなかった。たぶん苦しまなかったと思う。穏やかな顔をしてた。まるで眠っているみたいだった」

「なら、なぜお前は生きてる？」

キリルの目に憤怒の炎が燃え上がる。

「みんな死んだ。アレーテも死んだ。なのにお前は生き残った。それはお前がイジョルニ人だからじゃないのか？」

「それは違う！」「そうだと思う」

テッサの声にルーチェの答えが重なった。テッサは驚いてルーチェを見た。ルーチェは視線を落とし、自分の両手を見つめた。

「僕はアレーテから離れられなかった。イシドロが連れ出してくれなかったら、僕はあそこで死んでいた。イシドロが僕を助けたのは、僕がイジョルニ人だからだ。助け出して、然《しか》るべき家に連れて行けば、報酬が貰えると思ったからだ」

「イシドロの目的は金じゃない。あたし達だ。ルーチェを人質にすればあたし達を操れる。あたし達にコシモを殺害させることが出来る。だからあいつはルーチェを助けたんだ」

ルーチェの喉がひゅっと鳴った。怯えたようにテッサを見上げる。

「東教区の司祭長を、殺したの？」

テッサは無言で頷いた。

「……嘘でしょ？」

ルーチェが彼女の袖を引く。

「嘘だよね？　ねぇ嘘だって言ってよ！」

「ごめん、ルーチェ」テッサは自嘲気味に微笑んだ。「残念だけど、本当なんだ」

「行くぞ、テッサ」

陰気な声でキリルが言った。

「早くしないと陽が暮れる」

「お願い、もうちょっとだけ待って」

キリルは舌打ちをした。「先に行くぞ」と吐き捨てて、麦を蹴散らし、歩き出す。

「待ってますから」と言い残し、イザークがその後を追う。

「どこに行くの？」

不安げにルーチェが問いかけた。

「またどこかに行っちゃうの？」

テッサは答えず、両手で彼の頬を包んだ。

「あんたはあたしの大切な弟だ。血が繋がっていなくても、あたし達の心は繋がっている。たとえ離ればなれになっても、あたしはあんたを愛してる。ずっとずっと死ぬまでずっと、あんたのことを想《おも》ってる」

「テッサ……？」

泣き笑いの表情でルーチェは彼女を見つめた。

「なんでそんなこと言うの。そんなの、まるでお別れの挨拶みたいじゃないか」

「あんたは賢い。だから、わかるよね？」

彼の目を見て、諭《さと》すように続ける。

「司祭長を殺害したレーエンデの民を法皇は絶対に許さない。あたし達は死ぬまで追われ続けることになる。だからルーチェ、あんたはここに残るんだ。イシドロは気にくわない野郎だけど、あんたのことを気に入ってる。あいつを利用して、上手いこと面倒を見させるんだよ」

「嫌だ！」

ルーチェはテッサにしがみついた。

「僕も行く。僕も行くよ。僕を置いていかないで！」

泣きじゃくるルーチェを見て、目頭が熱くなった。

あたしだって離れたくない。ようやく会えたのに、また別れるなんて辛すぎる。でも——

「駄目なんだよ、ルーチェ。もう一緒にはいられないんだ」

外地に逃がしてやるとイシドロは言った。それを頭から信用するほどテッサはお人好しではない。ルーチェの無事を確認したら行動を起こそう。隙を見て逃げ出そう。三人の意見は一致していた。

「イザークが教えてくれたんだ。保守的な暮らしに馴染めないウル族がひそかに古代樹の森を出て、西の森に秘密の集落を作っているんだって。そこがレーエンデ解放軍の拠点になっているんじゃないかって。だからあたし達は西の森に行く。あたし達だけじゃ帝国とは戦えないから、レーエンデ解放軍に協力を求める」

「本気なの？」ルーチェの顔が嫌悪に曇る。「アレーテが言ってたよ。レーエンデ解放軍は盗賊行為を正当化するために大義を利用する悪党だって。そんな奴らと手を組むつもりなの？」

西街道に出没する山賊、彼らは自らを『レーエンデ解放軍』と呼称する。「聖イジョルニ帝国を打倒し、レーエンデを解放する」という大義名分を掲げ、「活動資金を集める」と銘打って西街道を行く商隊を襲撃し金品を強奪する。打倒帝国を標榜《ひょうぼう》しているくせに、帝国軍の輸送部隊には手を出さない。これでは民の信望など集められるはずもない。

「山賊行為は褒められたもんじゃない。けど、まがりなりにも打倒帝国を唱える連中だ。根っからの悪党ばかりじゃないと思う。あたし達みたいに故郷をなくして、帝国の連中に一矢報いたくて、解放軍に加わった者もいると思う」

自身に言い聞かせるように、テッサは訥々《とつとつ》と言葉を続ける。

「聖イジョルニ帝国は強大だ。立ち向かっても傷さえつけられないかもしれない。ぺしゃんこに潰されるだけかもしれない。でもあたし、決めたんだ。貧困に喘いでいる人達のこと、虐げられて涙を流している人達のこと、もう見て見ぬ振りはしないって。すべてのレーエンデの民が笑って暮らせるように、ダール村のような悲劇が二度と繰り返されないように、あたしは帝国と戦う。帝国を倒して、レーエンデに自由を取り戻す」

「なら僕も戦う！」

「だから駄目なんだってば！」

今ならまだ間に合う。ルーチェは帰るべきなのだ。彼が本来いるべき場所へ。こちら側ではなくあちら側へ。

「あんたには幸せになってほしい。戦争とは無縁の人生を送ってほしい。だからもう、あたしのことは忘れて、ありきたりでまっとうな人生を——」

「そんなこと出来るわけないじゃないか！」

血を吐くような声でルーチェは叫んだ。

「僕はダール村が滅びるのを見た。目の前でみんなが殺されていくのを見たんだ。なのに何事もなかったみたいに、平気な顔をして生きていけると思う？　この怒りや憎しみを忘れて、幸せな人生が送れると思う？」

彼はテッサの腕を摑んだ。激しく揺さぶり、涙ながらに懇願する。

「お願いだ、テッサ。僕も連れて行って。戦い方なら覚えるから、絶対に役に立ってみせるから、お願いだよ、テッサ！」

テッサはぐっと拳を握った。でないと彼を抱きしめてしまいそうだった。

連れて行くわけにはいかない。帝国との戦いにルーチェを巻き込むわけにはいかない。彼の未来を思えばこそ、突き放す以外に選択肢はない。なのに胸が痛くて泣きそうになる。ルーチェと離れたくない。彼を手放したくない。このまま懐に隠して遠くに連れ去ってしまいたい。

どうすればいい？

テッサは目を閉じ、心の中で問いかけた。

アレーテ、あんたならどうする？

『答えなら、もうとっくに出てるじゃない』

瞼の裏側でアレーテが微笑む。

『貴方が言ったのよ。ルーチェの人生を決めるのはルーチェ自身だって』

テッサは目を開いた。二度、三度、瞬きをする。目の前にルーチェの顔がある。琥珀の瞳が涙に濡れている。その両肩に手を置いて、テッサは真顔で問いかけた。

「ここを出たら後戻りは出来ない。平穏な暮らしには戻れない。それでも後悔しない？」

「しないよ」

ルーチェはまっすぐに彼女を見た。

「後悔なんて絶対にしない」

その双眸に迷いはなかった。

「ルーチェ、馬に乗れる？」

「乗馬は得意だよ」

「上等だ」

テッサは右手を差し出した。

「行こう！」

「……うん！」

ルーチェは彼女の手を握る。二人は黒麦畑を抜け、街道に出た。

「言い残すことはないか？」

薄ら笑いを浮かべ、イシドロが問いかける。

「別れの挨拶はすませたか？」

「ああ」テッサは槍斧の柄を握った。「世話になったね！」

叫びざま、槍斧を振り抜く。イシドロがのけぞって倒れた。その胸から鮮血が飛び散る。

手応《てごた》えはあった。しかし浅い。穂先が胸を切り裂く寸前、彼は咄嗟に身を引いた。致命傷には到《いた》っていない。とはいえ、かなりの深手のはずだ。

テッサは馬に飛び乗った。キリルとイザークはすでに馬を走らせている。それを追いかけようとして気づいた。ルーチェが凍りついている。驚愕に目を見開き、倒れたイシドロを凝視している。

駆け寄って助け起こすのではないか。

縋りついて泣き出すのではないか。

そんな懸念が頭を掠《かす》める。

「乗れ！」

苛立った声でテッサは叫んだ。

「馬に乗れ！　早く！」

弾かれたようにルーチェは馬へと駆け寄った。手綱を引き寄せ、素早く飛び乗る。

テッサは馬を走らせた。ルーチェを先行させ、しんがりを守りながら走り続けた。

テッサ、ルーチェ、キリル、イザーク、四人を乗せた四頭の馬は赤い荒野をひた走った。

空は夕陽に染まっている。野は真紅に燃えている。空にたなびく紫紺の雲、闇に沈んだ山脈の針峰。荘厳で鮮烈、絢爛《けんらん》にして不吉な鮮血色の日没。

それは彼らの行く先を暗示するかのようだった。

第五章　隠れ里エルウィン

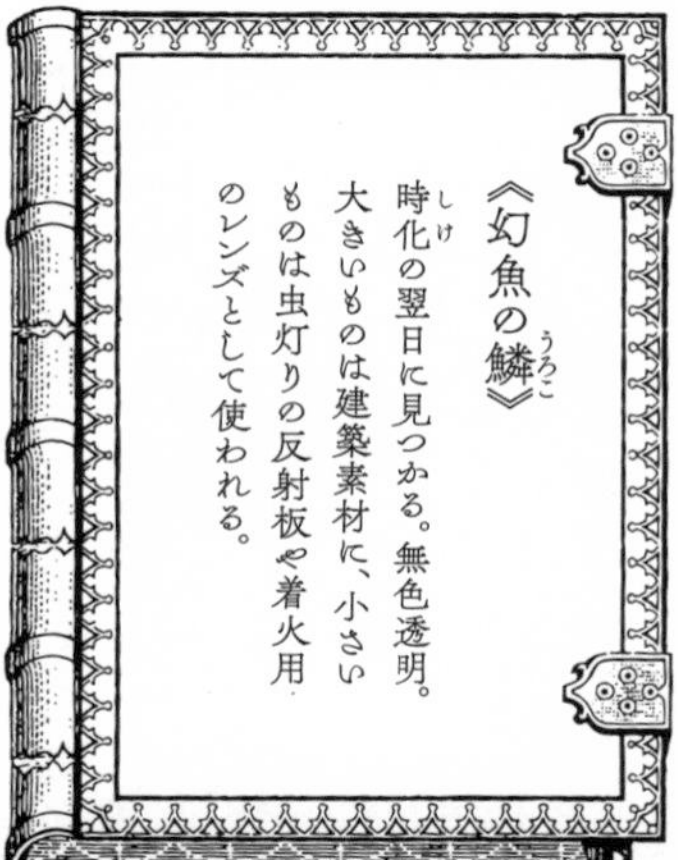
《幻魚の鱗《うろこ》》
時化《しけ》の翌日に見つかる。無色透明。
大きいものは建築素材に、小さい
ものは虫灯りの反射板や着火用
のレンズとして使われる。

四騎の馬はレーエンデ中央部に広がる高原地帯を西へと向かった。目指すはレーエンデ西部の原生樹林、通称『西の森』だ。そこに隠れ住んでいるというレーエンデ解放軍に会い、協力を求める。それが打倒帝国のための第一歩だ。

テッサは追っ手を警戒し、ひたすら先を急いだ。馬に乗り慣れていないルーチェにとっては過酷な旅だった。擦りむけた内股《うちまた》がヒリヒリと痛む。臀部《でんぶ》は痺れて感覚がない。毛布や敷き藁はおろか、屋根も壁もない場所で野宿するのも辛かった。飛び回る虫の羽音が気になってなかなか寝付けなかった。虫が顔の上を這い回るたび、悲鳴を上げて飛び起きた。

だがルーチェ以外の三人はすっかり野宿に慣れていた。虫に集《たか》られても目を覚まさない。野原で用を足すのも躊躇しない。喉が渇けば小川の水を飲み、腹が空けば小動物を狩り、その場で捌《さば》いて焼いて食べる。その野蛮さにも驚いたが、なによりも驚いたのはテッサが顔色も変えずにトチウサギを解体してみせたことだった。かつては祭りのためにカケドリを潰すことさえ嫌がっていたのに。「血が怖い」と言って逃げ回り、「いい加減にしなさい！」とアレーテに叱《しか》られていたのに。

離れて暮らしていた間、彼らがどんな生活をしていたのか、ルーチェにはわからない。でも以前のテッサであれば、いきなりイシドロを斬りつけたりはしなかった。彼女が武器を手にしてから攻撃に移るまで、瞬きをする時間もなかった。迷いのない動きだった。一撃必殺の攻撃だった。

なぜテッサはイシドロを殺したのだろう。ダンブロシオ家の影だと気づいたからだろうか。だとしたら僕の正体にも気づいているはずだ。でもテッサは僕との再会に感涙し、僕の無事を喜んでくれた。僕の我が儘を聞きとどけ、同行することを許してくれた。テッサは僕の正体を知らないのだ。だとしたら、彼女はなぜイシドロを斬ったのだろうか。

堂々巡りだった。いくら考えても答えは出なかった。テッサとイシドロの間にいったい何があったのか。キリルやイザークに尋ねてみようかとも考えた。しかし、それが許されるような雰囲気ではなかった。

陽気で話し好きで自信家だったキリル。その彼が、今は笑わず話さず、言葉を忘れてしまったかのように黙り込んでいる。テッサやイザークの呼びかけにも応じない。ルーチェが声をかけようものなら親の仇を見るような目で睨んでくる。キリルは納得していないのだ。まだ疑っているのだ。ダール村が神騎隊に襲われたのはルーチェが手引きしたからだと、アレーテが死んだのはルーチェのせいだと思っているのだ。

それは違うと反論することも出来た。どうやってアレーテが死んだのか、真実を話すことも出来た。しかしルーチェは黙っていた。ダール村が襲撃されたのは、僕が不用意な提言をしたからだ。僕が余計なことを言わなければダール村が襲われることもなく、アレーテが殺されることもなかった。そういう意味ではキリルは間違っていない。何ひとつ、間違っていない。

テッサやキリルとは異なり、イザークは変わっていなかった。疲れ果てたルーチェを気遣《きづか》い、「休憩しましょうか」と声をかけてくれた。狩ったばかりのトチウサギを食べる際も、食べやすい部位を切り分けてくれた。以前と変わらぬ心配りと優しさ。それは本心を隠す仮面でもある。イザークは今も昔も心の内を見せていない。たとえルーチェのことを殺したいほど憎んでいても、彼は決してそれを悟らせはしないだろう。

不安を胸に抱いたまま、ルーチェは馬を走らせた。

ロッソ村を出て五日目、地平線の彼方に黒い森が現れた。レーエンデ西部に広がる未開の森林地帯、西の森だった。西の森には道も人家もない。鬱蒼として昼でも暗く、夜には危険な肉食獣が跋《ばっ》扈《こ》する。不用意に足を踏み入れれば生きて出ることはかなわない。法皇直属の精鋭部隊、王騎隊でさえ侵入をためらうといわれる魔の森だ。

西の森の地形は起伏に富み、下生《したば》えの藪が密集していた。これでは馬の早足を活かせない。ほとんど身ひとつで逃げ出してきたため、馬の背に載せる荷物もない。テッサ達は森の手前で馬を捨て、徒歩で西の森に入った。

先頭に立ったのはイザークだった。ナイフで藪を切り開きながら進んでいく。空も太陽も山脈の稜線も見えないのに、彼の足取りに迷いはない。木立の向きや枝葉の繁り具合などを手がかりに方向を見定めているらしい。

イザークの後ろにはキリルが続き、一歩遅れてルーチェとテッサが続いた。

西の森は噂以上に薄気味悪い場所だった。黒々とした葉陰、じっとり湿った木々の幹、澱んだ空気には腐敗臭が漂う。風はなく、ひどく蒸し暑い。濡れた落ち葉に靴底が滑る。木の根や倒木に足を取られ、ルーチェは幾度となく転びそうになった。

こんな場所に人が住んでいるとは思えない。なのに時折、視線を感じる。足音や息づかいが聞こえてくる。近くに肉食獣がいるのかもしれない。隙を見て襲いかかろうと狙っているのかもしれない。ルーチェはまだ本物のヒグロクマやヤミオオカミを見たことがない。けれどその恐ろしさは知っている。家令長のアントニオが幼いルチアーノを繰り返し諭したからだ。

「一人で森に入ってはいけませんよ。野生の獣は人間を襲います。肉食獣にとっては人間も空腹を満たす餌《えさ》でしかないのです」

その言葉が真実味を帯びて胸に迫ってくる。生きながらにして獣に喰われる。そのおぞましさに身震いする。ここは人の住む場所じゃない。人間が暮らせる場所じゃない。西の森に盗賊団の隠れ家があるなんて、きっと何かの間違いだ。

漏れそうになる泣き言を嚙み殺し、ルーチェは歩いた。歯を喰いしばって日没まで歩き通し、その夜は大木の根元で眠った。

翌日も朝早くから歩き出した。

次の日も一日中、藪をかきわけながら進んだ。

森の中を歩き始めて四日目。テッサの顔にも疲労と焦りが見え始めた。ルーチェはといえば、とっくに限界を超えていた。恐怖はすでに麻痺していた。気力も体力も尽き果てて、ものを考えることさえ出来なくなっていた。自分が今どこにいるのか、どこに向かっているのか、どうして歩いているのかもわからなくなっていた。

「起きて、ルーチェ」

西の森で迎える五度目の夜、泥のように眠るルーチェをテッサが揺り起こした。

嫌だ、眠い、目覚めたくない。抵抗する瞼を意志の力で押し上げる。真っ暗な森、手触りすら感じられそうな濃密な闇。唯一の光源である小さな焚き火が、目の前にあるテッサの顔を照らしている。揺らめく炎を映し、鳶色の目が光っている。

「何者かに囲まれた。争うつもりはないけど、事と次第によっちゃ逃げなきゃならない。しっかり目を覚まして、逃げる準備をしておいて」

ルーチェの頬を軽く叩いて、彼女は立ち上がった。焚き火の向こうではイザークが弓弦《ゆづる》に矢をつがえている。キリルはいつでも剣が抜けるよう身がまえている。臨戦態勢の彼らを見て、一気に眠気が吹き飛んだ。三人の邪魔をしないよう、隆起した木の根に身を潜める。

「あたしはテッサ、ダール村のテッサ」

彼女は肩の高さに両手を挙げた。暗闇に向かい。穏やかな声音で呼びかける。

「怪しい者じゃない。争うつもりもない。ここに来たのはレーエンデ解放軍に会うためだ。一緒に帝国と戦ってくれる仲間を探しに来たんだ」

凝った闇《ここ》にテッサの声が吸い込まれていく。その余韻が消える直前――

「争うつもりがないのなら武器を捨てろ」

低い声が聞こえた。

どうする？　と問うようにテッサは首を傾げる。

イザークは真顔で頷いた。キリルは勝手にしろというように肩をすくめた。

「わかった」

テッサは槍斧を地面に投げ捨てた。キリルは留め金を外し、剣を剣帯ごと大地に放る。イザークは矢筒を下ろすと、弓とともに足下に置いた。

「これでいい？」

テッサの問いかけに、弓弦を絞る音が応えた。ひとつやふたつではない。少なくとも五、六人の射手に囲まれている。ルーチェは悲鳴を噛み殺した。闇を切り裂く飛矢が見える気がした。射殺されるテッサ達の姿が脳裏に浮かんだ。ドクドクと心臓が早鐘を打つ。恐怖が肺腑《はいふ》を鷲摑《わしづか》みにする。

数秒間の沈黙が、まるで永遠のように感じられた。

暗闇に淡い光が灯《とも》った。落ち葉を踏みしめる足音。虫灯りを手に現れたのは長身瘦軀《そうく》の中年男だった。端整な顔立ちに薄青の瞳、長い白金髪を首の後ろで束ねている。纏《まと》っているのは一風変わった生成りの服だ。上着の袖口《そでぐち》と裾の部分に独特な刺繍があしらわれている。

数歩離れた場所で立ち止まり、男は肩口に左手を掲げた。その掌には直交する二本の傷、イザークの左手にあるのと同じ形の傷跡がある。

「俺はスラヴィク・ドゥ・エルウィン。西の森に棲むウル族、エルウィンの住人だ」

淡々と告げる声、白く凍った無表情。お世辞にも友好的とは言いがたい。

「あたしはテッサ」

自分の胸を指さしてから、彼女は順番に仲間達を指し示す。

「このデカいのはキリル、そっちの白いのがイザーク、後ろにいるのは弟のルーチェ」

スラヴィクはテッサを眺めた。次いでキリルを見て、イザークへと目を移す。

「君はウル族だな？」

「そうです」イザークは傷跡のある左手を掲げた。「私はイザーク・ドゥ・エルデ。ご覧の通りハグレ者です」

「ウル族である君が、なぜティコ族の若者達と行動をともにしている？」

「古代樹の森を追われた私を彼らが助けてくれたんです。以来、私はダール村で暮らしてきました。彼らは私の友人です。家族みたいなものなんです」

そこでイザークはいぶかしげに眉をひそめる。

「なんでそんなこと訊くんです？　西の森に棲むウル族は出自や民族にかかわらず、病める者、貧しき者、寄る辺をなくした者達を一様に受け入れる。そう聞いていたんですけど？」

「その通りだ。エルウィンは寄る辺をなくした者達の、そして帝国に抗う者達の最後の砦だ。俺達はその番人。エルウィンの理想を維持するための必要悪だ」

スラヴィクは虫灯りを掲げ、イザークの顔を照らした。

「ティコ族は帝国の隷属だ。何の見返りもなくウル族を助けたりしない。イザーク、君はティコ族の『家族』になるために何を売り渡した？　同胞か？　故郷か？　ウル族としての尊厳か？」

「私は――」

「ざけんなよ、てめぇ！」イザークの声をキリルの怒号が押しのけた。「俺達は帝国の奴隷じゃねぇ！　何も知らねぇくせに勝手に決めつけんじゃねぇ！」

「キリルの言う通りです。私達は帰るべき故郷と大切な家族を神騎隊に奪われたんです。帝国の回し者だなんて言いがかりもいいところです！」

二人が声を荒らげても、スラヴィクは小憎らしいほど冷静だった。

「以前、ウル族のハグレ者が帝国の密偵を伴い、森の奥まで侵入してきたことがあった。賞金目当てのティコ族がウル族のハグレ者と手を組んで、エルウィンの所在を探りに来たこともあった。連中がそうであったように、君達にも困窮した様子がない。争うつもりはないと言いながら人殺しのための武器を携えている。この二点だけでも、君達が帝国の間者ではないかと疑うには充分すぎる」

「言いたいことはわかります。でも信じてください。私達は敵じゃありません」

「もういい」キリルは足下に唾を吐き捨てた。「解放軍の連中はろくでなしだって聞いちゃいたが、こんなにケツの穴の小せぇ連中だったとはな。まったく見込み違いもいいところだぜ」

キリルはテッサに向き直り、これ見よがしに肩をすくめる。

「無駄足だったな。こんな連中、口説く価値もねぇ」

「でも、あたし達だけじゃ帝国とは戦えない」

「だったら好きにしろ。こいつらと手を組むなんて俺はゴメンだ」

自分の剣を拾おうとキリルは剣帯に手を伸ばした。次の瞬間、ビィンという音をたて、彼の足下に矢が突き立つ。放ったのはスラヴィクの真後ろにいる青年だった。彼は素早く次の矢をつがえ、再びキリルに狙いをつける。

「キリル、君は誤解をしている」

一触即発の緊張の中、感情を欠いたスラヴィクの声が響く。

「先程も言った通り、俺達は西の森に棲むウル族、エルウィンの住人だ。レーエンデ解放軍と同一視されるのは心外だ」

言葉尻《ことばじり》にかすかに嫌悪が滲んでいる。どうやら彼もレーエンデ解放軍のことを快《こころよ》く思っていないらしい。

「そしてもうひとつ。君達に行動の自由はない。エルウィンの存在を知られたからには逃がすわけにはいかない。身の潔白が証明されるまで、君達の身柄《みがら》は預からせて貰う」

「やれるモンならやってみやがれ！」キリルは獣のように歯を剝いた。「俺は俺のやりたいようにやる！　てめぇら全員ブッ殺してでもな！」

拳を固め、前に出ようとする彼を、テッサが慌てて引き止めた。

「ちょっと待ってよ！　喧嘩してどうすんの！　ここで彼らと争ったりしたら、それこそ帝国の思うつぼだよ！」

「んなこと、俺が知るか！」

「ううん、知ってる。あんたにはわかってる。レーエンデに自由を取り戻すためにはレーエンデの民が団結しなきゃいけないって、帝国を倒すためにはレーエンデの民が一丸となって立ち向かわなきゃならないって、アレーテの口癖だったもん。あんたがそれを、忘れるわけがない」

「――ッ」

歯ぎしりが聞こえた。キリルの目から怒りが消える。絶望の闇が降りてくる。彼はその場に座り込むと「畜生……」と呟き、両手で頭を抱えた。

「ごめん」

キリルの肩を撫でさすってから、テッサはスラヴィクを振り返った。

「説明させてよ。なぜあたし達が帝国を倒そうと思ったのか。どうして仲間を欲しているのか。あたし達が帝国の手先かどうか、判断するのはそれからでも遅くないでしょ?」

「いいだろう」

思いの外あっさりとスラヴィクは首肯した。

「君達をエルウィンに連れて行く。そこで詳しい話を聞かせて貰う。最終的な判断は俺達ではなくエルウィンの長が下す。彼女が君達を信じると言えば、エルウィンはそれに従う。信用するに値しないと判断すれば、君達が生きて森を出ることはない」

彼はテッサを見て、一呼吸分の間を置いてから続けた。

「俺としても無用な争いは避けたい。どうか大人しく従ってくれ」

その言葉に、テッサはにこりと微笑んだ。

「この森はあんた達の庭だ。あんた達の掟に従うよ」

「では武器と荷物を預からせて貰おう」スラヴィクは右手を差し出した。「そのナイフもだ」

「ん？　ああ、これ？」

腰帯に挟んでいたナイフをテッサは鞘ごと抜き取った。

「これ、父さんの形見なんだ。見ての通り、古くて小汚いナイフだけど、あたしにとっちゃ命と同じくらい大切なものだよ」

だから——と言い、ナイフをスラヴィクの掌に載せる。

「あんたに預ける」

スラヴィクはナイフを腰帯に挟み込むと、代わりに虫灯りを差し出した。

「これを持て」

「貸してくれるの？」

「目印だ。誰かが逃げようとすれば俺の仲間が君を射殺《いころ》す」

「なるほどね」テッサは虫灯りを受け取った。「そういうことなら遠慮なく使わせて貰うよ」

「ではついてこい」

スラヴィクは背を向けた。迷うことなく暗い森へと分け入っていく。キリルとイザークがそれに続く。テッサが持つ虫灯りを頼りに、ルーチェは闇へと踏み出した。

恐ろしかった暗闇が不思議と怖くなくなった。人が住んでいるとわかって安堵したせいもある。が、それだけではない。テッサは取り乱すことなく、スラヴィクと堂々と渡り合った。射手に囲まれても少しも臆していなかった。戦争は人を変えるとテルセロは言った。彼の言う通り、テッサは変わった。膂力《りょりょく》だけでなく心も強くなった。驚異的な怪力に振り回されていた精神が身体の強さに追いついたのだ。

この先、何があろうともテッサがいれば大丈夫。そんな安心感を覚えると同時に、ルーチェは焦りと孤独を感じた。僕が半歩進んでいる間にテッサは二歩も三歩も先に行ってしまう。このままでは永遠に追いつけない。彼女と肩を並べて戦うなんて夢のまた夢だ。

木々の合間に淡い光が瞬く。闇を縫うように光虫が飛び交う。近くに水場があるらしい。しばらくすると小川のせせらぎが聞こえてきた。不意に視界が開ける。白々《しらじら》と輝く上弦の月、天空を覆う星の海、その下に真っ黒な崖が聳えている。

なぜ森の中にこんなに大きな崖があるんだ？

そう思い、ルーチェは気づいた。これは小アーレス山脈だ。僕らは西の森を横切って、小アーレスの麓《ふもと》まで来ていたんだ！

軽快な足取りでスラヴィクは岩山を登っていく。テッサが虫灯りを掲げ、足下を照らしてくれる。ルーチェは息を切らしながら岩斜面を登った。水音が大きくなる。涼やかな鈴の音が聞こえてくる。最近はすっかり耳にすることも少なくなった、幻魚よけの鉄鈴の音だ。

「こっちだ」

スラヴィクは岩の隙間に身体を滑り込ませた。岩と岩の間を通り抜けると、驚くほど広い空間に出た。天然の洞窟《どうくつ》を開削したのだろう。壁にはツルハシの跡が残っている。天井には蜘蛛《くも》の巣《す》のように縄が張り巡らされ、虫灯りと鉄鈴が吊られている。左右の壁には階段があり、いくつもの出入り口が並んでいる。

足を止めることなくスラヴィクは階段を下りていく。たどり着いたのは石室だった。正面の壁には明かり取りの小窓がある。壁際には寝台が並んでいる。出入り口はひとつきり。分厚い一枚板で出来た扉には巨大な閂《かんぬき》がついている。

「今夜はここで休め。衝立《ついたて》の奥に水瓶《みずがめ》がある。便所は左の奥だ。言うまでもないが君達は監視されている。逃げられるとは思わないことだ」

「逃げないよ」テッサは無邪気に微笑んだ。「あたしのお宝、あんたに預けたままだもん」

そうだったというように、スラヴィクは腰帯に挟んだナイフに手を添えた。

「明日の朝、迎えにくる」

言い残し、彼は部屋を出て行った。分厚い扉が閉じられる。閂をかける重たい音が岩天井にこだまする。

「さてと」

虫灯りを窓辺に置き、テッサは両手を突き上げて伸びをした。

「明日に備えて眠っておこうか」

ルーチェはベッドに潜り込んだ。藁布団《わらぶとん》は黴臭《かびくさ》かったが、虫だらけの地面や濡れた落ち葉に較べたら天国だった。枕《まくら》に頭を乗せると緊張の糸が緩んだ。ここ数日分の疲れがどっと押し寄せてくる。瞼を閉じたことを意識する暇もなく、彼は眠りに落ちていた。


「起きてルーチェ！　そろそろ迎えがくるよ！」

テッサに揺り起こされ、ルーチェは渋々《しぶしぶ》目を開いた。頭が重い。身体が怠い。まだ寝ていたかったがそうも言っていられない。のろのろと寝台から下りた。手桶《ておけ》の水で顔を洗っていると閂が外される音がした。扉を開き、スラヴィクが入ってくる。

「準備はいいか？」

そう尋ねてから、ルーチェに目を留める。

「急がなくていい」

「いえ、大丈夫です」

ルーチェは慌てて顔を拭《ふ》き、服の皺を伸ばした。

「では行こう」

スラヴィクの案内で階段を上った。朝陽《あさひ》が差し込む廊下を抜け、たどり着いたその部屋はダール村の教会堂ほどの広さがあった。小窓から光が差し込んでいる。壁面には縄編みのタペストリーが飾られている。中央に置かれた長テーブルには皿が並べられている。奥には厨房《ちゅうぼう》があるらしい。パンを焼くいい匂いが漂ってくる。

「おはようさん。よく眠れたかい？」

テーブルの一番奥、一人の中年女性が立ち上がった。刺繡の入った民族衣装から察するに、彼女もウル族なのだろう。肌が白く、瞳も青いが、背中に垂らした髪はつややかな漆黒だ。ウル族に黒髪は珍しい。だがそれよりもさらに目を引いたのが銀の刺青《いれずみ》だ。彼女の顔の左半分、髪の生え際《はえぎわ》から首元までが、繊細な蔦の模様で埋め尽くされている。

「私はゾーイ・ドゥ・エルウィン。このエルウィンの里長だ」

女性にしては低い声だった。堂々とした体軀《たいく》、野性的な目の輝き。有無を言わせぬ迫力がある。

「あたしはテッサ。ダール村のテッサ」

臆することなく名乗りを上げ、テッサは仲間達を振り返った。「この色が黒くて大きいのがキリル。隣の美男子がイザーク。この子はあたしの弟のルーチェ」

「スラヴィクから話は聞いてる」

ゾーイはぞんざいに手を振った。

「お座りよ。まずは朝飯にしよう」

勧められるままテッサは椅子に座った。ルーチェは彼女の隣に腰かけ、キリルとイザークはテーブルを挟んだ反対側に着席する。

「えっと……ゾーイさん？」

テッサの呼びかけに、里長は顔をしかめた。

「やめとくれ。かしこまられるとむずがゆくなる。私のことはゾーイでいいよ」

「じゃあ、ゾーイ」身を乗り出しテッサは問いかける。「顔のそれ、刺青じゃないよね？　もしかして銀呪？」

ルーチェは目を瞠《みは》った。

銀呪病はレーエンデ特有の風土病だ。治療法も特効薬もない。全身が銀の鱗《うろこ》に覆われて死に至るという不治の病だ。話には聞いたことがある。けれど実際に銀呪病患者を見るのは初めてだ。

「その通り。こいつは銀呪の証《あか》しだ」

あっけらかんとゾーイは答えた。

「あんた、まだ若いのによく知ってるね？」

「前に本で読んだことがあるんだ」

テッサは心配そうに眉根を寄せる。

「どこで幻の海に巻き込まれたの？　てか、起きてて大丈夫なの？」

「幻の海に飲まれたのは十年以上前さ。発症したのは二年ぐらい前になる——って、そんな顔をしなさんな。見た目ほど悪くはないんだ。手足も動くし、まだ目も見える。ちょっと引きつるけどね。痛みはそれほど強くない」

「はいはい、おまたせ！」

厨房から一人の女性が現れた。右手に柄杓《ひしゃく》、左手には鉄鍋《てつなべ》を提げている。

「とても美味しいキノコのスープ。根菜たっぷりキノコのスープ」歌いながら彼女はゾーイの皿にスープを注ぐ。「さあさあ、たぁんと召し上がれ！」

「この騒々しいのは娘のイルザだ」肩をすくめてゾーイが言う。「私に似て美人だろう？」

イルザは小柄《こがら》でほっそりとしている。目は大きく、顔立ちも柔和だ。似ている箇所を探すほうが難しい。ただ髪の色は同じだ。イルザの髪もつややかな黒だ。

「お母さんてば、お客様の前で美人とか言わないでよ。もう照れるじゃないの！」

朗《ほが》らかに笑い、イルザはスープを注いで回る。トロリとした薄黄色の液体に細かく刻んだキノコが浮いている。うっとりするようなバターの香り。温かい食事は久しぶりだ。ルーチェは急に空腹を感じた。同時に腹がグゥと鳴る。

「あらあら、ハラペコさんね」イルザがほっこりと笑う。「遠慮しないでたくさん食べてね。まだまだあるから、どんどんおかわりしてちょうだい」

「あ、ありがとうございます」

照れ隠しに一礼し、ルーチェは気づいた。イルザの胸元に白い首飾りが揺れている。満月のような宝玉。月光石だ。それほど珍しい石ではない。小さなものならダールの炭鉱でも見つかる。だが、ここまで大きな石は見たことがない。

「綺麗でしょ？」

ルーチェの視線に気づいたらしい。イルザは白い宝玉を手に取った。

「月の呪いをはじき返してくれるお守りなのよ」

月光石は月明かりの下でのみ青く光る。そのため月の光を浄化し、呪いを祓《はら》う効果があると言われている。天満月生まれの娘は不幸を招くという迷信を信じ、満月の夜に生まれた我が子に月光石を持たせる親もいまだ多いと聞いている。

「イルザさんは天満月の生まれなんですか？」

「ううん、違う。この月光石は我が家の家宝なの。私のご先祖様が許されぬ仲の人から来世での再会を誓って渡されたものなんですって。情熱的な話でしょ？」

「イルザ」楽しげな囀《さえず》りを不機嫌な声が遮った。「おしゃべりはそのくらいにして、さっさとパンを持っといで」

「はぁい」

イルザはペロリと舌を出した。踊るような足取りで厨房へと消えていく。

「ごめんね。あの子は昔っから口が達者でさ」

ゾーイはポンと手を打った。

「さ、冷めないうちに食べた食べた！　毒は入ってないから安心しておあがり！」

「遠慮なくいただきます」

テッサは匙を手に取った。警戒心の欠片もない。とはいえ毒殺するくらいなら森の中で殺しているだろうし、なによりこの旨そうな匂い。毒だとわかっていても飲み干したくなる。

ルーチェは一口スープを飲んだ。ふわりとバターが香る。まろやかな舌触りの中にチーズの塩味と芋の甘味が溶けている。くにゅくにゅとしたキノコの歯応えが堪《たま》らない。夢中でスープを口に運んでいると、イルザがパンを持ってきた。小さくて丸い黒パンは食べ慣れた黒麦のパンとは違い、かなり酸味が強かった。

「さて、他に聞いておきたいことはあるかい？」

スープを平らげ、ゾーイは一同を見回した。

「なさそうだね？　なら今度はこっちが尋ねる番だ」

その青い目に刃の輝きが宿る。

「まずはイザーク。あんた、なんで古代樹の森を追われたんだい？」

「それについては話したくありません」イザークは探るような目でゾーイを見た。「どうしても答えなきゃいけませんか？」

「ああ、どうしても答えて貰うよ」

ゾーイは指先でテーブルをコツコツと叩いた。

「エルウィンは行き場所をなくした者達の最後の寄る辺だ。私にはここで暮らす者達の命を守る義務がある。大罪を犯した咎人や法皇庁の密偵を、招き入れるわけにはいかないんだよ」

「私達は帝国の間者じゃありません」

「なら正直に答えておくれ。あんた、どんな罪を犯して古代樹の森を追われた？　なぜ西の森の奥深くまでティコ族を連れてきたんだい？」

「俺達が頼んだからだ」渋い声でキリルが答えた。「あとイザークは罪人じゃねぇ。古代樹の森に迷い込んだティコ族の子供をかばっただけだ。崖から落ちて足を痛めて、身動き取れなくなった子供を助けただけだ」

つまり——と言って鼻を擦る。

「その子供ってのは俺だ」

「え？　そうだったの？」

テッサが目を剝いた。ルーチェは意外に思った。三人ともすごく仲がいいのに、テッサは知らなかったんだ。

「じゃあ、キリル。あんたでいいわ」

ゾーイは片眉《かたまゆ》をつり上げた。

「その話、詳しく聞かせて貰えるかい？」

「言っとくが、クソ面白くねぇ話だぞ」

キリルは顔をしかめ、ぼそぼそと話し始めた。

「動けない人を森の中に置き去りに出来ないって、イザークは俺をエルデに連れて帰った。大人達には内緒で足の手当てもしてくれた。けど俺がヘマをしてエルデの連中に見つかっちまったんだ。連中、俺を取り囲んで脅したよ。『今すぐ古代樹の森から出ていけ、さもなくば殺す』ってな」

「キリルはまだ一人じゃ歩けなかったんです」

イザークがキリルの言葉を引き継いだ。

「せめて足が治るまでエルデに置いてやってほしいと頼んだんですが、聞き入れて貰えませんでした。それで押し問答になり、血気に逸ったエルデの男が剣を抜いたので、私もナイフを抜いて応戦しました。結果、私は彼の右目を失明させてしまいました」

「ほう？」ゾーイは首を傾げた。「同胞を故殺したっていうんならわからなくもないけど、過失で片目を潰したくらいで集落を追われるかね」

「私が失明させたのは、私の父親でした」

他人事のように淡々とイザークは答えた。

「保守的なウル族の中でもエルデは特に保守的です。家長の命令は絶対で、尊属を敬《うやま》わない者は厳しい体罰を受けます。父に刃向かい、その右目を潰した私に、エルデの長は言いました。『己の罪を認め、事の元凶となったティコ族の少年をこの場で始末するか、ハグレ者の印を自らの左手に刻んでエルデを出ていくか、どちらかを選べ』と」

「それで、あんたは後者を選んだ」

「はい」

「そりゃまた、どうして？」

「大嫌いだったから」

優しい朝の光がイザークの端整な顔を照らしている。白磁のように滑らかな頬、血の気の失せた薄い唇、白皙の美貌が嫌悪に歪む。

「事件が起きる前から、私は閉鎖的なエルデの気風が嫌いでした。独善的で横暴な父のことも大嫌いでした。理不尽な暴力に晒されるたび、逃げ出したいと思いました。ここではないどこか遠くへ行きたいと思っていました。そんな私にキリルは言ってくれたんです。『だったらダール村に来いよ』って。私に夢と希望を与えてくれたキリルと、私から未来と自由を奪い続けるエルデ達。どちらを選ぶかなんて、考えるまでもありませんでした」

「なるほどね」

重々しく点頭し、ゾーイは再びキリルに目を向けた。

「古代樹の森を出たウル族は極刑に処せられる。ウル族を匿った者も同様に罰せられる。それは承知していたのかい？」

「ああ」

「ウル族を匿ったことが法皇庁に知れたら、あんただけでなくダール村の村人達も罰せられる。その可能性については考えなかったのかい？」

「俺達は帝国の下僕じゃねぇ。いちいち法皇庁の顔色なんかうかがってられるかよ」

キリルはフンと鼻を鳴らした。

「家を出たい、けど行くところがないって悩んでるヤツがいたら、俺んちに来いって誘うのは当たり前だろ？」

「当たり前？　当たり前かねぇ？」

食べ慣れない果実を口にしたように、ゾーイは言葉を反芻する。

「キリル、それはあんたの了見かい？　それともダール村に共通する見解なのかい？」

「ダール村の連中は大らかなんだよ」明朗快活にテッサが言う。「来る者は拒《こば》まず、去る者は追わず。細かいことにはこだわらない」

「ってことは、テッサ。イザークがウル族だってこと、あんたも知ってたのかい？」

「あたしだけじゃないよ。ダール村の人達はみんな気づいてたよ。来た当時からイザークは飛び抜けた美少年だったもん。隠しようがないでしょ？」

「なのに誰も教会に報告しなかった？」

「ダール村の司祭――フリオ司祭も知ってたよ。でも上には報告しなかった」

自慢げにテッサは肩をそびやかす。

「流民もイジョルニ人も区別しない。ウル族だって受け入れる。それがダール村だよ！」

「そりゃ面白い」

ゾーイは片目を瞑《つぶ》り、人差し指をルーチェに向けた。

「で、ルーチェ。あんたは何者だい？」

「えっ？」

「あんた、イジョルニ人だろう？」

「ぼ、僕は――」

答えかけて、声がかすれた。ゾーイの瞳は青く透き通っている。その眼差しはまっすぐで、朝陽のように心の奥底にまで入り込んでくる。下手な嘘はつけない。だが真実を語るわけにもいかない。僕の正体を知られたら、僕だけでなくテッサ達も殺されてしまう。

唾を飲み込んで、ルーチェは慎重に口を開いた。

「おっしゃる通り、僕はイジョルニ人です。幼い頃はヴァレッティ司祭長のお屋敷で使用人として働いていました。でも屋敷が火事になって、一人逃げ出したところをテッサに助けて貰ったんです」

「どうりで毛色が違うと思った」

背もたれに寄りかかり、ゾーイはゆったりと腕を組んだ。

「このエルウィンにはウル族だけでなくティコ族もノイエ族もいる。けどイジョルニ人はあんたが初めてだ」

「民族なんて関係ない。血筋なんかどうでもいい」

テッサはルーチェの肩に手を回し、ぐいと引き寄せた。

「ルーチェはあたしの弟だ。レーエンデを愛し、レーエンデの自由を求めるレーエンデの民。あたし達の同胞、大切な仲間だ」

「いいねぇ。そういう考え方」ゾーイはニヤリと笑った。「甘いって言う奴もいるだろうけどさ、私は嫌いじゃないよ」

でもねぇと、豊かな黒髪をかき上げる。

「あんた達、ダール村で仲よく暮らしていたんだろう？　だったらなんで村を出たんだい？　レーエンデ解放軍に入ろうだなんて、どうして思いついたんだい？」

「それは――」

テッサは俯き、目を伏せた。

「先月まで、あたしとキリルとイザークは外地にいて、民兵として合州軍と戦ってたんだ。そこに男がやってきて『東教区の神騎隊がダール村を襲って村人達を皆殺しにした』って言ったんだ」

彼女は語った。帝国軍から脱走し、マントーニ山岳路を越えて、レーエンデに戻ってきたこと。ダール村で見たおびただしい数の白骨のこと。その後、コシモ司祭長を殺害したことも、包み隠さず告白した。

「神騎隊の悪逆非道な行いは、前々から耳にしていたけどさ」

ゾーイはいまいましげに唇を歪めた。

「人間相手にそこまでやるなんて、まったくひどい話だよ」

「疑いは晴れましたか？」イザークが問いかける。「信じて貰えましたか？　私達は帝国の間者じゃないって？」

「あんた達の言い分はよくわかった。けど話の裏づけが取れるまではここに留まって貰うよ」

「ざけんじゃねぇ！」

テーブルを叩いてキリルは立ち上がった。

「俺は出てく！　こんなとこでグズグズしてる暇はねぇ！」

「そう慌てなさんな。急いては事をし損じるって、昔からよく言うだろ？」

「うるせぇ！　コソコソ隠れ住んでるてめぇらに、俺の気持ちがわかってたまるか！」

「隠れているわけじゃない。反抗の時を待っているんだ。帝国支配に飼い慣らされることなく、レーエンデ人としての誇りを持ち続けること。それが私達の存在意義なんだよ」

「偉そうに言うな！　結局は我が身が可愛いだけじゃねぇか！」

「やめな、キリル！」テッサが一喝した。「座りなよ。話はまだ終わってない」

キリルはテッサを睨みつけた。ピリピリとした睨み合いが続いた。先に折れたのはキリルだった。彼は椅子に座り直し、ふて腐れたように頬杖をついた。

テッサはゾーイに向き直った。

「話の裏づけを取るって言ったよね？　どうやって確かめるの？」

「コソコソ隠れ住んでいても、いろいろと伝手《つて》はあるのさ」

厭みっぽく言い返し、ゾーイは悠然と微笑んだ。

「十日かそこらで答えは出る。それまでゆっくり休んでな」

「余計なお世話だ」そっぽを向いたままキリルが小声で返す。「そんな暇ねぇって言ってンだろ」

「そうかい？　そうは見えないけどね」

「何だよ、馬鹿にしてんのか？」

「自分がどれほど疲弊しているのかわからないなんて、まだまだ青いって言ってんのさ」

ゾーイは背もたれに身体を預けた。窓の外、遠くの空に目を向ける。

「私もね、連れ合いを殺された時は荒れ狂ったよ。疲れてなんかいない、休んでる暇なんかないって言い張って、ユーリ五世をぶっ殺すって息巻いて、さんざん無茶なことをした。あげくの果てにぶっ倒れて、みんなに迷惑をかけた」

「殺されたの？」テッサが眉根を寄せた。「ゾーイの旦那さん、ユーリ五世に殺されたの？」

「レーニエ湖畔に銀夢草《ぎんむそう》を取りに行ってね。帝国兵に見つかってね。処刑される代わり、見世物にされたよ。満月の夜、荒れ狂う幻の海に裸で放り出されたんだ」

ゾーイは自分の左頰、そこに刻まれた銀呪の証しを左手でさすった。

「助けようとしたんだけどね。半歩足りなかった。私の目の前であの人は幻魚に喰い殺されたよ」

キリルは眉をつり上げた。イザークも顔色を失っている。ルーチェはゾーイの銀呪を見つめた。

幻の海と呼ばれる銀の霧。それに飲まれた者は銀の悪魔の呪いを受ける。愛する夫を助けるため、彼女は幻の海に飛び込んだ。そのせいで銀の呪いを受けたのだ。

「あたしも助けられなかった」

テッサは肩を落とした。涙が一粒、膝の上にぽとりと落ちる。

「アレーテ、テルセロ、フリオ司祭、ダール村のみんな。あたしは誰も救えなかった。あたしが守ろうとした人達、守りたかった人達は、みんな……みんないなくなっちゃった」

丸めた背中が震えている。苦しそうな喘鳴《ぜんめい》、押し殺した嗚咽が聞こえてくる。

ルーチェは立ち上がり、テッサの背中を優しく撫でた。

「テッサ、泣かないで、テッサ」

「泣かせておやり」

同情に満ちた声でゾーイが言った。

「ここまで気を張ってたんだ。ずっと我慢してきたんだからさ」

「でも……」

「いいから休ませておやり」

エルウィンの里長は穏やかに言葉を重ねた。

「どんなに強い人間にもね、休息は必要だよ」

しばしの休息。それはテッサだけでなく、ルーチェにとってもありがたいものだった。気が緩んだせいだろう。疲れが一気に吹き出して、その後の二日間は起き上がることが出来なかった。

四日目の朝、ルーチェはようやく寝台から這い出した。

テッサはゾーイと気が合うらしく、彼女の部屋に入り浸っていた。暇を見つけては組み手をしたり、模擬刀で手合わせをしたり、旧知の友のようにすっかり仲よくなっている。

ダール村で暮らしている時、テッサは自分の力を恥じていた。怪力娘と揶揄《やゆ》されることを嫌い、その力を必死に隠そうとしていた。でも今は何も隠していない。槍斧を自在に操るテッサは自然体で、村にいた時よりもむしろ生き生きとして見えた。

キリルとイザークはエルウィンの狩人《かりゅうど》達とともに森に入り、トチウサギやカワガモを獲《と》って戻ってきた。弓と剣、ナイフも取り上げられたままなのに、どうやって捕まえたんだろう。森歩きさえままならないルーチェには想像もつかない。

テッサが外地に行ってからは、ルーチェが薪を作っていた。毎日薪割りに励んだおかげで腕回りはかなり太くなった。けれど背は思っていたほど伸びなかったし、胸板も厚くはならなかった。考えたくはなかったが、そろそろ認めなければならない。どんなに頑張っても、僕はキリルのような戦士にも、イザークのような狩人にもなれない。どんなに努力を重ねても、テッサの隣で戦えるだけの技量は身につかない。けれどひとつだけ、僕にも使える武器がある。『考えること』だ。武器も頭数も少ない軍勢が帝国軍に勝利するためには、前例のない奇抜な作戦が必要になる。それを考えるのが僕の役目だ。

ダール村では読み間違えた。僕の先入観が悲劇の引き金になった。あんな間違いはもう二度と繰り返さない。そのためには知識がいる。もっともっと様々な経験をする必要がある。

「あの、ちょっといいですか？」

五日目の朝、部屋の鍵を開けに来たスラヴィクに、ルーチェは思い切って声をかけた。

「お邪魔じゃなければ、貴方の仕事を見学させて貰えませんか？」

スラヴィクは無表情に彼を見下ろした。薄青色の瞳は冷ややかで、見つめられると居心地が悪くなる。沈黙の圧に耐えきれず「ごめんなさい、やっぱりいいです」と言いかけた時、スラヴィクが口を開いた。

「身体はもういいのか」

「はい、もう平気です」

「ではついてこい」

くるりと背を向け、歩き出す。

驚きの声を飲み込んで、ルーチェは彼を追いかけた。

エルウィンは壁内住居、岩壁の中の集落だ。その構造は複雑で、まるで迷路のようだった。

最初に向かったのは水の取り込み口だった。エルウィンの東側には滝がある。そこから生活用水を取り込んでいる。張り巡らされた水路は通気口を兼ねていて、流水を利用して洞窟内の空気を循環させているのだという。

「岩山の中は機密性が高い。夏は涼しく冬でも暖かいが、空気の停滞が起こりやすい。この水路はいわばエルウィンの生命線だ」

スラヴィクは手際よく水路に溜まった落ち葉や泥を取り除いていく。番人の仕事は侵入者を見つけることだけでなく、住居の保守点検も含まれているらしい。

「よく出来てるなぁ」

勢いよく回る水車を見て、ルーチェは感嘆の声を上げた。

「この仕組み、誰が考えたんですか？」

「最初に古代樹の森を出たウル族だ。彼らは洞窟を掘削する技術を持っていたという。俺はエルウィンの生まれではないから、それ以上のことは知らない。詳しく聞きたければゾーイかイルザに尋ねるといい」

そういえば、スラヴィクの掌にはイザークと同じ傷があった。あの傷のことをイザークは「ハグレ者の印」と呼んだ。ということはスラヴィクもまたハグレ者なのだ。彼も大罪を犯し、故郷の集落を追い出されたのだ。

「次は鉄鈴の点検だ」

スラヴィクは階段へと向かった。「ついてこい」とは言われなかったが、「ついてくるな」とも言われなかったので、ルーチェは彼を追って階段を上った。

階段の途中には明かり取りの窓があった。スラヴィクは窓の外へと手を伸ばし、垂れ下がっていた紐を引っ張った。リン……リリン……と鉄鈴が鳴る音がする。

神の御子の誕生以降、銀呪病をもたらす幻の海はレーニエ湖にのみ出現するようになった。だがそれよりも前の時代、幻の海はレーエンデの至る所で突発的に発生していたという。銀の呪いを避けるため、人々は家に閉じこもった。幻の海を泳ぎ回る異形《いぎょう》の魚を追い払うため、窓辺や軒先に鉄鈴を吊るした。それも今は形骸《けいがい》化し、鉄鈴は窓を飾る装飾の一部になっている。音の鳴る鉄鈴を目にすることはほとんどない。

「鉄鈴を吊るしてるってことは、このあたりにも幻の海が出るんですか？」

「風向きによってはレーニエ湖から流れてくることもある。とはいえ五年に一度、あるかないかだ。その際にも幻魚の目撃例はない。ゆえに、もう鉄鈴は不要だという声もなくはないが、レーエンデの文化や慣習を守るのが俺達の役目だからな」

鉄鈴の次は暖炉だった。残り火が燻っていないか、煙突が詰まっていないか、確認して回る。

「これはなに？」

ルーチェは暖炉に転がる黒い塊《かたまり》を指先でつついた。固くてゴツゴツしている。おそらく燃料なのだろうが、木炭ではない。石炭とも違う。

「それは練炭だ。木炭の灰をヌエノキの樹液で固めたものだ。火がつきにくく、消しにくいという難点はあるが、燃焼効率がとてもいい。煙も煤もほとんど出ない。排気口が詰まると危険だからな。ここでは練炭を使う」

ルーチェは首を傾げた。

もし排気口が詰まったら、どうして危険なのだろう？　気にはなったが訊かずにおいた。僕らは審議中の身だ。よからぬことを考えていると思われたくない。

「どうした」スラヴィクが怪訝《けげん》そうに彼を見た。「疲れたか。そろそろ戻るか」

「ううん、大丈夫。まだまだぜんぜん疲れてないよ！」

ルーチェは元気よく立ち上がった。

「次はどこに行く？　何をするの？」

スラヴィクは片方の眉をつり上げた。

「では通路や階段に異常はないか、点検することにしよう」

二人は壁内住居の各部屋を見て回った。無人の部屋も多かったが、厨房では食事当番が野菜を刻んでいた。娘達が繕い物をしていたり、子供達が昼寝をしている部屋もあった。

「エルウィンって女性の数が多いよね」

「男達の多くは商人を装い、情報収集に当たっている。隠れて暮らすことを厭い、レーエンデ解放軍に入った者もいる」

「スラヴィクは？　解放軍に入ろうと思ったことはないの？」

「俺は番人だからな」

そうだった。彼自身が言っていた。自分はエルウィンの理想を維持するための必要悪だと。

「番人って損な役回りだよね。スラヴィクはどうして番人なんかになろうと思ったの？」

尋ねてしまってから後悔した。会ったのは五日前。まともに話したのは今日が初めてだ。個人的なことを詮索《せんさく》するには早すぎる。

「エルウィンに恩があるからだ」

答えるスラヴィクは相変わらずの無表情だった。不躾《ぶしつけ》な質問に気を悪くした様子もない。

「俺の息子が怪我をした。ウル族の呪《まじな》い師では手に負えなかった。命を救うには医者に診て貰うしかなかった。俺は古代樹の森を出る許可を求めたが、村長は許さなかった。ゆえに俺は掟を破り、息子を連れて古代樹林を出た」

そうだったのか。納得するとともにルーチェは安堵した。スラヴィクは罪人ではなかった。息子さんを救うために、彼は自ら進んでハグレ者になったのだ。

「息子さん、なんていう名前？　歳はいくつ？」

「名はイグヴェ。まだ十歳だった」

ルーチェは口を開いたまま固まってしまった。まだ十歳だったということは、イグヴェは助からなかったのだ。その可能性を失念していた。考えてしかるべきだったのに思い至らなかった。

「ごめんなさい」

「謝ることはない」螺旋階段にスラヴィクの声が響く。「古代樹の森を出た俺はティコ族の集落を頼った。だがティコ族は処罰を恐れ、俺達を追い払った。弱っていくイグヴェを背負い、俺はエルウィンまで歩いた。ゾーイはすぐに医者を呼んでくれたが手遅れだった」

ルーチェはスラヴィクの背中を見上げた。イグヴェが死んだのは貴方のせいじゃない。そう言いたかった。でも言えなかった。亡き人が最期に何を思ったのか、生き残った者にはわからない。死者の声を聞く術はない。どんな慰めも気休めにしかならない。

交わす言葉もなく、二人は階段を上った。

前方に光が見えてきた。突き当たりの扉を抜けると岩山の上に出た。

背後には小アーレスの銀嶺《ぎんれい》が連なっている。右手には滝がある。絹糸のような清流が岩の斜面を滑り落ちていく。眼前に広がっているのは西の森だ。鬱蒼とした濃い緑が地平線まで続いている。

「イグヴェはこの森に眠っている」

スラヴィクは自分の左手を見つめた。掌に残る白い傷。それを見てルーチェは尋ねた。

「同じ形の印がエルウィンの人達の左手にもあるよね。彼らのは傷じゃなくて刺青だけど、どういう意味があるの？」

「古代樹の森に住むウル族にとって十字傷はハグレ者の印。大罪を犯し、森を追放になった罪人の証《あかし》だ。だがエルウィンの住人にとって十字の刺青は古い掟から解放されたという印。自由なレーエンデ人である証しなのだそうだ」

「レーエンデ人？　レーエンデの民じゃなくて？」

「レーエンデの民とはレーエンデの原住民であるウル族とティコ族のことを指す。レーエンデ人とは民族や出身の区別なく、レーエンデに根ざす者達のことを指している」

「なら僕もレーエンデ人だね」

ルーチェは左手を広げ、掌の上に指で十字を描いた。

「十八歳になったら、僕も刺青を入れて貰おう」

「尚早だな。そういうことはエルウィンの住人として認められてから言うべきだ」

「そりゃそうだけど、今、それを言う？」

唇を尖らせるルーチェを見て、スラヴィクはわずかに首を傾げた。

「冗談だ」

「冗談にしては正論すぎるよ。ちっとも面白くないよ」

「それはすまなかった」

スラヴィクは懐から革の袋を取り出した。中から粉のようなものを摑み取り、崖下へと振り撒《ま》いていく。銀の粉が風に煽られ、きらきらと空に舞う。

「それはなに？」

「銀夢草を乾燥させて砕いて粉にしたものだ。この臭いを獣は嫌う。森での生活には欠かせない」

「僕も撒いてみていい？」

答える代わりにスラヴィクは革袋を差し出した。

「銀夢草は身体に毒だ。撒く時には息を止めろ」

「わかった」

ルーチェは袋を受け取った。息を止め、慎重に銀の粉を摑み取る。岩盤の縁に立ち、そっと手を開く。キラキラと銀の粉が風に舞う。両手を叩き、念入りに粉を払い落としてから、ルーチェは革袋をスラヴィクに返した。

「銀夢草ってカラヴィスの葉なんだよね。銀の霧が発生するところに生えるカラヴィスが銀夢草になるんだよね」

「よく知っているな」

「まあね」

銀夢草は中毒性の高い毒草だ。常用すれば精神に異常を来して死に至る。しかし適量を用いれば痛みを和らげることが出来るため、痛み止めや麻酔薬として帝国全土で重用されている。莫大《ばくだい》な富を生む銀夢草は法皇庁の大切な収入源のひとつだ。よって勝手に採取することも売買することも禁じられている。それでも銀夢草の密売は後を絶たない。取り締まるはずの警邏隊からも中毒者が出るほどだ。東教区の司祭長であった父は「一時の快楽に溺《おぼ》れるなど信仰心が足りない証拠だ」と慨嘆し、密輸業者の撲滅にいつも頭を悩ませていた。

「このあたりには滅多に幻の海は出ないんだよね。どこで採取して――」

そこでルーチェは気づいた。

「そうか、レーニエ湖だ」

ゾーイが言っていた。連れ合いはレーニエ湖畔に銀夢草を採りに行き、帝国兵に捕まったのだと。

「スラヴィクも銀夢草を採りに行ったことある？」

「ああ」

「幻の海を見たことは？」

「ある」彼は目を細め、東の方角を眺めた。「湖上に渦巻く銀の嵐は猛々《たけだけ》しかった。息をするのも忘れるほど圧倒的だった。身の毛がよだつほど美しかった」

ルーチェも東の空を仰いだ。そしてノイエレニエで暮らす兄エドアルドのことを思った。満月の夜、荒れ狂う銀色の嵐、霧の海を泳ぎ回る幻魚の群れ、恐ろしくも美しい幻の海。兄さんはどんな思いでそれを眺めているのだろう。

「シャイア城はレーニエ湖の中島にあるんだよね。毎月銀の霧に包まれて、怖くないのかな？」

「満月の夜、孤島城は夜通し鐘を鳴らし続ける」

幻魚は鉄の響きを嫌う。だから鐘を鳴らして追い払う。それはわかる。だけど解《げ》せない。シャイア城は神の御子が誕生した場所、クラリエ教の聖地だ。敬虔な信者であれば、そこで暮らしたいと思うかもしれない。しかしルーチェは知っている。聖職者だからといって信心深いとは限らない。権力ほしさに最高司祭になった者もいる。信仰心を立証することよりも、命のほうが大切だと考える法皇がいたとしてもおかしくはない。なのに歴代法皇は一人の例外もなく、即位後すぐにシャイア城に移り住み、生涯をそこで過ごしている。

どうして歴代法皇はシャイア城に惹《ひ》きつけられるのだろう。

お城の中に何か秘密があるのだろうか？

「ルーチェ」

名を呼ばれ、彼は我に返った。瞬きをして、隣に立つスラヴィクを見上げる。

「なに？」

「君はノイエレニエに知り合いがいるのか」

ルーチェは首を横に振った。嘘はつきたくなかったが、こればかりは仕方がない。

「不謹慎だって思われるかもしれないけど、幻の海に興味があるんだ。もちろん怖いし、絶対に飲み込まれたくないけど、なぜか心惹かれるんだ」

「そうか」スラヴィクは革袋を懐にしまった。「では君が十八歳になったら、レーニエ湖まで幻の海を見に行こう」

「連れて行ってくれるの？」

「ああ」

首肯して、スラヴィクは薄く笑った。

「もちろん君が帝国の間者ではないと仮定しての話だが」

「だからそれ、面白くないって言ったでしょ！」

渋い顔を作ろうとしたが、失敗してルーチェは笑った。

テッサはなぜ僕に同行を許したのか。僕がダンブロシオ家の人間であることを知らないのか。それともダンブロシオ家の人間を連れていれば、いざという時、人質として使えると思ったのか。

考えても答えは出ない。疑い出せばきりがない。

ならば、あれこれ邪推するのはもうやめよう。今の僕に何が出来るのかを考えよう。

あと二年で僕は十八歳になる。それまでに自分の価値を証明してみせる。テッサを感嘆させ、「ルーチェがいてくれてよかった」と言わせてみせる。それがかなったら、この左手に十字の刺青を入れよう。レーニエ湖に幻の海を見に行こう。そして名実ともに一人前のレーエンデ人になって、もう一度、テッサ・ダールに求婚しよう。

第六章　レーエンデ解放軍

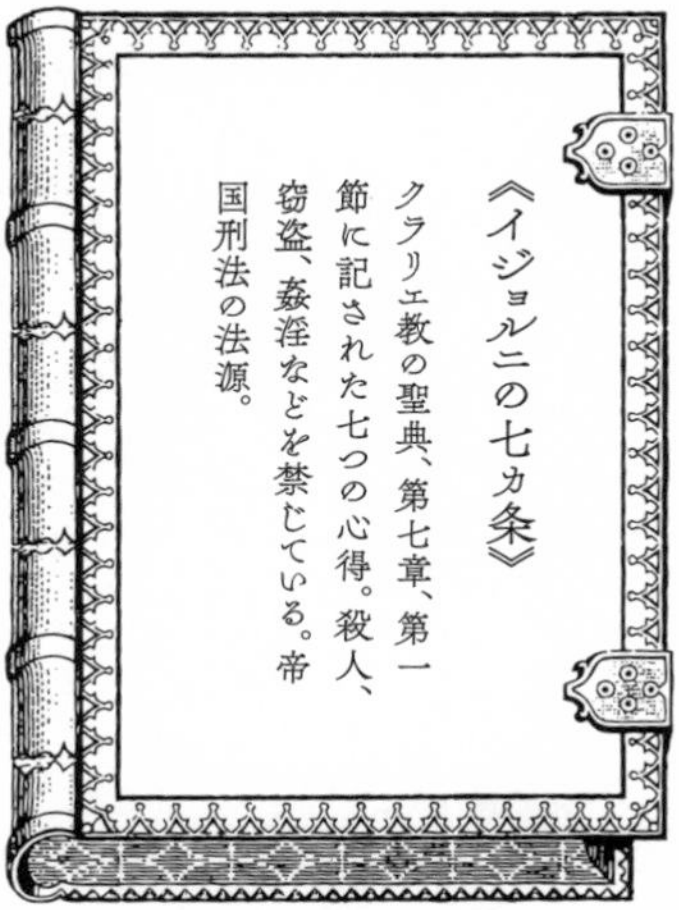

《イジョルニの七ヵ条》
クラリエ教の聖典、第七章、第一節に記された七つの心得。殺人、窃盗、姦淫などを禁じている。帝国刑法の法源。

エルウィンに来てから十日あまり、待ちに待った知らせが届いた。呼びに来たスラヴィクとともにテッサ達は食堂へと急いだ。

「ああ来たね。適当に座っとくれ」

ゾーイに促され、四人は前回と同じ椅子に座った。ゾーイの右側には恰幅《かっぷく》のいい壮年の男が座っている。彼の向かい側にはウル族の青年ギムタスの姿もある。今回はスラヴィクも立ち去ることなく、ルーチェの左隣に腰を下ろした。

「さて、みんな揃ったね」

一同を見回してから、ゾーイは右側の男を指さした。

「紹介しよう。この男はアイク。暮らしに必要な品々を買いつけに行く行商人だ」

「どうも」

男が会釈をした。愛嬌のある丸い顔に丸い鼻、テッサを見つめる茶色の瞳は好奇心に輝いている。

「お前さんがテッサだね」

テッサは首を傾げた。

「えっと、どこかで会ったっけ？」

「いいや、会うのは初めてだ。けど巷《ちまた》はお前さんの噂で持ちきりだよ。ダール村が神騎隊に粛清されたことも、ダールの炭坑夫が反乱を起こして石炭の供給が滞っていることも、ダールの生き残りが東教区の司祭長を暗殺したことも、すべて前代未聞のことだからな」

興奮気味にそう言うと、彼は懐から一枚の紙を取り出した。

それは手配書だった。稚拙な人相描きの下、グラウコ・コシモの殺害犯としてダール村のテッサ、キリル、イザークの名前が記されている。いずれも生死は不問、賞金額は一人につき二百万レヴン。破格に高い賞金額だ。法皇庁の本気が伝わってくる。

「あんた達を見かけたらすぐに通報しろってさ。匿えば同罪に問うぞって、神騎隊も警邏兵もピリピリしていやがった」

いい気味だと、アイクは小鼻をひくつかせた。

「気に入らない」手配書を眺め、テッサは唇を尖らせる。「この人相描き、全然似てないよね？　あたしの顔、ここまでひどくないよね？」

確かにひどい出来だった。テッサは下ぶくれの牛のような顔をしているし、キリルは岩から削り出したような厳つい男に描かれている。イザークにいたっては面長な輪郭《りんかく》に木の節のような目鼻が描かれているだけだ。

「なんなのこれ？　子供の落描き？」

「テッサ、問うべきはそこじゃないです」

咳払いをひとつして、イザークはゾーイに目を向けた。

「これで信じて貰えましたか？　私達は嘘を言っていないって」

「俺の剣を返せ！」キリルが拳でテーブルを叩く。「早くレーエンデ解放軍の拠点を教えろ！」

「そう慌てなさんな」

ゾーイはコホンと空咳《からせき》をした。

「この手配書があれば、あんた達のことを疑う者はいなくなる。というか、最初から疑っちゃいなかったけどね。まあ、そう怒るなって。意味なく待たせてたわけじゃない。いろいろ仕掛けて、話を振って、あんた達がどう行動するかを観察させて貰ってたんだ」

彼女は身体の向きを変え、ウル族の青年ギムタスに尋ねる。

「で、どう思った？」

「キリルとイザークは協調性に欠ける」

二人の顔を交互に見て、ギムタスはゆるりと腕を組む。

「けど優秀な狩人だ。悪い人間じゃない」

「俺もそう思う」とスラヴィクが続ける。「出自や経歴にこだわるべきではない。彼らは俺達の同胞、レーエンデ人だ」

ゾーイは満足そうに点頭し、テッサに向かって問いかける。

「あんた達、いっそこのままエルウィンで暮らしちゃどうだい？」

「それは出来ない」テッサはきっぱりと即答した。「あたし達にはやらなきゃいけないことがある。申し出はありがたいけど、ここで立ち止まるわけにはいかないよ」

「そう、それ。問題はそれなんだ」

ゾーイはひとつ手を打って、テッサ達を見回した。

「あんた達は純粋でまっすぐだ。レーエンデに自由を取り戻したいって本気で思ってる。けどレーエンデ解放軍はそうじゃない。特に頭目のセヴラン・ユゲットってヤツは性根の腐った悪党だ。あい？」

「まあ、聞きなって」反論を遮り、ゾーイは続ける。「あんた達、ノイエ族のことは知ってるか

「大昔、弾圧を逃れてレーエンデにやってきた人達でしょ。神の御子が誕生した夜、銀の嵐に巻き込まれて死に絶えたっていう」

「死に絶えちゃいないさ。ノイエレニエに暮らしていたノイエ族は大打撃を受けたけど、全滅はしちゃいない」親指で右隣を指さす。「このアイクもノイエ族だ」

「そういうこと」アイクは頷き、苦笑する。「まあ、あまり自慢出来ることじゃないんだがね」

「どうして？」

「神の子が誕生した夜、ノイエ族は家も仕事も失った。彼らは生きていくために、占領者であるイジョルニ人に取り入った。イジョルニ人に媚《こ》びへつらって彼らの召使いになったんだ。やがて主人の信頼を得て、製鉄工場の管理を任されたり、商隊の指揮を任されたりするノイエ族も現れた。レーエンデ解放軍の頭目セヴラン・ユゲットもその一人だ」

面白くなさそうに、鼻からフンと息を吐く。

「奴は鉄製品を運ぶ商隊の雇われ隊長だったんだ。だが売り上げの一部を自分の財布に入れていることが雇い主にバレて解雇された。ユゲットはそれを逆恨《さかうら》みして、元雇い主の屋敷を襲って有り金すべてを強奪した。その金を元手に無法者達を集め、西街道を行く商隊を襲うようになった」

「それがレーエンデ解放軍の起源ってわけさ」

わかっただろうというように、ゾーイは両手を広げた。

「レーエンデ解放軍と名乗っちゃあいるが、その正体はゴロツキだ。戦力がほしいって気持ちはわかるけど、私はあんた達に、あんなろくでなしの仲間になってほしくないんだよ」

「そう捨てたモンじゃないかもよ？」

テッサは不敵に笑ってみせた。

「あたしもね、軍務につく前は帝国軍人なんてろくでなしばっかりだと思ってたんだ。実際、帝国軍のお偉いさんはぼんくらばっかで、今でも大ッ嫌いだけどさ。あたしが所属していた第九中隊の連中は、ビックリするぐらい気持ちのいい人ばっかりだった。レーエンデ解放軍もきっと同じだと思うんだ。頭目は悪党かもしれないけど、全員がろくでなしとは限らない。ごく少数かもしれないけど、まっとうな志を持った人だって、きっといると思うんだ」

「テッサは楽観的だねぇ」

「ううん、逆だよ。あたし、すごく悲観的なんだよ。法皇庁の連中にとってレーエンデ人は虫けらと同じ。邪魔だから、目障《めざわ》りだから、苦しむ姿が見たいから、たったそれだけの理由であたし達を殺す。帝国の支配が続く限り、ダール村の悲劇は繰り返される。多くの同胞が理由もなく命を奪われる。それを黙って見ているなんて、あたしにはもう出来ない」

固い決意を目に宿し、テッサは正面からゾーイを見返す。

「あたし達は人間だ。人間らしく生きる権利がある。それを証明するために、あたしは戦う。このイカレた世界をぶっ壊して、あたし達が人間として生きられる世界を創る。聖イジョルニ帝国に喧嘩を売るなんて馬鹿げてるし、無謀だってこともよくわかってる。だから手段は選ばない。レーエンデに自由を取り戻すためなら悪党とだって手を組むし、悪魔とだって取り引きする」

ゾーイはまじまじとテッサを見つめた。アイクとギムタス、スラヴィクも彼女を凝視している。

「そういうことなら仕方がないね」

賛成は出来ないけど——と呟いて、ゾーイは黒髪をかき上げた。

「スラヴィク、レーエンデ解放軍の根城までテッサ達を案内しておやり」

無表情に首肯して、スラヴィクは立ち上がる。

「連中は小アーレスの麓の森を転々としている。正確な場所は行ってみないとわからないが、今すぐ出立すれば日没までにはたどり着ける」

「なら急ごう」

テッサも立ち上がった。同時にキリルとイザークも席を立つ。

一拍遅れてルーチェも起立した。

「僕も行く」

「あんたは留守番」渋い顔でテッサは答えた。「解放軍は荒っぽい連中だ。場合によっちゃ喧嘩になるかもしれない。そんな危ないとこに、あんたを連れては行けないよ」

しかしルーチェは引かなかった。

「僕は剣も弓も使えないけど考えるのは得意だ。考えるためには情報がいる。レーエンデ解放軍はどんな集団なのか、セヴラン・ユゲットとはどんな人物なのか、きちんと見ておきたいんだ」

「でも今回は我慢して。話がまとまったらすぐに迎えに戻るから、大人しくここで待っててよ」

「テッサ」スラヴィクが口を挟んだ。「彼の安全を最優先に考える君の気持ちは理解する。だがルーチェは分別のない子供ではない。甘えや我が儘で同行を希望しているわけではない。君が彼を守りたいと思っているように、彼もまた君のことを守りたいと思っているのだ」

テッサはスラヴィクを睨んだ。

数日間、一緒に行動しただけで、ルーチェを理解したような顔しないでくんない？

「悪いけど口を挟まないで。これはあたし達、家族の問題だ」

「いいえ、テッサ。それは違います」

反論したのはスラヴィクではなくイザークだった。

「ダール村にいた時分からルーチェは頼りになりました。彼だって大事な戦力です。この先の戦いにはルーチェの知恵と機転が必要です」

「でも――」

「誓うよ。絶対に危険な真似はしない」

ルーチェは肩の高さに右手を上げた。

「危ないと思ったらすぐに逃げる。だから僕も連れて行って」

テッサを見つめる真摯な眼差し。その顔にアレーテの面影《おもかげ》が重なった。もしここに彼女がいたら「一緒に行く」と言っただろう。「テッサを一人で行かせたら無理するに決まってるもの。絶対についていくわ」と言い張っただろう。

「ああ、もう！」

右手で頬をぴしゃりと叩き、テッサは天井を仰いだ。

「わかったよ、あたしの負けだ！　ルーチェ、あんたの好きにしな！」

急いで準備を整えて、テッサ達はエルウィンを出た。レーエンデ解放軍の拠点まで案内するのはスラヴィクだ。彼は番人の仕事をギムタスに託し、一行の先頭に立った。

九月も下旬にさしかかり、夏の盛りは過ぎ去った。だが西の森はいまだ蒸し暑く、土はぬかるんで歩きにくい。目的地までは半日の距離だとスラヴィクは言ったが、歩けども歩けどもそれらしきものは見えてこない。太陽が西へと傾いていく。梢《こずえ》の隙間から光が斜めに差し込んでくる。テッサは不安になってきた。

「本当に日没前にたどり着けるの？」

「ああ、もう近くまで来ている」

前を向いたままスラヴィクは答える。

「連中の根城はラウド渓谷路の登り口近くにある」

「それって不用心すぎない？　渓谷路の近くにいたら帝国軍に見つかるでしょ？」

「法皇庁はレーエンデ解放軍の殲滅《せんめつ》に積極的ではない」

「なんで？　西の森に入りたくないから？」

「それもあるが、それだけではない」

「利用価値があるんだよ」

後ろからルーチェの声が聞こえた。

テッサは眉根を寄せ、彼を振り返った。

「法皇庁と解放軍がつるんでるってこと？」

「そこまでは言わないけど、斟酌《しんしゃく》はしてると思う」

ルーチェは息を吐き、額の汗を拭った。

「解放軍の連中が山賊行為を繰り返すたび、『レーエンデ解放軍はゴロツキだ』って悪評が広まる。山賊まがいの連中と一緒にされちゃかなわないから、本気でレーエンデのことを考えている人達もレーエンデの解放を口にしにくくなる。法皇庁がレーエンデ解放軍を厳しく取り締まらないのは、解放軍が言論封殺に一役買っているからだよ」

「その通り」スラヴィクは首肯し、テッサへと目を向ける。「解放軍の行動基準は正義ではなく損得だ。自分達の利になると判断すれば、連中は君達を帝国に売り渡す」

「敵じゃないけど味方でもないってことだね」

「そうだ」

スラヴィクは人差し指でこめかみを叩いた。

「セヴラン・ユゲットはずる賢い。隙を見せれば取り込まれる。警戒を怠るな」

「わかった」

どこからか煙の臭いが流れてきた。何やら浮かれ騒ぐ男達の声も響いてくる。

不意に開けた場所に出た。

木々の間に布が張られ、簡素な小屋が出来ている。石積みの竈《かまど》が据えられ、大きな鍋がぐつぐつと音を立てている。腰の曲がった老人が鍋をかき回し、年端《としは》もいかない少年が串焼き肉を炙《あぶ》っている。調理に手一杯なのか、単に無関心なのか、テッサ達には目もくれない。

「よくやった！　次回も期待しているぞ！」

威勢のいい男の声が聞こえた。拍手と歓声が沸き上がる。見れば木箱の上に男が立っている。それを百人あまりの男達が取り囲んでいる。不揃《ふぞろ》いな胸当て、傷だらけの籠手《こて》、髪も髭《ひげ》も伸び放題だったが、鍛《きた》え上《あ》げられた身体は頑強で逞《たくま》しい。

スラヴィクは木箱の男を指さした。

「あれがセヴラン・ユゲットだ」

歳は三十代半ば。盗賊の頭目にしては小綺麗《こぎれい》な格好をしている。背が高く肩幅も広いが、大男にありがちな愚鈍な印象はない。しかも、なかなかの男前だ。

「あんたはルーチェとここにいて」

テッサはスラヴィクを見上げた。

「いざって時はルーチェを連れて逃げて」

「承知した」

頼んだよと念を押し、テッサは背筋を伸ばした。形見のナイフの柄を握る。目を閉じて深呼吸をひとつ。この一歩を踏み出したら、もう後には引けない。帝国を倒すか、あたしが死ぬか。ふたつにひとつだ。

準備はいいか。後悔しないか。戦う覚悟は出来ているか。

彼女は目を開き、前方を睨んだ。

「行くよ」

「了解です」「待ちかねたぜ」

間髪を容れず、イザークとキリルが呼応する。

三人は肩を並べて歩き出した。

「さあ、今日一番の稼ぎ頭は誰だ？」

芝居がかった声。ユゲットが周囲の男達を指さし、興奮を煽《あお》っている。

「お前か？　それともお前か？」

その指先が、ピタリと止まった。

「お前だ、ブラディ！　弓兵に突っこんでいったお前の勇姿、惚《ほ》れ惚《ぼ》れしたぜ！」

「おおおう！」

名指しされた大男が野太い雄叫びを上げる。

布包みを小脇に抱え、ユゲットは木箱から飛び下りた。

「本日の英雄に一万レヴンと銀夢煙草《たばこ》を与える」

「ありがとうございます！」

「ちょっとごめん」

むさ苦しい男達をかき分け、テッサは木箱の前へと歩み出た。

「なんだ、お前ら？」

突然現れた三人を、解放軍の男達が取り囲む。罵声、恫喝《どうかつ》、剝き出しの敵意。それでもテッサは眉ひとつ動かさなかった。

「あんたがセヴラン・ユゲットだね。レーエンデ解放軍の頭目の」

「どうだかな？」ユゲットはふてぶてしく笑った。「人にモノを尋ねる前に、まずは自分が名乗ったらどうだ？」

「あたしはテッサ。ダール村のテッサ」

「グラウコ・コシモを殺《や》ったっていう、あの賞金首の？」

「そう」

「人相描きと顔が違うぜ」

「あんな顔した人間、いるわけないでしょ」

「違いない」

ユゲットは冷笑した。目を眇め、いぶかしげにテッサを眺める。

「それで？　賞金首が何の用だ？」

「仲間がほしいんだ」単刀直入にテッサは言った。「帝国を倒し、レーエンデに自由を取り戻すために、一緒に戦ってくれる仲間がほしい」

「ん……はあぁ？」

ユゲットの顎が、かくんと落ちた。

「何だそれ？　冗談か？　それとも頭がイカレてんのか？」

「イカレちゃいないよ。いたって正気。本気中の本気だよ」

テッサは一歩前に出て、挑戦的に笑ってみせる。

「あんた達もレーエンデ解放軍を名乗ってるんだから、そろそろ本気になったらどう？」

「あぁあ、やだやだ。これだから馬鹿はイヤなんだ」

ユゲットは唾を吐き捨てた。

「お前みたいな小娘がイキがったところで、聖イジョルニ帝国は微動だにしねぇよ。帝国を倒して自由を取り戻すなんて不可能だ。そんなことオムツをつけた赤ん坊だって知ってるぜ」

「そんなの、やってみなけりゃわかんないよ」

「わかんねぇのはお前が馬鹿だからだよ。やたら仰々しい得物背負いやがって。でっかい武器で威《い》嚇《かく》すれば、俺がビビるとでも思ったか？　んなわけねぇだろ、ど阿呆《あほ》が！」

「威嚇するために背負ってるんじゃないよ。こいつがあたしの得意なんだよ」

テッサは肩紐を外した。右手一本で軽々と槍斧を回転させる。

「疑うんなら確かめてみなよ。何人でもいいよ。どっからでもかかってきなよ」

若い娘に挑発されて、男達の目つきが変わった。獣のように牙を剥き、舌舐《したな》めずりをする。百人を超える男達が、武器を手に距離を詰めてくる。凶暴な殺気、嗜虐《しぎゃく》的な興奮、煮えたぎった殺意

が噴きこぼれそうになった時、

「テッサ？　テッサじゃないか！」

素っ頓狂な声が響いた。男達の間から一人の男が現れる。四十代半ばのティコ族だ。白髪交じりの髪は短く、目尻《めじり》には細かい皺が刻まれている。忘れられない顔だった。第九中隊でともに戦った、事あるごとに先輩風を吹かせつつ、何かと面倒を見てくれた。

「ブラス？」

テッサは目をまん丸に見開いた。

「あんた、なんでこんなとこにいんの？」

「テッサ！　やっぱりお前か！」

ブラスはテッサを抱きしめた。溢れる涙を拭うのも忘れ、キリルとイザークの肩を叩く。

「生きてたか、ダール村の悪餓鬼ども！　こんなとこでお前達に会えるなんて、おい、これ夢じゃないだろうな！」

「こんなとこで再会するなんざ、悪夢以外の何ものでもねぇだろ」

叩かれた肩をさすりながら、キリルは低い声で言う。

「おっさん、イルファ村に戻ったんじゃなかったのかよ？」

ブラスの顔から歓喜が削《そ》げ落ちた。目が輝きを失い、乾いた唇が歪んでいく。

それには気づかず、ユゲットは毒気の抜けた声で問いかけた。

「なんだよブラス。そいつら、お前の知り合いか？」

「あ……そう……そうだ」

ブラスは強ばった笑みを浮かべた。

「こいつらとは第九中隊で一緒だったんだ。怪しい者じゃない。この俺が保証する」

そこでテッサを振り返り、戯《おど》けた仕草で右手を振る。

「槍斧を下ろせ。お前がそいつをブン回したら、冗談抜きで死人が出る」

本当は一暴れして、力の差を見せつけてやるつもりだった。しかしブラスの面目を潰すわけにはいかない。テッサは渋々、槍斧を背に戻した。

「ずいぶん剣呑《けんのん》な物言いじゃねぇか」

ユゲットはブラスの肩越しにテッサを見た。

「ただの小娘じゃねぇってことか？」

「ああ、前に話したことあるだろ。合州軍を震え上がらせた槍斧の使い手がいるって。それがテッサだ。彼女が『槍斧の蛮姫』だ」

「槍斧の蛮姫？　こいつがか？」

目を剝くユゲットに、ブラスは自信たっぷりに点頭した。

「テッサはすごいぞ。強いだけじゃなくて華がある。勝ちを引き寄せる強運もある。兵士達を鼓舞する不思議な力も持っている」

「そうか、わかった」

あっさりとユゲットは引き下がった。木箱の上に飛び乗ると、その縁に腰を下ろす。

「ブラスがそこまで言うなら特例だ。お前らも解放軍に入れてやる。だが忘れるな。頭目は俺だ。俺の命令には絶対服従、口答えはいっさいなしだ」

「あんたの手下になるつもりはない」

即座にテッサは言い返した。

「あたしはあたしの好きなようにやりたい。だから解放軍の中から五十人ばかり、あたしに預けてくれないかな。もちろんお礼はするよ。帝国軍からぶんどったお金の半分は、きっちりあんたに納めるよ」

「やめろ馬鹿！」

ユゲットは血相を変え、木箱の縁から腰を浮かせた。

「帝国軍に手ぇ出したら取り締まりが厳しくなるだろうが！」

「肝っ玉の小さい男だねぇ」

顎を突き出し、テッサはせせら笑った。

「あんた、嫌われ者の悪党のまま一生終わるつもりなの？　取り巻きどもを従えて、大将を気取ってさ。それだけで満足出来ちゃうわけ？」

「そういうお前は何様だ？　槍斧の蛮姫だか何だか知らねぇが、帝国に戦争しかけるなんざ正気じゃねぇ。俺達が束になってかかっても、百にひとつ、いや、千にひとつの勝ち目もねぇ。プチッと踏み潰されて、それでしまいだ！」

「ふぅん？」

テッサは人差し指で唇を叩いた。

「じゃあ、あたし達に勝ち目があれば、あんたも一緒に戦ってくれるわけ？」

「そりゃあ、まあ……あんな連中、いないに越したことはねぇ」

ユゲットは居心地悪そうに咳払いをする。

「イジョルニ人がいなくなりゃ、儲けを横取りされることもなくなるしな」

「だよね！　やっぱりそう思うよね！」

ここぞとばかりにテッサは手を打った。

「あたしの願いはレーエンデに自由を取り戻すこと。それ以外には興味がない。だから手柄《てがら》も名誉もあんたに譲る。レーエンデを救った英雄としてセヴラン・ユゲットの名は語り継がれる。ね、悪くない話でしょ？」

「はン、その手に乗るかよ、くだらねぇ。俺は無謀な賭けはしねぇ。馬鹿の口車には乗らねぇ。無駄死にしたけりゃ一人で死ねよ。お前の勝手に俺を巻き込むな」

「あたしが巻き込まなくたって、あんたの蜜月《みつげつ》は続きゃしないよ。帝国はあんた達を利用しているだけ。いつ掌を返されるかわかったもんじゃない」

そうでしょ？　とテッサは周囲を見回した。

「明日がどうなるかなんて誰にもわからない。こんな山賊稼業を続けていたら、いつ怪我をしてもおかしくない。病気になったら、歳を取って今みたいに動けなくなったら、あんた達はどうするの？　戦働きが出来なくなったら誰があんたを助けてくれるの？」

問いかけて、一人一人の目を見返していく。

「帝国を倒せば、あたし達を縛るものはなくなる。逃げ隠れする必要もなくなる。新しい家を建てて、幸せな家庭を築く。毎日まっとうに働いて、愛しい家族の元へ帰る。小さな明かりを囲んで、あったかい夕飯を食べる。そんな暮らしをしてみたくない？　平穏な人生を、人間らしい営みを、取り戻してみたくない？」

「馬鹿馬鹿《ばかばか》しい！」

ユゲットが吐き捨てる。

「帝国に逆らって、生き延びた者はいねぇんだ。お前の故郷ダール村はどうなったよ？　司祭長の裁定に逆らったせいで、村民皆殺しにされたんだろ？」

その言葉は鋭いナイフとなってテッサの胸を抉《えぐ》った。傷だらけの心から、どくどくと血が流れ出る。しかし彼女は怯まなかった。静かな怒りを瞳に宿し、真っ向からユゲットと対峙《たいじ》した。

「帝国はなんでレーエンデ人を殺すんだと思う？　なぜ理不尽な暴力を振るい、圧政で生活を逼迫《ひっぱく》させ、あたし達の尊厳を奪おうとするんだと思う？」

「んなの、服従を強いるために決まってんだろ」

「反抗心を叩き潰すのが目的なら、ここまで追い詰めはしないよ。死を覚悟した人間ほど恐ろしいものはないからね。見せしめが目的なら、村人全員を殺すのは理屈に合わない。恐怖の体験を語る者がいなければ情報は伝わらない。抑止力にはなり得ない」

「へぇ？　わかってるじゃねぇか」

「帝国がレーエンデ人を殺すのは、レーエンデ人が怖いからだよ。レーエンデに住むレーエンデ人の数は、レーエンデに住むイジョルニ人の数よりはるかに多い。すべてのレーエンデ人が蜂起《ほうき》したら、連中はただじゃすまない。帝国がなによりも恐れているのはレーエンデ人が団結すること。あたし達が手を取り合って、帝国に反旗を翻すことなんだ」

「なるほど。いや、たいしたもんだ！」

額を叩き、ユゲットは大笑した。

「認めるよ。俺が間違ってた。お前は馬鹿じゃねぇ。田舎村の出にしては頭もいいし弁も立つ」

だが——と言い、これ見よがしに肩をすくめる。

「所詮は考えの浅い小娘だ。理想と現実の区別がついてねぇ」

「そういうあんたは思考停止したジジイじゃない。変化が怖くて逃げている。それを認めることすら出来ないでいる」

「お前の言う変化ってのは勝ち目のない戦を始めることか？　滅びに向かって突き進むことか？　あいにく俺は賢いんでね。餓鬼の妄言に惑わされたりしねぇんだよ」

「勝ち目がないってのはあんたの思い込みだよ。本当に知恵のある者は生殺与奪の権利を他人に委《ゆだ》ねたりしない。帝国に牙を抜かれて飼い慣らされたりしない」

男達をぐるりと見渡し、テッサは熱く訴える。

「あたし達は瀬戸際にいる。光と闇の境界線にいる。見て見ぬふりをしているうちに、闇はもうすぐそこまで来てしまった。今、行動を起こさなかったら、この世界は暗闇に飲まれる。レーエンデ人の未来はなくなる。多くの命が奪われ、尊厳は踏み躙られる。夢も希望も、ささやかな幸せも、レーエンデを愛してると叫ぶ自由も、戦わなくちゃ守れない。だから力を貸して。レーエンデの未来を守るために、レーエンデに自由を取り戻すために、あたしと一緒に戦って！」

テッサの声が響いて消える。静けさの中、余韻が揺蕩《たゆた》う。

男達は何も言わない。誰も名乗りを上げようとしない。

「いい演説だった！　感動した！」

ユゲットは拍手して、涙を拭うふりをした。

「だが残念だったな。賛同者は皆無の――」

「俺も戦う！」後方で一人の少年が手を上げた。「俺はカイル。両親は神騎隊に殺された。仇を討つために解放軍に入ったのに、雑用ばっかり押しつけられる。こんなの、もううんざりだ」

暗い瞳に炎を宿し、少年は叫ぶ。

「俺は帝国が憎い。帝国を倒したい。テッサ、俺に戦い方を教えてくれ！」

「わかった」とテッサは応じた。「でも手加減はしないよ。あんたが一人前の兵士になるまでビシビシ鍛える。それでもいい？」

興奮に頬を上気させ、カイルは拳で胸を叩いた。

「望むところだ！」

「俺もいいかな」二十歳前後の青年が立ち上がる。「俺の名はユーシス。レーエンデの解放という理想を抱いてここに来た。剣の使い方はわからないけど、あんたと一緒に戦いたい」

「俺も仲間に入れてくれ」

「僕も！」

顔色の悪い青年と、元気のいい少年が同時に手を上げる。

「あんたみたいな人が来るのを待っていた」

一人の老人がおもむろに腰を上げた。

「俺はディラン・ハート。武具師だ。弟子に裏切られ、仕事を取り上げられ、何もかもが馬鹿らしくなってここに来たが、あんたの演説を聴いて気が変わった。老いたとはいえ腕は確かだ。連れて行け。役に立つぞ」

「ざけんじゃねぇ！」

腹に響く大音声《だいおんじょう》。筋骨隆々の大男が周囲をかき分け、前に出る。顔を真っ赤に染め、怒りに身体を震わせている。テッサは槍斧の柄を握った。いつでも振り回せるよう身がまえる。

「大丈夫、心配いらない」テッサの耳にブラスがささやく。「あいつはボー、一番の稼ぎ頭だった男だ。でも足をやられてな。走れなくなっちまったんだ」

「俺はまだ終わっちゃいねぇ！」

獣のようにボーが吠える。

「走れなくたって戦える！　腕っぷしの強さは誰にも負けねぇ！　俺は終わっちゃいねぇ！　終わっちゃいねぇ！　まだ戦える！」

ボーの志願に勇気を得て、数人の若者が追随する。そのほとんどが丸腰だ。剣を帯びている者もいなくはないが、剣の長さが身の丈に合っていない。扱いを心得ているとは思えない。

「おうおう、ずいぶんと集まったじゃねぇか」

ユゲットは十数名の志願者を指さした。

「子供、子供、ジジイに子供、ポンコツ野郎に役立たず。なかなかいい面子だな。厄介払いが出来て実に好都合——と言いたいところだが、ちと薄情じゃねぇか？　お前らみたいなクズが今まで生きてこられたのは誰のおかげだ？　さんざんタダ飯喰らっておいて、何の礼もせずに出ていくつもりか？」

「お礼はするよ」テッサが答える。「言ったでしょ？　ぶんどったお金の半分はきっちりあんたに渡すって」

「口だけならなんとでも言える」

ユゲットは鼻で笑い、揶揄するように指を振る。

「キャンキャン喚き散らす前に証拠を見せろ。こいつらを連れて行くってんなら、お前の考えが正しいってことを証明してみせろ」

見えすいた挑発だった。断れば腰抜け扱いされ、受けて立てば無理難題を吹きかけられる。それはテッサにもわかっていた。けれど自分を信じて立ち上がってくれた者達の前で、下手なごまかしはしたくなかった。

「はっきり言いなよ」

テッサはユゲットを睨んだ。

「どんな証拠がほしいのさ？」

ユゲットは嗤った。テッサに指を突きつけ、命令する。

「一年間だけ待ってやる。アルトベリ城を落としてこい」

息を呑む音が聞こえた。

一瞬の沈黙。その後、低いざわめきが波紋のように広がっていく。

悪名高きアルトベリ城。それを取り囲む谷は深く、身を隠す場所がない。谷底を削る激流は人間に渡河を許さない。不用意に近づけば射殺される。弩《いしゆみ》の矢をかわして跳ね橋を渡っても、隧道に閉じ込められたら逃げ場はない。殺人孔から槍で突かれ、煮え湯を浴びせられ、反撃も出来ずに全滅する。

アルトベリは堅牢強固な牢獄の鍵、レーエンデ人の命を喰らう悪魔の口だ。築城からおよそ百年、城内への侵入を許したことがない。関所抜けを試みて生きて戻った者もいない。正攻法では落とせない。攻略法があるとも思えない。しかしアルトベリ城を攻略せずして打倒帝国は成しえない。

「一年でアルトベリを落とす？」

テッサは顔をしかめた。

「冗談でしょ？」

「だよなぁ？　出来っこねぇよなぁ？」

ユゲットはしてやったりとほくそ笑む。

「城ひとつ落とせないようじゃ、帝国を倒すなんて到底無理だよなぁ」

「そりゃあ無理だよ。一から軍隊を作るんだもん」

あっけらかんとテッサは笑う。

「兵士を鍛えるのに一年、実戦経験を積ませるのに一年、アルトベリ城の調査にも一年はかかるから、せめて三年は貰わなくちゃ！」

ユゲットの笑みが凍りついた。薄気味悪そうにテッサを見る。

「お前、まさかとは思うが、アルトベリ城を知らねぇのか？」

「知ってるに決まってるじゃない。あたし、外地にいたんだよ？」

「なのに落とす気でいるのか？　正気じゃねぇ。お前、やっぱ正気じゃねぇ」

「だから正気だって。三年くれたら証明してみせるよ」

「何年かけたって無理なもんは無理だ。待つだけ時間の無駄ってもんだ」

ユゲットは腕を組み、居丈高に胸を反らした。

「一年半。それ以上は待たねぇ。再来年の三月末日までにアルトベリ城を落とせなきゃ、お前と後ろにいる二人の首を貰う」

テッサはむうと唸った。眉間に皺を寄せ、キリルを振り返る。

「どうする？　あんなこと言ってるけど？」

「知らねぇよ」投げやりな口調でキリルが応じる。「お前が決めろよ。俺は帝国軍の連中を一人でも多く殺せればそれでいいんだよ」

「イザークは？」

「異存はありません。テッサの判断に従います」

「うん、ありがとう」

テッサはユゲットへと向き直った。

「じゃ一年半でいいや。その代わり約束して。あたしのやることが気に入らなくても、口を出したり、邪魔したりしないって」

「いいだろう」ユゲットは鼻先で笑った。「だが再来年の春までにアルトベリ城を落とせなかったら、六百万レヴンの賞金首は俺達が貰うぜ？」

「ああ、いいよ」

テッサの応えを聞き、解放軍の男達が歓声を上げた。

「さすが頭領！　取り引き上手！」

「一年半後が待ちきれねぇッ！」

「言ってやるなよ。テッサは大真面目なんだ。笑ったりしたら失礼だ」

ユゲットはしかつめらしい顔を作った。かと思うと、一転して呵々《かか》大笑する。

「よぅし！　クズどもの一掃祝いだ。じゃんじゃん酒を持ってこい！」

入り乱れての酒盛りが始まった。これでは会話もままならない。明日の正午、もう一度ここに集まるよう志願者達に声をかけてから、テッサとキリルとイザークはブラスの住《す》み処《か》へと向かった。

それは木の枝に布を引っ掛けただけの天幕だった。中には虫灯りの籠《かご》がぶら下がっている。木の葉を敷き詰めた地面に古い毛布が落ちている。

「テッサ！」

ルーチェが飛び込んできた。頬を紅潮させ、興奮気味に捲し立てる。

「すごかった！　ビックリした！　いつの間にあんな交渉術を身につけたの？」

「交渉術？」

なにそれ？　とテッサは首を傾げる。

「さっきのやつなら、ほとんどアレーテの受け売りだけど？」

ぷはッ！　とブラスが吹き出した。

「まったくテッサは変わらないな。相変わらず馬鹿正直だ」

「天然だからな」うっそりとキリルが呟く。「天然モノの馬鹿だからな」

「違いない」

ブラスは笑いを噛み殺した。

「俺はブラス。イルファ村のブラスだ。よろしくな」

目を細め、ルーチェの髪をくしゃくしゃとかき回す。

「お前さんがルーチェか。なるほど、賢そうな顔をしている」

「あ、ありがとうございます」

どぎまぎしながらルーチェはブラスを見上げた。

「ブラスさん、どうして僕のこと知ってるんですか？」

「知ってるとも。テッサときたら、ことあるごとに家族の自慢をしやがるんだ。お前さんとアレーテは第九中隊じゃちょっとした有名人よ」

そこで小さく咳をして、ブラスは表情を改めた。膝を折り、眼前の少年と目線を合わせる。

「偉いぞルーチェ。よく生き残ったな」

ルーチェは瞠目《どうもく》した。その表情が苦しげに歪むのを見て、テッサも胸が苦しくなった。

あんたのせいじゃない。あんたが責任を感じることはない。だから生き残ったことに罪悪感を抱いたりしないで。

「んん？」

ブラスが唸った。ルーチェの後ろに立つスラヴィクを見て渋面を作る。

「お前がエルウィンを離れるとは珍しいこともあるもんだ」

「ブラス、スラヴィクを知ってるの？」

「知ってるもなにも俺が初めて西の森に来た時、こいつらに取り囲まれたんだ。理由も事情も聞いて貰えず、武器を取り上げられて、エルウィンに連行されたんだ」

それ、すごく身に覚えがある。

「じゃあブラスは一人で西の森に入ったの？　よく迷わなかったね？」

「こいつがあったからな」

彼はベストのポケットから丸くて平たい懐中時計のようなものを取り出した。金色の蓋《ふた》をパチンと開く。白い盤面に一本の針が踊っている。

「方位磁針っていうんだ。この赤い針が必ず北を指すっていう便利な代物よ」

「へぇえ！」

目を輝かせ、テッサはブラスの手元を覗き込んだ。彼が方位磁針の向きを変えるたび、赤い針がくるくる踊る。

「本当だ。すごいね、これ！」

「ロベルノの道具屋で一目惚《ひとめぼ》れしてさ。アニタに見せてやりたくて、大枚叩《はた》いて買ったんだ」

ブラスはパッツン、と方位磁針の蓋を閉じた。

「アニタは死んだ。俺が村に戻るほんの少し前にな」

テッサは目を伏せた。やはりそうかと思った。ブラスは娘のアニタを溺愛していた。愛娘《まなむすめ》を一人残して、解放軍に身を投じるはずがない。

「神騎隊か？」キリルが問いかける。「それとも警邏兵か？」

「自殺した——と村長は言った」

悔しそうに下唇を噛む。

「だがアニタの親友が教えてくれたよ。アニタは神騎隊の連中に捕まって、宿舎に連れ込まれたんだって。戻ってきたアニタの身体にはいくつもの切り傷があったそうだ。背中や胸元、額にも、口には出せないような卑猥《ひわい》な言葉が刻まれていたそうだ。可哀想に、アニタは飯も喰わず、眠ることも出来ず、ずっと泣いていたってさ。もう外を歩けない、こんな顔、誰にも見せられないって、泣きながら震えていたってさ。その数日後だそうだ。溜め池に浮いているアニタの遺体が見つかったのは」

テッサは喉の奥で呻いた。

「ひどい……ひどすぎる！」

「ああ、まったくひどい話だよ」

ブラスはがっくりと肩を落とした。

「ありったけの武器を持って神騎隊の兵舎にカチ込もうとした。一人でも多くを道連れにして死ぬつもりでいた。けど、おかしなもんでよ。宿舎の前に立った時、中隊長の言葉を思い出しちまったんだ。命を大切にしろ、無駄死にはするなって、あの人の声が聞こえてきちまったんだよ」

「うん、わかるよ」テッサは拳で涙を拭った。「それ中隊長の口癖だったもんね」

両手で顔を覆い、ブラスは呻いた。

「アニタを殺した連中を皆殺しに出来るのなら死んだってかまわない。でも無駄死には出来ない。だから俺はここに来たんだ。解放軍に入ればアニタの仇が討てる。そう思ったんだ」

けどなぁ——と、消え入りそうな声で呟く。

「レーエンデ解放軍は噂通りのゴロツキだった。民間の商隊を襲い、金目の品を巻き上げるケチな盗賊集団だった。奴らに期待するだけ無駄だって、そう思っても諦めきれなくてよ。何も出来ないまんま、ダラダラと生き存《なが》らえちまった。ほんと、みっともない。みっともないよな」

「そんなことない！」

テッサはブラスの背中を叩いた。

「シモン中隊長なら言うよ。生きてさえいればやり直せるって、命あっての物種だぞって！」

ブラスはのろのろと顔を上げた。涙に濡れた目でテッサを見つめる。

「なぁ、テッサ」

「うん？」

「俺にアニタの仇を討たせてくれるか？」

「もちろん！」

力強く答え、テッサはブラスの手を握った。

「レーエンデに第九中隊を作ろう。帝国軍をぶっ飛ばして、アニタの仇を討とう」


その夜、テッサ達は夜を徹して話し合った。

集まった志願者は十五名。元兵士が三名、武具師が一名、残りは武器を握ったことさえない若者達だ。素人同然の彼らをいっぱしの兵士に育てあげる。そのためには拠点がいる。訓練も大事だが、日々の糧《かて》もおろそかには出来ない。あと二ヵ月もすれば雪が降る。その前に越冬に耐え得る住居を見つけ、冬ごもりの準備を終わらせなければ、軍隊を作る以前に凍死する。

「俺に心当たりがある」

そう言ったのはスラヴィクだった。

「ここから西に向かった山脈沿いにヌースという壁内住居がある。狩りに出た者達や森の外に向かう者達が寝泊まりに使っているが、定住している者はいない」

「そりゃ願ったりかなったりだけどさ」テッサは顎に手を当て思案する。「ゾーイが許してくれるかな？　レーエンデ解放軍なんかにゃ貸さないよって、怒られそうじゃない？」

「かもしれない」スラヴィクは立ち上がった。「事情を話して説得してみよう」

明日の昼までには戻ると言い残し、彼は天幕を出ていった。

そして翌日の正午、約束通りに戻ってきた。

「ゾーイの許可を得てきた。好きに使っていいとのことだ」

「ありがたい！」

テッサは飛び上がって喜んだ。

「あたし、みんなに知らせてくるね」

次の日の早朝、テッサと志願者達は解放軍の野営地を離れた。

西の森は鬱蒼として相変わらず蒸し暑かった。しかし枝葉の間から見上げる空には薄い筋雲が浮いている。忍び寄る秋の気配を感じ、テッサは胸を突かれた。ダール村の惨劇から二ヵ月と半月あまり。血塗れの夏が去り、無垢《むく》な秋がやってくる。アレーテ達を夏に残したまま、時は流れ、季節は巡る。

太陽が西に傾く頃、一行は西の森を抜けた。夕陽を浴びて赤銅色に輝く小アーレス山脈、目の前に岩壁が聳えている。岩肌に走ったいくつもの亀裂、そのうちのひとつをスラヴィクが指さした。

「あれがヌースだ」

そう言われてもわからない。どこに出入り口があるのかもわからない。

「すごいね」と感嘆してみせてから、テッサはスラヴィクに問いかけた。「壁内住居って造るのにけっこう手間がかかるでしょ？　なのに、なんで誰も住んでいないの？」

「襲撃されたからだ」

「誰に？　警邏隊？　帝国軍？」

「わからない」

淡々とスラヴィクは答える。

「隠れ住むことに疑問を抱いたエルウィンの若者達がヌースを造った。彼らは狩りで得た肉や毛皮を近隣の村に売り、それで生計を立てていた。暮らしが軌道に乗り始めた矢先、何者かがヌースを襲った。三人の男が殺され、十五人の女が攫われた。消息はいまだにわかっていない」

テッサは呻いた。返す言葉が見つからなかった。ヌースには西の森を抜けなければたどり着けない。犯人は西の森の歩き方を知っている者に限られる。

嫌な想像が頭に浮かんだ。

「まさかレーエンデ解放軍の仕業だった──とか？」

「証拠はない。だがヌースを襲えるのは西の森に詳しい者だけだ」

それで合点がいった。同胞を殺され、連れ去られたというのに、仇を討つことも奪い返すことも出来なかった。ゾーイの悔恨と憤怒は想像にあまりある。レーエンデ解放軍のことを毛嫌いするのも当然だ。

「辛い話だね」

テッサは眼前の岩壁を見上げた。

「そんな辛い思い出のある場所を、あたし達が借りちゃっていいの？」

「無論、警戒は怠るべきではない」

「そういう意味じゃなくてさ。別働隊とはいえ、あたし達もレーエンデ解放軍の一派になったわけだし、ゾーイとしては複雑なんじゃないかなって」

「それについてはすぐにわかる」

スラヴィクは亀裂のひとつに入った。隘路を通り抜け、広い場所に出る。天井近くで鉄鈴が揺れている。虫灯りの籠もある。左右の壁には石階段があり、奥へと続く出入り口がある。エルウィンよりも規模は小さいが、構造はほぼ同じだ。

「そいつは奥に運べ。寝台は手前の部屋だ」

賑やかな声が聞こえてきた。通路を行き交う若者達の姿が見える。箒《ほうき》で床を掃き清める者、壊れた家具を運び出す者、その中にはエルウィンの番人、ウル族の青年ギムタスの姿もある。

「あんた達……」テッサは啞然《あぜん》として呟いた。「ここでいったい何してるの？」

「お、来たな」

ギムタスが気づいた。彼は通路の奥に向かって声を張る。

「おおい、みんな！　大将のご到着だぞ！」

その声に誘われて若者達が現れる。男もいれば女もいる。全部で二十……いや、三十人はいるだろうか。

「あらあら、早かったわねぇ」

前掛けで手を拭いながらイルザが階段を下りてきた。

「イルザまで！」声高にテッサは叫んだ。「なんでヌースにいるの？　ここで何してんの？」

「決まってるじゃない。手伝いに来たのよ。テッサ達が訓練に専念するためには、身の回りの世話をする人間が必要でしょ？」

「ここは解放軍の奴らに知られてるんだよ？　女の人が暮らすのは危険すぎるよ！」

「危険は承知の上よ。エルウィンの女を甘く見ないでちょうだい」

イルザは前掛けの裾をめくってみせた。腰帯から吊るされた革製の鞘にナイフが収まっている。

「過去の教訓から私達が何も学ばずにいたと思うの？」

「それは――」

「心配ご無用。自分のことは自分で守れるわ」

「そうかもしれないけど！　ここを貸して貰うだけでも気が引けちゃうのに、イルザ達に手伝って貰うなんて出来ないよ！　そんなこと、ゾーイだって許すはずがないよ！」

「もう、テッサったらぁ！」

イルザはケラケラと笑い、テッサの肩をバシバシと叩いた。

「母さんのことなら心配いらないわ。許さないどころか飛び上がって喜んでたもの。テッサが自分の軍隊を作るって宣言したことを聞いて、ものすごく興奮してたもの」

そうよね？　とギムタスを振り返る。

「イルザの言う通りだ」

大真面目な顔でギムタスが請け合う。

「俺達、背中を押されてきたんだ。そういうことなら協力は惜しまない。本当は自分が行きたいけれど、さすがにそれは無理だから、お前達が行ってこい、テッサの役に立ってこいってさ」

「それはとってもありがたいよ？　けどギムタス、あんたはエルウィンの番人でしょ？　スラヴィクだけでなくあんたまで留守にしちゃったら、誰がエルウィンを守るのよ？」

「ゾーイがいる。あの人の腕前はあんたもよく知っているだろう？」

何度も手合わせしてたもんなと、訳知り顔でギムタスは笑う。

「俺達は弓の扱いに長《た》けている。森歩きにも慣れている。ラウド渓谷路周辺の地形も熟知しているし、このあたりの天候にも詳しい。仲間にしといて損はないぜ」

「そうよテッサ。帝国支配を終わらせること。レーエンデを取り戻すこと。それは私達の悲願、エルウィンの総意よ」

「くううう……」

テッサは頭を抱えた。くしゃくしゃと髪をかき乱した。

申し出はありがたい。今は喉から手が出るほど人手がほしい。でもイルザやギムタスの手を借りたら、エルウィンの存在を帝国に知られてしまうかもしれない。エルウィンで心穏やかに暮らしている人々を戦に巻き込んでしまうかもしれない。

「何を悩んでるのよ」

「あんた言ったろ？　手段は選ばないって」

イルザとギムタスがテッサに詰め寄る。

「私達をここまでやる気にさせておいて、協力はお断りだって言うの？」

「そもそも今戦わないで、いつ戦えってんだよ？」

「わかってるはずよね？　武器を持って戦うことだけが戦いじゃないんだってこと」

「もう始めちまったんだ。今さら四の五の言ってる場合じゃねぇだろ」

「どうなの、テッサ？」

「どうなんだよ、テッサ？」

二人に交互に詰問され、テッサは首を縮めた。

「だって帝国と戦うんだよ？　死ぬかもしれないんだよ？　なのに何の見返りもないんだよ？　それでもいいの？」

「もちろん！」とギムタスが即答する。

「腕が鳴るわ」と勇ましくイルザが応じる。

先の二人にエルウィンの若者達も追随する。

「お金や名誉のためじゃない。信念のために戦うのよ」

「レーエンデの自由のために、命を張る覚悟は出来てるぜ！」

彼らの熱意を感じ、テッサはアレーテの言葉を思い出した。

帝国を倒すためにはレーエンデの民の結束が不可欠よ。すべての民族、すべての血族、老いも若きも男も女も、剣を持つ者も持たざる者も、全員が命を懸け、死力を尽くす必要があるの。そこまでしなければ帝国には勝てない。レーエンデに自由は戻らない。

「これはアレーテが、あたしの姉さんが言っていたことなんだけど」

咳払いをひとつして、テッサは静かに切り出した。

「一握りの黒麦が豊かな実りをもたらすように、氷柱《つらら》から落ちる雫《しずく》も集まれば大河となる。川は山を崩し、谷を削り、風景さえも変えてみせる。人間もそれと同じ。あたし達一人一人が力を合わせれば、出来ないことは何もない。聖イジョルニ帝国を倒すことも、人間としての尊厳を取り戻すことも、レーエンデに自分達の国を創ることだって、決して不可能じゃない」

その通り！　と誰かが言った。若きウル族が笑う。ティコ族の少年が頷く。武具師の老人が涙を拭う。それに気づいた元兵士が彼の肩に手を回す。そこには不思議な一体感があった。年齢も立場も民族も違うのに、通じ合う思いがあった。

「ここから始めよう。あたし達が始めよう」

自分自身に言い聞かせるように、テッサは一言一句を嚙みしめる。

「レーエンデに自由を取り戻そう。帝国支配を終わらせ、新しい時代を開こう。奪われた自由を、レーエンデの未来を、あたし達の手で取り返そう」

鳶色の瞳に夢と希望を煌めかせ、彼女は拳を突き上げた。

「レーエンデに自由を！」

拳を振り上げ、皆が叫んだ。

「レーエンデに自由を!!」

天井に声が反響する。腹の底が熱くなる。気持ちが高ぶり、興奮が押し寄せてくる。

テッサは目を閉じ、心の中で呼びかけた。

シモン中隊長、貴方は言いましたね。人の命はひとつだけ、人生は一度きり。帝国軍の民兵として野垂れ死ぬまで戦うか、レーエンデの英雄として戦い抜いて死ぬか。選べるのは一方だけだと。

今、ようやく心が決まりました。ようやく理解しました。あたしがあたしらしくいられる場所は平和な家庭の中にはないんだって。あたしが一番あたしらしくいられるのは戦場で槍斧を振り回している時なんだって。だから中隊長、あたし、もう逃げません。レーエンデのために戦います。どんなに苦しくても諦めません。この命が尽きるまで、最期まで戦い抜きます。見ていてください、シモン中隊長。あたしはレーエンデの英雄になります。

ヌースの掃除と片づけが終わると本格的な訓練が始まった。ブラスは剣の腕前のみならず、優れた教育者でもあった。若者達を一人前の兵士に育てるため、彼は徹底的な走り込みを命じた。

「どんなに腕を磨いても持久力がなければ意味がない。生きるも死ぬも体力次第、それを頭と身体に刻み込め！」

弓兵を鍛えるのはイザークの役目だった。とはいえウル族の青年達は皆、弓の名手だ。狩りの経験も豊富で、作戦行動も得意だった。彼らは訓練の一環として森に入り、丸々と太ったレイルリスやトチウサギ、巨大なツノイノシシや立派なシジマシカなどを持ち帰った。

それらを捌くのはイルザ率いるエルウィンの女達だ。彼女達は朝晩の食事を用意し、あまった食材で保存食を作った。ツノイノシシの燻製《くんせい》肉、シジマシカの干し肉、オプスト粉の黒パン、乾燥させたキノコ、ミツカエデの蜜酒、イルザ特製スグリのジャム。一ヵ月もしないうちにヌースの食料庫はいっぱいになった。

レーエンデの冬は厳しい。数日間にわたって嵐が吹き荒れ、森も街道も雪に埋もれる。本格的な冬がくる前にレーエンデ解放軍の荒くれ者は鄙《ひな》びた村や田舎の町へと散っていく。金にモノを言わせ、宿屋や娼館《しょうかん》を借り上げ、春になるまで戻ってこない。

頃合いを見計らい、武具師のディランは若者達を引き連れ、解放軍の根城に向かった。そして使う者もほしがる者もなく捨てられた盗品の武具を拾い集めて戻ってきた。錆《さ》びついた剣、凹《へこ》んだ兜、バラバラになった鎧の部品。ディランはティコ族の巨漢ボーの手を借りて、それらの武具の打ち直しにかかった。

テッサはラウド渓谷路まで足を延ばした。ギムタスに同行を頼み、エルウィンの住人しか知らない裏道を実際に歩いて回った。起伏に富んだ地形と入り組んだ尾根は奇襲作戦にうってつけだった。第九中隊での経験を活かせば数的不利も補える。帝国軍とも互角以上に戦える。大丈夫、きっと上手くいく。

十一月に入ると、曇天に小雪が舞い始めた。テッサは下調べを切り上げ、およそ半月ぶりにヌースに戻った。

そこで彼女は驚くべき知らせを聞かされた。

「ルーチェがいなくなった？」

テッサの帰りを待たず、ルーチェはヌースを出ていった。

部屋に残されていた手紙、そこに記された伝言はたった一行――

『アルトベリ城の攻略方法を探しに行ってきます』

第七章　春陽亭の三姉妹

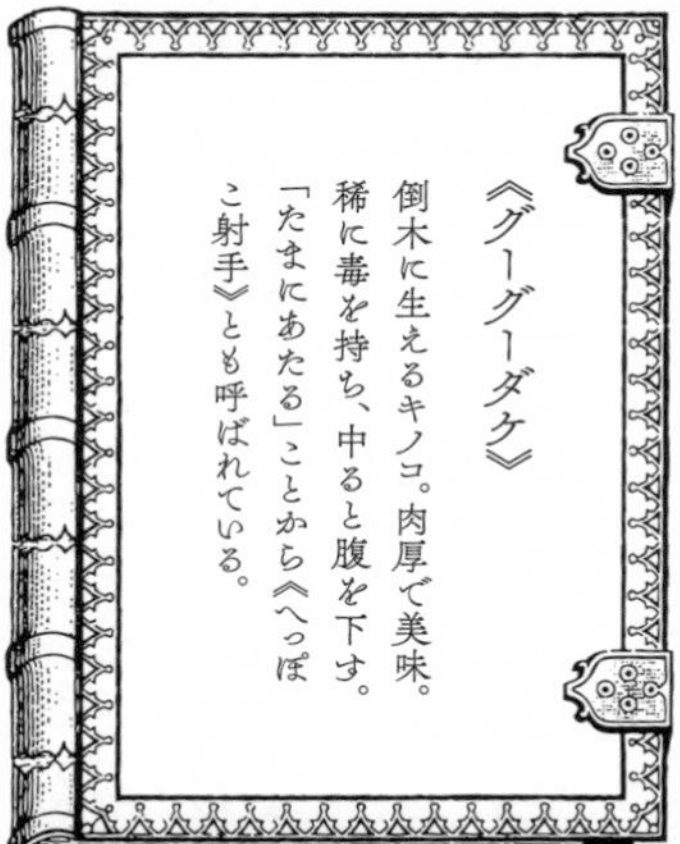
《グーグーダケ》
倒木に生えるキノコ。肉厚で美味。
稀に毒を持ち、中ると腹を下す。
「たまにあたる」ことから《へっぽこ射手》とも呼ばれている。

アルトベリに行こう。

そう決心したのは、初めてヌースに来た日のことだった。

「レーエンデに自由を！」と誓い合ったあの日。ルーチェは滾《たぎ》るような興奮を覚えた。あれはテッサが英雄となった瞬間だった。志を同じくする仲間を得て、打倒帝国への第一歩を踏み出した瞬間だった。テッサは前に進んでいる。このままでは置いていかれる。それが嫌なら自分も前に進むしかない。

アルトベリ城の攻略法を見つけて僕の有用性を証明する。そのためにはアルトベリ城をもっとよく知る必要がある。アルトベリの宿場村には外地とレーエンデの双方から多くの人がやってくる。多くの人が集まる場所には多くの情報が集まる。とはいえ、あてもなく乗り込んでいっても仕事にありつけるとは限らない。テッサに相談することも出来ない。

何か良案はないか。

逡巡《しゅんじゅん》したあげくルーチェはスラヴィクに相談した。彼の意を汲《く》んだスラヴィクは、行商人のアイクに話を通してくれた。ルーチェの話を聞いて、アイクは渋い顔をした。

「お前さんの気持ちもわからんでもない。どうしてもって言うなら口をきいてやらんこともない。だが春陽《しゅんよう》亭の主人は曲者《くせもの》だ。情報を売っちゃくれるが、仲間と呼べるほど親密な間柄《あいだがら》じゃない。

お前さんの目的がアルトベリ城の探索だとわかったら、警邏兵や神騎隊に告発するかもしれない」

「危険は承知の上です」ルーチェは応えた。「自分も役に立ちたいんです。テッサを助けたいんです」

熱意を込めて訴えると、渋っていたアイクもついに折れた。

「わかったよ。連れて行ってやる。けど面倒ごとは嫌われる。テッサのことは黙っとけ。お前さんは俺の甥《おい》っ子で、商いを学ぶために来たってことにしておくからな。上手いこと話を合わせろよ」

聖イジョルニ暦六七二年十月、テッサはラウド渓谷路の調査に出かけた。この機を逃す手はない。まだ夜も明けきらないうちにルーチェはヌースを抜け出し、行商人アイクとともにアルトベリへと向かった。

森の中を黙々と歩き、昼前にはラウド渓谷路へと入った。

ラウド渓谷路は外地とレーエンデを繋ぐ唯一の街道だ。山路には外地へと向かう商隊が列をなしている。彼らは二、三日かけて渓谷路を踏破する。途中にある休憩所や避難所は狭く、いつも場所の奪い合いになる。荷馬車がすれ違えないような隘路では、登りと下りの商隊が押し合いへし合い、荒っぽい罵声が飛び交っている。

レーエンデ人の商隊はアルトベリの関所を通れない。外地の商人達の大半はいまだ銀の呪いを恐れている。ゆえにレーエンデの商隊と外地から来た商隊はアルトベリの宿場村で互いの荷を交換する。大切な荷を預けるのだ。いい加減な相手は選べない。そこでほとんどの商隊が仲介屋を頼る。仲介屋は商隊の規模、予算や積み荷の量などをもとに、引き継ぎ相手を紹介する。その際に使用するのが宿場村に三軒しかない宿屋『白雲亭《はくうん》』、『泡虫亭《あわむし》』、『春陽亭』だ。

「見えたぞ」アイクが前方を指さした。「アルトベリの宿場村だ」

ルーチェは足を止め、額の汗を拭った。目も眩むような懸崖《けんがい》、はるか下をロイズ川が流れている。うねうねと曲がりくねった悪路の先、崖に張りつくように建てられた石造りの建物が見える。

「日暮れ前にはたどり着けそうだな」

荷馬車を連ねる商隊とは異なり、ルーチェとアイクは背負い袋しか荷を持たない。渋滞する商隊の合間を身軽にすり抜け、一足先に宿場村へと到着した。

村を見回し、ルーチェは驚く。思っていたよりはるかに狭い。三軒の宿屋以外にまともな建物はなく、宿からあぶれた歩荷《ぼっか》達が石畳に座り込んでいる。

「アルトベリの宿屋はそれぞれ裏稼業を持ってるんだ」

一軒目の宿屋、白雲亭の前を通り過ぎ、アイクがルーチェにささやいた。

「この白雲亭は銀夢煙草を提供している。泡虫亭には賭場《とば》がある。今からお前さんを連れてく春陽亭は——」彼は意味深に片目を瞑った。「ま、見てのお楽しみってやつだな」

その春陽亭は宿場村の外れにあった。敷地が足りなかったらしく、建物の一部が崖の縁から飛び出している。

「こんちはぁ！」

アイクは春陽亭の暖簾《のれん》をくぐった。

「オルグの旦那はいるかい？」

「あらアイクさん。いらっしゃいませ」

黒髪を背に垂らした妙齢の女性が出迎えた。弧を描く眉、紅を塗った唇、匂い立つような美人だ。彼女はアイクに近づくと、そのしなやかな指先で彼の顎をするんと撫でた。

「お見限りでしたわねぇ。いったいどこに行ってらしたの？」

「アイクだ！　やっぱアイクだ！」

奥から若い娘が飛び出してきた。栗色の髪、褐色の肌、伸びやかな手脚。彼女は牝鹿《めじか》のようにアイクに駆け寄り、その背嚢《はいのう》に頭と両手を突っ込んだ。

「ねぇ、持ってきた？　お願いしてたヤツ、持ってきてくれた？」

「待て待てペネロペ！　今、出すから引っぱるな！」

ルーチェは呆気《あっけ》に取られた。歩荷、商人、用心棒。帝国兵士と警邏兵。男ばかりが集まる宿場村で、若い娘が働いていて危なくないんだろうか？

「誰よ、あんた？」

ペネロペが剣呑な目つきでルーチェを睨んだ。

「見慣れない顔だね」

「え、えと……僕は……」

「僕ぅ？」

たじろぐルーチェを見て、ペネロペはますます眦《まなじり》をつり上げた。

「あんた、どこのお坊ちゃんよ？　ここは泣く子も黙るアルトベリの関所だよ。あんたみたいなお子ちゃまが、来ていいところじゃないんだよ」

「ペネロペってば、お顔が怖ぁい」

「うわぁ！」

ルーチェは飛び退いた。いつからそこにいたのだろう。すぐ後ろに金髪の少女が立っている。ふわふわとした巻き毛、乳白色の肌、すみれ色の瞳をした美少女が茫洋《ぼうよう》とルーチェを見上げている。

「でもねぇ、ペネロペはお口は悪いけど、ほんとはとっても優しいんだよ？」

「ううう、うるさいッ！　シーラ！　あんた余計なこと言うんじゃないのッ！」

「あらまあ、なんて可愛い子なんでしょう。まるでお人形さんのようですわ」

黒髪美女がルーチェの顔を覗き込む。

「貴方、お名前は？」

「る……ルーチェ・ロペスです」

「私はミラ、春陽亭の長女ですのよ」

そう言うと、ミラは褐色肌の娘を右側に、金髪の美少女を左側に抱き寄せる。

「こちらはペネロペ。私達のドレスを仕立ててくれる心優しい次女ですわ。こちらのシーラは可愛い末っ子娘、実は妖精《ようせい》なんですの」

「は……はぁ？」

ルーチェは激しく混乱した。まるで姉妹のような言い方だが、この三人は人種が違う。血が繋がっているとは思えない。

「ねぇ、ルーちゃん」

ふわふわ巻き毛の美少女がルーチェに向かって問いかける。

「ルーちゃんは、あたいの弟になるの？」

「弟？　なぜ弟？　僕のほうが年上だと思いますけど？」

「ええ？　ルーちゃん、いくつ？」

「十六歳です」

「えええぇ、ヤだあ！　あたいと同じだよぅ。同じ歳じゃ弟って呼べないよぅ」

だから、なぜ弟にこだわる？

「じゃあさ、ルーちゃんは何月生まれ？」

「十月です」

シーラの顔がぱあっと華やいだ。

「あたいは五月生まれ。やったぁ！　あたいのほうがおねいちゃんだ！」

「よかったですわね」ミラが優しくシーラの髪を撫でる。

「よくないよ」ペネロペは横目でルーチェを睨む。「あたしは認めないからね。こんな青ッ白《ちろ》いのが弟だなんて、絶対に認めないからね」

「まったくだ。俺も認めねぇ」

無愛想な声が相槌《あいづち》を打つ。奥へと続く戸口の前、一人の中年男が立っている。大きな鉤鼻《かぎばな》、眉間の皺、瞠目するほどの悪相だ。顔の下半分は白い髭に覆われているのに、頭髪は一本もない。

「久しぶりだな、オルグの旦那」

アイクが愛想《あいそ》よく手を上げる。どうやらこの強面が春陽亭の主人であるらしい。

「こっち来い」

オルグは顎をしゃくった。返事も待たずに奥の戸口へと消えていく。

「行こう」とアイクが促す。ルーチェは緊張の面持ちで奥へと向かった。

戸口の向こうは厨房になっていた。窓辺には竈が据えつけられている。水瓶《みずがめ》や戸棚が所狭しと並んでいる。作業台の傍にある丸椅子に腰かけ、オルグはアイクを睨んだ。

「その坊主は何モンだ？」

「俺の甥っ子だ」

如才なく答え、アイクはルーチェを押し出した。

「商売を学ばせたいんだ。ここなら外地からの商人にも会えるだろ。連中のこと、今のうちから見ておけば、将来役に立つと思ってさ」

「見え透いてるぜ、アイクの」

唸るような笑い声。禿頭《とくとう》と悪相が相まって、身震いするほど恐ろしい。

「お前の甥っ子ならノイエ族だろ？　こいつのどこがノイエ族だよ？　どこから見たってイジョルニ人じゃねぇか？」

オルグは面倒くさそうに毛深い両手で顔を擦った。

「厄介ごとはゴメンだ。連れて帰れ」

「そう言うなって。人手が足りないって言ってたろ？」

「イジョルニ人の坊主に力仕事が務まるもんかよ」

帰れ帰れと右手を振る。話し合う気はないらしい。

ここまで来て、後には引けない。覚悟を決めてルーチェは一歩前に出た。

「民族的特徴によって個人の能力を測るのは短絡です。その証拠が、オルグさん、貴方です。一般的にウル族は保守的で閉鎖的と言われていますが、貴方は多くの人が行き交うこのアルトベリで宿屋を営んでいる」

オルグは眉を跳ね上げた。その瞳には驚愕の色が浮かんでいる。

「お前、今、何っつった？」

「貴方はウル族です。オルグさん」

「つまらん言いがかりはやめろ」

「貴方の左手には古い傷があります」

ルーチェは左手を掲げた。右手の指で掌に十字を描いてみせる。

「その印はウル族のハグレ者の証しです」

オルグは舌打ちをした。恨めしそうにアイクを睨む。

「目ざといガキを連れてきやがって」

「そうだろう？　そう思うだろう？」

アイクは人好きのする笑みを浮かべた。

「この子はすごく頭がいい。計算も得意だし、仕事の飲み込みも早い。真面目な働き者だ。ここに住まわせて貰えりゃ給金はいらない。な？　悪い話じゃないだろう？」

「働き手にほしいのは腕っ節のいい若者だ。こんな生っちょろい餓鬼じゃねぇ」

「おっしゃる通り、僕は細くて背も低いです。力仕事もあまり得意ではありません。でも長い間、ティコ族の村で暮らしていたので家事全般は一通りこなせます。水汲み、薪割り、掃除に洗濯、家畜の世話、なんでも出来ます」

「わかっちゃいねぇな、坊主」

オルグはフンと鼻を鳴らした。

「ここで働くってことは身体を売るってことだ。アルトベリに集まる野郎の中には、お前みたいに色が白くて綺麗な顔した男が大好物ってヤツもいる。そいつらにケツの穴を掘られる覚悟があんのかって話だ」

思わずルーチェはたじろいだ。ようやく事情が飲み込めた。この春陽亭は娼館だ。あの三姉妹は売春婦だ。ここで働くということは、見知らぬ男の慰みものになるということなのだ。

動揺を鎮めるため、ルーチェは深く息をした。

テッサは言った。レーエンデの自由のためならなんでもする、と。もしここにいるのが彼女だったら、きっと迷いはしないだろう。だったら僕も迷わない。テッサを守るためなら、どんなことでもしてみせる。

「仕事のえり好みはしません。必要であれば好事家の相手もします」

「好事家だぁ？」オルグはこれみよがしに舌打ちをした。「しゃれた言葉を使いやがって、お前いったいいくつだよ？」

「十六歳です」

「まだ第一の人生じゃねぇか」

「どういう意味ですか？」

聞き流せというように、オルグはぞんざいに手を振った。

「今日からお前は釜焚き係だ。大釜で湯を沸かして湯船に運ぶ。どこの宿屋でもやってるこったがウチは美女の接待つきだ。それを目当てに多くの客がやってくる」

膝を打ってオルグは立ち上がった。作業台に置かれていた手拭《てぬぐ》いを拾い、それをルーチェに投げつける。

「そいつで顔を隠しとけ。好事家の目に留まらねぇよう、せいぜい注意するこったな」

「働かせて貰えるんですか？」

「だからそう言ってるだろ」

ぶっきらぼうにオルグは答える。

「言っとくが、お前に指名がかかっても、かばってやらねぇからな」

「ありがとうございます！」

手拭いを握りしめ、ルーチェは深々と頭を下げた。

「一生懸命働きます。よろしくお願いします！」

「礼はいらねぇ」

その代わり――と言って、オルグはルーチェの喉元を指で叩いた。

「しっかり肝に銘じとけ。ウチの娘達に手を出すな。もし手を出したら、お前のブツを引き抜いて、ケツの穴に突っ込んでやる」


アルトベリは晩秋に繁忙期を迎える。雪が降る前に荷を運んでしまおうと商隊が押し寄せてくる。おかげで宿場は大わらわ。ルーチェにも山ほど仕事が降ってきた。客室の清掃、店内の掃除、料理の下ごしらえに皿洗い、宿泊客の荷物運びなどなど、目が回るほど忙しい。

出来ることならすぐにでもアルトベリ城の調査に行きたかったが、ルーチェはぐっと我慢した。仕事をおろそかにして見切りをつけられたら元も子もない。今は一生懸命働いて、こいつは役に立つと思わせることが先決だ。

次々に言いつけられる仕事の中で一番の重労働が釜焚きだった。まずは『泡虫亭』の裏手にある水窟《すいくつ》まで水を汲みに行く。重い水桶を持って数往復、大釜に水が溜まったら専用の竈で湯を沸かす。熱湯を湯殿に運び、銅製の湯船で水と混ぜる。手を入れて熱いと感じるぐらいが適温だ。準備が出来たら姉さん達に知らせる。そこからは三姉妹の出番だ。姉さん達が客の相手をしている間、ルーチェは次の湯を沸かす。客が引けたら湯殿を清掃し、再び湯船にお湯を張る。湯を沸かすのが早すぎれば燃料が無駄になるし、遅すぎては時間が無駄になる。その兼ね合いが難しい。

慣れないうちは失敗もした。掃除道具を抱えて湯殿の扉を開くと、湯船の中でミラと客が情事の真っ最中だった。ルーチェは悲鳴を飲み込み、扉を閉めた。幸い、客はミラに夢中で気づかなかった。上機嫌で帰っていく客人を見送った後、ルーチェはミラに平謝りした。

「すみませんでした。もうお帰りになったと思ってました。僕の早合点《はやがてん》でした」

ミラは口元を押さえ、色っぽく微笑んだ。

「私の裸体、見られちゃいましたわねぇ」

「い、いいえ！　見てません見てません、何も見てません」

「いいんですのよ。見られたって減るもんでなし」

「すみません、今後は気をつけます！　本当に、その、すみませんでした！」

本音を言えば、最初は嫌悪感が拭えなかった。春をひさぐ下賤《げせん》な女。そんな境遇に身を落とした三姉妹に哀れみを感じていた。実際、客の中には姉妹のことを軽んじて、手荒に扱う者もいた。しかし三姉妹はめげなかった。いつも前向きで明るかった。諦観ではない。自棄《やけ》でもない。ルーチェは不思議に思った。なぜ彼女達は笑っていられるのだろう。どうして我が身を悲観せずにいられるのだろう。

ある日、ルーチェは遠回しに尋ねてみた。

「姉さん達はどうしてここで働いているんですか？」

三姉妹は顔を見合わせた。かと思うと、意味ありげににんまりと笑った。

「知りたい？」

「聞きたい？」

「それじゃあ、教えてやろうかね！」

ペネロペはひらりとテーブルに飛び乗った。彼女の手を借りてミラとシーラもテーブルに登る。

そして三姉妹の即興劇が始まった。

「私はとても貧しかった」

「食べ物もなく、住む家もない。夜露に濡れてただ一人。あたしは神に祈ったの」

「神様、神様、お救いください。どうかあたいに生きる術《すべ》をお与えください」

「すると神は仰《おつしや》った」

「持てるもので勝負せよ」

「でも、あたいには何もない」

「お金も」「親も」「故郷もない」

「知恵も」「家族も」「力もない」

「神様、神様、私達には何もありません」

「この両手は空っぽです。あたし達、何も持ってないんです」

「すると神は仰った」

「神の御業《みわざ》に抜かりはない。お前達はすでに必要なものを持っている。何もないと思うのは、お前達がうつけだからだ」

「あたしは自分に問いかけた」

「私は何を持っている？」

「あたいは何を持っている？」

「ミラ姉さんは持っている。長くつややかな闇色の髪を」

「ペネロペは持っている。黄金色のなめらかな肌を」

「可愛いシーラは持っている。まろやかで柔らかいふたつの乳房を」

「これだ！」「そうよ！」「これなんだわ‼」

「髪と肌とまろやかな乳房、これこそが私達の武器」

「持ってる武器を使うだけ。恥じらうことなどあるもんか」

「あたい達は生きていく。お日様の下で堂々と生きる」

「なぜなら――」

「「人生は神様からの贈り物なんだから！」」

美しい和声を響かせ、三人は手を打ち合わせた。スカートをつまんで優雅に一礼する。

「素晴らしい！」

三姉妹の美声に、彼女達の決意に、ルーチェは拍手喝采《はくしゅかっさい》を送った。

「すごい！　格好いい！　姉さん、格好いいです！」

彼の先入観を覆してみせたのは三姉妹だけではなかった。彼女達の雇い主であるオルグもまた一風変わった傑物だった。娼館の主人といえば女達に客を取らせ、稼いだ金を巻き上げる、血も涙もない冷血漢だと思っていた。しかしオルグは「娘達は店の財産だ」と言い、惜しむことなく高額の給金を渡した。「火傷でもされたら大変だ」と言って娘達を厨房には入れず、調理場は彼が一人で切り盛りした。

アルトベリには土地がない。畑もないし家畜もいない。食材は商隊に頼んで運んできて貰うしかない。これがかなり高くつく。それでもオルグは出し惜しみをしなかった。客に振る舞う食事も豪勢だが、賄い料理も負けず劣《おと》らず豪華だった。

「やったぁ！　今日はキノコと肉団子のスープだ！」

「いつ食べても絶品ですわね」

「うう、旨すぎる。こんなに食べたら太っちゃうよ」

「いいやペネロペ、お前は痩せすぎだ。もっと喰え。肉づきの悪い女は嫌われる」

「そりゃ、あたしのおっぱいは控えめだよ？　けど世の中には、そういうとこが好きだって男も、いっぱいいるんだからね！」

「おっぱいが小さいのはいい。だが肋骨が浮いて見えるのは駄目だ」

「って、オルグ！　なんで知ってんだよ？　いつあたしの裸、見たんだよ！」

「俺はお前らの雇い主だ。お前達の健康状態を把握するのも俺の仕事だ」

「黙れ、変態！　覗《のぞ》き魔！　助平オヤジ！」

罵詈雑言《ばりぞうごん》の雨が降る。ルーチェは俯いて、必死に笑いを噛み殺した。

「笑ってんじゃねぇ。お前ももっと喰え。腹いっぱい喰って、キリキリ働け」

オルグは厳しい。ヘマをすれば怒られる。仕事が遅くても怒られる。でもいい仕事をした時は「よくやった」と褒めてくれる。春陽亭で働き始めて一ヵ月が過ぎた頃、倉庫に荷を運び入れたルーチェをオルグが呼び止めた。

「こいつをアルトベリ城の門番に渡してきてくれ」

預かった革袋はずしりと重かった。中にはぎっしりとジョウト銀貨が詰まっている。

「これ、何の代金なんですか？」

「目こぼし料だよ」オルグは不愉快そうに唸った。「ここは帝国の所有地で、レーエンデ人が商売するのは違法なんだそうだ。大目に見てほしければ相応の金を払えってのが連中の言い分でな。毎月儲けの一割を納めなきゃなんねぇのさ」

「横暴ですね」

「ま、仕方ねぇやな」

肩をすくめ、オルグは横目でルーチェを睨んだ。

「いいか、くれぐれも油断するんじゃねぇぞ？　誰かに盗まれでもしたら、お前の叔父さんにきっちり弁償して貰うからな？」

ルーチェはつい笑ってしまった。

誰かに盗まれる心配はしても、持ち逃げされる心配はしないんだ？

「なにニヤついていやがる」

「重要な仕事を任せて貰えたのが嬉しくて、つい」

素直に答えてから、ルーチェは表情を引き締めた。重い革袋を上着の内ポケットにしまい、踵《かかと》を揃えて一礼する。

「では行ってまいります」

ルーチェは店を出て、アルトベリ城へと向かった。

アルトベリ峠の坂は終盤が一番厳しい。城門前は特に険しい。急勾配《きゅうこうばい》の坂道を登っていくと前方に鉄柵門が見えてきた。門番が槍を交差し、商隊の行く手を阻んでいる。通行証に何か不備があったらしい。隊長と門番が押し問答をしている。好都合だ。ルーチェはうんざり顔で列に並んだ。

嘘のあくびを噛み殺し、退屈そうにアルトベリ城を眺めた。

深い渓谷に屹立《きつりつ》する巨岩、その上に白亜の城が建っている。城壁に囲まれた主館と円塔。場所が場所だけに規模はかなり小さい。主館は四階建てで屋根は火や風に強い石板葺《ぶ》きだ。円塔は六階か七階建て、白い壁面は滑らかで継ぎ目が見えない。

城壁の上部は歩廊になっていた。胸壁の向こう側には深紅色の制服を着た警備兵が立っている。

弩を手にしている者、長銃を携えている者もいる。

鉄柵門とアルトベリ城を繋ぐのは『天使の木橋』と呼ばれる北の跳ね橋だ。全長およそ五ロコス。渡った正面には城塞門が聳えている。監視窓を備えた小塔が両肩に張り出している。上部胸壁からは大砲が周囲に睨みをきかせている。鉄の牙を剝く落とし格子の向こうには薄暗い隧道が続いている。商隊はあの隧道で荷を検《あらた》められる。そして厳しい取り調べを通過した者だけが、南側の『悪魔の石橋』へと進むことが許されるのだ。

「よし、進め！」

門番の声。商隊が前進する。荷馬車が跳ね橋を渡っていく。立ち止まっていては怪しまれる。ルーチェは前に進んだ。二人の門番が胡乱《うろん》な目で彼を見る。ルーチェは用心深く革袋を取り出し、年配の兵士に差し出した。

「春陽亭からのお使いで来ました。こちら十一月分です。お納めください」

兵士は革袋を受け取った。紐を緩めて中を確かめると無言で顎をしゃくった。帰れということらしい。ルーチェは丁寧に一礼し、その場を離れた。坂を下る足が次第に速まっていく。達成感が湧き上がる。頰が紅潮してくるのが自分でもわかった。

見たぞ！　悪名高きアルトベリ城をついにこの目で見てやったぞ！

舞い上がるような高揚感は、そう長くは続かなかった。春陽亭に戻る頃には逆に血の気が引いていた。自室がわりの倉庫に戻り、ルーチェはそこで頭を抱えた。

城へと至る坂道は急勾配で幅が狭い。破城槌を運ぶのは難しいだろう。途中でもたつきでもしたら大砲の一撃で吹き飛ばされてしまうだろう。しかも落とし格子を降ろされ、跳ね橋を上げられたら、城塞門は二重に閉ざされる。城壁を登ろうにも壁の下部は岩壁と一体化している。崖下にはロイズ川の急流が牙を剝いている。足場がないので櫓《やぐら》は組めない。梯子もかけられない。たとえ即席の橋を渡せたとしても、歩廊から射かけられる矢と銃撃を避けながら二重の障壁を破ることは不可能だ。

まったく隙がない。難攻不落と言われるはずだ。

あんな城、どうやって攻め落とせばいいんだ？

ルーチェは打ちのめされた。認識の甘さを痛感した。しかし絶望している暇はない。アルトベリ城が攻略出来なければテッサは帝国に引き渡される。東教区の司祭長を殺したのだ。縛り首ではすまないだろう。生きながらにして腹を割《さ》かれ、四肢を引きちぎられ、その遺骸は朽ち果てるまで晒されることになるだろう。

そんなことは絶対にさせない。悪魔の口と呼ばれていても、所詮は人が造った城だ。どこかに弱点があるはずだ。観察し、情報を集め、知恵を絞って考えるんだ。

十一月の半ば、アルトベリ峠に雪が降った。強い風に飛ばされて積もることはなかったが、この日を境に気温はぐんと下がった。朝晩の冷え込みで石畳には霜が降り、水溜まりには氷が張るようになった。こうなるともう荷馬車は通れない。関所を抜ける商隊の数は激減し、春陽亭に立ち寄る客も少なくなった。

十二月から翌年の二月までの四ヵ月間、渓谷路は雪に閉ざされ、客足も絶える。月に一度、伝令兵が通るというが、彼らは宿には立ち寄らない。商売にならないので三軒の宿屋は営業を止め、そこで働く者達も一部を除いて山を下りる。ミラとペネロペも例に漏れず、ボネッティで冬を過ごすという。

それを聞いて、ルーチェは首を傾げた。

「シーラは一緒に行かないの？」

「うん、あたいは行かないの」

「でもここは雪で閉ざされちゃうんだよ？　春が来る前に備蓄の食糧や燃料が尽きたとしても、誰も助けに来てくれないんだよ？」

「平気だもん」シーラはツンと唇を尖らせる。「あたい、ちゃんと留守番出来るもん」

どうやら本気らしい。ルーチェはオルグに目を向けた。

「オルグさんはどうするんですか？」

「俺も残る」オルグは左手の傷をかざした。「シーラも俺もワケありだからな。警邏兵がうろつくとこには行けねぇんだよ」

ということは、シーラもウル族なのだろうか。彼女は肌も白く、髪の色も薄い。ウル族だとしても不思議はないのだが、なぜだろう。ざらりとした違和感を覚える。

「お前はどうすんだ？」

逆に問われ、ルーチェは言葉を濁《にご》した。

「えっと……出来れば、ここに残りたいんですけど」

人目が減ればアルトベリ城を観察しやすくなる。実に好都合だ。しかし彼が残ればその分だけ備蓄食糧を消費する。「そんな余裕はウチにはねぇよ」と一蹴《いっしゅう》されると思っていた。

「じゃあルーチェに留守番を頼もう！」

弾んだ声でペネロペが言った。

「今年はさ、オルグも一緒に山を下りようよ！　シャピロの料理、一度食べてみたいって言ってたじゃん！」

「無茶言うんじゃねぇ。俺はウル族だぞ？　警邏に見つかったら斬り殺されちまう」

「大丈夫ですわよ。一般的にウル族は男も女も天使のように美しいと言われてますもの。オルグのような強面をウル族と思う者はいませんわ」

「そういうことならゆっくり骨休めしてきてください」

「春陽亭には僕が残ります。ガタついてる屋根の石板も、客室の鎧戸も修繕しておきます」

ここぞとばかりに、ルーチェはにっこりと微笑んだ。

「いい気になるなよ青二才。お前なんかに大事な店を預けられるか」

これみよがしに鼻から息を吐き、オルグは太い腕を組む。

「お前とシーラを二人きりにするなんて、まったくとんでもねぇ話だ」

「あたいなら大丈夫だよ。気にせずオルグも行っといでよ」

「そうですよ。真問石《しんもんせき》に手を置いて誓います。シーラに手を出したりしません」

「ルーちゃんは真面目さんだもんねぇ」

何がおかしいのか、シーラはキャッキャと笑う。

「あたい、何度も誘ってるのに、ぜんぜん相手にしてくれないんだもん」

「なんだってェ？」

オルグは剣呑な目つきでルーチェを睨んだ。

「お前、こんなに可愛いシーラのどこが気に入らねぇってんだ？」

「だってオルグさんが言ったんですよ!?　ウチの娘達に手を出すなって！」

「だってもあさってもねぇ。シーラが誘ってんだ。普通断らねぇだろ？　止められたって手ぇ出すだろ？　それが男ってもんだろ？」

「そうですけど、わかりますけど、僕には婚約者がいるんです！」

神前で誓い合ったわけではない。役所の許可も得ていない。所詮は酒の席での戯言《たわごと》だ。おふざけ半分の口約束だ。でも嘘ではない。少なくともルーチェは本気だ。

「彼女の役に立ちたいから、彼女を幸せにしたいから、僕はここに来たんです」

「ほおぅ？」

オルグは片目を閉じた。白い顎髭《あごひげ》を引っぱりながら、しばしの間、思案する。

「お前、そんなに商売人になりてぇのか？」

「なりたいです」

「甘かねぇぞ？　レーエンデ人がいっぱしの商売人になるには、帝国兵の汚ぇケツにキスだってしなきゃなんねぇ。お前にそれが出来んのか？」

「覚悟はしています」

「そうかい。そこまで言うならやってみな」

オルグは膝を打ち、おもむろに立ち上がった。

「シーラ。こいつと二人、冬の留守番を頼めるか？」

「任せて。あたい、ちゃんとする。きちんとお役目も果たすよ」

「すまねぇな」

労《ねぎら》うようにシーラの頭を撫でてから、オルグはルーチェを振り返った。

「三月には戻ってくる。困ったことがあったらシーラを頼れ」

「はい！」

「よかったら私の部屋を使ってくださいな」とミラが言う。「シーラの部屋とはお隣同士。暖炉を共有していますから燃料の節約になりますわ」

「そうしなよ」とペネロペも続ける。「真冬にあの倉庫で寝たら氷漬けになっちゃうぞ?」

ルーチェが寝起きしている一階の倉庫は隙間だらけだ。四六時中、冷たい風が吹き込んでくる。眠っていても寒くて何度も目が覚める。正直そろそろ限界だった。

「ありがとうございます」ルーチェはぺこりと頭を下げた。「では遠慮なく、ミラ姉さんのお部屋を使わせていただきます」

数日後、オルグとミラとペネロペはボネッティへと旅立っていった。ルーチェはさっそくミラの部屋へと向かった。こぢんまりとした室内には小さな物入れと寝台、窓辺の机にはオイルランプが置かれている。客の要望によってはこの部屋で同衾《どうきん》することもあるのだが、それらしい装飾も特別な道具もない。

ルーチェは正面の窓を開いた。眼下にラウド渓谷が広がっている。曲がりくねった岨道《そわみち》が銀糸のように光っている。なかなかいい眺めだ。彼は鼻歌交じりに左の出窓を開いた。

「うわ」

正面にアルトベリ城が見えた。驚くほど近い。城の内部までは無理だが、歩廊を歩く兵士の姿は十二分に見て取れる。

「ありがとう、ミラ姉さん!」

ルーチェは両手を合わせた。願ってもない僥倖《ぎょうこう》だった。小躍りしたい気分だった。ここなら見咎められることもない。これで毎日、思う存分、アルトベリ城の観察が出来るぞ!

十三月に入ると、宿場村から人影が消えた。

残っているのはルーチェとシーラの二人だけになった。

冬将軍が到来する前にルーチェは宿の修繕を始めた。窓の鎧戸をつけ直し、割れた石板を張り替える。暖炉の煤を払い、煙突の掃除をする。それらの作業の合間にミラ姉さんの部屋に行き、アルトベリ城を観察した。

朝八時、ラウド渓谷には轟音が響く。跳ね橋が下ろされ、落とし格子がつり上げられる。そして夕方六時、落とし格子が閉じられ、跳ね橋は巻き上げられる。行き交う者がいなくても毎日、同じことが繰り返される。機械が凍結し、動かなくなるのを防ぐためだろう。

しかし跳ね橋の手前にある鉄柵門は閉じられたまま、門番の姿も見なくなった。大雪の日や嵐が吹きすさぶ夜には歩廊からも警備兵の姿が消えた。窓から漏れる明かりから推察するに、住居として使われているのは主館だけだ。円塔の最上階には常夜灯が灯されているが、他の窓に明かりが灯ることは滅多になかった。

年の終わりが近づくと、吐息も凍りそうな寒波が押し寄せてきた。

一日分の作業を終え、ルーチェはミラ姉さんの部屋に戻った。そっと出窓を開く。凍《い》てつく風の中、腕を伸ばして親指を立てる。城までのおおよその距離はわかっている。あとは簡単な計算をするだけで、円塔や主館の高さが割り出せる。

「ルーちゃん」

声とともに扉が開いた。出窓から身を乗り出しているルーチェを見て、シーラは目を丸くする。

「何してるの？」

ルーチェは素早く鎧戸を閉め、作り笑いを浮かべてみせた。

「別に、部屋の換気をしていただけだよ」

「そうなの？　寒くないの？」シーラは両手で二の腕を擦った。「今日は特に冷えるよね。ルーちゃん、今夜はあたいと一緒に寝る？」

「いや遠慮しとく」

「でもルーちゃん、ミラ姉さんに気を遣ってベッドで寝てないでしょ。床で寝るのは寒いでしょ。だったらあたいのベッドで一緒に寝ようよ。ルーちゃんが凍《こご》えないように、あたい、あっためたげるから！」

いつになく熱心なお誘いだった。明るく振る舞っていても、本当は寂しいのかもしれない。

「ごめんね、シーラ」

ルーチェは彼女の頭を撫でた。

「前に言ったよね。僕には婚約者がいるって。僕は彼女を裏切りたくないんだ」

「むう」

シーラは恨めしそうにルーチェを見る。夜明けの空を思わせるすみれ色の瞳、茫洋として謎めいている。美しいけれど得体が知れない。背筋がぞわりと冷たくなった。シーラの目、人間の目じゃないみたい。本当に妖精みたいだ。

「またフラれちゃったぁ」

彼女は舌を出し、えへへと笑った。瞳の魔力は消えていた。いつも通りのシーラだった。

動揺を悟られまいとして、ルーチェも笑った。

「お詫びに今夜は僕が夕ご飯を作るよ」

「え、ほんと？　あたい、肉団子のスープが食べたい！」

干し肉は新年まで取っておこうと思ったんだけど、まあ、いいか。

「じゃあ、少し早いけど、新年祝いをしちゃおうか」


静寂の中、ルーチェとシーラは新年を迎えた。一月が過ぎ、二月に入り、寒さはますます厳しくなった。もう少しの辛抱だと二人はお互いを励まし合った。三月になれば雪が溶ける。雪が溶けたらオルグ達が戻ってくる。早く姉さん達に会いたい。再会が待ち遠しい。

雪に埋もれたアルトベリは静かすぎて、ルーチェはつい忘れてしまった。なぜシーラは春陽亭に残ったのか、なぜオルグは「甘かねぇぞ」と言ったのか、考えることを怠った。あの時、覚えたざらりとした違和感。その正体を思い知らされる事件が起きた。

久しぶりに太陽が顔を覗かせた冬晴れの日。ドンドンドンという音がした。少し間を置いて、さらに三回。誰かが宿屋の扉を叩いている。

いったい誰だろう。ルーチェはミラ姉さんの部屋を出た。渓谷路は雪に埋もれている。客が来るとは思えない。金目のものがあるわけでなし、泥棒や山賊がここまで登ってくる理由もない。

「ルーちゃん？」隣の部屋の扉が開き、シーラが心配そうに顔を出す。

「様子を見てくる」階段を下りながらルーチェは言った。「シーラは部屋にいて」

音はまだ続いている。じれているのか、だんだんと大きく激しくなってくる。

扉の外に向かい、ルーチェは大声で尋ねた。

「どちら様ですか？」

「アルトベリ城の者だ！」扉の向こう側から胴間声が聞こえてくる。「早く開けろ！」

ダアン！　という音とともに木板がたわんだ。外から扉を蹴ったのだ。まだまだ寒い日が続く。

扉を壊されては堪らない。ルーチェは閂《かんぬき》を外し、用心深く扉を開いた。

立っていたのは浅黒い肌をした男達だった。全部で五人。真っ黒な髪と髭、彫りの深い顔立ち。毛皮の上着を着込み、腰には長剣を吊るしている。

「何のご用で――」

言い終わらぬうちに拳が鳩尾《みぞおち》にめり込んだ。目の前が暗くなり、脂汗が噴き出してくる。ルーチェは両膝をついた。腹を押さえてうずくまる。喘いでも喘いでも息が出来ない。

「邪魔だ」

突き飛ばされてルーチェは床に転がった。倒れた彼の目の前を黒い長靴が横切っていく。

「……待て」

ルーチェは男の足首を摑んだ。

「勝手に、入るな」

「うるせぇ！　この愚民が！」

罵声とともに男はルーチェの手を振り払った。

「汚ぇ手で触ってんじゃねぇぞ、クソが！」

容赦なく背を蹴られ、腹を蹴られた。激しい痛みに記憶が呼び起こされる。夕陽に染まった部屋、血塗られた床、倒れているアレーテ。

何も出来なかった。助けられなかった。

「かまうなよ」別の男の声がした。「時間が勿体ねぇ」

「それもそうだ」

暴力が止まる。男達の足音が遠ざかっていく。

……逃げろ、シーラ
叫ぼうとしたが声が出なかった。身体が動かない。視界が暗くなっていく。

駄目だ、気を失っては駄目だ。大切な人を失うのはもう嫌だ。

そう思った直後、彼の意識は闇に呑まれた。

目を開くと床が見えた。開け放たれた扉、雪上に残る長靴の足跡。鳩尾が痛い。身体がすっかり冷え切っている。

あれからどれぐらい経った？　奴らはどこに行った？

ルーチェは身体を起こした。椅子の背を摑んで立ち上がる。骨が軋む。体中の筋肉が悲鳴を上げる。呻き声を嚙み殺し、よろよろと歩き出す。

「……シーラ」

這うようにして階段を上り、しゃがれた声で呼びかける。

「シーラ、無事か？」

答えはない。静寂に心臓が凍りつく。真っ赤な夕陽、鮮血に染まったアレーテ、彼女に馬乗りになっていた神騎兵。苦痛の呻きと荒い息づかい。またあの光景を見ることになるのか。僕はまた守れないのか。また大事な人を失うのか。

「お願いだ、シーラ。返事をしてくれ」

「ルーチェ？」

開け放たれた扉からシーラが顔を覗かせる。髪は縺れ、頰は透き通りそうなほど白い。身につけているのは薄い下着一枚だけ。薄い肩が哀れなほどに震えている。

「シーラ！」

ルーチェは彼女に駆け寄った。

「大丈夫か？　怪我してないか？」

「うん……」目に涙を浮かべ、シーラは健気《けなげ》に頷いた。「あたいは平気だよ」

ルーチェは呻いた。馬鹿な質問をした自分を引っぱたきたくなった。

大丈夫なはずがない。アルトベリ城の連中がここに来る理由なんて、ひとつしかない。奴らがシーラに何もせず、引き上げていくわけがない。

「ごめん、シーラ」

ルーチェは彼女を抱きしめた。彼女の肩に額を押しつけ、嗚咽を堪える。

「守ってあげられなくて、ごめん……本当にごめん」

「泣かないで、ルーちゃん」

シーラは優しく彼の背中を撫でた。

「大丈夫だよ。あたい慣れてるから。帝国兵の相手をするのも、いっぺんに大勢を相手にするのも、これが初めてじゃないから」

「え……？」

愕然《がくぜん》としてルーチェはシーラの顔を見た。

「オルグさんは止めてくれなかったの？　君がひどい目に遭わされても、何も言ってくれなかったの？」

「相手は帝国の兵隊さんだもん。オルグだって逆らえないよ」

「でも――」

「オルグの悪口は言っちゃダメ」

シーラはルーチェの唇に人差し指を押し当てた。

「逆らったりしたら、アルトベリで商売続けられなくなっちゃうもん。オルグも姉さん達もあたいも他に行くところないんだもん。帝国兵は乱暴だし、お金払ってくれないからすっごくすっごく大嫌いだけど。あたいが我慢すれば、それですむことだもん」

「それは違う！」

シーラの上腕を摑み、ルーチェは叫んだ。

「労働に対し、適正な対価を支払う。それは社会の原則だ。無料奉仕を強いるのは泥棒と同じだ。ましてや嫌がっている相手に性行為を強要するなんて、絶対に許されることじゃない！」

「大袈裟《おおげさ》だなぁ、ルーちゃんは」

シーラは笑う。彼女らしくない冷え冷えとした微笑み。

「あたいは娼婦だよ？　純潔な乙女ってわけじゃないんだよ？」

「関係ない。不当に搾取されていい人間なんていない。娼婦だから乱暴してもかまわないだなんて、そんなの理由になってない！」

「痛い……痛いよ、ルーちゃん」

シーラの声で、ルーチェは我に返った。慌てて彼女から手を離す。

「ごめん」

「ルーちゃんって頭いいんだね」

上腕をさすり、シーラはかすかに眉根を寄せた。

「あたい馬鹿だから、なんでルーちゃんが怒ってるのかわかんないよ。何が言いたいのかもよくわかんない」

ルーチェは下唇を嚙んだ。怒りと悲しみ、哀れみと苛立ち、複雑な感情が入り混じる。

「簡単に言うと、諦めちゃ駄目だってこと」

彼女の頭をポンポンと叩き、ルーチェは強ばった笑みを浮かべた。

「シーラが犠牲になる必要はないんだ。僕達は人間で、すべての人間には幸せになる権利があるんだから」

「あたいみたいな娼婦にも？」

「もちろん！」ルーチェは大きく頷いた。「君は自分が持てるものを駆使して懸命に生きている。その生き方は賞賛されるべきであって、蔑《さげす》まれるべきじゃない。遠くない未来、君の献身は報われる。すべての人間が自由闊達《かったつ》に生きられる、そんな時代がきっと来る。僕はそれを信じてる」

「いいね、それ」

シーラはうっとりと微笑んだ。

「これから生まれてくる子が、あたいみたいな思いをしなくてすむなら、それはとっても素敵なことだよ。そういう日が早く来るといいねぇ」

「シーラ……」

じわりと目頭が熱くなった。帝国兵に乱暴された直後だというのに、彼女は自分のことではなく、これから生まれる者達の幸福を願っている。こんなにも優しくて慈悲深い人が、どうしてこんな目に遭わなきゃならないんだ。どうして誰も助けてくれないんだ。僕がもっと強かったら、あいつらの好き勝手にはさせなかったのに。僕に力があったなら、弱者を蹂躙する獣どもに正義の鉄槌《てっつい》を下してやれるのに。

「大変！」突然シーラが叫んだ。「ルーちゃん！　血が出てる！」

彼女の指がこめかみに触れる。ヒリリとした痛みが走った。ルーチェはびくりと身を震わせる。

シーラは慌てて手を引っ込めた。

「ごめん、痛かった？」

「全然」ルーチェは首を横に振った。「シーラの痛みに較べたら、これぐらいの傷、どうってことないよ」

シーラはゆっくりと瞬きをした。相好を崩し、うふふと笑う。

「今の、ちょっと格好よかったかも？　あたい、本気で惚れちゃいそうかも？」

「それは困る」

「だよねぇ」

顔を見合わせ、二人は笑った。それで緊張が緩んだのか、シーラが小さなくしゃみをした。廊下は寒い。このままでは風邪をひく。シーラに服を着てくるように言ってから、ルーチェは急いで階段を下りた。厨房へ向かおうとして気づいた。

倉庫の扉が開いている。

そっと扉に近づき、中を覗き込んだ。

誰もいない。樽《たる》や木箱、備蓄食料も手つかずだ。しかし——

「やられた」

練炭が一山、なくなっている。

「なんで燃料なんか持っていったんだ？　嫌がらせかよ？」

「寒いんだって」

振り向くと、真後ろにシーラが立っていた。足音もしなかった。気配も感じなかった。

ルーチェは内心舌を巻いた。彼女、まさか本当に妖精ってことはないよね？

「アルトベリの兵隊さんって、ずっとずっと南のほう、暖かいところから来た人が多いんだ」

シーラは頬に手を当て、物憂《ものう》げに息を吐く。

「だからとっても寒がりで、暖炉だけじゃなくストーブも焚くから、支給された燃料だけじゃ足りなくなっちゃうんだって」

ルーチェは探るようにシーラを見た。

「詳しいんだね？」

「男の人って、ベッドの中では口が軽くなるんだよ」

「そうなの？」

「ルーちゃんも気をつけたほうがいいよ」

鋭い指摘にギクリとした。もしかして疑われているんだろうか？

「まいったな」

彼はシーラに背を向けた。残りの練炭を数える。何とか三月までは保ちそうだ。とはいえ山の天気は気まぐれだ。雪溶けが四月にずれ込むことだって大いにあり得る。

「節約しないといけないね」

「じゃあ、今夜から一緒に寝よ？」

シーラが背中に抱きついた。頬をすり寄せ、甘えた声でささやく。

「あたいがあっためてあげるよ？　汗ばむくらい、ぽっかぽかにしてあげるよ？」

「ねぇ、シーラ」

ルーチェは振り返り、彼女の肩に両手を置いた。

「僕は君が好きだよ」

神秘的なすみれ色の目に驚きの色が浮かんだ。白い頬がみるみるうちに赤くなる。

「え……ほ、ほんとに？」

「本当だよ。だって君は僕の大切な――」

シーラの鼻をちょんとつつき、ルーチェはいたずらっぽく微笑んだ。

「お姉さんだからね」

「あう」

シーラは両手で鼻を押さえた。上目遣いに彼を見る。

「ルーちゃんてば、なまいき！　かっこつけ！　ルーちゃんなんて、ルーちゃんなんて、もう大好きなんだからね！」


その後、しばらく荒れた天候が続いた。大雪が降り、山道は雪に埋もれた。凍った雪は滑りやすい。一歩間違えば大怪我をする。南方から来た帝国兵はレーエンデの雪に慣れていない。この雪がある限り、帝国兵がやって来ることはないだろう。

そう思っても落ち着かなかった。

「あいつらのことはあたいに任せて。ルーちゃんは怪我しないように隠れてて」

シーラはそう言うが、ルーチェは素直に頷けない。一大決心をしてテッサの傍を離れたのだ。シーラの陰に隠れているようでは何の成長もない。

あらかじめ罠《わな》を仕掛けておけば、連中を撃退することも可能だろう。しかし完全に追い払うことは出来ない。報復は苛烈《かれつ》を極めるだろう。シーラはさらにひどい目に遭わされ、ルーチェは虫けらのように殺されるだろう。力の強い者がすべてを得る。弱者はひたすら耐え忍ぶ。それがこの世界の理《ことわり》だ。

ルーチェは練炭を屋根裏に隠した。今の彼に出来るのはそれだけだった。

三月に入ると南風が吹くようになった。暖かな日が増え、空気も温《ぬる》み始めた。雪が溶けたらまた帝国兵がやって来る。ルーチェは気が気ではなかった。不安と葛藤《かっとう》で眠れない夜が続いた。

麗らかな昼下がり。彼は出窓に座り、アルトベリ城を観察していた。春めいた陽気が眠気を誘う。寝てる場合じゃないと思いつつ、いつの間にか居眠りをしていたらしい。

「ルーチェ！」

名前を呼ばれ、彼は目を覚ました。慌てて窓の外に目を向ける。アルトベリ城に変化はない。帝国兵がやって来た様子もない。

ルーチェは首を傾げた。寝ぼけて夢でも見たのかな？

「シーラ！　ルーチェ！　生きてるかぁ？」

いいや、夢じゃない。確かに聞こえた。今のはオルグの声だ！

ルーチェは正面の窓を開いた。まだ雪の残るラウド渓谷、凍りついた急坂を登ってくる人影がある。先頭にいるのはオルグだ。彼の後ろで手を振っているのはミラとペネロペだ。

ルーチェは部屋を飛び出し、階段を駆け下りた。扉の閂を外し、外へと走り出る。冷たい空気が肺を刺す。凍った路面に靴底が滑る。たたらを踏み、あやうく転びそうになった彼を、オルグがしっかと抱き止めた。

「ようルーチェ。無事だったか」

悪相を歪め、彼は笑った。いや、笑っているのは口元だけだ。その眼の奥には闇がある。同情と憐憫、羞恥《しゅうち》と諦観が入り混じっている。

「オルグさん……」

なんで言ってくれなかったんですか——と続けようとして、ルーチェは声を詰まらせた。泣くつもりなんてなかったのに、知らずに涙が溢れてくる。悔しくて情けなくて慟哭がこみ上げてくる。

「だから言ったろ。甘かねぇって」

オルグはルーチェの頭に手を置いた。

「城を抜け出してきた警備兵に女を用意する。黙ってタダで遊ばせてやる。それがアルトベリの不文律だ。拒めば俺達全員、関所抜けを図った罪人として城壁に吊るされる」

ルーチェは唇を噛んだ。

オルグは三姉妹を大切にしている。オルグだって本当は腸《はらわた》がねじ切れるくらい悔しいのだ。それを知っているからこそ、シーラはオルグを恨まなかった。春陽亭を守るため、自身を生贄《いけにえ》に差し出した。

弱者にとって、この世界は無慈悲で残酷だ。声を上げれば蹂躙される。抵抗すれば殺される。権力におもねらなければ生きられない。正論なんて通用しない。正義なんてどこにもない。

けれど僕は抗う。こんな現実、受け入れるなんてまっぴらだ。何かを犠牲にすることでしか生きられない世界なんて、そんなのまるで地獄じゃないか。

第八章　初仕事

《光柱《こうちゅう》》

厳冬の夜に見られる発光現象。光が天へと伸びていく《上り光柱》は瑞兆《ずいちょう》、光が天から降りてくる《下り光柱》は凶兆。

十三月に入るとヌースの周辺は雪に覆われた。

初めに宣言した通り、テッサは手加減しなかった。大雪が降った日も、凍えるように寒い日も、休むことなく新兵を鍛えた。雪中の行軍演習、凍った壁面の登攀《とうはん》訓練、足場の悪い場所での組み手、鍛錬は日に日に厳しくなった。

テッサは新兵の一人一人に気を配った。思い悩む者がいれば親身になって話を聞いた。伸び悩む者がいればとことん組み手につき合った。それぞれの得意を見極め、長所を生かすための得物と課題を与え、問題を打破していった。

ヌースに集った同志は三十余名。最小の戦力で最大の効果を挙げるためには自然条件や地形を利用するしかない。どこで仕掛けるのが一番効果的か、どのような作戦を取るべきか、テッサはブラスやギムタスと夜を徹して話し合った。

彼女の熱意は新兵達にも伝播《でんぱ》した。連日くたくたになるまでしごかれても逃げ出す者はいなかった。殴られても投げられても誰も文句を言わなかった。新年を迎えても士気が衰えることはなかった。若者達は剣と鎧を身につけ、実戦さながらの訓練を繰り返した。広間に響く気合いの声、剣戟《けんげき》の音、打ち合う刃《やいば》が火花を散らし、汗に濡れた身体から湯気が立ちのぼる。強くなりたい、もっと強くなりたい、そんな想いがぶつかり合う。外は凍えるほど寒くても、新兵達の気迫は熱く激しかった。

雪嵐《ゆきあらし》が吹きすさぶ中、一月が過ぎ、二月が過ぎた。三月に入ると雲が切れ、太陽が顔を出すようになった。空気が温み、尾根の雪が溶けていく。ぬかるんだ大地から春の新芽が萌《も》え出《い》でる。ラウド渓谷を凍らせていた雪が溶けると、待ちかまえていたようにアルトベリへと向かう商隊が現れた。

いよいよ出撃かと、新兵達は色めきたった。

しかしテッサは冷静だった。

「あたし達は山賊じゃない。民間の商隊を襲ったりしない。あたし達の標的は帝国軍の輸送部隊、連中が運ぶ軍需品だけだよ」

聖イジョルニ暦六七三年三月二十日、待ちに待った知らせが届いた。

「数日前に先触れがあった。帝国軍の輸送部隊がアルトベリに向かう。荷物はノイエレニエで製造された武器と防具だ。二日後にはラウド渓谷を通る」

輸送部隊が通る間、渓谷路は通行禁止になる。民間の商隊を巻き込む恐れもない。テッサの行動は早かった。彼女は三十人の仲間とともに、その日のうちにヌースを出た。

渓谷路は通らず、事前に調べておいた裏道を使った。崖や岩場が連続する険しい悪路を新兵達が登っていく。真剣を帯び、重い鎧を身につけてもなお、彼らの動きは俊敏だ。この半年間の鍛錬で若者達は見違えるほど逞しくなった。腕にも足にも筋肉がつき、身体も一回り大きくなった。引き締まった表情には血を吐くような鍛錬を耐え抜いた自負と自信が漲《みなぎ》っている。

ヌースを出た二日後、テッサ達は『蛇の背』を見下ろす崖の上に立っていた。

蛇の背はラウド渓谷路の難所のひとつだ。左側は急峻な崖、右側には深い谷底、岨道は曲がりくねっていて見通しが悪い。まさに難所中の難所だ。

見張りをイザークに任せ、一行は休憩を取った。テッサも岩陰に腰を下ろし、干し肉を食べ、水を飲んだ。いよいよ帝国に戦を仕掛ける。そう思っても怖さは感じなかった。むしろ心が沸き立ち、血が騒いでいる。早く暴れたい。思いっきり槍斧を振り回したい。精神が研ぎ澄まされ、自分が鋭利な刃物になっていくように感じる。

テッサは苦笑した。

こんな姿、ルーチェには見せられないな。

ルーチェがアルトベリに向かったことを知り、彼女は激しく狼狽《ろうばい》した。スラヴィクが手を貸したと聞いて、彼を呼び出し詰問した。

「なんで黙ってたの？　どうして話してくれなかったの？」

「話せば止められると思ったからだ」

「ああ、止めるに決まってる。当たり前でしょ。ルーチェに何かあったらどうするんだよ！」

「ルーチェは君のことが好きだ。だから君と争いたくなかったのだ」

「喧嘩になるのが嫌だから、あたしに相談しなかったってこと？」

「ルーチェは言っていた。テッサの役に立ちたいのだと。自分も戦いたい、自分の役目を果たしたいのだと。俺はルーチェの意志を尊重するべきだと考えた」

テッサは言い返せなかった。ルーチェの身の安全を考えるなら、そもそも連れてくるべきではなかったのだ。彼に同行を許したのは、テッサもまたルーチェの意志を尊重するべきだと思ったからだ。

でも、今ならばわかる。彼を連れてきてしまった本当の理由が。

ルーチェはあたしの良心、あたしを人の道に踏みとどまらせてくれる命綱だ。ルーチェという箍《たが》が外れたら、あたしは血に溺れる。人殺しを楽しむ鬼になってしまう。それが怖くて彼を連れてきてしまった。ルーチェの命を危険に晒すとわかっていたのに、彼を手放すことが出来なかった。

「テッサ、来ました」

イザークの声が聞こえた。

「総勢五十。隊列の中央に二台の荷馬車と十六人の歩荷。前衛は隊長騎を含め、騎馬兵が六、護衛兵が十。後衛は騎馬兵が六、護衛兵は十二です」

「ありがとう」

槍斧を手にテッサは立ち上がった。新兵達が彼女を見つめている。緊張に震える者、剣の柄を握りしめる者、顔面蒼白《そうはく》な者もいる。戦には慣れているはずのブラスやイザークさえも険しい表情をしている。

「そんな顔すんなって！」

ひときわ明るい声で言い、テッサは歯を見せて笑った。

「大丈夫、あたし達は強い！　訓練通りにやれば絶対に勝てる！」

力強く、右の拳で胸を叩く。

「さあ、帝国兵を叩きのめそう！　初戦を大勝利で飾って、皆で祝杯をあげよう！　ヌースの酒樽《さかだる》を空にして、イルザにコテンパンに叱られよう！」

戯《おど》けた物言いに新兵達の表情が和らいだ。彼らの目に光と自信が戻ってくる。

「行こう、隊長！」

「ぶちかましてやりましょう！」

「そうそう、その調子！」

テッサは手を打って一同を鼓舞した。

「諸君、初仕事の時間だ！　たったひとつの大事な命、慌てて落っことすんじゃないよ！」

気配を殺し、崖の縁へと進んだ。岩陰から顔を出し、渓谷路を見下ろす。断崖絶壁に面した隘路は春泥にぬかるんでいる。曲がりくねった道筋を隊列が進んでくる。深紅に金文字の旗印。帝国軍の輸送部隊だ。

息をひそめ、テッサは待った。輸送部隊の先頭、騎手が掲げる帝国旗が真下を通り過ぎていく。彼女は右手を振った。待ってましたというようにボーが崖下に網を投じる。イルザ達が一冬かけて編み上げたイシヅルの網が蜘蛛の巣のように広がって、前衛の騎馬兵と護衛兵に覆い被さる。

「な、なんだこれは！」

帝国兵は慌てふためいた。振りほどこうとすればするほど、目の粗《あら》い網が手や頭に絡みつく。柄や鍔《つば》が網に引っかかり剣を抜くことも出来ない。

「何をしている！　早く切れ！」

交錯する怒号と悲鳴。怯えた馬が竿立《さおだ》ちになり、騎手が鞍《くら》から転がり落ちる。行く手を塞がれ、荷馬車が止まる。湾曲した岩壁が邪魔をして、後続から先頭の様子は見えない。騒ぎを聞きつけ、慌てて停止したものの、列が詰まって身動きが取れなくなる。

頃合いよし。

テッサは崖の縁に立ち、高らかに叫んだ。

「あたし達は義勇軍、レーエンデの自由のために戦うレーエンデの義勇兵だ。帝国兵ども、お前らの命はあたし達が刈り取る。けどレーエンデの同胞達、あんた達のことは傷つけない。あたしを信じて、事がすむまで荷馬車の陰に隠れてて！」

一拍の間を挟み、彼女は命じた。

「やれ！」

弓兵達が立ち上がった。弓弦が鳴る。無数の矢が空を切り裂く。正確無比な黒い矢が、網の下でもがく帝国兵を一人、また一人と射貫いていく。

「レーエンデに自由を！」

叫びざま、テッサは崖から飛び降りた。伸縮する縄を使って落下速度を殺し、見事山路に着地する。間髪を容れずに立ち上がり、敵陣に斬り込んだ。槍斧を振り回し、護衛兵をなぎ倒す。

彼女の後にブラスが続く。雄叫びを上げ、新兵達も降りてくる。

「この虫ケラどもが！」

隊列の後方から罵声が飛んだ。声の主である馬上の騎士は兜に派手な羽根飾りをつけていた。輸送部隊の隊長だ。彼は腰の剣を抜き、その切っ先をテッサに向けた。

「排除しろ！　クズどもを蹴散らせ！」

「承知！」

荷馬車の脇をすり抜けて、後衛の騎馬兵が前に出る。

「貴様らも前に出ろ！」

馬上から隊長が叫んだ。荷馬車の陰に身を寄せている歩荷達の肩口を蹴りつける。

「前に出て盾になれ！　逆らう者は斬って捨てるぞ！」

コォン！

彼の兜が甲高い音を立てた。石礫《いしつぶて》が当たったのだ。投擲《とうてき》したのは歩荷の一人、小麦色の肌をしたティコ族の青年だった。

「お、お前の、命令なんて聞くもんか！」

全身を震わせ、彼は叫んだ。

「お、俺は、レーエンデの民だ！　ど、どうせ殺されるなら、帝国と戦って死ぬッ！」

「この痴れ者がァ！」

隊長が馬の首を巡らせた。青年に向かい、高々と剣を振り上げる。

「逃げろ！」

テッサは叫んだ。槍斧を振り回し、なんとか前に出ようとするが、騎馬兵が邪魔で近づけない。間に合わない——と思った瞬間、隊長の馬の尻に黒羽の矢が命中した。けたたましい声で馬が嘶く。口から泡を吹き、狂ったように跳ね回る。

「こら、大人しくしろ！」

隊長が手綱を引き絞る。馬は暴れ続ける。その後ろ足が道を踏み外した。咄嗟に身を捻り、隊長は馬の背から転がり落ちた。馬は悲鳴のような嘶きを残し、谷底へと落ちていく。

「ええい、クソ虫どもが！」

隊長が立ち上がった。兜が脱げている。額から血が滴っている。怒りに目を血走らせ、彼は剣を振り回した。

「不埒《ふらち》者を殺せ！　皆殺しにしろ！」

護衛兵がテッサを取り囲む。彼女は怯むことなく前進した。唸る斧刃が帝国兵の首を撥《は》ね飛ばす。鋭い穂先が鎧を貫く。テッサが槍斧を振り回すたび、血飛沫《ちしぶき》が舞い、肉片と臓物が飛び散った。

「なんだこいつは？」

「化けモンか？」

護衛兵は浮き足立った。その間隙《かんげき》を突いて彼女は走った。血塗れの槍斧を携え、一足飛びに隊長に迫る。

「いあああァッ！」

裂帛《れっぱく》の気合い。テッサは槍斧を振りかぶった。足がすくんだのか、腰が抜けたのか、隊長は動かない。頭上に掲げた銀の刀身で、槍斧の一撃を受け止める。

パキン、と剣が折れた。テッサの槍斧が隊長の頭蓋《ずがい》を叩き割る。鮮血が噴き出した。脳漿を撒き散らして隊長が倒れる。帝国兵は顔色を失った。武器を握った手が止まる。そこに義勇軍が襲いかかった。テッサに続けとばかりに新兵達が帝国兵に斬りかかる。

「う、うわあああああ……！」

一人の護衛兵が悲鳴を上げた、身を翻し、一気に坂を駆け下る。それが呼び水となった。帝国兵達は戦いを放棄し、一目散に逃げ出した。

「逃がすな！」

テッサは走った。数で劣る現状では地の利を活かした奇襲攻撃に頼るしかない。帝国兵を生きて返せば法皇庁に手の内を知られる。一人たりとも狩り漏らすわけにはいかない。

「逃がさねぇ」

遁走《とんそう》する帝国兵の前に黒い人影が立ち塞がった。乱れた髪、爛々《らんらん》と輝く目、キリルだ。

「どけえぇぇ！」

帝国兵が斬りかかる。キリルは抜刀し、兵士の首を撥ね飛ばした。

帝国兵は大混乱に陥った。退くことも行くことも出来ない。右往左往する兵士達をキリルの剣が斬り裂いていく。大剣が肉を裂き、頭蓋骨を粉砕する。武器を捨てて降伏する者も、跪いて命乞《いのちご》いをする者も、容赦なく一人残らず斬り伏せていく。

テッサが駆けつけた時には、もう立っている者はいなかった。山路は流血で真っ赤に染まり、倒れ伏した兵士の遺骸で足の踏み場もない。

「もうおしまいか。斬りごたえねぇな」

服の裾で刃を拭い、キリルは嗤った。

「あんた——」

テッサは苦言を飲み込んだ。ここは戦場だ。敵に情けは必要ない。

「ありがとう。助かったよ」

そう言って、テッサはキリルに背を向けた。一足飛びに坂を駆け上がり、仲間達の元へと戻る。

「損害は？」とブラスに尋ねる。

「いずれも軽傷だ。死者も重傷者もいない」

「初仕事にしちゃ上々だね」

テッサは打ち笑み、まだ興奮状態の新兵達を見回した。

「作戦は成功だ。あたし達の勝ちだ。よくやった！　みんな、よくやった！」

わあっと歓声が上がる。新兵達は拳を振り上げ、口々にテッサの名を叫ぶ。

「喜ぶのはまだ早い！」テッサは一喝した。「さあ、荷物をいただくよ！」

義勇軍は後始末にかかった。帝国兵の亡骸《なきがら》を谷底へと投げ落とし、血の跡を掃き清める。荷馬車から積み荷を降ろし、網でくくって崖の上へと引きあげる。作業の指示をブラスに任せ、テッサは荷馬車の陰に隠れている歩荷達の元に向かった。

「皆さん、怪我はないですか？」

歩荷達は身を寄せ合い、怯えた目でテッサを見上げた。

「あんた、いったい何者なんだ？」

一人の若者が立ち上がった。隊長に石を投げつけたあの青年だ。

「レーエンデ解放軍、とは違うのか？」

「あたしはテッサ。あたし達はレーエンデ義勇軍。レーエンデに自由を取り戻すために集まった義勇兵です」

テッサは青年に布袋を差し出した。隊長から奪った財布袋だ。

「これだけあれば当分はしのげるはず。申し訳ないけど、しばらくの間、どこかに身を潜めていてください」

銀貨で膨れた布袋を見て、青年はごくりと唾を飲み込んだ。

「だけど、それ……あんた達の戦利品、だろ？」

「あたし達の目的はお金じゃないので」

ユゲットに分け前を渡さなきゃいけないから、全部はあげられないけど。

「これは迷惑料です。皆さんで分けてください」

歩荷達は顔を見合わせた。困惑の表情、不安そうに瞳が揺れている。

「本当に？」歩荷の一人が問いかけた。「本当に貰っていいのかい？」

「その代わり約束してください。平等に分けるって、喧嘩したりしないって」

「う……うん、わかった」

おっかなびっくり歩荷の男が右手を伸ばす。

「やめろ、エリシャ。死にてぇのか」

後ろのほうから声がした。

「お前ら、命が惜しけりゃ動くんじゃねぇ」

歩荷達の後方、荷馬車の陰から中年男が立ち上がった。

「こいつらは帝国軍の輸送部隊を襲った。帝国に喧嘩を売ったんだ。その金を受け取ったら最後、俺達もとっ捕まって縛り首になるぞ」

エリシャの顔から血の気が引いた。慌てて右手を引っ込める。

テッサは中年男を見た。髪の色や肌色からして他の歩荷達と同じティコ族のようだが、彼一人だけ、仕立てのいい服を着ている。

「あんたは誰？　歩荷じゃないの？」

「俺はルヴマン。歩荷隊のまとめ役だ」

ルヴマンは憎々しげにテッサを睨んだ。

「この人殺し、薄汚ぇ盗人《ぬすっと》め。てめぇらのせいで俺達はもう歩荷の仕事にゃつけねぇ。ノイエレニエにも戻れねぇ。解放軍だか義勇軍だか知らねぇが、人の活計を奪っておいて、にこにこ正義ヅラしてんじゃねぇよ！」

「待ってくれ」

エリシャがルヴマンの袖を引いた。

「俺はもうノイエレニエには戻りたくねぇ。仕事はきついし給金は安い。イジョルニ人には足蹴《あしげ》にされる。もうまっぴらだ。まとまった金があれば畑は買い戻せる。俺はそれでいいんだよ」

「馬鹿か、お前！」

ルヴマンはエリシャを突き飛ばした。

「なにが『それでいい』だ！　帝国に刃向かったらどうなるか、お前にだってわかるだろ！　お前も、お前の家族も絞首刑になるんだぞ！」

「黙れ！　裏切り者！」

石を投げた青年が叫んだ。顔を真っ赤にしてルヴマンに詰め寄る。

「帝国に媚びて、ヘコヘコ尻尾《しっぽ》を振りやがって、恥ずかしくないのかよ！　さんざん同胞達をコケにして、自分だけ旨い汁を吸って、あんたそれでもティコ族かよ！」

「うるせぇ！」ルヴマンが青年を殴った。「若造が生意気言うんじゃねぇ！」

「殴られたって黙らないぞ！」

赤くなった頬を押さえ、青年は怒りに燃える目でルヴマンを睨んだ。

「もう帝国兵はいねぇ、ここにいるのはあんただけだ。あんた一人だけなら、なんも怖くねぇ！」

「よくもさんざん殴ってくれたな！」

「帝国のイヌが威張りくさりやがって！」

歩荷達がルヴマンを取り囲む。剣呑な雰囲気だった。今にも乱闘が始まりそうだった。

「待って」

テッサは歩荷達の間に割って入った。

「ここはあたしに任せて」

歩荷達を下がらせてから、彼女はルヴマンと向き合った。

「確認させてほしいんだけど、あんたは帝国側の人間なの？　帝国兵と一緒にレーエンデ人を虐《いじ》めてたの？」

「だったら何だ。お前には関係ないだろ」

「正直に答えろよ！」青年が叫ぶ。「自分はイジョルニの飼いイヌですって！　保身のためにティコ族の魂を売り渡しましたってな！」

「それの何が悪いンだよ！　誇りや理想で腹が膨れるかよ！」

いまいましげにルヴマンは唾を吐き捨てた。

「俺は泥水をすすってここまでのし上がってきたんだよ。それをみんなぶち壊しやがって、何もかも台無しにしやがって！」

彼はテッサの襟元を摑み、手荒く前後に揺さぶった。

「謝れよ！　責任取れよ！　全部元に戻せよ！」

テッサは唇を歪めた。身勝手な言い分に腹が立った。同時に彼を哀れにも思った。

「謝ってすむものならいくらでも謝るよ。けど過ぎた時間は戻せない。起きてしまったことは、なかったことには出来ない」

「なんだよ、その態度は！　開き直る気かよ！」

口角に泡を吹き、唾を飛ばしてルヴマンが叫ぶ。

「俺の人生踏み躙っておいて、偉そうに説教たれるんじゃねぇ！　お前も帝国もやってることは同じだ！　何が自由だ！　何が義勇兵だ！　この偽善者め！」

「身勝手なのはお前だ！」

顔を真っ赤にして青年が叫ぶ。その隣でエリシャが呟く。

「どんなに貧しくたって、俺ら、魂までは売らねぇよ」

そうだ、そうだと、歩荷達が追従する。

「お前ら覚悟しとけ！」負けじとルヴマンは牙を剝く。「俺は歩荷隊の隊長だ！　お前らの名前も出身地も全部摑んでンだ！　ノイエレニエにゃ馴染みの兵隊だっている！　みんなバラしてやるからな！　お前ら全員、家族もろとも絞首台に送り込んでやるからな！」

歩荷達は口を閉ざした。怯んだわけではない。臆したわけでもない。口を閉ざしてもなお、彼らの目は怒りに燃えている。

どす黒い憤怒と殺意を孕《はら》んだ静けさ。静謐《せいひつ》とは真逆の沈黙。

テッサは直感した。このままでは取り返しのつかないことになる。

「考え直してくれない？」

彼女は眉根を寄せ、わずかに首を傾けた。

「そんなことしたって、あんたには何の得もないでしょ？　お金がほしけりゃ、あたし達の情報を売ればいい。だから歩荷仲間のことは黙っててやってよ」

「お断りだ！」甲高い声でルヴマンは笑う。「ざまぁねぇや！　いい気味だぜ！　お前達、揃って地獄に落ちやがれ！」

何を言っても無駄らしい。この男がいる限り、歩荷達も彼らの家族も危険に晒される。

テッサは瞬時に決断した。予備動作もなくナイフを抜き、ルヴマンの鳩尾を突き刺した。彼を抱きかかえ、ナイフを捻る。おふぅ……と最期の息を吐き、彼の身体から力が抜ける。

「ごめんね」

ナイフを抜き取り、血を拭って鞘に収めた。ルヴマンの遺骸を担ぎ上げ、谷底へと投げ落とす。

「テッサさん」

背後から声がした。振り返ると、あの青年が立っていた。

「お、俺はディエゴ。頼む。俺を、仲間にしてくれ」

テッサは自嘲気味に微笑んだ。

「ディエゴ、あんたの心意気は嬉しい。けどあんたはまだ若い。その手を血で汚すことはない。大人しく故郷に帰んな」

「俺に故郷はない。家族もいない。帰る場所なんか、ない」

ディエゴはぐっと顎を引いた。血の気を失うほど強く、両手を握りしめている。

「物心ついた時から、俺はイジョルニ人にこき使われてきた。理由もなく殴られて、足蹴にされて、いっそ死んだほうがましだって何度も思った。いいことなんて何もない、生きていたって仕方がない、そう思っても生きてきたのは、夢があったからだ。自由になりたいって、誰にも支配されずに生きたいって、ずっと夢見てきたからだ」

彼はその場に両膝をつき、地面に額を押しつけた。

「お願いだ！　俺を仲間にしてくれ！」

「ちょっと、やめなって」

テッサはディエゴの腕を摑み、彼を立たせた。

「簡単に土下座なんてするんじゃないよ」

「だって……俺、だって……」

「あんた、いくつ？」

「も、もうすぐ、十八」

「じゃ、もう大人だね」

テッサはディエゴの胸を拳で小突いた。

「うちの訓練は血ヘドを吐くほど厳しいよ。それでもよければ一緒においで」

溢れる涙を拳で拭い、ディエゴは深々と頭を下げた。

「ありがとう！　ありがとう、テッサ！」

義勇軍に加わったのはディエゴ一人だけだった。

彼を除く十四人の歩荷達は、思いがけない大金を得て、喜びに打ち震えた。

「ありがたい。これだけあれば故郷に帰れる」

「おかげで息子を手放さなくてすみます」

彼らは感涙に咽《むせ》び、何度も礼を言った。馬の手綱を引き、幾度となく振り返りながら、渓谷路を下っていった。

後始末を終えた新兵達がロープを使って崖を登っていく。最後の一人がテッサだった。背に槍斧を担ぎ、さくさくと崖を登る。

「お疲れ様でした」イザークが声をかけてきた。「見事な手際でしたね」

「あたしはただ暴れただけ。みんなが頑張ってくれたおかげだよ」

「謙遜《けんそん》すんなよ、隊長！」

ブラスが彼女の肩を叩いた。眉を寄せ、気まずそうに鼻を擦る。

「ったくよぉ。言ってくれりゃあ、俺がやったのによ」

「そうはいかないよ」

テッサは自分の右手を見つめた。

「シモン中隊長が言ってた。嫌な仕事を引き受けるのも隊長の役目だって」

これまでに数え切れないほどの敵兵を手にかけてきた。けれど同胞を殺したのは初めてだ。他に手はなかった。ああするしかなかった。そう思いながらも胸中は複雑だった。

理想だけでは帝国は倒せない。手を汚さずにはいられない。もしまた同胞を売ろうとする者が現れたら、迷わず同じことをする。レーエンデに自由を取り戻すためなら、あたしはどんな罪でも背負う。

それでも思わずにはいられなかった。

ここにルーチェがいなくてよかった。彼には見られたくない。同胞を殺す自分の姿を、ルーチェにだけは見られたくない。

第九章　協力者

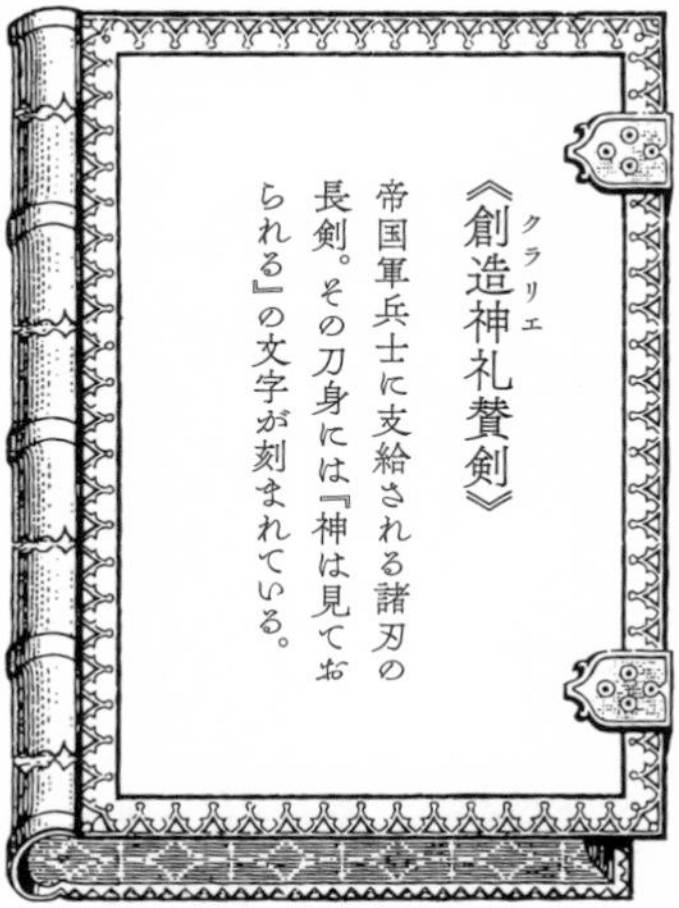
《創造神礼賛剣《クラリエ》》
帝国軍兵士に支給される諸刃の長剣。その刀身には『神は見ておられる』の文字が刻まれている。

三月も半ばを過ぎると、アルトベリの宿場村に人が戻ってきた。まだ雪の残るラウド渓谷路を登ってくる勇敢な商隊も現れた。静まりかえっていた村が賑わいを取り戻していく。まるで何事もなかったかのように、以前と変わらない日常が戻ってくる。

心の整理がつかないまま、ルーチェは仕事に忙殺された。

聖イジョルニ暦六七三年三月二十日、アルトベリ城から先触れが出された。来たる二十二日、帝国軍の輸送部隊がやってくる。渓谷路を部隊が通過するまで民間の商隊は動けない。おかげで宿場村は大忙しだ。宿屋は満室、食事処《どころ》にも客が詰めかけた。もちろん春陽亭も例外ではない。ルーチェとオルグと三姉妹は力を合わせ、くるくるとよく働いた。

到着予定の二十二日、夕刻を迎えても輸送部隊は現れなかった。渓谷路にはまだ雪が残っている。ぬかるみに車輪を取られないよう慎重を期しているのだろう。よくあることだと皆、気にも留めなかった。

翌朝、宿場村の下り口には商隊が列を作った。輸送部隊が通り抜け次第、出発しようと待ちかまえていた。だが真昼を過ぎても輸送部隊は現れなかった。三月の昼はまだ短い。陽は急速に西へと傾いていく。

何かあったのではないか。不穏な空気が漂い出した。

日没間際になって、にわかにアルトベリ城が騒がしくなった。城塞門から跳ね橋を渡り、騎馬隊がやってくる。宿場村を横切って、ラウド渓谷路を下っていく。

村は大騒ぎになった。あれは捜索隊だ。やはり輸送部隊に何かあったのだ。これはもうしばらく、足止めを喰らうことになりそうだぞ。

捜索隊が戻ってきたのは翌日の昼過ぎだった。話を聞こうと集まってくる商人達を蹴散らし、アルトベリ城へと戻っていく。なにかしらの声明が出るはずだと商人達は鉄柵門の前で待っていた。だが何の説明もないまま定刻を迎え、跳ね橋は引き上げられてしまった。

商人達は困惑した。いったい何があったのか。もう渓谷路を通ってもいいのか、尋ねたくても相手がいない。不用意に城に近づけば弩の標的にされかねない。気は焦れども打つ手がない。帝国軍から発表があるまで、ひたすら待つしかなかった。

翌日、さらに不安を煽る事件が起きた。朝の八時を過ぎても跳ね橋を下ろす音が聞こえてこないのだ。まさに前代未聞の出来事だった。意を決した商人達がおそるおそる鉄柵門に接近し、城に向かって説明を求めた。だが跳ね橋は引き上げられたまま、アルトベリ城は沈黙を続けた。

二十五日、民間の商隊が渓谷路を登ってきた。宿場村に足止めされていた商人達は彼らを取り囲み、質問攻めにした。

「何があった？　輸送部隊はどうなったんだ？」

村に到着したばかりの商人は、訳がわからず戸惑った。

「輸送部隊なら予定通り、二十二日にボネッティを出てったぜ。とっくに関所を通過したろ？　え？　違うのかい？」

アルトベリ城が沈黙を破ったのは翌月一日。数日ぶりに跳ね橋が下ろされ、落とし格子が開かれた。税関は業務を再開したが、消えた輸送部隊については何の説明もなかった。

事件は隠蔽《いんぺい》された。しかし人の口に戸は立てられない。商人達は情報交換に励んだ。密《ひそ》やかな彼らの会話にルーチェは耳をそばだてた。

総勢五十名からなる輸送部隊は二十二日の朝にボネッティを出て、ラウド渓谷路へと入った。だが彼らはアルトベリ城に到着することなく、忽然《こつぜん》と姿を消した。渓谷路の待機所に使用された様子はなく、事故を起こした形跡もない。人間だけなら傍道を行くことも出来なくはないが、馬や荷馬車まで消えたというのだから、これはもうただごとではない。

「不思議なことがあるもんだ」

人目を憚《はばか》りながら商人達はささやき合った。

「神隠しってヤツかねぇ」

「でなきゃ悪魔の仕業よ」

商売柄、彼らは非常に即物的だ。神も迷信も信じていない。それでも「誰かに襲撃されたのだ」と発する者はいなかった。帝国に楯突く者がいると考えるよりも、神や悪魔のせいだと考えるほうが、まだ理にかなっているというわけだ。

しかしルーチェは察していた。事件の詳細が明らかになるにつれ、その確信は強まった。これはテッサの仕業だ。ヌースに集った仲間達の仕事だ。彼らは襲撃の痕跡すら残さず、輸送部隊を殲滅してみせたのだ。テッサはたった半年で、あの素人同然の若者達を一流の軍隊に鍛え上げたのだ。

これは第一歩、義勇軍の活躍はこれからも続く。そのうち誰もが認めざるを得なくなる。帝国軍と戦う者達がいることを。レーエンデのために立ち上がった者達がいることを。

四月の半ば、再び先触れが出された。今度はアルトベリ城からも護衛の兵士が派遣された。宿場村に足止めされた商人達は固唾《かたず》を呑んで事の次第を見守った。

予定された時刻を過ぎても輸送部隊は現れなかった。前回とまったく同じだった。城から派遣された護衛兵もろとも輸送部隊は消えてしまった。

事態を重く見た法皇庁は部隊を派遣した。渓谷路を封鎖しての大捜索が始まった。その結果、ロイズ川のはるか下流で荷馬車の一部と数名の遺体が見つかった。損傷が激しく、死因はわからなかったが、崖から転落したのだろうということになった。

立て続けに発生した輸送部隊失踪《しっそう》事件。一回目は神隠し、二回目は事故として処理された。それを額面通りに受け止める者は少なかった。人々は噂した。「偶然は二度までだ」と。「もし三度目が起きたなら、それは偶然ではなく、何者かの意図によるものだ」と。

四月の末、重装備でボネッティを出立した輸送部隊がまたもや消えた。その知らせを聞いて人々は色めき立った。これは神隠しでも事故でもない。輸送部隊は何者かに襲撃されたのだ。

犯人達をあぶり出すため、法皇庁は外地から大隊を呼び寄せた。宿場村には警邏兵が常駐し、渓谷路を行き交う商隊にも目を光らせるようになった。

「どうやらレーエンデ解放軍の仕業らしい」

「連中、ついに帝国軍の荷物にも手ぇ出すようになったか」

そんな噂が流布し始めた。

「喜んでいる場合かよ。あいつらは山賊だぜ？」

「俺達もいつ襲われるかわかったもんじゃねぇ」

民間の商隊は用心棒を雇って自衛に努めた。だが狙われるのは帝国軍だけだった。護衛兵の数を増やしても、精鋭部隊を派遣しても事態は変わらなかった。輸送部隊はラウド渓谷路を抜けることなく、いずれも忽然と姿を消した。

「レーエンデ解放軍の連中、宗旨替えしたのか？」

「いや、あれは解放軍の仕業じゃなくて、義勇軍とかいう連中の仕業らしいぜ」

「外地から来た第一大隊の第一中隊も全滅したって話だ」

「大きな声じゃあ言えねぇけど、小気味いい話じゃねぇか」

義勇軍はいくつもの奇襲作戦を成功させた。地の利と機動力を活かし、帝国軍の裏をかき続けた。彼らの活躍にレーエンデの人々は夢中になった。宿場村を通る商人達は人目を憚ることなく義勇軍を褒めそやすようになった。

そんな折、懐かしい人物が春陽亭にやってきた。

「こんちは！」

暖簾をくぐって現れたのは行商人のアイクだった。

「ようルーチェ。元気そうだな」

「いらっしゃい、アイク！」

ルーチェが答えるよりも先に、ペネロペが彼に抱きついた。

「ねぇ、布持ってきてくれた？　レニエ工房のあの赤いヤツ？」

「おうよ。もちろん持ってきたさ」

「あらあらアイクさん、お元気そうでなによりですわ」

ミラと、それにシーラもやってくる。

「アイク泊まってく？　あたいの部屋、今夜空いてるよ？　ねぇ泊まってく？」

三姉妹に歓待され、アイクは鼻の下を伸ばしている。彼が背嚢《はいのう》から土産を取り出すたび、三姉妹が嬌声を上げる。込み入った話が出来る雰囲気ではない。なにより人目が多すぎる。ルーチェは仕事に戻った。夕食の仕込みを手伝い、食事客達をあしらい、店の後片づけをし、掃除をすませる。

物置部屋に戻った時には、すでに真夜中を回っていた。

「お疲れさん」

暗がりから声がした。淡い虫灯りの中、アイクが木箱に腰かけている。

「お久しぶりです」

改めて挨拶し、水差しを手に取る。

「何か飲みますか……っていっても、水しかありませんけど」

「いや、もういいよ。たらふく喰ったし、さんざん飲んできたから」

アイクは三姉妹に受けがいい。夕食の時も三人の美女に囲まれ、周囲の男達から嫉妬《しっと》の視線を浴びていた。

「ところで」アイクは相好を崩した。「お前さん、雰囲気が変わったな。落ち着いたというか、ずいぶん大人っぽくなった」

「そうですか?」

自覚はなかったが、そう言われると悪い気はしない。

「ありがとうございます」

ルーチェは湯飲みを手に、木箱に座った。

「あの後、テッサに怒られませんでしたか?」

「怒られた。すごい剣幕で怒鳴られた。でもスラヴィクが矢面《やおもて》に立ってくれたんで、俺は難を逃れたよ」

「ご迷惑おかけしました」

「いいってことよ。しまいにはテッサもわかってくれたしな」

「テッサ、上手くやってるみたいですね。義勇軍の噂はここでもよく耳にします」

「だろ？　俺も行く先々で話を広めてる」

「けど――」ルーチェは鼻の頭に皺を寄せた。「義勇軍とともに戦おうという声は、いまだ聞こえてきませんね」

「そうだな。指示があるまで動くなって言ってあるしな」

「どうして？」

「まだ準備が整ってないからさ」

アイクは意味ありげに片目を瞑った。

「輸送部隊から巻き上げた創造神礼賛剣《クラリエ》。今、ディラン爺さんが刻印の文字を潰してるんだ。出所がわからんように細工したら、ティコ族の町村に配る予定だ。出来ればウル族の集落にも届けたいってテッサが言うんで、どうしようか考えてるところだ」

「ちょ……待ってください！」

慌ててルーチェは遮った。

「同胞を信じたい気持ちはわからなくもないけど、ティコ族に武器を渡したところで、一緒に戦ってくれるとは思えません。売り払って、お金に換えてしまうだけですよ」

「うん、俺も同じことを言った。けどテッサはそれでもいいって言うんだ。レーエンデ内に武器が出回れば、より多くの人間が武器を手にする機会を得る。帝国支配に不満を抱く者達に武器が渡れば、彼らはきっと立ち上がるって」

アイクは自慢げに鼻をひくつかせた。

「それに撒くのは武器だけじゃない。輸送部隊の歩荷にはティコ族が多い。テッサは彼らに金を渡し、故郷に帰らせてるんだ。今のうちに同志を集めておいてくれって、その時が来たら一緒に戦ってくれって言い含めてな。中には『自分も戦いたい』って言う気骨のある若者もいて、新しい仲間もずいぶん増えた。まだ訓練中の者達も含めると、七十人は超えたかな」

「それはすごい」

ルーチェは素直に感嘆した。宿場村で見かける歩荷達はいつも疲れ切っていた。今を生きるだけで精一杯、未来のことなんて考えている余力はない。そんな風に見えていた。

「目的があれば、人は変われるってことですね」

「それもこれもテッサのおかげさ。頼りがいのある隊長だって、みんなに慕《した》われている。義勇軍の連中にとって、彼女はもう、なくてはならない存在だよ」

でも——と言って、アイクは唇を歪める。

「テッサの名が上がることを喜ばない者もいる」

「セヴラン・ユゲットですね？」

「その通り」

さすがルーチェと、アイクは笑った。

しかしルーチェは笑わなかった。

「テッサは約束通り、帝国軍から奪った金の半分をユゲットに渡してるんでしょう？」

「ああ、馬鹿正直にな。しかも残りの半分を歩荷達に渡しちまうもんだから、ヌースはいまだに貧乏所帯よ」

「労せずして金が手に入るっていうのに、ユゲットは何が不満なんです？」

「嫉妬だよ」顔をしかめ、アイクは両手を広げてみせた。「ユゲットにとって、テッサは金の卵を産むカケドリだ。同時に目の上のたんこぶでもある。テッサばかりが持《も》て囃《はや》されて、ユゲットは面白くないんだよ。義勇軍のおかげで贅沢《ぜいたく》暮らしを堪能《たんのう》しているくせによ。約束の日が来たら、あいつ迷うことなくテッサ達を帝国に売り渡すぜ」

それを阻止するためには来年三月までにアルトベリ城を落とさなければならない。けれど——

「すみません。アルトベリ城の攻略方法はまだ見つかっていません。もう少し待ってください。今年中には絶対に、いい方法を考え出してみせます」

「ああ、そうだな」

アイクはにこりと笑った。

「お前さんのことだ。きっと良案を思いついてくれるって信じてる。けど慌てる必要はないぞ。万が一の時に備え、スラヴィク達も準備を進めてる。だからたとえ期限が迫っても、城に忍び込もうとか、関所をくぐり抜けようとか、無茶なことを考えるんじゃないぞ」

ルーチェは首を傾げた。準備を進めるって、いったい何の準備だ？

不意に閃いた。義勇兵達はテッサを慕っている。たとえ期限までにアルトベリ城を落とすことが出来なかったとしても、大人しくテッサを差し出すとは思えない。もしユゲットが力ずくでテッサを奪いに来たら、義勇軍は応戦するだろう。セヴラン・ユゲットを殺し、レーエンデ解放軍を殲滅させてでも、テッサを守ろうとするだろう。

「もしかして、ユゲットの暗殺を考えているんですか？」

「いざとなったらそれも辞さないってことだ。ま、そのあたりのことは俺達に任せてくれ。お前さんはアルトベリ城攻略に専念してくれ。ユゲットとの約束を抜きにしても、アルトベリ城を落とせなきゃ俺達に未来はない」

帝国を倒すためにはノイエレニエを強襲し、法皇の身柄を確保するしかない。ノイエレニエを制圧する前に外地にいる帝国軍本隊が駆けつけたら、レーエンデ義勇軍に勝ち目はない。本隊を足止めするにはアルトベリの城を奪取し、ラウド渓谷路を封鎖するしかない。

ルーチェは拳を握った。決意を新たに宣言する。

「必ず見つけます。アルトベリ城の攻略法、絶対に見つけてみせます」

「期待してるよ」

アイクはルーチェの肩を叩くと、立ち上がって伸びをした。

「さぁて、そろそろ戻って寝るとするか」

「シーラの部屋に泊まるんですか？」

「違う違う、大部屋だよ。汗臭ぇ男どもと雑魚寝《ざこね》だよ」

そうか。ならよかった。

「若い娘は嫌いじゃないが、同衾するのは論外だ。だいたいシーラはいくつだよ？　俺の娘ぐらいの歳だろ……って、俺には妻も子供もいないけど」

「ですよね。すみません」

「お前さんこそシーラに手ぇ出して、オルグに首絞められンなよ？」

「気をつけます」

「じゃあ、また来るよ。一ヵ月後か、二ヵ月後ぐらいに」

おやすみと言い残し、アイクは物置を出ていった。

扉が閉じる直前、甘い匂いがふわりと香った。湯殿で使う香油の匂いか、それとも厨房からお菓子の匂いが漂ってきたのか。深く考えることなくルーチェは寝床に潜り込んだ。会話を反芻しながら目を閉じる。

主義主張は違えどもユゲットはノイエ族。同じレーエンデ人だ。同胞と剣を交えることをテッサはよしとしないだろう。それが彼女を救うためであっても、決して喜ばないだろう。慌てる必要はないとアイクは言ったけれど、やっぱり急ぐ必要がありそうだ。

観察を続けたおかげでアルトベリ城の構造はおおむねわかった。それでも糸口が摑めない。必要なのは内部情報だ。居住区の間取りや武器庫の位置、保有する武器の数、警備兵の正確な人数や指揮系統などがわかれば、どこかに穴が見つかるかもしれない。

城内に入る方法はないか。ルーチェは思案した。僕はイジョルニ人だ。関所を通っても法的には問題ない。でも僕は身分証明書を持っていない。イジョルニ人だと言い張っても、信じて貰えるとは思えない。では外地商隊の歩荷になるか。いや、それも無理だ。チビでやせっぽちの僕なんて、誰も雇ってくれない。

二階廊下の窓を拭きながらルーチェは窓の外へと視線を向けた。アルトベリ城の城壁上部、胸壁には警備兵の姿が見える。奴らは娯楽に飢えている。中にはこっそりと城を抜け出し、宿場村まで遊びに来る者もいる。もし警備兵を籠絡《ろうらく》することが出来たら、城の情報を聞き出せるかもしれない。上手くいくかどうかはわからないが、試してみる価値はある。オルグも言ってたじゃないか。「お前みたいに色が白くて綺麗な顔した男が大好物ってヤツもいる」って。

「なに見てるの?」

「うあ！」

心臓が口から飛び出しそうになった。

慌てて振り返ると、案の定、すぐ後ろにシーラが立っている。

「ねぇ、ルーちゃん。あたい、今夜は暇なの。だからそろそろ一緒に寝よ？」

ルーチェは引きつった笑みを浮かべた。ベッドに誘われるのはこれで何度目だろう。もはやお約束だなと思いつつ、同じ答えを繰り返す。

「ごめん、シーラ。僕には婚約者がいるんだ。彼女を裏切りたくないんだ」

「むぅん」

シーラは腕組みをした。上目遣いに彼を見て、拗《す》ねたような声を出す。

「そこまで大切にして貰えるなんて、テッサは幸せ者だねぇ」

「……ッ」

不意打ちだった。驚きが顔に出てしまった。

シーラはパチパチと手を叩いた。

「わーい、やったぁ！　図星だぁ！」

ルーチェは急ぎ考えた。なぜシーラはテッサの名前を知っている？　どうして僕の婚約者だとわかった？　彼女の目的はいったい何だ？

「どうしてわかったか知りたい？　ねぇ、知りたい？」

うふふ……とシーラは笑った。ふわりと身を翻し、自分の部屋の扉を開く。扉の内側から、おいでおいでと手招きする。

「教えてあげるよ。あたいのお願い、聞いてくれたらね」

そう言われては断れない。シーラは何を知っているのか、いったい何が目的なのか、確かめずにはいられない。意を決し、ルーチェはシーラの部屋に入った。

「座って、ここ座って」

シーラは寝台に腰かけ、自分の隣を叩いた。ルーチェは用心深く彼女の右隣に腰を下ろした。シーラが腕を絡めてくる。猫のように頬をすり寄せてくる。やわらかな金の巻き毛から甘い香油の匂いがする。不意に記憶が蘇り、どくんと心臓が飛び跳ねた。この匂い、アイクと話した夜、廊下に漂っていた香りだ。あの夜、シーラはあそこにいた。扉の外で僕達の会話を聞いていたんだ。

頭から血の気が引いた。背筋を冷や汗が流れ落ちていく。

警邏兵に密告されたら僕は捕まる。恐ろしい拷問を受けても、僕は黙っていられるだろうか。テッサのことやヌースの場所を言わずに耐えられるだろうか。いいや、きっと無理だ。僕は喋《しゃべ》ってしまう。ならば残る手段はひとつだけ。告発される前にシーラの口を塞ぐしかない。

「君は帝国側の人間なのか？」

「そう見える？」

「見えない」

「だよねぇ」

シーラは両手を上げると、そのまま後ろに倒れ込んだ。

「ルーちゃん、テッサとキスした？　彼女を抱いたことある？」

「ないよ。てかシーラ、今はそういう話をしてる場合じゃなくて――」

「婚約者なんでしょ？　テッサのこと、好きなんでしょ？」

「その話は、後にしてくれないかな？」

「答えてくれなきゃ、あたい叫んじゃうよ？　ルーチェの婚約者はテッサでーすって」

ああもう天然すぎる。ルーチェは頭を抱えたくなった。

「そうだよ。僕はテッサが好きだ。テッサも僕を好いてくれている。けどそれは恋人としての思慕じゃなくて、保護者としての家族愛だ。僕が十八歳になったら結婚してくれるって言ったけど、正直、覚えているかどうかも怪しいよ」

「そうなんだぁ」

シーラは身体を起こした。ルーチェを見つめ、眉根を寄せる。

「ルーちゃんはテッサの弟じゃなくて、恋人になりたくて、それでアルトベリに来たんだね。テッサを守るためにアルトベリ城の弱点を探してたんだね。だからミラ姉さんのお部屋でアルトベリ城の高さを測ってたんだね」

ルーチェは愕然とした。見られていた。気づかれていた。けれどシーラは黙っていてくれた。ならばこれからも黙っていてくれるかもしれない。

「お願いだ、シーラ」

彼女の手を握り、ルーチェは哀れっぽく訴えた。

「誰にも言わないで。君の言うことなんでも聞くから、お願いだよ、シーラ。僕のこと、警邏兵に売り渡さないで」

「んもう、そんなことしないよぉ」

シーラは髪を指に巻きつけ、甘えた声でささやいた。

「だってさぁ、情報はさぁ、秘匿するから価値があるんだもん」

「な……」

ルーチェは絶句した。シーラの顔をまじまじと見つめる。翳《かげ》りのない薄紫色の瞳、澄んでいるのに底が見えない。見つめていると魂まで吸い込まれそうになる。

「シーラ、君はいったい何者だ？」

「んんん、まだわかんない？」

困ったように微笑んで、シーラは小首を傾げた。

「前にも言ったよね？　男の人はベッドの中ではおしゃべりになるんだって。あたいみたいなお馬鹿さんが相手だと、余計に口が軽くなるみたい。みんな自慢げに、いろんなこと話してくれるよ」

ルーチェは思い出した。そうだ、アイクが言ってたじゃないか。春陽亭の主人は情報を売ってくれるって。僕は馬鹿だ。こんな大切なこと、なんで忘れていたんだろう！

「姉さん達が集めた情報をオルグが売る。春陽亭は娼館であると同時に情報屋でもあるんだ」

「あったりぃ！」

きゃっきゃと笑ってシーラはルーチェに抱きついた。

「あたいの客にレーエンデ解放軍の男がいてね。そいつが話してくれたんだ。テッサが帝国を倒すって宣言したこと、セヴラン・ユゲットに来年三月までにアルトベリ城を落とせなきゃ警邏に突き出すって言われたこともね。そしたらルーちゃんがウチの店に来て、アルトベリ城のこと調べ始めた。つまりルーちゃんは義勇軍の人。んで、大好きな人を守るためにアルトベリ城の弱点を探しているってことは、ルーちゃんの婚約者ってテッサなのかなあって思ったんだよ」

ルーチェは唸った。見事に騙《だま》された。シーラはお馬鹿さんなんかじゃない。むしろ逆だ。相手を油断させるために、そう見せているだけだ。

「それで君は僕に何を望む？」

情報屋である彼女の口を塞ぐには、いったい何が必要なのだろう。お金だろうか。献身だろうか。はたして今の僕に贖《あがな》えるだろうか。

「何を差し出したら、僕が義勇軍の人間だって情報を売らずにいてくれる？」

「あたいの願いはひとつだけ」

真剣な眼差しでシーラは彼を見上げた。

「あたい、外地に行きたいの。だからルーちゃん、帝国を倒してよ。そのためなら、あたい、どんな協力でもする。ルーちゃんの知りたいこと、なんでも教えてあげる」

ルーチェはつい笑ってしまった。

「この状況で、それを信じろって？」

「じゃあ、あたいの秘密を教えたげる」

シーラは立ち上がった。踊るような足取りで部屋を横切り、窓の前に立つ。

「オルグはあたいのこと、ウル族だって言ったけど、本当は違うんだ。あたいの父ちゃんは帝国南部ナダ州の商人でね。母ちゃんはノイエ族、イジョルニ人のお屋敷で召し使いをしてたんだ。二人は恋に落ち、それであたいが生まれた」

節をつけ、謳うようにシーラは続ける。

「あたいを産んだせいで、母ちゃんはお屋敷から追い出された。途方に暮れる母ちゃんに、父ちゃんは言った。『自分は名家の出だ。親に頼めばなんとかなる』って。『必ず迎えにくるよ』って。母ちゃんはそれを信じて待ち続けた。けど父ちゃんは戻ってこなかった。生活に困った母ちゃんはあたいを持てあまし、五万レヴンで人買いに売った」

シーラは胸元の紐を緩め、襟を引き下ろした。露《あら》わになった白い肌に赤黒い烙印《らくいん》がある。家畜に使う焼き印だった。彼女が奴隷として扱われてきた証しだった。

「あたい、恨んでないよ。父ちゃんのことも母ちゃんのことも恨んでない。だって生まれてきたから会えたんだもん。オルグやおねいちゃん達に巡り合えたんだもん」

めでたしめでたし——と言って、シーラは自ら拍手する。ひどい経験をしてきたはずなのに、悲壮感はまるでない。

「だからあたい、母ちゃんに会いたい。父ちゃんにも会いたい。会って、ありがとうって言いたい。あたいは今、とってもとっても幸せだよって伝えたい」

彼女は机の引き出しからふたつ折りにした紙を取り出し、ルーチェの前に差し出した。

「これ、父ちゃんが残した手紙。あたいが実の娘だっていう証明書なんだって」

「見ていいの？」

「うん、読んでほしいの。あたい、字読めないし。下手な人間には見せられないし。でも父ちゃんを捜す唯一の手がかりだから、なんて書いてあるのか知りたいの」

ルーチェは手紙を受け取った。すり切れた便箋《びんせん》を開く。色褪せた文字を目で追っていくうちに、むらむらと怒りがこみ上げてきた。シーラは文字が読めない。シーラの母も読めなかったのだろう。だからわからなかったのだ。彼女の父親は、最初から戻ってくるつもりなんてなかったのだ。

「なんて書いてあるの？」

無邪気な口調でシーラが尋ねる。

ルーチェは戸惑った。この手紙の内容を知ったらシーラは気落ちするだろう。怒って僕を警邏に突き出すかもしれない。黙っていたほうが賢明だ。知らないほうが彼女のためだ。

でも、もし心ない人間がこの手紙を読んだら、彼女はどうなる？

「シーラ、落ち着いて、よく聞いて」

彼女を寝台の端に座らせ、ルーチェは言った。

「この手紙は君の出生を証明するものじゃない」

「そうなの?」

「ここにはこう書いてある。『この手紙を持つ者は私の奴隷だ。主人に逆らったために放逐された。どうか厳しい罰を与えてほしい。二度と悪さが出来ないよう傷めつけてほしい。奴隷の主人たる私が約束する。この手紙を持つ者を死に至らしめようとも、貴方が罪に問われることはない』」

「嘘……?」シーラは目を見開いた。「嘘だよね?」

「残念だけど、本当だ」

ルーチェは咳をした。書かれていた文章を読み上げただけなのに罪悪感で胸が詰まる。まるで毒を吐いたみたいだ。

「ひどいよ、ルーちゃん。なんで……なんでそんなひどいこと言うの?」

シーラの表情が曇っていく。すみれ色の瞳が煙っていく。今にも泣き出しそうだ。

「ごめん、シーラ」

ルーチェは手紙をたたんで差し出した。

「こんなこと、知りたくなかったよね。でもこの手紙は危険すぎる。見せる相手を間違えたら、君は殺されてしまうかもしれない。そう思ったら、黙っていられなかったんだ」

「もういい!」

シーラは手紙をひったくり、ぱっと暖炉に投げ込んだ。古い紙が燃え上がる。数秒とかからず燃え尽きる。

ルーチェは頭を抱えた。恐怖と失望で目眩がした。アルトベリ城の攻略法を見つけると誓ったのに、馬鹿正直に手紙の中身を教えてしまうなんて、僕はいったい何をしてるんだろう。

「ああ、よかったぁ」

嬉しそうなシーラの声。

「ほら！　あたいの言った通りでしょ！　ルーちゃんはいい子だったでしょ！」

その声を合図に部屋の扉が開かれた。ミラとペネロペが入ってくる。

「本当にシーラの言った通りでしたわね」

「ったく、ルーチェは人がよすぎるよ！」

ルーチェはぽかんと口を開いた。三姉妹の顔を順番に眺める。

姉さん達、いつから聞いていたんだ？　僕が義勇軍だってこと、姉さん達も知っているのか？

「もしかして……僕を試した？」

「その通り！」ペネロペは腰に手を当てた。「命拾いしたね、ルーチェ。手紙の内容を告げず、口当たりのいい嘘をついてシーラを利用しようとしたら、あんたを警邏兵に売り渡そうって決めてたんだ」

「でも本当のことを言ってくれたら、ルーチェを信用しましょうねって、義勇軍のために私達も一肌脱ぎましょうねって、決めておりましたのよ」

「ってことは、あの手紙も偽物？」

「ううん、あれは本物」

「うわ……ごめん！　ごめん、シーラ！」

「謝ることないよぉ。いつかは処分しなきゃって思ってたけど、なかなか踏ん切りつかなかったんだ。勢いで燃やしちゃったら、あたい、なんかスッキリした！」

屈託なくシーラは笑った。脱力してルーチェも笑った。もはや笑うしかなかった。さすが春陽亭の三姉妹。まったく歯が立たない。勝てる気がしない。

「それでルーチェ。貴方は何について知りたいのかしら？」

頬に手を当て、ミラは艶然《えんぜん》と微笑んだ。ペネロペは好奇に目を輝かせている。シーラはいつも通り、ほわほわとした天使の笑みを浮かべている。

「僕が知りたいのはアルトベリ城についてです」

ルーチェは居住まいを正した。背筋を伸ばし、三姉妹と向かい合う。

「お願いします。アルトベリ城について姉さん達が知っていること、これから知り得ること、そのすべてを僕に教えてください！」


春陽亭の三姉妹はアルトベリ城の情報を集めてくれた。城の間取り、警備兵の人数、武器や弾薬の備蓄についても、知っていそうな顧客から上手に聞き出してくれた。

「城には常時百人ほどの警備兵が詰めているそうですわよ。任期は六ヵ月で、三ヵ月に一度、五十人ずつ入れ替わるんですって。でも冬期は例外で、十二月から三月の終わりまで同じ部隊が逗留《とうりゅう》するんですの」

「谷底を流れるロイズ川は岩を割るほどの激流だからね。どんなに寒くなっても凍らないんだ。だから氷面を歩いて渡ることは出来ないよ。ちなみに夏でも凍えるほど冷たいから、泳いで渡ることも出来ない」

「冬の間は商隊も通んないし、とっても退屈なんだって。しかも外は寒いから、ついつい警備もなおざりになるんだって。だからお城を抜け出して、春陽亭に来ちゃう人がいるんだねぇ」

「落とし格子を抜けた先、中庭の下を通る隧道には検査官がズラリと並んでいて、それはそれは細かく荷物を調べるんですって。荷物に隠れて関所を抜けようとしたレーエンデ人は、みんな揃って縛り首。城壁に吊るされて鳥の餌になるそうですよ。恐ろしい話ですわね」

「主館と円塔の扉は内側からしか開かない。そういう仕組みになってるんだってさ。鎧戸も窓枠にピッタリとはまってるから、内側からは押すだけで開くけど、外側からは開けられない」

彼女達がもたらす情報は膨大かつ有益だった。ルーチェ一人では何ヵ月……いや何年かかっても、とても集められなかっただろう。

三姉妹は仕事の傍《かたわ》ら、時間を見つけては一階奥の物置部屋に集まった。情報を共有し、意見を出し合い、アルトベリ攻略の糸口を探して知恵を絞った。

その間も義勇軍の戦いは続いた。彼らはまさに神出鬼没、帝国軍を嘲笑《あざわら》うかのように厳重な警戒網をすり抜けた。業を煮やした法皇庁は討伐隊を組織し、西の森へと派遣した。だが森歩きの方法を知らず、案内人もいないまま森に分け入った討伐隊は、すぐに自分達の位置を見失った。西の森をさまよい、飢えと渇きに苛《さいな》まれ、隊列を組むことさえままならなくなった。

そこに義勇軍が襲いかかった。討伐隊を誘い出しては殲滅していった。第一次討伐隊はあえなく全滅した。第二、第三の討伐隊も同様の末路を辿った。法皇庁は外地から一個大隊を呼び戻し、義勇軍の討伐に当たらせたが、これもまた実力を発揮することなく義勇軍に倒された。

義勇軍が帝国軍に勝利するたび、人々は快哉を叫んだ。

義勇軍を指揮するのは二百万レヴンの賞金首らしい。ダール村の生き残りで、テッサという名の若い女らしい。民兵として外地にいた頃は『槍斧の蛮姫』と呼ばれ、帝国軍でも一目置かれる存在だったらしい。テッサは司祭長グラウコ・コシモを殺し、ダール村の仇を討った。なのに警邏兵が血眼になって捜してもいまだ捕まっていない。彼女は本物だ。彼女ならやってくれる。帝国を倒し、レーエンデに自由を取り戻してくれる。

短い夏は駆け足で過ぎ去り、レーエンデは秋を迎えた。十一月に入り、ちらちらと粉雪が舞うようになっても、ルーチェはまだアルトベリ城の攻略法を見つけられずにいた。いくつか実行可能な方法を思いつきはしたのだが、どれも成功率が低すぎた。失敗すればアルトベリ城はますます警戒を強める。万にひとつの可能性もなくなる。勝負は一度きり。失敗は許されない。

「お疲れ様ぁ」

後片づけを終えて物置部屋に戻ったルーチェをシーラが笑顔で出迎えた。その後ろではペネロペが図面を睨んでいる。情報を基にルーチェが描いたアルトベリ城の見取り図だ。雪が降り始めたせいで繁忙期も山を越えた。今夜は客も少ない。ミラはまだ仕事中だが、おっつけやってくるだろう。

「ううう、ここ寒すぎ！」

頭から毛布を被り、ペネロペは恨めしそうにルーチェを見た。

「ちょっとルーチェ。もうひとつストーブ持ってきてよ」

「我慢してください」

ルーチェは苦笑した。そもそも物置は火気厳禁。そこにストーブを持ち込んだのはペネロペだ。

「最初はもっと寒かったんです。隙間という隙間を全部塞いで、これでもましになったんです」

「寒い寒い、ううう、寒い」

呻きながらペネロペは見取り図を指さした。

「やっぱり冬が狙い目だと思うんだよね。厳寒期には城壁から見張りがいなくなる。夜間巡回の隙を突いて、まずは数人が城塞門に侵入する。跳ね橋を下ろし、落とし格子を巻き上げ、義勇軍の本隊を招き入れる」

「けど跳ね橋を下ろす時にはさ、ものすごい音がするよねぇ」

モコモコの毛皮を着込んだシーラは眠たげに目を擦る。

「あれじゃあ兵隊さんも飛び起きると思うなぁ」

「それに」とルーチェが続ける。「跳ね橋を渡って落とし格子を抜けても、その先にあるのは隧道です。隧道からでは主館や円塔に入れません」

「隧道の半ばに扉があるでしょ。円塔二階に続いてるヤツ」

「外側からは開きません」

「力ずくでなんとかなんないかな?」

「扉は鋼鉄製らしいので斧や槍じゃ壊せません。それにシーラの言う通り、鎖を巻き上げる音がしたら警備兵が集まってきます。破城槌《はじょうつい》を打ち込む時間はないでしょうね」

ルーチェはペネロペの隣に腰を下ろした。薄い床板を通し、しんしんと冷気が伝わってくる。水仕事で冷え切った両手をストーブにかざし、彼は続けた。

「義勇軍の得意は奇襲です。攻城戦の経験はありません。そもそも攻城戦は立てこもっているほうが圧倒的に有利です。武器や装備の質や量もアルトベリ城に分があります。もし正面からぶつかったら、義勇軍はあっという間に全滅します」

「岩山の上じゃトンネルは掘れないし、ロープだけじゃ大勢を渡すのは無理があるし、となると、やっぱ跳ね橋を下ろすしかないんだよねぇ」

「ですね。城壁から見張りがいなくなる厳冬期に、数人が先に侵入するっていうのは名案だと思います。問題はその先です。中庭に面した主館の扉、同じく中庭に面した円塔の扉、隧道半ばにある円塔二階に繋がる扉。このいずれかを開き、敵が集まってくる前に城内に突入する。これが出来なきゃ僕達に勝ち目はありません」

「うあ！」シーラが素っ頓狂な声を上げた。「あたい、すっごいことに気づいた！」

「何よ？」

「塞がれてない入り口がある！」

ペネロペは胡乱な眼差しで妹を見た。

「あんた寝ぼけてんの？　そんなのあったら苦労しないよ」

「これ！」と図面を指さす。「ここ、ここ、円塔の屋上にある煙突！　ここなら邪魔な扉もないし、建物の中に入れるよ！」

「あのねぇ、シーラ。アルトベリ城の円塔はね、高さ三十ロコス以上あんのよ？」

「登れない？」

「無理だね。真昼ならともかく、厳冬期の夜じゃね」

「普通の人には無理でも、テッサなら登れるかもしれない」

ルーチェは唸って腕を組んだ。

「けど冬場は暖炉の火が絶えることはないから、熱すぎて煙突からは入れない」

「んああ、いい案だと思ったのにぃ！」

「着眼点は悪くないよ」

「いや無理だって。円塔を登るくらいなら、主館の鎧戸叩き割ったほうがまだましだって」

その後も三人は議論を続けた。時間を忘れ、様々な意見を言い合った。

真夜中過ぎ、トントンとノックの音がした。

「はぁい、私ですわよ。入ってもよろしくって？」

ミラの声だった。ルーチェは立ち上がり、扉を開いた。

「遅くまでお疲れ様でした」

「ええ、お客さまがなかなか寝てくれなくて……って、なんですの、この部屋！」

物置に一歩入るなり、ミラは形のよい眉をつり上げた。

「ここは火気厳禁ですのよ？　だあれ、ストーブなんて持ち込んだのは？」

「あたし」毛布をかぶったペネロペが手を挙げる。「だって寒いんだもん」

「だったらせめて換気をなさい。赤気病《せっきびょう》に罹《かか》りますわよ」

ミラは通気口の蓋を開いた。冷たい空気が流れ込んでくる。首筋がひやりとして、ルーチェは襟をかき合わせた。

「赤気病ってなんですか？」

「知らないの？」シーラは目をぱちくりさせる。「怖いんだよ。お顔が真っ赤になってね、ぱたんって倒れてね、死んじゃったりするんだよ」

よくわからない。ルーチェが首を捻っていると、ミラが補足してくれた。

「火を焚くと薪から赤気の毒が出てきますの。換気を怠ると部屋に赤気の毒が溜まって、頭が痛くなったり目眩や吐き気がしたりしますの。もっとひどくなると意識を失って、死んでしまう人もおりますのよ」

そういえば家令長のアントニオが言っていた。「暖炉で火を焚く時は少しだけ扉を開けておくのですよ。通り抜ける風が赤気の毒を追い払ってくれますからね」と。

ヴァレッティの屋敷は冬でも暖かかった。機密性が高かったからだ。でもテッサの家は隙間だらけで寒かった。だから換気の心配はしなくてよかった。

「あッ！」

頭の中で火花が散った。

「僕、名案を思いついた——かもしれない」

「ほんと？」

シーラは目を輝かせ、ぐいぐいとルーチェに詰め寄った。

「教えて！　ねぇ、早く教えて！」

「落ち着け、シーラ」ペネロペが妹の襟首を摑んだ。「ほら座った座った。そんなに迫ったらルーチェが話しづらいだろ」

シーラはそわそわと床に座った。ペネロペはルーチェに向き直った。

「んじゃ、聞かせて貰おうか」

片目を閉じ、ニヤリと笑う。

「本当に名案か、勘違いの愚策か、このペネロペ姉さんが、きっちり吟味してやるよ」


ルーチェと三姉妹は協議を重ねた。あらゆる想定を検討し、実現可能かを検証していった。次第に具体的な作戦が見えてきた。危険性は高い。運も必要になる。だがルーチェは確信した。これが最上策だと。もはや時間がない。この策に賭けるしかない。

十一月の末、ルーチェは山を下りる決意をした。それをオルグに告げるのは勇気が要った。だが、いざ打ち明けてみると、意外なほどあっさりと彼は了承してくれた。

「本格的に雪が降り出す前に出発しろ。ミラとペネロペもそろそろボネッティに行く時期だ。登攀口まで二人と一緒に行け。義勇軍の攻撃を警戒して帝国の兵士が大勢うろついてるからな。下手こいてボロを出すんじゃねぇぞ」

ルーチェは首を縮め、わずかに舌先を覗かせた。

「バレてましたか」

「当たり前だ」

オルグは悪相を歪めて嗤う。

「ウチの娘達と和気藹々《あいあい》、楽しそうにしやがってよ。気づかねぇわけねぇだろが」

「どうして黙認してくれたんです？」

「俺だって気に入らねぇんだ。帝国兵に好き勝手されんのはよ」

フンと鼻を鳴らし、オルグは人差し指でルーチェの胸を叩いた。

「テッサに伝えな。春陽亭の娘達と遊びたければいつでも来いって。金さえ払ってくれりゃ、俺は何も言わねぇってな」

「ありがとうございます」

感謝の気持ちを込め、ルーチェは深々と一礼した。

「必ずテッサに伝えます」

オルグとシーラに別れを告げ、ルーチェは春陽亭を後にした。ミラ、ペネロペとともに渓谷路を下り、西街道に入ったところで二人と別れ、彼は西の森へと分け入った。

枝の間から見える小アーレス山脈を目印にルーチェは歩き続けた。木立の葉はすでに枯れ落ち、北風に小枝がぴゅぴゅ泣いている。陽は西に傾き、木肌を赤く照らしている。夕闇《ゆうやみ》が迫る中、目印となる地形を見つけた。森を抜けると目の前に見慣れた岩山が現れた。中腹には黒い亀裂、ヌースの出入り口だ。

帰ってきた。ついに戻ってきた！

自然と足が速くなった。堪えきれずに走り出す。息を切らし、岩山を駆け上る。

「テッサ！」

会いたい。早く会いたい。愛しさと懐かしさで胸がはち切れそうだった。

ルーチェの声を聞きつけて、亀裂から人影が飛び出してきた。

少し痩せた。髪も伸びた。でも見間違えるはずがない。

「ただいま、テッサ！」

ルーチェは大きく手を振った。だがテッサは動かない。まだ怒っているのだろうか。勝手にヌースを出ていったことに腹を立てているのだろうか。

急に不安になった。ルーチェは砂礫《されき》の急斜面を登り、テッサの前に立った。

彼女は困惑しているように見えた。何かを言いかけてはやめるという動作を繰り返した。嬉しいけれど喜べない。怒っているのに声が出ない。そんな戸惑いが伝わってくる。

「僕、見つけたよ」

自分でも驚くほど落ち着いた声が出た。

「アルトベリ城を落とす方法を見つけた」

「……うん」

「勝手に出ていったこと、まだ怒ってる？」

テッサは首を横に振った。おそるおそる手を伸ばし、そっとルーチェを抱きしめた。

「おかえり、ルーチェ」

ささやく声が震えていた。

ルーチェはテッサの背に手を回した。ぎゅっと抱きしめ、その肩に額を押しつける。

「ただいま、テッサ」

長かった。長く険しい道程だった。けれど、ついにここまで来た。

僕はもう非力な子供じゃない。足を引っ張るお荷物じゃない。

「待たせて、ごめん」

テッサ……僕、ようやく君に追いついたよ。

第十章　アルトベリ城攻略

《ラウド渓谷の追影《おいかげ》》

黄昏時にラウド渓谷路を通る者を追いかけてくるという不気味な影。「システウィアートル」と三回唱えられれば逃げられる。

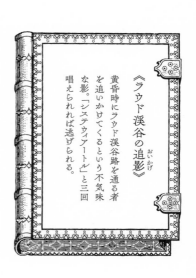

聖イジョルニ暦六七四年二月。

昨夜遅くに降り始めた雪は、朝になってもやむ気配がなかった。

鈍色《にびいろ》の曇天を見上げ、ギムタスは言った。

「これは『冬将軍の置き土産』だ。この先、数日間は雪になる」

アルトベリ城攻略作戦に雪は欠かせない。ユゲットと交わした約束の期日まで残すところ一ヵ月あまり。この機を逃したら次はない。

テッサは百余人の義勇兵とともにアルトベリに向かった。その中にはルーチェの姿もあった。今回ばかりはテッサにも止めることが出来なかった。この作戦の立案者はルーチェだ。城攻めの拠点となる春陽亭の主人を仲間に引き入れたのもルーチェだ。彼には見届ける権利がある。

二月十七日、義勇軍は春陽亭に入った。翌二月十八日、雪が降り続く深更。春陽亭の食堂に義勇兵が集まった。ウル族がいる。ティコ族もいる。古参の兵士もいれば、義勇軍に加わったばかりの新兵もいる。

「ついにこの時が来た」

仲間達を見回し、テッサは静かに口を開いた。

「あたし達は頑張った。抜かりなく準備を進めてきた。訓練も充分にしたし、やれることは全部やった。戦に絶対はないけれど、大丈夫、あたし達は強い。あたし達は負けない。あたし達一人一人が真価を発揮すれば、出来ないことなんて何もない」

「そうだ！」と仲間達が応える。「俺達は負けない！」

緊張の面持ち、揺るがない眼差し、どの顔からも気概と覚悟が見て取れる。

「では諸君、仕事の時間だ！」

テッサは拳で胸を叩いた。

「アルトベリ城を盗《と》りに行こう！」

吹《ふ》き荒《すさ》ぶ雪嵐の中、まずは第一班、第二班が春陽亭を出た。第一班はテッサとキリルとイザークの三人。第二班はボー、ギムタス、ブラスの三人だ。六人は毛皮の防寒着を着込み、雪に埋もれた坂道を進んだ。先頭に立つのはボーだ。積もった雪をものともせず、新雪を蹴散らして進んでいく。二十分とかからず六人は鉄柵門にたどり着いた。見張りはいない。鉄門扉は閉じられ、巻きつけられた鎖と錠前は白く凍りついている。

石垣に隠れ、テッサはアルトベリ城の様子をうかがった。

鉄柵の向こう側、深淵を雪風が吹き抜けていく。跳ね橋は上げられ、城塞門の落とし格子を隠している。城塞門の両肩にある小塔に明かりはない。見張り窓は鎧戸で塞がれている。上部胸壁や砲台の周辺にも警備兵の姿はない。

ルーチェが言った通りだった。寒夜《かんや》には鉄柵門の歩哨《ほしょう》が消える。雪が降る極寒の夜には城壁の見張りも主館に引き上げる。寒さを防ぐため、主館や円塔の窓はすべて鎧戸で塞がれている。唯一の例外は円塔最上階にあるアーチ窓だ。ひさしのついた小窓から、常夜灯の白い光が漏れている。空は分厚い雪雲に覆われ、月明かりも星明かりも望めない。なのにおぼろげに城の様子を見ることが出来るのは、あの常夜灯があるからだ。

降り続く雪が視界を遮っている。だが風はそれほど強くない。

願ってもない好条件だ。天候が悪化しないうちに始めよう。

立ち上がりかけたテッサをイザークが引き戻した。何事かと目で問うと、彼は城壁を指さした。円塔へ続く歩廊に明かりが見える。巡回の警備兵だ。テッサは石垣の裏に隠れた。白い息が目立たぬよう、手袋をはめた両手で口を押さえる。ルーチェの情報では巡回は三十分に一度。警備兵は円塔を出て歩廊を通り、城塞門を巡って主館へと戻っていく。

三人の警備兵が城塞門の小塔に入った。パタリと鎧戸が開かれる。窓から光が漏れてくる。兵士達の影が光を遮る。やがて鎧戸が閉じられた。警備兵達は城塞門を抜け、歩廊を主館へと歩いていく。オイルランプの明かりが遠ざかる。

それが完全に見えなくなるのを待って、テッサは再び立ち上がった。鉄柵を登り、鉄門扉の向こう側へ飛び下りる。キリルとイザークも同様に鉄柵を越えてきた。三人ともトチウサギの毛皮で出来た防寒具を着込んでいる。トチウサギの冬毛は白い。真っ白な毛先に雪が纏わりついている。

なんか雪だるまみたい。そう思うと、少し緊張がほぐれた。

「……よし！」

気合いを入れ、テッサは崖の縁に立った。身体に巻きつけたロープを解く。乾燥させたイシヅルの皮を丹念に撚《よ》り合わせた特製のロープだ。先端には鉄の鉤爪《かぎづめ》がついている。ロープを握り、鉤爪を旋回させる。最初はゆっくりと、徐々に速さを増していく。鉄の鉤が風を切り、びうう、びううと不気味な音を響かせる。

テッサは城塞門を見上げた。狙うのは、引き上げられた跳ね橋の縁。横風に注意して、練習通りに投げればいい。大丈夫、失敗なんてするもんか！

鋭く息を吐き、一気にロープを緩めた。鉤爪が暗夜に放たれる。ゴッ……という鈍い音。跳ね橋の上端に鉤爪が引っかかった。すかさずロープを引っ張り、鉄の爪を木板に喰い込ませる。強度を確かめてから、手元に残ったロープを鉄柵の向こう側にいるブラスに渡した。力自慢のボーがロープを腰に巻く。ブラスとギムタスもロープを引っ張る。深くて暗い絶望の淵に、細く儚《はかな》い希望の綱が渡される。

テッサは両手でロープを握った。毛糸編みの手袋には獣脂が染み込ませてある。獣脂は水をはじき、滑り止めにもなる。ウル族に伝わる森の知恵だ。

右足をロープに絡め、ぶら下がる。ロープをたぐり寄せるようにして前進を開始する。谷の上は横風が強い。風に煽られ、ロープもテッサもゆらゆら揺れる。剝き出しの頬に雪が張りつく。殴りつけるような突風に身体が持っていかれそうになる。

あと三ロコス、二ロコス、一ロコス……

跳ね橋の上端に手が届いた。上体を捻り、両手で跳ね橋の床板を摑む。身体を持ち上げ、床板の縁にまたがる。はるか下に何か白いものが見えた。ロイズ川だ。白く泡立つ急流だ。あまりの高さに目が眩む。テッサは急いで目を逸らした。

さあ、次はキリルの番だ。

およそ五ロコスの距離を隔《へだ》てた向こう岸、石垣の前、キリルとイザークがしゃがみ込んでいる。慌ただしく手を上下に振っている。

なにやってるんだ？

そう思うのと同時に、小塔の鎧戸がパタンと開いた。巡回の兵士が戻ってきたのだ。

ランプの光が闇を照らす。綿雪がきらきら光る。キリルとイザークは背を向けてうずくまっている。白い毛皮に雪が張りついているため、雪の吹き溜まりにしか見えない。ロープは緩められ、谷底に沈んでいる。よほど夜目の利く人間でないかぎり、気づかれることはないだろう。

問題はテッサだ。小塔の窓から彼女まで三ロコスほどしかない。真っ白な毛皮を纏っていても、この近さではごまかせない。跳ね橋と城塞門の間に隠れることも出来なくはないが、下手に動けば気取られる。息を殺しテッサは祈った。顔を出すな。こっちを見るな。お願いだからこっちを見ないで。

「何か見えたか？」

「いや、気のせいだったみたいだ」

そんな声が聞こえた。ぱたりと鎧戸が閉じられる。周囲に闇が戻ってくる。それでもテッサは動かなかった。彫像のように身を固め、微動だにしなかった。

一分ほど経過してから、ようやくキリルが動いた。再びロープが張られる。テッサの槍斧を背負い、キリルが谷を渡ってくる。続いて布袋を背負ったイザークがやってくる。

三人が無事渡り終えたのを見て、ボーがロープを解いた。テッサはロープをたぐり寄せ、再び身体に巻きつけた。鉤爪を引き抜くと、キリルとイザークの手を借りて、跳ね橋の縁に立つ。次の狙いは城塞門、上部胸壁だ。

テッサは鉤爪を放り投げた。鉄の爪が胸壁の向こう側へと消える。ロープを引き寄せると、ガチンという手応えが伝わった。二、三度引っ張って強度を確かめ、テッサは城塞門を登り始めた。『Came from the sea,《海より来たりて》 Return to the sea.《海に帰す》』と書かれた緋色《ひいろ》の板に足をかけ、胸壁を乗り越える。砲台の陰に身を隠し、用心深く周囲を見回す。左右に延びる歩廊には警備兵達の足跡が残っている。

中庭には真綿のような雪が積もっている。大丈夫、人の気配はない。

テッサは胸壁の凹部から身を乗り出し、下の二人に登ってくるよう合図した。

城塞門の二階には機械室がある。機械室には跳ね橋と落とし格子の巻き上げ機が置かれている。錠前が凍結してしまうので機械室の扉に鍵はついていない。雪嵐の夜は見張りもいない。このまま機械室に侵入し、巻き上げ機を動かすことも出来なくはない。

それを却下したのはルーチェだった。

「巻き上げ機を動かせば鎖の音が鳴り響く。寝ている敵兵を叩き起こしてしまう。跳ね橋は主館や円塔から丸見えだ。大弩の矢は楯《たて》をも貫く。狙い撃ちにされたら逃げようがない。それに、落とし格子の先は隧道だ。南側へと抜けるだけで城内には入れない。南の落とし格子を下ろされたら僕らは袋の鼠《ねずみ》だ」

主館や円塔に侵入するための出入り口は三ヵ所だけ。歩廊の両端にある主館の扉と円塔の扉、それに隧道の半ばにある階段だ。階段の突き当たりには鋼鉄製の扉があり、そこを抜けると円塔の二階に出るという。

「城と円塔の扉、どちらも分厚い鋼鉄製だ。しかも内側からしか開かない構造になっている。破るためには破城槌がいる。破城槌を使うには人手がいる。けど大勢が狭い隧道に乗り込めば、中で身動きが取れなくなる」

隧道の上は中庭だ。天井にはいくつもの殺人孔が空いている。長槍で突き殺されるか、油を注がれ火を放たれるか。いずれにしても扉を破壊する前に義勇軍は全滅する。

「つまり考え得る作戦はひとつだけ。少人数で城壁内に侵入。警備兵を無力化した後、城内に突入し、鋼鉄製の扉を内側から開く」

そう言って、ルーチェはテッサを見た。

「すべてはテッサ次第だ。君がいなくちゃこの作戦は成り立たない」

彼の作戦を聞いた者達は口々に「不可能だ」と言った。けれどテッサは「可能だ」と答えた。無茶を言うのは信頼の証し。あたしになら出来るって思ったから、ルーチェはこの作戦を思いついたんだ。

アルトベリから戻ってきたルーチェはもう小さな弟ではなくなっていた。冷静さの奥に情熱の炎を宿した大人の振る舞いをするようになっていた。春陽亭の主人からも一目置かれているようだし、あのシーラとかいう可愛い子、ルーチェを見つめる目がキラキラしていた。あれは恋する乙女の目だ。あんな綺麗な娘に惚れられるなんて、まったくルーチェも隅《すみ》に置けない。

姉の一人として、弟の成長を誇らしく思う。しかし素直には喜べない。

わかっていた。いつかこういう日が来るって。ルーチェがあたしから離れていくことも、あたしじゃない女性を好きになることも、ずっと前からわかっていた。ルーチェがあたしに求婚したのは子供時分の気の迷い。今となっては懐かしい笑い話だ。人の命はひとつだけ、人生は一度きり。あたしは愛する人のお嫁さんになるよりも、レーエンデの英雄になることを選んだ。だから嫉妬などせず祝福しよう。ルーチェには幸せになってほしいから。

そんなことをつらつらと考えているうちに、キリルとイザークが城塞門を上ってきた。

テッサはロープを巻き取り、鉤爪を背中に担いだ。見つかりませんようにと祈念しながら中庭に下りる。城壁沿いに中庭を迂回し、主館にたどり着く。鎧戸は窓枠にぴったりと収まっている。ルーチェが言っていた通り、外側からは開けられそうにない。

常夜灯の明かりを頼りに、テッサ達は壁に沿って進んだ。ひょうひょうと風が鳴る。やわらかな積雪が足音を吸収する。降り続く雪が足跡を覆い隠していく。

主館と円塔の接合部に到達した。中庭から主館の屋根まではおよそ二十ロコス。主館の壁は四角く切り出した石を瀝青《れきせい》のモルタルで固めた石壁だ。晴れた日の昼間なら、ものの数分で登る自信がある。でも今は視界が悪い。雪も降っている。しかもこの寒さ、舐めてかかれば失敗する。

テッサは毛皮を脱ぎ、肌着一枚になった。長靴を脱ぎ、手袋も外した。鉤爪を背負い、ロープを腰に巻いて結ぶと、壁石のわずかな出っ張りに足の指を引っかける。冷たい。まるで氷を踏んでいるようだ。雪交じりの風のせいで身体はかなり冷えている。指もかじかみ始めている。長くて三分、それ以上は保《も》たない。多少の危険は覚悟して一気に登り切るしかない。

テッサは腕を伸ばした。壁の突起に指先をかけ、身体を持ち上げる。凍りついた壁面は手足の熱が伝わると溶ける。手が滑るたび、歯の根が浮くような恐怖を味わう。片足が空に浮くたび、冷や汗が背筋を流れ落ちていく。

大丈夫、絶対に登れる。テッサは自分に言い聞かせた。中隊長が言っていた。努力は血となり肉となるって、積み重ねてきた訓練は決してお前を裏切らないって。この日に備え、特訓を重ねてきた。凍るような雪嵐の中、何度も崖登りに挑んできた。あたしはダールのヤギ娘。たかが二十ロコスの石壁、登れないわけがない！

主館の屋根に右手が届いた。両手で縁を摑み、一気に身体を引き上げる。主館の屋根は傾斜がきつく、つるつる滑って気が抜けない。出窓の上にわずかに平らな場所を見つけ、テッサはそこに腰を下ろした。

一息つきたいところだが、休んでいる暇はない。テッサは窓枠に鉤爪を引っかけ、腰に結んだロープを解いた。下で待つ二人の元へ、そっと投げ落とす。

ぴょんとロープが緊張した。凍えた指先に息を吐きかけ、テッサは軋むロープを見守った。程なくして、屋根の縁に槍斧の先端が現れた。続いてキリルの頭が見えてくる。テッサは彼に手を貸して、出窓の上へと引っぱり上げた。

「ごめんね。槍斧、重たかったでしょ?」

「別にどうってことねぇよ」

キリルは腰に巻いていた防寒着と長靴の紐を解き、テッサに向かって差し出した。

「羽織《はお》ってろ」

「ありがと」

テッサは長靴を履き、防寒着に袖を通した。冷えた肌がやわらかな毛皮に包まれる。ほっとするほど暖かい。

「テッサ、手を出せ」

「なんで?」

「いいから」

キリルが自分の防寒着の襟を開くと、テッサの両手を自分の胸に押し当てた。

「ち……ちょっと!」テッサは慌てた。「な、何してんのよ?」

「見りゃわかるだろ。温めてんだよ」

素っ気なく答え、キリルはテッサを抱き寄せる。

「俺達の命運はお前にかかってるんだ。今は黙って甘えとけ」

「……うん」

テッサはキリルの胸に頬を押し当てた。鼓動が聞こえる。冷えた指先に彼の体温が伝わってくる。彼の吐息からは甘く焦げたような匂いがした。テッサはキリルを見上げた。頬は瘦《こ》け、目の下には隈《くま》が出来ている。鼻の頭と目の縁が赤い。それは戦地で何度も目にしてきた、銀夢草中毒者の特徴だった。

「あんた、銀夢煙草はやめときな。命を縮めるだけだよ」

「わかってる。けどあれがないと眠れないんだ」

目を逸らし、キリルは呻くように呟く。

「振り返るのはやめよう、前に進もうって何度も自分に言い聞かせた。けどダメなんだ。アレーテは俺のすべてだった。唯一無二の太陽だった。太陽のない世界は暗くて冷たくて、辛すぎるんだ」

「キリル……」

彼の気持ちは痛いほどよくわかる。でも——

「あたし、あんたに死んでほしくない」

「安心しろ、無駄死にはしねぇよ」

うっそりと笑い、キリルは曇天を見上げた。

「テッサの背中は俺が守るって、アレーテと約束したからな」

誘われるようにテッサも空を見上げた。闇から雪が降ってくる。綿のような雪片が後から後から落ちてくる。静かに美しく、冷たく残酷に世界を白く埋め尽くしていく。

「貴方達、何をしてるんです？」

イザークの声が聞こえた。見れば彼は屋根の縁に立ち、テッサとキリルを凝視している。

二人は出窓の上で抱き合っている。テッサはキリルの胸元に手を差し込んでいる。この格好、テッサがキリルの服を脱がそうとしているように見えなくもない。

「違うって」テッサは慌ててキリルから離れた。「そういうんじゃないんだってば」

「何を慌ててるんだ？」怪訝そうな顔でキリルが答える。「手を温めてただけだぞ？」

「ああ、まぁ、そうですよね」

イザークは気まずそうに目を逸らした。

「すみません。勘違いしました」

「勘違いって何を？」

「キリル、そういうことは訊かないの。イザークも答えなくていいからね」

「お断りします」

「はぐらかすなよ。イザーク、ちゃんと説明しろ」

「そう言われると余計気になるじゃねぇか。テッサ、俺にもわかるように話せよ」

「絶対にイヤ」

テッサはベッと舌を出した。イザークが口を押さえた。必死に笑いを噛み殺している。

「なに笑ってんだよ？　何がおかしいんだよ？」

キリルが真顔で問いかける。それがおかしくて、テッサは声を出さずに笑った。

まるでダール村にいた頃みたいだと思った。最近は他愛もない話をすることも、笑い合うこともなくなった。こんな風に笑うのは久しぶりだった。おかげで身も心も温まった。

「さて、とっとと登っちゃおう！」

テッサは再び防寒着を脱いだ。長靴も脱いでキリルに預ける。鉤爪を背負い、ロープを身体に巻きつけた。円塔最上階の小窓から光が漏れている。常夜灯の光がゆらゆらと揺れている。暖かい空気が揺蕩《たゆた》っているせいだ。塔の屋上にある煙突が暖炉の熱を排出しているせいだ。

アルトベリ城に煙突はひとつしかない。すべての部屋のすべての暖炉が円塔のてっぺんにある煙突に繋がっている。その理由をルーチェはこう説明した。

「煙突がひとつしかないのは進入口を減らすためだ。煙突には扉もつけられないし、鍵もかけられない。だからこそ円塔の警備は堅い。周辺は常夜灯で照らされているし、城壁の歩廊には昼夜を問わず監視兵が立っている。敵に見つかることなく円塔を登り、屋上まで到達することは、ほぼ不可能と言っていい」

唯一の例外、それが雪嵐の夜だ。南部出身の兵士達は寒さを嫌って警戒を怠る。そこにわずかな隙が生じる。

「連中は過信している。アルトベリ城は鉄壁の要塞城、攻められることも落とされることも決してないと思っている。雪嵐の夜、連中は主館に閉じこもる。監視の目もおろそかになる。その隙を突くしかない」

次の巡回が城壁の歩廊に出てくるまでが勝負だ。それまでに円塔を登り、屋上に到達しなければならない。主館の屋根から円塔の天辺《てっぺん》までは約十ロコス。たいした高さではない。だが壁は湾曲しているし、石の継ぎ目は滑らかで凹凸がほとんどない。主館の壁を登った疲労も蓄積されている。指先の感覚は鈍り、足の指も皮が擦り剝けている。

テッサは円塔の壁面に手をかけた。わずかな手がかり、足がかりを見つけながら冷たい石壁を登っていく。ずるりと足が滑った。テッサは両手を広げ、壁面に張りついた。吐く息が白い。常夜灯の明かりが遠い。爪が割れ、血が滲んでいる。血と汗で指先が滑る。

「同じ手は二度と使えない」

耳の奥、ルーチェの声が蘇る。

「断念して引き返したとしても痕跡は残ってしまう。侵入されたことに気づいたら、アルトベリ城はさらに警戒を強める。そうなったらわずかな隙もなくなってしまう」

機会は一度だけ。失敗は許されない。ここで諦めたらすべてが水泡に帰す。全部出し切れ。死力を尽くせ。爪が剝がれても指の骨が折れても、絶対に登り切るんだ！

テッサは再び手を伸ばした。わずかな突起に指を引っかけ、全体重を持ち上げる。少しずつ常夜灯の光が近づいてくる。闇に沈んでいた円塔の天辺が見えてくる。連続するアーチと補助壁が頂上の胸壁を支えている。壁から突き出た補助壁は絶好の手がかりになる。それを利用して最後の難関である『返し』を越えるつもりでいた。だがアーチからは幾本もの氷柱《つらら》が垂れ下がっている。これでは補助壁が摑めない。氷柱を叩き壊すか。いいや、駄目だ。そんなことをしたら円塔内に音が響く。音を聞きつけた兵士が窓から顔を出したら、それで終わりだ。

テッサは歯嚙みした。ここまで来て行き詰まってしまった。腕や指が震え出す。限界が近い。無《ぶ》様《ざま》に落下する自分の姿が脳裏を過《よ》ぎった。

諦めるな。考えろ、何か別の手を考えろ！

常夜灯の窓、その上には小さなひさしがある。あれに足をかければ右手が空く。右手が空けばロープと鉤爪が使える。少しでも物音を立てたら中の人間に気づかれる。でも他に手はない。迷っている暇も余裕もない。

テッサは横移動を開始した。光が漏れる窓に近づき、窓枠の上に左足を乗せる。体重を移動し、左足一本で身体を支えた。一段と風が強くなる。壁に身体を密着させていないと吹き飛ばされてしまいそうだ。テッサは慎重にロープを解いた。右手を背後に回し、鉤爪を摑む。屋上の胸壁まではおよそ三ロコス。強風が音をかき消してくれるよう祈りつつ、鉤爪を旋回させる。

一発勝負だ。失敗すれば見つかる。物音を立てても見つかる。

緊張で身体が強ばる。ぶるぶると右腕が震える。流れ落ちる汗が目に入りそうになる。

ぐっと息を止め、狙いすましてロープを投げた。鉤爪が胸壁を越える。ガツンという音が響く
——かと思いきや、音は聞こえなかった。積雪が鉤爪を受け止めてくれたのだ。

テッサはロープを引っ張った。ガチリという手応え。両手でロープを摑み、凍った壁面に足の裏を密着させる。気力をかき集め、ロープをたぐり寄せる。一歩、また一歩と登っていく。

ついに胸壁に手が届いた。狭間に身体をねじ込み、胸壁を越える。

「う……えぅ」

堪えきれずに嘔吐《えず》いた。関節という関節が激痛を発している。指先が熱く脈打っている。見れば爪が剝がれ、たらたらと血が滴っている。だが手当てをしている暇はない。テッサは胸壁の凸壁にロープを巻きつけた。常夜灯の窓をよけてロープを下ろす。合図を送ると、ロープがピンと張った。

これでいい。あとは二人が登ってくるのを待つだけだ。

そう思った瞬間、気が緩んだ。雪が斬りつけてくる。凍風が体温を奪っていく。寒くて寒くて歯の根が合わない。膝を抱えても、両手で自身を抱きしめても、身体の震えが止まらない。

キリルが胸壁を乗り越えてきた。彼はテッサに駆け寄ると、彼女に防寒着を羽織らせた。

「テッサ、大丈夫か？」

「う……うぁう……」

顎が震えて喋れない。濡れた肌着を脱ごうとするが、手がまともに動かせない。

「じっとしてろ」

キリルが濡れた肌着を脱がせ、毛皮の防寒着を着せてくれた。彼女の足を自分の肌着で拭い、靴下と長靴を履かせてくれる。

「耐えろテッサ。イザークが来るまで頑張れ」

小声で激励し、キリルはテッサを抱きしめた。大きな手で彼女の背中や二の腕を擦《さす》る。テッサは動くことも応えることも出来なかった。乾いた衣服に身を包んでも温もりが感じられない。頭がぼうっとしてくる。目の前に白い霞《かすみ》がかかっている。

「お待たせしました」

屋上に到達するやいなや、イザークは背負ってきた革袋を開いた。小さな瓶《びん》を取り出し、栓を抜いて、テッサの唇に押し当てる。

「まずは口に含んで。それから少しずつ飲み込んでください」

生温い液体が口内に流れ込んでくる。火酒だ。強い酒精が喉を灼く。かあっと胃《い》の腑が燃えあがる。

「これ食べて。奥歯でガリッと噛むんです」

イザークは琥珀《こはく》色の粒をテッサの口に押し込んだ。ミツカエデの蜜を煮つめたものだ。噛《か》み砕《くだ》くとねっとりとした甘みが口いっぱいに広がる。

「う、はぁ！」

白い息とともにテッサは声を吐き出した。

「あ、あぶなかった。あたし、今、魂が抜けかけてた」

「お疲れ様でした」

火酒の瓶をテッサに手渡し、イザークは立ち上がった。

「あとは私達がやりますから」

「お前はここで休んでろ」

　キリルは背負い袋から折りたたんだ皮袋を取り出した。アレスヤギの皮はやわらかい。裏側に獣脂を塗ると水も空気も通さなくなる。袋状に縫い合わせれば水入れとしても使える。キリルが取り出したもの、それはアレスヤギの皮を何枚も縫い合わせて作った巨大な水袋だった。

　キリルとイザークは袋を広げて煙突に被せた。空気が漏れないよう、幾重にもロープを巻きつけて縛る。アルトベリ城の暖炉では練炭が使われている。煙はほとんど出ない。煙突を塞いでも煙が逆流することはない。兵士達は気づかずに眠り続けるはずだ。

　煙突を塞ぎ終え、二人がテッサの元に戻ってきた。少しでも風雪を防ごうと、三人は胸壁の陰で身体を寄せ合った。やるべきことはやった。あとは時が来るのを待つだけだ。

　アルトベリ城の警備兵には南部出身の者が多い。南部は冬でも暖かく、暖炉もストーブも不要だという。ならば彼らは知らないだろう。赤気病のことも、その恐ろしさも。

　決して大きくはない主館と円塔、閉ざされた鎧戸は凍りつき、密閉性をより高めてくれる。ルーチェの計算によると城内に赤気が満ちるまでおよそ四時間。出来ることなら五時間待ちたいところだが、事前の雪中訓練では四時間が限界だった。それ以上は凍えて身体が動かなくなる。寒さで意識を失うか、もしくは正気を失う。

　テッサ達は火酒を飲み、ミツカエデの結晶を舐めた。互いに声をかけ合い、時に身体を動かして意識を失うことのないよう努めた。身体は芯まで冷えきっている。もはや寒いを通り越して痛い。防寒着の襟をかき合わせ、毛皮のフードを目深に被っても、冷気が骨身に突き刺さってくる。眠ってはいけないとわかっていても、瞼が落ちるのを止められない。

朦朧《もうろう》とした意識の中、ぼんやりとテッサは思い出す。前に同じような目に遭った。あれは外地で迎えた初めての冬のこと。グラソン州の山岳地帯で吹雪に見舞われ、ずぶ濡れのまま一夜を明かした。雪洞で身を寄せ合っても、寒くて震えが止まらなかった。

「眠るなよ。隣の奴が寝たらブン殴れ」

自身も寒さに震えながら、シモン中隊長は部下達を励まし続けた。

「辛い時こそ楽しいことを考えろ。この雪地獄から抜け出したら何をする？　俺は肉を喰うぞ。肉汁滴るアツアツの焼き肉を腹下すまで喰いまくってやる。あとアルモニアの海で泳ぐ。暖かな海で波と戯《たわむ》れて、砂浜の木陰で昼寝する」

あたしも海に行きたい。アルモニアの海で波と戯れたい。

テッサは左手を広げた。人差し指と中指が曲がっている。バルナバス砦攻略の際に骨折した箇所だ。あの時、無理して槍斧を振り回していたら、この指は使い物にならなくなっていた。この指が使えなかったら、アルトベリ城の壁を登ることは出来なかった。

シモン中隊長、ここまで来られたのは貴方のおかげです。

「そいつは違う。ここまで来られたのはお前が特別だからだ」

あたしは強がってるだけです。本当は怖かった。不安で不安で仕方がなかった。今だって泣き出したいのを必死に堪えてる。全然、特別じゃないです。

「いいや、特別だよ。円塔を登るなんて普通は出来ない。お前だから出来たんだ」

あたしだけの力じゃない。ルーチェが、みんなが、力を貸してくれたから出来たんです。

「ああ、そうだな。でも今は自分を褒めてやれ。楽しいことだけ考えとけ」

シモンが笑う。笑いながら彼女を引き寄せる。

「よくやった、テッサ」

そして額にご褒美《ほうび》のキスを――

「寝るな、テッサ」

手荒く肩を揺さぶられ、テッサは目を開いた。

いつの間にか、眠っていた。

「大丈夫か？」

キリルが火酒の瓶を差し出す。テッサはそれを受け取り、一口飲んだ。

「あたし、どのくらい寝てた？」

わからないというようにキリルは首を横に振る。

「でも、そろそろのはずだ」

攻撃開始の合図について、テッサ達は幾度となく話し合った。狼煙《のろし》を上げても雪で見えない。ランプの光も届かない。鐘を鳴らす？　角笛を吹く？　大きな音をたてれば城の兵士に気づかれる。

「いっそ逆に考えてみたらどうかな」

妙案を思いついたのは、やはりルーチェだった。

「第一班が城に潜入した後、第二班は鉄門扉の石垣からアルトベリ城を見守る。作戦が失敗し、続行が不可能になったら、第一班は火酒の瓶を叩き割って火をつける。火の手が見えたら第二班はただちに春陽亭に引き返し、本隊とともにヌースへ撤退する。もし第一班が首尾よく事を成し遂げて、何の合図もないまま四時間が経過したら、義勇軍の本隊は春陽亭を出てアルトベリ城に向かう。第一班と同じ要領で数人が谷を渡り、城塞門に侵入する。そして跳ね橋を下ろし、落とし格子を巻き上げるんだ」

渓谷を揺るがす鎖の音。それが聞こえたら第一班は円塔屋上の扉を破壊し、円塔内に侵入する。その頃には城内に赤気が満ち、警備兵達は死の眠りについているはずだ。死に至らなくても相当に弱っているはずだ。第一班は弱体化した敵兵を蹴散らし、円塔を駆け下り、隧道へと繋がる鉄扉を開く。そこから義勇軍の本隊は城内に攻め込み、アルトベリ城を制圧する。

それがルーチェが考えたアルトベリ城攻略の全容だった。

テッサ達は待った。凍りつくような寒さに耐え、襲いくる眠気と戦いながら待ち続けた。

びょうびょうと風が鳴る。横殴りに雪が吹きつけてくる。四時間はこんなにも長かっただろうか。何か予想外のことが起きたのだろうか。ブラス達が帝国兵に見つかったとか。いいや、そんなことはありえない。彼らはそんなヘマはしない。

ゴゴン……と重い音が響いた。

はっとしてテッサは顔を上げた。耳に意識を集中する。

気のせいか？　幻聴か？

ギギギギギ……

歯が浮くような鉄鎖の軋《きし》みが聞こえた。間違いない。鎖を巻き上げる音だ！

素早くイザークが立ち上がった。ナイフを抜き、煙突に巻いたロープを断ち切る。巨大な袋が浮き上がった。強風を孕み、夜空へと舞い上がる。あっという間に闇に紛れて見えなくなる。

テッサは手足を動かし、身体をほぐした。節々が痛んだが、もう気にしないことにした。槍斧の柄を握り、扉の前に立つ。扉は木製だった。これも情報通りだった。堅牢堅固なアルトベリ城も、円塔屋上からの侵入者は想定していなかったようだ。

テッサは槍斧を振り上げた。一撃で扉を叩き壊す。扉の残骸を蹴り飛ばし、螺旋階段を駆け下りる。赤気は目に見えない。煙突の覆いを外してもすぐには出ていかない。自分達もいつ赤気の毒にやられるかわからない。防ぐことも避けることも出来ないのであれば、倒れる前に隧道に続く扉を開くしかない。

円塔の最上階、円形の部屋の中央には巨大な暖炉があった。火の番らしき兵士が三人、窓に張りついて外を見ている。跳ね橋のほうを指さして、何やら声高に叫んでいる。

テッサは一足飛びに彼らに近づき、槍斧を一閃《いっせん》した。一人目が倒れる。続いて二人目の首を撥ね飛ばそうとして、斧刃が頸椎《けいつい》に引っかかった。テッサは小さく舌打ちした。三人まとめて秒殺するはずだったのに、凍えた左手に力が入らなかった。

「うあああああ！」

生き残りの一人が絶叫した。

「誰か！　誰か来てくれ！　侵入者――」

キリルの剣が彼の胸を貫いた。兵士は沈黙し、床に倒れた。

テッサは部屋を横切り、向かい側の階段口に飛び込んだ。螺旋階段を駆け下りる。六階は倉庫だった。明かりはなく人影もない。木箱の間をすり抜け、階段口へと急いだ。

「下じゃない、上だ！」

「用心しろ！」

声とともに複数の兵士が階段を上ってくる。テッサは足を止めた。槍斧を振り回すには螺旋階段は狭すぎる。最初の一人が見えた瞬間、彼女は槍斧を突き出した。喉を貫かれて絶命した兵士を力任せに投げ落とす。兵士の遺骸もろとも後続の兵士達が倒れる。彼らを踏みつけ、叩き伏せ、テッサは五階に到達した。

「怯むな！　相手は少数だ！」

警備兵が襲いかかってくる。多くが寝間着のままだった。足下がおぼつかないのは寝起きだからではない。赤気にやられて弱っているのだ。

行ける！

テッサは槍斧を振り回し、敵兵の首を撥ね飛ばした。キリルが警備兵を斬り捨てる。イザークの矢が帝国兵の喉を射貫く。螺旋階段をさらに下り、四階まで来たところでテッサは目眩を感じた。目の奥で光が点滅する。ぐらりと床が傾ぐ。壁に手をついて身体を支えた。

「テッサ！」

彼女に迫った敵兵を、キリルが一撃で斬り倒した。

「大丈夫か？」

「……うん」目眩を振り払おうとテッサは頭を横に振った。「ごめん、助かった」

「先頭代われ。俺が行く！」

テッサを押しのけ、キリルが前に出た。立ち塞がる敵兵を薙《な》ぎ払《はら》い、蹴り倒しながら前へ進む。主館に続く渡り廊下から次々と敵兵が現れる。その攻撃を弾き返し、三人はひとかたまりになって階段口に飛び込んだ。

壁面の矢狭間から城塞門と跳ね橋が見えた。一人の男が木板を掲げ、飛来する矢から仲間達を守っている。義勇軍が跳ね橋を渡り、城塞門へと飛び込んでいく。

首筋が冷たくなった。急がなければ彼らは死ぬ。隧道の中で反撃も出来ずに鏖殺《おうさつ》される。早く扉を開かなきゃ。本隊を城内に招き入れなきゃ。

先頭を行くキリルが三階に到達した。この階にも主館へと通じる渡り廊下がある。前からも後ろからも警備兵が押し寄せてくる。蹴散らしても倒しても、続々と新手が現れる。息をつく暇もない。激しい攻防で三人とも傷だらけだ。

渡り廊下を抜け、また新手がやってきた。寝間着の者、裸足《はだし》の者、赤い顔をしてふらついている。赤気で弱ってはいるが予想以上に数が多い。進みたくても進めない。身を守るので精一杯だ。

「ここは俺に任せろ！」

警備兵を蹴り倒し、キリルが叫んだ。傍にあった木箱を持ち上げ、渡り廊下に投げつける。飛び散る破片に敵兵達が一瞬、怯んだ。

「先に行け！」

「わかった！」

テッサはキリルの横をすり抜けた。累々たる兵士の死骸を飛び越え、螺旋階段へと走る。

「行かせるかぁッ！」

倒れていた男が立ち上がる。血と臓物を垂れ流しながらテッサの腰にむしゃぶりつく。蹴っても殴っても離れない。振り払おうとすればするほど、死に物狂いでしがみついてくる。

「テッサ、逃げて！」

切羽詰《せっぱつ》まった声でイザークが叫んだ。

渡り廊下に弩兵が並んでいる。こちらに狙いを定めている。この距離ではよけられない。

「うおらあああああ！」

テッサは縋りつく男の首を摑み、一気に頸椎をへし折った。絶命した男を盾に使い、階段口へと飛び込んだ。ガガガッと弩の矢が壁に突き立つ。そのうちの一本が右肩を貫いた。

「……ッ！」

痛みによろめき、階段を踏み外した。踏ん張ろうとしたが膝に力が入らない。帝国兵を巻きこんで、テッサは階段を転がり落ちた。

目が回る。全身が痛い。吐き気を堪え、なんとか起き上がろうとする。ぼやけた視界、床に影が落ちている。顔を上げると目の前に兵士が立っていた。すでに剣を振りかぶっている。

防げない。かわせない。逃げられない。

死んだと思った。

次の瞬間、兵士の胸に黒羽の弓矢が突き立った。男の喉がゴボゴボと鳴る。血の泡を吐きながら剣を取り落とし、後ろ向きに倒れる。

「あ……ありがと、イザーク」

喘ぎながら立ち上がると、正面からイザークがぶつかってきた。そのままずるずると床に倒れる。端整な横顔、日焼けとは無縁の白い顔が真っ赤に染まっている。耳朶も首筋も異様なほど赤い。

「イザーク！」

テッサは彼を助け起こし、頰を叩いた。

「しっかりして！」

イザークは目を開けない。赤気にやられたのだ。

「待ってて、すぐに扉を開けるから――」

不意に痺れるような殺気を感じた。振り返ろうとした瞬間、首に腕が巻きついた。丸太のような豪腕がテッサの首を絞め上げる。巨軀《きょく》の兵士が彼女の身体を吊り上げる。足が浮く。喉が締まる。息が出来ない。テッサは足をばたつかせた。肘で男の脇腹を打ち、裏拳《うらけん》で鼻面を殴る。しかし腕は緩まない。ギリギリと喉を潰しにくる。テッサは必死に身体を捻った。肩に刺さった弩の矢を引き抜く。それを逆手に持ち替え、男の腕に突き刺した。

ぎゃっという声。少しだけ膂力が緩んだ。テッサは再び矢を摑み、男の顔面に突き立てた。

「う、おううぅ……!」

くぐもった悲鳴が後を引く。兵士はテッサを放り出し、頬に刺さった矢を抜いた。

その隙にテッサは男に飛びかかった。大男の肩に乗り、太股《ふともも》と膝を使って首を絞める。振り落とそうと暴れる巨漢の頭に腕を回し、全身の力を込めて捻った。

骨が砕ける音がした。男の全身から力が抜ける。斧が入った大木のように、ゆっくりと身体が傾《かし》いでいく。飛び降りようとして失敗し、テッサは床に叩きつけられた。衝撃が突き抜ける。目の前が真っ白になり、すぐに真っ暗になった。

起きろ。気を失ったら死ぬ。この階にも渡り廊下がある。すぐに大勢の兵士が押し寄せてくる。

立ち上がれ、扉はもうすぐそこだ。

テッサは上体を起こした。視界がぐにゃりと歪む。堪えきれず赤黒い液体を吐瀉《としゃ》した。饐《す》えた臭いに咽《む》せて咳き込む。息が苦しい。頭が働かない。下唇を噛み、飛びそうになる意識を繋ぎ止める。

奥の壁に鉄の扉がある。中央に横棒が渡されている。横棒の両端が石壁の溝に喰い込んでいる。扉の中央にある鉄の輪を回し、横棒を外す仕組みだ。

テッサは床を這った。幸いなことに誰も襲ってこなかった。さっきの大男が最後の一人だったようだ。二階にいた連中はみんな赤気にやられたのだ。

急がないと、あたしも動けなくなる。

鉄の輪を摑み、それを頼りに立ち上がった。気力を振り絞る。両腕に力を込める。車輪はびくともしない。ガクガクと膝が震える。立っているのがやっとだ。手にも腕にも力が入らない。

「お願い……動いて……動いてよ」

涙が溢れてくる。泣いている場合じゃないのに嗚咽が止まらない。

「誰か助けて、神様でも悪魔でもいい、あたしに力を貸して」

ギシリ……

車輪が動いた。

ガゴン……

横棒が外れた。

テッサは扉に左肩を当てた。両足を踏ん張り、力一杯、扉を押した。

重苦しい軋みを上げ、鉄扉が開いた。

「テッサ！」

倒れかかる彼女を小麦色の肌をした中年男が抱き止める。

「よくやった！　よく頑張った！」

知っている顔だった。でも、誰だか思い出せない。

「後は任せろ！」

ああ、任せていいんだ。

そう思った途端、最後の糸が、ブツンと切れた。

第十一章　軍師の誕生

《火酒》
ユルリスの球根を原料とする蒸留酒。酒精が強いため、気つけ薬としても使用される。

真夜中過ぎ、ガラガラガラという音が響いた。

「始まった」

春陽亭の食堂でルーチェは呟いた。義勇軍の姿はすでにない。がらんとした食堂にはミラ、ペネロペ、シーラの三姉妹とオルグだけが残っている。

本音を言えば、本隊に同行したかった。でも自分が行っても足手まといになるだけだ。戦いの火蓋《ぶた》は切られた。あとは皆を信じて待つしかない。

「大丈夫だよ」

ルーチェの隣にシーラが座った。白い指が彼の手を握る。

「絶対に上手くいくよ。あたい達が一生懸命考えた策だもん。絶対に上手くいくよ」

曖昧に頷いて、ルーチェは彼女の手を握り返した。

吹き荒《すさ》ぶ雪嵐。風の音に混じって戦乱の雄叫びが聞こえる。どんな戦いが繰り広げられているのだろう。テッサは無事だろうか。不安の中、ジリジリと時が過ぎていく。一分一秒がとてつもなく長い。気を利かせたオルグがお茶を淹れてくれたが、とても飲む気にはなれなかった。

何かあればスラヴィクが知らせてくれることになっている。何の音沙汰《おとさた》もないということは、作戦は予定通りに進行しているということだ。

組んだ両手に額を押しつけ、ルーチェは待った。

長い長い夜が過ぎ、窓の外が少しずつ明るくなってくる。風は少し弱まったようだ。雪はまだ降り続いている。

ぼううう……

眠たげな音が響いた。

ぼうううう……

角笛だ。

ルーチェは弾かれたように立ち上がった。防寒着を羽織るのも忘れて外に飛び出す。降り積もった雪をかき分け、坂を登っていく。一足ごとに足首まで雪に埋もれる。なかなか前に進めない。息を切らし、ようやく鉄柵門にたどり着いた。

白々と明けゆく空の下、雪を被ったアルトベリ城が佇《たたず》んでいる。煙は上がっていない。円塔にも主館にも目立った損傷はない。だが城壁の歩廊に立っているのは義勇軍の兵士達だ。彼らは武器を頭上に掲げ、勝ち鬨《どき》を上げている。仲間達の雄叫びがラウド渓谷にこだまする。

それを聞いて、ルーチェはようやく確信した。

「勝った。僕達、勝ったんだ！」

歓喜が胸に溢れてくる。達成感に身体が震える。この思いをみんなと共有したい。テッサと喜びを分かち合いたい。テッサに会いたい。ああ、早くテッサに会いたい！

ルーチェは鉄柵門を抜けた。『天使の木橋』の中央に大男が立っている。巨漢の戦士ボーだ。大きな木板を頭上に掲げている。木板には幾本もの弩の矢が突き刺さり、まるで針山のようになっている。

「ボー！」

その背にルーチェは呼びかけた。

返事はない。振り返りもしない。何か様子がおかしい。

「ボー？　どうしたの？　もういいんだよ？」

彼の前に回り込み、ルーチェは息を飲んだ。

木板を貫通した弩の矢が、ボーの喉に突き刺さっている。かっと目を見開き、板を掲げて直立したまま、彼は息絶えていた。

ルーチェはよろめき、後じさった。

厳つい容姿に似合わず、ボーは心根の優しい男だった。武具職人のディランに「お前は筋がいい」と褒められて照れくさそうに笑っていた。「この戦いが終わったらディランに弟子入りするんだ」と嬉しそうに話していた。

つい数時間前、健闘を誓い合った仲間が冷たい骸《むくろ》と化している。

これが戦。これが戦争というものなのだ。

逃げるようにルーチェは隧道に入った。石の床、石の天井、冷え冷えとした空間には誰もいない。彼は先に進んだ。隧道の半ばには階段がある。階段口に人が座っている。キリルとイザーク、それにテッサだ。

「テッサ！　キリル、イザーク！」

ルーチェは三人に駆け寄った。座っていたイザークが立ち上がる。足がふらついている。赤気のせいだろう。白い顔が真っ赤になっている。

「無理しないで」イザークを支え、ルーチェは尋ねた。「みんな大丈夫？」

「私とキリルは、まあ、なんとか」

イザークは眉根を寄せ、階段に腰かけたキリルに目を向けた。

血の雨に打たれたかのように、キリルは全身血塗れだった。血塗れの腕でテッサを抱いていた。

キリルの胸に頭を預け、テッサはぐったりと目を閉じている。

きゅっと喉が締まった。

まさか——テッサ、ああ、そんなまさか……

「心配すんな。息はしてる」

愛想のない声でキリルが言った。

「見ろよ」

彼はテッサを抱え直した。身体の向きが変わり、顔がルーチェのほうを向く。

「笑っていやがる」

キリルの言う通り、テッサは満足そうに微笑んでいた。


聖イジョルニ暦六七四年二月十九日。

テッサ率いる義勇軍はアルトベリの関所を奪取した。百名あまりの軍勢で、悪魔の口と恐れられてきたアルトベリ城を陥落させたのだ。

歴史に残る大勝だった。既成概念を覆す大勝利だった。義勇軍は喜びに沸いた。しかし喜んでばかりもいられなかった。今はまだ雪深く、渓谷路を登ってくる者はいない。だがあと一ヵ月もすれば雪が溶け始める。内外からの商隊がアルトベリにやってくる。義勇軍がアルトベリ城を乗っ取ったことが法皇の耳に入れば、大軍勢が差し向けられるだろう。多大な犠牲を払って奪取したアルトベリ城、奪い返されるわけにはいかない。

ブラスの指揮の下、義勇軍は籠城《ろうじょう》の準備に取りかかった。居住区の整備、備蓄食糧や保有武具の確認、防護壁の建設、見張り小屋の設置等々。義勇軍は不眠不休で働き続けた。疲れているはずなのに、彼らの士気が衰えることはなかった。自分達は今、時代の転換点にいる。自分達が歴史を動かしている。そんな高揚感に満ち満ちていた。

自分も働かなければと思っても、ルーチェはテッサの傍を離れられなかった。

あれから二日、まだテッサは目を覚まさない。主館の四階にある司令官の寝室、天蓋つきの寝台で彼女は昏々《こんこん》と眠り続けていた。彼女の身を案じているのはルーチェだけではなかった。義勇軍の仲間達も仕事の合間を見つけては、入れ替わり立ち替わり、テッサの見舞いに訪れた。

「早く目を覚ましてください、隊長」

「みんな待ってますぜ。早いとこ一緒に祝杯あげましょうや」

仲間達が声をかけても、テッサは目覚めなかった。ルーチェは寝台の傍らに座り、彼女を見守り続けた。やがて三日目の夜が明けた。窓から光が差し込んでくる。雪嵐をもたらした暗雲は過ぎ去り、久々に太陽が顔を出している。

その日の昼過ぎのことだった。

「邪魔するよ」

ノックとともに扉が開かれ、一人の女性が入ってきた。白い肌、つややかな黒髪、顔に刻まれた銀色の模様——

「ゾーイ！」

驚いてルーチェは立ち上がった。

「どうしてここへ？」

「戦勝祝いに来たのさ」

エルウィンの長は、ひらひらと手を振った。

「アルトベリ城が落ちたと聞いちゃあ、隠れてなんかいられないよ。この機を逃したら末代までの恥になる。エルウィンから腕のいい弓兵を二十人ばかし連れてきた。存分に使っておくれ」

先日の戦いで義勇軍は仲間の四分の一を失った。戦力不足は否めない。援軍は願ってもない申し出だ。

「でも大丈夫なんですか？　エルウィンを守る人間がいなくなっちゃいませんか？」

「んなこと言ってる場合かい？　人手、足りてないんだろう？」

「う……」

「だったら遠慮しなさんな」

ルーチェの額を軽く小突いてから、ゾーイは寝台を覗き込んだ。

「テッサの様子はどうだい？」

「傷の手当てはしました。けど、まだ意識が戻りません」

疲れが押し寄せてきて、ルーチェは再び椅子に座った。

「もう三日になります。もしこのまま目覚めなかったら――」

「その心配はなさそうだよ」

ゾーイはテッサの首に手を触れた。口元に手を当てて呼吸を確認し、指で瞼を押し上げる。それからルーチェに目を向けて、安心しろというように笑う。

「赤気は抜けてる。思っていたほど悪くない」

「わかるんですか？」

「赤気病はエルウィンの冬の風物詩さ。手当ての仕方は心得てるよ」

ゾーイは窓辺に向かった。カーテンを開き、鎧戸を全開にする。身を切るように冷たい風が部屋の奥まで吹き込んでくる。

「一番の薬は新鮮な空気。二番目には呼吸を助ける薬草だ」

背負っていた布袋から乾燥した草を取り出し、暖炉に投げ入れる。ぱあっと炎が燃え上がる。爽《さわ》やかな香りが部屋いっぱいに広がった。

「これでよし」

ゾーイはルーチェを振り返った。

「誰かにテッサの着替えを持ってこさせておくれ」

それと——と言い、優しい目で彼を見つめる。

「ここは私に任せて、あんたは少し休みな。エルウィンから食材を持ってきた。旨い飯を喰って、ゆっくり眠りな」

「でも——」

「でもじゃない」先んじてゾーイが言った。「前にも言ったろう？　どんなに強い人間にも休息は必要だって」

覚えている。自分がどれほど疲弊しているのかもわからないまま突っ走るのは迷惑だって。

「わかりました」

不承不承、ルーチェは点頭した。

「テッサのこと、しばらくお願いします」

彼は部屋を出た。階段を下り、食堂へと向かう。思えばこの三日間、ほとんど何も食べていない。食欲はなかったが、眠る前に何か腹に入れておかないといざという時、動けなくなる。

主館の二階に下りると、浮かれ騒ぐ人々の声が聞こえてきた。後方の出入り口からルーチェは食堂に入った。長テーブルを数十人の男達が囲んでいる。エルウィンのウル族だ。義勇兵も数名いる。ブラスとスラヴィク、アイクの姿も見える。

「ルーチェ！」

アイクが彼に気づいた。太い身体を揺らしながら駆け寄ってくる。

「やったなルーチェ！　ついにやりやがったな！」

アイクはルーチェを抱きしめて、彼の背中を平手で叩いた。

「お前は天才だ！　稀代《きたい》の軍師だ！　ありがとうルーチェ、ありがとう！」

ルーチェは面喰《めんく》らった。まさか感謝されるとは思わなかった。あんなに危険な作戦を立案したくせに自分は戦わずに隠れていたのだ。お前は腰抜けだ、卑怯者だと言われるだろうと思っていた。

「僕は何もしていないよ。戦いが終わるまで、春陽亭で震えていただけだよ」

「いや、そこじゃない」とアイクが笑う。「お前に大立ち回りは期待してない」

「あんた、すごいよ！」

興奮したウル族の青年達がルーチェを取り囲んだ。

「アルトベリを落とすなんてすごすぎるよ！」

「自分がアルトベリ城に入る日がくるなんて、ほんと夢みたいだ」

「これからも頼りにしてるぜ、軍師殿！」

皆が親しげに肩を叩く。アイクがわしわしと頭を撫でる。手荒い賛辞と祝福にルーチェは小さな悲鳴を上げた。

「おいおい、やめろ、お前達！　ルーチェが痛がってるだろうが！」

ブラスが割って入った。

「すまんなルーチェ。この馬鹿力ども、加減ってものを知らなくてよ」

「いえ、大丈夫です」

乱れた髪を撫でつけ、ルーチェは控えめに微笑んだ。

「役に立てたのなら、すごく嬉しいです」

「そうかそうか。なら遠慮なく」

ブラスは両手でルーチェの右手を握った。

「ルーチェ、お前がいなきゃアルトベリ城は落とせなかった。お前が義勇軍にいてくれてよかった。ありがとうルーチェ。本当にありがとう！」

「僕は何もしてません。頑張ったのはテッサです。義勇軍が死力を尽くし、命を賭《と》して戦ってくれたから、アルトベリを奪取出来たんです」

「おお、ルーチェ！　お前は謙虚すぎる！」

ブラスは大仰な仕草で天井を仰いだ。

「こんな素晴らしい仕事をやってのけたんだ。もっと自信を持て！　堂々と胸を張れ！」

「無理ですよ」か細い声で反論する。「僕が立てた作戦のせいで仲間達が怪我をした。ボーや多くの仲間達が死んだ」

立ったまま息絶えていた彼を思い出し、じわりと涙が滲んだ。

「テッサだって、まだ目覚めていない」

「泣くな、ルーチェ」

彼の肩に手を置いて、ブラスは諭すように言う。

「連中は無理矢理戦わされたわけじゃない。レーエンデに自由を取り戻すために、自らの意志で戦うことを選んだんだ。だからなルーチェ。仲間の死を悼むのはいいが、自分のせいだと思っちゃだめだ。それは連中の志を腐《くさ》すのと同じだ。そんなこと言ったら死んでった連中に失礼だ」

それに——と言って、今度は歯を見せて笑う。

「心配するな。テッサは絶対に戻ってくる。あいつはしぶとくて諦めの悪い女だ。それはルーチェ、お前が一番よく知っているだろう？」

ルーチェは頷いて、涙を拭った。

テッサは強い。志半ばで諦めたりしない。こんなところで倒れたりしない。彼女は絶対に戻ってくる。僕がそれを信じなくてどうする。

「そうでした。テッサは昔から寝起きが悪いんでした」

「その意気だ」

ブラスはルーチェの胸を軽く小突いた。

「じゃあ、さっそくだが相談に乗ってくれ。俺達の頭じゃ限界がある。軍師の知恵を拝借したい」

そう言って、長テーブルに広げたレーエンデの地図を叩く。

「アルトベリ陥落の知らせを聞けば入隊志願者が集まってくる。レーエンデ各地でも新たな火種が燃え上がる。兵力が増えるのは大歓迎なんだが、アルトベリ城は守りの要だ。帝国の間者が紛れこむ可能性を考えると、志願者達を安易に城に招き入れるわけにはいかない。かといってアルトベリの宿場村じゃ狭すぎるし、ヌースは街道から離れすぎてる。となると、やっぱりどっかに新しい拠点を造るしかないと思うんだ」

「僕もそう思います」

ルーチェは地図に視線を落とした。今後はレーエンデの各都市と連絡を取り合い、連携を図っていく必要がある。最終目的地はノイエレニエだ。ならば街道の要衝に拠点を置くのが得策だ。

「立地的に一番好ましいのは、ここ」

ルーチェは地図の一点――商業都市オンブロを指さした。

「オンブロなら西街道とも旧街道とも繋がっているし、各地からの支援物資も集めやすい。しかもノイエレニエは目と鼻の先です。丘に大軍勢が集結すれば、法皇庁への圧力にもなります」

「立地的には最適でも、オンブロはやめておいたほうがいい」

反論したのはアイクだった。

「オンブロにはイジョルニ人の商家が多い。義勇軍が大挙して押し寄せたら、連中は荷物をまとめて街から逃げ出す。後には食料も物資も、夏草一本さえも残らねぇだろうよ」

「そっか。それじゃあ駄目だな」

ルーチェは眉間に皺を寄せた。

「アイクはどう思う？　どこが一番相応《ふさわ》しいと思う？」

「おいおい、俺はしがない行商人だ。戦に関しちゃ素人だ。どこが拠点に相応しいかなんて、わかるわけないだろ」

「でもアイクはレーエンデの町村を回って武器や防具を撒いてきたんだよね。つまりレーエンデの現状を、もっともよく知る者の一人ってことだよね」

「然り」とブラスが同意する。「心当たりはないか？　住民が義勇軍に協力的で、大勢の志願兵が集まっても手狭にならず、なおかつ新兵を訓練する場所があればまさに言うことなしなんだが」

「そんなら――」アイクは地図の一点を叩いた。「俺の一推しはここ、ボネッティだ」

「なるほど」

得心が行って、ルーチェは手を打った。

「ボネッティとノイエレニエを結ぶ西街道は広いし、整備が行き届いているから移動がしやすい。街道沿いには豊かな村が多いから、人も物資も集めやすい。街の外には民兵の訓練施設もある」

「それにあの街にはシャピロって顔役がいる。宿屋と飯屋の経営で一財産を成した男でね。なかなかの人格者なんだ。儲けた金で病院や学校を造ったり、貧しい者達に救済の手を差し伸べたりしてね。住人達を守るために自警団をつくったのもシャピロだ」

「ボネッティの自警団は手強《てごわ》かったぞ」

苦笑いとともにブラスは呟く。

「街で一杯やろうと思ったら、最新鋭の銃をぞろりと突きつけられてね。『レーエンデ解放軍のようなならず者をこの街に入れるわけにはいかない』ってけんもほろろに追い返された」

「そうそう、そこなんだよ！」

我が意を得たりというように、アイクはテーブルを叩いた。

「ボネッティには他の町にはない一体感がある。宿場町として潤ってるから懐も暖かいし、生活に余裕があるから心にも余裕がある。あの街の住人ならきっと協力してくれる」

ボネッティからアルトベリまで、早馬を飛ばせば一日の距離だ。有事の際にはすぐに駆けつけられる。ここまで好条件が整う場所が他にあるとは思えない。

「決まりかな」

一同を見回し、ルーチェは言った。

「渓谷路の雪が溶けたら、そのシャピロって人に会いに行こう」


その後も地図を睨んでの検討が続いた。夕刻間近になってルーチェはようやく解放された。眠気と空腹が襲ってくる。一度横になったらしばらく目が覚めそうにない。

その前にテッサの様子を見に行こう。

戦利品の中から適当な衣服を見繕《みつくろ》い、ルーチェはテッサが眠る寝室に向かった。

ノックをしてから声をかける。

「ルーチェです。テッサの着替えを持って――」

言い終わらないうちに扉が開かれた。中からゾーイが顔を出す。

「ちょうどよかった。あんたを呼びに行こうとしてたんだ」

どういう意味です？　と問うまでもなかった。

寝台の上、テッサが上体を起こしている。

「おはよう、ルーチェ」

かすれた声で言い、照れくさそうに笑う。

「あたし、また寝坊した？　てか、あたし、どれぐらい寝てた？」

第十二章　革命の夏

《アルモニア州》

聖イジョルニ帝国南方六州のひとつ。その気質は長閑で素朴。競合を好まず、他州に較べて鄙《ひな》びている。

勢いよくルーチェに抱きつかれ、テッサは寝台に押し倒された。

「よかった、テッサ、本当によかった！」

涙ながらに繰り返す彼を見て、身を起こすのを諦めた。

「心配かけてごめん」

仰向けになったまま、テッサは彼の背を撫でた。

「あれからどうなった？　みんなはどうしてる？　キリルとイザークは無事？」

「二人は無事だよ。怪我してたし、赤気にもやられてたけど、今はすっかり回復して、みんなと一緒に働いてる」

ルーチェはテッサから離れ、寝台の端に座り直した。

「帝国兵は一掃したよ。主館の三階で火が出たけど、ちょこっと天井が焦げただけ。跳ね橋や石橋、南北の落とし格子は無傷だ。大砲の整備もしたし、宿場村の出入り口に防護壁も造ってる。外地の帝国軍本隊が攻めてきた時に備えて見張り小屋も造ってる」

だから安心して——と言い、ルーチェはテッサの手を握った。

「さすがだね、ルーチェ。いろいろありがとう」

感謝の意を込め、テッサは彼の手を握り返した。

「それで、義勇軍の被害は？」

ルーチェは辛そうに目を伏せた。

「二十三人の仲間が死んだ。重傷を負った者も十人以上いる」

テッサは奥歯を噛みしめた。犠牲が出るのは覚悟していたが、予想以上の数だった。

「亡くなったのは誰？」

「それよりも今は身体を休めて──」

「教えて。誰が死んだの？」

小さく息を吐いて、ルーチェは死者達の名を告げた。

「ガウル、フルーカ、ジダーは中庭で、リンドーとキャラコは跳ね橋で……」

テッサは目を閉じた。彼らの笑顔が脳裏を過ぎる。失われた者達の声が耳の奥に蘇る。

「あとボーが死んだ」

「ボーが？」あの力自慢の大男が死んだ？「どうして？」

「想定よりも赤気が行き渡らなかったらしくて、思っていた以上に抵抗が激しかったんだ。特に跳ね橋の上は遮蔽物《しゃへいぶつ》がないから大弩で狙い撃ちにされた。ボーが戸板をかかげて死角を作って、そのおかげで大勢が無事に橋を渡れたんだけど──」

自らを責めるかのように、ルーチェは拳で膝を叩いた。

「勝利の角笛を聞いて、僕が城に駆けつけた時、ボーは木板を掲げて跳ね橋の上に立っていた。彼は死んだ後も倒れることなく、仲間を守り続けてくれたんだ」

「ああ、ボーらしいね」

テッサは天蓋を見上げた。厳つい顔に似合わず涙脆《もろ》かったボー。俺はまだ戦えると言って義勇軍に加わってくれた。大切な仲間だった。仲間を失うことは、魂の一部を失うのと同じだ。

「朗報があるんだ」

切り替えるように手を打って、ルーチェは明るい声で続けた。

「ゾーイがエルウィンから援軍を連れてきてくれたんだ。食材もいっぱい持ってきてくれたから、今夜はご馳走を作るって。あ、でもテッサは三日も寝てたんだし、いきなりたくさん食べるのはよくないね。まずはスープかお粥からだね。待ってて、すぐに貰ってくる！」

ルーチェは素早く立ち上がり、弾むような足取りで出ていった。

「しばらく見ない間に、あの子、変わったねぇ」

黙って見守っていたゾーイが感心したように呟いた。

「若鳥はいつか巣立つ。そういうもんさね」

「……そうだね」

呟いて、テッサは目を伏せる。

わかってる。ルーチェはもうあたしの小さな弟じゃない。レーエンデ義勇軍の名参謀だ。それはわかっているのだけれど、心のどこかで思ってしまう。ルーチェには戦に関わってほしくない。ルーチェはあたしの良心だから、あたしのような人殺しになってほしくない。

「いい景色だ」

ゾーイは窓辺に立ち、外を眺めた。窓いっぱいに夕焼け空が広がっている。沈みゆく夕陽に照らされて、小アーレス山脈の雪冠が輝いている。

「アルトベリ城からの眺めを堪能する日が来るとはね。いや、長生きはするもんだ」

それを聞いて思い出した。

ゾーイは銀呪病なんだ。彼女に残された時間はそう多くはないのだ。

「またそういうシケた顔をする」

ゾーイは苦笑した。窓枠に寄りかかって腕を組む。

「あんたがそんなんじゃ、心配で出かけられないよ」

「出かける?」テッサは眉をひそめた。「どこに行くの? 一緒に戦ってくれるんじゃないの?」

「そりゃあ旦那の弔《とむら》い合戦だし、一緒に戦いたいけどさ。もう弓を支えられないんだよ」

ゾーイは左手を広げた。爪の先にまで銀色の蔦模様が絡みついている。

「足にもかなりきてるしね。もう戦働きは出来そうにない。けど帝国相手の大喧嘩《おおげんか》を見てるだけってのも悔しい。だからちょいと古代樹の森まで行ってくるよ。古代樹林のウル族に会って、義勇軍に加わるよう説得してみるよ」

テッサは唸った。古代樹の森に住むウル族は保守的で迷信深い。変化を嫌い、余所者を嫌う。同じウル族でも、隠れ里エルウィンで生まれ育ったゾーイとは生き方も信念も異なる。

「古代樹の森のウル族が、あたし達に手を貸してくれるとは思えない」

「私もそう思う」さらりとゾーイは同意する。「ウル族は頭が固い。森の外がどうなろうと自分達には関係ないと思ってる。けどイザークの話を聞いて思ったんだ。頭の固い年寄りを説得するのは無理でも、若者達なら口説けるかもしれないってね」

「だったらあたしが行く。イザークと一緒に古代樹の森に行って、ウル族の若者達と話してくる」

「馬鹿お言いでないよ。あんたはティコ族だ。古代樹の森に入っただけで殺される」

「それはゾーイだって同じでしょ? その左手の印はハグレ者の印。ハグレ者は大罪人の追放者。古代樹の森に入ったら殺されたって文句は言えないんでしょ?」

「私のは刺青だ。罪人の証しではなく、自由なレーエンデ人の証しだよ」

「奴らにとっては同じだよ！」

不安と焦燥にかられ、テッサは叫んだ。

「下手をすれば殺されるかもしれない。そんな危ない場所に行ってほしくない。そんな危険を冒すことないよ！」

「それでもね。やらないわけにはいかないんだよ」

ゾーイは左手で左頬の銀呪をするりと撫でた。

「このまま古代樹の森のウル族が知らぬ存ぜぬを貫いたら、ティコ族はウル族を恨むだろう。首尾よくレーエンデが勝利を収めたとしても、ウル族は戦わずして勝ち馬に乗ったと責められるだろう。法皇をレーエンデから排除しても、外地には帝国軍の本体が残ってる。ティコ族とウル族が反目し合っていたら、帝国軍に付け入る隙を与えちまう」

テッサは唇を嚙んだ。

ゾーイの言う通りだ。レーエンデから帝国を追い出せば、それで終わりというわけではない。法皇がレーエンデに固執する限り、帝国軍は何度でも攻めてくるだろう。

「ってのは、まあ、半分ぐらい建前でさ」

ゾーイはいたずらっぽく片目を瞑る。

「私もウル族だからね。ウル族の子や孫達には肩身の狭い思いをさせたくない。これから生まれるウル族に、もっと広くて自由な世界を見せてやりたい。幸か不幸か、私の寿命は長くない。たとえ殺されたとしても惜しむような命じゃない。余所者嫌いのウル族の集落に乗り込んでいくには最適な人選だと思うよ」

そこまで言われたら返す言葉がない。テッサは両手で毛布を握りしめた。

ゾーイはあたしを泣かせてくれた。疲れ切っていたあたしに「今は休め」と言ってくれた。心を許せる大切な場所が、またひとつ失われる。そう思うと、ひどく心細かった。泣くまいと歯を喰いしばっても、ぽろぽろと涙がこぼれてしまう。

「なぁテッサ。あんたは至極まっとうだ。悲惨な戦争を体験しても、大切な家族を殺されても、人の心を失っていない。だからこそあんたは仲間達の死に責任を感じてしまうんだろうね」

でも──と言い、ゾーイは寝台の端に腰かけた。

「あんたは戦うことを選んだ。夢を語り、同志を募り、帝国を倒すための戦争を始めた。多くの若者達があんたに心酔し、あんたに命を預けている。あんたが迷えばみんなが迷う。仲間を守りたいと思うなら、最後まで意地を張り通しな。どんなに辛くても前を向くんだ。泣くのはすべてが終わってから、レーエンデの自由を取り戻してからにしな」

厳しい言葉だった。なのに口調はとても優しい。

まるでシモン中隊長みたいだと思った。

シモンは誰よりも先に敵地に斬り込み、最後まで戦場に残った。仲間の死を背負いながら、常に前を向いていた。涙を見せず、弱音を吐かず、どんな危険にも臆することなく突き進んだ。それが隊を率いる者の責任なのだと行動で示してくれた。

中隊長のようになりたい。いつも毅然《きぜん》としていたい。でもあたしは仲間を失うのが怖い。中隊長のように強くはなれない。たとえ一生かかっても彼の足下にも及ばない。でも中隊長は嘘をつかなかった。自分のことは信じられなくても、彼の言葉なら信じられる。

あたしが心から願えば、出来ないことなど何もない。

「わかった。もう泣かない」

顔を上げ、ゾーイの目をまっすぐに見つめる。

「約束する。何があっても、もう泣かない」

「私が死んでも？」

「……うん」

答えた途端、涙がこぼれそうになり、テッサは服の袖でゴシゴシと顔を拭った。

「けどゾーイも約束して。無理はしないって、危なくなったら逃げるって、何があっても絶対に生きて戻ってくるって」

「それは私の台詞さね。あんたは義勇軍の総大将、しかも真っ先に敵地に斬り込んでいく。私よりもあんたのほうが、よっぽど危なっかしいし、よっぽど早死にしそうだよ」

「それは、そうだけど――」

「安心おし。命を粗末にするつもりはないよ。なんとしても生き延びて、帝国が崩壊する様を見てやるよ。だからテッサ。あんたも生き延びるんだよ。レーエンデの夜明けを見届けるまで、絶対にくたばるんじゃないよ」

「うん」

「約束だ」

ゾーイは両手でテッサの頬を挟み、額に額をくっつけた。

「生きて生きて生き抜いて、新しい世界を一緒に見よう」

三月に入ると真冬の寒さが和らぎ始めた。空を覆っていた雪雲が去り、太陽が顔を見せる時間も長くなった。

たっぷり休養を取ったおかげでテッサは順調に回復していった。一人で歩けるようになると、彼女は城の中を見て回った。テッサの姿を見つけた仲間達は作業の手を止めて彼女を取り囲んだ。

「もう起きて平気なのか？」

「無理せずゆっくり休んでくれよ」

温かな声、信頼の眼差し、アルトベリ城攻略という死線を乗り越えたことで、義勇軍の絆《きずな》はいっそう深まったように感じる。テッサにとって彼らは家族同然だった。団結力では第九中隊にも劣らないと感じていた。

「心配かけてごめんね。もう大丈夫。すっかり元気になったよ！」

太陽のようにテッサは笑った。

「今日からあたしも働くよ。休ませて貰った分、キリキリ働いて取り戻すよ！」

宿場村の出入り口に防護壁を築くため、テッサと仲間達は朝から晩まで働いた。岩を切り出し、積み上げてはモルタルで固めていく。風はまだ冷たいが春の日差しは暖かい。少し動いただけでも額に汗が噴き出してくる。

「おい、テッサ」

櫓の上で渓谷路を見張っていたギムタスが声を上げた。

「イケ好かねぇ連中が来やがったぜ」

急坂を五十人ほどの集団が上ってくる。ばらばらの鎧を身につけ、剣や槍で武装している。先頭に立つ金髪男はレーエンデ解放軍の頭目セヴラン・ユゲットだ。

テッサは槍斧を手に取った。仲間達も武器を手に防護壁の前に並んだ。

「よう、久しぶりだな！」

ユゲットは喜色満面、右手を上げて挨拶した。

「お前ならやると思ってた。さすがテッサ、俺が見込んだ女だ！」

調子のいいことを言う。厚顔無恥にも程がある。テッサは槍斧をかまえ、棘《とげ》のある声で尋ねた。

「あんた、いまさら何しに来たの？」

「おいおい、つれないこと言うなよ。忘れちまったのか？　お前がアルトベリ城を落としたら、共闘するって約束だったろ？」

テッサは顔をしかめた。

そうだった。確かに約束した。覚えている。出来れば忘れてしまいたかったが。

「約束通り、俺達も手を貸すぜ——と言っても渓谷路での戦闘は義勇軍に分があるからな。そっちはお前に任せて、俺達はアルトベリ城の守備に回るよ」

「ふざけんな！」櫓の上からギムタスが叫んだ。「お前らなんかに城を任せられるか！」

「そうツンケンすんなって。俺達は同志だろ。レーエンデの自由のために戦う仲間だろ」

「お前らを仲間だと思ったことは一度もない！」

ギムタスは弓弦を引き絞った。ユゲットの胸へと狙いを定める。

「待って」テッサは櫓を見上げた。「ここはあたしに任せて」

ギムタスは顔を歪めた。ユゲットを睨みつけ、それでも渋々と弓を下ろす。

「ありがと」

片手を上げて礼を言い、テッサはユゲットへと向き直った。

「それであんた、どこまで本気なの？」

「本気も本気、大真面目よ。俺の心臓を賭けてもいい」

ユゲットは左胸に手を当てて、殊勝な顔をしてみせた。

「こうしてあんたらに協力を申し出た以上、俺達だって同罪だ。法皇を殺し、法皇庁を滅し、レーエンデに自由を取り戻さなきゃ、未来はない」

テッサは目を眇《すが》めた。どうにも嘘臭い。信用出来る相手じゃない。だが現時点で義勇軍の総勢は九十余名。圧倒的に数が足りない。しかも不眠不休でみんな疲れ切っている。もし内外の帝国軍が連携を図り、南北同時に進行してきたら、難攻不落のアルトベリ城といえど持ちこたえるのは難しい。素行に問題はあるものの、ユゲット率いる解放軍は手練《てだ》れ揃いだ。たとえ腹中に針を飲むことになっても、今はとにかく戦力がほしい。

「わかった」渋い顔でテッサは頷く。「あんた達にも働いて貰う」

「テッサ！」ギムタスが叫んだ。「そいつらを信用するなんてどうかしてるぞ！」

「信用するわけじゃない。でもこいつは計算高い。利益にならないことは一切しない。今回だってそうだ。あたし達と組めば帝国が倒せる。そう踏んだからこいつらは、わざわざアルトベリまでやってきたんだ」

「その通り」悪びれもせずにユゲットは請け合う。「お前達は帝国を倒すための戦力がほしい。俺達は帝国を倒した後の分け前がほしい。利害は一致してるってことさ」

「ただし、受け入れには条件がある」

テッサは右手の指を三本立てた。

「ひとつ。あんた達にはブラスの指揮下に入って貰う。ふたつ。城内での飲酒は禁止、もちろん銀夢煙草も厳禁だ」

「心得た」ユゲットは大らかに点頭した。「ってことで、そろそろ通して貰えるか？　朝っぱらからキツい山道を登って、もうヘロヘロなんだよ」

「みっつ」

テッサは彼の眼前に人差し指を突きつけた。

「義勇軍の協力者には女性もいる。彼女達に手を出してみろ。首を落として渓谷に捨ててやる。言い訳は聞かない。一切の情けもかけない」

ユゲットだけでなく彼の背後にいる男達に向かい「わかったね！」と声を張る。

「わかった、わかった！」

ユゲットはうんざり顔で手を振った。

「レーエンデ解放軍の頭目として約束する。こいつらに勝手はさせない。もし条件を破る奴がいたら、俺がこの手で始末する」

そこでコホンと咳をして、彼は表情を改める。

「信用して貰えないのも無理はねぇ。俺達さんざん悪さしてきたからな。でもこれだけは言わせてくれ。迷走したこともあったけど、帝国支配からの脱却は俺達の本願だ。レーエンデの民が力を合わせれば帝国だって倒せる。それを思い出させてくれたあんた達に、心から敬意を表するよ」

テッサはユゲットの目を見た。嘘を言っているようには見えないが、本音を言っているとも思えない。スラヴィクの忠告が脳裏をかすめる。奴はずる賢い。隙を見せれば取り込まれる。警戒を怠るな。

わかってる。油断はしない。隙も見せない。どんな目論みがあるのかはわからないけど、こいつの好きにはさせない。身動き出来なくなるくらい、とことん使い倒してやる。

「じゃ、さっそく役に立って貰うよ」

皮肉っぽい笑みを浮かべ、テッサは背後を指さした。

「荷物を置いて上着を脱ぎな。まずはここ、防護壁の建設からだ」


セヴラン・ユゲットとレーエンデ解放軍が戦線に加わったことで、義勇軍は困惑に揺れた。特にエルウィン達は頑として解放軍の参加を認めようとしなかった。

「連中は悪党だ！　俺達の仇だ！」

「奴らと共闘するなんてあり得ない！」

つめかけた若者達に、テッサは懇々《こんこん》と言い聞かせた。

「気持ちはわかる。でもあいつらもレーエンデ人なんだ。すべてのレーエンデ人が力を合わせなければ、聖イジョルニ帝国は倒せない。利用出来るものはなんでも利用しなきゃ、勝機は見いだせない。約束する。あいつらには最前列で戦って貰う。もっとも危険な役目を負わせることで、あいつらに罪を償わせる」

一方、アルトベリ城の警備を指揮するブラスは、すぐにテッサの意を汲んでくれた。

「俺に任せろ。連中の本性は把握している。絶対に目を離さない」


三月も半ばを過ぎると季節は急に春めいてくる。連日の晴天、暖かな陽気が続いた。凍った雪が溶けていく。白一色に埋もれていたラウド渓谷が次第に色を取り戻していく。

しつこく居座っていた氷が溶けると、今年一番の商隊が渓谷路を上ってきた。だがアルトベリ城の跳ね橋は上がったまま、門番も警備兵も見当たらなかった。商人達が「開けてくれ」と叫んでも、城は沈黙したままだった。

一週間が過ぎると商人達はしびれを切らし、渓谷路を引き返していった。アルトベリ城の異変は口から口へ伝えられ、そして四月半ば、ついに法皇庁の使者がアルトベリ城にやってきた。

「開門せよ！　橋を下ろせ！」

鉄柵門の向こう側で馬上の使者は居丈高に叫んだ。

いよいよこの時がきた。仲間達の熱い視線を背に受けて、テッサは城塞門の胸壁に上った。右手に槍斧を握り、左手を腰に当て、腹の底から声を出す。

「アルトベリ城は我らレーエンデ義勇軍が制圧した！　レーエンデが自由を取り戻すまで、何人たりともこの城塞門はくぐらせない！」

「無礼者！」

使者は顔を真っ赤にして叫んだ。

「貴様の戯言《たわごと》につき合っている暇はない！　ただちに開門するよう司令官に伝えろ！」

どうやら状況がわかっていないらしい。アルトベリ城が陥落するわけがないと頭から思い込んでいるのだろう。テッサは無言で左手を上げた。胸壁の狭間からイザークが矢を放つ。黒羽の矢に喉《のど》笛《ぶえ》を射貫かれ、使者は馬から転がり落ちた。

一行は浮き足立った。次々と襲いかかる飛矢の攻撃に馬が竿立ちになる。反撃しようとした護衛兵が喉を射貫かれて落馬する。

「引け！」護衛兵の一人が叫んだ。「退却！　退却だ！」

残った帝国兵は馬の首を巡らせ、我先にと坂を下っていく。

その背に向かい、テッサは高らかに叫んだ。

「法皇ユーリ五世に伝えな！　アルトベリ城はレーエンデ義勇軍が貰った！　悔しかったら取り返してみろってね！」

テッサの宣言。這々《ほうほう》の体《てい》で逃げ帰る帝国兵。

足止めを喰っていた多くの商人が、それを目の当たりにした。

「悪魔の口が陥落した！」

「義勇軍がアルトベリ城を乗っ取った！」

震天動地の大事件に人々は慌てふためいた。ある者はこの知らせをいち早く届けようと馬を走らせた。ある者は雇い主の判断を仰ごうと荷物をまとめて山を下りていった。

アルトベリは閉ざされ、レーエンデ内外の交易は途絶えた。

この非常事態を法皇庁が看過するはずがない。四月末、討伐隊がアルトベリへ向かったという情報が入った。テッサは義勇軍の精鋭五十人を率いて城を出た。

ラウド渓谷にはいくつもの沢がある。まるで迷路のように複雑に入り組んでいる。『千の手袋』と呼ばれる岩場に身を隠し、テッサ達は討伐隊の到着を待った。

翌朝早く、西街道に帝国軍が現れた。深紅の軍旗をたなびかせ、煌びやかな隊列が進軍してくる。大剣装備の歩兵が三十、槍兵《そうへい》が二十、弓と弩兵が二十、大楯を持つのは十人ほどだ。大砲も攻城兵器も持っていない。

テッサは小さく舌打ちをした。

「ったく、舐めてくれるじゃないの」

レーエンデに駐屯する帝国軍を指揮するのはいずれも名家のご令息だ。家柄《いえがら》で地位を得た彼らには実戦の経験などほとんどない。そのくせ根拠のない自信に満ち溢れている。「義勇軍など烏合《うごう》の衆、帝国軍の敵ではない」と侮っている。こんな馬鹿な連中にレーエンデは煮え湯を飲まされてきたのだ。そう思うと余計に腹が立ってくる。

「作戦一で行くよ。第一班から第三班は東、第四班から第六班は西側だ。容赦なく抜かりなく、徹底的に奴らを叩け。聖都決戦に備え、帝国軍の戦力をとことん削り倒すんだ」

義勇兵達が頷く。彼らの目を見返して、テッサは不敵な笑みを浮かべた。

「では諸君、仕事の時間だ。たったひとつの大事な命、油断して落っことすんじゃないよ」

「おう！」

気迫溢れる声を残し、仲間達が散っていく。

テッサは槍斧を手に山路に出た。疾風のように急坂を下る。

彼女の姿を視認して、先頭の騎馬が足を止めた。後方の部隊は気づかずに進み続ける。間隔が詰まる。騎馬と騎馬とが衝突する。テッサは一気に間を詰めた。馬の前脚を槍斧で薙ぎ払う。嘶《いなな》きとともに馬が倒れる。落馬した騎士の喉を貫き、素早く身を翻す。次々に馬を斬り倒し、転がり落ちた騎士を血祭りに上げていく。

「て、敵襲！　敵襲！」

ようやく後方部隊が動いた。楯を横一列に並べる。その合間から弓兵がテッサを狙う。

テッサは脇道に飛び込むと、細い沢を奥へ奥へと逃げていく。

「相手は一人だ！」

「臆するな！　追え！　追え！」

馬と兵士の遺骸を乗り越え、歩兵が追いかけてくる。血気に逸って先行し、自軍が分断されたことにも気づかない。充分に誘い込んだところでテッサは振り返った。同時に岩陰に隠れていた義勇軍が姿を現す。

「て、敵だ！　後ろに――」

雨のごとく矢が降ってくる。帝国兵は恐慌に陥った。剣を抜いて応戦するも、数的有利は義勇軍にあった。足場の悪い沢での混戦、入り乱れる雄叫びと剣戟、そこにテッサが飛び込んだ。槍斧を振り回し、敵兵の首を撥ね飛ばす。悲鳴と怒号、飛び散る血飛沫《ちしぶき》。息をつく間も与えない。まるで夏草を刈るように帝国兵の命を刈り取っていく。

後方では義勇軍の別隊が同様の陽動作戦を仕掛けていた。討伐隊は分断され、次々と撃破されていく。街道は帝国兵の遺骸で舗装され、ロイズ川は帝国兵の血で赤く染まった。研ぎ澄まされた槍も、白銀に輝く鎧も、何の役にも立たなかった。三十分とかからず、討伐隊は全滅した。義勇軍は数人が軽傷を負っただけで、死者は一名も出なかった。


五月半ば、第二次討伐隊がやってきた。前回の五倍、五百人あまりの大軍だった。

ラウド渓谷路は長く険しく道幅も狭い。隊列は自然と長く伸びる。

そこが狙い目だった。

義勇軍は得意の奇襲作戦をしかけた。崖の上から大石を落として騎馬を潰す。縄網を落として反撃を封じる。進むことも戻ることも出来なくなった隊列に矢と投石を浴びせる。火のついた油樽が炸裂し、紅蓮《ぐれん》の炎が帝国兵を焼き殺す。

甚大な被害を出しても第二次討伐隊は引き下がらなかった。西の森に陣を張り、進軍と撤退を繰り返した。何の成果も挙げないまま聖都に逃げ帰るわけにはいかない。せめて反乱軍の首魁《しゅかい》の首を持ち帰らなければ面目が立たない。そんな指揮官の馬鹿げた矜持《きょうじ》がますます損害を大きくした。

やがて食糧が底をついた。空腹で士気が落ちたところに義勇軍が夜襲を仕掛けた。天幕に火が放たれ、指揮官が倒され、第二次討伐隊は散り散りに逃げていった。五百人あまりの大軍は、わずか数十人にまで減っていた。

五月末には第三次討伐隊が送り込まれた。しかしこれも大敗を喫した。帝国軍はまたもや大損害を受け、命からがらに敗走した。

義勇軍快勝の知らせはレーエンデ全土に知れ渡った。レーエンデ人がアルトベリの関所を占拠した。それを奪い返そうとした帝国軍を三度も返り討ちにした。レーエンデ義勇軍は本物だ。彼らは本気で帝国を倒すつもりだ。

人々は熱狂した。抑圧されていた怒りが一気に噴き出し、各地で暴動が発生した。それを押さえ込もうとする神騎隊に民衆は剣や槍で応戦した。大勢の民が殺され、大地が血に染まった。しかし打倒帝国を叫ぶ民草の怒りは鎮まるどころかますます激しく燃え上がった。神騎隊は日を追うごとに損耗していった。このままではノイエレニエの守護すらあやうくなる。夏の兆《きざ》しが見え始めた六月五日、法皇ユーリ五世は東西南北の司祭長に伝令を出した。

「治安維持は警邏兵に任せ、神騎隊をノイエレニエに集結させよ」

事実上の撤退命令だった。法皇は暴動を鎮静化することよりも、我が身を守ることを優先させたのだ。

この頃になると、ラウド渓谷路を登ってくる商隊は見られなくなった。その代わりに志願兵がアルトベリ城に押し寄せるようになっていた。彼らを城内に入れるわけにはいかない。さりとて追い返すわけにもいかない。宿場村に逗留させてはいるが、それにも限界がある。

もはや討伐隊を送り込む体力はないと判断し、テッサとルーチェはアイクの荷馬車に乗ってアルトベリ城を出た。晴れ渡った空、燦々《さんさん》と輝く六月の太陽。初夏の日差しが肌を灼く。テッサは右手をかざして太陽光を遮った。暑い。座っているだけで汗が噴き出してくる。アルトベリ城で凍死しかけたことが夢のように思えてくる。

その太陽が西の稜線に飲み込まれる頃、荷馬車はボネッティに到着した。市街地を丸太の柵が取り囲んでいる。五年前の六月、テッサが民兵としてここに来た時にはこんな柵はなかった。大木戸も見張り櫓もなかった。

「お疲れさん！」

アイクが呼びかけると、見張り台から青年が顔を出した。

「おうアイク。無事でなにより。待ってろ。今、開けてやる」

青年が大木戸の内側に声をかける。数秒後、閂《かんぬき》が外される音がした。軋みを上げて扉が開く。アイクが馬車を進める。テッサ達はボネッティ市街へと入った。

ボネッティはラウド渓谷路にもっとも近い大都市だ。山越えの準備を整えるため、多くの商隊がこの街に立ち寄る。外地の人間はレーエンデに足を踏み入れることを嫌うが、ボネッティだけは例外だ。手狭なアルトベリの宿場村を好まない外地の商人達は、このボネッティで荷を引き継ぐ。

とはいえ今は関所が封鎖されている。商隊の姿はなく宿屋も厩舎《きゅうしゃ》も空っぽだ。神騎隊はもちろんのこと、我が物顔に通りを闊歩《かっぽ》していた警邏兵の姿も見当たらない。

「着いたぜ」

古ぼけた宿屋の前でアイクは馬車を止めた。色褪せた羊の絵が描かれている。眠る羊の前脚の下、小さな文字で『安眠亭』と書かれている。

「なんか予想と違う」

看板を見上げてルーチェが呟く。

「もっと立派なお屋敷に住んでると思ってた」

「うん、あたしも」

一財産を築いた町の名士が、こんな古びた宿屋にいるとは思わなかった。

「シャピロさんって、どんな人なんだろう」

「なぁに、すぐにわかるさ！」

アイクは意気揚々と安眠亭の扉を開いた。

店内には芳しい匂いが充満していた。バターの匂い、焼きたてパンの匂い、脂の乗った肉を炙《あぶ》り焼《や》きにした匂い。口内に唾液《だえき》が溢れ、空きっ腹がグゥと鳴る。

「いらっしゃい、アイクさん」

「よう、おっさん。久しぶりだな」

二人の若者が出迎える。小麦色の肌をした爽《さわ》やかな美青年と、髪を短く切り揃えた精悍《せいかん》な若者だ。揃いの前掛けには安眠亭の看板と同じ、眠る羊が描かれている。

「今日は泊まりですか？」

「飯喰ってくンだろ？」

「もちろんさ！」アイクは満面の笑みを浮かべた。「安眠亭に来ておいて、何も喰わずに立ち去れるかっての！」

「だよなあ！」

「どうぞ座ってください。シチューがいい具合に煮えたところです。お連れさんも——」

言いかけて、美青年はテッサの槍斧に目を留めた。

「もしかして、テッサさん、ですか？」

「そうだけど……」テッサは上目遣いに彼を見た。「えっと、前にどこかであったことある？」

「いいえ、初対面です。でも今のレーエンデに貴方のことを知らない者はいませんよ」

青年はテーブルをひょいと乗り越え、テッサの前に立った。

「初めまして。俺はダニエル。ダニーって呼んでください」

「俺はファビオ」もう一方の若者が割り込んだ。「あんたの活躍、いつも耳にしてるよ！」

「ささ、座ってください」ダニーは椅子を引き、着席するよう促した。「今日のシチューは俺が作ったんです。ぜひ味わっていってください」

「あ、はい……どうも、その、ありがとうございます」

椅子にちょこんと腰かけて、テッサは頰を赤らめた。二人の好男子に歓待して貰うなんて、生まれて初めての経験だ。舞い上がってる場合じゃないのに自然と頰が緩んでしまう。

「でもあたし、夕ご飯を食べに来たんじゃなくて、シャピロさんに会いに来たんです」

「親方ですね。すぐに呼んできます」

「親方ぁ！　噂のテッサさんがご来店だよ！」

ダニーとファビオは先を争うようにして奥の厨房へと飛び込んでいく。

「ほら親方、隠れてないで出てきなって！」

「なんで鍋なんか被ってるんですか！」

「泣くなよ！　子供じゃあるまいし！」

「いいから鍋を置きなさい、鍋を！」

「すまねぇな」テッサの耳にアイクが小声でささやいた。「悪気はねぇんだ。ただシャピロは、ちよっとばかし臆病でね」

「もう、そういうことは最初に言ってよ！」

テッサは槍斧を床に置き、爪先でテーブルの下へと押し込んだ。

「シャピロさん！　突然お邪魔してすみません！」

厨房に向かい、失礼のない程度に声を張る。

「あたしはテッサ、義勇軍のテッサと言います。今日はお願いがあって来ました。どうか話だけでも聞いてください」

「ほらほら、皆さんがお待ちだよ！」

「いい歳して人見知りとか、恥ずかしくないんですか！」

ダニーとファビオに引きずられ、ひょろりとした中年男が現れる。面長の顔、山羊のような髭、枯草色の髪は鳥の巣みたいにくしゃくしゃだ。

シャピロはテッサとルーチェに目を留めて、ぽかんと口を開いた。かと思えば――

「おおおおおおお！」

突然、叫び出した。

「なんてこった！　ごめん、ごめんよ！　こんなに若い娘ッ子が義勇軍を率いているなんて、知らなかった。知らなかったんだよぉ！」

両手で顔を覆い、おいおいと咽《むせ》び泣く。激しすぎる慟哭に、テッサは椅子ごと後じさった。

なに？　なんなの、このおっさん？　なんでいきなり泣き出したの？

「ったく、みっともねぇな。鼻水拭けよ」

ファビオが差し出した手拭いで、シャピロは顔を拭い、チーンと洟《はな》をかんだ。

「落ち着いたかい？」苦笑混じりにアイクが尋ねる。「話を始めてもいいかい？」

「ああ、うん。ごめんなぁ、ビックリさせて」

シャピロは大きく息をつくと、テッサの向かいに腰を下ろした。

「おいら、小さな頃から喧嘩が大嫌いでさ。今でも剣とか盾とか見るだけで、心底ブルっちまうんだ。すまねぇなぁ。みっともないとこ見せちまったなぁ」

「いいえ、こちらこそ物騒《ぶっそう》なものをお店に持ち込んでしまって、申し訳ございません」

「んにゃ、申し訳ねぇのはおいらのほうだ。義勇軍の活躍を聞くたび、すごい人達がいるもんだなぁって、偉いなぁ、勇敢だなぁって、きっとヒグロクマみたいに強いんだろうなぁって思ってた。まさかあんたみてぇな娘ッ子や、こんな華奢な坊《ぼっ》ちゃんが帝国軍と戦ってるなんて、思ってもみなかったよぉ」

手拭いに顔を埋《うず》め、シャピロはまたもやオロオロと泣く。

「いろいろ言い訳したってさ、おいら怖かったんだよ。矢面に立つのが嫌だったんだよ。だから金に物言わせて、人を雇って自警団とか作ってよ。おいらぁ、ズルい大人だよ！」

「自虐するのは勝手ですが、僕らを子供扱いするのはやめてください」

不機嫌な声でルーチェが言う。

「今は自身を哀れむことよりも、自分に何が出来るかを考えてください」

「ルーチェ、失礼だよ」テッサは小声で彼を窘《たしな》めた。「シャピロさんはこの街を守るために戦ってきた。自分に出来ることを考えて実行してきた人なんだよ」

「いやいや、坊ちゃんの言う通りだぁ」

シャピロはしゅんと肩を落とした。

「帝国の連中には、おいらもさんざん泣かされてきた。連中を追っ払えたらどんなにいいだろうって、ずっと思ってきた。けど、おいらには帝国を倒すなんて大それたこと、おっかなくて口に出すことさえ出来なかった。暴力が嫌いだからとか、武器の扱い方がわからないだとか、料理人に出来ることたねえだとか、言い訳を重ねてごまかしてきた」

彼は顔を上げた。テッサとルーチェの顔を見て、涙に濡れた目を瞬く。

「それじゃあ、駄目なんだよなぁ」

「ちっとも駄目じゃないですよ！」

テーブルを叩き、テッサは立ち上がった。

「シャピロさんが剣を持つ必要はありません。武力で敵を制するのはあたし達の役目です」

背筋を伸ばし、深々と頭を下げる。

「お願いします。街の人達には迷惑かけないようにします。少しですけど謝礼もお支払いします。ですから郊外にある民兵の訓練施設を、あたし達に使わせてください」

「いや待って。いやいや、それは駄目だよ！」

シャピロはぶんぶんと首を横に振った。

「施設は空っぽだから勝手に使っていいと思う。けど、お礼は貰えないよ。あんた達はレーエンデの自由のために戦ってくれてるんだ。むしろおいら達がお金を払わなきゃいけないよ」

「その必要はありません」険のある声でルーチェが応じる。「僕達が求めているのは報償ではありません。支援と協力です。レーエンデのために共闘する仲間です」

今夜のルーチェはやけに刺々《とげとげ》しい。子供扱いされたことがそんなに気に入らなかったのだろうか。

「もちろん即答は求めていません」テッサは引きつった笑みを浮かべた。「ボネッティで協議してください。それから答えを聞かせてください」

「そうさせて貰うわ」殊勝な顔でシャピロは答えた。「テッサ、あんた優しい娘だねぇ。おっかねぇとか言っちゃって、ごめんなぁ」

赤くなった鼻の頭を擦り、申し訳なさそうに頭《こうべ》を垂れる。

人がよくて馬鹿正直で、危なっかしくて放っておけない。彼が困っていたら、あたしだってなんとかしてあげたくなる。こんな泣き虫オヤジがボネッティの顔役である理由が、なんとなくわかった気がした。


その夜は素晴らしく美味しい夕飯を腹いっぱいご馳走になった。部屋を借りて、ぐっすりと眠った。

翌日シャピロの呼びかけに応じ、中央広場にボネッティの住民達が集まった。総勢二百人はいるだろうか。宿屋の主人、職人と思《おぼ》しき壮年の男、昨日見かけた自警団の若者もいる。乳飲み子を抱いた女性、腰の曲がったご老人もいる。集まった人々の間を子供達が元気に走り回っている。

広場をぐるりと見回して、テッサはシャピロに問いかけた。

「ボネッティの住人、すべて集めたんですか？」

「まさかぁ」シャピロは目尻を下げた。「この街には職種ごとの組合があってさ。何か決定する時にはさぁ、こうして各組合の代表者に集まって貰うんだよ」

テッサは首を傾げた。

いや、それだけじゃないよね？　絶対にそれ以外の人も集まってるよね？

「んじゃ、始めっか！」

教会堂の前に置かれた木箱。それに飛び乗って、シャピロは手を叩いた。

「みんなぁ、忙しいとこ集まって貰ってすまねぇ！　こちらは――」とテッサを指さす。「義勇軍のテッサさんだ。帝国軍の民兵訓練所を使わせてほしいって頼みに来なすったんだ」

「いいんじゃない。どうせ空き家なんだしさ」

あちこちから賛成の声が湧く。

「んで、おいらから、もひとつ提案があるんだわ」

シャピロはのんびりと皆を見回した。

「おいら、今の暮らしが気に入ってる。威張り散らす役人もいないし、子供や娘っ子に暴力をふるう兵隊もいない。金や食糧を勝手に持っていかれることもない。この自由な暮らしを守りたい。司祭や役人や神騎隊の連中にゃあ、もう戻ってきてほしくない――って思っても、おいらは臆病モンだからよ。剣を持って戦うなんて絶対に無理だ。けど飯を作ったり、荷物を運んだり、必要な道具をこさえたりすることなら出来る。それだってレーエンデの自由のために戦うってことだ
ですよな？」と彼はテッサに目を向ける。

「その通りです」

テッサが答えると、シャピロはほっとしたように笑った。

「おいら、義勇軍の力になりたい。ってことで、みんなの意見を聞かせてくれ！」

「望むところだ！」勇ましい声を上げたのは自警団の団長だった。「俺も一緒に戦うぜ！　前々から帝国野郎をぶん殴りたいって思ってたんだ！」

「神騎兵の奴ら、飲み食いした料金を払ってくれって言っただけで、俺の店に火ぃつけやがったん

だ。あんな理不尽な真似、二度とさせねぇ！」

「俺の姪《めい》っ子はペスタロッチの息子に乱暴されたんだ！　あの馬鹿息子に罪を償わせるためなら、俺は何だってする！」

広場は騒然となった。拳を振り上げる者、涙ぐむ者、笑顔で拍手する者もいる。

そんな中、一人の中年男が手を挙げた。

「こんなこと、あんま言いたかないけどさ。俺はイジョルニ人をさ、敵だって思えないんだよ。外地から足繁《あししげ》く通ってくれる常連さんだっているしよ」

そこで彼は恨めしそうにテッサを見る。

「でも義勇軍がアルトベリ城を封鎖したせいで、外地から商隊が来なくなっちまった。西街道を通る者もいなくなっちまって、おかげで店の売り上げはガタ落ちだ」

「そうさ！」年配の女性が猛然と立ち上がる。「あたし達は自分の生活を守りたいだけなんだ。戦争になんか巻き込まないでおくれよ！」

「おいおい、ばあさん。自分の生活さえ守れりゃいいのかよ」

「ああ、そうだよ！　あたしはあたしが可愛い。義勇軍に手を貸せば、あたし達も逆賊になっちまう。もし義勇軍が負けたら、あたし達も縛り首になるんだよ」

「その時は——」とテッサは口を挟んだ。「あたしに脅されて、無理矢理協力させられたんだって言ってください」

「甘いよ、あんた。そんなんで許して貰えるわけないだろ！」

「でもよぅ」シャピロは困ったように眉根を寄せた。「前の話し合いで、おいら達、警邏兵を追い出すことに決めたろ。警邏兵は帝国側の人間だ。ってことは、あの馬鹿《ばか》タレどもを街から追い出した時点で、おいら達も帝国に逆らったことにならねぇか？」

「シャピロの言う通りだ。選択の余地はない。俺達はもう逆賊なんだ」

「もし義勇軍が負けたりしたら、警邏兵の奴ら、神騎隊と一緒に戻ってくるぜ？」

「そうなったら私達はどうなるの？」

「どうなるって、そりゃ、ごめんなさいじゃすまねぇだろ」

「ねぇ、あんた」年配の女性がテッサに詰め寄った。「義勇軍は勝てるのかい？　本当に、あの帝国軍に勝てるのかい？」

テッサは迷った。大丈夫だと言って彼女を安心させるべきだろうか。しかし戦争に絶対はない。これは彼らの命に関わる決断だ。嘘を言うべきではない。

「勝機は充分にあります。けど絶対勝てると断言することは出来ません」

どうか聞いてください──と、テッサは一同を見回した。

「皆さんを見ていて、あたし、故郷のダール村を思い出しました。大事なことを決める時は、ダール村でもこうしてみんなで話し合いました。意見が割れることも、対立することもあったけど、少しずつ譲歩しあって解決してきました」

あの頃はテルセロがいた。フリオ司祭もいた。アレーテも生きていた。亡くした者達はもう戻らない。でも彼らの意志は失われていない。

「意見を言い、話し合って物事を決める。暴力もなく血も流れない。それこそがあたしの目指すレーエンデです。皆さんはあたしの理想そのものです。助け合い、支え合い、力を合わせて生きていく。そういう世界を取り戻すために、あたし達は戦ってるんです」

感情が高ぶって、声が震えそうになった。テッサはぐっと顎を引く。泣くもんか。ゾーイと約束したんだ。すべてを終わらせるまで泣かないって。

「戦争に絶対はありません。ですから絶対に勝つとは言えません。でもこれだけはお約束します。たとえ何があろうとも、あたしは決して諦めない。レーエンデ人としての矜持を守るために、レーエンデらしい世界を創るために、全力を尽くします」

「いいぞ、テッサ!」ファビオが叫んだ。

「飯の調達は俺に任せて!」ダニーの陽気な声がする。

「こうなったら腹ぁ括《くく》るしかない。おいら達はもうおっぱじめちまったんだ」

声を張ることもなく、シャピロは訥々《とつとつ》と語りかける。

「逃げ場はない。安全地帯もない。ともに戦うか、傍観を決め込むか、どっちを選んだとしても危険は避けて通れない。おいら達は、もうそういうとこまで来ちまってるんだ。協力したくねぇ奴はしなくていい。それも個人の自由だ。けど、この戦いに負けたら、おいら達はますます厳しい状況に追い込まれる。それでもいいのか。そうなっても後悔しないのか。自分の胸に手を当てて、みんなよぉく考えてみてくれ」

皆が心を決めるのを待ってから、シャピロは再び口を開いた。

「じゃあ、決をとるぞ。協力に反対の者は手を挙げてくれ」

ちらほらと手が上がる。申し訳なさそうな顔をして、年配の女性も挙手をする。

「わかった。じゃあ次、賛成の者は手を挙げてくれ」

自警団の団長が手を挙げる。ダニーとファビオが手を挙げる。強面の親父《おやじ》が、乳飲み子を抱いた母親が、腰の曲がった老人が手を挙げる。

シャピロはテッサに向き直ると、そっと右手を差し出した。

「ボネッティは義勇軍に協力する。必要なものがあれば言ってくれ」

「ありがとう」

テッサは彼の手を握った。広場に集まった人々を見回し、心を込めて叫んだ。

「ありがとう、皆さん。ありがとう！」

中央広場は割れんばかりの拍手と歓声に包まれた。


ボネッティの協力を取りつけたテッサは、ルーチェとともにアルトベリ城に戻った。

準備はすでに整っていた。すぐにでもボネッティに移りたいところだが、テッサにはひとつ気がかりなことがあった。ルーチェには相談しにくいことだった。こういう時、頼るべきは年の功。彼女はブラスの元を訪ねた。

「外地から来た商隊を追い返したことで、あたし達がアルトベリ城を占拠したことは外地の帝国軍にも伝わってるはずだよね？　なのに奴ら、なんで動かないんだろう。どうして攻めてこないんだろう」

「動きたくても動けないんじゃないか？」

考え考え、ブラスは答える。

「外地の帝国軍は合州軍と交戦中だ。法皇の命令がなけりゃ軍隊は動かせない。個人の判断で持ち場を離れたあげく、合州軍に攻め込まれたとあっちゃあ、敵前逃亡罪に問われるからな」

「でも前に話したよね。あたし達が外地から戻る時に通ったマントーニ山岳路のこと。あの道は険しいから、外から軍隊を呼び寄せるには使えないけど、伝令兵一人だけなら通れるはずだよ。外地の帝国軍に法皇の指令を伝えて、アルトベリ城を攻撃させることだって出来るはずだよ」

「そのマントーニ山岳路のこと、法皇庁は知らないんじゃないか？　その道のことを教えてくれたのは、禁制品を外地に持ち出す密輸業者だったんだろ？」

「……うん」

テッサはイシドロの正体を誰にも話していなかった。キリルはルーチェを疑っている。ルーチェだけが難を逃れたことに、いまだ疑念を抱いている。イシドロがダンブロシオ家の影であることを知ったら、キリルはルーチェに何をするかわからない。

「禁制品の密輸は死罪だ。なのに『私は外地に続く抜け道を知っています』なんて、法皇庁に申告する密輸業者はいないだろ」

イシドロはダンブロシオの影で、エドアルド・ダンブロシオはユーリ五世の愛妾だ。マントーニ山岳路の存在を秘匿する理由はない。もし教えていないのだとしたら、イシドロの目的は何だ？ダンブロシオ家はいったい何を企《たくら》んでいる？

「心配すんなって」

ブラスはテッサの背中を叩いた。

「たとえ外地から帝国軍が攻めてきても、留守番部隊だけで踏ん張ってみせるさ。なぁに、いざって時は大砲で『悪魔の石橋』を落としゃいいんだ。そうすりゃどんな大軍が押し寄せてきたって、アルトベリ城には手の出しようがない」

彼の言う通りだった。わからないことを思い悩んで足踏みしている暇はない。

聖イジョルニ暦六七四年六月十五日。テッサ率いる義勇軍はアルトベリ城を出て、西部の大都市ボネッティに移った。市外にある民兵の訓練施設は、事実上の撤退宣言が出された際に遺棄されていた。兵舎も練兵場は無傷で、倉庫には武器や鎧が残されていた。テッサはこの場所を義勇軍の新たな拠点と定めた。そしてレーエンデ各地から集まってくる志願者達を訓練しつつ、各地で勃発している反帝国勢力の情報を集めた。

レーエンデの主要都市に駐留していた神騎隊は、司祭長の嘆願を振り切り、ノイエレニエへと引き上げていった。神騎兵が姿を消したことにより、反帝国勢力が徒党を組んで都市を襲った。最初に陥落したのは東教区の都市フローディアだった。続いて北教区の要であるレイルがレーエンデ人によって占領された。その勢いは止《とど》まるところを知らず、民衆はノイエレニエのお膝元《ひざもと》、商業都市オンブロにも押し寄せた。教会は焼かれ、役人は殺された。司祭の屋敷やイジョルニ人の商家が襲撃され、金や商品、家財道具までもが略奪された。数百にのぼる民衆を相手に、たかが数十人で太刀打ち出来るはずもない。警邏兵は持ち場を放棄し、ノイエレニエへと逃げていった。

「現在、反帝国勢力は三ヵ所に集約されつつある」

アイクはテーブルに地図を広げた。

「まずは俺達、義勇軍の拠点はここボネッティだ。ふたつめはフローディアに拠点を置く『フローディア立志団』、頭目はイラリオ。コルド村っていう小村から出てきた生真面目な青年だ。みっつめはレイルを拠点とする『レイル勇士軍』。頭目レグロ以下、ちょっとヤンチャなところもあるが、行動は早いし結束も固い」

「それぞれの規模はどのくらい？」

「どっちも義勇軍と同じぐらいかな。まあ、ここと同じく、続々と志願者が詰めかけているから、さらに大きくなるだろう」

「それは頼もしいね」

テッサは地図をトントンと叩いた。

「じゃあレイルとフローディアに挨拶しに行かなきゃね」

「誰が？」と横からルーチェが問う。

「あたしが」テッサは自分を指さした。「だってあたし、義勇軍の隊長だもん」

「却下！」ルーチェがぴしゃりと言う。「テッサは賞金首なんだよ？　今は神騎隊も警邏兵もまともに機能してないけど、多額の賞金に目が眩んで君を法皇庁に売ろうとするレーエンデ人がいないとも限らない」

「その時は、まぁ、その時ってことで」

「テッサは自覚が足りない！」

ルーチェは彼女の鼻先に、ピシリと指を突きつけた。

「君はレーエンデの英雄だ。革命になくてはならない存在なんだ。もし今、君に何かあったら、この戦いは頓挫《とんざ》する。自分を過信せず行動は慎重に。もっと自身を大切にしてよね」

正論すぎて言い返す言葉もない。テッサはしゅんと肩を落とした。

「まぁまぁ、姉弟喧嘩はやめなって」

アイクが取りなしてくれた。苦笑しながら自分で自分の鼻先を指さす。

「俺が伝令になるよ。テッサの言葉を連中に伝え、返事をここに持ち帰る」

それでどうだ？　と片目を瞑る。

「連中とは顔見知りだし、気心も知れてる。任せてくれ。上手く話をまとめてみせるよ」

情報通で顔の広いアイクなら交渉役にはうってつけだ。テッサは早速、手紙を書いた。アイクはそれを持ってレイルとフローディアに赴き、翌月七日、好返事を携えて戻ってきた。

武器の融通、物資の輸送、着々と準備は進んだ。そして七月末日、ついに聖都決戦の詳細が決定した。

八月二十日の正午。場所はノイエレニエを見下ろすオンブロ峠。最終目的はシャイア城に住まう法皇ユーリ五世の首だ。帝国軍を殲滅し、法皇を倒し、法皇庁を廃する。レーエンデをレーエンデ人の手に取り戻すのだ。

決戦に向け、百を超す装甲馬車が作られた。西の森の木々を伐採し、投石機や破城槌も作られた。その間にも志願者が続々と押し寄せ、義勇軍の総数は五百人を超えた。訓練は日を追うごとに熱を帯び、総じて士気は高かった。

用兵の鍛錬に余念のないテッサにルーチェは言った。

「義勇軍は打倒帝国の要、君はレーエンデを自由へと導く旗印だ。気運を高めるためにも、他の反帝国勢力より先にオンブロ峠に到着しておきたい。ボネッティからノイエレニエまでは徒歩で八日ほどの距離だけど、余裕を見て十二日前には出立したい」

もっともな提案だ。その点に関して異論はない。でも——

「ギリギリまで待っちゃ駄目かな？」

「ゾーイのこと？」

ルーチェにはお見通しだ。テッサは無言で首肯した。

ボネッティには多くの情報が集まる。アルトベリ城からもエルウィンからも定期的に報告が届く。しかし古代樹の森に向かったゾーイの行方はいまだわかっていなかった。話し合いが難航しているのか、話し合うことさえ出来ずに拘束されているのか、生きているのかさえもわからない。

「酷なことを言うようだけど、ウル族の参戦を待っている暇はないよ」

冷静な声でルーチェは続ける。

「聖都決戦への秒読みはもう始まっている。レーエンデ義勇軍にもフローディア立志団にもレイル勇士軍にも属さない人達が、すでにオンブロ峠に詰めかけている。怒れる民衆は僕らの作戦通りには動いてくれない。暴徒化した民衆が、指揮官不在のまま、ノイエレニエになだれ込むかもしれない。そうなれば多くの犠牲者が出る。テッサは義勇軍の総大将、レーエンデ人の希望の星だ。レーエンデ人を統率し、勝利へと導くことが出来るのは君だけだ」

テッサは目を閉じ、逡巡した。

シモン中隊長は言っていた。戦は山火事のようなものだと。一度炎上してしまったら人の手には負えない。すべてを焼き尽くすまで止まらない。だからこそ事前の訓練と入念な計画と優れた指揮官が不可欠なのだと。

意を決し、テッサは答えた。

「わかった。八月八日にはここを出て、ノイエレニエに向かおう」

ノイエレニエは最後の砦だ。帝国軍は死に物狂いで抵抗するだろう。戦は苛烈を極めるだろう。出来ることならルーチェにはボネッティに留まってほしかった。が、それでは仲間達が納得しない。義勇軍の先頭にテッサがなくてはならないように、軍師としてのルーチェもまた義勇軍に欠かせない存在になっていた。

出陣を明日に控えた八月七日の夜。

テッサは兵舎の窓辺に座り、真夏の月を見上げていた。

月は欠け、また満ちる。季節は巡り、自然は刻々とその姿を変えていく。人の世も同じだ。時は流れ、時代は変わる。レーエンデ各地で発生した反帝国勢力が一団となってノイエレニエに攻め込めば、数に劣る帝国軍は敗退する。

ここまで来た。ついにここまで来た。もうじき帝国の圧政は終わる。百三十二年ぶりにレーエンデは自由を取り戻す。誰もが夢物語だと思っていたレーエンデの解放がついに現実のものとなる。

短い夏の夢を見た。


自由を求め、レーエンデに吹き荒れた革命の嵐。

風向きが変わったのは聖イジョルニ暦六七四年八月八日。

法皇ユーリ五世が急死したのだ。


テッサは急いで情報を集めた。

現法皇が亡くなると、法皇庁が協議して次の候補者を三人選ぶ。そのうちの一人が過半数を得るまで最高司祭達による投票が繰り返される。数日で次期法皇が決定することもあれば、意見がまとまらないまま半年が過ぎた例もある。

「これは好機だ。法皇崩御の混乱に乗じ、聖都を攻め落とそう」

「いいや、これは罠だ。抵抗勢力を誘い込み、一気に叩き潰そうとしてるんだ」

様々な意見が飛び交う中、ルーチェは言った。

「状況がわかるまでは動かないほうがいい。ここからオンブロ峠までは八日の距離。ギリギリまで待って様子を見よう」

彼の言葉に従い、テッサは待った。ジリジリしながら待ち続けた。

続報が届いたのは三日後、八月十一日のことだった。

ボネッティ郊外の訓練施設でテッサはルーチェと朝食を取っていた。

「テッサ！　新法皇が決まったぞ！」

血相を変え、アイクが飛び込んできた。髪は乱れ、顔は汗だく、服にも靴にも泥が跳ねている。

「後継者が決定した。ダンブロシオ家の末娘、クラリッサ・ダンブロシオの長男、エドアルド・ダンブロシオだ！」

カタンという音がした。ルーチェがコップを落としたのだ。床の上に水がこぼれる。それにすら気づかない様子で、ルーチェは瞠目したまま凍りついている。

「驚くのはまだ早い」アイクは手の甲で汗を拭った。「エドアルドは選帝侯を廃止した。今後はクラリエ教の法皇が聖イジョルニ帝国の皇帝を兼任するとして、自らが初代法皇帝となることを宣言した」

テッサは唇を嚙んだ。現法皇が死ねばエドアルド・ダンブロシオが後を継ぐ。それは想定していた。だが選帝侯を廃止しようとは想像だにしていなかった。

聖イジョルニ帝国建国当時、始祖ライヒ・イジョルニは法皇に権力が集中することを危惧《きぐ》し、『帝国皇帝は各州の首長から選定すべし』と定めた。だが北方七州が合州国として独立を宣言したこともあり、長きに渡り帝国皇帝の座は空位のままだった。それでも各州の首長が持つ選帝権は、法皇の独裁を抑止する唯一の切り札だった。

この改革でエドアルド・ダンブロシオは事実上、聖イジョルニ帝国の独裁者となる。そのことに帝国各州の首長が不服を申し立てる可能性も大いにある。レーエンデが揺れに揺れているこの時期に、どうしてこれほど大きな改革を断行したのか。エドアルド・ダンブロシオの意図がわからない。

いや、それ以前に、聖都決戦を目の前にして法皇ユーリ五世が死ぬ。これは偶然だろうか。エドアルド・ダンブロシオはひそかに準備を進めていたのではないだろうか。外地の首長達と通じ、糸を張り巡らせ、時が満ちるのを待ってユーリ五世を暗殺したのではないだろうか。反帝国勢力は喉元まで迫っている。帝国にとっては前例のない非常事態だ。選帝侯を廃し、法皇帝がすべての権力を掌握することで叛乱の鎮圧を図るのだと主張されたら、反対意見は出にくいだろう。それがエドアルドの狙いなのだとしたら、彼はすぐに次の手を打ってくる。

「エドアルドは、あたし達に対し、何か要求してきた？」

「法皇帝はレーエンデの町村へ使者を派遣し、親書を届けさせた。俺は西街道沿いのバローネで親書の中身を読んできた」

アイクは空咳をした。興奮冷めやらぬ口調で続ける。

「初めに書かれていたのは謝罪の言葉だった。『ノイエ族とティコ族に過剰な税と労働を強いてきたことを遺憾に思う。歴代の法皇に代わり、これまでの行いを陳謝する』ってさ。あとは『今後はノイエ族とティコ族の人頭税を半額にする。自分の世が続く限り、これを変更することはない。だが再三の警告を無視し、納税と兵役の義務を怠ってきたウル族には滞納した百三十二年分の人頭税の支払いと、百三十二年分の奉仕活動を命じる』ってなことが書いてあった」

喉の奥でテッサは呻いた。

ウル族の不在、それは心臓の近くに刺さった棘。反帝国勢力の弱点だった。エドアルド・ダンブロシオはそれを正確に突いてきた。反帝国勢力の大半はティコ族だ。彼らはエドアルドの謝罪と提案を受け入れるだろう。エドアルドと同じ側に立って、ウル族を糾弾するだろう。

「帝国が負けを認めたって、レーエンデ中がお祭り騒ぎさ」

テッサの心中を察することなく、アイクは愉快そうに鼻を擦った。

「エドアルド・ダンブロシオは話のわかる男だ。聖都決戦に持ち込むまでもない。きっと対話に応じてくれる。話し合いで解決出来るなら、それに越したことはないだろ？」

「そう簡単にはいかないよ」

震える声でテッサは答えた。

「エドアルドはウル族を孤立させるつもりだ。ウル族への悪意を煽ることで、レーエンデを分裂させようとしてるんだよ」

「けど古代樹の森のウル族はゾーイの呼びかけにも応じなかったんだぜ？　痛い目見んのは当たり前。自業自得ってやつだ」

「それは違うよ。古代樹の森のウル族だってレーエンデ人だ。あたし達が目指しているのはレーエンデの自由、すべてのレーエンデ人が安心して暮らせる世界だ。制限つきの自由のためにウル族を切り捨てたら、あたし達の大義は失われてしまう」

「そんな大袈裟な」

アイクは引きつった笑みを浮かべた。

「なにも皆殺しにしようってわけじゃない。未払いの税金を取り立てるって言ってるだけだ」

そうだよな？　とルーチェに同意を求める。

だがルーチェは何も言わない。否定もせず、肯定もせず、石像のように動かない。

見ていられなくなって、テッサは目を逸らした。

「シャピロと話してくる」

そう言い残し、出入り口に向かった。

いつものルーチェなら「僕も一緒に行く」と言っただろう。次に何をすればいいのか、一緒に考えてくれただろう。しかしルーチェは黙ったまま、動こうとしなかった。

未練を振り切り、テッサは足早に兵舎を出た。

ボネッティは歓喜に沸いていた。住人達が中央広場に繰り出して、飲めや歌えの大騒ぎになっていた。聞けば、先程法皇帝の使者が来たという。法皇帝からの親書を読み上げ、それを教会堂の壁に打ちつけていったという。

「帝国の最高権力者が私達に謝った！」

「法皇帝がレーエンデの権利を認めた！」

「俺達は勝った！　勝ったんだ！」

浮かれ騒ぐ人の波をかき分け、テッサは教会堂に向かった。漆喰《しっくい》の壁に真新しい羊皮紙が打ちつけられている。法皇帝からの親書だ。そこには先程アイクから聞かされたものと同じ内容が記されていた。

やられた。

テッサは拳で壁を叩いた。壁に額を押しつけ、ぎりぎりと奥歯を喰いしばった。

いいや、まだだ。まだ終わってない。多くの犠牲を払い、血と汗と涙を流し、ようやくここまでたどり着いたんだ。ここで諦めたら、死んでいった仲間達に顔向け出来ない！

「みんな聞いて！」

気力を振り絞り、テッサは叫んだ。

「これはエドアルド・ダンブロシオの策略だ。彼はレーエンデを分断させようとしているんだ！」

よく見て——と、壁に貼られた羊皮紙を叩く。

『自分の世が続く限り、これを変更することはない』ってのは、次の代になれば元に戻せるってことだ。こんな詭弁《きべん》にまどわされちゃ駄目だ！」

「そりゃ考えすぎってもんだぜ！」

若い男が愉快そうに笑った。それをきっかけに周囲の人々が我先にと口を開く。

「自分が死んだら元に戻すなんて、どこにも書いてないじゃない」

「エドアルドはまだ若いよ。彼の時代はまだまだ続くよ」

「そんな先のことを心配したってしょうがないだろ」

「もし次代の法皇帝が反故にしたら、その時、また立ち上がればいいじゃない」

「それじゃ駄目なんだ」テッサは首を横に振る。「ノイエレニエが手薄になっている今、きっちりと法皇の息の根を止めておかなければ、すべてが無駄になってしまう。もしここで戦うことをやめたら、帝国は態勢を立て直してしまう。エドアルドは賢い。過ちは繰り返さない。革命の芽は出る前に刈り取られる。こんな機会は二度とない。二度と奇跡は起こらない！」

言葉を尽くし、心を込めて、テッサは繰り返し訴えた。

しかし人々は取り合わなかった。聖都決戦に向かおうとする気概や緊張感は急速に薄れていった。人頭税の半減という手土産を持って、多くの志願兵が家族の元へと戻っていった。

テッサは決断を迫られた。

このままオンブロ峠行きを強行するか。それとも作戦を中止するか。

考え抜いた末、彼女は兵舎の食堂に義勇軍の面々を集めた。キリルとイザーク、ギムタスとアイクとスラヴィク、セヴラン・ユゲット、もちろんルーチェもいる。

「大変なことになったなぁ」

他人事のようにユゲットが言う。

「で、どうするよ？　連中の首に縄つけて、オンブロ峠まで引きずっていくか？」

テッサは彼を睨みつけた。ユゲットはわざとらしく首を縮め、「おっかねぇ」とうそぶく。

こんな奴に腹を立てている場合じゃない。テッサは気を取り直し、一同を見回した。

「見ての通り、志願兵は故郷に帰り始めている。たぶん各地で同じことが起きている。ノイエレニエの守りは堅い。こちらの手勢が千人を下回るようじゃ戦にならない。残念だけど、聖都決戦は断念する。一度アルトベリ城に戻って態勢を立て直す。大丈夫、まだ手はある。アルトベリさえ押さえておけば、交渉次第でいい条件を引き出せる」

余裕を見せてテッサは笑う。努めて明るい声で続ける。

「各班に呼びかけて、出来るだけ多くの戦力をかき集めて、先にアルトベリ城に戻ってて。用事を片づけたら、あたしもすぐに戻るから」

「用事ってなんです？」心配そうにイザークが尋ねる。「まさか法皇帝を暗殺しに行くつもりじゃないでしょうね？」

そういえば昔、売り言葉に買い言葉で言った覚えがある。「テルセロが『ダールのヒグロクマ』なら、あたしは『ダールのヤギ娘』だ。力も強いし俊敏だし、持久力だって兼ね備えてる。やろうと思えばシャイア城の城壁を登って、法皇の寝顔に落書きだって出来ちゃうよ」と。

我ながら、恐れ知らずだったと思う。

「シャイア城の城壁を登るのは、あたしでも無理だ。さすがに無謀がすぎるよ」

テッサは苦笑して、肩をすくめた。

「あたしはレイルとフローディアに聖都決戦の中止を伝えに行ってくる。レイル勇士軍とフローディア立志団のリーダーに会って、今後のことを話し合ってくる」

「けど私達は賞金首です。単独行動は危険です」

「誰かに首を狙われても、あたし一人なら大概の危険は回避出来る」

「それは、そうですけど」

「ちょっといい？」

黙り込んでいたルーチェが手を上げた。

「僕も用事があるんだ。もうしばらくの間、ボネッティに残ってもいい？」

「別にいいけど……なんで？」

「司祭長の屋敷にクラリエ教に関する蔵書がたくさん置いてあったんだ。あそこを調べたら、神の御子についての記述が見つかるんじゃないかと思って」

「神の御子？」

その存在について、クラリエ教の聖典にはこう記されている。

『神の御子の誕生。満月の夜、天満月の乙女は創造神に導かれ、始原の海の水底にある銀の天蓋に眠り、神の御子を受胎する。神の御子は光を得て始原の海へと帰還し、世界と生命を育《はぐく》む新たな創造神となる』

今から百三十二年前、聖イジョルニ暦五四二年四月十四日。レーニエ湖の孤島城で創造神の御子は誕生した。これによりレーエンデは銀呪の恐怖から解放されたが、その代償として自治権を失い、聖イジョルニ帝国の支配下に置かれることになった。

遠い昔の話だ。テッサにとって神の御子は幽霊や妖精と同じ、想像上のものでしかない。神の御子がレーエンデに何をもたらしたのか。レーエンデの歴史にどう関係しているのか。詳細は何も伝わっていないのだ。実際のところ、実在したのかどうかも怪しい。

「神の御子について調べてどうするの？　それが何かの役に立つの？」

「それは……」言いよどみ、ルーチェは目を逸らした。「まだ仮説なんだ。証拠が見つかるまでは話せない」

仮説って何だろう。人前では言いにくいことなんだろうか。気にはなったがルーチェのことだ。問いつめたところで話さないだろう。

「わかった。あんたの好きにしな。ボネッティなら危ないことはないだろうけど、くれぐれも気をつけて」

「ありがとう」

ほっとしたようにルーチェは息をついた。

テッサは再び一同に向き直った。

「じゃあ、みんな。次はアルトベリで会おう」


その日のうちにテッサはボネッティを出た。シャピロから借りた馬に乗り、西街道を東に向かう。

思えばこの二年あまり、南西部から出たことはなかった。テッサの首に多額の賞金が懸けられている。馬で街道をひた走ることなど、数ヵ月前までは不可能だった。だが今は街道にも町村にも神騎隊の姿はない。無法者を取り締まる警邏兵もいない。

八月十七日の夕刻、黒い町並みが見えてきた。北部の主要都市レイルだ。

レイルは旧街道沿いにある。フローディアやボネッティのような賑わいはないが、古都ならではの情緒がある。テッサがレイルを訪れるのはこれで二度目だ。前回はダール村に戻る途中だったので、街を見て回る余裕はなかった。近隣の村から農夫達が作物を売りに来ているのを見て、苛立ち半分に「呑気《のんき》な街だ」と思ったことは覚えている。

しかし古都レイルは変わり果てていた。街のあちこちから黒煙が上がっている。民家の戸は破壊され、壁は焼け焦げている。道には家具の残骸が転がり、割れた皿や破れた衣服が散乱している。

何があったんだろう。住人達はどこに行ったんだろう。

尋ねようにも人がいない。酔っぱらいが数人、酒瓶を抱えて眠り込んでいるだけだ。通りにも店内にも人の姿は見当たらない。馬の手綱を引きながら、テッサは街の奥へと進んだ。表通り沿いの商店は見る影もなく荒らされている。宿屋の一階では酔った男達が殴り合ったり、酒をかけ合ったり、大騒ぎを繰り広げている。あの様子では何を尋ねても、まともな答えは得られないだろう。

程なくしてテッサは広場に出た。焼け落ちた教会堂の向こうを老人が歩いていくのが見えた。両手に桶《おけ》を吊るしている。酔っ払ってはいないようだが、足運びが危なっかしい。

「あの！」

テッサは彼に声をかけた。教会堂の瓦礫を迂回し、老人へと駆け寄る。

「おじいさん、レイルの住人ですか？」

「そうだが」白くて長い眉毛の下、老人は用心深くテッサを見上げた。「あんた、旅の人かい。何を求めて来たのかは知らないが、この街にはもう何もないよ」

「あたしはテッサといいます」

ぺこりと一礼し、続ける。

「レイル勇士軍には、どこに行けば会えますか？」

「あんた、あいつらの仲間か？」

老人の口調が尖った。水桶を足下に置くと、険しい眼差しをテッサに向ける。

「あのクソ餓鬼どもならレイルを略奪し尽くして、自分らの村に引き上げていったよ。騒ぎに巻き込まれるのを恐れ、住人達は逃げ出した。残ったのは数人だけ。どこにも行くあてのないジジイやババアばっかりさ」

「え……？」

意味が、よくわからない。

「レイル勇士軍は、ティコ族の組織ですよね？」

「ああ」

「レイルに住んでいたのも、ティコ族ですよね？」

「そうだ」

「ティコ族がティコ族を、同胞を襲ったってことですか？」

「同胞？　あんなケダモノ、同胞なものか！」

悲鳴のように老人は叫んだ。

「レイルは平和な街だった。東の司祭長ダンブロシオや西のペスタロッチとは違って、北の司祭長マルコ・リウッツィはよい御仁だった。不作の年には税を肩代わりし、飢えた者に施しをしてくれた。誰かが罪を犯せば、たとえそれが神騎隊であっても厳しい罰を与えてくれた。神騎隊が引き上げていった後もこの街に残り、治安の維持に務めてくれた。それなのに、あのケダモノども！　揃って地獄に落ちるがいい！」

その口調の激しさに、テッサは気圧《けお》された。

「何があったんですか?」

「知りたければ自分の目で確かめろ!」

老人は大通りの先を指さした。街の外れに瀟洒な門構えが見える。残っているのはそれだけだ。その奥に建っていたはずの屋敷がない。焼け落ちた屋敷の残骸から、細く黒煙が上がっている。

「何が『レーエンデに自由を』だ！　自由を求めた結果がこれだというのなら、そんなもの、儂《わし》はほしくない！」

老人は水桶を持ち上げた。もはやテッサには目もくれず、足早に歩き去る。

テッサは馬に乗った。通りを駆け抜け、司祭長の屋敷へと急いだ。

屋敷はまだ燃えていた。石壁は崩れ落ち、木製の梁は真っ黒に焦げていた。きな臭さが鼻をつく。それに混じって嗅ぎ慣れた悪臭がした。

門の前でテッサは馬を下りた。背の高い鉄柵に三体の骸が吊るされている。腐汁で黒く染まった法衣、右端が司祭長マルコ・リウッツィだった。その隣、ドレスを纏った遺体はリウッツィ夫人だろう。左端の小さい遺骸は夫妻の子供だろうか。寝ていたところを襲われたらしく、裾の長い寝間着を着ている。この子はいくつだろう。女の子だろうか、男の子だろうか。確かめたくても、その顔は腐って崩れ落ちている。頭の皮も剝げ落ちて、頭髪さえも残っていない。

「……惨《むご》い」

テッサは呻いた。

「惨すぎる」

こんなことをした奴らをぶん殴りたい。顔の形がわからなくなるくらいボコボコにぶちのめしたい。レイル勇士軍の頭目はサガン村の出身だ。サガン村はここより南、旧街道沿いにある。だがサガン村に向かっている暇はない。急いでフローディアに行かなければ、フローディア立志団がオンブロ峠に向かってしまうかもしれない。

「戻ってきます」

三人の遺骸を見上げ、テッサは言った。

「必ず戻ってきます。もう少しだけ待っていてください」

彼女は馬に乗り、その場を離れた。

教会堂の広場までくると一番目立つ建物の壁に木炭で伝令を書いた。

『八月二十日、聖都攻撃は中止する』

これを読む者はもういないだろう。

そう思いながら、テッサはレイルを後にした。

昼も夜も休むことなく先を急いだ。フローディア立志団が計画通りにオンブロ峠を目指していたら、途中で遭遇していただろう。しかし何者とも出会わないまま、八月十九日、テッサはフローディアに到着した。

フローディアもレイルと同様だった。立志団はすでに解散していた。町は荒らされ、金目のものは根こそぎ奪われていた。

広場には男の死体があった。両手を縛られ、柱に縛りつけられている。水も食料も与えられずに枯死したのだろう。煌びやかな衣装からしてレーエンデ人ではない。グラウコ・コシモ亡き後、東教区の司祭長を務めていたダンブロシオ家の次男ヴィスタ・ダンブロシオだろう。

目につく建物の壁に伝言を残し、彼女はフローディアを後にした。

途中、ガラン川の畔で休息を取った。水を飲み、少し仮眠をしてから手綱を引いて歩き出した。

三日後、古都レイルに戻ってきた。テッサは司祭長の館に行き、リウッツィ夫妻とその子供の遺体を下ろした。三人を森へと運び、穴を掘って埋葬する。形のいい石を置き、森の花を摘《つ》んで供えた。

墓前に跪《ひざまず》いたまま、テッサは長いこと動けずにいた。

一斉蜂起を促すには武器がいる。だからレーエンデに武器を撒いた。力を持たない民衆に武器という力を与えた。懸念がなかったと言えば嘘になる。力を手にした人間は変わる。テッサ自身がそうであったように。

「戦場では強さこそが正義だ」とテルセロは言った。レーエンデに武器を撒くということはレーエンデを戦場にするということ。生活の場に戦場の掟を持ち込むということ。強さこそが正義だと勘違いする者が現れるかもしれない。自分の力を誇示するために武器を使う者が現れるかもしれない。だが武器を持つことで守れる命があるのなら、武器を撒くことには意味があると思った。たとえ平穏な日常が破壊されることになっても、なす術もなく蹂躙されるよりはましだと思った。

その結果がこれだ。リウッツィ夫妻と幼い子供は殺された。レイルとフローディアの住人は家を焼かれ、街を捨てざるを得なくなった。

レーエンデ人の身勝手さに憤りを感じた。彼らに武器を渡したことを激しく悔やんだ。

あたしは過信していた。レーエンデ人は神騎隊とは違うのだと、罪なき者を襲うような非道な真似をするはずがないと、何の根拠もないのに信じていた。イジョルニ人とレーエンデ人。どちらも同じ人間で、人を襲うケダモノになるのはイジョルニ人に限ったことではない。そんなこと、少し考えればわかったはずなのに。

いつの間にか陽は落ちて、すっかり夜になっていた。ひんやりとした風が土の匂いを運んでくる。光虫が一匹、二匹、テッサの周囲を飛び回る。早くアルトベリ城に戻らなければと思いはすれど、疲れ切っていて動けなかった。テッサは墓の前にうずくまり、森の中で一夜を明かした。

翌朝、人の気配に目を覚ました。顔を上げるとすぐ近くに老人が立っていた。先日広場で会ったあの老人だった。今日は桶ではなく、小さな布袋を抱えている。

「ほれ」

老人は布袋から丸い黒麦パンを取り出した。

「喰え。墓を造ってくれた礼だ」

テッサはパンを見て、それから老人を見上げた。

今のレイルには市場も立たない。食料を手に入れるのは容易ではない。

「気持ちは嬉しいけど、貰えないよ」

「いいから喰え」彼はテッサに黒麦パンを押しつけた。「ここで死なれちゃ迷惑だ」

憎まれ口を叩いていても眼差しは優しい。その温情が心に染みた。

「ありがとう。いただきます」

「礼などいらん」

老人は木の根に腰かけた。袋から黒麦パンをもうひとつ取り出し、もしゃもしゃと咀嚼《そしゃく》し始める。テッサもパンを千切って口に運んだ。固くて少し黴臭い。でも涙が出そうなほど美味しい。貪《むさぼ》るように食べ尽くし、彼女は老人に問いかけた。

「ねぇ、おじいさん」

「爺さんではない。リカルドだ」

「じゃ、リカルド。ひとつ訊いてもいい？」

「なんだ？」

「リウッツィ司祭長の子供。あの子、なんて名前？」

「カミーロだ」

「いくつだったの？」

「八歳だ。とても聡明で優しい子だった」

ダール村に逃げてきた時、ルーチェは七歳だった。一歩間違えばルーチェも同じ目に遭っていたかもしれない。戦争は憎しみの連鎖だ。報復が報復を呼び、どんな非道な暴力も正当化される。人々は正義の名の下に正気を失い、血で血を洗う憎しみだけが山火事のように広がっていく。

リウッツィの墓を見つめ、テッサは決意した。

この戦争を始めたのはあたしだ。あたしが終わらせなきゃいけないんだ。

テッサは馬を呼び寄せた。リカルドとともに市街地の中央広場まで戻ってきた。

先日テッサが伝令を書いた壁に、見慣れない紙が貼られている。

「リカルド、あの白い紙、いつからあそこに貼られてるの？」

「あれか？」リカルドは鼻を鳴らした。「今朝早く、法皇帝の使者が来て、勝手に貼りつけていったんだ」

テッサは壁に貼られた羊皮紙を見上げた。

書かれていたのはたった二行——

『聖イジョルニ帝国は北イジョルニ合州国の独立を容認する』

『本日より、合州国との戦闘行為の一切を禁ずる』

最後に押された双魚の印。ダンブロシオ家の紋章だ。この書面が本物であるという証拠だった。

頭から血の気が引いていくのを感じた。

「お前、帝国文字が読めるのか？」

おっとりとリカルドが問いかける。

「なんて書いてあるんだ？」

「北イジョルニ合州国の独立を認めるんだって。もう合州国と戦わなくていいんだって」

「そいつはいい」老人は皮肉っぽく笑った。「戦争なんてろくなもんじゃない」

「本当にね」

相槌を打つのももどかしく、テッサは馬上の人となった。

合州軍との戦争が終われば国境を守る必要がなくなる。すべての帝国軍を自由に動かせるようになる。エドアルドは間違いなく、アルトベリ城に大軍を差し向けてくる。

「ありがとリカルド。パン、とってもおいしかった！」


古都レイルを出たテッサは、九月一日、ボネッティまで戻ってきた。

市街は閑散としていた。テッサの姿を見かけても誰も声をかけてこなかった。打倒帝国を目指し、一丸となって突き進んだ、あの熱病のような興奮は、もはやどこにも残っていなかった。

テッサは馬をシャピロに返した。「夕飯を喰っていけ」という誘いを断り、ボネッティを後にした。渓谷路の避難所で一夜を明かし、翌日の夕刻にはアルトベリ城に帰還した。

残存する義勇軍は百余名になっていた。そのほとんどは最初に仲間になってくれた古参の連中とエルウィンからの援軍、それにレーエンデ解放軍の荒くれ者達だった。アルトベリ城攻略の後、仲間に加わった五百人を超える志願者は数人しか残らなかった。

帰還の挨拶もそこそこにテッサはいつもの面々を集めた。

急いで着替えをすませ、部屋を出ると、廊下でアイクが待っていた。

「どうしたの？」

「会議の前に伝えとこうと思ってね」

彼は困り顔で顎をかいた。

「ゾーイがエルウィンに戻った。古代樹の森の長老達は呼びかけに応じなかったそうだ。『英雄を信じたばっかりに、先人達は恐ろしい災厄を招いた。我らは決して同じ轍《てつ》は踏まない』と言って、動こうとしなかったそうだ」

テッサは驚かなかった。そうなるだろうという予感はしていた。

「ゾーイは無事なの？」

「それは心配ない。怪我もなく、気落ちもしていなかった」

安心しろというようにアイクは微笑む。

「結果的には決裂したけれど、無駄足ではなかったってさ。法皇帝の要求に対し、ウル族の年寄り達はいつも通り無視を決め込むつもりらしいが、若者達は『帝国軍が自分達を殺しに来るんじゃないか、古代樹の森を焼き払われるんじゃないか』って怯えていたそうだ。『森を出る決心がついたらエルウィンにおいで』って言い残してきたそうだ」

「ゾーイらしいね」

彼女はウル族の説得を諦めたわけじゃない。ウル族の未来を守るために、いったん引こうと考えたのだ。法皇帝から謝罪を勝ち取ったティコ族は「自分達は勝った。自分達は正しい」と浮かれている。もし今、ウル族が古代樹の森から出てきたら、ティコ族は彼らを糾弾するだろう。下手をすればレーエンデ人同士が争い、殺し合うことにもなりかねない。

「あともうひとつ。ゾーイからの伝言がある」

アイクはテッサを見つめ、神妙な口調で告げた。

「『何かあればいつでも逃げてこい』ってさ」

「わかった」

テッサはアイクの肩を軽く叩いた。

「知らせてくれてありがとう」

二人は階段を下り、食堂に向かった。そこには義勇軍の中心人物が勢揃《せいぞろ》いしていた。聖イジョルニ帝国が合州国の独立を容認したという知らせはアルトベリにも届いているらしく、誰もが厳しい表情をしている。

「おまたせ」

入ってきたテッサを見て、一同の顔が安堵に緩んだ。

「遅くなってごめんね」

彼女はルーチェの隣に座った。

「お疲れ様」とルーチェが言う。「どうだった？　レイルとフローディアは？」

「ひどい有様だったよ」

テッサはため息を吐き、レイルとフローディアの様子を仲間達に伝えた。

食堂は重苦しい空気に包まれた。反帝国勢力は離散し、ウル族の協力も得られない。合州国との停戦により、法皇帝は全軍をレーエンデ鎮圧に向けることが可能となった。もはや逆転の目はない。それは誰の目にも明らかだった。

「ここから態勢を立て直すのは難しい。こうなったらアルトベリ城の明け渡しと引き換えに、出来るだけいい条件を法皇帝から引き出して、一時和解するしかない」

そう言って、テッサはにこりと笑ってみせる。

「もう一度、仕切り直しだね」

「なにが仕切り直しだ」陰鬱《いんうつ》な声でキリルが切り返す。「正直に言えよ。夢は潰《つい》えた。もうおしまいだってな」

彼は唇を歪め、苛立たしげにテーブルを叩いた。

「あてもなく逃げるくらいならノイエレニエに行こうぜ。孤島城に忍び込み、エドアルド・ダンブロシオを暗殺するんだ」

孤島城はシャイア城のふたつ名だ。その名の通り、レーニエ湖に浮かぶ小島の上に建てられている。城と岸とを繋ぐのは湖上に敷かれた一本橋のみ。王騎隊と呼ばれる精鋭部隊が昼も夜も全方位に目を光らせている。王騎隊に見つかることなくレーニエ湖を渡り、孤島城に侵入してエドアルドを殺害するなど、どう考えても不可能だ。

とはいえ、エドアルドを暗殺することが出来れば、少しだけ希望が見えてくる。前法皇が崩御した後、エドアルドは間髪を容れず法皇帝の座についた。それは彼に抗する者がいなかったからだ。もしも今エドアルドが死んだら、最高司祭の連中は次期法皇の座を狙って争うだろう。人頭税を半減する約束が反故にされたら、お人好しのティコ族も再び武器を手に取るだろう。

「悪くないかもね」

テッサはキリルを見て、うっそりと笑った。

「ウロウロ逃げ回るより、いっそそのほうがいいかもしれない」

「僕はそうは思わない」

異を唱えたのはルーチェだった。

「法皇帝を倒しても、聖イジョルニ帝国は滅びない。神の御子が孤島城にいる限り、レーエンデに平和は訪れないんだ」

「んん?」

テッサは唸った。話が飛躍しすぎて理解がついていかない。

そういえばルーチェは神の御子について調べたいと言っていた。この状況だ。単なる好奇心からの発言ではないだろうと思っていた。けれど——

「どういうこと? あたしにもわかるように説明してよ」

ルーチェは頷いた。一同の顔を見回し、静かに口を開いた。

「僕は神の御子について調べた。きっかけはエドアルド・ダンブロシオの法皇帝即位だ。対立候補がいなかったとしても、彼の即位は早すぎた。それに法皇帝という新制度。あらかじめ根回ししても、あれだけの大変革を行えば必ずどこかに不満が残る。五大名家のリウッツィやペスタロッチあたりが反発してもよさそうなのに、彼らは今も沈黙を守っている。それが腑に落ちなかったんだ」

「それ、あたしも思った」

テッサは手を上げ賛同を示した。

「法皇と皇帝の権限を併せ持つってことは、聖イジョルニ帝国を牛耳《ぎゅうじ》る独裁者になるってことだ。そんな勝手な真似をしようとしたら、普通ボコボコに叩かれるよね。選帝権を取り上げられた外地各州の首長達だって黙っているはずがない。なのに彼らは反発するどころか、合州国との和解にも合意を示している」

「そう、あまりにも出来すぎているんだよ」

ルーチェは右手の人差し指でこめかみを叩いた。

「それで思い出したんだ。幼い頃、僕はよく教会に連れていかれた。クラリエ教の司祭は言っていた。『神は見ておられる。神の御子は見守っておられる。神の奇跡は実在する。神の御名に願いを捧げよ。もっとも信心深い者にこそ、神のご加護は与えられん』と。そんな戯言、もちろん信じちゃいないよ。けど『もっとも信心深き者』というのが法皇のことだとしたら、『法皇の座についた者は奇跡を起こす力を手にする』という風に読めないだろうか？」

「言わんとするところはわからないでもないがね」

難しい顔でアイクが腕を組む。

「創造神はイジョルニ人の神様だ。神の御子だの、神のご加護だの言われても、まるでお伽噺《とぎばなし》みたいでさ。俺にはいまいちピンとこないね」

アイクの発言にギムタスが頷く。彼は帝国支配の及ばないエルウィンで育った。帝国が持ち込んだクラリエ教に馴染みがないのも当然だ。

「お伽噺じゃない。神の御子は実在するんだよ」

真顔で断言し、ルーチェはさらに話を続ける。

「西地区の司祭長ペスタロッチの屋敷で、アルゴ三世の祐筆《ゆうひつ》が記した歴史書を見つけた。そこにはこう書いてあった。『法皇、レーエンデに神の恩寵《おんちょう》を求める。軍を率いて奇跡の力を得んとする』。最初は意味がわからなかった。けど読み進めていくうちにある考えが浮かんだ。始祖ライヒ・イジョルニはレーエンデに自治権を与えた。だがアルゴ三世は大軍を率いてレーエンデに侵攻した。始祖イジョルニの意志に背いてでも、アルゴ三世が手に入れたかったもの。それが神の御子だ。神の御子は神の恩寵、奇跡を起こす力を持っている。そして神の御子は今もシャイア城にあって、奇跡を起こし続けている」

「ちょっと待って」

テッサが話を遮った。

「神の御子が誕生したのって百年以上前だよね？　だとしたら、もうとっくに死んじゃってるんじゃないの？」

「僕が思うに、神の御子は人智を超えた何かだ。場所かもしれないし、儀式かもしれない。途方もなく巨大な聖遺物かもしれない。けど問題なのは『神の御子が何なのか』じゃない。『神の御子に何が出来るのか』だ」

ルーチェは立ち上がった。テーブルに両手をつき、目だけを動かして仲間達を見る。

「エドアルド・ダンブロシオは政敵を退け、選帝侯を廃し、聖イジョルニ帝国の独裁者になった。なのに誰も異議を唱えず、なぜか粛々と従っている。どう見たって不自然だ。神のご加護でもない限り、こんな奇跡はあり得ない」

一同は顔を見合わせた。誰もが困惑していた。あまりにも荒唐《こうとう》無稽《むけい》な話だった。こんな状況でなかったら、面白い冗談だと笑い飛ばしていたかもしれない。

だがテッサは笑えなかった。

心当たりがあったのだ。

第九中隊がバルナバス砦攻略の命令を受けた時、シモン中隊長は言っていた。「お偉方は自信満々だったよ。帝国軍には創造神のご加護がある。必ずや奇跡は起こる。この作戦は絶対に成功するってさ」と。まさにその作戦中の出来事だった。崖を登る途中で左手の指を骨折し、退くことも進むことも出来なくなった。もう駄目かと思った時、強風が吹いて縄梯子が頭の上に落ちてきた。

あの時、あたしは思わなかったか？

これは神のご加護だと。

「馬鹿馬鹿しい」

沈黙を破ったのはセヴラン・ユゲットだった。彼は背もたれに寄りかかり、これみよがしに肩をすくめた。

「祈るだけで奇跡を起こせるなら、なんで討伐隊は三回も失敗したんだよ。それこそ祈ればいいじゃねぇか。『アルトベリ城を奪還させてください。反逆者達を皆殺しにしてください』ってな」

「神の御子は万能ではないんだと思う。たとえば自然の法則に反するようなことは出来ないんだと思う」

つまりはこういうこと――と、ルーチェはコップを手に取った。水が入ったそれをゆっくりと傾けていく。はた、はたたたっと水滴が落ちる。大小様々な水滴がテーブルの上に点々と散る。

「テーブルのどこに、どのくらいの水滴を落とすか。神の御子は決めることが出来る。でもこぼれた水をコップの中に戻すことは出来ない」

「なんだよ。都合のいいことこじつけてるだけじゃねぇか」

「事実からの推察だよ。こじつけじゃない」

「だったら証拠を見せろ、証拠をよ」

「僕らが生きていることがなによりの証拠だ。神の御子の力をもってしても、火のないところに火事は起こせない。水のないところで溺死させることも、空から岩を降らせて僕らを押し潰すことも出来ない」

「使えねぇな」

ユゲットはフンと鼻を鳴らした。

「奇跡が聞いて呆《あき》れるぜ。そんなモンをありがたがる奴らの気が知れねぇ」

「そう思うのは、あんたに知恵がないからだよ」

ルーチェは笑った。背筋が薄ら寒くなるような冷笑だった。

「僕がエドアルド・ダンブロシオだったら『レーエンデ義勇軍が内部分裂しますように』と祈るよ。もしくは『テッサを帝国に売る裏切り者が現れますように』とかね。現在の状況からして、どちらも充分に起こり得ることだから」

「やめな、ルーチェ」低い声でテッサが制した。「さすがにそれは言いすぎだ」

「……ごめん」

小声で詫《わ》びて、ルーチェは椅子に座り直した。

「アルゴ三世の祐筆はこうも書いていた。合州国との開戦当初、帝国は敗戦を繰り返した。合州軍はロベルノ州を陥落させ、ラウド渓谷の手前まで迫った。しかし帝国軍は奇跡的な勝利を積み重ね、戦況をひっくり返した。ロベルノ州を奪還したアルゴ三世は、喜びに沸くロベルタ市民に言った。『これぞ奇跡、神の恩寵だ！』と」

「その話なら、あたしも聞いたことがある」

民兵として外地に赴く際、フローディアで聞かされたコシモの演説の中に出てきた。

「てっきり戦意高揚のための作り話だと思ってた」

「盛ってるところはあるかもしれないけど、負け続けていた帝国軍が体制を立て直したのは本当だよ」

「そいつはすごい」

テッサは鼻から息を吐いた。

帝国軍が敗戦を繰り返したのは戦い方に問題があったからだ。作戦や戦略を一から立て直すには時間がかかる。ましてや敗走しながら兵士達を練成し、常勝に転じるなど奇跡に近い。奇跡は希有《けう》だからこそ奇跡と呼ばれるのだ。奇跡的勝利が続くなんてこと――

「それこそ神のご加護でもなければ不可能だね」

ルーチェは頷いた。そして確信を込めて宣言した。

「歴代の法皇は銀呪の危険を顧みず、孤島城で暮らしてきた。それは神の御子がシャイア城にあるからだ。そこから動かせない、もしくはそこでしか奇跡の力を発揮出来ないからだ。神の恩寵、奇跡の力。それがレーエンデにある限り、帝国はレーエンデを手放さない。ならば僕らがやるべきことはただひとつ。シャイア城にある、神の御子を破壊することだ」

「よし乗った！」

テーブルを叩き、ブラスが立ち上がる。

「どのみち手詰まりなんだ。駄目で元々、やってみようぜ！」

「難しいことはよくわからんが、ルーチェがそこまで言うなら間違いはあるまいよ」

「まずは帝国がレーエンデに固執する原因を取り除こうってことだよな？」

「しかし神の御子とやらは孤島城から動かせないんだろう？　ならどうやって壊す？　俺達レーエンデ人が孤島城に入るのは至難の業だぞ？」

「僕が行きます」

迷うことなくルーチェは答えた。

「僕は東教区の司祭長だったマウリシオ・ヴァレッティの使用人でした。マウリシオの息子であるエドアルドとは面識があります。僕なら孤島城にも入れる──」

「駄目だ！」

最後まで聞かず、テッサは叫んだ。

ルーチェは使用人の子供じゃない。もっとエドアルドに近しい人間だ。その立場を利用すればシャイア城に入ることも、エドアルドに接近することも容易《たやす》いだろう。だがどこにあるのかわからない、どんなものかもわからない神の御子を見つけ出し、それを破壊するとなれば話は別だ。

「それは駄目！　絶対に駄目！」

「なんで駄目なの？」

「だって危険すぎる。あまりに危険すぎるよ！」

「でもこれが最上策だ。アルトベリ城の壁登りが君にしか出来なかったように、孤島城に侵入することは僕にしか出来ない。だから今度は僕が行く」

テッサはルーチェを見つめた。

彼は何も恐れない。目的のためなら自分が死ぬことも、人を殺すことも厭わない。必要な犠牲だと割り切って、嘆くことさえしないだろう。

「そんなの駄目だ」

譫言《うわごと》のように彼女はささやく。

「ルーチェはあたしの命綱、あたしの良心なんだから──」

「大変です！」

後方の出入り口から義勇軍の青年が飛び込んできた。

「外地から、帝国軍が来ました！」

テッサは素早く立ち上がった。椅子の背に立てかけてあった槍斧を摑む。

「どこまで来てる？」

「それが、すでに南の石橋に到達しています！」

「なんだと！」仰天してブラスが叫んだ。「見張り台からの連絡は？」

青年は首を横に振った。

「見張り番だったミールとロンデロ、他にも四人が人質に取られています」

テッサは舌打ちをした。若いミールはともかくロンデロは慎重な男だ。それなりに腕も立つ。彼を人質にするなんて、相手は相当の手練れに違いない。

彼女は食堂を飛び出した。隧道を抜け、南の城塞門に登り、胸壁の合間から『悪魔の石橋』を見下ろした。橋の向こう岸には防護壁が築かれている。その上にロンデロ達が立っている。後ろ手に縛られ、槍を突きつけられている。壁の向こう側には五十人あまりの帝国兵がいる。

そのうちの一人が防護壁を飛び越えた。石橋をこちらに向かって歩いてくる。

「久しいな、テッサ」

懐かしい声だった。忘れたことなど一度もなかった。

「落とし格子を上げて！」テッサは身を翻した。「ほんの少しでいい。あたしがくぐれるぐらいに！」

城塞門の螺旋階段を駆け降りる。彼女の命令を受け、落とし格子が引き上げられる。鋭く尖った杭をくぐり抜け、テッサは石橋の上に出た。

橋の中央に男が立っている。夕焼け空のような赤銅色の髪、冬空のような青い瞳、剣の柄には魔除けの鈴が結んである。

何も変わっていなかった。記憶のままの彼だった。夢じゃない。幻でもない。それは第九中隊の中隊長ギヨム・シモン、その人だった。

割れんばかりに胸が高鳴る。心臓が口から飛び出そうだ。

テッサは彼に向かって歩いた。

充分な間合いを残し、足を止めた。

「お久しぶりです、中隊長。ご健勝そうでなによりです」

「お前は変わったな。いい面構えになった」

「ありがとうございます」

テッサは槍斧を握り直した。

「人質を解放して貰えませんか」

「大砲を使わないと約束してくれるか?」

「今、大砲を撃ったらあたしも吹っ飛びます」

「そりゃそうだ」

くすくすとシモンは笑った。振り返り、右手を振る。

「おおい、ランソン! そいつらを解放してやれ!」

槍が防護壁の向こう側へと引っ込んだ。六人の人質は壁から飛び降り、アルトベリ城へと走り出す。そのうちの一人、ロンデロがテッサへと駆け寄った。

「すみません大将。いきなり襲われて、狼煙を焚く暇もなくて……」

「うん、わかってる」

第九中隊は奇襲を得意とする。それなりに腕が立つとはいえ、剣を握って一年にも満たない新兵の手にあまるのは当然だ。

「先に戻ってて。みんなが中に入ったら、落とし格子を下ろすように伝えて」

ロンデロは首肯した。気遣わしげに何度も振り返りながらアルトベリ城へ戻っていく。ガラガラと音を立て、落とし格子が閉ざされる。それを見届けてから、テッサは再びシモンと向かい合った。

奇襲攻撃を仕掛けることなく、無条件で人質も解放した。つまり戦意はないということだ。現状を説明し、協力を求めれば、シモンは理解してくれる。レーエンデの自由のために力を貸してくれる。もしかしたら彼は最初からそのつもりで、ここまでやってきたのかもしれない。

期待に逸る胸を抑え、テッサはシモンに呼びかけた。

「中隊長、前に言ってましたよね。『レーエンデの民を奴隷のように扱うことは、レーエンデの自由を尊重した始祖ライヒ・イジョルニの意志に反する』って」

「ああ、言った」

シモンは懐かしそうに微笑んで、無精髭《ぶしょうひげ》の浮いた顎を擦った。

「覚えていてくれて嬉しいよ」

「その考え、今も変わっていませんか？」

「信念ってのはそうコロコロ変わるもんじゃない。俺は敬虔《けいけん》なクラリエ教徒だからな。司祭や法皇の戯れ言よりも、始祖の言葉を信じるよ」

「なら、あたし達と一緒に法皇帝と戦ってくれませんか？」

「悪くない提案だ」

ああ、やっぱり！

テッサは破顔した。彼に駆け寄ろうと前に出かかった時だった。

「けど無理なんだ」

申し訳なさそうにシモンは眉根を寄せた。

「エドアルド法皇帝はえげつない野郎でな。俺達の出身地を調べあげやがったんだ。もし俺達が帝国を裏切ったら故郷の地を焼き払う、家も家族もまるごと焼き尽くすって脅されているんだ。だから俺はアルトベリ城を奪還しなきゃならない。まったく気は進まないけれど、テッサ、お前と戦わなきゃならない」

殴られたような衝撃を受けた。混乱した。意味がわからなかった。

あたしが中隊長と戦う？　なにそれ？　いったい何を言ってるの？

「出来れば無用な流血は避けたい。犠牲者は最小限にとどめたい。だからテッサ、一騎打ちで決めよう。幸い監視はいない。法皇帝に告げ口する者もいない。一戦交えたふりをして、負けたほうが兵を引く。俺かお前、どっちが死んでも恨みっこなしだ」

「イヤです！」

裏返った声でテッサは叫んだ。

「中隊長と戦うなんて、絶対に嫌です！」

「俺だって嫌だよ」

シモンは顔をしかめた。

「だがなテッサ。選択肢はふたつしかない。俺とお前が一対一で戦うか、俺とお前がそれぞれの軍を率いて戦うか。どちらにするかはお前に任せる。好きなほうを選べ」

目の前が暗くなった。足から力が抜けて、あやうく膝をつきそうになった。テッサは槍斧に縋りつき、懸命に身体を支えた。

第九中隊の強さは知っている。一度はバルナバス砦を落としたことだってあるのだ。難攻不落のアルトベリ城とはいえ、安泰だとはとても言えない。たとえ陥落には至らなくとも、相手は斬り込み中隊だ。戦えば多くの犠牲者が出る。これ以上、味方を失ったら次の攻撃は防ぎきれない。先のことを考えるなら一騎打ちに応じるしかない。

でも、もし負けたら何の条件を引き出すことも出来ないまま、アルトベリ城を明け渡すことになる。こんな大切なこと、皆に相談することなく、あたしの一存で決めていいの？

「戦え、テッサ！」

ルーチェの声が聞こえた。振り返ると、城塞門の胸壁にルーチェの姿が見えた。彼は口の横に手を当て、切り裂くような声で叫んだ。

「君は強い！　誰にも負けない！　僕は君を信じる！　僕の命を君に預ける！」

城塞門の上から仲間達が叫ぶ。拳を振り上げ、手を叩き、彼女を激励している。その姿に、これまでの戦いで命を落とした仲間達の姿が重なって見えた。

ああ、そうだ。今のあたしは仲間達の犠牲の上に立っている。逃げるわけにはいかない。負けるわけにはいかない。あたしはダール村のテッサじゃない。第九中隊のテッサでもない。レーエンデの英雄、義勇軍のテッサなんだ！

「わかりました」

槍斧を掲げ、テッサは答えた。

「一騎打ちで決めましょう」

「よく言った」

ニヤリと笑い、シモンは腰の剣を抜いた。柄の鈴がリン……と鳴る。

「いくぞ！」

声と同時に彼が動いた。剣先が弧を描き、テッサの首を狙う。咄嗟《とっさ》に槍斧を跳ね上げた。金属が打ち合う音。テッサは飛び退き、間合いを取った。

ぞっとした。正確無比な一撃だった。一瞬でも反応が遅れていたら、あたしの首は落ちていた。

中隊長は本気だ。本気であたしを殺すつもりだ。

「わかっただろう？」

シモンは剣を一振りした。それだけでヒリヒリとした殺気が伝わってくる。

「さあ、お前の力を見せてみろ！」

テッサは素早く踏み込んだ。捻るように穂先を突き出し、斧刃で剣を引っかけようとする。シモンは爪先で半回転した。槍斧の刃をかいくぐり、テッサの胸元へと飛び込んでくる。接近戦に槍斧は向かない。テッサは後方に飛んだ。その瞬間、容赦のない回し蹴りが左脇腹に入った。

身体が宙に浮き、背中から石橋に叩きつけられる。痛みを堪《こら》え、テッサは跳ね起きた。シモンの剣が頬をかすめる。よろめきながら後ろに下がり、槍斧をかまえ直した。冷や汗で手が滑る。ドドッ、ドドッ、耳の奥に鼓動が響く。

「逃げてばかりじゃ勝負にならん」

シモンは侮蔑の眼差しで彼女を見た。

「仲間の命を背負ってるんだ。もっと真面目にやれ」

テッサは唇を引き結んだ。

ずっとシモンを見てきた。その背中を追いかけてきた。彼の実力は嫌というほど知っている。手を抜いて勝てる相手じゃない。殺すつもりで挑まなければ、この人は倒せない。

臆するな。覚悟を決めろ。彼に軽蔑《けいべつ》されるくらいなら、死んだほうがまだましだ。

「中隊長」

テッサは槍斧を握り直した。腰を落として身がまえる。

「あたし、今でも中隊長が大好きです」

かすかに眉根を寄せ、シモンは笑った。

「ああ、わかってる」

二人は同時に動いた。刃と刃がぶつかり合い、甲高い金属音が響く。テッサの攻撃は速くて重い。シモンはそれを受け流し、一瞬の隙を突いて反撃する。テッサの槍斧がシモンの右肩をかすめ、シモンの剣がテッサの首の皮を削ぐ。めまぐるしく攻守が入れ替わる。瞬きをしている暇もない。紙一重のせめぎ合いだった。

全神経を集中し、テッサはシモンに打ち込んだ。刃と刃がぶつかり合う。感覚が研ぎ澄まされる。シモンの呼吸が、筋肉の動きが、彼の一挙一動が伝わってくる。彼が何を考えているのか、次に何をしてくるのか、すべてが手に取るようにわかった。愛し合う恋人同士でもここまで心が通じ合うことはないだろう。命を懸けた殺し合いをしてるのに、まるで踊っているみたいだと思った。

気づけばテッサは笑っていた。シモンも笑っていた。彼の鳩尾を狙って槍斧を突き出し、ずっと戦っていたいと思った。心臓を狙ってくる剣先をかわし、ずっと踊っていたいと思った。

甘やかな交歓。乙女の祈り。その願いが聞き届けられるはずもなく――

時は来た。

ほんの一瞬、シモンの剣が遅れた。靴底ひとつ分、踏み込みが甘かった。すかさずテッサは突進した。シモンの剣が彼女の耳朶を斬り飛ばす。テッサは瞬きもせず、シモンの前へと踏み込んで、横なぎに槍斧を振り抜いた。

肉を断ち、骨を砕く手応え。槍斧の刃は彼の肋骨を砕き、左の肺腑を切り裂いていた。

鮮血が散る。温かな血を浴びてテッサは我に返った。背筋が恐怖に凍りつく。視線を上げると、シモンと目が合った。彼は笑っていた。満足そうに微笑んでいた。血が噴き出す脇腹を押さえ、もう一方の手をテッサの頭の上に乗せた。

「……よ……く」

言いかけて血を吐いた。テッサは槍斧を投げ捨て、倒れかかるシモンを抱き止めた。

「中隊長？」

返事はない。

「聞こえませんでした。中隊長、もう一回、言ってください」

テッサは彼を揺さぶった。弛緩《しかん》した手足が揺れる。空を映した青い瞳から生命の光が消えていく。

「中隊長、なんて言ったんですか？　教えてください、今、なんて言ったんですか!?」

尋ねても、揺さぶっても、応えはない。

身の毛がよだつような沈黙。地の底に沈んでいくような錯覚。

風も光も、時間さえも、凍りついたように動かない。

「テッサの勝ちだ！」

背後で歓声が上がった。

「テッサだ！　テッサが勝った！」

勝ち鬨を上げる仲間達。晴れやかな快哉の声。

それを聞いてもなお、テッサは動けなかった。口を開けば慟哭が溢れてしまう。この場に泣き崩れてしまう。それが怖くて息も出来ない。砕《くだ》け散《ち》りそうな心を抱きしめて、テッサは必死に自分自身を奮い立たせた。

ゾーイと約束した。泣かないって。何があっても泣かないって。

血の臭いがする。埃と汗と、血の臭いがする。

泣いちゃ駄目だ。泣くんじゃない。

中隊長、笑ってた。死んでしまった。

泣くな、泣くな、泣くな！

あたしが殺した。そうだ。あたしが殺した！

「いやああああああああああああああぁぁぁぁぁ……！」

空を仰ぎ、テッサは絶叫した。

「いや！　いやだ！　こんなのいやだ！」

腕の中にシモンの遺骸を抱きしめる。

「いかないで、中隊長。お願いだから、いかないで」

夕陽の色をした髪に顔を埋め、いかないで、いかないでと呪文《じゅもん》のように繰り返す。

「テッサ」

低い声が聞こえた。

彼女はのろのろと顔を上げた。目の前に一人の男が立っている。第九中隊の副長アラン・ランソンだった。彼は沈痛な面持ちで、テッサに両手を差し出した。

「中隊長を渡してくれ」

テッサは怯えた瞳で彼を見て、無言で首を横に振った。

「お願いだ。渡してくれ」

ランソンは彼女の前に膝をついた。

「約束通り、俺達は引き上げる。ここに中隊長を残していけない」

テッサは答えず、ますます強くシモンを抱きしめる。

「中隊長は海が好きだった。引退したらアルモニアに戻って、海を眺めながらのんびり暮らすんだと、いつも言っていた。でもレーエンデには海がない」

そうだろう？　と問いかける。

「俺が中隊長をアルモニアに連れて行く。海が見下ろせる丘の上に埋葬する。だから頼む。テッサ、中隊長を渡してくれ」

テッサはランソンを見た。優しい目をしていた。陽に焼けた頬を涙が伝っていた。言いたいことは山ほどあるはずなのに、一言もテッサを責めなかった。

テッサはシモンの髪を撫でた。開いたままの瞼を閉じてやった。彼を抱き上げ、ゆっくりと立ち上がった。

「お願いします」

ランソンは頷くと、壊れものを扱うように、シモンの亡骸を受け取った。

「まるで眠ってるみたいだな」

誰にともなく呟いて、ランソンはテッサに目を向けた。

「中隊長はいつもお前のことを案じてたよ。元気にしているか、怪我はしていないか、無事でやってるか、いつも気にしていたよ」

なのに——と言い、顔を歪める。

「なぜだ、テッサ？　なぜなんだ？」

なぜ？

なぜだろう？

中隊長が好きだった。本当に大好きだった。辛い時、悲しい時、彼の言葉が支えてくれた。挫《くじ》けそうな時、諦めそうになった時、彼の声に励まされた。その生き方に憧《あこが》れた。彼のようになりたいと思った。

なのに、なぜだろう。

「わからない」

なんでこんなことになってしまったのだろう。

「わからないよ」

ねえ、誰か教えて。

あたしはどこで道を間違えたの？

第十三章　もっとも信心深い者にこそ

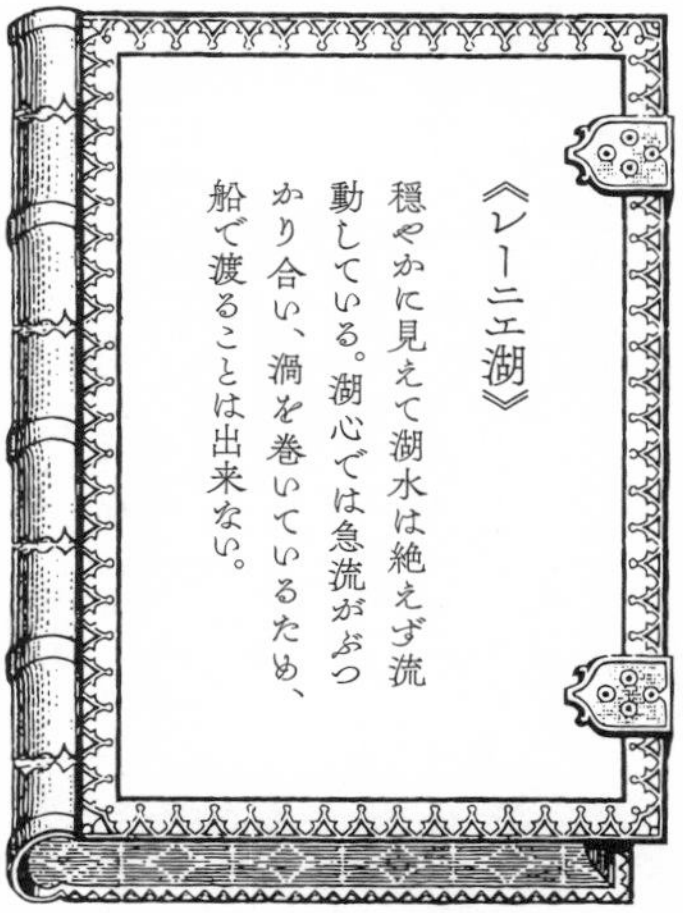

《レーニエ湖》
穏やかに見えて湖水は絶えず流動している。湖心では急流がぶつかり合い、渦を巻いているため、船で渡ることは出来ない。

葬列のように粛々と第九中隊は引き上げていった。

テッサは泣いた。悪魔の石橋の上、血溜まりの中で泣き続けた。太陽が西に傾き、空が血の色に染まっても、彼女は立ち上がろうとしなかった。見かねたイザークが彼女を抱き上げ、城の中へと連れ戻した。

なぜテッサは敵将の死を悲しむのか。第九中隊にいた三人とルーチェはその理由を知っていた。しかしそれ以外の者達は、理由がわからず戸惑った。なぜ喜んではいけないのか。どうしてテッサの勝利を讃えてはいけないのか。燻る不満を煽るかのように悪辣《あくらつ》な噂が流れた。外地にいた頃、テッサはあの男の情婦だったらしい。テッサは裏切り者だ。帝国軍兵士に情報を売っていたんだ。根拠のない流言飛語。出所は知れている。セヴラン・ユゲットだ。彼はテッサを妬み、ことあるごとに誹謗《ひぼう》中傷を繰り返してきた。テッサは行動と実力でそれを跳ね返してきた。根も葉もない噂など彼女が否定するだけで終息する。ルーチェはテッサを説得した。みんなに事情を説明するよう、繰り返し呼びかけた。だがテッサは部屋に閉じこもり、誰とも話そうとしなかった。三日が過ぎ、五日が過ぎた。まるで自らを罰するかのように、彼女は何も食べず、眠ってもいないようだった。

敬愛してやまない中隊長を手にかけたのだ。落ち込むのも無理はない。そう思う一方で、ルーチェは憤りを覚えずにはいられなかった。テッサは義勇軍の精神的支柱だ。その彼女がいつまでも部屋に閉じこもっていては仲間達だって不安になる。それはテッサにもわかっているはずだ。なのに彼女はいまだ悲しみの淵に沈んでいる。こんなことは今までなかった。アレーテを失ってもテッサは挫けなかった。ボーや仲間達を失った時も諦めずに立ち上がった。テッサにとってシモンはそこまで特別な存在なのか。アレーテや仲間達の死よりも彼の死が悲しいのか。

ルーチェでさえそう思ったのだ。テッサに憧れ、義勇軍に志願した若者達が失望するのも当然だった。説明も弁明もしないテッサに失望し、彼らは一人、また一人と城を去っていった。

急速に力を失っていく義勇軍に代わり、幅をきかせるようになったのがレーエンデ解放軍だった。彼らは白昼堂々酒を飲み、仕事を怠けるようになった。ルーチェが苦言を呈《てい》しても、まったく聞こうとしなかった。テッサの不在をいいことに、ユゲットはアルトベリ城の主人を気取るようになった。

「あいつは言ったんだ。自分は金も名声もいらないって。アルトベリ城も俺にくれてやるって。なのにどうだ？　我が物顔に威張り散らして、俺を手下のようにこき使いやがって」

義勇軍が苦心して築き上げた防衛線は機能不全に陥った。アルトベリ城はもはや裸同然だった。いつ帝国軍に攻め込まれたとしてもおかしくはなかった。

聖イジョルニ暦六七四年十月九日。その日は朝から冷たい北風が吹いていた。見張りにつくはずの解放軍は役目を放棄し、朝から酒を飲んでいた。

ルーチェは主館二階の食堂でブラスとともに今後の対策を練っていた。

「大変だ、ルーチェ！」

そこへギムタスが駆け込んできた。

「北の城塞門前に法皇帝の使者が来ている。ダンブロシオ家の当主、エロール・ダンブロシオと名乗っている」

ルーチェは立ち上がった。エロール・ダンブロシオ。ダンブロシオ家の現当主、法皇帝エドアルドの実母クラリッサの長兄だ。世が世なら法皇に選出されていても不思議はないクラリエ教の重鎮だ。ルチアーノにとっては伯父に当たる人物だが、知っているのは名前だけで面識はない。

「ついに来たか」

ブラスは眉間に縦皺を寄せた。

「それで兵士の数は？」

「それが彼一人だけなんだ。戦いに来たわけではないと言っている。実際、武装もしていない」

「ダンブロシオ家の当主が一人の従者も連れずに来たってのか？」

帝国側の人間にとってアルトベリ城は敵の本拠地だ。問答無用に命を奪われかねない敵地に、ダンブロシオ家の当主が単身やってくるなど常識では考えられない。

「まったく、わけがわからん」

ブラスはガシガシと頭をかいた。

「とりあえず俺が時間を稼ぐ。ルーチェ、お前はテッサを部屋から引っ張り出して——」

ガラガラガラ……重い音が聞こえてきた。鎖の音、跳ね橋を下ろす音だ。

一瞬、顔を見合わせた後、ギムタスとブラスが走り出す。一足遅れてルーチェも食堂を飛び出した。中庭を横切り、北の城塞門の二階にある機械室へと駆け込む。天井から滑車が吊るされ、太い鎖が垂れ下がっている。床には巨大な巻き上げ機がふたつ据えられている。手前が落とし格子用、一段高い場所にあるのが跳ね橋用だ。解放軍の男が二人、跳ね橋用の巻き上げ機の傍に立っている。巻き胴に鎖は残っていない。跳ね橋はすでに下ろされていた。

「貴様ら、自分が何をしたかわかっているのか！」

ブラスに怒鳴られても、男達はヘラヘラと笑っている。

「俺達は頭目の指示に従っただけさ」

「気に入らねぇなら戻せばいい。ま、手遅れだろうがな」

軽薄な笑い声を残し、男達は機械室を出ていく。ブラスとギムタスが巻き上げ機に駆け寄った。跳ね橋を上げようと操作輪に手をかける。

「やあ、ようこそ、ようこそ！」

真下からユゲットの声が聞こえた。ルーチェは床に膝をついた。落とし格子を上げ下ろしする隙間から隧道を覗き込む。閉じられた格子の内側、ユゲットのものらしき足先が見える。

「私はセヴラン・ユゲット。この城の主人です」

「野郎、何を言っていやがる」

義憤の呟きとともにブラスが身を翻す。機械室を出ていこうとする彼の上着をルーチェが摑んで引き戻した。

「静かに」ささやいて人差し指を唇に当てる。「我慢してください。義勇軍の内情を敵に知られるわけにはいきません」

ブラスは渋い顔をした。だが言い返すことはせず、黙ってルーチェの傍らに膝をついた。

落とし格子を挟んで一人の男がユゲットと相対している。豊かな白髪、皺深く厳めしい顔、六十歳は軽く超えているはずだが眼光はいまだ鋭い。威風堂々とした立ち居振る舞いには並々ならぬ自信が漲っている。

「我はダンブロシオ家の当主エロール・ダンブロシオ。法皇帝エドアルド・ダンブロシオの代理人として、義勇軍に講和を申し込みに来た」

悠然と名乗りを上げ、上着の内側から羊皮紙の巻物を取り出す。

「これは法皇帝からお預かりした講和条約である。代読するゆえ、心して聞け」

恭しい手つきで巻物を紐解《ひもと》き、それを自身の眼前に掲げる。

「汝、義勇軍との講和にあたり、聖イジョルニ帝国初代法皇帝は以下のことを誓約する。一、法皇帝は汝に補償金として一千万レヴンを支払う。二、汝、外地への亡命を希望する者があればこれを認める。三、ノイエ族とティコ族は犯した罪の如何《いかん》を問わず、その一切を不問とする」

そこで一呼吸置き、エロール・ダンブロシオは張りのある声で続ける。

「以上と引き換えに、汝、義勇軍へ初代法皇帝からの要求を伝える。一、アルトベリの関所を即時開放されたし。二、義勇軍に与《くみ》するウル族を全員引き渡すべし。三、反乱を指揮した大罪人テッサ・ダールの身柄を引き渡すべし」

以上である！

ひときわ声高に叫び、彼は羊皮紙を巻き取った。落とし格子の間からそれを差し出す。

「汝には十日間の猶予を与える。講和に応じるならば十日後の正午、開門して我が軍を受け入れよ。罪人達の身柄と引き換えに、汝に補償金を与える」

「もし応じなかったらどうする？　力ずくで攻め込んでくるかい？」

「汝が講和に応じぬ場合、我が軍はアルトベリ城南北の門前を封じる。汝らが餓死するまで一年でも二年でも待つ所存である」

「気の長い話だ」

ユゲットは鼻で笑ったが、エロールは取り合わなかった。

「よい返事を期待している」

彼は踵《きびす》を返し、泰然とした足取りで跳ね橋を渡っていった。

「どうして――」

言いかけて、ルーチェは続く言葉を飲み込んだ。

義勇軍の総大将がテッサであることは周知の事実だ。気位の高いダンブロシオ家の当主が、法皇帝から預かった書状をテッサ以外の者に渡して引き下がるはずがない。つまり彼は知っていたのだ。義勇軍が分裂していることも、テッサが役目を果たせずにいることもわかっていたのだ。

エロール伯父にそれを教えたのは誰か。エドアルドだろうか。だとしたらエドアルドはどうやってそれを知り得たのだろうか。アルトベリ城に内通者がいる？　いっそそうであってほしい。この一連の出来事が、すべて彼の作戦だったとは思いたくない。

エドアルドはテッサの弱点を探したのだろう。かつてテッサが第九中隊に所属していたこと、中隊を率いるギヨム・シモンを敬愛していたことを探り当てたのだろう。第九中隊の得意は奇襲攻撃だ。少数精鋭とはいえ五十余名の軍勢ではアルトベリ城は落とせない。それを承知の上で第九中隊にアルトベリ城の奪還を命じたのは、シモンとテッサを戦わせるためだ。シモンがテッサを倒せば上々、たとえ逆の結果に終わってもテッサに大打撃を与えることが出来る。エドアルドの目的は最初からテッサを壊すことにあったのだ。

「なんなんだ、今の？」

ルーチェとブラスを交互に見て、ギムタスが不安そうに問いかけた。

「なぁ、これってマズくねぇか？」

「ええ、かなりまずい状況です」

ルーチェは目を閉じ、考えた。

まずいどころの話じゃない。致命的だ。支柱であるテッサを欠き、崩壊寸前だったところへ、さらなる分断を招く講和条件を突きつけられたのだ。もはや分裂は避けられない。ユゲットはテッサとウル族を帝国に引き渡そうとするだろう。それを止められるだけの戦力は義勇軍には残っていない。ならば僕が考えるべきはただひとつ、どうやってテッサを守り通すかだ。

「選択肢はふたつあります」

努めて冷静な声でルーチェは切り出した。

「あれだけ美味しい餌を提示されたんです。ユゲットは講和条件を受け入れるでしょう。手下どもに命じてテッサとウル族を拘束しようとするでしょう。レーエンデ人同士が争うことで利を得るのは法皇帝です。それを回避するためには、僕達がアルトベリ城を出て行くしかありません」

「冗談じゃねぇ！」鼻息荒くギムタスが叫んだ。「アルトベリ城を落としたのは俺達だ。後からノコノコ現れた解放軍にかっさらわれてたまるかよ！」

「では戦いましょう。現時点での義勇軍は三十四人、対する解放軍は五十八人ですから、かなり厳しい戦いになります。仮に義勇軍が勝利したとしても多くの犠牲者が出るでしょう。渓谷路に見張りを立てることもままならなくなるでしょう。残る手立ては籠城ですが、援軍のあてもなく城に立て籠《こ》もることは緩慢な自殺に等しいです」

「援軍は望めないか？　もう一度、民衆に呼びかけることは出来ないか？」

「難しいですね。法皇帝が提示した講和条件には、ノイエ族とティコ族の罪を一切不問にするとありました。これを突っぱねればノイエ族とティコ族からの信任は得られません。かといって、古代樹の森のウル族が助けてくれるはずもない。頼みの綱であるエルウィンも、すでに大半の若者がここに来てしまっていますから、事態を逆転するほどの増援は望めません」

ブラスは押し黙った。ギムタスは渋面のまま黙り込んでいる。

ルーチェは二人を見て、さらに続けた。

「時間がありません。逃げるか戦うか、今すぐ決めてください」

「その二択しかないなら、仕方がない」

ブラスはふうっと息を吐く。

「逃げよう」

「ブラス！　正気か？」

「ああ、わかるよギムタス。腹立つよな。俺だって同じ気持ちだ。でもここで戦ったら俺達は全滅する。俺達が思い描いた夢も希望も失われちまう。けど生きてさえいればやり直せる。何度だってやり直せる」

ブラスはギムタスの肩に手を置いた。

「辛抱してくれ。ここは俺の言う通りにしてくれ」

ギムタスは何かを言いかけたが、ぐっと飲み込んで首肯した。

「すまんな」

ブラスは立ち上がった。表情を引き締め、ルーチェに尋ねる。

「それで、俺達は何をすればいい？」

「見張り番を呼び戻すのに、どれくらいかかりますか？」

「一番の見張り台にはカイルとユーシス、二番にはイザークとロナンがいる。足の速い連中だから三十分もあれば戻ってくる」

「では合図の狼煙を上げた後、ブラスは城にいる義勇軍の半分を連れて南の城塞門で待機していてください。見張り番の四人と合流したら、こちらに戻ってきてください。ギムタスは残り半分の仲間達とともにここを死守してください。北の城塞門は唯一の脱出口です。ここが連中の手に落ちたら、そこから先はありません」

「わかった」

「では――」ルーチェは立ち上がった。「僕はテッサに知らせてきます」

三人は機械室を出た。ブラスとギムタスは円塔に向かい、ルーチェは主館に戻った。

少し前まで主館には多くの義勇兵がいた。陽気な話し声や笑い声が廊下にまで響いていた。でも今は何も聞こえない。部屋にも廊下にも誰もいない。

ルーチェは階段を上った。静まりかえった廊下を進む。どうやってテッサを逃がそう。どう言って彼女を説得しよう。考えに没頭するあまり警戒を怠った。背後に忍び寄る人影に気づかなかった。

湿った手が口を塞いだ。そのまま物置部屋へと引きずり込まれる。扉が閉まり、視界が闇に閉ざされる。恐怖にかられ、ルーチェはもがいた。くぐもった悲鳴を上げる。

「しーっ」

耳元で声がした。

「大声を出すな。叫ばないと約束してくれたら放してやる」

癖《くせ》のある声だった。聞き覚えがあった。ルーチェは暴れるのをやめて、頷いた。

腰に回されていた腕が解ける。生温かい手が口から剥がれる。ルーチェは振り返り、暗闇の中に目をこらした。何も見えない。どこにいるのかもわからない。それでも彼は確信していた。

「イシドロ、生きていたのか」

「そう簡単に俺は死なない――と言いたいところだが」くすくすと笑い声が響く。「正直、かなり危なかったよ。一歩引くのが遅れたら、間違いなくあの世行きだった」

「ダンブロシオ家のイヌが、どうやってアルトベリ城に入った？」

「義勇軍がボネッティから引き上げていく時、志願兵として紛《まぎ》れ込《こ》ませて貰ったよ」

ルーチェは歯嚙みした。ボネッティで義勇軍の数は一気に増え、一気に減った。志願兵全員の顔と名前を正確に把握している者は誰もいなかった。

「お前なのか？　情報を外に流していたのは？」

「諜報《ちょうほう》活動は任務外だね。俺の仕事は以前と同じ。エドアルド様の弟君の監視と護衛だ」

「守って貰わなくたって、僕はもう大丈夫だ」

「んなわけないだろ。もうじきここは鉄火場になる。逃げ出さなけりゃ、俺もお前も命はない」

肩に重みを感じる。イシドロが手を置いたのだ。

「いいか、ルチアーノ。これが最後の機会だ。俺と一緒にノイエレニエに来い。エドアルド様もお前に会いたがっている」

ルーチェは思わず目を閉じた。

まだ神様を信じていた頃、朝に晩に神に祈った。エドアルド兄さんが元気でありますように。一人で寂しい思いをしていませんように。いつか兄さんと再会出来ますように。両親の殺害を指示したのがエドアルドであることを聞かされた後も、兄を恨むことは出来なかった。エドアルドはたった十五歳で政権闘争の渦中に投げ込まれた。たった一人で過酷な運命と闘い続けてきたのだ。

エドアルド兄さん。兄さんに会いたい。でも――

「僕は行かない。僕はテッサの傍にいる」

「今のテッサは抜け殻同然だ。彼女のことはもう諦めろ」

「嫌だ」ルーチェはイシドロの腕を摑んだ。「頼む。助けてくれ。テッサを外地に逃がしてくれ」

「無茶を言うな」

気まずそうな声音、戸惑いの気配が伝わってくる。

「そんなことエドアルド様が承諾するはずないだろ？」

「わかってる。だからお前に頼むんだ。兄さんじゃなくて、お前に頼んでるんだ」

テッサはレーエンデの英雄だ。彼女が生きている限り、レーエンデ人は希望を抱き続ける。エドアルドがそれを看過するはずがない。どこまでも追いかけて、彼女を殺そうとするだろう。逃れるためには外地に行くしかない。だがラウド渓谷路は帝国軍が封鎖している。マントーニ山岳路はダンブロシオ家が押さえているだろう。八方塞《はっぽうふさ》がりだった。この男、イシドロが現れるまでは。

「英雄が外地に逃げたとわかればレーエンデ人は失望する。革命の機運は一気に冷める。英雄を殺して神格化してしまうより、そのほうがずっといいはずだ」

「俺はエドアルド様の命令に従うだけだ。お前の願いを聞いてやる義理はない」

「お前が受けた命令はルチアーノをノイエレニエに連れ帰ることだろう？　テッサを逃がすなとは言われてないだろう？」

藁《わら》にも縋る思いで、ルーチェは懇願する。

「お願いだ、イシドロ。テッサを逃がしてくれるなら、僕はお前と一緒に行く」

「……なんでだ？」

短い問いかけは困惑しているようにも、面白がっているようにも聞こえた。

「ノイエレニエに行けば、お前はルチアーノに戻る。テッサとは赤の他人になる。二度と会うことはない。なら彼女が死のうが生きようが、お前にはもう関係ないだろ？」

ルーチェは下唇を噛んだ。彼の言う通りだ。ルチアーノ・ダンブロシオ・ヴァレッティに戻ったら、もう二度とテッサには会えない。彼女のいない人生なんて永遠に続く夜と同じだ。ただ辛く苦しいだけ。何の意味もない。

それでもアレーテならきっとこう言う。

「赤の他人になってもいい。二度と会えなくてもいい。テッサがどこかで生きていてくれるなら、僕はそれだけでいい」

「泣かせるね」

ふうっと息を吐く音が聞こえた。

「そこまで言うならやってみろ。もしお前がテッサを説得出来たら、俺が段取りをつけてやる」

「ダンブロシオ家の影としての意地と矜持に懸けて誓うよ」

「絶対だぞ？」

「その言葉、忘れるな」

ルーチェは物置部屋を出た。襟を正し、再び廊下を歩き出す。

深く息を吸い、意を決して扉をノックした。

「テッサ、僕だ。入るよ？」

応答を待たずに扉を開く。

部屋の中は暗かった。鎧戸が閉じられている。暖炉の火も消えている。ランプも蠟燭も灯っていない。まるでテッサの心中を表しているかのようだ。暗くて重くて息が詰まる。

「法皇帝の使者が来たよ。講和の条件を突きつけてきた」

鎧戸の隙間から差し込むわずかな光を頼りに、ルーチェはテッサの姿を探した。

彼女は部屋の隅にいた。膝を抱え、床に座っている。

「ノイエ族とティコ族の罪を不問にする代わり、アルトベリ城を開放しろって。あとウル族とテッサの身柄を引き渡せって。ユゲットは乗り気だよ。アルトベリ城を明け渡し、テッサとウル族を帝国に差し出すつもりだ。だからユゲットが行動を起こす前に、君は外地に逃げるんだ」

テッサはゆっくりと顔を上げた。乱れた髪、やつれた頰、泣き腫《は》らした目が痛々しい。

「逃げる？」

かすれた声で呟いた。意味がわからないというように、同じ言葉を繰り返す。

「外地に、逃げる？」

ルーチェはテッサの前に膝をつき、両手で彼女の右手を包んだ。

「テッサ、君はよくやった。誰よりもよく働き、誰よりもよく頑張った。けど僕らには運がなかった。残念だけど、僕らの戦いはここまでだ」

ねぎらうように、いたわるように、優しくテッサの右手を撫でる。

「さあ立って。隣の物置にイシドロがいる。彼が君を外地に連れて行ってくれる」

「イシドロが？」

テッサは怪訝そうな顔をした。しかし、すぐに納得したように愁眉を開く。

「ああ、そうか。エドアルドの命令で、あんたを迎えに来たんだね」

一瞬、心臓が止まった。

「僕が何者か、わかってたの？」

「うん」

「いつから？」

「最初から、おかしいなとは思ってたんだ。使用人の子供にしてはあんたの手は綺麗すぎたし、なによりあんたは賢すぎた」

懐かしそうにテッサは目を細める。

「確信したのはイシドロの正体を知った時だよ。ダンブロシオ家の影が偶然ダール村に居合わせるなんて出来すぎてる。彼はダンブロシオ家の命を受け、あんたを見守っていた。あんたがダンブロシオ家の血族だから、イシドロはあんたを助けた。そう考えたほうがはるかに納得がいく」

ルーチェは唇を引き結んだ。驚愕、羞恥、憤り、それらとは似て非なる感情が胸に渦を巻く。

「わかっていたのに、なんで僕を手元に置いたの？　いざという時、人質にするため？」

「まさか。あんたはあたしの唯一の家族だよ？　人質にするなんて考えたこともない」

テッサは彼を見つめた。優しい眼差し。鳶色《とびいろ》の瞳に浮かぶ覚悟と諦観。

「もっと早く言うべきだった。あたしに縛られることはないんだって。あたしのことなんか忘れてしまっていいんだって。でもあたし、あんたと離れたくなくて、こんなになるまで付きあわせてしまった。ごめん、ルーチェ。ごめんね」

「謝る必要なんてない。僕は僕の意志でここにいるんだ。君が謝ることはない」

テッサの手は傷だらけだった。爪は割れ、指は曲がり、掌の皮は黒ずんで固くなっていた。こんなボロボロになるまでテッサはレーエンデのために戦ってきたのだ。これ以上、彼女に犠牲を強《し》いることは許さない。たとえテッサが許しても、この僕が許さない。

「君がレーエンデにいる限り、法皇帝は君の命を狙い続ける。逃れるためにはレーエンデを出るしかない。名前も過去も捨てて、君が望んだ人生を生きるんだ。君のことを心から愛してくれる人と結婚して幸福な家庭を築く。それが君の夢だったじゃないか」

テッサは目を瞠り、ほんの少しだけ微笑んだ。

「ルーチェってば、アレーテみたいなことを言うね」

涙を堪え、ルーチェも笑った。

「アレーテはテッサの幸せを願ってた。テッサが夢をかなえたら、アレーテもきっと喜ぶ」

しかしテッサは俯いた。力なく首を横に振る。

「アレーテはいつも言っていた。子供達は未来だって、教育が世界を変えるんだって。なのにあたしは安易で短絡的な方法を選んだ。言葉を尽くして理解を求めるよりも、武力で制圧することを選んだ。平和だったレーエンデに、戦争の掟を持ちこんでしまった」

「それは違う。君が戦争の掟を持ち込む前から、この世界は残酷だった。力を持たない者達は一方的に蹂躙されるしかなかった。長らく虐げられてきた者達に君は力を与えた。それで多くの者達が救われた。君の判断は間違っていない」

「ううん、あたしは間違えたんだ」

感情の欠落した声が虚《うつ》ろに響く。

「力でねじ伏せられてきた者は、ねじ伏せることにしか力を使えない。奪われ続けてきた者が力を得たら、今度は自分が奪う側に回ろうとする。そりゃそうだよね。そういう世界しか知らないんだから。正しい使い方を知らない子供に、いきなりナイフを渡したらどうなるか。あたしはもっとよく考えるべきだったんだ」

テッサは頭を抱えた。乱れた髪をガリガリとかきむしる。

「暴徒達はあたしが撒いた武器を使ってレーエンデの町を破壊した。帝国兵じゃなくてレーエンデ人が、あたしが配った武器を使って、同胞であるレーエンデ人を殺した」

膝に額を押しつけ、血を吐くようにテッサは叫ぶ。

「あたしは間違えた……間違えたんだよ！」

「いいや、テッサ。君は間違っちゃいない。何ひとつ間違ったことはしていない。悪いのは民衆だ。力を正義と思い込んだ無知蒙昧《もうまい》な民衆だ」

彼女の肩に手を置いて、諭すようにルーチェは言う。

「大切な者を奪われる痛みは、実際に奪われた者にしかわからない。故郷を奪われた僕らと、戻るべき故郷を持つ者とでは、おのずと覚悟も違ってくる。この戦いに僕らは命を懸けたけど、一部の民衆にとっては祭りの余興にすぎなかった。早すぎたんだよ、命懸けの戦いを始めるには。レーエンデには闇が、危機感が、絶望が足りなかったんだ」

テッサは答えなかった。彼女にもわかっているのだ。安穏とした不自由を受け入れた者達に対し、自分達が出来ることはもう何もないのだと。

もう少しだ。もう一押しすればテッサの気持ちは傾く。

ルーチェは彼女の隣に座った。壁に背を預け、暗い天井を見上げる。

「覚えてる？　君が兵役に行く前に、教会堂で賭けをしたこと」

「忘れるわけないよ。ルーチェに求婚されて、とっても嬉しかったし」

「あの時、君は言ったよね。僕が十八歳になって、それでも心が変わってなかったら、僕のお嫁さんになってくれるって」

「……うん」

「僕ね、昨日で十八歳になったよ」

ひゅっと息を飲む音が聞こえた。テッサは顔を上げ、横に座るルーチェを見つめた。

「ごめん、そうだった。忘れてた。ごめん」

「いいんだ」ルーチェは笑った。「僕の心は変わらない。今でも君を愛してる。君と二人で外地に逃れて、どこか遠い場所で暮らしたい」

「ルーチェ――」

「でも一緒には行かれない。僕はノイエレニエに行かなきゃならない」

深呼吸をして、ルーチェはテッサと向かい合う。

「たとえ離ればなれになっても、もう二度と会えなくても、君の幸せを祈ってる。だからテッサ、逃げてくれ。僕の願いをきいてくれ。どうか生きて、幸せになってくれ」

テッサは何も言わなかった。黙ってルーチェの顔を見つめていた。

彼女の目を見返して、心の中でルーチェは叫んだ。

お願いだテッサ！　わかったと言ってくれ！　外地に行くと言ってくれ！

「ありがとう、ルーチェ」

震える声でテッサは言った。

鳶色の瞳が潤んでいる。真っ暗だった目の中に小さな光が灯っている。

「ルーチェに会う前は、あたし、自分が嫌いだった。顔も容姿も、この馬鹿力も大嫌いだった。けどルーチェが褒めてくれたから、そんなに悪いもんでもないぞって思えるようになった。ルーチェがあたしのことを好いてくれたから、あたしはあたしのことが好きだって思えるようになった。ルーチェがいてくれたから、どんな戦場に身を置いても、あたしは鬼にならずにすんだ。あんたはあたしの光、あたしの希望、あたしの良心そのものだよ」

ルーチェは息を止めた。心がざわめくのを感じた。凍った時間がひび割れる。暗雲の切れ間から光が差し込んでくる。心臓が高鳴る。歓喜と不安が同時に押し寄せてくる。

「ねぇ、ルーチェ」

テッサはルーチェの頬を両手で包むと、彼の額に自分の額を押し当てた。

「あんたが好いてくれたテッサは格好いい女だったよね？　仲間達のために命を張れる強い女だったよね？　もしそうなら、あたしに逃げろって言わないで。普通の女に戻れって言わないで。最期まで特別でいさせて。この心臓が止まる瞬間まで、誰よりも格好いい、あんたのテッサでいさせてよ」

唇が震えた。ルーチェは笑い出しそうになった。

ああ、そうだ。これがテッサだ。誰にも止められない。止められるわけがない。彼女は真の英雄だ。燃え盛る真夏の太陽だ。彼女を壊すことなんて、誰にも出来やしないんだ！

喜ぶべきだ。快哉を叫ぶべきだ。

そう思っても、身体の震えが止まらない。

「なんでだよ！」

弾かれたようにルーチェは立ち上がった。

「レーエンデ人は君の献身を踏み躙った。端金《はしたがね》で魂を売り、帝国に隷属することを選んだ。そんな愚か者のために、なぜ命を捧げようとする！　理想もなく、矜持もなく、自分の力を誇示するために同胞も殺す。そんな愚かな連中のために、なんで君が犠牲にならなきゃいけないんだ！」

辛くて悲しくて腹が立った。言うべきではないとわかっていても、言わずにはいられなかった。すべて吐き出してしまわないと、頭がおかしくなりそうだった。

「レーエンデ人は君を特別だなんて思わない！　君を讃えたりしない！　唾を吐いて、馬鹿にして、笑いものにするだけだ！」

「そうかもしれない」

激昂するルーチェとは逆に、テッサの声は穏やかだった。

「それでも、あたしはレーエンデを愛してる」

ああ——と息が漏れた。胸の奥で何かが壊れる音がした。脆くて、儚くて、とても大切な何かが砕け散った音だった。

立っていられなくなって、ルーチェは椅子の背につかまった。

テッサは死を覚悟している。レーエンデ人に矜持を示すため、レーエンデの未来を守るため、最期まで戦おうとしている。僕が何を言っても彼女の心は変わらない。彼女を止めることは出来ない。ならば伝えたい言葉はひとつだけ。でもそれを口にしてしまったら認めることになる。彼女の命を諦めることになる。

今言わなければ二度と言えない。

言えない。

どうしても言えない。

「後悔するぞ！　あの時、逃げておけばよかったって、絶対に後悔するぞ！」

テッサは後悔なんてしない。レーエンデの英雄は戦って戦って、戦い抜いて死ぬだろう。その生き様はレーエンデ人の矜持となり、その死に様はレーエンデの伝説になるだろう。

そんな君が好きだった。

そんな君だから大好きだった。

「そんなに死にたければ死ねばいい！」

彼女を傷つけたくない。笑って送り出したい。怒りと悲しみが衝突する。愛しさと憎しみが胸の中でぶつかり合う。迸《ほとばし》る感情が、理性を飲み込み、押し潰す。

「もう知るもんか！　勝手に死ね！　もう知らない！　勝手にしろ！」

心にもない罵声。醜《みにく》い雑言。そのすべてが鋭いナイフとなって自身の胸に突き刺さる。心が血塗れになる。魂が引き裂かれる。泣きたくない。泣きたくないのに涙が溢れる。

「ルーチェ……」

テッサが何かを言おうとした。その前に彼は部屋を飛び出した。廊下を駆け抜け、突き当たりの扉を開き、小さなバルコニーに出る。秋晴れの空、雪をいただく小アーレス山脈、青く輝く山河が目の前に広がっている。

壮大な眺めだった。美しすぎて心が抉られるようだった。

テッサを守りたかった。彼女のためなら命を差し出しても惜しくなかった。けれどテッサはレーエンデを選んだ。僕の願いよりもこのレーエンデを選んだ。

手摺《てすり》の傍にくずおれてルーチェは慟哭した。悲哀の声、怨嗟《えんさ》の呻きがラウド渓谷にこだまする。

「吸うか？」

声が聞こえた。すぐ横にイシドロが立っている。火のついた紙巻き煙草を差し出している。甘いような焦げたような臭いがする。銀夢煙草だ。

銀夢草は痛みを和らげるという。身体の痛みだけでなく心の痛みにも効くという。ルーチェはそれを受け取った。思いっきり煙を吸い込んで――ゴホゴホと咳き込んだ。鼻の頭に皺を寄せ、煙草をイシドロに突き返す。

「こうなるって、わかってたのか？」

「まぁね」イシドロは銀夢煙草を咥《くわ》えた。「若い時分には誰でも一度は憧れる。英雄になりたいって夢を見る。大人になるにつれ、身の丈を知って諦める。でもテッサには知力も魅力も膂力《りょりょく》もあった。幸か不幸か、英雄の器を持っていた」

ゆっくりと一服し、煙を吐き出す。

「あれは革命の申し子だ。走り出したら誰にも止められない。たぶん彼女自身にも」

意外な発言だった。ルーチェは立ち上がり、彼を見上げた。

「お前も英雄になりたいって思ったことがあるのか？」

「俺は影だ。日陰《ひかげ》にいるから影なんだ。自ら光を発するようになったら、それはもう影じゃない」

足下に銀夢煙草を落とし、靴の踵《かかと》で踏みつける。

「では、参りましょうか」

イシドロはルーチェの前に片膝をついた。胸に手を当て、恭しく一礼する。

「ルチアーノ・ダンブロシオ様。お兄様がノイエレニエでお待ちです」

ルーチェはイシドロとともに北の城塞門に向かった。円塔二階の扉を抜け、隧道に下りる。落とし格子は閉じられていたが、幸いなことに跳ね橋は下りたままだった。

「おおい、誰かいない？」

落とし格子を叩き、ルーチェは城塞門二階の機械室へと呼びかける。

「どうした？」

格子を降ろす隙間からギムタスの顔が見える。

ルーチェはもう一度、落とし格子を叩いた。

「春陽亭に急用があるんだ。開けて貰える？」

「わかった」

疑うことなくギムタスは答えた。巻き上げ機が軋み、じゃらじゃらと鎖が鳴る。落とし格子が引き上げられ、下にわずかな隙間が出来た。ルーチェとイシドロは落とし格子をくぐり、跳ね橋の上に出た。

「ルーチェ」

上から声が降ってきた。城塞門の胸壁の狭間にスラヴィクが立っている。

「どこへ行く？」

「ちょっと急用。春陽亭まで行ってくる」

スラヴィクはルーチェを見て、イシドロを見て、再びルーチェに目を戻した。

「一緒に行くか？」

「ううん、大丈夫。すぐに戻るよ」

ルーチェは跳ね橋を渡った。坂を下り、春陽亭の前を素通りする。胸の奥が痛んだ。理由はわかっていたが、気づかないふりをした。宿場村を抜け、山路を下り、無言で歩き続けた。

城を出て小一時間ほどが経過した時だった。

爆音が轟いた。腹に響く轟音が渓谷路にこだまする。ルーチェは振り返った。灰茶色の峰の向こうに黒煙が上がっている。アルトベリ城の方角だ。

「派手にぶっ飛ばしたなぁ。ありゃあ火薬だな。跳ね橋でも爆破したかな」

呑気な声を上げ、イシドロはアルトベリ峠を指さした。

「どうやらテッサ達も無事に脱出したみたいだぜ？」

集団が坂を駆けおりていく。あの中にテッサがいるのだろうか。ルーチェは目をこらしたが、遠すぎて彼女の姿を見つけることは出来なかった。

「もう詰《つ》んでるってのに、いったいどこに逃げるつもりなのかねぇ」

イシドロの言う通りだ。もはやテッサに安住の地はない。逃げても隠れてもいずれ見つかる。どんなに彼女が強くても、永遠に戦い続けることは出来ない。追い詰められ、捕らえられ、残酷な死を迎えることになる。

アルトベリ峠に背を向けて、ルーチェは歩き出す。

「行こう。早くしないと陽が暮れる」

今はもう何も考えたくなかった。


渓谷路の避難所で夜を明かした。朝早く起き出して、さらに山路を下った。

ボネッティの厩舎に、イシドロは小さな荷馬車を用意していた。それに乗って街を出て、五日目にはオンブロ峠までやってきた。

眼下に巨大な湖が広がっている。湖畔には灰色の街並みが見える。紫紺に澄んだ湖の中、ポッンと小さな島がある。背の高い鐘楼を囲む灰色の城壁、歴代法皇の居城であるシャイア城だ。

荷馬車は峠を越え、商業都市オンブロに入った。この街も内乱による被害を受けていた。表通りに並んだ店の壁には焦げ跡や傷跡が残っている。そのうちのひとつ『青嵐亭《せいらん》』と書かれた看板の下で、イシドロは馬車を止めた。

「今夜はここに泊まる」

「どうして？」

ルーチェは空を見上げた。日没にはまだ時間がある。

「急げば今日中にたどり着けるだろ？」

「お前、そんな薄汚れた格好でエドアルド様に会うつもりか？」

問い返され、ルーチェは返事に詰まった。

「理由は他にもある」

御者台《ぎょしゃ》から降りて、意味ありげにイシドロは嗤った。

「今夜は満月なんだよ」

満月の夜、レーニエ湖には幻の海が現れるという。風向きによってはオンブロ峠まで銀の霧が流れてくるという。銀の霧は銀の呪いを人にもたらす。オンブロの住民達は早々に仕事を切り上げ家に引きこもった。ルーチェも早い時間に夕食をすませ、宿の個室に閉じこもった。

日暮れとともに風が出てきた。

カァン！　カァン！　カァン！

湖の方角から鐘の音が聞こえてきた。逼迫《ひっぱく》した連打。悲鳴のような響き。

コォン、コォン、コォン……

別の鐘が鳴り出した。またひとつ、さらにひとつ、鐘の音が重なっていく。荒々しい音色、暴力的な不協和音。我慢出来なくなってルーチェは飛び起きた。鍵を外し、鎧戸を開く。ごおっと強風が吹き込んできた。青臭い匂いがする。真夏の森の匂い、雨に濡れた夏草の匂いに似ている。

彼は窓から宿を抜け出し、オンブロ峠に向かった。強風に寝間着の裾がはためく。気を抜くと吹き飛ばされそうになる。襟を押さえ、身を屈《かが》め、一歩ずつ進んだ。波打つ雑草をかき分け、ついに丘の上に立つ。

月明かりの下、湖面が銀色に輝いている。銀の霧が渦を巻いている。渦は湖水を飲み込み、上へ上へと伸びていく。そびえ立つ銀の竜巻に鋭い白光が閃いた。雷鳴が轟く。銀の渦から飛沫《ひまつ》が飛び散る。いや、飛沫ではない。あれは幻魚だ。幾千、幾万という幻魚が竜巻から飛び出してくる。

ボオオオオオオウ……ン

奇怪な音が響いた。雷鳴ではない。地鳴りとも違う。ぴりぴりと毛が逆立ち、ぞわぞわと肌が粟《あわ》立《だ》つ。何かがくる。何か恐ろしいものがくる。

ボウオオオオオオオオオ……ン！

ひときわ大きな音が響いた。竜巻を割って巨大な魚影が現れる。岩礁のような鱗、棘のような鰭《ひれ》、地割れのような口には刃《やいば》のような歯が並んでいる。

ウオオオオオオオオオ……ン！

ブオオオオオオオオウウウウ……ン！

耳を聾《ろう》する怨嗟の咆吼《ほうこう》。雷光を身に纏い、異形の大魚が孤島城を周回する。鰭を鳴らし、牙を剝き、城に襲いかかろうとする。鐘楼から鐘の音が響く。幻魚が身を捩《よじ》る。憤怒の軋み、暴虐の怒声、それらを撥ね返す鐘の音。慨嘆の叫び、呪詛《じゅそ》の呻き、打ち鳴らされる鐘の音。

ルーチェはその場に立ち尽くした。瞬きも出来ず、声も出なかった。荒れ狂う幻の海に、狂気じみた音の応酬に、ただただ圧倒されていた。魂を震わせる畏怖、正気を蝕《むしば》む始原の恐怖、この世のものとは思えない。言葉では言い表せない。まさに神の領域だった。神の御業としか言いようのない光景だった。

銀の嵐は夜通し続いた。明け方近くになって、ふらふらと宿に戻った。寝台に潜りこんで毛布を被った。幻魚の啼《な》き声《ごえ》と鐘の音が聞こえてくる。目を閉じて耳を塞いでも、なかなか寝つくことが出来なかった。

ほんの少しまどろんだだけで、ルーチェは叩き起こされた。

すぐさま熱い風呂《ふろ》に入れられる。髪と身体を石鹸《せっけん》で洗い、乾いた肌に香油を塗った。爪を切り、髪を整え、真新しい服に袖を通す。シオン絹のシャツ、毛織りの長衣に幅広の帯。子供の服ではない。成人の装いだ。

昼過ぎに迎えの馬車が来た。黒塗りの扉には双魚の紋章が描かれている。御者が踏み台を用意した。小さな声で礼を言い、ルーチェは馬車に乗り込んだ。

車内は深紅で統一されていた。壁も天井も窓枠も赤い。床だけが外装と同じ黒色だった。天鵞絨《ビロード》張りの椅子に腰を下ろす。やわらかな座面に身体が沈む。ふわふわしていて現実感が湧かない。

「見違えたな」

イシドロが乗り込んできて向かい側に座った。彼もまた貴族風の正装に身を包んでいる。イシドロは扉を閉じると、コンコンと壁を叩いた。車輪が軋み、馬車が動き出す。窓の外、風景が流れていく。青い空、白い筋雲、穏やかな秋の昼下がり。昨夜の嵐が嘘のようだ。

馬車は丘を下り、ノイエレニエ市街に入った。道の両側には石造りの屋敷が並んでいる。煌びやかな衣装に身を包んだイジョルニ人が歓談している。色とりどりの看板、花や彫刻で飾られた窓辺、活気溢れる街の片隅に、ティコ族らしき若者がいた。くすんだ顔色、みすぼらしい服装、重い足取りで水桶を運んでいく。

ルーチェは目を逸らした。

馬車はノイエレニエ市街を抜け、城壁門をくぐった。

光景が一変した。窓の外には陽光煌めく湖面が広がっている。傾いた石柱、苔むした石壁、崩れかけた鐘楼などが点在している。幻魚によって破壊された旧市街の名残《なごり》だ。

神の御子が誕生した夜、レーニエ湖には銀の嵐が吹き荒れた。巨大な幻魚達はノイエレニエの市街地に壊滅的な被害をもたらした。再建もままならず、城壁の湖側にあった旧市街は遺棄された。旧市街から資材を集め、城壁の陸地側に築かれた新しい街。それが今あるノイエレニエだ。

湖の上の一本道、煉瓦橋の上を馬車は進んだ。馬蹄が奏《かな》でる乾いた音、かすかに漂う青草の匂い。シャイア城が近づいてくる。島の断崖《だんがい》の上に城壁が聳えている。三角形の矢狭間を備えた回廊が主館をぐるりと取り囲んでいる。厳めしくて重苦しい城だった。すべてが灰色に塗り潰されていた。中央に立つ白い鐘楼が唯一異彩を放っている。

シャイア城の城塞門をくぐり、前庭に乗り入れたところで馬車は止まった。イシドロが先に外に出る。恭しく差し出された彼の手を無視し、ルーチェは馬車から飛び降りた。

「こちらです」

イシドロの案内でルーチェは城に入った。高い天井、石組みの柱、装飾らしい装飾はない。窓が乏《とぼ》しく明かりも少ない。まるで墓場のようだった。こんなに暗くて寂しい場所で、兄さんは十三年間も暮らしてきたのだ。家族も友人も仲間もいないこの城で、たった一人で戦ってきたのだ。兄が感じたであろう孤独を想像するだけで、ルーチェは胸が苦しくなった。

「ここです」

イシドロが立ち止まった。両開きの扉には蔦の模様が彫られている。

「ここからはお一人でどうぞ」

「一緒に来ないのか？」

「十三年ぶりの兄弟の再会、邪魔するような野暮はしません」

殊勝なことを言っているが、その顔にはニヤニヤ笑いが張りついている。

「さあ、どうぞ。エドアルド様がお待ちです」

イシドロは何かを企んでいる。気にはなったが、もう引き返せない。

意を決し、ルーチェは扉を開いた。

敷き詰められた黒い床石、天井を支える二列の石柱、左右の壁には深紅の帝国旗が垂れている。正面にはアーチ窓があり、色ガラスがはめ込まれている。部屋の一番奥、一段高い場所に金色の椅子が置かれている。座っているのは若い男。白い肌、白い髪、ゆったりとした長衣も白い。手袋もマントも襟飾りも白い。

「ルチアーノ」

懐かしい兄の声。それを耳にした途端、ルチアーノだった頃の記憶が蘇ってきた。賢くて優しい自慢の兄。心から敬愛していた。ずっと憧れていた。彼のようになりたいと思っていた。胸の奥が熱くなり、涙がこぼれそうになった。

「兄さん！」

ルーチェは玉座に駆け寄った。兄に抱きつこうとして、数歩手前で踏みとどまった。いまやエドアルドは法皇帝、聖イジョルニ帝国の最高権力者だ。気安く触れていい相手ではない。

ルーチェは床に片膝をつき、胸に手を当て頭を垂れた。

「お久しぶりです、兄上」

「他人行儀はやめてくれ」

エドアルドが壇上から下りてきた。ルーチェの手を取り、立ち上がらせる。

「会いたかったよ、ルチアーノ」白い両腕で弟を抱きしめる。「迎えが遅くなったこと、どうか許すと言ってくれ」

「許すも何も、恨んだことなんて一度もないよ」

ルーチェも兄の背に両手を回した。

「僕をノイエレニエに呼び寄せなかったのは、僕の身に危険が及ぶのを恐れたから。全部僕を守るためだったんだよね」

「そうだ。私はお前を守ってきた」かすれた声でエドアルドが呟く。「今度はお前の番だ。どうか私を守ってくれ。私のために働き、私の力になってくれ」

「もちろんだよ。今度は僕が兄さんの役に立つよ」

「そうか。嬉しいぞ、ルチアーノ」

不意にエドアルドの声音が変わった。

「寮に部屋が用意してある。神学校に通い、必要な学問を修めてこい。普通は十五歳で入学するが、お前は賢い。懸命に学べば、三年の遅れなどすぐに取り戻せる」

「寮に入るの？」

ルーチェは違和感を覚えた。

「神学校を出たら、また兄さんと一緒に暮らせる？」

「卒業後は法皇庁で働いて貰う。法皇庁は魔の巣窟《そうくつ》、連中は人の皮を被った悪魔だ。弱みを見せれば突き落とされる。孤立すれば踏み潰される。喰い散らかされたくなかったら、殺される前に相手を殺せ。情も心も捨て去って、冷酷非道な鬼になれ」

ルーチェは息を止めた。兄から離れ、彼の顔を見ようとした。

しかしエドアルドはルーチェを抱きしめたまま、腕を解こうとしない。

「兄さん」

違和感が不安に変わった。

「兄さんは、僕に何をさせたいの？」

ようやくエドアルドが両腕を解いた。「よいものを見せよう」と言い、左手の手袋を外した。

「……ッ」

ルーチェは悲鳴を噛み殺した。

エドアルドの白い指に銀色の蔦が絡みついている。手の甲が銀の鱗で覆われている。刺青ではない。化粧でもない。それは死の刻印、銀呪病の証しだった。

「どうして」尋ねる声が震えた。「幻の海に触れさえしなければ、銀の呪いは避けられるはず。なのになんで――」

「満月の夜は警備が手薄になる。満月の夜ならば逃げられると思った」

銀呪に冒された手を眼前に掲げ、エドアルドはうっとりと目を細めた。

「繰り返される辱めから逃れるためならば、幻の海も怖くはなかった」

怖くない？　あの嵐が？

ルーチェの脳裏に昨夜見た光景が蘇った。渦を巻く銀の霧、鳴り響く雷鳴、おぞましい幻魚の群れ。あの嵐に身を投じるなんて狂気の沙汰《さた》だ。

そこまでエドアルドは追い詰められていたのだ。心が壊れて廃人になるか、そうなる前に自死するか、そのどちらかだろうとイシドロは言った。あの言葉は誇張《こちょう》ではなく真実だったのだ。

「哀れみは不要だ」

玲瓏《れいろう》とした声でエドアルドはささやく。

「私の願いはかなった。たとえ明日死んだとしても何の憂いもない」

青い双眸、瞳の奥に沈む闇。冷たい指先がルーチェの頤《おとがい》を持ち上げる。

「ルチアーノ、お前は私の後継者だ。私の死後、お前は第二代法皇帝となるのだ」

「そ、そんなの無理だよ！」

血で血を洗う権力争いの末、兄が手にした法皇帝の座。引き継ぐには重すぎる。

「僕には務まらない。僕は法皇帝になんかなりたくない！」

「いいや、お前は逆らえない」

冴え冴えとした白面に、狂気を孕んだ愉悦が滲む。

「私の地獄はもうすぐ終わるが、お前の地獄はこれから始まる」

ルーチェは悟った。兄さんは僕を必要としていたわけじゃない。僕に会いたかったわけでもない。ただ自分と同じ苦しみを与えるために、僕をここに呼び寄せたんだ。

ルーチェは後じさった。身を翻して逃げようとした。その腕をエドアルドが摑んだ。振りほどこうとする弟を抱き寄せ、細い両腕で締め上げる。繊細な外見からは想像もつかないほどの強力《ごうりき》だった。ギリギリと背骨が軋む。肺が潰れ、息が出来ない。

「放して……兄さん、お願い、放して！」

「教えてくれ、ルチアーノ」

エドアルドの甘やかな声が、ねっとりと耳朶に絡みつく。

「私が法皇の生贄に差し出された時、服を脱がされ、肌を舐《ねぶ》られ、抗うことも許されずに陵辱された時、お前は何をしていた？　私が嵐の中に飛び出し、逃げようとして捕らえられ、再び城に連れ戻された時、絶望の末に死ではなく復讐を選び、この世のすべてを呪うと誓った時、お前は何をしていた？　権力に群がる悪魔達と、私が血みどろの抗争を繰り返していた時、この手でユーリ五世を縊《くび》り殺した時、お前は何をしていた？」

低い笑い声が不気味に響く。

「私はお前を守った。お前が私と同じ目に遭わずにすむよう、身を挺《てい》してお前を守った。なのにお前は私を裏切った。ルーチェと名乗って反乱軍に身を投じ、兄である私よりも、私の敵であるテッサ・ダールを愛した」

その言葉は鋭い刃となってルーチェの心臓を貫いた。

兄さんが地獄の日々を送っている間、僕は愛する人の傍にいた。テッサと過ごしたかけがえのない日々は兄さんの犠牲の上に成り立っていた。そんなことも知らないまま、僕は兄さんの敵に回った。兄さんの愛を、命懸けの献身を、踏み躙りながら笑っていたのだ。

「そうだ、ルチアーノ」

エドアルドは抱擁を解いた。銀呪に冒された手でルーチェの頰を愛おしそうに撫で回す。

「私が見たかったのはこの顔だ。己の罪を悔い、心を苛むお前の姿。私はこれが見たかったのだ」

兄の指先の冷たさに、その言葉の恐ろしさに、ルーチェは戦慄《せんりつ》した。この人は僕が知っているエドアルド兄さんじゃない。彼の良心は悪魔に喰い荒らされてしまった。最後に残った一欠片《かけら》さえも、僕は気づかず踏み砕いてしまった。

兄さんを怪物にしたのは僕だ。

僕は罰を、受けなければならない。

「法皇帝エドアルド・ダンブロシオ。貴方に生涯の忠誠を誓います」

ルーチェは兄の足下に平伏《へいふく》した。その真っ白な靴先に服従の接吻《せっぷん》をする。

「仰せの通り、貴方の後継者になるべく精進いたします」

その代わり——と言い、兄の顔を振り仰ぐ。

「神の御子の奇跡の力を僕に使わせてください」

これが最後の手段、最後の希望だった。憎まれてもいい。二度と会えなくてもいい。僕はテッサに生きていてほしい。

「これは驚いた」

白いマントを翻し、エドアルドは階段を上った。玉座の前で振り返り、そこからルーチェを見下ろした。

「神の御子が奇跡を授けることを、お前はどこで知ったのだ？」

「生前、父が言っていました。『神は見ておられる。神の御子は見守っておられる。神の奇跡は実在する。神の御名に願いを捧げよ。もっとも信心深い者にこそ、神のご加護は与えられん』と。もっとも信心深い者とは法皇のこと。あとはレーエンデの歴史から推察しました」

「見事だ」

エドアルドは金の玉座に腰掛けた。

「だが神の御子は秘匿されしもの。奇跡を起こす術式は法皇にしか知り得ない秘術中の秘術。たとえ我が弟であっても使わせることは出来ない」

「ではエドアルド様のお力をお貸しください。神の御子の奇跡の力でテッサ・ダールの命を救ってください。これからは貴方のために尽くします。情も心も捨て去り、冷酷非道な鬼になります。無礼を承知の上で重ねてお願いいたします。どうかテッサを助けてください」

ふむ……とエドアルドは唸った。

足を組み、頬杖をつき、しばしの間、黙考する。

「法皇庁とは縁遠かったお前が、知る由《よし》もない真実に独力で至った。その慧眼《けいがん》は賞賛に値する」

美しき唇に天使のごとき微笑みを浮かべ、エドアルドは問いかける。

「決して口外しないと誓えるか？」

「誓います。真問石に手を置いて誓います」

「では教えよう」

玉座から身を乗り出し、法皇帝はささやいた。

「神のご加護がほしければ、御子の名を呼び、御子に願うのだ。わずかでも可能性があれば、神の御子は奇跡を起こしてくださる」

その言葉はまさに福音だった。希望が見えた。涙がこみ上げてきた。期待と祈りを込めて、ルーチェは指を組んで額に当てた。

「どうか教えてください。御子の名前を、奇跡を起こす御子の名前を！」

「御子の名は――」

天使のごとき微笑みが、悪魔のそれに変化した。

「お前が法皇帝になる時に教えよう」

それでは遅い、遅すぎる！

ルーチェはその場にひれ伏した。石床に額を押しつける。

「お願いです、エドアルド様！　どうかお教えください！　僕に出来ることなら何でもします！

今すぐ神の御子の名前を教えてください！」

「いずれにしろ手遅れだ」

玉座に深く腰掛けて、白い悪魔は冷酷に笑う。

「テッサ・ダールは死ぬ。その未来はもう変えられない」

ルーチェは顔を跳ね上げた。兄の顔を凝視した。

「まさか兄さん、もしかして——もう——」

声がかすれる。続けられない。答えを聞くのが怖い。怖くて問いかけることが出来ない。

「ああ教えてくれ、ルチアーノ！」

エドアルドは眉を寄せ、哀れみを込めて問いかけた。

「私がテッサの死を願わない理由がどこにあるのかを」

顎が震える。奥歯が鳴る。言葉にならない呻き声が喉を突いて溢れ出す。

エドアルドは神の御子にテッサの死を願った。運命の杯は傾き、水はこぼれてしまった。希望は
砕け散った。テッサは死ぬのだ。もう誰も彼女を救うことは出来ない。

ルーチェは泣き崩れた。床を叩き、頭を打ちつけ、身を捩《よじ》って涕泣《ていきゅう》した。

「許そう。泣くがいい」

虚ろな声でエドアルドは呟いた。

「号哭《ごうこく》するほどその死を悼ましく思う。そんな人間に巡り会えた僥倖《ぎょうこう》を存分に噛みしめるがいい」

その声に滲む羨望《せんぼう》と絶望。エドアルドの人生は血塗られていた。父と母を殺し、家族同然だった使用人達をも殺した。政敵を屠《ほふ》り、ユーリ五世を手に掛けた。唯一守ろうとした弟は彼を裏切り、彼の宿敵である女を愛した。最高権力者となった今もエドアルドの傍には誰もいない。誰かを愛することも、誰かに愛されることもない。誰かの死を悼むこともなく、誰からも悼まれることなく、その身体を銀呪に蝕まれ、彼は一人で死んでいくのだ。途方もない孤独。一抹の光もない絶望。怪物になってしまったエドアルド。恨むことは出来なかった。彼の願いがテッサを殺すのだとしても、憎むことは出来なかった。テッサのために泣いているのか、それとも兄のために泣いているのか、わからなくなった。

半ば逃げるようにして、ルーチェは謁見の間を辞した。

廊下には誰もいなかった。イシドロの姿も見えない。どこかで様子をうかがっているのかもしれないが、捜す気にはなれなかった。

涙を拭い、ルーチェは歩き出した。回廊を抜け、階段を上り、城壁の上に出る。

凪いだレーニエ湖は鏡のようだった。紅葉織りなす湖畔の森が映り込んでいる。秋の日は短く、太陽は西に傾いている。赤い空を映し、湖面も赤く染まっている。

レーエンデに夜がくる。暗黒の時代がやってくる。二度と反乱の気運が芽生《めば》えないよう、レーエンデ人は弾圧される。その時になって、ようやく彼らは気づくのだ。テッサが始めた戦争はレーエンデが自由を得るための千載一遇の機会だったのだと。自分達は愚かにも、自らそれを手放してしまったのだと。

「ざまあ見ろ」

夕陽に向かって毒を吐く。

「泣き叫べ。のたうち回れ。そして絶望しろ。息も出来ないくらいに」

頭上を影が横切った。大きなウロフクロウが羽音も立てず、眼前の胸壁に舞い降りる。

ルーチェは瞠目した。その鳥は銀の翼を持っていた。全身が銀色に輝いていた。彼を見つめる銀の目には知性が宿っていた。冷たい銀の眼差しには同情と憐憫と侮蔑が込められていた。

「見るな！」

彼はウロフクロウに殴りかかった。

「そんな目で、僕を見るな！」

銀のウロフクロウは飛び立った。ルーチェの頭上を旋回した後、鐘楼のほうへと去っていく。

それに呼応するように声が聞こえてきた。頑是無い赤子の泣き声だった。エドアルドは独り身だ。世継ぎはいない。ここは法皇帝の居城だ。赤ん坊などいるはずがない。

彼は鐘楼を見上げた。最上階に窓がある。赤子の泣き声はそこから聞こえてくる。

「まさか——」

あり得ない。百年以上も前に生まれた者が生きているはずがない。たとえ生きていたとしても、いまだ赤子であるはずがない。しかし聞こえてくる。高く、低く、赤ん坊の泣き声が響いてくる。

ルーチェは鐘楼の窓を凝視した。部屋の中に明かりはない。天井は暗く、何も見えない。

太陽が沈んでいく。夕闇が降りてくる。絶望の夜がやってくる。

赤ん坊が泣いている。泣いている。

泣いている。泣き続けている。

第十四章　月と太陽

《十二月の花嫁》
レーエンデの民間伝承。
十二月に結婚した花嫁は幸福な一生を送るという。

ルーチェが去った後、テッサは長い間、動けずにいた。

ひどいことを言ったし、ひどいことを言われた。なのに心は温かかった。

ルーチェはあの約束を忘れていなかった。「僕の心は変わらない」と、「今でも君を愛してる」と言ってくれた。ルーチェが義勇軍の一員として戦ってくれたのも、アルトベリ城の攻略法を探しに行ってくれたのも、全部あたしのためだった。あんな風に泣きながら怒ってくれたのだって、あたしを想ってのことだった。

ねぇ、ルーチェ。あんたに「二人で外地に逃げよう」って言われていたら、あたしきっと抗えなかった。あたしの命だけでなく、あんたの命も危険に晒すとわかっていても、レーエンデを捨てて、あんたと一緒に逃げていた。だって、ずっと夢見てきたんだ。ルーチェと誓いのキスをして、みんなに祝福されたいって。ルーチェと結ばれて、世界一幸せな花嫁になりたいって。

でも人生は一度きり。選べる人生はひとつだけ。英雄になると決めた時、あたしは夢を封印した。ルーチェのお嫁さんになりたいと泣く、乙女心を封殺した。

その選択を悔やんではいない。

けど、あんたにだけは、ちゃんと伝えとくべきだった。

「大好きだ、ルーチェ」

彼が出ていった扉にキスを投げる。

「大好きだよ、ルーチェ」

テッサは立ち上がった。服を着替え、髪を結んだ。腰帯に父の形見のナイフを差す。

講和の条件があたしの命だけだったら、くれてやってもよかった。けどウル族の同志を売り渡せと言われちゃ頷けない。まずはユゲットと話をしよう。拒否されたら一暴れして、仲間達だけでも城から逃がそう。

心を決めて、槍斧を手に取った時――

荒々しい足音が聞こえてきた。殺気が階段を駆け上がってくる。

ノックもなしに扉が開かれ、男達がなだれ込んできた。全部で七人、解放軍の連中だ。最後に現れたユゲットはテッサを見て瞠目した。が、すぐに表情を改めて、胡散臭《うさんくさ》い笑顔を作った。

「ようテッサ。さっき法皇帝からの使者が来たんだ。お前の代理として、講和条件の書状を受け取っておいたよ」

懐から羊皮紙の巻物を取り出す。

「お前にゃ読めないだろうから、俺が代読してやろう」

帝国文字を解するティコ族は少ない。テッサは数少ない例外の一人だったが、それを教えてやる義理もない。

「講和の条件はふたつだ」

芝居がかった仕草でユゲットは書状を紐解いた。

「一、アルトベリ城を明け渡すこと。二、義勇軍の頭目であるテッサの身柄を引き渡すこと。この二点を受け入れるなら他の者達の罪は問わない」

以上だ――と言い、ユゲットは神妙な顔でテッサを見た。

「こんなこと言うのは俺としても心苦しいんだが、これもレーエンデのためだ。テッサ、大人しく投降してくれ」

「条件はそれだけ？」テッサは書状を指さした。「もっといろいろ書いてあるんじゃないの？」

「なんだよ？　信用出来ねぇってか？」

ユゲットは文面の最後に捺《お》されている双魚の刻印を指さした。

「見ろ、ダンブロシオ家の紋章だ。これが本物だってことぐらいは、お前にだってわかるだろ？」

テッサは書状に書かれた文面を読み、大きく首肯した。

「なるほど、よくわかったよ。あんたはレーエンデのことなんかこれっぽっちも考えてない。一千万レヴンの補償金を貰って、外地へ亡命することしか考えてないんだってね」

ユゲットの顔色が変わった。慌てて書状を引っ込める。

「お前、騙しやがったな！」

「騙してない。あんたが勝手にあたしを侮ったんだ」

テッサは小さく息を吐いた。

「その講和条件は飲めない。ティコ族とノイエ族だけじゃなくて、ウル族の罪も不問にしてくれるっていうなら考えなくもないけど」

「ウル族？　あんな生ッ白《ちろ》い連中、どうなろうが知ったことじゃねぇ！」

笑顔の仮面をかなぐり捨てて、ユゲットは獣のように歯を剝いた。

「なにが『レーエンデに自由を』だ。こんな呪われた土地に縛られンのはまっぴらだ！　俺は大金貰って外地に行く。そこで悠々自適に暮らすんだ！」

「わからない男だね。それがエドアルドの狙いなんだよ。あいつはあたし達を分裂させて、共倒れさせようとしてるんだ」

「黙れ！」

唾を飛ばしてユゲットは叫んだ。テッサを指さし、部下達に命じる。

「あいつを取り押さえろ！　腕の一本や二本へシ折ってもいい。絶対に逃がすんじゃねぇ！」

「俺に任せろ」

大男が前に出た。特徴的な悪相には見覚えがあった。初めて解放軍の根城に行った時、その日一番の稼ぎ頭に選ばれていた男だ。確かブラディとかいう名前だった。

「同胞とはやり合いたくないんだけど――」

テッサは槍斧の柄を両手で握った。

「どうしてもっていうなら仕方がない。相手になるよ」

「ほざけ！」

ブラディが大剣を抜いた。振り下ろされる刃を紙一重でかわし、彼の脇をすり抜ける。たたらを踏む大男には目もくれず、テッサはユゲットへと突進した。彼は自尊心が高く、他の台頭を認めない。頭目の命令は絶対だ。ユゲットを押さえられたら解放軍の連中は動くことが出来なくなる。

「止めろ！　誰かこいつを――」

最後まで言わせなかった。テッサは槍斧を半回転させ、ユゲットの鳩尾に石突きを叩き込んだ。

「ぐふ……ぅ」

ユゲットは腹を押さえ、身体をふたつに折った。倒れかかる彼の首に左腕を巻きつける。

「動くな！」

一喝し、槍斧の斧刃をユゲットの顎の下に突きつけた。

「武器を足下に置いて後ろに下がりな。でないと頭目の命はないよ」

「やれるモンならやってみろ」笑いながらブラディが間を詰めてくる。「あんたにゃ同胞は殺せねぇ。それぐらいお見通しさ」

「馬鹿か、てめぇは！」ユゲットが喚いた。「下がれ！　武器を置け！　テッサの言う通りにしろ！」

ブラディの足が止まった。男達は困惑したように顔を見合わせる。さすがに剣を捨てるには至らないが、攻撃してくる者もいない。

「そうそう、そのまま動くんじゃないよ」

テッサはユゲットの喉元に斧刃を押し当てたまま、彼の剣帯を外し、床に落とした。

「両手を頭の後ろで組め」

ユゲットは小さく頷いて、命令に従った。

テッサは扉を開き、ユゲットの上着の後ろ襟を摑んだ。

「出ろ」

「わかった……わかったから、もうちょっと刃を放して――」

「黙って歩け」

ユゲットを引きずってテッサは廊下に出た。間をあけず解放軍の男達がついてくる。彼らから目を逸らすことなく、後ろ向きに廊下を進んだ。階段を下り、廊下を抜け、中庭に出る。

テーブルを盾にして解放軍の男達が北の城塞門を取り囲んでいる。城塞門の上には義勇軍の弓兵がいる。こちらも木箱を積み重ね、歩廊からの侵入を防いでいる。

「テッサ！」

砲台の横でギムタスが手を振った。機械室の扉を開き、スラヴィクが手招きをする。

テッサは槍斧の穂先でユゲットを脅し、解放軍の連中を牽制しながら城塞門へと急いだ。

風切り音とともに飛矢が彼女の肩口をかすめた。主館の窓から矢が飛んでくる。解放軍の弓兵だ。とはいえウル族の正確無比な射撃とは比べ物にならない。テッサを狙って放たれた矢がユゲットに当たりそうになる。

「やめろ、やめろ！　この下手クソが！」

怒りに任せ、ユゲットは喚き散らした。

「俺を殺す気か！　馬鹿が！　クソが！　役立たずが！」

頭目の罵詈雑言《ばりぞうごん》に弓兵の攻撃が止まった。これ幸いとテッサはユゲットを肩の上に担ぎ上げた。一足飛びに中庭を駆け抜け、機械室へと飛び込む。スラヴィクが扉を閉じ、閂をかけた。テッサはユゲットの腰帯を解くと、それを使って彼の両手を縛りあげる。

「お前ッ、こんなことして、ただですむと思うなよ！」

「うるさい」

テッサは彼の頭を叩いた。傍にいたウル族の青年に向かい、ユゲットを突き出す。

「見張ってて。油断ならない奴だから、絶対に目を離さないでね」

「了解です」

青年はナイフを抜くと、ユゲットの喉に突きつける。

テッサはスラヴィクを振り返った。

「状況は？」

「南路の見張り番をしていた四人、イザーク、カイル、ユーシス、ロナンを迎えに、半数の味方を連れてブラスが南門に向かった。まだ戻ってきていない」

それと——と言い、スラヴィクはわずかに眉をひそめる。

「ルーチェが春陽亭に行ったまま、まだ戻らない」

「ルーチェには安全な場所に逃げて貰った。ここへはもう戻ってこない」

「安全な場所？　エルウィン以外にも、そのような場所があるのか？」

「あるよ。でもどこにあるのかは教えない」

ノイエレニエに行くとルーチェは言っていた。義勇軍に与《くみ》していた弟をエドアルドがどう裁くかはわからない。だがイシドロを迎えに寄越すくらいだ。罰を与えることはあっても、命までは奪わないだろう。

「ルーチェには未来がある。義勇軍にいたことを知られるのはまずい。だからもう関わらないで」

「わかった」スラヴィクは目を伏せた。「寂しくなるな」

彼が心情を吐露するとは珍しい。少し心が痛んだが、これでいいんだと思い直した。スラヴィクは知らないほうがいい。ルーチェの本名も正体も、知らないままでいてほしい。

「それで——」テッサは表情を改めた。「解放軍って何人残ってるんだっけ？」

「五十八だ」

中庭にいたのは五十人ほどだった。主館にいる弓兵を合わせれば、残存兵力のほとんどが中庭に集まっていることになる。

「てことは、南の城塞門に向かったのは四、五人か。ブラスとイザークがいれば余裕だね」

その言葉を裏づけるかのように——

「おおい！」

ブラスの声が聞こえた。下の隧道からだ。テッサは床に膝をつき、落とし格子の隙間を覗き込んだ。隧道にブラスがいる。イザークや他の仲間達も一緒だ。

「おうテッサ、そこにいたのか」

ブラスは安堵の笑みを浮かべた。

「合流しようとしたんだが、円塔二階の鉄扉が閉まってててな。そっちに行かれないんだ」

「なら先に脱出して」

落とし格子は半ばまで引き上げられている。

「こっちはこっちで脱出するから」

「それには頭数が足りないだろ」

「まぁね。でも円塔二階の扉を開くためには連中の包囲網を突破しなきゃならない。だったらここにいる全員で脱出を図ったほうがいい」

「それにしたって誰かが残らなきゃならんだろ」

北の城塞門の造りは特殊だ。砲台がある屋上と二階機械室は小塔の螺旋階段で繋がっているが、機械室から隧道に抜ける道はない。城塞門の高さは二十ロコス、飛び降りるには高すぎる。城外に逃れるには中庭を突破し、円塔二階の扉を通り、隧道を抜けるしかない。その間、機械室を空にすれば解放軍の連中に落とし格子を下ろされてしまう。

「あたしに任せて」

テッサは右目を閉じた。

「みんなが脱出するのを待って、ひょひょいと城壁を下りるよ」

「馬鹿言うな。いくらヤギ娘だからって――」

「そっちも気をつけてね。解放軍の弓兵はヘボばかりだけど、弩の一撃は強烈だから、橋を渡る時は慎重にね！」

強引に話を切り上げ、テッサは立ち上がった。機械室に残る仲間は十数人、屋上にいるギムタス達を含めても二十人強だ。対する解放軍は五十人以上。強行突破はかなり厳しい。

「機械室にはあたしが残る。ブラス達が跳ね橋を渡れば、解放軍は少なからず気を取られる。その隙にあんた達も脱出して」

「一人では無理だ」冷静な声でスラヴィクが反論する。「君の能力を疑うわけではないが、城壁を下っている最中に狙い撃たれたら避けようがない」

「あたしなら大丈夫」

「大丈夫じゃねぇよ、馬鹿」

低い声が聞こえた。機械室の奥、キリルが樽に腰かけている。

「お前さ、こうなったのは自分のせいだって思ってるだろ？　みんなを無事に逃がすためなら、自分は死んでもかまわないって思ってるだろ？」

テッサは唇を歪めた。さすがは幼馴染みだ。痛いところを突いてくる。

「だって、こうなったのはあたしのせいだもん。落ち込んでる場合じゃないのに、あたしがぐすぐす泣いてたから――」

「思い上がるんじゃねぇ」凄みのある声でキリルが遮る。「お前がぴーぴー泣いている間にも、俺達は必死に働いてたんだよ。どうすれば現状が打破出来るのか、どこかに打開策はないか、頭つきあわせて必死に考えた。出来ることはすべてやったし、あらゆる手段を講じてきた。それでもこうなっちまったんだよ」

目を眇め、彼はテッサを指さした。

「それとも何か？　自分ならもっと上手くやれたって言いてぇのか？　俺達のこと、テッサがいなくちゃ何も出来ないぼんくら揃いだとでも思ってんのか？」

「思ってない、思ってない」

テッサはぶんぶんと首を横に振り、それからぺこりと頭を下げた。

「偉そうなこと言って、ごめんなさい」

キリルはフンと鼻を鳴らした。

「お前はレーエンデの英雄だ。レーエンデ人に矜持を示し、レーエンデ人の希望にならなきゃいけねぇんだ。味方であるはずの同胞に殺されたとあっちゃ、みっともなくって目も当てられねぇ」

そうだろ？　と言い、今度は自分自身を指さす。

「残るのはお前じゃなくて、この俺だ」

「けど、ロープも縄梯子もないのに、どうやって壁を下りるの？　どうやって逃げるつもり？」

「こいつを使う」

彼は尻の下の樽を叩いた。それは火薬樽だった。大砲に使う火薬が三樽、壁際に並んでいる。

「渓谷路は一本道だ。追っ手を振り切るのは難しい。だからお前達が橋を渡ったら、この機械室ごと城塞門を吹っ飛ばす」

「俺にもっといい案があるぞ！」甲高い声でユゲットが割って入った。「俺を解放しろ！　そうすればテッサ以外は逃がしてやる！　キリル、お前にも分け前をやる。俺達と一緒に外地に――」

最後まで言わせず、キリルはユゲットをぶん殴った。両手を拘束されたままでは受け身も取れない。ユゲットは頭から石壁に激突し、ずるずると床の上に倒れ込んだ。

「お前も一緒に吹き飛ばしてやる。そこで大人しくしてろ」

吐き捨てて、キリルは再びテッサに目を向けた。

「こっちには人質がいる。門を閉めて立てこもれば、俺一人でも五分ぐらいは踏ん張れる」

「けど――」

「けどじゃねぇ。たった二十人で解放軍の連中を蹴散らして、城外へ逃げなきゃならねぇんだ。それが出来るのはお前だけだ。お前が斧をぶん回して道を開くんだ。でなきゃ俺達、全滅するっきゃねぇぞ」

テッサは下唇を噛んだ。残った仲間達、そのほとんどはウル族だ。彼らは弓は得意だが、接近戦では分が悪い。キリルは正しい。それしか手はない。でも――

「あんた、無駄死にはしないって言ったじゃない」

「仲間のためだ。無駄じゃねぇ」

「この頑固者」

「頑固はお互い様だ」

キリルは笑った。久しぶりに見る屈託のない笑顔だった。

「行け、テッサ。お前の背中は俺が守る」

アレーテを亡くしてから、キリルはずっと苦しんでいた。憎悪と後悔に苛まれ、絶望の暗闇をさまよっていた。酒と銀夢煙草に身をやつし、正気と狂気の狭間を歩き続けてきた。

その彼が晴れ晴れとした顔で笑っている。

止められないと思った。

迷いを断ち切り、テッサは仲間達に呼びかけた。

「あたしが合図したらここを出て」

螺旋階段を駆け上り、屋上に出る。周囲を牽制している弓兵に向かい、鋭く叫んだ。

「みんな、城を出るよ！　あたしが道を切り開くから遅れずについてきて！」

「わかった！」ギムタスが応じた。「準備は出来てる。いつでもいいぞ！」

テッサは城塞門の縁に立った。そこから解放軍の男達を睥睨《へいげい》する。

「あんた達とは同じ釜の飯を喰った仲だ。出来れば殺したくない。けど、あたしの邪魔をする奴は容赦なくぶっ飛ばす。かかってくるなら死ぬ気で来な！」

テッサは槍斧を掲げ、その切っ先を円塔に向けた。

「行くぞ諸君！　仕事の時間だ！」

中庭に飛び下りる。ギムタス達がそれに続く。機械室の扉からスラヴィク達が飛び出してくる。

「おおおおおおお……！」

雄叫びを上げ、テッサは解放軍に斬り込んだ。重い斧刃が唸りを上げる。テーブルを一撃で粉砕する。立ち塞がる者の頭をかち割り、斬りかかってくる者の喉笛を突き刺す。勢いに押されて後じさった男が、ウル族の矢に射貫かれて倒れる。

「引くな、てめぇら！」

胴間声が響いた。テッサの槍斧を大剣で受け止め、ブラディが前に出る。

「こいつはオレが殺《や》る！　てめぇらは機械室に向かえ！　頭目を助けろ！」

「させるか！」

テッサは斧刃で彼の胴を薙いだ。一瞬早くブラディは飛び退く。大男のくせに身が軽い。間隙を突いて、解放軍の男達が城塞門に到達する。機械室の扉を打ち破ろうと頭上に斧を振りかぶる。

「ギムタス！　スラヴィク！」

「承知した！」

二人の番人が矢を放つ。機械室の前にいた男達の背に黒羽根の飛矢が突き立つ。

「余所見《よそみ》すんなよ、お嬢ちゃん！」

ブラディが打ち込んできた。上下左右、変幻自在に大剣を操る。分厚い刃がテッサの頭をかすめる。右腕が切り裂かれ、肩口の肉が削《そ》ぎ取《と》られる。

「どうした英雄！　かかってこいよ！」

口元に浮かぶ凶悪な笑み。血と殺しに飢えた悪鬼の顔だ。血と暴力に酔う者は良心を失って鬼になる。もう人間には戻れない。

なら、あたしが引導を渡してやる。

テッサは大剣の刃をかいくぐった。槍斧を振ると見せかけて、ブラディの膝に蹴りを入れる。空いた彼の脇腹めがけ、槍斧を振り抜く。

「甘い！」

大剣が斧刃を受け止める。狙い通りだ。右手を槍斧の柄に滑らせ、テッサは前に出た。同時に左手でナイフを引き抜く。ブラディは身を引こうとした。しかし大剣が斧刃に引っかかり、ほんの一瞬、動きが遅れた。ナイフがブラディの鳩尾に吸い込まれる。テッサはすかさず手首を返し、ナイフを一捻《ひとひね》りしてから、引き抜いた。

鮮血がほとばしった。

「ぢ、ぢぐじょう……」

怨嗟の声とともにブラディは血の泡を噴いた。主人を失った大剣が床に落ちる。テッサはナイフを収め、両手で槍斧の柄を握った。横薙ぎの一撃でブラディの首を撥ね飛ばす。

「う、嘘だろ？」

「ブラディがやられちまったぞ！」

解放軍は浮き足立った。男達は恐怖に青ざめ、じりじりと後じさる。

テッサは槍斧を振り回した。仲間達はすでに半数が円塔にたどり着いている。負傷者に肩を貸してギムタスが円塔に向かう。しんがりを守るのはスラヴィクだ。惜しむことなく矢を放ち、解放軍の接近を許さない。

テッサは踵を返した。邪魔する者を蹴り飛ばし、襲ってくる者を斬り捨てて走る。扉の傍でスラヴィクが待っている。テッサが円塔に飛び込むと、彼は間髪を容れずに扉を閉じた。

「待て！」

「開けろ、ゴラぁ！」

罵声とともに男達が扉に殺到する。開きかけた扉にテッサは体当たりした。扉を押し戻し、鉄製の閂をかける。

「誰か斧を持ってこい！」

「急げ、逃げられちまうぞ！」

扉の向こうから怒号が響く。

テッサとスラヴィクは階段を駆け下り、隧道に出た。

「みんな揃ってる？」

「なんとか」ギムタスが答える。「全員まだ生きてる」

「上等！」

殺人孔からの攻撃に備え、隧道の端を走った。だが槍も熱湯も降ってこなかった。城の警備にもなおざりだった解放軍のこと、殺人孔の存在に気づいていないのかもしれない。

「急げテッサ！」

落とし格子の向こう側からブラスが叫んだ。それに彼女が応えようとした時――

「テッサ！」

イザークが駆け寄ってきた。テッサの襟元を摑み、手荒く前後に揺さぶる。

「なぜキリルを置いてきたんです！　どうして連れてきてくれなかったんですか！」

「ごめん、イザーク」

テッサは彼を見上げた。

「あたしには止められなかった」

「そんな――」

「やめとけ、イザーク」

キリルの声が降ってきた。天井の隙間からキリルがこちらを見下ろしている。唇の端に火のついた煙草を咥えている。

「俺が残ると言ったんだ。テッサを責めるのはお門違いだぜ」

吐き出される紫煙、銀夢煙草の甘く焦げた臭いが漂う。彼の背後から怒号と罵声が聞こえる。扉を破ろうとしているのだろう。斧が木を割る音がする。

「早く行け。もう扉が保《も》ちそうにねぇ」

「嫌だ！」イザークが叫んだ。少しでもキリルに近づこうと、落とし格子をよじ登る。「私は行かない。貴方が残るなら私もここに残ります！」

「そう言うと思った」

低い笑い声。

「テッサ、イザークを頼むわ」

その声と同時にテッサは動いた。落とし格子の間から、イザークの鳩尾に槍斧の石突きを打ち込む。かふっと息を吐き、イザークの手が格子から離れる。テッサは格子の下を滑り抜け、落ちてくるイザークを受け止めた。

「おい、大丈夫か？」

「うん、まあ、なんとか」

気を失ったイザークを肩に担ぎ上げ、槍斧を手にテッサは立ち上がった。

「じゃあね、キリル。また後で」

「おう」

テッサは落とし格子を抜け、ブラスとともに跳ね橋を渡った。鉄柵門を通り、坂を駆け降りる。

彼女が宿場村に到達した時だった。背後から爆音が響いた。ぐらぐらと地面が揺れる。熱風と黒煙が吹き抜け、バラバラと木片が降ってくる。咄嗟に振り返ろうとする仲間達に、

「止まるな！」

テッサは叫んだ。

「蛇の背から裏道に入る。一気にヌースまで逃げるよ！」

彼女の剣幕に押され、若者達が走り出す。イザークを背負い直し、テッサも走った。

焦げた臭いが鼻を突く。汗と涙が頬を伝う。それでもテッサは振り返らなかった。

夜目の利くウル族に先導を頼み、夜を徹して裏道を進んだ。

白昼でもあやうい崖道《がけみち》だ。月明かりだけでは心許なく、道行きははかどらなかった。もし追っ手がかかっていたら、逃げ切ることは出来なかっただろう。崖道で斬り結ぶことになったら大勢が命を落としていただろう。

東の空が白み始める頃、ようやくヌースにたどり着いた。広場に明かりはなく、居住区も静まりかえっている。イルザ達はすでにエルウィンに引き上げていたが、倉庫には備蓄食糧が残されていた。乾いた布や酒や薬も揃っている。テッサ達は手分けして怪我人《けがにん》の手当てをした。無傷の者はいなかったが、幸い命に関わるような重傷を負った者もいなかった。

「君の手当てもしておこう」

スラヴィクに言われ、テッサは気づいた。左の肩口と右の上腕が切り裂かれている。ブラディと戦った時に負った傷だ。彼女は上着を脱ぎ、傷口を差し出した。

「じゃ、お願い」

「心得た」

スラヴィクは清水で傷を洗い、化膿《かのう》止めの軟膏《なんこう》を塗る。

「解放軍はこの場所を知っている。長居は出来ないぞ」

「うん、わかってる」

彼が包帯を巻き終えるのを待って、テッサは立ち上がった。

「みんな、そのままでいいから聞いて」

小さなオイルランプを囲む、総勢三十一人の義勇軍。誰もが血と汗と泥に塗れている。どの顔もひどく疲れ切っている。

「もう少し休んだらエルウィンに向かって。跡をたどられないよう充分に気をつけてね」

それを聞いて、ギムタスが眉根を寄せる。

「あんたは一緒に来ないのか？」

テッサはこくりと頷いた。

「帝国軍はあたしを追ってくる。ここから先は、あたし一人で行く」

「一人じゃないです。私も行きます」

暗がりからイザークが現れる。目の縁が赤くなっているが、もう泣いてはいない。

失神から目覚めた後、彼は何も言わなかった。テッサを責めることもなく、キリルがどうなったかを尋ねることもしなかった。

「今回は譲りません。反対しても無駄です」

「俺も行こう」ブラスが立ち上がる。「帰る場所はないし、待っている家族もいない。最後までつき合わせて貰うぜ」

「僕も」とユーシスが言い、「俺も行く」とカイルが続く。彼らはティコ族だ。エルウィンの場所も存在も知らない。ウル族と一緒に行くのは不安なのだろう。

「カイルとユーシスはエルウィンに行って」

心配しなくても大丈夫と、テッサは片目を閉じてみせる。

「エルウィンは帰る場所をなくした者達の最後の寄る辺だ。ティコ族だからって差別されることはないし、軽んじられることもない」

「違うよ！　俺、テッサと一緒に行きたいんだよ！」

「ここまで来て、置いていかないでくださいよ！」

カイルとユーシスは解放軍の雑用係だった。テッサの演説に感銘を受け、真っ先に手を挙げてくれた古参の仲間だ。それだけに別れを告げるのは辛かった。

「残念だけど、あたし達の夢はついえた。ここから先は敗戦処理だ。帝国におもねることなく、最期まで戦い抜くことでレーエンデ人の矜持を示す。それがこの戦いを始めた者の責任、あたしにしか出来ない、あたしの役目だ」

若いティコ族に向かい、テッサは穏やかな声音で語りかける。

「夢はかなわなかったけど、あたし達の戦いは無駄じゃなかった。自由を求めて戦ったこと、打倒帝国まであと一歩のところまで迫ったこと、それはレーエンデ人の希望になる。これからやってくる暗黒の時代、レーエンデに希望の光を灯し続けるために、真実の歴史を語り継ぐ者が必要になる。それはあんた達にしか出来ない、あんた達の役目だ」

若いユーシスが泣き出した。洟をすする音が天井に響く。泣き濡れた目に決意を宿し、カイルは幾度となく頷いている。

「頼んだよ」

テッサは二人の肩を叩いた。あたしはいい仲間に恵まれた。心からそう思った。

「どこへ向かうつもりだ」

いつもと変わらぬ冷静な声でスラヴィクが尋ねた。

「行くあてはあるのか？」

あてなどない。帝国軍の追っ手を蹴散らし、最期まで抵抗し続けるだけだ。

しかし、それを言っては誰も納得しないだろう。

「シュライヴァに行こうと思う」

思いつくままに、テッサは答えた。

「前に中隊長が教えてくれたんだ。シュライヴァの英雄として名を馳《は》せたヘクトル・シュライヴァが晩年になって謀反を起こしたのは、帝国に支配されたレーエンデを解放するためだったんだって。合州国が帝国と戦っているのは帝国に独立を認めさせるためだけでなく、レーエンデに自由を取り戻すためでもあるんだって」

あの時のシモンの顔を思い出す。鼻の奥がツンとして涙が出そうになった。テッサは急いで瞬きをして潤んだ目をごまかした。

「レーエンデ人は帝国軍の民兵として合州軍と戦ってきた。なのに今になってシュライヴァに救援を求めるなんて、身勝手すぎるとあたしも思う。けど上手く運べば起死回生の一手になるかもしれない。試してみる価値はあると思う」

「ならば『竜の首』に向かうといい」

「竜の首？」

聞き慣れない地名だった。首を傾げるテッサに、スラヴィクは説明する。

「かつてヘクトル・シュライヴァはレーエンデ人と協力して、レーエンデとシュライヴァを繋ぐ隧道を完成させた。訳あって隧道は水没してしまったらしいが、竜の首と呼ばれる絶壁を越えればシュライヴァに抜けることが出来るらしい」

「そうなんだ？」

ダール村の先達ロマーノはシュライヴァの英雄と手を組んで、大アーレス山脈越えの街道を造ろうとした。それはテッサも知っていたが、その街道が隧道であることまでは知らなかった。

「あんた、なんでそんなこと知ってるの？」

「俺が生まれ育った古代樹林はマルティンという。マルティン達は、ヘクトルと娘のユリアがレーエンデに厄災をもたらしたのだと信じている。だがユリアが神の御子を産んでくれたおかげで、古代樹の森は銀の呪いから解き放たれた。本当はシュライヴァ親娘に感謝しなくてはならないのだと、俺の祖父は言っていた。竜の首のことはその祖父から聞いた。ウル族にしては珍しく、迷信を信じない人だった。子供相手に嘘を言う人ではなかった。古い話ではあるが、信憑性《しんぴょうせい》は高いと思う」

テッサは考え込んだ。苦し紛れに出したシュライヴァの名が、とんでもない方向に繋がってしまった。今さら外地に逃れるつもりはない。でもシュライヴァに抜ける道を見つけることが出来たなら、イザークとブラスを逃がすことが出来るかもしれない。

テッサは改めてスラヴィクに向き直った。

「詳しい話を聞かせて。その竜の首ってのはどこにあるの？」


その日の午後、スラヴィク達はエルウィンへと戻っていった。テッサとイザークとブラスの三人は西の森を北東に向かって進んだ。

三日後にはオリアン湖の畔に出た。そこからは大アーレス山脈に沿って東に進んだ。竜の首はエンゲ山の西、イーラ川の支流にあるという。イーラ川はレーエンデを縦断する大河だ。支流の数も多い。テッサ達は行きつ戻りつしながら、目印となる滝を探した。

一日ごとに冬の気配が強まっていく。もうじき大アーレスの山颪《やまおろし》が吹き始める。テッサは焦りを感じ始めた。あたしはレーエンデ人に矜持を示し、レーエンデ人の希望になるために生き存えたんだ。大アーレスの裾野で雪に埋もれて凍死するなんて許されない。十月中に竜の首を見つけられなかったらノイエレニエに向かおう。シャイア城を守護する王騎隊は帝国一の精鋭部隊、相手にとって不足なし。最期に一花、咲かせにいこう。

「あれじゃないか？」

ヌースを出て十日目のことだった。ブラスが前方を指さした。

痩せた川の上流に高さ五十ロコスはありそうな崖がある。白糸のような滝が岩壁を濡らしている。その右側に四角い穴が開いている。自然物にしては形が整いすぎている。

「入ってみよう」

テッサは近くの大岩によじ登った。岩の天辺から四角い穴へと飛び移る。

思っていたより天井が高い。奥行きもかなりありそうだが、暗くてよくわからない。

「テッサ！」

イザークの声がした。川辺を見下ろすと、彼が松明《たいまつ》を手に立ち上がるところだった。

「これを使ってください」

無造作に松明を放る。それを片手で受け止め、テッサは笑った。

「ありがと！」

松明を手に周囲を調べる。床には木の葉や土塊が堆積している。壁や天井には掘削の跡が残っている。左側には階段があり、廊下が奥へと延びている。エルウィンに似ているが、時代からして造られたのはこちらが先だ。竜の首の建設に携わった者達、もしくは彼らの知恵を受け継いだ者達が、隠れ里エルウィンを造ったのだろう。

広場の一番奥にある通路の前でテッサは松明を掲げた。北へと延びた真っ暗な道。それは数十ロコス先で水没していた。これがシュライヴァに繋がっているという隧道なのだろう。これだけ掘るのにどれほどの時間と労力がかかっただろう。それを遺棄せざるを得なかった先人達の無念を思うと胸が痛んだ。とても他人事とは思えなかった。

テッサは竜の首を歩き回った。通気口が吐き出す水のせいで廊下も部屋も水びたしだった。完全に水没している箇所も多かった。三階まで上って、ようやく乾いた部屋を見つけた。三角形の窓の下、木製の寝台が置かれている。

テッサはなんとなく嬉しくなった。

どんな人が暮らしていたんだろう。誰がここで寝起きしていたんだろう。

壁の窪みに松明を置き、寝台に腰かけた。おそるおそる体重をかけ、ごろりと横になってみる。

「けっこう寝心地いいな。今夜はここで寝ようかな」

独りごちて手足を伸ばす。頭上の壁が目に入る。小さな石が光っている。

「む?」

テッサは身を起こした。

壁に月光石が埋め込まれている。三個の石が形作る逆三角形、これはダール村の炭鉱で使われる符丁だ。炭鉱で事故が起きた時、閉じ込められた者達に水と食料のありかを伝える目印だ。ダール村の若者達はこの慣習を真似て、森の木の幹に月光石を埋め込む。淡く光る逆三角形を目印に意中の相手と逢い引きを楽しむ。

ダール村では誰もが知っている目印。ダール村の者にだけ伝わる符丁。ダール村の先達ロマーノは、英雄ヘクトルとともに街道の建設に携わっていた。

これが偶然であるはずがない。

壁の逆三角形が示す先、寝台の下を覗き込む。床に亀裂がある。テッサは手を伸ばした。亀裂に指を差し込み、そこに挟まっていたものを慎重に引っ張り出す。

それは油紙の封筒だった。かなり古いものらしく、ちょっと力を込めただけで砕けてしまいそうだった。用心深く封筒を開き、中に入っていた羊皮紙を取り出す。描かれていたのは砦の図面、竜の首の設計図だった。余白に細かな書き込みがある。テッサは松明の傍に立ち、その文章を目で追った。


銀呪病を撲滅するため、英雄ヘクトル・シュライヴァは大アーレス越えの隧道を築いた。だが予期せぬことが起きた。ヴァラス・シュライヴァがレーエンデへの侵攻を開始したのだ。レーエンデを戦場にはしないという誓いを守るため、ヘクトルは竜の首を沈めるという決断に至った。「必ず戻る」という英雄の言葉を信じ、我らはその時が来るのを待ち続けたが、英雄は帰還することなく他界した。

シュライヴァへの道は閉ざされた。レーエンデの希望もまた閉ざされた。

この無念を後世に伝えたい。未来に希望を託したい。水門を閉じ、溜まった水を汲《く》み出《だ》せば、砦も隧道も蘇る。我らが心血を注ぎ築き上げた竜の首が、いつの日か復活することを信じて、レーエンデのために役立つ日がくることを信じて、この設計書をここに残す。

ロマーノ・ダール

レーエンデに自由を。

テッサはため息を吐いた。

「もっと早くに知りたかったな」

この竜の首はレーエンデとシュライヴァの友好の証しだ。バルナバス砦の司揮官カール・シュライヴァの言葉を裏付けるものだ。エドアルド・ダンブロシオが法皇帝になる前にこれを見つけていたら、せめて帝国と合州国との戦争が終わる前に見つけていたら、レーエンデの運命は変わっていたかもしれない。

テッサは広場に戻った。竜の首の設計図を披露し、記された書き込みを読み上げると、ブラスは興奮に目を輝かせた。

「すごいじゃないか！　さっそく水門を閉じよう。隧道を復活させてシュライヴァに助けを求めに行こう！」

「そう簡単にはいかないよ」

テッサは羊皮紙を折りたたみ、懐にしまった。

「聖イジョルニ帝国は北イジョルニ合州国の独立を認めた。戦争は終わったんだ。それを蒸し返すような救援要請を合州国は歓迎しない。たとえシュライヴァ首長がその気になっても、戦争に泣かされ続けてきた民衆がそれを許すとは思えない」

「そんなのやってみなくちゃわからんだろう。だいたいお前が言ったんだぞ。上手く運べば起死回生の一手になるかもしれないって」

「そりゃそうだけど——」

あれは皆を納得させるための出まかせだったなんて、とても言えない。

「隧道を復活させるには水を汲み出さなきゃならない。あたし達だけじゃ、何年かかるかわかんないよ」

「なら、もっと人手を集めればいい」

「人を集めれば人目を引く。最悪なのはこの隧道を法皇庁に知られること。合州国との和解に納得してない者もいる。合州軍の背後を突く抜け道があるとわかったら、ただちに攻め込むべきだと主張する奴が絶対に出てくる。これは先人達の遺産、ロマーノ達が未来に託した希望だ。帝国軍に好き勝手されてたまるか」

「だからって、せっかく見つけた先人達の遺産を腐らせる手はねぇだろ」

鼻息荒く、ブラスは言い返す。

「人員が必要ならシュライヴァから連れてくればいい。隧道を通らなくたって、この崖を越えりゃシュライヴァと行き来出来るんだろ？」

「スラヴィクはそう言ったけど、ここが造られたのって百年以上前だからね」

テッサは肩をすくめてみせた。

「本当にシュライヴァに抜けられるかどうか、まずはそれを確かめなきゃ」

出来ることなら今すぐ崖を登り、岩山の向こう側がどうなっているのか見に行きたかった。けれど秋の陽は落ち、外はすでに暗くなっている。崖登りは明日に回すことにして、三人は手持ちの携帯食料で夕食をすませた。

翌日も晴天に恵まれた。絶好の崖登り日和《びより》だった。

ブラスとイザークは「一緒に行く」と言ったが、テッサは却下した。彼らの速度に合わせていたら登りにくくて仕方がない。一人のほうが身軽でいい。

崖の傾斜は緩やかで手がかりも豊富だった。高さ五十ロコスの絶壁をほんの数分で登り切った。

崖下の二人に手を振って、テッサは一人歩き出した。

岩場を抜け、灌木《かんぼく》の繁みをかき分け、小一時間ほど歩いただろうか。

切り立った崖の上に出た。眼下には森が広がっている。紅葉した木々の合間を銀色の川が流れている。はるか彼方に地平線が見える。スラヴィクが言っていた通りだ。川沿いに下っていけば、シュライヴァまで行けそうだった。

しかし、それにはひとつ問題があった。崖の左右は山の尾根に繋がっている。川辺に降りる道がない。テッサは崖の縁から身を乗り出した。崖の中腹が抉られている。上部が庇《ひさし》のように張り出している。壁面は凹凸に乏しく、手がかりは皆無に等しい。

「やっぱりね」

なんとなく予想はしていた。

シュライヴァへと続く竜の首。その存在は忘れ去られていた。警戒する必要がなかったからだ。合州軍が攻め込んでくる心配はないと判断されたからこそ、帝国は竜の首を放置したのだ。

テッサは二人の元へ戻った。

「向こう側の崖は抉れていて、地盤も脆そうだった。ロープがあれば下れないことはないだろうけど、降りたら最後、あたしでも登れないね。縄梯子を使ったとしても無理だろうね」

「でもシュライヴァに行くことは出来るんだろ？」

「行っても意味ないですよ」

素っ気ない声でイザークが言う。

「レーエンデに戻ってこられないなら、行ったって意味ないです」

「そんなことはない。あらかじめ水門を閉じておいて、シュライヴァ側から水を汲み出せばいいんだ。帰りは隧道を通って、堂々と戻ってくればいい」

「しかし帝国がそうであるように、合州国だって一枚岩とは限りません。水門を閉じて、隧道の通行を可能にしてしまったら、打倒帝国を目論む合州軍が攻め込んでくるかもしれません」

「それでも俺達は行かなきゃならん」

そうだろう？　とブラスは語気を強める。

「帝国を倒すには戦力がいる。この状況をひっくり返すにはシュライヴァに頼るしかない」

「その通りだけど、あたしは行けないよ。あたしは合州軍の兵士を大勢斬り殺してきた『槍斧の蛮姫』だもん。救援を送ってくださいと頼む以前に、とっ捕まって縛り首になるよ」

「じゃあ名代として俺が行く。テッサと違って俺は木っ端兵士だからな。俺の顔を覚えてるヤツなんていやしない。シュライヴァ首長を説き伏せて、援軍を連れて戻ってくる。お前達はここで待っていてくれ。戻ってきたら崖の向こうから狼煙を上げる。そしたら水門を閉めてくれ」

「よし、その作戦で行こう」

膝を打って、テッサは立ち上がった。

「まずはロープを作らなきゃ。ブラスがあの崖を下るには絶対に命綱がいる」

翌日からロープ作りが始まった。森で採取してきたイシヅルの皮を剝がし、流水で洗ってぬめりを落とし、日陰に吊るして乾燥させる。これを編んでいくのだが、長さ五十ロコスとなると材料が足りない。ブラスは竜の首を出て、再び森に向かった。テッサは広間の床に座り、乾かしたイシヅルの皮を編んでいた。

「ねぇ、テッサ」

イシヅルの皮を細長く裂きながらイザークが問いかける。

「本当は貴方にもわかっているんでしょう？　こんなことしても無駄だってこと」

「無駄じゃないよ。シュライヴァに行けばブラスは死なずにすむもん」

「ってことは、テッサは死ぬつもりなんですね」

「あたしが死なないと、この戦争は終わらないから」

「私はつき合いますからね。今度は譲りませんからね」

テッサは手を止めてイザークを見た。

「違ってたらごめんね」

そう前置きをして、続けた。

「あんたの好きな人って、キリルだったんだね」

「そうです――と言ったら、笑いますか？」

「笑うわけないじゃん！」テッサはイザークの膝を叩いた。「もう水臭いな！　なんで隠してたんだよ！　笑う奴がいたら、あたしがぶっ飛ばしてやったのに！」

「やめてください。テッサにぶっ飛ばされたら大概の人間は死にます」

「あんたの気持ち、キリルは知ってたの？」

「わかりません」

「告白は？」

「しませんよ。キリルはアレーテに一途だったから、告白しても意味ないし」

それに――と言い、イザークは寂しそうに微笑んだ。

「友達でいられるだけでよかったんです。キリルとアレーテが結ばれて、幸福な家庭を築いてくれたら、それを傍で見守ることが出来たら、それだけで充分だったんです」

「そうだね。あたしもあの二人には、幸せになってほしかった」

「今頃、アレーテと再会してるんでしょうね」

「アレーテに逆告白されて、デレデレになってるかもね」

ウル族は信じている。死者の魂は始原の海に還るのだと。そうであってほしいとテッサも思う。レーエンデで死んだ者の魂が等しく始原の海に還るなら、死んでいった仲間達も、きっとそこにいるはずだから。

「死んだら中隊長に会えるかな」

「会えますよ」

イザークは天井を見上げた。

「きっと会えます」

それにテッサが答えようとした時だった。

「おーい、テッサぁ」

外から男の声が聞こえてきた。

「出てこいよ。そこにいるのはわかってるんだぞぉ」

テッサは槍斧を摑んだ。素早く立ち上がり、三角狭間《さま》から外の様子をうかがう。

川辺に十人あまりの男達がいる。服装からして帝国兵ではないが、全員、腰に剣を帯びている。

その先頭に立っているのはイシドロだ。

テッサは小さく舌打ちをした。よりにもよって、お前かよ。

「あれってイシドロですか？　テッサの一撃を喰らったのに、生きているとは驚きですね」

三角形の狭間からイザークが外を覗いている。

「でも禁制品の密売人が、なんでこんなところにいるんでしょうか」

「あ、ごめん。それ嘘なんだ」

テッサはペロリと舌を出す。

「イシドロはエドアルドの命令で動く、ダンブロシオ家の影なんだ」

「え……っ？」

イザークは絶句した。目を見開いて、テッサを凝視する。

「ということは、まさかルーチェは――」

「武器を置いて大人しく投降しろ」イシドロの声が響いた。「言う通りにしないと古代樹の森に火をつけるぞ。大勢のウル族が死ぬことになるぞ。それでもいいのかぁ？」

テッサはため息を吐いた。

ふざけた口吻だが、こけおどしではないだろう。レーエンデ人を分断するためエドアルドはウル族を罪人に仕立てあげた。ウル族が警告を無視し続ければ、彼らの住み処《か》である古代樹の森を焼き払うことも厭わないだろう。この時期は連日強い北風が吹く。火を放てば一気に燃え広がる。ウル族にいったいどれほどの被害が出るか、想像もしたくない。

「出ていくしかなさそうだね」

「馬鹿なこと言わないでください」

イザークは矢筒を背負い、愛用の長弓を手に取った。

「相手はたった十人です。手に負えない数じゃありません。古代樹の森に逃げ込めば、そう簡単には追ってこられないはずです」

「それは駄目。あたし達が逃げ込んだら、イシドロは森に火をつける」

「でも出ていったら殺されます。こんなところで死ぬなんて無駄死にもいいところです」

「大丈夫、すぐには殺さないよ。エドアルドは帝国に逆らった者がどうなるかを知らしめようとする。あたしを屈服させ、罪を認めさせることで、レーエンデ人から矜持を奪おうとする」

イザークは呻いた。白い頬が青ざめている。薄い唇にも色がない。

「テッサ、それがどういう意味か、わかって言ってるんですか？」

「もちろん」

テッサは不敵に笑った。

「遅かれ早かれエドアルドは古代樹の森に火を放つ。あたしが時間を稼ぐから、あんたはウル族を説得して、一人でも多くのウル族を森の外へ避難させてよ」

「無理ですよ。私はハグレ者です。古代樹の森のウル族がハグレ者の言葉に耳を貸すはずありません」

「ウル族の中にだって自由を求める者はいる。あんたみたいに、外の世界に出てみたいって思ってる者は必ずいる」

それとこれ——と言い、テッサは懐から竜の首の設計図を取り出した。

「あんたが持ってて」

イザークの手に、先達の夢を押しつける。

「生き延びてイザーク。先人達の遺志を、あたし達の遺志を後世に伝えて」

「こんなの卑怯です。卑怯ですよ、テッサ！」

端整な顔が怒りに歪む。青い瞳に涙が滲む。

「自分は死に急ぐくせに、私には生きろと言うんですか？　キリルが死んで、貴方も死ぬのに、なんで私だけが生き残らなきゃならないんですか!?」

「そんなの決まってるじゃない」

テッサは破顔し、右目を閉じた。

「あたし達三人の中で、あんたが一番のしっかり者だからだよ」

イザークは何かを言いかけた。しかし、漏れたのは吐息だけだった。

テッサは、一歩、二歩、後じさった。

「ウル族のこと、頼んだよ」

そう言うと、くるりと背を向け、出入り口に向かった。

「まったく、うるさい男だね！」

テッサは大穴の縁に立った。槍斧をくるりと回し、穂先をイシドロに向ける。

「しつこい男は嫌われるって、お母さんに教わらなかったの？」

「ほぉら、やっぱりいた」

イシドロはニヤリと笑った。

「大人しく槍斧を置いて下りてこい」

「いいけど、ひとつ条件がある」テッサは槍斧を肩に担いだ。「あたし以外には手を出さないって約束して。でないと、ここで一暴れするよ」

「そいつは困る」

生真面目な顔でイシドロは答える。

「捕まえろと言われてるのはあんただけだ。他は見逃してやる」

「絶対だよ？　もし嘘ついたら、あんたの頭、カボチャみたいに叩き割るからね」

テッサは振り返り、イザークに向かって手を振った。

「行って！」

彼女の傍らをイザークがすり抜けた。付近の大岩から、川辺へと飛び降りる。

商人風の男が弓をかまえた。イザークの背中に狙いを絞る。

「よせ」イシドロが右手を上げた。「行かせてやれ」

男は不満げな顔をしたが、何も言わずに弓を下ろした。

イザークが遠くに走り去るのを待って、イシドロはテッサを見上げた。

「これでいいか？」

「まぁね」

ふふんと笑い、テッサは槍斧を振り上げた。

「これで思う存分、暴れられるよ！」

「って、おい！　話が違うぞ！」

顔を引きつらせ、イシドロが後じさる。かまわずテッサは飛び降りた。目の前の大岩めがけ、槍斧を振り下ろす。

落雷のごとき轟音。

槍斧は大岩を半ばまで叩き割り、そこで止まった。

「これでよし！」

テッサは両手を叩き、呵々《かか》と笑った。

「じゃ、行こっか！」

「ったく可愛くない女だな」イシドロは鼻を鳴らした。「気はすんだか？　なら大人しくそのナイフを渡せ——って、待て！　抜くな！　鞘ごとだ、鞘ごと！」

テッサは形見のナイフを腰帯から抜き、イシドロへと差し出した。

「これ、ルーチェに渡してくれない？」

「誰だ、それ？」イシドロは意地悪く笑った。「そんな名前の男は知らないね」

テッサは彼を睨んだ。

「嫌な男だ」

「よく言われる」

イシドロはテッサのナイフを腰帯に挟んだ。それから表情を改め、周囲の男達に命じた。

「反逆者テッサ・ダールだ。拘束しろ」


テッサは手首に木製の枷《かせ》をはめられ、馬車の荷台に据えつけられた檻の中へと放り込まれた。相手は少数だ。その気になれば逃げられた。しかしテッサは抵抗しなかった。

イシドロ達の監視の下、荷馬車は旧街道を南東へと向かった。食事は与えられたものの、手枷は外して貰えず、檻からも出して貰えなかった。十一月の身を切るような風の中、彼女は膝を抱え、震えながら眠った。

家畜のように運ばれていくテッサを見て、レーエンデの人々は眉をひそめた。中には自分のことのように憤慨する者もいた。同情して涙ぐむ者もいた。けれど彼女を指さして、嘲笑する者も少なくなかった。

竜の首を出て十二日目、馬車はノイエレニエに到着した。市街に入るとイシドロとその部下達は姿を消した。代わりに帝国軍の兵士と法皇直属の王騎隊が現れ、警備についた。厳重な警戒の中、テッサを乗せた馬車は進んだ。

「醜い魔女め！」

「地獄に落ちろ！」

沿道から罵声が飛ぶ。泥玉や小石、腐った果実が投げつけられる。しかしテッサは微動だにしなかった。檻の中央に座り、背筋を伸ばし、まっすぐ前だけを見つめていた。

「テッサを離せ！」

一人の子供が馬車の前に飛び出してきた。まだ幼いティコ族の少年だ。彼は木の棒を振りまわし、王騎隊へと突進する。

「やめなさい、マウロ！」

母親らしき女が少年を取り押さえた。暴れる息子を抱き上げ、慌てて逃げ出そうとする。それを数人の兵士が取り囲んだ。剣の柄に手をかけ、野太い声で恫喝《どうかつ》する。

「ティコ族は外出禁止だぞ！」

「承知しております」母親はおろおろと頭を下げる。「申し訳ございません。息子にはよく言って聞かせますから、どうかお目こぼしを――」

「テッサぁ、待ってろ！」

母の腕の中から少年が叫ぶ。

「今、助けてやるぞ！」

「なんだと？」「聞き捨てならん！」

色めき立つ帝国兵を見て、母親は顔色を失った。子供を抱きかかえ、ひれ伏して懇願する。

「お許しください！　まだ子供なんです！　お願いです！　見逃してください！」

「いいや、捨て置けぬ」一人の兵士が剣を抜いた。「親子ともども、斬り捨ててくれる」

テッサは素早く立ち上がった。両手を振り上げ、檻に手枷を叩きつける。二度、三度と繰り返し、四度目でついに手枷が割れた。

予想外の出来事に兵士達はたじろいだ。王騎兵ですら目を剝いた。テッサは手枷の破片を拾い、抜刀した帝国兵に向かって投擲《とうてき》した。木片が兵士の頭を直撃する。潰れた悲鳴。帝国兵はもんどり打って倒れた。

「子供に剣を向けるな！　この恥知らずが！」

静まりかえった大通りにテッサの声が響き渡る。

「それでもあんたは兵隊か？　兵士としての矜持はないのか！」

「大罪人が勝手に口を開くな！」

兵士の一人が叫んだ。剣を抜き、檻の中のテッサを突き刺そうとする。

その剣先をかわし、彼女は前に出た。

「誰が大罪人だって？」

檻の間から手を伸ばし、兵士の胸ぐらを摑んだ。力任せに引き寄せる。兵士が檻に叩きつけられる。鼻柱が折れる音、くぐもった悲鳴。テッサが手を離すと、兵士はその場にくずおれた。

カランと音を立て、檻の中に剣が落ちる。テッサはそれを拾いあげた。

「抵抗するか！」

「武器を捨てろ！」

帝国兵が剣を抜く。王騎隊が荷台を取り囲み、剣の先をテッサに向ける。

「あんたら誤解してない？」

テッサは刀身を肩に載せ、兵士達を睥睨する。

「あたしは大罪人じゃない。あんたらに捕まったわけでもない。一緒に来ないと古代樹の森を焼くって脅されたから、仕方がなくつき合ってやってるんだ。あたしを大人しくさせときたいのなら、レーエンデ人に手を出すんじゃないよ」

彼女の殺気と迫力に押され、兵士達は後じさった。

それでいいと頷いてから、テッサはティコ族の少年に呼びかける。

「あんた、マウロって言うの？」

「お……おう！」

母親の腕をすり抜け、マウロ少年は立ち上がった。棒きれを頭上に掲げ、「レーエンデに自由を！」と叫ぶ。

「マウロ、あんたは勇敢だ。けどお母さんを困らせるのはよくない」

憧れの英雄にたしなめられ、少年はしゅんと肩を落とした。

「マウロのお母さん、大丈夫？　立てる？」

テッサの問いかけに、母親は弾かれたように立ち上がった。

「は、はい！　大丈夫です！」

「ならマウロを連れて、早く家ん中に戻りな」

「あ、ありがとうございます、ありがとうございます！」

母親は息子を抱き上げ、幾度も幾度も頭を下げた。テッサにくるりと背を向けて、一目散に屋敷の中へと駆け込んでいく。

それを見届けてから、テッサは剣を投げ捨てた。

「ほらほら、あんたらも剣を収めな。道草を喰ってるとエドアルドに叱られるよ」

法皇帝の名を聞いて、帝国兵達は青ざめた。そそくさと剣を収め、隊列を整える。

再び馬車が動き出した。粛々と街中を進み、城壁門をくぐり抜ける。

その先には湖があった。青い湖面が陽光を反射し、目映《まばゆ》く輝いていた。レーニエ湖畔から延びる一本の煉瓦道、それは島へと繋がっている。島の上には灰色の城が建っている。岩壁と一体化した城壁、天を突く鐘楼、それはアルトベリ城と並び立つ不可侵城、クラリエ教の聖地シャイア城だった。

馬車はシャイア城の城塞門を通り、城の裏庭へと進んだ。そこでテッサは檻から出された。新しい手枷が用意された。先程の騒ぎで懲《こ》りたのだろう。今度の手枷は鋼鉄製だった。

「歩け」

王騎兵に四方を囲まれ、テッサは暗い廊下を進んだ。高い天井に靴音が響く。空気がシンと冷えている。重苦しくて物悲しい。人が住むには寂しすぎる場所だと思った。

彼女が連れて行かれたのは、牢屋ではなく謁見の間だった。床に赤い絨毯が敷かれている。その両側に王騎隊が並んでいる。向かい合う王騎兵の間をテッサは堂々と歩いた。

正面には色ガラスの窓がある。壇上の玉座に一人の男が腰かけている。年齢は二十代後半、物憂げな眼差しに愁いを帯びた美貌。長い髪の一筋までもが息を飲むほど美しい。

法皇帝エドアルド・ダンブロシオ。

彼はまさに月の化身だった。冴え冴えと輝く氷輪《ひょうりん》そのものだった。

「反逆者テッサ・ダール、お前の罪は万死に値する」

凍るような青い目でエドアルドはテッサを見下ろした。

「しかしながら、私は神の代行者。お前のような罪人にも慈悲を与える準備がある」

法皇帝は右手を上げた。従卒が銀の盆を運んでくる。押し戴《いただ》いた盆の上、銀色の結晶が載せられている。

「これは銀呪だ」

手袋をはめた右手で、エドアルドはそれをつまみ上げた。

「満月の夜、銀呪に冒され硬化した湖水の欠片だ」

「うえ」テッサは舌を突き出した。「身体に悪そうな代物だね」

「これを飲めば夢見るように死ねる」

エドアルドは薄く微笑んだ。

「跪け、テッサ・ダール。帝国に服従を誓い、この私に恭順を示せ。己の罪を認め、平伏して許しを請え」

「やだね」

即答し、テッサは胸を張った。

「あたしは誇りあるレーエンデ人。誰にも支配されない。服従も恭順もしない」

「ならば思い知らせてやろう」

盆の上に結晶を戻し、エドアルドは細い指を組み合わせた。

「お前の腹を割き、臓腑《ぞうふ》を引きずり出し、蠢《うごめ》く腸《はらわた》をお前の口に詰め込んでやろう。手足を縛って牛に引かせ、生きながらに四肢を引きちぎってやろう。喘ぎ、悶《もだ》え、許してくださいと泣き叫ぶまで、地獄の責め苦を与えてやろう」

「趣味の悪い男だね」

テッサはくつくつと笑った。

「やってみなよ。何をされたって、あたしは泣かない。許しも請わない。あんたはあたしの魂に傷ひとつつけられない。それを証明してみせるよ」

「その強気、どこまで続くかな」

エドアルドは蕩《とろ》けるような笑みを浮かべた。

「お前が投降したことで焼かずにおく理由もなくなった。明日にでも兵を派遣し、古代樹の森を焼き払うことにしよう」

「あんた、けっこう考えなしだね」

呆れたと言わんばかりにテッサは嘆息してみせた。

「この時期は大アーレスから山颪が吹く。森に火をつけたりしたら大惨事になるよ。フローディアやレイルにも延焼するよ」

「致し方がない。ウル族は罪人だ。罪人には罰を与えなければならない。聖イジョルニ帝国の領地に、法の及ばない場所などあってはならない。ゆえに古代樹の森は焼かれなければならない」

毅然とした口調だった。揺るがぬ信念を感じさせた。さすがは初代法皇帝、一筋縄ではいかない。正攻法ではエドアルドの牙城《がじょう》は崩せない。ならば奇襲を仕掛けるまでだ。意表を突いて興味を引き、彼を交渉の場に引きずり出してやる。

「焼くなって言ってるわけじゃない。もう少し待てって言ってるんだ」

エドアルドを見上げ、テッサはニヤリと嗤った。

「実はあたしも同じことを考えてた。時期を見て、古代樹の森を焼き払おうと思ってた」

法皇帝は、わずかに目を眇めた。

「義勇軍は三民族共闘を標榜していたはず。その頭目たるお前が、ウル族の住み処を焼こうとしていた？　そんな見え透いた嘘が通じるとでも思うのか？」

「嘘じゃない」

考えたことならある。さすがに実行しようとは思わなかったが。

「あたし達は幾度となく、古代樹の森に住むウル族に仲間になるよう呼びかけた。けど彼らは耳を貸さなかった。古代樹の森という天然の要塞がある限り、彼らは外の世界に目を向けない。古き因習に従い、保守的な暮らしを守ろうとする。自由を求める気風が芽吹いたとしても、育つ前に摘み取られてしまう。古代樹の森は自由の翼を閉じ込める檻、民族共闘を阻む障壁だ。そんなもの、因習もろとも焼き尽くされてしまえばいい」

「なるほど」

白い指先で顎を撫で、エドアルドは皮肉っぽく唇を歪めた。

「そのように主張すれば、私がためらうと思ったのだな。お前の意見に同調することを嫌い、古代樹の森に火を放つことを思いとどまると考えたのだな」

「そこまでは望んじゃいないよ。あたしが何を言ったところで、あんたは古代樹の森を焼く。止められるとは思っていないし、止めようとも思わない。でも今はまだ風が強い。山火事ってのは人の手には負えない。燃え広がってしまったら歯止めがきかない。だからこの風がやむまでは――」

「もういい」エドアルドが遮った。「魂胆はわかっている。つまりはウル族が避難する時間を稼ごうとしているのだろう？」

「ばれたか」

テッサはぺろりと舌を出した。

法皇帝は秀麗な眉をひそめた。

「度し難い愚か者め。取り引きには対価が必要だ。お前は身体の自由を奪われ、命さえも私に掌握されている。対価もなく要求を通そうとすることは、盗人や物乞いと同じ恥ずべき行為だ」

「取り引きの対価を持たない？」

テッサは薄ら笑いを浮かべ、掬い上げるように彼を見た。

「本当にそう思う？」

「何が言いたい」

手袋に包まれた指先が玉座の肘掛《ひじか》けを小刻みに叩く。

「お前が空手であることは自明の理。手札が残っているような物言いをしても無駄だ」

「アルモニア州にはね『真の英雄は墓の下にいても敬愛される』って格言があるんだ」

テッサは両手を前に突き出した。鉄枷の鎖が、がしゃりと鳴る。

「あんたはあたしを打ちのめしたい。あたしを屈服させ、負けを認めさせたい。でないとテッサ・ダールは最期まで戦い続けたレーエンデ人として、人々の記憶に残ってしまうから。墓の下にいても敬愛される真の英雄になってしまうから」

「真の英雄？」

侮蔑と憐憫が入り混じった目でエドアルドはテッサを睥睨した。

「仲間に裏切られ、遁走《とんそう》するしかなかったお前が、英雄を名乗るなど笑止千万。独りよがりの蛮勇を褒め称える者などいない。お前という存在は記録にも記憶にも残らない。風に飛ばされる塵芥《じんかい》同然、跡形もなく消え去る運命にある」

「そう思うなら、さっさと殺しなよ。腹を裂くなり、八つ裂きにするなり、あんたの好きにすればいい。あたしは何も恐れない。逃げも隠れもしない！」

凜とした声が天井に響く。

その残響が消えても、エドアルドは口を開かなかった。望月《もちづき》のごとき美貌は白々として何の表情も浮かんでいない。

永遠とも思える沈黙。水底にいるような静謐《せいひつ》。

「なぜ？」

幼子のような声が響いた。

意図した発言ではなかったのだろう。声を発したエドアルド本人でさえ、当惑の表情を浮かべている。発言を押しとどめようと彼は口を押さえた。しかし――

「なぜそこまでする？」

困惑の口吻だった。

道に迷い、途方に暮れている子供のような声だった。

「お前は同胞に裏切られた。守ってきた者に見捨てられた。お前の献身は誰の心にも届かなかった。なのになぜ怒らない？　なぜレーエンデを恨まない？」

「信じてるから」

微笑んで、テッサは答えた。

「レーエンデ人は帝国を倒す。レーエンデに自由を取り戻す。すぐには無理でも、いつか必ず成し遂げる。あたしはそれを信じてる」

「不可能だ」

愁いを帯びた目を伏せて、エドアルドは首を横に振る。

「神の恩寵がある限り、私もレーエンデも自由にはなれない」

「世界を変えるのは神じゃない。人間だ」

法皇帝は顔を上げた。青い瞳が揺れている。

テッサは相好を崩し、彼に両手を差し出した。

「見せてあげるよ、あんたにも。あんたが手放してしまった『希望』ってやつをさ！」

その瞬間、人々は見た。

倦怠《けんたい》と諦観を吹き飛ばす鮮烈な光を。目に焼きついて離れない真夏の太陽を。

エドアルドの白面に赤みが差す。

テッサはぐっと両手を握った。

捕まえたよ、エドアルド。あたしはあんたの心臓を摑んだ。

「希望――希望だと⁉」

エドアルドは哄笑《こうしょう》した。白い喉をのけぞらせて大笑した。まるで慟哭のようだった。王騎隊がたじろぐほどの、狂気じみた嘲笑だった。

「いいだろう！　見せて貰おうではないか！」

爛々《らんらん》と目を輝かせ、エドアルドは身を乗り出した。

「お前を磔刑《たっけい》台に繋ごう。お前が生きている間は古代樹の森に火はかけずにおく。だがお前が苦痛に耐えかね、降伏を申し出たならば、古代樹の森に火を放つ。お前が沈黙したまま死を迎えても、古代樹の森に火を放つ」

「その挑戦、受けて立つ」

テッサはぐいと胸を張る。

「そう簡単にあたしは死なない。大好物のミンスパイを賭けてもいい。少なくとも一ヵ月は生き延びてみせるよ」

「それもまた一興」

月光の王は愉悦の笑みを浮かべ、甘やかな声で呼びかけた。

「テッサ・ダール、不撓《ふとう》不屈の反逆者よ。希望通りに存《なが》らえるがいい。飢えと渇きに苛まれながら、腐り落ちてゆくがいい」


翌日は満月だった。磔《はりつけ》にした直後、幻魚に喰われては興ざめだとして、法皇帝エドアルドは刑の執行日を十一月十六日に定めた。

シャイア城へと続く煉瓦道、その入り口となる城壁門の真上に磔刑台が築かれた。頑強な鉄柱を背後に抱え込むようにして、テッサの両手首には二重の鉄枷がはめられた。足枷の鎖を固定するため、柱に鉄の鋲《びょう》が打ち込まれる。

「いい格好だな、レーエンデの英雄」

帝国兵の一人、茶色の巻き毛の若者がテッサの胸倉を摑んだ。

「お前は俺の兄貴を殺した。これはその礼だ！」

彼はテッサの頰を殴った。一度ならず、二度、三度と殴りつける。手足を拘束されていては避けようもない。テッサは黙って殴られ続けた。

「やめろ！」

下方から声が飛んだ。城壁門の前には群衆が詰めかけていた。広場を埋め尽くし、小道にまで人が溢れている。建物の窓にも人が鈴なりになっている。ほとんどがティコ族だが、ノイエ族やイジョルニ人らしき者の姿も見える。

「縛られた者を殴るなんて卑怯だぞ！」

「恥を知れ、恥を！」

「黙れ！」民衆の声に激昂し、帝国兵士が剣を抜く。「文句がある奴は登ってこい！」

広場は静まりかえった。人々は口を閉ざし、恨みがましく城壁門を見上げている。

「どうした？　来ないのか愚民ども。勇ましいのは口だけか？」

「ったく、うるさいなぁ」

唇の端から血を滴らせ、テッサは笑った。

「やかましくて、おちおち気絶もしてらんないよ」

「減らず口を叩けるのも今のうちだ」

兵士はテッサの前髪を摑んだ。

「明日には喉も干上がる。声も出せなくなる」

「じゃあ、今のうちに歌でも歌っとこうか？」

兵士の顔が朱に染まった。剣の柄でテッサを殴る。鼻が折れ、鼻血が滴る。喉へと流れ込んだ血に咽せる彼女を見て、ようやく溜飲が下がったらしい。

「いい気味だ」

吐き捨てて、兵士は去っていった。

城壁門の上にはテッサだけが残された。群衆は不安げに彼女を見上げている。助けようとすれば殺される。城壁に登ろうとしただけでも殺される。見ていることしか出来ない悔しさに、人々の間から呻きと嗚咽が聞こえてくる。

「泣かなくていいよ」

赤黒く腫れ上がった顔に、テッサは穏やかな笑みを浮かべた。

「あたしは自分の意志で戦ってきた。今ここでこうしているのだって、誰かに命令されたからじゃない。あたしがそうしたいと思ったから、あたしはここにいるんだ」

だからもう泣かないで――と言い、小さく咳をする。

「法皇帝エドアルド・ダンブロシオは約束した。あたしが生きている間は古代樹の森に火はかけないって。あたしが逃げたり降伏したりしない限り、森は焼かないって。だからあたしは挫《くじ》けない。山颪がやむまで絶対に死なない。ここにいるみんなが証人だ。エドアルドに約束を守らせて。どうかあたしを見守っていて」

「なんでそんな約束したんだよ！」

険しい声が飛ぶ。

「みんな言ってる！　ウル族は税金を納めない、卑怯な連中だって！」

「ウル族は卑怯じゃないよ。帝国が来る前からティコ族はレーエンデの草原に、ウル族は古代樹の森に住んでいたんだ。後からやってきた帝国が土地を取り上げて、ここに住みたければ金を払えって言ったんだ。そっちのほうがよっぽど卑怯だと思わない？」

民衆がざわめく。頷く者もいれば、顔をしかめる者もいる。同じレーエンデ人でも考え方はこんなにも違う。すべてのレーエンデ人がひとつの目的のために団結する。それは簡単なことじゃない。途方もなく難しいことなのだ。

「ティコ族、ウル族、ノイエ族、それぞれ気に入らないところはあるよね。けど、いろいろ違うから面白いんだよ。ツチイモばっかりのスープは美味しくないし、ヒゴネばっかでも飽きちゃうよね。いろんな具を入れたほうが美味しいスープが出来上がる。それと同じことなんだよ」

まんまるツチイモ、のっぽのヒゴネ、甘いスグリは隠し味――

古い童謡を一節歌い、テッサは苦笑いする。

やっぱり、あたしは音痴だ。

「帝国はレーエンデ人が団結することを恐れてる。あたし達が手を取り合って、帝国に立ち向かうことを恐れてる。だから連中はレーエンデ人同士に喧嘩をさせて、いがみ合うよう仕向けてくる。帝国の思惑にはまっちゃいけない。支配されることに慣れちゃいけない。生まれた瞬間から最期の息を引き取るまで、あたし達の人生はあたし達のものだ。命も矜持も魂も、すべてあたし達自身のものだ。誰かに売り渡しちゃいけない。誰にも譲っちゃいけない」

北風が吹く。強風がテッサの髪をかき乱す。片隅で拍手が生まれた。しめやかな拍手が細波《さざなみ》のように広がっていく。歓喜はない。熱狂もない。それでも絶えることなく拍手は続いた。

テッサは天を仰いだ。

言いたいことは言った。思い残すことはない。あとは自分の言葉を証明してみせるだけ。

今日から一ヵ月。次の満月の夜まで、生きて生きて、生き抜いてみせる。

恐ろしく緩慢で、残酷な死刑が始まった。

磔刑台に縛られたテッサは水も食料も与えられず、座って休むことも許されなかった。昼は太陽に晒され、夜には初冬の寒さに襲われる。飢えと渇きに苛まれ、眠ることすら出来ない。

帝国兵は毎朝八時にやってきた。テッサの生死を確かめた後、彼女を殴打し、降伏するよう迫った。もちろんテッサは屈しなかった。呻き声ひとつ上げることなく、容赦ない暴力に耐え続けた。

四日目になると身体の震えが止まらなくなった。全身が熱を帯び、頭の中が苦痛で埋め尽くされていく。唯一の救いは強風だった。波打つ湖水が城壁に当たって砕け、飛沫が彼女に降りそそいだ。そのわずかな水滴をすすり、テッサはこの日も生き延びた。

五日目には大雨が降った。雨は喉を潤してくれたが、代わりに体温を奪っていった。北風に身体が冷えていく。意識が朦朧とし、耳の奥に嘲笑がこだまする。

これは寝たら死ぬやつだ。

テッサは身体を揺すり、足を踏み換えて意識を保った。

六日目の朝が来ても雨はまだ降り続いていた。終業の鐘が鳴る頃にはやや小降りになったが、空は曇天に覆われたままだった。結局太陽は姿を見せず、冷え切った身体を夜の闇が包んだ。雨が続いたせいか、城壁のかがり火は消えている。それでも仄かに明るいのはレーニエ湖がぼんやりと光を発しているからだ。

「テッサ？」

風の中に声が聞こえた。

テッサは目を開いた。城壁の上に誰かいる。小さな人影が近づいてくる。

「……誰？」

「俺だよ、マウロだよ」

目深に被ったフードを跳ね上げ、ティコ族の少年が駆け寄ってくる。

「これ飲んで」

少年は水袋の吸い口をテッサの唇に押し当てた。少し粘り気のある液体が流れ込んでくる。懐かしい味と香り。アレスヤギの乳だ。一気に飲み干したい。貪り尽くしたい。狂おしいほどの衝動を抑え、テッサは一口ずつ、ゆっくりとヤギの乳を飲んだ。

「おいしい」心の底からそう思った。「こんな旨い乳、初めて飲んだよ」

「パンも持ってきた」

マウロは黒麦パンを取り出した。小さく千切って食べさせてくれる。固くて酸っぱいパンを噛みしめ、テッサは少年に尋ねた。

「一人で来たの？」

「うん」

「お母さんは知ってるの？」

「……ううん」

「マウロ、あんたは本当に勇敢な子だ」パンを飲み込んで、テッサは眉根を寄せた。「けど、もう帰りな。ここには二度と来ちゃいけない」

「嫌だ」少年は頑《かたく》なに言い張った。「俺、明日も明後日《あさって》も食べ物を持ってくる」

「駄目だよ。ここは危ないんだ。見つかったら殺されちゃうよ」

「だって今度は俺の番なんだ。俺が助ける番なんだ」

涙で声が震える。少年は拳で頬を拭った。

「うちは貧乏だから、俺はイジョルニ人の屋敷に売られるはずだった。けど出稼ぎに行った父ちゃんが大金を持って戻ってきて、俺は売られずにすんだんだ。父ちゃん、言ってた。この金はテッサがくれたんだって。テッサはレーエンデの英雄なんだぞって」

堪えきれず、しゃくりあげる。

「俺はテッサに助けられた。二度も助けて貰ったんだ」

テッサは目を細めた。人のために泣ける子に悪い子はいない。どうか変わらないでほしい。隣人の痛みを理解する優しい大人になってほしい。

「マウロ。あんたに頼みごとをしてもいい？」

ひくっと喉を鳴らし、マウロは顔を上げた。

「俺、なんでもするよ。なんでも言ってよ」

「この先、困ってるウル族を見かけたら、出来る範囲でいいからさ、助けてあげてほしいんだ。ウル族だからって嫌ったり虐《いじ》めたりせず、友達になってほしいんだ」

「わかった」真剣な顔でマウロは頷いた。「ウル族だってレーエンデ人だもんな。俺、ウル族とも仲よくする」

「いい子だ」テッサは笑った。「さ、もうお帰り。お母さんが心配するよ」

「うん！」

残りのパンをせっせとテッサの口に運んだあと、マウロは戻っていった。

テッサは曇天を見上げた。夜は暗く、風は冷たかったが、胸の中は温かかった。

「教育って大事だね」

そうでしょう？　という声が聞こえた。

「ほんと、そう思うよ」

アレーテの言うことは、いつも正しい。


人間が飲まず喰わずで生きられるのは三日が限界だという。

それをはるかに超過してもテッサは死ななかった。人並み外れて頑強な身体は、限界を超えて彼女を生かし続けた。十日を過ぎると全身が悲鳴を上げ始めた。痛みの箱に押し込められ、全身を炎で炙られているようだった。ともすると正気を失いそうになった。時間の経過がひどく鈍い。あとどれくらい耐えればいいのか。考えることすら苦痛だった。苦しい、苦しい、苦しい。それしか考えられない日が続いた。

誰かが頬を叩いた。

「テッサ、しっかりしろ、テッサ」

「ほら、飲め」

唇に水筒があてがわれる。干からびた舌先に水が浸みる。喉を鳴らして清水を貪り、頭の片隅でテッサは思った。

これは誰？　マウロがまたやってきたんだろうか？

張りついた瞼をこじ開ける。暗い。空も周囲も暗い。夜だ。星明かりはあるが月は見えない。目の前に男がいる。くしゃくしゃの髪、髭に埋もれた顔。誰だろう。見覚えがある。でも思い出せない。

「遅くなって悪かった」

男は背負い袋から金鋸《かなのこぎり》を取り出した。

「待ってろ。今、自由にしてやるからな」

「か、まう、な」

老婆のような声が聞こえた。それが自分の声だと気づくのにしばらくかかった。

「あたし、は逃げない、し、死なない」

「そうだ、お前は死なない。こんなところで死なせるもんか」

ゴリゴリと鎖を削る音がする。苦しげな喘鳴、押し殺した嗚咽が聞こえてくる。

泣いている？　泣いているの？

ああ、変わってないな。顔に似合わず涙もろいんだから。

「ブラス、だめ、だ」

「駄目？　何が駄目なんだ？」

「ここに、いたら、あぶ、ない」

「なに言ってんだ。俺達のいる場所に危険はつきものだろ？」

彼は懸命に金鋸を挽《ひ》く。手枷は太く頑強で、小さな金鋸では傷をつけるのが精一杯だ。しかしブラスは諦めない。金鋸を挽く手を止めない。

「逃げるぞ、テッサ。仕切り直しだ。一緒にシュライヴァに行こう」

テッサはゆるゆると首を横に振った。

「あたし、は行けな、い」

パキンという音がした。金鋸の歯が折れたのだ。ブラスは呻き、折れた金鋸を投げ捨てた。

「なら俺も行かない」

ブラスはテッサを抱きしめた。じんわりと彼の温もりが伝わってくる。冷え切った身体に、少しだけ熱が戻ってくる。

「テッサ、お前がいなけりゃ始まらない。夢も希望も目的もなく生きるくらいなら、いっそここで死んだほうがましだ」

「希望は、ある」

頭を振り、テッサはブラスを押しやった。

「シュライヴァに、行け」

「行ってどうする。戻ってくる前に、お前は死んじまってる」

「あたしのため、じゃない。レーエンデの、ため、だ」

声を出すたび喉に刺すような痛みが走る。浅い呼吸を繰り返し、テッサは必死に言葉を繋ぐ。

「シュライヴァに伝えて。レーエンデが、再び立ち上がる時、ともに戦ってほしいって」

「そこで何をしている！」

光が差した。入り乱れる足音、帝国兵士がやってくる。

「行け、ブラス！」テッサは叫んだ。「走れ！」

「必ず戻る」

後じさりながらブラスは言った。

「待ってろ！　援軍を連れて必ず戻ってくるからな！」

彼は身を翻し、胸壁の向こうへと消える。

「逃がすか！」

帝国兵がランプで階段を照らした。ブラスを狙い、兵士が弓を引き絞る。

「まんまるツチイモ、のっぽのヒゴネ、甘いスグリは隠し味——」

突然テッサが歌い出した。音程の外れた歌声が、冴えた夜空に楽しげに響く。

「お鍋にドンと投げ入れて、喧嘩はしないよ、お腹が減った。さぁさ、食べよう、美味しいスープ。一口すすれば、あらあら不思議。王様、椅子から落っこちた！」

思わず笑ってしまうような、カラリと明るい歌声だった。それに苛立ったのか、気を取られたのか、ブラスを狙った矢は大きく外れた。

「黙れ！」

兵士の一人がテッサを殴った。

「黙らないか！」

何度殴られてもテッサは歌い続けた。

ブラスの姿が闇に紛れ、見えなくなるまで歌い続けた。


磔刑期間は十五日を超えた。

瞼は腫れ、目は潰れた。舌が干上がり、声も出せなくなった。肌は赤く爛《ただ》れ、身体からは筋肉が削げ落ちた。干からびて骨と皮だけの姿になっても、テッサは死ななかった。

兵士の目を盗み、水や食料を運ぶ者もいなくなった。たとえ拘束を解かれても、もはや彼女は助からない。誰の目から見ても、それは明らかだった。

人々はテッサから目を背けるようになった。城壁に近づくことさえ避けるようになった。

たまに聞こえてくるのは侮蔑と嘲笑――

「臭ぇな」

「早く死ねばいいのに」

それでも彼女は死ななかった。

何日が過ぎたのか、もはやわからなくなっていた。

痛みは麻痺していた。意識は混濁し、手足の感覚はほとんどない。今は昼なのか夜なのか、自分は眠っているのか起きているのかもわからない。

「まだ生きてるんだね」

死の淵を揺蕩《たゆた》いながら、彼女はその声を聞いた。

「もう苦しまなくていい。今夜、銀の嵐がくる。もう死んでもいいんだよ」

口の中に何かが押し込まれる。

潮風を思わせる青臭い香り。これは……銀呪の結晶だ。

「さよなら、テッサ」

ひび割れた唇に、やわらかな唇が重なる。

気配が遠ざかる。足音が遠ざかる。残った力を振り絞り、テッサは瞼を開いた。

霞んだ視界に人影が映る。ぼやけた後ろ姿でも、見間違えるわけがない。

ルーチェ、今のキスは誓いのキスだよね。あたし、あんたのお嫁さんになったんだね。ああ、ルーチェ。こんなあたしを愛してくれてありがとう。傍にいてくれてありがとう。あたしを世界一幸せな花嫁にしてくれて、ありがとう。

テッサは目を閉じた。すでに嚥下する力もなく、銀呪の結晶を口に含んだまま、銀の嵐の到来を待った。やがて潮の匂いが漂ってきた。湖面が銀の霧に覆われていく。銀の霧が城壁の上にも押し寄せてくる。テッサは銀の霧に包まれた。肺の中にも頭の中にも銀の霧が流れ込んでくる。


ちりん……

すぐ近くで鈴が鳴った。

アルモニアには剣の柄に鈴をつける風習があるんだ。唯一の味方だった村の司祭が、俺の無事と武功を祈って持たせてくれたんだ。

昔、そう話してくれた人がいた。夕陽のように赤い髪、晴天のように青い瞳。彼のようになりたいと願い、彼のように生きたいと思った。永遠の憧れ、尊敬してやまないギヨム・シモン。

彼が目の前に立っている。思慕と罪悪感が胸の中で交錯する。言いたいことはいっぱいあるのに、言葉がなかなか出てこない。

「ごめんなさい、中隊長。あたし、中隊長のことを――」

シモンの人差し指がテッサの唇を押さえた。

「何も言うな」

「でも……」

「もういい。何も言うな」

彼はテッサの頭に手を置き、くしゃくしゃと彼女の髪をかき回した。

「テッサ、よくやった」

その一言ですべてが報われた。心地よい痺れが身体を包む。達成感が四肢にしみわたる。

嬉しくて誇らしくて、心が空に舞い上がる。

「じゃ、行くか」

テッサの背中をポンと叩き、シモンはのんびり歩き出す。

その隣を歩きながら、テッサは彼に問いかける。

「行くってどこへ？」

「決まってる」

シモンは手を伸ばし、前方を指さした。

「海へ」

波の音が聞こえてくる。温かな風が潮の匂いを運んでくる。はるか彼方、群青色の水平線、きらきらと輝く青い水面、白い波頭が打ち寄せる。砂浜に打ち寄せては砕け、砕けては打ち寄せる。

「テッサ！」

懐かしい声、懐かしい響き。白い砂浜にアレーテがいる。その隣にはキリルがいる。テルセロがいる。フリオ司祭がいる。ダール村の人々が、義勇軍の仲間達が笑顔で手を振っている。

「みんなぁ！　久しぶり！」

テッサは手を振り返した。そして唐突に理解した。

レーエンデで命を落とした者は始原の海に戻っていく。

彼らの記憶、彼らの思い、すべては海に溶けていく。

海へ。始原の海へ。

あたし達は逝くのではない。

還ってゆくのだ。

終章

聖イジョルニ暦六七四年十二月十六日。ノイエレニエの城壁門の上でテッサ・ダールは死んだ。享年二十五歳。レーエンデ人の矜持を貫き通した不屈の英雄、その死に顔は穏やかだったという。目映い朝陽を浴びて、誇らしげに微笑んでいたという。

彼女の遺体はレーニエ湖に遺棄された。墓を造ればレーエンデ人の心の拠《よ》り所になる。帝国はそれを恐れたのだ。

竜の首に残されたテッサの槍斧も同様だった。法皇帝は「ただちに処分せよ」と命じたが、大岩にめり込んだそれは押しても引いてもびくともしなかった。幾人もの力自慢が引き抜こうとしたが、すべての挑戦は徒労に終わった。もはや手の施しようがなく、槍斧はそのまま放置された。

法皇庁はテッサの名を口にすることを禁じた。彼女の活躍を物語ることも禁じた。時が経つにつれ人々は日々の生活に没し、テッサのことも革命のことも思い出さなくなった。「レーエンデに自由を」という言葉も、自由を求めて戦った者達のことも次第に忘れ去られていった。

後の世に残ったのは出典不明の奇妙な伝承。「竜の首の大岩に打ち込まれた槍斧を抜いた者はレーエンデを救う英雄となる」という与太話だ。それを真に受けた四人の若者が竜の首を訪れ、その中の一人が偶然、槍斧を引き抜いた。彼の名はジャック・ランバート。『青い雨の独立宣言』で名を知られることになる彼がレーエンデの歴史に登場するのはまだまだ先の話である。

テッサの死の三日後、古代樹の森に火が放たれた。大風の季節は過ぎており、延焼速度はさほど速くなかった。しかし炎の勢いは衰えず、十三月に大雪が降るまで半月近く燃え続けた。これにより古代樹の森はほぼ全焼し、西の森も北部の一部が焼失した。

多くのウル族が古代樹の森と運命をともにした。生き残ったウル族も帝国に降伏せざるを得なかった。住み処を奪われ、活計を奪われたウル族は、階級社会の最底辺に生きる者として、長い長い苦難の道を歩むことになる。

古代樹の森を脱出した一部のウル族を連れ、イザークは隠れ里エルウィンに向かった。

テッサの死後、彼はゾーイ達とともに帝国への抵抗運動を続けていく。義勇軍が見た夢は地下深く流れる水脈のように絶えることなく、エルウィンの子や孫達へと引き継がれていく。

イザークがもたらした、竜の首の設計図とともに。

テッサと別れた後、ブラスがどこに行ったのか。記録には残っていない。

しかし同じ時代、シュライヴァ家の記録書に『レーエンデからの使者、来たる』という一文が記されている。当時の首長テオバルド・シュライヴァはレーエンデの使者に、このような言葉をかけたとされている。

「レーエンデに自由をもたらし、神の御子を奪い返すこと。それは英雄ヘクトル・シュライヴァと北イジョルニ合州国の母ユリア・シュライヴァの悲願である。レーエンデが再び蜂起する時、我らは馳せ参じよう。古き友のため、レーエンデの自由のため、ともに戦うことを約束しよう」

レーエンデの使者が、その後どのような人生を送ったのかはわからない。だがシュライヴァ王家の宝物庫には、使者が所持していたという方位磁針が今も大切に保管されている。

聖イジョルニ帝国の初代法皇帝エドアルド・ダンブロシオは、長きにわたる戦争を終わらせるため、北イジョルニ合州国の独立を容認した。合州国の高官と和平交渉が重ねられ、新たな国境線が定められた。聖イジョルニ帝国は大幅に領土を割譲した。これまで死守してきたファガン平原も北イジョルニ合州国の一部となった。

聖イジョルニ暦六七五年八月二十五日。法皇帝の代理人エロール・ダンブロシオと北イジョルニ合州国の代表テオバルド・シュライヴァはバルナバス砦で会談した。二者は不可侵協定に調印し、百年戦争は終結した。

その四年後、エドアルドは全身を銀呪に蝕まれ、死の床についた。臓腑を銀呪に冒され、夜も眠れぬほどに悶え苦しんだ。その苦しみを終わらせたのは銀呪ではなく、胸に突き立てられた古い短剣だった。侵入不可能と言われる孤島城で彼は何者かに刺殺されたのだ。

暗殺に使われた短剣はティコ族由来のものだった。だが孤島城への出入りが許されるのはイジョルニ人のみ。義勇軍の残党が入り込んだ形跡もなかったという。

法皇帝を暗殺したのは誰だったのか。死に瀕《ひん》した病人をなぜ殺害したのか。殺さずにはいられないほどの深い怨念《おんねん》を抱いていたのか。死の苦しみを終わらせてやろうという慈悲だったのか。

真実は今も闇の中だ。

神をも恐れぬ『狂月王』エドアルド・ダンブロシオ・ヴァレッティ。享年三十三歳。

その死に顔は冬空の満月のように、冴え冴えと美しかったという。

ダンブロシオ家の影として暗躍したイシドロは、エドアルドの死後、完全に姿を消した。どこに行ったのか。その後の人生をどう生きたのか。どこでどのように死んだのか。すべては謎《なぞ》のままだ。それこそがこの男が徹頭徹尾、影として生きたという証左なのかもしれない。

レーエンデ義勇軍の軍師としてテッサを支えたルーチェ・ロペス。彼の存在は長い間、謎に包まれていた。ルーチェの正体を巡り、歴史家達は長らく議論を戦わせてきた。ところが近日、めざましい発見があった。ヌースの遺構から古い木箱が発掘されたのだ。その中にはルーチェが書いたとされるアルトベリ城攻略の計画書が残されていた。ルーチェ・ロペスの筆跡とルチアーノ・ダンブロシオ・ヴァレッティの筆跡が一致したことにより、二人は同一人物であると断定された。

これにより、ルチアーノにまつわるふたつの謎が解明された。

ひとつめの謎。それは西の森に義勇軍の拠点があることを知りながら、これを探索させなかったことだ。後に革命軍の拠点となるエルウィンがこの時点で帝国軍に発見されていたら、レーエンデの独立はいまだ果たされてはいなかったかもしれない。

ふたつめの謎。それはレーエンデにあるすべての娼館に公的な認可を与えたことだ。ルチアーノは『娼館保護法』を制定し、娼婦達を手厚く保護した。正当なる対価を払わなかった者、女達に暴力をふるった者は、たとえ帝国兵士でも厳罰に処した。

これはルチアーノが、かつての仲間達のことを忘れていなかったという証左だ。

『残虐王』ルチアーノにも、良心が残っていたという証左だ。

ルチアーノ・ダンブロシオ・ヴァレッティは二十歳で神学校を卒業。法皇帝の実弟という身分を利用し法皇庁の要職に就いた。そこで辣腕《らつわん》を振るった彼は、兄エドアルドが暗殺された後、他の候補者達を押しのけ二代目の法皇帝となる。そして悪魔に憑かれたかのように恐怖政治を開始する。

在位中、彼はいくつもの悪法を制定した。その中でももっとも悪名高いのが『犠牲法』だ。満月の夜、十三人の咎人を舟に乗せてレーニエ湖に放つというこの狂気じみた処刑法は、レーエンデ人を恐怖の底に突き落とした。銀色に硬化した湖の上、逃げ惑う人々を見て、ルチアーノは笑っていたという。「絶望しろ、もっと絶望しろ」と人々が幻魚に喰われる様子を眺めていたという。

ルチアーノは生涯伴侶を持たず、子もなさなかった。年齢を重ねるにつれ、ますます偏執的になり懐疑的になった。多大な権力を行使し、理不尽な暴虐を繰り返し、意に反する者は反逆者として『犠牲法』に処した。

聖イジョルニ暦七一四年、ルチアーノは病を得た。高熱にうなされ、数日間苦しんだ末、ついに帰らぬ人となった。彼が最後に呟いた言葉――それは「僕も行く。僕も行くよ。僕を置いていかないで」であったという。

民に絶望し、神に絶望し、自分自身に絶望した第二代法皇帝。『残虐王』と恐れられ、今もなお多くのレーエンデ人に忌《い》み嫌《きら》われる孤独な為政者ルチアーノ・ダンブロシオ・ヴァレッティ。享年五十八歳。彼がこの世を去ったのは、奇《く》しくもテッサが死んでから四十年後の天満月。幻魚の啼き声と鐘の音が鳴り響く十二月十五日の夜であった。

本書は書き下ろしです。

多崎 礼
（たさき・れい）

2006年、『煌夜祭』で第2回C★NOVELS大賞を受賞しデビュー。
2023年『レーエンデ国物語』を刊行し、話題を集める。
他の著書に「〈本の姫〉は謳う」、「血と霧」シリーズなど。

レーエンデ国《こく》物《もの》語《がたり》

月《つき》と太陽《たいよう》

2023年8月7日　第1刷発行

著者　多崎《たさき》礼《れい》
発行者　髙橋明男
発行所　株式会社講談社
〒112-8001
東京都文京区音羽2丁目12-21
電話　編集　03-5395-3506
販売　03-5395-5817
業務　03-5395-3615
本文データ制作　講談社デジタル製作
印刷所　株式会社KPSプロダクツ
製本所　株式会社国宝社

　ISBN 978-4-06-532680-0
N.D.C.913 604p 19cm

KODANSHA

次巻予告

第三部

レーエンデ国物語

喝采か沈黙か

革命の火は消えた。……かに見えた。
次の運命は双子の青年。
一人は人に好かれ、
一人は才能にあふれていた。

さあ、革命の話をしよう。

2023年
10月19日
発売予定

すべては、ここからはじまった。

レーエンデ国物語

多崎 礼

単行本　定価：本体1950円（税別）
ISBN:978-4-06-531946-8